MICHAELA GRÜNIG
Palais Heiligendamm – Ein neuer Anfang

Weitere Titel der Autorin:

Heiligendamm-Sage
Stürmische Zeiten

MICHAELA GRÜNIG

Palais Heiligendamm

Ein neuer Anfang

ROMAN

LÜBBE

Personenverzeichnis

Heinrich Kuhlmann, Familienoberhaupt und Besitzer des Palais Heiligendamm

Ottilie Kuhlmann, geb. von Wenzel, Heinrichs Frau

Friedrich Kuhlmann, erster Sohn und Arzt in Berlin

Johanna Kuhlmann, erste Tochter

Paul Kuhlmann, jüngerer Sohn

Elisabeth Kuhlmann, zweite Tochter

Luise Kuhlmann, dritte Tochter

Graf von Seitz, Industrieller und Mitglied der Deutschen Kolonialgesellschaft

Julius Falkenhayn, Sekretär des Grafen von Seitz

Dr. Samuel Hirsch, Kinderarzt

Franz Brandmüller, Chefkoch des Palais Heiligendamm

Robert Breitschneider, Oberkellner

Liese Kolbert, Zofe

Bertha, 1. Stubenmädchen

Minna, 2. Stubenmädchen

1. Kapitel

Es war noch früh am Morgen, als Elisabeth die Augen aufschlug. Die ersten Sonnenstrahlen schienen durch einen Spalt in dem schweren Brokatvorhang und malten hell tanzende Punkte auf die gegenüberliegende Wand. Durch das geöffnete Fenster hörte sie das melodische Läuten des Münsters, das ihr immer noch ein wenig fremd vorkam. Eigentlich war sie von Kindesbeinen an die Geräusche der Großstadt gewohnt. Erst vor kurzem war sie mit ihrer Mutter und ihren Schwestern aus der hektischen Reichshauptstadt Berlin in das von hellen Buchenwäldern und Moor umgebene Doberan gezogen, wo ihr Vater bereits vor einem Jahr das luxuriöse Hotel Palais Heiligendamm eröffnet hatte. In dem idyllischen Ort gab es weder hupende Automobile noch laute Straßenhändler. Hier wehte ihr keine benzingeschwängerte Luft um die Nase, sondern eine salzig-frische Brise, die erahnen ließ, dass der Ostseestrand mit dem tiefblauen Meer und den bunten Strandkörben nur knapp sechs Kilometer entfernt lag.

Plötzlich hielt es Elisabeth nicht länger in ihrem Bett. Mit einem vorsichtigen Blick auf ihre jüngere Schwester Luise, die, das Gesicht umrahmt von blonden Locken, auf der anderen Seite des Zimmers schlief, stand sie auf und zog sich an. Ihr bodenlanges Kleid raschelte verräterisch, als sie auf Zehenspitzen zur Tür schlich. Die Klinke knarrte beim Herunterdrücken. Für einen Moment hielt Elisabeth inne. Doch ihre Schwester rührte sich nicht. Erleichtert stahl sich Elisabeth auf den Korridor der Privatwohnung ihrer Eltern, die im ersten Stock des Hotels lag. Dort schluckten die weichen Teppiche ihre Schritte, und nur der auf seinem Pferd sitzende Großherzog Friedrich Franz I., in

7

dunkler Ölfarbe gemalt, blickte missbilligend auf sie herab. Ihrer Mutter gefielen diese morgendlichen Streifzüge nicht, und so war es Elisabeth eigentlich verboten, sich um diese Uhrzeit im Hotel herumzutreiben.

Warum nur, dachte sie. Was soll verkehrt daran sein, dass ich etwas über das Gewerbe meines Vaters lernen will? Weshalb muss ich mit neunzehn Jahren meine Zeit mit langweiligen Stickarbeiten und Musikstunden verschwenden? Kann sich meine Mutter nicht darüber freuen, dass ich etwas Sinnvolles tun möchte?

Allein bei dem Gedanken an das geschäftige Treiben im Hotel verspürte Elisabeth ein verheißungsvolles Kribbeln im Bauch. Sie hatte diese Atmosphäre schon im Berliner Fürstenhof geliebt, den ihr Vater früher gemeinsam mit seinem Bruder betrieben hatte und der jetzt von ihrem Onkel Hans allein weitergeführt wurde. Aber wie viel aufregender war es, wenn der emsige Bienenkorb der eigenen Familie gehörte? Erst neulich hatte ihr Vater mit viel Pathos am Mittagstisch verkündet, dass das zukünftige Schicksal der Familie Kuhlmann aufs Engste mit dem des Palais verknüpft sei. Wie hätte ihr da das Hotelgeschehen egal sein können?

Als sie an der Tür des privaten Speisezimmers der Familie vorbeiging, hörte sie das sachte Klappern von Porzellan. Himmel, die Stubenmädchen deckten bereits den Frühstückstisch. Elisabeth eilte noch ein wenig rascher den Korridor entlang. Wenn sie auf den letzten Metern doch noch Mutters Zofe in die Arme lief, würde sie dem von ihr so bewunderten Chefkoch nicht bei der Arbeit zusehen können. Dabei standen heute ganz besonders erlesene Speisen auf der Karte.

Wenig später hatte sie die Privaträume ihrer Familie verlassen und schritt voller Vorfreude die Stufen der Haupttreppe hinunter, die in einem großen Bogen ins Foyer führte. Die lichtdurchflutete Eingangshalle war ein magischer Ort. Elegant und aufregend. Noch hatten keine königlichen Häupter auf den blütenweißen Kissen der Suiten geruht, so wie im nahe gelegenen Grand Hotel in Heiligendamm. Aber niemand konnte den nach Doberan reisenden Adeligen, Industriellen und Großgrundbesitzern ihre

Zugehörigkeit zur oberen Gesellschaftsschicht absprechen. Die Damen, alt wie jung, führten hier ihre feinsten Kleider vor, die sie mehrmals am Tag wechselten. Delikate Parfümwolken vermischten sich mit dem herben Cologne der männlichen Gäste. Die Herren standen ihren Begleiterinnen in Bezug auf Geschmack in nichts nach. Im Foyer trafen sie alle aufeinander. Auf den samtigen Sofas wurden verstohlene Blicke und intime Geschichten ausgetauscht. Man stellte sich vor oder rauschte auf dem Weg zum Empfangstresen grußlos aneinander vorbei. Je nach Temperament und Standesdünkel. Es war ein Kommen und Gehen, ein sorgfältig orchestriertes Schauspiel wie auf einer Bühne, an dem sich Elisabeth niemals sattsehen würde.

Um diese frühe Uhrzeit war die Eingangshalle allerdings verwaist. Statt nach Parfüm duftete es nach frischem Bohnerwachs. Die Gäste schliefen noch, nur das Personal wuselte bereits herum. Dienstmädchen in weißen Hauben und mit buschig-fedrigen Wedeln bewaffnet, staubten die Lampen, Bronzeskulpturen und sonstigen Kostbarkeiten ab. Andere polierten die silbernen Kerzenhalter und Aschenbecher.

Der Empfangschef, Herr Walter, hatte wie jeden Morgen die fünf livrierten Pagen antreten lassen und kontrollierte – die Reihe wie ein Feldmarschall abschreitend – das makellose Weiß ihrer Handschuhe.

»Guten Morgen, gnädiges Fräulein«, grüßte er, als er Elisabeth erblickte.

Doch bevor sie »Wohin des Weges?« gefragt werden konnte, war sie schon mit einem höflichen Nicken an ihm vorbeigehuscht und in den mit schlanken Säulen gesäumten Gang zum Speisesaal eingebogen. Eigentlich unterhielt sie sich gern mit dem Empfangschef, der einen schmalen, mit viel Pomade in Form gebrachten Oberlippenbart trug. Der gute Mann war ein wandelndes Lexikon. Egal, was Elisabeth ihn fragte, er kannte die Antwort. Das lag an seiner jahrzehntelangen Erfahrung im Hotelgewerbe. Herr Walter war der einzige Angestellte, den Vater aus dem Fürstenhof mitgebracht hatte, da er ein »Ausbund an

Diskretion« sei. Und tatsächlich hatte sie schon öfter mitbekommen, wie der Empfangschef dem Maître d'hôtel, der für das Restaurant zuständig war, sehr präzise Anweisungen gegeben hatte: welche zerstrittenen Parteien auf keinen Fall zu nah nebeneinandersitzen durften oder wem an einem bestimmten Tisch die Ehre zuteilwerden musste, als Erster bedient zu werden. Außerdem kümmerte er sich um die ausgefallensten Wünsche der Hotelgäste, sorgte dafür, dass ein Abendkleid kunstvoll geflickt oder ein zahmer Papagei untergebracht wurde.

Doch heute würde Herr Walter sie ganz gewiss wieder nach oben schicken, denn ihre Mutter hatte auch mit ihm ein ernstes Wort gesprochen. Ach, warum war sie nur als Mädchen geboren worden? Für ihre älteren Brüder war alles einfacher. Wenn einer von ihnen auch nur das geringste Interesse am Hotelwesen gehabt hätte, er wäre schon längst nach Lausanne geschickt worden. Dort, in der Schweiz, wurden die Besten der Branche ausgebildet. Doch weder Friedrich, der in Berlin Medizin studiert hatte, noch Paul, der von Vater gegen seinen Willen zum Juniorchef des Palais erkoren worden war, drängte es in die Hotelfachschule. Paul weigerte sich sogar regelrecht, obwohl Vater ihn immer wieder zu überreden versuchte.

Mit Schwung drückte Elisabeth die gläserne Flügeltür zum Speisesaal auf, in dem ab sieben Uhr dreißig das Frühstück serviert wurde. In dem großen Raum mit den hohen Sprossenfenstern deckte gerade ein ganzes Heer von Pinguin-Kellnern die Tische ein. Das Wort »Pinguin-Kellner« stammte von ihrer Schwester Luise, die als kleines Kind die drollig watschelnden Vögel im Berliner Zoo gesehen und sofort mit den Frack tragenden Obern in Verbindung gebracht hatte. Im Palais Heiligendamm wurde beim Eindecken mit einem Holzlineal gearbeitet, damit die silbernen Gabeln, Messer und Löffel im richtigen Abstand zueinander und zum Meissener Porzellan lagen.

Mit kritischem Blick beäugte Elisabeth die Tische. Hatten die Pinguine auch wirklich an alles gedacht? Stand jede der mit drei Rosen bestückten Vasen genau mittig? Neigte sich keine der zu Lilien gefalteten Servietten traurig zur Seite? Ihrem Vater hatte sie schon früh abgeschaut, dass man als Hotelier ein unbestechliches Auge haben musste, dem keine Kleinigkeit entging. Und prompt entdeckte sie zwei Fehler.

»Robert?«, rief sie.

»Ja, bitte, gnädiges Fräulein?« Der hochgewachsene, hellblonde Oberkellner, der gerade die Tische auf der Fensterseite kontrollierte, drehte sich dienstbeflissen um. Seine markanten Züge wurden von einem hinreißenden Lächeln erhellt. Kein Wunder, dass Luise heimlich in ihn verliebt war und jedes Mal rot wurde, wenn sie ihn erblickte. Sie selbst ließ sich allerdings nicht von solchen Äußerlichkeiten blenden.

»Auf Tisch einunddreißig fehlt die Zuckerdose.«

Roberts Blick flog zu dem Zweiertisch direkt neben dem Eingang. »Herzlichen Dank, gnädiges Fräulein. Das werde ich sofort beheben.«

»Und auf Tisch vierzehn müssen die Blumen erneuert werden. Sie sind schon fast verblüht.«

»Selbstverständlich.« Er nickte ihr freundlich zu und wies einen der Unterkellner an, die gefundenen Mängel zu beseitigen.

Von einer stolzen Zufriedenheit erfüllt, wandte Elisabeth sich um und marschierte in Richtung des eigentlichen Ziels ihrer morgendlichen Tour: die Küche.

Hinter dem Speisesaal lag ebenerdig lediglich ein Vorraum, in dem die dampfenden Speisen vom Servierpersonal in Empfang genommen wurden. Sie gelangten mithilfe eines von Hand betriebenen Aufzugs dorthin und wurden so rasch wie möglich von den Pinguinen zu den Tischen gebracht. Die eigentliche Hotelküche lag eine Etage tiefer. Dort unten begann der verborgene Kosmos des Hotels. Der Teil, den die Gäste nicht zu Gesicht bekamen und der doch irgendwie das Herzstück des Palais bildete. Hier befanden sich die hoteleigene Wäscherei mit dem angrenzenden Bügelzimmer, die Nähstube, der Weinkeller, die Vorratsräume und die Backstube, in der neben Brot auch diverse Torten und andere köstlich-zuckrige Nachtische hergestellt wurden. Eine Gesindetreppe erlaubte den Stubenmädchen, von dort ungesehen zu den Zimmern und Suiten zu gelangen, die sie rein zuhalten hatten. Außerdem führte die Treppe zum Dachboden, wo die Bediensteten in kleinen Kammern schliefen, selbstverständlich streng nach Geschlechtern getrennt.

In den dunklen Kellergängen herrschte reger Betrieb. Wie in einem Ameisenhaufen lief das Personal auf und ab, jeder und jede mit einer speziellen Aufgabe betraut. Weiß beschürzte Küchenhilfen schleppten säckeweise Kartoffeln, Zwiebeln und andere Zutaten heran, Hilfsköche trugen bereits fertiggestellte Speisen zur Lagerung in den Kühlraum.

Im Vorbeigehen wichen sie Elisabeth geschickt aus. »Guten Morgen, gnädiges Fräulein« schallte es ihr vielstimmig entgegen. Der Durchgang zur Küche war offen. Dahinter regierte Herr Brandmüller. Mit seiner hohen weißen Mütze und der blütenweißen Kochjacke, die über seinem Bauch ziemlich spannte, wirkte er wie ein ganz normaler Koch. Doch der bullige Mann, dessen rote Wangen von bläulichen Äderchen durchzogen waren und der nie zu lächeln schien, war ein Genie. Ihr Vater hatte tief in die Tasche greifen müssen, um ihn seiner früheren Dienststelle, dem Hotel Adlon in Berlin, abspenstig zu machen. Herr Brandmüller war es wert. Niemand bereitete Austern, Hummer und Trüffel so gekonnt zu wie er. Seine Fleischgerichte und Soßen waren ein Gedicht, und sogar die einheimischen Gäste liebten seinen mit Äpfeln und Rosinen gefüllten Mecklenburger Rippenbraten. Aber natürlich wusste er auch mit so exotischen Gerichten wie Antilopenkopf und Elefantenfuß umzugehen.

Elisabeth, die sich nach dem Eintreten ehrfurchtsvoll an die gekachelte Wand gedrückt hatte, beobachtete fasziniert, wie der Koch inmitten seiner Souschefs agierte. Obwohl es noch früh am Morgen war, wurden unter seinen knappen Anweisungen bereits Braten mit Speck und Gewürzen gespickt, Tauben gefüllt und Lammrücken mit einer dicken Schicht Kräuterpaste bestrichen. An einem langen Holztisch im hinteren Teil des Raums schälten die Küchenhilfen Berge von Kartoffeln, putzten Rüben, entschuppten Fische und rupften Geflügel. In absoluter Stille. Herr Brandmüller duldete kein unnützes Geschwätz in seiner Küche. Auch nicht bei den Spülfrauen, die den ganzen Tag lang gebrauchtes Geschirr und Küchengerät in großen Becken mit viel heißem Wasser reinschrubbten. Wer sich nicht an seine Anordnungen hielt, bekam schon mal eins mit dem Kochlöffel auf die Finger. Überhaupt konnte Herr Brandmüller sehr ungehalten werden, wenn Arbeiten nicht zu seiner Zufriedenheit ausgeführt wurden. Seit seiner Ankunft hatten deshalb schon einige Mitarbeiter das Handtuch geworfen. Doch Elisabeths Vater machte sich deswegen keine Sorgen. Wo gehobelt wird, fallen Späne, hatte er zu ihr gesagt. Bis auf den Chefkoch sei schließlich jeder in der Küche ersetzbar.

Inzwischen hatten zwei weitere Köche begonnen, verschiedene Eierspeisen zuzubereiten und in großen gusseisernen Pfannen Speck zu braten. Das musste bedeuten, dass die ersten Gäste schon im Speisesaal auf ihr Frühstück warteten und es höchste Zeit für Elisabeth war, zu ihrer Familie zurückzukehren.

Sie wollte sich gerade schweren Herzens vom Anblick des blitzschnell herabsausenden Messers losreißen, mit dem einer der Souschefs Zwiebeln in hauchdünne Scheiben schnitt, als sie ein verdächtiges Getrappel im Kellergang hörte.

»Der Herr Generaldirektor ist im Anmarsch«, zischte ein Küchenjunge im Vorbeilaufen durch die offene Tür.

Wie bitte? Hatte Mutter ihr Fehlen bemerkt und war dermaßen zornig, dass sie sogar ihren Vater schickte, um die widerspenstige Tochter zur Ordnung zu rufen?

Elisabeth zögerte keine Sekunde. Wenn Herr Brandmüller mitbekäme, dass ihre Besuche in seinem Reich von ihren Eltern nicht gutgeheißen wurden, dürfte sie nie wieder als stille Zuschauerin an seinem meisterhaften Kochspektakel teilnehmen. Mit schnellen Schritten strebte sie dem hinteren Ausgang zu, der auf direktem Weg zur Gesindetreppe führte. Außer Sichtweite rannte Elisabeth hastig einige der Stufen nach oben und lauschte angestrengt.

Es war Rettung in letzter Minute gewesen, denn aus der Küche konnte sie bereits die sonore Stimme ihres Vaters vernehmen. Ob er sich bei Herrn Brandmüller nach ihrem Verbleib erkundigen würde? Ausgeschlossen. Diese Blöße würde er sich nicht geben.

Elisabeth tippte darauf, dass ihr Vater, wenn er sie nicht finden konnte, unverrichteter Dinge wieder nach oben marschieren würde. Wenn sie also eine unschöne Begegnung im Foyer oder im Speisesaal vermeiden wollte, gab es keine andere Möglichkeit, als die Gesindetreppe weiter hochzugehen und durch eine der geheimen Türen in den ersten Stock zu schlüpfen.

Elisabeths Herz klopfte, als sie nach einiger Zeit entschied, rechts abzubiegen. War das hier schon die richtige Etage? Vor lauter Aufregung hatte sie vergessen, die Absätze zu zählen. Atemlos hielt sie inne. Ohne das hastige Staccato ihrer Stiefeletten auf dem Holzboden der Treppe herrschte eine bedrückende Stille. Doch plötzlich drang ein Schluchzen an ihr Ohr. Es schien aus einer der Nischen zu kommen, in denen die Körbe mit den Putzutensilien lagerten. Langsam ging Elisabeth darauf zu. Im Halbdunkel machte sie eine auf dem Boden zusammengekauerte Gestalt aus. Die glatten blonden Haare unter der weißen Haube kamen ihr bekannt vor.

»Minna?«, fragte Elisabeth überrascht und kniete sich vor das Stubenmädchen. »Was machst du hier? Geht es dir nicht gut?«

»Doch, doch … mir geht es gut«, schluchzte das Mädchen, aber ihre tränenerstickte Stimme strafte ihre Worte Lügen.

»Bist du krank?« Ohne eine Antwort abzuwarten, legte Elisabeth Minna die Hand auf die Stirn, wie es ihre Mutter immer tat, wenn sie überprüfte, ob eines ihrer Kinder Fieber hatte. Aber die glatte Haut des Stubenmädchens fühlte sich kühl an. »Hast du Bauchschmerzen?«

Minna schüttelte den Kopf. Offenbar wollte sie ihr nicht mitteilen, wo der Schuh drückte.

Energisch richtete sich Elisabeth auf und zupfte ihr Kleid zurecht. Wenn Minna ihre Hilfe ablehnte, wollte sie sich ganz sicher nicht aufdrängen. Sie hatte ohnehin schon zu viel Zeit vertrödelt. »In welche Richtung geht es zum Hotelflur?«, fragte sie stattdessen.

Minna hob die Hand und deutete nach rechts.

»Danke«, antwortete Elisabeth und zog die Stirn kraus. »Im Übrigen ... wenn dir nichts fehlt, solltest du dich wieder an die Arbeit machen.«

Das ehrerbietige Nicken des Stubenmädchens nahm sie nur noch aus den Augenwinkeln wahr, denn sie steuerte bereits auf den schmucklosen Ausgang zu, auf den Minna gedeutet hatte. Vorsichtig öffnete Elisabeth die Tapetentür und lugte hinaus. Unglücklicherweise standen zwei in ein Gespräch vertiefte Herren in dem Flur, an dessen Ende die Privatwohnung ihrer Familie lag. Wenn Elisabeth ungesehen dorthin gelangen wollte, würde sie warten müssen. Mit einem unterdrückten Seufzen hielt sie inne und behielt das Geschehen durch die einen Spaltbreit geöffnete Tür im Blick.

»Und? Was halten Sie von diesem Hotel? Finden Sie es tatsächlich so erstklassig, wie man uns geschildert hat?«, fragte der ältere der beiden Männer. Das vors Auge geklemmte Monokel und der schmallippige Mund ließen seine Miene kritischer erscheinen, als seine Stimme geklungen hatte.

Unwillkürlich horchte Elisabeth auf. Tauschten sich die beiden etwa über ihr geliebtes Palais Heiligendamm aus? Sie nahm den zweiten Mann, an den die Frage gerichtet war, genauer unter die Lupe. Er war hochgewachsen und hatte dichtes dunkelblondes Haar. Elisabeth schätzte ihn auf Mitte bis Ende zwanzig. Sein Gesicht war auffallend gebräunt.

»Also, um es rundheraus zu sagen ... mit dem Grand Hotel kann es natürlich nicht mithalten«, erwiderte der jüngere in diesem Augenblick.

Elisabeth glaubte, sich verhört zu haben. Wie konnte der Kerl es wagen, ihr wunderschönes Palais zu kritisieren!

»Worauf gründet Ihre Meinung?«, hakte der ältere Herr nach.

»Weil es nicht ganz so grandios ist und über weniger Zimmer verfügt als das Grand Hotel?«

Der Blonde schüttelte den Kopf. »Nein. Klein und fein ist in meinen Augen kein Nachteil. Aber die Lage des Grand Hotels direkt am Meer ist unschlagbar. Die Aussicht raubt einem den Atem. Hier schaut man dagegen auf einen Park, der zwar auch ganz hübsch, aber eben nicht außergewöhnlich ist.«

Ganz hübsch? Innerlich kochte Elisabeth.

Der ältere Mann nickte zustimmend. »Aber für unseren Zweck sollten die Räumlichkeiten ausreichen, oder wollen wir uns nach einer Alternative umsehen?«

»Nein, das wird hoffentlich nicht notwendig sein. Wir sollten allerdings noch den Ballsaal begutachten, bevor wir uns endgültig entscheiden.«

»Das ist eine gute Idee.« Der Monokelträger öffnete die Tür der nächstgelegenen Suite. »Wir treffen uns in fünfzehn Minuten im Foyer.«

»Wie Sie wünschen«, erwiderte der jüngere Mann höflich. Obwohl sein Gesprächspartner kurz darauf in seinem Zimmer verschwand, machte er keine Anstalten, den Gang zu räumen. Stattdessen betrachtete er nachdenklich eines der im Flur aufgehängten Gemälde.

Elisabeths Hände zitterten vor Wut. Nicht nur, dass er mit seiner Anwesenheit ihre Rückkehr in die elterliche Wohnung verhinderte. Sie konnte ihm auch nicht die arrogant-herablassende Kritik am Palais vergeben. Bevor sie sich selbst zur Vernunft rufen konnte, stürmte sie aus der Tapetentür und baute sich neben ihm auf.

»Schade. Sie haben leider nicht die leiseste Ahnung vom Hotelgeschäft«, fuhr sie ihn grußlos an.

Überrascht drehte sich der Mann um. Sein Mund verzog sich zu einem amüsierten Lächeln. »Meinen Sie? Sind Sie selbst denn eine Expertin auf dem Gebiet?«

Elisabeth spürte, wie sie unter seinem Blick errötete, was ihre Wut nur noch steigerte. »Ja, das bin ich. Und Sie haben unrecht. Nicht die Lage ist für ein erstklassiges Hotel entscheidend, sondern der Service und das Ambiente. Im Palais Heiligendamm fühlt sich jeder Gast, egal wie vornehm, wie zu Hause. Weil wir den besten Service haben. Und glauben Sie mir ... niemand will lediglich mit einer schönen Aussicht abgespeist werden.«

»Interessante Ansichten.« Er streckte ihr die Hand entgegen. »Ich heiße Julius Falkenhayn. Und Sie sind?«

»Elisabeth Kuhlmann«, knurrte sie und verweigerte ihm den Handschlag.

Doch er schien sich nichts daraus zu machen. Völlig unbekümmert zog er seine Hand zurück. Wenn überhaupt, wurde sein Lächeln noch eine Spur breiter. »Kuhlmann. Aha. Sie sind also die Tochter des Besitzers. Richtig?«

Elisabeth nickte unwirsch.

»Dann müssen meine kritischen Worte Sie verletzt haben. Das tut mir leid. Aber heißt es nicht immer, dass der Lauscher an der Wand ...«

Peinlich berührt unterbrach sie ihn. »Ich habe nicht an der Wand gelauscht!«

»Nicht?«, meinte er gedehnt. »Ich kann mich allerdings nicht daran erinnern, dass außer Graf von Seitz und mir noch jemand im Flur gestanden hätte, als wir über Ihr Hotel sprachen. Oder gehört so ein Verhalten auch zur besonderen Gastfreundschaft des Palais?«

»Ich ... ich kam gerade aus dem Gesindetrakt«, stotterte Elisabeth, zu gleichen Teilen verlegen und zornig über seinen spottenden Vorwurf. »Und Sie sagen das jetzt nur, weil Sie nicht zugeben wollen, dass ich recht habe.«

»Aber haben Sie tatsächlich recht?« Falkenhayn trat einen Schritt näher, so dass Elisabeth den Kopf in den Nacken legen musste, um ihm auch weiterhin ins Gesicht sehen zu können.

»Natürlich habe ich das.« Ihre Stimme klang nicht ganz so fest, wie sie es sich gewünscht hätte.

»Das würde bedeuten, dass der Service im Grand Hotel schlechter sein muss. Denn wäre der Service in beiden Häusern gleich gut, würde doch der Meerblick den Ausschlag geben. Oder?«

»Sie reden nur so viel, um mich zu verwirren. Doch das wird Ihnen nicht gelingen, denn der Service im Palais *ist* um Längen besser.«

Falkenhayn lächelte überlegen. »Und wie wollen ausgerechnet Sie das beurteilen? Wenn das Palais Ihr Zuhause ist, waren Sie dann überhaupt schon Gast im Grand Hotel?«

Elisabeths Wangen brannten vor Scham. Er hatte den Finger genau auf die Schwachstelle ihrer Argumentation gelegt, denn sie kannte das Grand Hotel tatsächlich nur aus den Erzählungen ihres Vaters. »Sie ... Sie sind gemein. Ein hundsgemeiner Kerl«, stieß sie zwischen zusammengepressten Zähnen hervor. »Sie haben mich absichtlich in die Falle gelockt. Ein anständiger Mann würde niemals so mit einer Dame sprechen.«

Das Lächeln auf seinen Zügen erlosch. »Ich habe nie behauptet, ein Ehrenmann zu sein, Fräulein Kuhlmann. Doch wenn Sie mich so nett beschimpfen, fühle ich mich tatsächlich in das Zuhause meiner Kindheit zurückversetzt. Sie haben vorhin nicht übertrieben. Der Service des Palais ist tatsächlich exzellent.« Mit einer angedeuteten Verbeugung drehte Falkenhayn sich um und marschierte Richtung Treppe.

Konsterniert schaute Elisabeth seiner entschwindenden Gestalt hinterher, als sie hinter sich ein lautes Räuspern vernahm. Sie fuhr herum. In der weit geöffneten Wohnungstür stand ihr Vater. »Würdest du dich bitte schleunigst an den Frühstückstisch begeben, Elisabeth! Deine Mutter erwartet dich bereits seit geraumer Zeit.« Seine Stimme klang ernst, doch in seinen Augen blitzte ein amüsiertes Lächeln. Zumindest er schien ihr die morgendlichen Ausflüge nicht übel zu nehmen.

»Sicher, Vater.« Erleichtert schlüpfte sie an ihm vorbei in die Wohnung. Mit dem Groll ihrer Mutter würde sie schon fertigwerden.

Es war ein Fehler, mit der Familie Kuhlmann nach Doberan zu ziehen, dachte Minna traurig, während sie mit Bertha den Frühstückstisch abräumte. Verstohlen zog sie die Nase hoch, die vom Weinen immer noch geschwollen war.

»Lass das bloß nicht die gnädige Frau hören«, sagte Bertha streng. »Sie duldet solch unflätiges Verhalten nicht.« Ungerührt stapelte das erste Stubenmädchen die schmutzigen Teller übereinander, stellte sie auf ein Tablett und trug alles zum Hausaufzug im Nebenzimmer. »Und beeil dich gefälligst. Ich fange schon mal mit dem Zimmer der jungen Fräuleins an.«

Am liebsten hätte Minna ihr die Zunge herausgestreckt, doch sie beherrschte sich. Bertha würde es glatt fertigbringen, sie bei Frau Kolbert, der Kammerzofe von Frau Kuhlmann, zu verpetzen. Dabei hatte sie sowieso schon Angst, dass das gnädige Fräulein sie verraten könnte. Das gäbe bestimmt gehörig Schelte. Fräulein Kuhlmann hatte zwar bisher kein Wort über Minnas Heulerei verloren. Aber konnte man sich auf die junge Herrschaft wirklich verlassen? Minna wusste es nicht.

Die jungen Damen der Familie waren ihr ganz allgemein ein Rätsel. Alle drei lebten wie im Paradies, trugen die herrlichsten Kleider, schliefen in den weichsten Betten, brauchten nicht einen Finger krumm zu machen … Und doch schienen sie alle nicht zufrieden mit ihrem Los zu sein. Selbst ohne heimlich an den Türen der Familie zu lauschen, wie Bertha es manchmal tat, hatte Minna mitbekommen, dass die älteste der Schwestern, Fräulein Johanna, zum Kummer ihrer Mutter noch keinen Ehemann erwählt hatte, obwohl es ihr weiß Gott nicht an standesgemäßen Verehrern mangelte. Fräulein Elisabeth, die mittlere, bettelte darum, eine Hotelfachschule besuchen zu dürfen, weil sie sich angeblich langweilte. Und die jüngste, Fräulein Luise, schmollte, weil sie noch nicht alt genug war, um in die Gesellschaft eingeführt zu werden.

Minna raffte die weißen Damastservietten und die Tischdecke zusammen. Offenbar waren die gnädigen Fräuleins von allen guten Geistern verlassen. Besonders Fräulein Elisabeth. Eine

Hotelfachschule! Wozu sollte das gut sein? Wollte sie sich am Ende gar eine Arbeit suchen? Wer hatte ihr denn solche Flausen in den Kopf gesetzt? Hatte sie überhaupt eine Vorstellung davon, wie hart es war, sein Geld selbst zu verdienen? Ganz gewiss nicht! Dabei bräuchte auch sie nur zu heiraten, um abgesichert zu sein. Es ließe sich doch bestimmt ein junger Mann finden, der eine gute Partie wie sie haben wollte, auch wenn sie bei weitem nicht so anmutig und lieblich wie Fräulein Johanna war. Als verheiratete Dame könnte sie weiterhin in Saus und Braus leben. Mehr, als ein paar Kinder zu gebären, würde man nicht von ihr verlangen. Und ob sie ihren Ehemann nun aufrichtig liebte oder nicht, spielte doch keine Rolle.

In Minnas Augen wurde der Liebe sowieso zu viel Bedeutung beigemessen. Meistens handelte es sich dabei um ein kurz auflodendes Strohfeuer. Nicht dass sie in dieser Hinsicht schon eigene Erfahrungen gesammelt hätte. Aber Minna teilte sich die Kammer mit Bertha, deren wechselnde Verehrer sich schon öfter des Nachts hineingeschlichen und mit ihr im Bett vergnügt hatten. Auch wenn Minna sich bei diesen Gelegenheiten ihre Decke fest über beide Ohren gezogen hatte, war sie nicht umhingekommen, die heißen Liebesschwüre der Männer mit anhören zu müssen. Wenige Wochen später, wenn es sich wieder ausgeliebt hatte, würdigten sich Bertha und ihr jeweiliger Schatz keines Blickes mehr. Und nur an der heftigen Art, mit der Bertha in solchen Zeiten die Böden schrubbte, konnte man erkennen, dass es ihr etwas ausmachte. Nein, auf so viel überflüssigen Jammer konnte sie gut verzichten.

Während Minna die letzten Brösel in ihre hohle Hand fegte und den Mahagonitisch anschließend mit ein paar Tropfen Holzpolitur einrieb, dachte sie darüber nach, dass die einzige Liebe, die ihr etwas bedeutete, die zu ihrer Familie war. Besonders ihre Mutter vermisste sie schrecklich. Das Heimweh hielt sie nachts wach und ließ sie immer wieder in Tränen ausbrechen. Schon in Berlin hatte sie ihre Eltern und Geschwister nur einmal in der Woche an ihrem freien Nachmittag besuchen können. Doch jetzt trennte sie eine schier unüberwindliche Distanz. Zwar schrieb sie ihnen jede Woche einen Brief, aber ihre Mutter schien vor lauter Arbeit kaum Zeit zu finden, darauf zu antworten. In den drei Monaten und fünf Tagen, die Minna bereits in Doberan war, hatte sie erst zweimal Nachricht von ihren Lieben erhalten.

Jeder hatte ihr damals zugeraten, Frau Kuhlmanns Angebot anzunehmen. Denk nur an das schöne Meer und die gute Luft, hatten sie gesagt. Daran, dass du dort in einem großen Hotel und nicht mehr in einer auswärtig gelegenen Privatwohnung arbeiten wirst. Dort gibt es viel Personal, und als Stubenmädchen musst du bestimmt nie wieder Kaminholz oder andere schwere Sachen schleppen. Letzteres stimmte. Viele der früheren Arbeiten wurden jetzt von anderen erledigt. Außerdem waren die Privaträume der Familie an das zentrale Heizsystem des Hotels angeschlossen und elektrifiziert. Deshalb musste man weder die Kamine fegen noch Kerzen austauschen oder Petroleumlampen neu befüllen. Frau Kolbert brauchte sich auch nicht mehr um die Flecken in der Garderobe der Damen zu kümmern. Das besorgte die Wäscherei. Und das Essen wurde, ohne dass Minna helfen musste, in der großen Hotelküche zubereitet. Trotzdem vermisste sie ihre frühere Stelle. Es war so gemütlich gewesen, nach getaner Arbeit in der großen Küche zu sitzen und zu plauschen. Die dicke Köchin, Frau Huberti, hatte dann immer Tee gekocht und manchmal sogar ein paar Kekse auf den blank polierten Tisch gestellt. Minna hatte sich dort beschützt und zu Hause gefühlt. Alles war ihr so vertraut gewesen.

Jetzt war es anders. Die Mahlzeiten nahm sie mit täglich wechselnden Menschen im Personalraum hinter der Küche ein. Niemand plauderte dort mit ihr oder fragte, wie es ihr ging. Die meisten löffelten ihr Essen schweigsam in sich hinein. Wahrscheinlich hielten sich die Hotelangestellten für etwas Besseres. Hochnäsig bis dorthinaus. Außerdem grinste einer der Pagen sie immer so anzüglich an. Was für ein frecher Kerl! Neulich hatte er ihr sogar auf der Gesindetreppe aufgelauert und einen Kuss verlangt. Obwohl sie ihm eine Ohrfeige gegeben hatte, war er fröhlich pfeifend davongesprungen. Jetzt traute sie sich abends kaum noch aus ihrer Kammer.

Und das Meer konnte ihr erst recht gestohlen bleiben. Um es zu sehen, musste man zuerst mit dem ruckelnden Molli fahren, der Schmalspurbahn, die die Feriengäste von Doberan nach Heiligendamm beförderte. Und dann verstand sie die Lebensmüden nicht, die sich furchtlos in die Fluten stürzten. Sie selbst konnte nicht schwimmen und hatte Angst vor dem tiefen Wasser. Lediglich mit entblößten Füßen war sie einmal in den kalten Wellen herumgewatet. Kein besonderes Vergnügen. Das Strandleben war da schon mehr nach ihrem Geschmack. Es war ganz lustig, den elegant gekleideten Damen und Herren beim Flanieren auf der Promenade zuzusehen. Oder den jungen Knaben beim »Räuber und Gendarm«-Spielen. Aber die Mädchen, die mit im Wind flatternden Zöpfen die Seemöwen mit Brot fütterten, mochte sie nicht anschauen, die erinnerten Minna zu sehr an ihre kleinen Schwestern.

Tag und Nacht kreisten ihre Gedanken darum, wieder nach Berlin zu ziehen. Aber wie sollte sie das anstellen? Ohne eine neue Stelle würde es nicht gehen. Ihre Eltern waren auf den Anteil ihres Einkommens, den sie ihnen monatlich schickte, angewiesen. Ihr Vater hatte nach einem Arbeitsunfall ein steifes Bein zurückbehalten und bekam nur noch Almosen. Ihre Mutter wurde wie alle Frauen in der Fabrik mit der Hälfte des Gehalts der männlichen Arbeiter abgespeist.

Minna legte das Tuch zur Seite und hielt für einen Moment inne. Würde die gnädige Frau ihr ein Zeugnis geben, das gut genug war, um sich damit auf eine andere Stelle bewerben zu können? Bertha hatte erzählt, dass es neuerdings eine Agentur in Berlin gab, die Hauspersonal für die feine Gesellschaft vermittelte. Ob es da wirklich seriös zuging?

In diesem Moment öffnete sich die Tür, und Frau Kuhlmann trat ein. Sie war trotz ihres fortgeschrittenen Alters eine elegante Erscheinung. Doch der Blick aus ihren blauen Augen war ungehalten. Mit der Andeutung eines Knickses hob Minna die Servietten und die Tischdecke auf, die sie vorhin achtlos auf den Boden geworfen hatte.

»Was trödelst du hier herum?«, fragte die gnädige Frau mit schneidender Stimme. »Mein Mann erwartet den Kommerzienrat Schneider und zwei weitere Gäste zu einem privaten Mittagessen, bis dahin müssen alle Zimmer gemacht sein. Anschließend wirst du Bertha beim Servieren helfen.«

»Sehr gern, gnädige Frau«, antwortete Minna leise und stahl sich so schnell wie möglich aus dem Zimmer. Wie hatte sie sich nur Hoffnungen auf ein gutes Zeugnis machen können? Frau Kuhlmann würde sie undankbar und nutzlos schimpfen, wenn sie ihr damit käme, zurück nach Berlin zu wollen. Ihr Schicksal war besiegelt. Sie würde hier für viele Jahre festsitzen. Ohne ihre Familie. Minna spürte, wie ihr bei dem Gedanken erneut die Tränen in die Augen schossen.

»Und die Herren kommen geradewegs aus Hamburg?«, erkundigte sich sein Vater und führte die kleine Gesellschaft gemessenen Schrittes durch das belebte Hotelfoyer. Mit ein paar Metern Abstand, um nicht in eine Unterhaltung verwickelt zu werden, folgte Paul als Schlusslicht.

»Nein, wo denken Sie hin, mein lieber Kuhlmann«, antwortete Graf von Seitz, ein asketisch aussehender Mittfünfziger mit Monokel und schütterem Haar. »Die Deutsche Kolonialausstellung hat bereits im Juni stattgefunden. Seitdem haben Schneider und ich uns um unsere Geschäfte in Berlin gekümmert. Wenn man wie wir so viele Monate im Jahr in Deutsch-Südwestafrika verbringt, muss man von Zeit zu Zeit zu Hause nach dem Rechten sehen.«

Sein Vater hatte darauf bestanden, dass Paul als Juniorchef des Hotels an dem Mittagessen mit den Vertretern der Deutschen Kolonialgesellschaft teilnahm. Das war die Quittung für seine erneute Weigerung, die Hotelfachschule zu besuchen. Dabei wusste Vater ganz genau, wie unwohl sich Paul bei solchen Anlässen fühlte. Die eingeladenen Geschäftspartner erwarteten jedes Mal, dass er große Reden schwang, sich mit Bilanzen und Belegungsraten auskannte oder zumindest ein charmanter Gastgeber war. Doch nichts lag ihm ferner. Stattdessen fühlte sich sein Hemdkragen plötzlich zu eng an, und er spürte, wie ein kleines Rinnsal Angstschweiß zwischen seinen Schulterblättern versickerte. Das heutige Mittagessen hatte da keine Ausnahme gebildet, obwohl sich die zwei anwesenden Wirtschaftskapitäne, Graf von Seitz und Kommerzienrat Schneider, ebenso wie ihre Sekretäre als ganz sympathisch herausgestellt hatten. Glücklicherweise war die Mahlzeit ohne Zwischenfälle verlaufen, und jetzt mussten Vater und er nur noch die im hinteren Teil des Hotels gelegenen Ball- und Bankettsäle mit den Gästen besichtigen. Danach wäre er von allen lästigen Pflichten erlöst.

Im Gegensatz zu ihm selbst war sein Vater nie um ein Gesprächsthema verlegen. Während er schwungvoll die Tür zum kleinen Bankettsaal öffnete, fragte er: »Ich nehme an, die Ausstellung war ein voller Erfolg?«

Der graue Backenbart von Kommerzienrat Schneider zuckte nervös, als er die Schwelle überschritt. »Leider nein. Wir konnten nicht genügend Interesse wecken und haben nur ein knappes Dutzend neue deutsche Siedler angeworben.«

»Dazu nur junge Männer. Dabei müssen sich erst einige Tausend Familien dort draußen eine zweite Heimat schaffen, bevor die Kolonie zu dem wird, was sie werden soll und kann … ein herrliches Neudeutschland«, ergänzte der Graf und betrachtete interessiert die festlich eingedeckten Tische. »Für wie viele Leute ist der Raum gedacht?«

»Für einhundertfünfzig«, antwortete Paul mechanisch. »Im großen Saal können wir bis zu dreihundert Gäste bewirten.«

Sein Vater nickte zustimmend, bevor er sich erkundigte: »Es fehlt den Siedlern an Frauen?«

»Leider ja«, erwiderte Kommerzienrat Schneider und folgte

ihm in den großen Bankettsaal, der über eine wunderschöne, mit Rosetten und Zierleisten reich geschmückte Stuckdecke verfügte. »Freifrau von Liliencron, eine gute Freundin meiner Gattin, die den Frauenbund der Deutschen Kolonialgesellschaft gegründet hat, versucht deshalb schon seit Jahren, unverheiratete und sittlich einwandfreie Frauen zum Auswandern zu überreden. Doch das Angebot wird leider nicht ausreichend genutzt, und die Freifrau macht sich große Sorgen, dass die auf sich allein gestellten Männer verrohen könnten. Es gibt Berichte, nach denen der Alkoholgenuss auf den Farmen überhandnimmt und ...«, er senkte die Stimme, »... die Mischlingsbevölkerung bedeutsam anwächst.«

»Sie meinen ...?« Offenbar scheute sich sein Vater, die Frage auszuformulieren.

»Ja, genau. Dabei sind solche Ehen strengstens verboten.« Auch Schneider schien das Thema äußerst unangenehm zu sein.

Von Seitz schüttelte angewidert den Kopf und meinte abschließend: »Es gibt tatsächlich Männer ohne jedes Standesbewusstsein.«

Während die Herren seinem Vater noch einige Fragen zu den möglichen Tischkonfigurationen stellten, wunderte sich Paul insgeheim. War es nicht völlig utopisch, mit mehr Interesse zu rechnen? Allein bei der Vorstellung, nach Afrika auszuwandern, wurde ihm mulmig zumute. Wie furchtlos oder verzweifelt mussten Männer und Frauen sein, die sich in dieser ungastlichen Wildnis ein neues Leben aufbauten? Zwar hatte die deutsche Schutztruppe wohl inzwischen alle Aufständischen unter Kontrolle gebracht, aber die Hitze, der Dreck und das Fehlen jeglicher Kultur mussten ein Leben auf diesem fremden Kontinent zu einer furchtbaren Strapaze machen.

»Tatsache ist, die Deutsche Kolonialgesellschaft benötigt unbedingt mehr Farmer, Männer und Frauen, für den wenig erschlossenen Süden. Und deshalb kam uns die Idee, durch Kolonialbälle zusätzliches Interesse zu wecken. Mein Sekretär Julius Falkenhayn ...«, von Seitz blickte auf den dunkelblonden jungen

Mann zu seiner Rechten, »… hatte die Idee, auch in einem der beliebten Seebäder ein solches Fest zu organisieren. Vielleicht sogar unter der Schirmherrschaft des Großherzogs. Doch der Ballsaal des Grand Hotels in Heiligendamm ist bereits für den Rest der Saison ausgebucht und …«

Sein Vater verzog das Gesicht. »Dann sind wir also nur zweite Wahl für Sie?«

Von Seitz, dem aufzugehen schien, dass er bei seinem Vater einen wunden Punkt getroffen hatte, schwieg betreten. Doch der Sekretär des Grafen rettete die Situation: »Mit Verlaub … aber Sie verstehen das falsch, Herr Kuhlmann«, sagte er. »Da Graf von Seitz die meiste Zeit im Ausland lebt, war er nicht umgehend über die Eröffnung des Palais Heiligendamm informiert. Aber der Aufenthalt in Ihrem exklusiven Hotel hat ihn überzeugt, dass Ihr Haus von vornherein die bessere Wahl gewesen wäre.«

Paul konnte sich ein kleines Lächeln nicht verkneifen. Das waren genau die richtigen Worte, um seinen Vater umzustimmen. Er hatte schon immer eine Schwäche für Schmeicheleien gehabt. Und waren sie noch so dick aufgetragen. Deshalb konnte Vater auch seiner aufmüpfigen Schwester Lisbeth nie lange böse sein. Sie wickelte ihn mit ihren schamlosen Komplimenten genauso um den kleinen Finger, wie es dieser Falkenhayn gerade getan hatte.

Und richtig. Die Züge seines Vaters hellten sich auf. »Da kann ich Ihnen nur beipflichten«, sagte er mit merklich geschwellter Brust. »Wir wissen, wie man einen solchen Ball anständig organisiert.«

»Schön, schön«, erwiderte Kommerzienrat Schneider knapp. »Nur eins müssen Sie mir erklären. Warum nennt sich Ihr Hotel Palais Heiligendamm, wenn es gar nicht wie das Grand Hotel in Heiligendamm liegt?«

Sein Vater konterte die Frage, indem er erklärte, besonders die internationalen Gäste verstünden auf diese Weise gleich, dass man in seinem Hotel in unmittelbarer Nähe zum weltberühmten Seebad logieren könne. Aber Paul wusste, dass er den Namen in Wahrheit aus reinen Prestigegründen gewählt hatte. Palais Heiligendamm klang einfach nobler als Palais Doberan.

Während man unter Begeisterungsbekundungen den kreisrunden Ballsaal besichtigte, schweiften Pauls Gedanken ab. Noch ein Ball! Wie schrecklich. Erneut würde er unter den Argusaugen seiner Mutter mit allen anwesenden Damen tanzen müssen und sich dabei verflixt ungeschickt anstellen, obwohl er vor einigen Jahren zur besten Tanzschule in Berlin – zu Frau Oberleutnant Weßling – geschickt worden war. Als er damals versucht hatte, sich vor dem Unterricht zu drücken, war seine Mutter zum ersten Mal hart geblieben. »Eine Tanzschule ist eine Lebensschule, mein lieber Paul«, hatte sie gesagt. »Auf dem Parkett werden bleibende Verbindungen geknüpft, und die Schwellen der Ballsäle führen in den sicheren Hafen der Ehe. Wenn du Walzer, Menuett und Polka nicht beherrschst, wirst du dich schwertun, eine standesgemäße Ehefrau zu finden.«

Man hatte es an den konzentrierten Gesichtern der weiß gekleideten jungen Damen und dem strengen Blick der Frau Oberleutnant ablesen können, dass sie allesamt genauso dachten. Tanzen war kein Vergnügen, sondern eine ernste Pflicht. Schüchtern hatte er versucht, die in ihn gesetzten Erwartungen zu erfüllen, doch die ungewohnte Nähe zum anderen Geschlecht hatte ihn dermaßen verwirrt, dass er permanent über die grazil ausgestellten Füße seiner Partnerinnen gestolpert war. Eine kräftig gebaute junge Dame hatte sich schließlich seiner erbarmt und ihn mehr oder weniger elegant über das Parkett gelotst. Doch leider war auch dies der Frau Oberleutnant nicht entgangen. »Herr Kuhlmann, ich muss doch sehr bitten«, hatte sie ihn angeherrscht. »Im Deutschen Reich führt der Herr, so hat es Gott bestimmt, so will es der Kaiser.«

»Paul?«, hörte er in diesem Augenblick seinen Vater sagen, und die heraufbeschworenen Bilder des peinlichen Tanzschulbesuchs verflogen im Nu.

»Ja, Vater?«, beeilte er sich zu erwidern. Warum fiel es ihm nur so schwer, sich auf das Geschäftliche zu konzentrieren?

»Was meinst du, Paul, schaffen wir es, diesen Ball innerhalb von vier Wochen auf die Beine zu stellen?«, erkundigte sich sein Vater, während er sich jovial über die Weste strich.

Es war eine rhetorische Frage. »Selbstverständlich«, bekräftigte Paul, wie es von ihm erwartet wurde.

»Da hören Sie es, meine Herren. Ich hoffe nur, dass Ihre Gäste so kurzfristig zusagen werden. Außerdem müssen wir uns um zusätzliche Übernachtungsmöglichkeiten kümmern, denn die Suiten des Palais sind für die nächsten Wochen komplett ausgebucht.«

Von Seitz winkte ab. »Letzteres ist kein Problem. Wir dachten sowieso in erster Linie an das Publikum vor Ort. Falkenhayn wird sich um alles kümmern.«

Sein Vater nickte. »Bedeutet das, dass Herr Falkenhayn die Zeit bis zum Ball hier verbringen wird? Als Gast meines Hotels?«

Alle Blicke wanderten zu dem Sekretär des Grafen, der ungezwungen mit den Schultern zuckte. »Wenn es Ihnen keine Umstände bereitet und Graf von Seitz mich entbehren kann … Warum nicht?«

2. Kapitel

»Himmel«, murmelte Elisabeth aufgebracht, als sie sich mit der stumpfen Nadel in die Fingerkuppe stach. Schon an grauen Tagen empfand sie das nachmittägliche Handarbeiten mit ihren Schwestern als lästige Pflicht. Aber heute, wo der Sonnenschein und das lustige Vogelgezwitscher durch das geöffnete Fenster hereindrangen, war es eine ausgesprochene Qual. Wie viel lieber wäre sie jetzt draußen auf dem Kamp spaziert, einem von Linden gesäumten Park im Zentrum von Doberan, und hätte an dem weißen Pavillon Rast gemacht, vor dem jeden Nachmittag fröhliche Musik gespielt wurde. Der von ihr gestickte Kranz aus Rosen war sowieso ganz krumm und schief geraten. Bestimmt würde ihre Mutter schimpfen und sie zwingen, alles wieder aufzutrennen. Unwillkürlich entfuhr ihr ein tiefer Seufzer.

Johanna, die ihr gegenübersaß, blickte von ihrer eigenen Stickerei auf. »Was hast du, Lisbeth?«

Bevor Elisabeth antworten konnte, mischte sich Luise ein: »Sie ärgert sich, weil sie kein Talent zur Hausfrau hat.«

»Du hast ja selber keins.« Elisabeth streckte ihrer kleinen Schwester die Zunge heraus.

»Bitte hört auf, euch zu streiten«, sagte Johanna. In ihrem Engelsgesicht lag ein strenger Ausdruck, der die Ähnlichkeit mit ihrer Mutter unterstrich. Nur dass bei ihrer älteren Schwester dieser Anflug von Autorität nie lange anhielt. Auch jetzt lächelte sie schon wieder.

»Lisbeth ist gemein. Sie weiß ganz genau, dass meine Stickerei viel schöner ist als ihre«, grollte Luise. »Außerdem werde ich bestimmt einmal eine viel bessere Hausfrau sein als sie.«

»Und wenn schon.« Achtlos warf Elisabeth ihre Stickarbeit auf den Tisch und trat ans Fenster. Wenn man die Gardine etwas zur

Seite zog, hatte man von hier aus einen wunderbaren Ausblick auf den weitläufigen Park, der hinter dem Palais angelegt worden war. Die mit weißem Kies bedeckten Pfade wurden von Blumenbeeten gesäumt, in denen Bartnelken, Levkojen und Bechermalven bunt durcheinanderblühten. In der Mitte sprudelte ein Springbrunnen aus Marmor. Jetzt im Sommer hatte ihr Vater auf der Terrasse Tische aufstellen lassen, an denen weiß livrierte Kellner Kaffee und Kuchen servierten. Einige Gäste ließen sich bereits im Halbschatten der Sonnenschirme auf diese Weise verwöhnen.

Neugierig trat Luise an ihre Seite und blickte suchend nach unten.

»Robert steht da drüben«, sagte Elisabeth und freute sich, wie die Wangen ihrer Schwester die Farbe wechselten.

»Lisbeth!«, ermahnte Johanna, die als Einzige weiterstickte. »Du solltest Lulu nicht in dieser unmöglichen Schwärmerei für unseren Oberkellner ermutigen. Wenn sie nächstes Jahr in die Gesellschaft eingeführt wird, werden sich ihre Gefühle sicherlich einem angemesseneren Objekt zuwenden.«

Luise schwieg. Sie war eine unverbesserliche Romantikerin.

»Schaut mal«, sagte Elisabeth, um von dem leidigen Thema abzulenken. »Da unten sitzt die alte Baronin von Werdenfels. Papa hat erzählt, dass sie im April ihre ganze Familie beim Untergang der Titanic verloren hat.«

»Wie schrecklich«, meinte Johanna mitfühlend und ließ die Nadel für einen kurzen Moment ruhen. »Hoffentlich findet sie in Doberan etwas Ablenkung von dieser Tragödie.«

»Papa sagt, dass sie eigentlich in einer großen Villa in Berlin lebt. Doch jetzt hält sie es dort nicht mehr aus. Zu viele Erinnerungen. Deshalb hat sie für die ganze Saison unsere Johann-Albrecht-Suite gebucht, für sich und ihre zwei Zofen.«

Johanna strich eine blonde Strähne zurück, die sich aus ihrer Frisur gelöst hatte. »Die Arme. Geld allein macht eben auch nicht glücklich.«

Luise betrachtete die ganz in Schwarz gekleidete Baronin nachdenklich. »Ja, jetzt kann sie ihre schöne Garderobe und die

Juwelen gar nicht mehr herzeigen. Kein Wunder, dass sie so traurig aussieht.« Bekümmert verzog sie ihr rundes Kindergesicht und wandte sich ab.

Offenbar bezieht sich die romantische Ader meiner kleinen Schwester nur auf ihre eigenen Gefühle, dachte Elisabeth amüsiert, während Johanna tadelte: »Lulu, das ist keine sehr feine Bemerkung, findest du nicht?«

In diesem Moment erschien die schlanke Gestalt ihres Bruders Paul auf der Terrasse. Elisabeth wollte gerade ihren Schwestern Bericht erstatten, als hinter ihm ein weiterer Mann in den Sonnenschein trat. Ungläubig kniff sie die Augen zusammen. Das konnte doch nicht wahr sein. Es war niemand anderes als der ungezogene Kerl von heute früh! Elisabeth beugte sich noch ein wenig weiter aus dem Fenster, um den Fremden genauer unter die Lupe zu nehmen. Der junge Mann schien ihren Blick zu spüren und schaute zu ihr herauf. Mit einem freundlichen Nicken grüßte er in ihre Richtung und sagte dann etwas zu Paul. Lachend schauten beide nach oben. Himmel, jetzt war es geschehen. Jetzt hatte dieser Falkenhayn ihrem Bruder die Episode von heute früh erzählt! Dass sie ihn, einen ehrenwerten Hotelgast, belauscht, beschimpft und in die Flucht geschlagen hatte, nur weil er es gewagt hatte, das Palais in einem privaten Gespräch zu kritisieren. Ein ungehöriges Verhalten schon für eine normale junge Frau, doch für die Tochter eines Hoteliers eine Todsünde. Selbst wenn dieser Mistkerl sie provoziert hatte. Elisabeth trat einen Schritt zurück und zog mit festem Ruck den Vorhang zu. Hoffentlich würde sie diesem Falkenhayn nie wieder begegnen. Missmutig griff sie nach ihrem Stickrahmen.

Eine knappe Stunde später erlöste ihre Mutter sie von der langweiligen Handarbeit und sagte, dass ein gewisser Julius Falkenhayn für die nächsten vier Wochen mit ihnen zu Abend essen werde, weil er gemeinsam mit Paul einen Kolonialball organisiere. Johanna und Luise jubelten über das anstehende Fest, doch Elisabeth konnte ihr Pech kaum fassen. Warum musste ausgerechnet jemand, der das Grand Hotel dem Palais vorzog, hier einen Ball abhalten? Vier Wochen waren eine lange Zeit. Was, wenn Falkenhayn ihren Eltern irgendwann von ihrem Benehmen erzählte? Ob sie eine Ausrede erfinden konnte, um diese Abendessen zu schwänzen? Doch so sehr sie auch grübelte, ihr wollte nichts Überzeugendes einfallen. Erst als ihre Mutter sie misstrauisch von der Seite musterte, setzte sie wieder ein Lächeln auf.

Auch wenn die Beziehung zu ihrer Mutter nicht immer leicht war, bewunderte Elisabeth deren Schönheit. Ihre Mutter war groß gewachsen und trotz der ersten Fältchen mit einem klassischen Profil und glänzenden blonden Haaren gesegnet. Elisabeth, die kleiner und zarter war als ihre beiden Schwestern, hatte dagegen leider die dunklen Haare ihres Vaters geerbt. Auch ihre Gesichtszüge waren nicht so lieblich wie die von Johanna und Luise, die zumindest äußerlich nach der mütterlichen Linie schlugen. Zudem schätzte sie den starken Charakter ihrer Mutter. Sie hatte ein scharfes, kritisches Auge und eine noch viel spitzere Zunge, die sie allerdings im Zaum zu halten wusste. Schließlich hatte sie eine tadellose Erziehung genossen.

Als eine Geborene von Wenzel entstammte ihre Mutter einer alteingesessenen, aber besitzlosen preußischen Adelsfamilie und war damit reich an Ehre, jedoch arm an Geld gewesen, als sie den jungen Hotelier Heinrich Kuhlmann auf einem Berliner Ball kennengelernt hatte. Es musste Liebe auf den ersten Blick gewesen sein, denn Elisabeths Großmutter hatte einmal angedeutet, dass ihre Tochter seinetwegen eine exzellente adelige Partie ausgeschlagen hatte. Früher hatte sich Elisabeth gefragt, ob ihre Mutter diese nicht ganz standesgemäße Verbindung bereute. Aber inzwischen glaubte sie zu wissen, was ihren Vater für ihre Mutter so anziehend gemacht hatte. Sicherlich war es nicht nur das Geld ihrer Schwiegermutter gewesen, die in zweiter Ehe einen äußerst vermögenden Likörfabrikanten geheiratet hatte. Nein, sie hatte sich vermutlich in sein charmantes, aber auch leider etwas labiles Wesen verliebt. Besonders letztere Eigenschaft musste ihr vielversprechend erschienen sein. Denn ihre Mutter war bei Weitem nicht so mild und unterwürfig, wie sie vorgab. Hinter den Kulissen übte sie einen ganz beachtlichen Einfluss auf ihren Mann aus. Und das nicht nur in familiären Belangen.

Als ihr Vater der versammelten Familie verkündet hatte, dass er beabsichtige, ein höchsten Ansprüchen genügendes Hotel an der Ostsee zu eröffnen, hatte Elisabeth dies zunächst für einen Scherz gehalten. Sie hatte sich nicht vorstellen können, dass er ernsthaft Berlin und den gemeinsam mit ihrem Onkel Hans geführten Fürstenhof verlassen würde. Zu sehr schien er mit dem lebendigen Großstadtleben und der Berliner Gesellschaft verwachsen zu sein. Doch wie sich herausstellte, war dieser hochfliegende Plan den Ambitionen ihrer Mutter geschuldet, die ihren Vater überredet hatte, sich etwas Eigenes aufzubauen und sich damit aus dem Schatten seines älteren Bruders zu lösen. Sie spielte nicht gern die zweite Geige. Jedenfalls hatten sich kurz darauf tatsächlich Architekten, Bankräte und Bauleiter bei ihnen die Klinke in die Hand gegeben, und knapp drei Jahre später war das repräsentative, mit einer weißen, neoklassizistischen Fassade geschmückte Gebäude fertiggestellt worden. Der längliche, fünf Stockwerke hohe Bau machte einen erhabenen Eindruck. Über dem Eingang prangte ein ausladender Giebel. Das darunterliegende Portal war zurückgesetzt und wurde von vier ionischen Kolossalsäulen umrahmt, die mit den beiden niedrigeren Flanken des Hotels eine einheitliche Linie bildeten. Die durchgehenden Fensterreihen der Frontseite verliehen dem Hotel ein freundliches Aussehen. Elisabeth war beim ersten Anblick ganz verzückt gewesen.

Die letzten Monate vor der feierlichen Eröffnung waren für das Einrichten, die Suche nach geeignetem Personal und für einen groß angelegten Werbefeldzug verwendet worden. Und zumindest bislang schien das Vorhaben von Erfolg gekrönt zu sein: Die exklusiven Suiten und Zimmer des Palais Heiligendamm waren in der ersten vollständigen Sommersaison seit der Eröffnung vor einem Jahr so gut wie ausgebucht. Auch wenn die Gästeschar nicht ganz so nobel und international war wie die des Grand Hotels.

Voller Stolz beobachtete Elisabeth, wie ihre Mutter, deren Rücken selbst im familiären Kreis niemals die Stuhllehne berührte, den tränenreichen Ansturm Luises abwehrte, die unbedingt ebenfalls auf den Kolonialball gehen wollte. Es war doch schön, sich gegen jemanden wie ihre Mutter auflehnen zu können. Bei ihrem Vater, der in ihren Händen weich war wie geschmolzenes Wachs, hatte sie immer ein schlechtes Gewissen, wenn sie ihn durch Schmeicheleien manipulierte. Trotzdem würde sie bei ihm vorsprechen, um zumindest heute dem heiklen Abendessen zu entgehen. Hoffentlich fragte er in dieser Angelegenheit dann nicht erst ihre Mutter um Rat. Das würde nur weiteres Misstrauen erregen. Aber das Risiko musste Elisabeth eingehen. Sie wollte keinesfalls stundenlang den Spott von diesem Falkenhayn über sich ergehen lassen.

»Bitte treten Sie ein, Herr von Schaper. Das ist die einzig verbliebene Suite mit Parkblick«, sagte Paul mit einer einladenden Handbewegung, während der vorauseilende Page die Vorhänge öffnete.

Das hereinflutende Sonnenlicht verlieh den weitläufigen, hellen Räumen einen sanften Glanz.

Der korpulente Berliner Richter, dessen intelligente Augen von seinen buschig wuchernden Augenbrauen fast zur Gänze verdeckt wurden, folgte Pauls Aufforderung und blickte sich bei jedem Schritt mit sichtlichem Wohlbehagen um. »Sehr schön, Herr Kuhlmann. Das gefällt mir! In einer solch edlen Atmosphäre wird der Urlaub zum Vergnügen.«

Paul nickte. Bei der Einrichtung der Hotelzimmer war nicht gespart worden. Die senffarbenen Seidentapeten, die geschmackvoll gemusterten Teppiche und die auf Hochglanz polierten Jugendstilmöbel hätten auch in jeder Berliner Stadtvilla Eindruck gemacht. Das Kopfteil des Bettes war mit exquisiten Holzintarsien verziert, die Farbe der Tagesdecke haargenau auf den Ton der Wände abgestimmt und das Bettzeug von feinstem Leinen umhüllt. Mehr Luxus konnte selbst das Grand Hotel nicht aufweisen.

»Und dort geht es zum Balkon?« Herr von Schaper deutete auf die bodentiefen Flügeltüren.

»Genau. Herrlich, nicht wahr?«, sagte er gepresst. Er hasste es, sich den Gästen auf diese Weise anzubiedern.

»Ganz wunderbar«, bestätigte der Richter. »Was ist das da hinten?« Er zeigte auf eine Gruppe flacher Backsteingebäude rechts vom Hotelpark.

»Das sind die Stallungen für unsere Pferde. Sie können sich gern auch mit der hoteleigenen Kutsche nach Heiligendamm fahren lassen, wenn Ihnen die Fahrt mit dem Molli nicht angenehm ist.«

Herr von Schaper nickte. Sein Blick wanderte zurück zur Inneneinrichtung und blieb an dem Kamin hängen, der hinter einer kleinen Sitzgruppe in die Wand eingelassen war. »Braucht man den im Sommer überhaupt?«

»Zurzeit nur an den kälteren Abenden. Da wir aber ganzjährig geöffnet haben, wird er im Herbst und Winter wohl öfter zum Einsatz kommen. Zusätzlich sind die Zimmer auch an die Zentralheizung angeschlossen.«

»Ist Doberan denn auch im Winter eine Reise wert?«

»Aber selbstverständlich. Alle Ärzte bestätigen, dass die Seeluft zu jeder Jahreszeit einen positiven Einfluss auf die Gesundheit hat. Und weil im Winter die Tage kürzer sind, verfügt jedes der Zimmer auch über elektrisches Licht.« Paul betätigte den Schalter, und die in Messing gefasste Hängelampe strahlte mit dem Sonnenlicht um die Wette. »Die Badezimmer haben alle fließend warmes Wasser. Außerdem gibt es in jedem der Räume elektrische Klingeln, um das Personal herbeizurufen. Der Zimmerservice ist rund um die Uhr für unsere Gäste da. Die Bettwäsche wird täglich, der Blumenschmuck in den Vasen an jedem zweiten Tag gewechselt.«

»Sehr schön«, nickte der Gast.

Paul kannte den Ausdruck, der sich gerade auf Herrn von Schapers Zügen breitmachte: Der Gast fragte sich, ob er sich diesen extravaganten Luxus überhaupt leisten konnte. Doch Herr Walter, der Empfangschef, hatte ihm auch den Umgang mit der weniger gut betuchten Kundschaft beigebracht. Und so sagte er mit Bedauern in der Stimme: »Leider haben wir nur noch diese kleinere Suite frei, die dafür aber auch etwas günstiger ist.«

Der Richter räusperte sich. »Um auf das Finanzielle zu sprechen zu kommen ...«

»... für eine Buchung würde ich Sie an unseren Empfangschef verweisen«, unterbrach ihn Paul. »Darf ich Sie nach unten begleiten?«

Während Herr von Schaper am Empfangstresen einen dreiwöchigen Aufenthalt buchte, blieb Paul im Foyer und überlegte, wie er mit den dort in Grüppchen sitzenden Gästen ins Gespräch kommen könnte. Aber er war einfach zu schüchtern. Wenn es um handfeste Aufgaben ging, wie einem Gast ein Zimmer zu zeigen oder eine Bestellung bei einem Lieferanten aufzugeben, stellte er sich inzwischen einigermaßen geschickt an. Aber dieses weitgehend inhaltslose Gesäusel, das seinen Vater als Hotelier so beliebt machte, lag ihm einfach nicht. Sehnsüchtig blickte Paul auf seine Taschenuhr. Bald war es so weit, dann fing seine Freizeit an. Doch nachdem Herr Walter den Berliner Richter verabschiedet hatte, winkte er ihn zu sich.

»Wir haben ein Problem«, meinte er düster.

»Worum geht es?« Insgeheim wünschte Paul, dass er sich getraut hätte, das Winken zu übersehen.

»Frau Schöller möchte heute Abend im Restaurant speisen.«

Paul musterte den Empfangschef überrascht. »Ja. Und?«

»Sie wissen offensichtlich nicht mehr, wer Frau Schöller ist?«

»Nein. Wer ist die Dame?«

Herr Walter kontrollierte, dass kein anderer Gast in Hörweite war, bevor er sich vertraulich über den Tresen beugte und flüsterte: »Frau Schöller ist die Dame mit dem entsetzlich unappetitlichen Hautausschlag. Sie ist in Heiligendamm bei Professor Lambert in Behandlung.«

Plötzlich erinnerte sich Paul. Sein Vater hatte der Dame extra ein Zimmer in der Nähe des rückwärtigen Ausgangs gegeben, damit sie nicht täglich das Foyer durchqueren musste. Bislang hatte sie auch alle Mahlzeiten dort eingenommen. »Ist der Ausschlag noch immer sichtbar?«, erkundigte er sich. »Oder hat die Seewasserbehandlung angeschlagen?«

»Leider nicht so, wie man es ihr wünschen würde.«

Paul seufzte. Sein Vater wäre entsetzt, wenn die Dame den anderen Gästen im Speisesaal den Appetit verderben würde. »Was schlagen Sie vor, Herr Walter?«

»Ich dachte, Sie könnten versuchen, mit ihr zu reden, und an ihren guten Willen appellieren. Wir können ihr ein solch geschäftsschädigendes Gebaren nicht durchgehen lassen.«

Allein bei dem Gedanken, der armen Frau aus ästhetischen Gründen den Besuch im Restaurant zu verweigern, wurde Paul ganz übel. Er war einfach nicht hartgesotten genug, um so etwas Herzloses zu tun.

»Und? Kann ich auf Sie zählen?«, bedrängte ihn der Empfangschef.

»Haben Sie nicht noch eine andere Idee?«, versuchte Paul, Zeit zu gewinnen.

Herr Walter lächelte sarkastisch. »Wir könnten ihr natürlich auch einen Tisch im Restaurant des Grand Hotels reservieren.«

»Ginge das?«, fragte Paul erleichtert und versuchte, sich nicht auszumalen, was sein Vater zu dieser unorthodoxen Lösung des Problems sagen würde. Kritik oder Glückwünsche, beides erschien ihm gleichermaßen möglich.

Der Empfangschef zuckte mit den Schultern. »Wenn Sie für die zusätzlichen Kosten aufkommen ... schließlich hat Frau Schöller bei uns Vollpension gebucht.«

»Daran soll es nicht scheitern«, antwortete er hastig. »Die Dame wird selbstverständlich auf unsere Kosten speisen.«

Herr Walter hob skeptisch eine Augenbraue. »Wenn Sie meinen ... Dann werde ich das so veranlassen.«

Endlich Feierabend! Die Strahlen der Spätnachmittagssonne tauchten den leeren Ballsaal in ein warmes Licht. Die am Fenster stehenden Tische und Stühle warfen lange Schatten in das Innere des Raums. Pauls beschwingte Schritte hallten, als er das Parkett der Tanzfläche überquerte, um zur leicht erhöhten Orchesterbühne zu gelangen. Nachdem er diese erklommen hatte, setzte er sich mit einem Seufzer der Erleichterung auf den Schemel hinter dem schwarz lackierten Flügel. Mit geschlossenen Augen strichen seine Finger liebkosend über die Tasten des Instruments. Er atmete tief ein. Den ganzen Tag schon freute er sich auf diese eine Stunde, in der seine Eltern ihm erlaubten, seine Liebe zur Musik auszuleben.

Eigentlich hätte er zu Ehren von Großherzog Friedrich Franz IV., dessen Hofmarschall bereits die adelige Schirmherrschaft für den Kolonialball in Aussicht gestellt hatte, die Stücke der ehemaligen Hofkapelle einstudieren sollen. Doch ihm war nicht danach, unbekannte Noten von einem Blatt abzulesen. Heute, nach dem nervenaufreibenden Mittagessen mit den Herren von der Kolonialgesellschaft und dem nicht minder anstrengenden Nachmittag, den er größtenteils in Begleitung von Falkenhayn verbracht hatte, wollte er sich in der Musik verlieren, sich zwischen den einzelnen Tönen von Mozarts Klavierkonzert Nr. 23 auflösen.

Paul setzte an. Er kannte jede Note auswendig. Trotzdem überrollten ihn die ersten Klänge der sehnsuchtsvoll klagenden Melodie wie eine Welle, erfüllten sein Herz mit einem sprudelnden Glücksgefühl. Er war wie im Rausch. Imaginäre Laute von Violinen und Querflöten vermischten sich mit den Tönen, die er dem Klavier entlockte. Die orchestrale Fülle ließ sein Innerstes erbeben. Gänsehaut überzog seine Arme. Die Musik hielt ihn in ihrem Bann und übte einen solch unwiderstehlichen Sog aus, dass er darüber jedes Zeitgefühl verlor. Selbst die Stille, nachdem er geendet hatte, fühlte sich noch wie von Mozart geschaffen an. Selig senkte er den Kopf auf die Brust. Erst ein leises Händeklatschen ließ Pauls geschlossene Augen auffliegen.

Unmittelbar vor der Bühne stand Robert, der Oberkellner des Hotelrestaurants. »Hoffentlich sind Sie mir nicht böse, dass ich gelauscht habe. Aber Sie spielen so virtuos, dass ich gar keine andere Wahl hatte.«

Eigentlich hasste er es, vor Publikum zu spielen. »Wie lange stehen Sie schon da?«

Über Roberts Gesicht flog ein entschuldigendes Lächeln. »Erst seit einigen Minuten. Ihre Musik hat mich angelockt.«

»Sie lieben Mozart?«

»Leider kenne ich mich nicht besonders mit solchen Sachen aus. Aber wenn Sie gerade etwas von Mozart gespielt haben, dann kann ich guten Gewissens behaupten, dass mir seine Musik gefällt.«

»Man muss kein Experte sein, um klassische Musik zu lieben, Robert. Das scheint mir etwas ganz Natürliches, Angeborenes zu sein«, erwiderte Paul, schon etwas versöhnlicher.

»Aber nicht jeder kann auf diesem Instrument so herrlich spielen wie Sie«, sagte der Oberkellner und trat einen Schritt näher. »Darf ich zusehen?«

Roberts Augen blickten ihn so erwartungsvoll an, dass Paul ihm diesen Wunsch nicht abschlagen wollte. »Wenn Sie unbedingt möchten.«

»Sehr gern.« Mit einem Sprung stand Robert neben ihm auf der Bühne.

»Und was wollen Sie hören?«, fragte Paul, von der plötzlichen Nähe seltsam überrumpelt.

»Ich weiß nicht … vielleicht etwas Fröhliches? Die Melodie eben war sehr gefühlvoll, aber auch ein bisschen traurig.«

Paul nickte und beschloss, eine der schwierigeren Mozartsonaten zum Besten zu geben. Konzentriert legte er die Finger auf die Tasten, und wenig später perlten die Töne im virtuosen Auf und Ab durch den Raum, voller Energie und Lebensfreude.

»Das war ganz wunderbar. Sie sind ein großer Künstler«, schwärmte Robert, als der letzte Ton verklang.

»Aber nicht doch«, sagte Paul, obwohl er sich über das Lob freute.

»Ich kann mir jedenfalls nicht vorstellen, dass das jemand schöner spielt als Sie.«

Paul lächelte. »Da müssen Sie nur einmal in Berlin ins Konzert gehen, da werden Sie sehen, wie viel besser die richtigen Pianisten sind.«

Robert seufzte. »Schade, dass Berlin so weit weg ist.«

»Ja, das stimmt, aber man könnte ja trotzdem …« Paul sprach den Satz nicht zu Ende. Hatte er dem Chefkellner tatsächlich eine Reise nach Berlin vorschlagen wollen? Das wäre seiner standesbewussten Mutter sicherlich nicht recht. Doch plötzlich regte sich Widerstand in ihm. Was sollte daran verkehrt sein? Er fühlte sich eben mit anderen Musikliebhabern viel verbundener als mit den Kulturbanausen der höheren Gesellschaft, die nur in die Oper gingen, um ihre neue Garderobe auszuführen. Erst letztes Jahr war ein Freund seiner Eltern bei Don Giovanni laut schnarchend eingeschlafen!

Robert schien das unausgesprochene Angebot gar nicht bemerkt zu haben. »Wer hat eigentlich die Musik erfunden?«, erkundigte er sich. »Oder gab es das schon immer?«

Was für eine Frage! Paul zuckte mit den Schultern. »Ehrlich gesagt, weiß ich es nicht. Aber ich vermute, dass schon die ersten Menschen ihren Kindern zum Einschlafen kleine Melodien vorgesummt haben.«

Robert stützte sich mit einer Hand auf dem Flügel ab. »Hat das Ihre Liebe zur Musik geweckt? Dass Ihre Mutter Ihnen Schlaflieder vorgesungen hat?«

Unwillkürlich musste Paul lächeln. Der Gedanke, dass seine elegante Mutter an seinem Bett saß und ihm etwas vorsang, war zu komisch. Er konnte sich nicht daran erinnern, dass sie überhaupt je seine Kinderstube betreten hatte. In dieser Zeit hatten sich verschiedene Kinderfrauen um ihn gekümmert. Er dachte kurz nach. »Nein, ich glaube, bei mir waren es ganz normale Geräusche, die mich inspiriert haben. Das melodische Plätschern von Regentropfen. Leise raschelnde Seidenkleider. Das alles findet sich in meinen Kompositionen wieder.«

»Kompositionen?«

»Musikstücke, die ich selbst verfasst habe.«

»Das können Sie?«, fragte Robert, während er mit der Hand über die glatte Oberfläche des Flügels fuhr.

»Sicher. Spielen Sie auch ein Instrument?«

Der Oberkellner schüttelte den Kopf. »Nein. Aber ein Bekannter von mir meinte einmal, Musik würde mehr sagen als tausend Worte.« Er seufzte. »Wenn man kein Instrument spielt, bleibt man stumm.«

»Ähm ... ich könnte Ihnen ein paar Stunden geben.«

Überrascht blickte Robert ihm ins Gesicht. »Das würden Sie tun?«

»Warum nicht?«

Roberts Stimme klang bedauernd, als er erwiderte: »Ihr Angebot ist großzügig, aber ich fürchte, mir fehlt die Zeit dafür. Wenn ich Ihnen ab und an lauschen dürfte, würde mir das schon reichen.«

»Natürlich, jederzeit.«

In diesem Moment öffnete sich die Tür des Ballsaals, und einer der Jungkellner steckte den Kopf zu Tür herein. »Ach, hier sind Sie, Herr Breitschneider. Der Maître d'lässt ausrichten, dass er Sie sucht. Es geht um einen Extratisch.«

»Ich komme.« Mit einer Handbewegung schickte Robert den jungen Kollegen wieder an die Arbeit. Zu Paul gewandt sagte er: »Herzlichen Dank für ... für alles.« Geschmeidig sprang er von der Bühne und strebte mit langen Schritten dem Ausgang zu.

»Guten Abend, Fräulein Kuhlmann.« Das dunkelblonde, vom Wind zerzauste Haupt von Julius Falkenhayn beugte sich tief über ihren Handrücken, um einen höflichen Kuss anzudeuten.

»Guten Abend«, erwiderte Elisabeth und zog hastig ihre Finger aus seinen. Falkenhayns Händedruck war eine Spur zu fest gewesen, aber wenigstens hatte er sich nicht anmerken lassen, dass sie einander bereits begegnet waren.

Nachdem sie am gestrigen Abend dem gemeinsamen Essen entgangen war, weil ihr Vater sich spontan für eine Mahlzeit mit Falkenhayn unter vier Augen entschieden hatte, war ihr das Glück heute nicht so hold. Nach einer Kutschfahrt hatte sich ihre ganze Familie auf der belebten, im Abendglanz der untergehenden Sonne leuchtenden Strandpromenade in Heiligendamm versammelt, um anschließend mit Falkenhayn im Restaurant des Grand Hotels zu speisen. Über ihnen kreischten lustig einige Möwen, doch zumindest ihr Vater und sie selbst waren zu angespannt, um das maritime Ambiente genießen zu können. Offenbar hatte der Sekretär seine Meinung über die günstigere Lage des Konkurrenzhotels gestern in einer abgemilderten Form wiederholt, denn ihr in Finanzangelegenheiten manchmal etwas sorgloser Vater hatte sich in den Kopf gesetzt, ihm zu beweisen, dass der dortige Service nicht mit dem im Palais mithalten konnte. Während sie im Entenmarsch den Eltern, Paul und Falkenhayn folgten und ihre Schwestern nicht die Augen von den tanzenden, mit Schaum gekrönten Meereswellen abwenden konnten, bebte Elisabeth innerlich. Zum ersten Mal würde sie auch das Innere des sagenumwobenen Grand Hotels erleben, dessen elegante weiße Fassade schon aus der Entfernung beeindruckte. Ob das Palais tatsächlich mit so viel Glanz mithalten konnte? Sie hoffte es.

Ihr Einzug in das Restaurant führte durch die imposante Eingangshalle, vorbei an vornehm gekleideten Menschen und einem Heer von liviertem Personal. Alles war wesentlich größer und eindrucksvoller als im Palais, wie Elisabeth enttäuscht feststellen musste. Die Messingbeschläge an den Türen waren dermaßen auf Hochglanz poliert, dass man sich darin spiegeln konnte. Doch noch war nichts verloren. Bisher war alles Blendwerk. Die wahren Werte des Hotels würden sich erst bei der Mahlzeit offenbaren, versuchte sie sich selbst Mut zuzusprechen, als ihre Familie an einem ovalen, mittig gelegenen Tisch Platz nahm. Missmutig ließ Elisabeth ihren Blick über die perfekt gedeckte Tafel und die edle Einrichtung schweifen, bis sie den belustigten Gesichtsausdruck Falkenhayns bemerkte, der ihr genau gegenüber saß. Der Sekretär war von ihrem Vater zwischen Johanna und Paul platziert worden. Ob er ahnte, was ihr durch den Kopf ging? Schnell versenkte sie die Nase zwischen den Seiten der in weichem Kalbsleder gebundenen Karte.

»Am besten nehmen wir das achtgängige Menü einschließlich der Weinempfehlung«, erklärte ihr Vater in diesem Moment. »Wenn wir alle das Gleiche essen, kann keiner schummeln und sagen, sein Gericht sei besser als die anderen. Außerdem sollten selbst dem Grand Hotel acht Versuche reichen, um etwas Annehmbares aufzutischen.«

Nachdem Falkenhayn zugestimmt hatte und alle Speisekarten wieder eingesammelt waren, begann das Tischgespräch. Wie gewöhnlich drehte es sich zunächst um das Wetter und andere Belanglosigkeiten. Alle beteiligten sich, selbst der sonst eher ruhige Paul. Nur ihr Vater konnte nicht verbergen, um welches Thema seine Gedanken in Wahrheit kreisten.

»Sie dürfen Ihre Erwartungen an die Speisen nicht zu hoch schrauben«, raunte er Falkenhayn vertraulich zu. »Es haben sich schon einige Gäste darüber beschwert, dass das Grand Hotel zwar exklusive Preise verlangt, aber die Leistungen der Küche und des Personals dahinter zurückbleiben.«

Der Sekretär lächelte. »Warten wir es ab.«

Auf der Stirn ihrer Mutter bildete sich eine steile Falte. Wahrscheinlich fand sie es unkultiviert, derart offen über die Konkurrenz herzuziehen. »Wo ist eigentlich Ihr Zuhause, Herr Falkenhayn?«, fragte sie und breitete anmutig die Serviette über ihren Schoß, das unausgesprochene Kommando für Elisabeth und ihre

Schwestern, es ihr gleichzutun. Sie alle waren an diesem Abend noch hübscher herausgeputzt als sonst. Luise, die rechts von Elisabeth saß, trug ein entzückendes grünes Taftkleid mit passender Schleife im Goldhaar, während Johanna ihre weiblichen Formen in einer mit echter Brüsseler Spitze verzierten dunkelblauen Robe zur Geltung brachte. Nur sie selbst fühlte sich in ihrem perlenbesetzten violetten Musselinkleid nicht recht wohl. Das gute Stück hatte vormals Johanna gehört und wirkte leider etwas altmodisch. Elisabeth ärgerte sich darüber, obwohl es ihr eigentlich herzlich egal sein konnte, ob irgendjemand sie attraktiv fand oder nicht.

»Ich lebe im Jahr fünf Monate in Deutsch-Südwestafrika und fünf Monate in Berlin«, beantwortete Falkenhayn die Frage ihrer Mutter.

»Und die restlichen zwei Monate?«, rutschte es Elisabeth heraus. Eigentlich hatte sie sich fest vorgenommen, Falkenhayn keinesfalls unnötige Aufmerksamkeit zu schenken oder gar das Wort an ihn zu richten.

Seine seltsam hellbraunen Augen, die Elisabeth an zwei Kandisstücke erinnerten, trafen über den Tisch hinweg auf ihre blauen. »Die restliche Zeit verbringe ich auf dem Schiff, Fräulein Kuhlmann. Eine Überfahrt dauert jeweils vierundzwanzig Tage.«

»Na, hoffentlich sind Sie seefest«, meinte ihr Vater, während jedem Gast als Amuse Bouche einige Austern auf Eis serviert und dazu die Gläser mit Champagner gefüllt wurden. »Vierundzwanzig Tage sind ja kein Pappenstiel.« Nachdem die Kellner wieder abgetreten waren, hob er sein Glas und fügte hinzu: »So weit, so gut. Bei Austern kann man auch nicht viel falsch machen.«

Ihre Mutter nippte an ihrem Champagner und erklärte, die unterschwellige Kritik ignorierend: »Meine Frage zielte eigentlich auf Ihre wahre Heimat ab. Wo lebt Ihre Familie?«

Über Falkenhayns Gesicht zog ein Schatten. »Meine Eltern sind beide schon vor längerer Zeit verstorben, Frau Kuhlmann. Aber gebürtig komme ich aus Berlin.«

Jede andere Dame hätte die Sache damit auf sich beruhen lassen, aber Empathie gehörte leider nicht zu den Stärken von Elisabeths Mutter. »Mein Beileid. Dann sind Sie nach dem Tod Ihrer Eltern bei Berliner Verwandten aufgewachsen?«

Elisabeth sah, wie Johanna peinlich berührt den Blick senkte. Doch der Rest ihrer Familie hing an Falkenhayns Lippen.

»Nein, Frau Kuhlmann. Das bin ich nicht.« Seine ausweichende Antwort war ein Affront, obwohl sein Ton höflich und die Frage ihrer Mutter mehr als unsensibel gewesen war.

Für einen Moment herrschte am Tisch betretenes Schweigen. Der Mund ihrer Mutter kräuselte sich empört. Schließlich entschärfte ihr Vater die heikle Situation. »Und wann haben Sie das erste Mal diese weite Reise nach Afrika angetreten?«

»Das war im Mai 1904«, sagte Falkenhayn unbeeindruckt.

Johanna beugte sich eifrig nach vorn. »Vor acht Jahren! Da müssen Sie noch ganz jung gewesen sein, Herr Falkenhayn.«

Zum ersten Mal lächelte der Sekretär. »Das stimmt. Ich war erst achtzehn. Aber in Afrika wird man schneller erwachsen als in Deutschland.«

»Wie meinen Sie das?«, erkundigte sich Elisabeth überrascht.

»Damals herrschte dort gerade Krieg. Die einheimischen Hereros hatten sich gegen ihre Kolonialherren aufgelehnt. Es war eine harte und grausame Zeit, da fiel es schwer, sich an naive Jugendideale zu klammern.«

»Das kann ich mir vorstellen«, stimmte ihr Vater zu. »Aber Recht muss Recht bleiben. Die Eingeborenen hatten deutsche Siedler umgebracht. Da musste die deutsche Schutztruppe doch mit aller Härte und Heldentum vorgehen.«

Falkenhayn blickte auf seinen Teller mit den leeren Austernhälften, der gerade abgeräumt wurde. »Mit Härte und Heldentum«, wiederholte er tonlos. Dann sah er auf und lächelte. Doch es war nicht das gleiche warme Lächeln wie zuvor.

Leider schmeckte die feine Krabbensuppe, die als Nächstes serviert wurde und deren Sahnehäubchen mit einer großzügigen Portion Kaviar garniert war, ganz ausgezeichnet. Keiner am

Tisch äußerte sich dazu. Alle genossen schweigend. Elisabeth bemerkte den verärgerten Blick ihres Vaters.

Ihre Mutter schien auch beim nächsten Gang – gebratene Gänseleber mit Sommertrüffel, Brioche und Cassis-Sorbet – das vorherige Thema nicht für abgeschlossen zu halten, denn sie erklärte: »Ich verstehe sowieso nicht, warum die Eingeborenen gegenüber den deutschen Missionaren und Siedlern nicht mehr Dankbarkeit an den Tag legen. Schließlich bringen die ihnen doch erst Disziplin, Hygiene, Gehorsam, Sitte und Anstand bei. Nur so werden aus den primitiven Heidenkindern höher gestellte Lebewesen. Man erlöst sie aus der Finsternis des Unwissens.« Beifall heischend blickte sie in die Runde.

»Sicher, gnädige Frau«, antwortete Falkenhayn knapp.

»Gibt es dort auch echte Menschenfresser?«, rief Luise plötzlich.

Der Sekretär zog gespielt ernst die Augenbrauen hoch. »Nur ganz wenige, Fräulein Kuhlmann. Aber man muss natürlich immer auf der Hut sein. Sie mögen ganz besonders so hübsche junge Damen wie Sie!«

Luise kreischte auf vor wohligem Entsetzen, und ihre Mutter warf ihr einen strengen Blick zu.

»Das ist doch reiner Humbug, nicht wahr?«, erkundigte sich Paul, dessen Gesicht eine Spur blasser geworden zu sein schien.

»Natürlich«, bestätigte Falkenhayn. »Die Einheimischen, die den Aufstand überleb…« Er machte eine kurze Pause, bevor er weitersprach. »Also, das sind alles recht sanfte und gehorsame Menschen. Es gibt dort selbstverständlich keine Menschenfresser.«

Selbst dieses exotische Thema konnte Elisabeth nicht lange fesseln, denn sie teilte die wachsende Unruhe ihres Vaters, die sich deutlich auf seinem Gesicht abzeichnete. Bislang hatte sie weder am Essen noch am Service des Restaurants irgendwelche Mängel ausmachen können. War das Grand Hotel also tatsächlich besser als das Palais? Warum nur hatte sich ihr Vater auf diesen direkten Vergleich eingelassen? Manchmal war er doch ein rechter Spieler.

»Wie sieht es in Afrika aus?«, fragte Johanna interessiert. »Ist die Landschaft so aufregend schön wie auf den Postkarten, die man kaufen kann?«

Falkenhayn nickte. »Ja, das ist sie. Es gibt dort eine ganz wundervolle Weite und viel Abwechslung. Einerseits die Küste und das rauschende Meer, das allerdings eine ganz andere Farbe als die Ostsee hat. Fast türkisfarben. Andererseits wird man nahezu ehrfürchtig, wenn man zum ersten Mal die erhabenen roten Wüstendünen vor dem strahlend blauen Himmel sieht. Dazwischen, im Landesinneren, liegen vereinzelte Gebirgszüge, im Süden die bis zu zweitausend Meter hohen Karasberge. Und überall trifft man auf wilde Tiere, die man hier noch nicht einmal im zoologischen Garten zu sehen bekommt.«

Elisabeth nutzte den günstigen Augenblick, in dem alle Anwesenden von Falkenhayns Schilderungen gefesselt waren, um unauffällig ihr Fischmesser mit dem Ellbogen vom Tisch zu schieben. Lautlos fiel es auf den weichen Teppich. Beim nächsten Gang würde sie das fehlende Besteck beanstanden. Auch wenn sie ein schlechtes Gewissen plagte – die leidende Miene ihres Vaters hielt sie nicht länger aus. Wenn das Grand Hotel von sich aus keine Fehler machte, musste sie eben ein wenig nachhelfen.

Doch noch bevor der Fisch serviert wurde, trat ein aufmerksamer Keller an ihre Seite und legte ein frisches Messer auf. »Entschuldigen Sie, gnädiges Fräulein. Ihres ist gerade heruntergefallen.«

»Danke. Wie ungeschickt von mir.« Elisabeths Wangen röteten sich. Ob Falkenhayn ihr kleines Manöver durchschaut hatte?

Quer über den Tisch warf ihr der Sekretär einen prüfenden Blick zu. »Haben Sie sich wehgetan?«

»Selbstverständlich nicht«, sagte sie und widmete sich dem Kabeljaufilet mit Beurre blanc, der glasig gebraten und damit leider genauso wenig zu beanstanden war, wie der dazu gereichte Weißwein.

»Gibt es dort drüben auch schon so viele Automobile wie in Berlin?«, wollte Paul wissen, der ein großer Anhänger dieses neuen Fortbewegungsmittels war und seinen Vater schon seit längerem bekniete, eines zu erwerben.

Falkenhayn schüttelte den Kopf. »Nein, die würden in der Regenzeit im Sand oder im Schlamm steckenbleiben. Außer der Eisenbahn gibt es dort nur Pferde, Reitochsen und Dromedare. Statt einer Straßenbahn verkehren Ochsenkarren.«

Während sich die Herren über den technischen Fortschritt im Allgemeinen unterhielten, erspähte Elisabeth auf dem Kleid ihrer jüngeren Schwester ein langes Haar. Das war die Lösung! Dezent legte sie ihr Messer ab, pickte – von den anderen unbemerkt – das Haar vom Ellbogen ihrer Schwester und versteckte es blitzschnell unter ihrer Serviette. Dort riss sie es unauffällig in drei Teile.

Mit vor Aufregung zitternden Händen wartete sie auf das Hasenragout, das als Nächstes serviert werden sollte. In Gedanken übte sie die wenigen Handgriffe, die zu dem gewünschten Ergebnis führen sollten. Anschließend klemmte sie die drei Haarschnipsel zwischen Daumen und Zeigefinger. Hoffentlich fielen sie in das Ragout und nicht daneben.

»Papa, ich würde das alles auch gern einmal sehen«, sagte Luise, die glücklicherweise nichts von Elisabeths Manövern mitbekommen hatte. »Darf ich bitte auch einmal nach Afrika reisen?«

»So weit kommt es noch«, sagte ihr Vater stirnrunzelnd. »Erst sich vor Menschenfressern fürchten und dann gleich eine Überfahrt buchen. Das sieht dir ähnlich.«

»Vielleicht müssen Sie demnächst gar nicht mehr dorthin reisen, um die Schönheit der Kolonie bewundern zu können«, meinte der Sekretär geheimnisvoll.

»Wird es eine Volksschau mit den Eingeborenen und ihren Tieren geben?«, erkundigte sich ihre Mutter. »Ich habe so etwas einmal bei Hagenbeck in Hamburg gesehen. Damals konnte man sie ganz sicher hinter Gittern bestaunen.«

»Das weiß ich nicht, gnädige Frau«, erwiderte der junge Mann.

»Ich dachte eigentlich mehr an Kameraaufnahmen. Ich habe in Berlin eine Zwei-Verschluss-Kamera der Firma Ernemann erworben, also ein Gerät, das man ganz leicht bei sich führen kann. Und ich habe mir fest vorgenommen, bei meinem nächsten Besuch die Kolonie in all ihrer Schönheit festzuhalten.«

In diesem Moment wurde der nächste Gang serviert. Nach einem vorsichtigen Blick in die Runde griff Elisabeth nach ihrer Gabel und streute gleichzeitig die drei kurzen Härchen über das Gericht. Luises goldblondes Engelshaar hob sich ganz wunderbar von der dunkelroten Farbe des Ragouts ab. Jetzt musste sie nur noch ein wenig schauspielern. »Mama?«, fragte sie unschuldig. »Schau mal, ich glaube, da ist etwas in meinem Ragout.«

Ihre Mutter ließ sie nicht im Stich. »Igitt! Da sind ja Haare in deinem Essen«, rief sie so laut, dass sofort ein Kellner herbeieilte.

Es folgte ein großes Spektakel, bei dem sich der Kellner und selbst der Maître d' ganz formell am Tisch entschuldigten und ihnen *allen* einen frischen Teller Ragout servierten. Anschließend dozierte ihr Vater selig über die notwendige Aufsicht in der Küche und dass Hygiene eben das Allerwichtigste sei. Von Zeit zu Zeit spürte Elisabeth den Blick des Sekretärs auf sich ruhen, doch sie erwiderte ihn nicht. Hauptsache, ihr Vater lächelte wieder, und die Ehre des Palais war gerettet. Alles andere war ihr egal. Selbst wenn Falkenhayn vermutete, dass sie ihre Finger im Spiel gehabt hatte … beweisen konnte er gar nichts.

Es war schon sehr spät, als sich Minna auf den Weg zu ihrer Kammer machte. Die Damen der Familie hatten sich zwar nach ihrer Rückkehr umgehend zurückgezogen, aber die Herren hatten noch bis weit nach Mitternacht dem Wein zugesprochen und sogar Zigarren geraucht. Im Wohnzimmer! Die gnädige Frau würde ihrem Gatten morgen eine gehörige Standpauke halten, obwohl Minna extra länger geblieben war, um das verräucherte Zimmer zu lüften. Auch wenn ihre Beine und Füße schmerzten, als sie die schmale Treppe zum Dachboden hinaufstieg, musste sie sich eingestehen, dass ihr der Abend gefallen hatte. Die Unterhaltung der Herren, oder zumindest der Teil davon, den sie beim Servieren des Weins mitbekommen hatte, war ebenfalls sehr spannend gewesen. Der junge Gast hatte über den geplanten Kolonialball gesprochen. Und über die Siedler, die man für ein neues Leben in Afrika suchte. Es hatte sich fast wie eine dieser Romangeschichten angehört, die sie so gern las. Jede Woche ging sie an ihrem freien Tag in die Doberaner Bibliothek, um sich ein neues Buch auszuleihen, welches sie anschließend auf einer Parkbank verschlang. Wenn sie ehrlich war, hatte ihr dieser Julius Falkenhayn auch ziemlich gut gefallen. Was für ein attraktiver Mann. Blond und sehr männlich. Außerdem hatte er so eine herrlich dunkle Stimme.

Inzwischen stand Minna vor der Tür ihrer Kammer und drückte vorsichtig die Klinke hinunter. Sie musste leise sein, Bertha schlief bestimmt schon. Auf Zehenspitzen schlich sie zu ihrem Bett, tastete nach den Streichhölzern und entzündete die kleine Petroleumlampe auf ihrem Nachttisch. In dem schummerigen Licht sah sie die kräftige Gestalt von Bertha unter der Decke liegen. Ihr Brustkorb hob und senkte sich mit jedem Atemzug. Glücklicherweise ruhte sie auf der Seite und hatte das Gesicht zur Wand gedreht. Wenn sie auf dem Rücken lag, konnte sie manchmal ganz schön laut schnarchen. Minna band sich die weiße Schürze ab und öffnete mit einer kleinen Verrenkung die Knöpfe am Rücken ihres schwarzen Hauskleids. Als sie es sich anschließend über den Kopf zog, roch sie Tabakqualm. Oh nein! Sie konnte unmöglich morgen mit dem stinkenden Kleid ihren Dienst antreten. Also würde sie jetzt im Dunkeln in die Wäscherei huschen müssen, um ihr einziges anderes Kleid zu holen, das sicher schon gewaschen und gebügelt war, aber eben noch im Keller.

Leise fluchend schlüpfte sie in das lange weiße Nachthemd und zog ihren Morgenrock darüber. Anschließend nahm sie die Lampe in die Hand und ging zur Tür. Hoffentlich sah sie niemand in diesem despektierlichen Aufzug. Auf dem Weg nach unten dachte sie an die armen Waschfrauen, die von früh bis spät die vielen Laken und Bettbezüge des Hotels reinigen mussten. Das war sicherlich die schwerste Arbeit im ganzen Haus. Stundenlang musste die Weißwäsche in großen Bottichen mit heißer Lauge gerührt, anschließend auf dem Waschbrett geschrubbt und wieder ins Wasser getaucht werden. Dann wurde die schwere, noch feuchte Wäsche ausgewrungen und zum Trocknen aufgehängt. Auch das Bügeln mit den schweren Eisen, an denen man sich böse verbrennen konnte, war kein Zuckerschlecken. Kein Wunder, dass diese Arbeit von den kräftigen Frauen übernommen wurde, die auf den Bauerhöfen rund um Doberan aufgewachsen waren. Minna mochte sie alle, weil sie trotz der schweren Arbeit immer freundlich zu ihr waren.

Als Minna den untersten Absatz der Gesindetreppe erreichte, hielt sie kurz inne und lauschte. Selbst um diese Zeit kam das Hotel nicht vollständig zur Ruhe: Im großen Foyer saß der Nachtportier hinter dem Rezeptionstresen, und vier Pagen hatten Nachtdienst. Manchmal wurde ein Hotelbewohner krank, und es musste nach dem Arzt geschickt oder andere unaufschiebbare Botengänge mussten erledigt werden. Für den Fall, dass es auf den Zimmern einen umgestoßenen Aschenbecher aufzuräumen oder besudelte Bettwäsche zu wechseln gab, saßen sechs Stubenmädchen gähnend im Personalraum, und selbstverständlich hielt sich auch in der Küche eine Mindestbesetzung in Bereitschaft, um die nächtlichen Gelüste der Gäste zu stillen. Die Wäscherei und das Bügelzimmer waren allerdings unbesetzt.

Nachdem Minna um die Ecke gelugt hatte, um sich zu überzeugen, dass der Gang verwaist war, sprintete sie los. Als sie mit der Petroleumlampe in der Hand die Wäscherei betrat, stieg ihr beißender Laugengeruch in die Nase, obwohl die Bottiche jeden Abend geleert wurden. Wahrscheinlich setzte sich der Gestank in der moderigen Luft fest.

Mit schnellen Schritten durchquerte sie den Waschraum und betrat das Hinterzimmer, in dem mehrere Schränke aufgestellt waren. Jeder Mitarbeiter verfügte hier über sein eigenes Fach. Die Angestellten mussten ihre Leibwäsche selbst sauber halten, aber die zwei Arbeitsuniformen, die sie bei der Einstellung ausgehändigt bekamen, wurden von der hoteleigenen Wäscherei gereinigt.

In dem Fach mit Minnas Namen lagen ihr frisches Hauskleid und die zweite Schürze. Erleichtert griff sie danach, als weiter hinten im Raum ein Geräusch ertönte. Da atmete doch jemand, oder bildete sie sich das ein?

»Hallo? Ist da wer?«, fragte sie in die Dunkelheit hinein.

Doch niemand antwortete. Stattdessen hörte sie ein seltsames Rascheln. Konnte sich eine Maus hierher verirrt haben? Nein, Mäuse atmeten nicht so schwer. Plötzlich bekam sie es mit der Angst zu tun. Was, wenn der freche Page ihr hier unten auflauerte? Dann wäre sie ihm hilflos ausgeliefert. Niemand würde ihre Schreie hören.

Mit bebendem Herzen umklammerte sie ihre Kleidung und drehte das Licht der Lampe ab. Auf Zehenspitzen schlich sie durch den Waschraum und tastete sich an der gegenüberliegenden Wand entlang bis zur Tür. Geschafft. Erleichtert drückte sie die Klinke hinunter und trat in den Gang. Minna hatte die Gesindetreppe noch nicht erreicht, als sie plötzlich Schritte hinter sich vernahm. Schneller werdende Schritte. Sie raffte ihren Morgenrock und legte an Tempo zu, doch im nächsten Moment umklammerte ein muskulöser Arm ihre Taille, und sie spürte den warmen Atem ihres Angreifers im Nacken. In ihrem Eifer, sich freizukämpfen, ließ sie die Petroleumlampe fallen, die scheppernd zu Bruch ging. Auch das saubere Kleid entglitt ihr und fiel zu Boden. Doch der kräftige Arm blieb wie ein Schraubstock um ihre Mitte gepresst.

3. Kapitel

»Herr von Schaper, darf ich Ihnen meinen Vater vorstellen?«, sagte Paul. »Vater, wir haben einen neuen Stammgast. Herr von Schaper gefällt es so gut bei uns, dass er gerade noch zwei Wochen im Herbst gebucht hat.«

»Das ist wunderbar.« Sein Vater reichte dem Richter die Hand. »Werden Sie allein anreisen?«

»Nein, meine Frau kommt das nächste Mal mit. Sie ist zurzeit mit ihrer Schwester in Kur.«

Während sein Vater charmant mit dem Gast plauderte und sofort eine persönliche Verbindung aufbaute, hoffte Paul, der am heutigen Tag den kranken Herrn Walter vertrat, dass er bei der Buchung keinen Fehler gemacht hatte. Im Geiste ging er noch einmal alle Schritte durch.

Als er vom Tresen aufblickte, schien gerade eine Schockwelle durch seinen Vater zu laufen. Ungläubig starrte er einen grauhaarigen Mann an, der durch die Eingangshalle auf ihn zusteuerte. »Bitte entschuldigen Sie, Herr von Schaper. Ein alter Bekannter …«, stammelte er und eilte dem unbekannten Mann entgegen.

»Kann ich noch etwas für Sie tun?«, fragte Paul und beobachtete, wie sein Vater auf den Grauhaarigen einredete.

»Nein, danke. Ich werde jetzt einen Strandspaziergang machen.«

»Viel Spaß dabei«, antwortete Paul höflich.

Als sein Vater fünf Minuten später zum Tresen zurückkehrte, war er aschfahl im Gesicht.

»Wer war das?«, flüsterte Paul besorgt, obwohl sämtliche Gäste sich außer Hörweite befanden.

»Krause«, erwiderte sein Vater und stützte sich haltsuchend auf den Tresen. »Er hat zehn Prozent der Anteile des Grand Hotels gekauft und sitzt ab heute nicht nur in dessen Aufsichtsrat, sondern ist auch noch der neue Ortsvorsteher von Heiligendamm.«

Der Name Krause war Paul geläufig. Er wusste, dass der Hamburger Hotelier und sein Vater schon früher aneinandergeraten waren, unter anderem, weil ein Strohmann Krauses versucht hatte, ihn und seinen Bruder Hans aus dem Pachtvertrag des Berliner Fürstenhofs hinauszudrängen, um sich auf diese schäbige Art ein zusätzliches Standbein in der Hauptstadt zu verschaffen. Letztendlich war Krauses Vorhaben gescheitert, aber sein Vater hatte ihm erst mit einer Klage wegen übler Nachrede drohen müssen, bevor er die Waffen streckte. Und jetzt trat dieser Mann als Ortsvorsteher und unmittelbarer Konkurrent in Heiligendamm in Erscheinung!

»Wenn ich gewusst hätte, dass die Aktien des Seebads und des Grand Hotels zum Verkauf angeboten werden würden, hätte ich doch niemals …« Sein Vater fuhr sich mit beiden Händen über die ergrauten Schläfen.

»Was hättest du dann niemals?«, fragte Paul.

»Mich in das ganze Abenteuer mit dem Palais Heiligendamm gestürzt!« Die Stimme seines Vaters klang aufgebracht. »Bist du dir eigentlich bewusst, wie viel Geld und Arbeit in diesem Neubau stecken? Das Geschäft ist zwar gut angelaufen, aber wenn die Gäste nur für ein paar Monate ausbleiben, steht uns das Wasser bis zum Hals. Den größten Teil haben schließlich die Banken finanziert, und die werden nicht viel Geduld haben, wenn unsere Zahlen hinter den Erwartungen zurückbleiben. Und nun setzt sich ausgerechnet Krause ins gemachte Nest! Wer weiß, was sich dieser Mann alles einfallen lässt, um uns das Geschäft zu vermiesen.«

Paul schluckte nervös. »Wir müssen doch nicht gleich vom Schlimmsten ausgehen. Wahrscheinlich hat er die Unstimmigkeiten zwischen euch längst vergessen«, versuchte er zu beschwichtigen.

Sein Vater schnaubte durch die Nase. »Niemals. Aber wahrscheinlich bleibt uns nichts anderes übrig, als seinen ersten Schachzug abzuwarten.«

Aus Erfahrung wusste Paul, dass man mit seinem Vater nicht über solche Dinge diskutieren konnte. Wenn seine Meinung zu einem Thema erst einmal feststand, rückte er nicht für Geld und gute Worte davon ab. »Wirst du Mutter davon erzählen?«

»Großer Gott, nein. Das würde sie fürchterlich aufregen.«

»Du wirst es ihr nicht ewig vorenthalten können.«

»Ja, das stimmt. Aber wir wollen damit warten, bis sie sich von gestern Abend erholt hat.« Sein Vater verzog das Gesicht, als ob er auf eine Zitrone gebissen hätte.

»Von gestern Abend?«

»Ja, sie ist leider nicht besonders gut auf den Sekretär des Grafen zu sprechen. Dabei finde ich den jungen Mann eigentlich ganz patent. Oder was ist deine Meinung dazu, mein Junge?«

Natürlich war Paul die Abneigung seiner Mutter gegenüber Falkenhayn nicht entgangen. Er hatte eine sehr feine Antenne für ihre Gefühlslagen. Doch seine Antwort musste, wie so oft, eine diplomatische Gratwanderung zwischen den unterschiedlichen Standpunkten seiner Eltern sein. »Also … persönlich fand ich Falkenhayn ganz nett, aber ich kann nachvollziehen, dass Mutter ihm seine teilweise bockigen Antworten übel genommen hat.«

Sein Vater runzelte die Brauen. »Seine bockigen Antworten? Manchmal habe ich das Gefühl, nicht am selben Tisch gesessen zu haben wie ihr. Was soll Falkenhayn denn Schlimmes gesagt haben?«

»Er hat Mutter ziemlich ungehörig die Antwort auf ihre Fragen verweigert.«

»Bloß weil er nicht über den Tod seiner Eltern reden wollte? Himmelherrgott, das kann man doch verstehen. Das Thema ging ihm nahe.«

Paul zuckte mit den Achseln. Jetzt wusste sein Vater Bescheid und konnte seine eigenen Schlüsse ziehen.

»Jedenfalls besteht sie darauf, die privaten Abendeinladungen für Falkenhayn rückgängig zu machen. Dabei bringt mich das in Teufels Küche. Der Kolonialball wird uns ein hübsches Sümmchen einbringen, da kann ich doch nicht den Sekretär des Auftraggebers vor den Kopf stoßen.«

Manchmal übertrieb es seine Mutter wirklich mit ihren Launen. Paul legte den Zeigefinger an die Nase und dachte nach. »Und was wäre, wenn wir beide jeden Abend mit ihm im Hotelrestaurant speisen würden? Das gäbe dem Ganzen einen geschäftlichen Anstrich, und gleichzeitig würdest du Mutters Anforderungen erfüllen.«

Sein Vater zog die Stirn in Falten. »Du willst vier Wochen lang auf die Abendessen mit der Familie verzichten?«

»Wenn es dem häuslichen Frieden dient.«

»Ich bin mir nicht sicher, ob diese Lösung deine Mutter glücklicher machen wird«, meinte sein Vater gedankenverloren. »Aber du hast recht, auf diese Weise ist das Hauptproblem vom Tisch. Bitte veranlasse eine entsprechende Reservierung im Restaurant.« Er drückte sich energisch vom Tresen ab. »Und wegen Krause lasse ich mir etwas einfallen. Ich kann auf keinen Fall zulassen, dass er mit faulen Tricks meine Gäste ködert.«

Paul seufzte. »Du weißt doch noch gar nicht, ob er das überhaupt vorhat. Meines Erachtens unterscheidet sich die Klientel der beiden Hotels doch ganz beträchtlich.«

Sein Vater blickte ihn grollend an. »Willst du mir etwa unter die Nase reiben, dass das Grand Hotel eine exklusivere Kundschaft hat als wir?«

Eigentlich hatte Paul genau das sagen wollen, aber jetzt schüttelte er den Kopf. »Nein, Vater. Ich meine, dass das Grand Hotel doch hauptsächlich von seinen langjährigen Stammkunden gebucht wird, dass wir also gar nicht sicher wissen, ob es dort überhaupt freie Zimmer gibt.«

Diese Antwort schien die Laune seines Vaters nur geringfügig aufzubessern. »Na gut, dann warten wir es eben ab«, sagte er und marschierte ohne Verabschiedung davon.

Paul atmete auf. Plötzlich hörte er ein knarrendes Geräusch und drehte sich um. Die Tür zu dem kleinen Büro hinter dem Tresen, die bislang angelehnt gewesen war, öffnete sich, und seine Schwester trat heraus.

»Lisbeth!« Er versuchte, streng dreinzublicken. »Du solltest dich doch nicht heimlich in Herrn Walters Büro schleichen. Das gehört sich nicht.«

»Aber ich habe keine andere Wahl, Paul. Ansonsten erfahre ich gar nicht, was sich im Hotel abspielt.« Sie schien noch nicht einmal ein schlechtes Gewissen zu haben. »Was könnte dieser Krause denn tun, um unsere Gäste zu ködern?«, fragte sie, anstatt sich fürs Lauschen zu entschuldigen.

»Darüber solltest du dir nicht dein hübsches Köpfchen zerbrechen.«

Elisabeth presste verärgert die Lippen aufeinander. »Hör auf, Paul. Du weißt ganz genau, wie wichtig mir unser Hotel ist.«

Ja, das wusste er. Meistens fand er das auch recht putzig. Aber manchmal übertrieb es seine Schwester. Sich hinter einer Tür zu verstecken, um geschäftliche Besprechungen zu belauschen, ging über ein gesundes Maß an Interesse hinaus. Doch er wollte nicht das harmonische Verhältnis zwischen ihnen aufs Spiel setzen. Deshalb lenkte er ein. »Ja, Lisbeth. Aber wie du gehört hast, glaube ich nicht, dass Krause etwas Unlauteres tun wird. Er muss schließlich an seinen Ruf als neuer Ortsvorsteher denken.«

Elisabeth tätschelte seinen Arm. »Ach, Paulchen. Du bist einfach zu lieb für diese Welt. Du glaubst immer, alle Menschen wären genauso gutmütig wie du.«

Er lächelte. »Ich habe ja auch viel weniger Lebenserfahrung als du, stimmt's, Lisbeth?« Doch seine Ironie schien an ihr abzuprallen.

»Und Vater hat für den Bau des Palais tatsächlich hohe Kredite aufgenommen?«, wechselte sie das Thema. »Ich dachte, Großmutter hätte das meiste finanziert?«

Paul seufzte. »Nein, das war nur ein Teil. Aber mach dir wegen der Bankkredite keine Sorgen. Das Hotel ist momentan ausgebucht, und die Rückzahlungen fangen erst im nächsten Frühjahr an.«

»Hm.« Nachdenklich kaute Elisabeth auf ihrer Unterlippe. Dann raffte sie den Rock ihres Morgenkleids und ging eiligen Schrittes um den Tresen herum. »Ich muss wieder nach oben. Wir sehen uns später.«

Paul blieb allein zurück. Die energische Art seiner Schwester war ermüdend. Genauso wie das aufbrausende Wesen seines Vaters. Wie gern säße er jetzt am Klavier, um sich ein wenig zu entspannen. Doch stattdessen erwartete Falkenhayn ihn bald im Restaurant, um das Menü für das Bankett des Kolonialballs zu besprechen. Außerdem musste er noch den Tisch für heute Abend bestellen. Nichts als Unannehmlichkeiten!

Minna hatte die ganze restliche Nacht kein Auge zugetan. Sie war ihrem Angreifer erst in allerletzter Sekunde entkommen. Er hatte bereits eine Hand unter ihren Morgenrock geschoben, als hinter ihnen eine Tür aufgegangen war und zwei Küchenhilfen auf den Korridor getreten waren. Notgedrungen hatte er von ihr abgelassen und ihr zugeraunt: »Beim nächsten Mal bist du fällig.«

Voller Panik war sie die Treppe hinaufgehastet und auf ihr Zimmer geflüchtet. Doch selbst dort hatte sie sich nicht sicher gefühlt und mit ängstlich klopfendem Herzen auf die Tür gestarrt. Erst als Bertha sich angeschickt hatte aufzustehen, hatte sie den Mut gehabt, in ihr nach Tabak stinkendes Kleid zu schlüpfen und nach unten zu laufen, um nach der zerbrochenen Lampe und ihrem Ersatzkleid zu sehen.

Jemand hatte bereits die Scherben beiseitegeräumt, aber natürlich war das am Boden liegende Kleid voller Petroleumflecken gewesen. Sie hatte es erneut in die Wäscherei geben und den Dienst in ihrem übel riechenden Aufzug antreten müssen. Als Frau Kolbert sie wie erwartet dafür gescholten hatte, hatte sie kurz überlegt, sich der Zofe anzuvertrauen, sich jedoch dagegen entschieden. Wahrscheinlich hätte sie ihr unterstellt, dass sie sich mit diesem schrecklichen Mann absichtlich eingelassen hatte. Nein, sie konnte mit niemandem über die gestrige Nacht reden, sonst würde womöglich ihr Ruf leiden. Trotzdem musste sie sich vor ihm schützen. Ob sie von nun an mit einem Tranchiermesser unter der Schürze durch den Gesindetrakt laufen sollte? Nein, das war auch keine Lösung. Wenn jemand sie damit erwischte, würde man sie für verrückt halten.

Ausgerechnet heute früh hatte Frau Kuhlmann das Doberaner Wohltätigkeitskomitee zu sich nach Hause eingeladen. Während die Damen ihr zweites Frühstück genossen und Pläne für einen Herbstbasar schmiedeten, hatte Minna vor lauter Arbeit nicht nachdenken können. Sie hatte sich furchtbar zusammenreißen müssen, damit man ihr die durchwachte Nacht nicht anmerkte. Als sie sich aber nach dem Mittagessen der Familie aufmachte, um ihr eigenes Mahl in der zweiten Schicht mit dem Küchen- und Restaurantpersonal einzunehmen, erwachten ihre Ängste erneut. Normalerweise aß sie in der Frühschicht, aber daran war heute nicht zu denken gewesen. Ob sie das Mittagessen einfach ausfallen lassen sollte? Aber sie hatte schon kein Frühstück gehabt, und ihr war vor Hunger ganz schummerig im Kopf. Mit einem unguten Gefühl im Bauch stieg Minna die Treppe hinab und betrat den Personalraum.

Da saß der Page … und tat so, als ob er sie gar nicht bemerken würde. Was für ein Widerling. Bei seinem Anblick begannen ihre Hände zu zittern. Was sollte sie jetzt nur machen? Sie konnte sich unmöglich neben ihn setzen. Doch der einzige andere freie Platz befand sich ausgerechnet neben dem furchteinflößenden Chefkoch. Ob sie sich wirklich neben Herrn Brandmüller setzen sollte? Unschlüssig blieb sie neben der Tür stehen. Dann wurde ihr die Entscheidung abgenommen. Herr Brandmüller winkte sie heran. »Bitte kommen Sie, Minna, damit wir mit dem Essen beginnen können.«

Verblüfft ging sie zum Tisch und setzte sich. Der Chefkoch

kannte ihren Namen! Nachdem einer der Souschefs ein Gebet gemurmelt hatte, wurden die Schüsseln mit den dampfenden Speisen herumgereicht. Eigentlich tat sich jeder selbst auf, aber nachdem Herr Brandmüller sich zwei Löffel Kartoffelbrei auf den Teller gehäuft hatte, wandte er sich an Minna. »Mögen Sie auch etwas Püree?«

Schüchtern nickte sie. »Danke. Sehr freundlich.«

Natürlich entging den anderen am Tisch diese ungewöhnliche Geste nicht. Aber im Beisein des Chefkochs ließ sich niemand etwas anmerken. Das übliche Schweigen lag über der Belegschaft, während alle aßen.

Unterdessen überlegte Minna, woran sie der durchdringende Geruch nach Minze erinnerte, der plötzlich von Herrn Brandmüller herübergeweht kam. Irgendwoher kannte sie diesen Geruch. Doch bevor sie mit ihrem müden Wattekopf darauf kam, was es war, hob Herr Brandmüller die Tafel auf, und sie beeilte sich, den Personalraum im sicheren Pulk der anderen Angestellten zu verlassen.

»Mit diesem Budget könnte ich mir sowohl ein siebengängiges lokales Menü als auch ein Vier-Gänge-Menü mit einem afrikanischen Thema vorstellen. Was würden Sie bevorzugen, Herr Kuhlmann?«, fragte Brandmüller, der anlässlich der Besprechung seine Kochmütze abgelegt hatte, unter der sein akkurat gestutzter weißer Haarschopf zum Vorschein kam.

»Ich weiß nicht«, meinte Paul unentschlossen. »Glauben Sie, dass Ihren Gästen afrikanisches Essen überhaupt schmecken würde, Herr Falkenhayn?«

»Das kommt auf die Zubereitung an. Ich bin mir sicher, dass Herr Brandmüller Antilopenfleisch so mild würzen kann, dass es auch deutschen Gaumen schmeckt, oder?«

Der Koch nickte und tupfte sich mit einem Taschentuch den Schweiß von der Stirn.

»Außerdem passt die afrikanische Variante viel besser zum Kolonialthema, und allzu viele Gänge vor einem Ball erscheinen mir auch nicht sinnvoll. Ansonsten sind alle Anwesenden so träge, dass sie gar nicht mehr tanzen können«, ergänzte Falkenhayn.

»Das stimmt.« Paul machte sich Notizen. »Also Antilopenfleisch?«

»Man könnte auch Zebra, Strauß oder Krokodil verwenden«, warf der Chefkoch ein. »Ich muss es nur rechtzeitig wissen, um das Gewünschte zu bestellen.«

Paul schüttelte sich. »Also, Krokodil klingt schrecklich.«

»Es schmeckt aber sehr gut«, widersprach Falkenhayn.

»Sie haben schon ... davon gekostet?«

Der Sekretär lächelte. »Natürlich. Es schmeckt so ähnlich wie Hühnerfleisch.«

»Gut ... dann sollten Sie vielleicht entscheiden, was auf den Tisch kommt.«

»Ich würde es Herrn Brandmüller überlassen auszuloten, welches Fleisch sich am leichtesten frisch bestellen lässt, und dann nehmen wir ganz einfach das. An welche Gänge hatten Sie sonst noch gedacht?«

Während die beiden Männer sich in überraschend kurzer Zeit auf eine mit Koriander gewürzte Kürbissuppe, überbackenen Karpfen, den Fleischgang und Malva-Pudding einigten, lehnte sich Paul zurück. Er liebte es, wenn sich komplex erscheinende Probleme von allein lösten. Sein Vater hatte recht, Falkenhayn war ein patenter Bursche. Nachdem Brandmüller sich wieder in die Küche zurückgezogen hatte, bestellte er für ihn und sich selbst einen Kaffee.

»Wie lange sind Sie schon Juniorchef im Palais?«, erkundigte sich der Sekretär, während er sich Zucker in die Tasse löffelte.

»Offiziell seit der Eröffnung«, antwortete Paul. »Aber ich war auch schon vorher die rechte Hand meines Vaters. Einer aus der Familie muss es machen, und mein älterer Bruder lebt als Arzt in Berlin.«

»Aber Ihre Schwester arbeitet auch mit im Hotel?«

»Johanna? Nein, natürlich nicht.«

»Eigentlich hatte ich an Ihre Schwester Elisabeth gedacht. Beim gestrigen Abendessen hatte ich das Gefühl, dass sie sich sehr für das Hotelwesen interessiert. Oder habe ich da etwas falsch verstanden?«

Paul seufzte. »Nein, das stimmt schon.«

»Und? Warum hilft sie dann nicht mit?«

»Weil meine Eltern ihr das nie gestatten würden. Immerhin ist sie eine höhere Tochter, die sich an gewisse Regeln zu halten hat. Dabei hat sie durchaus einige gute Ideen.«

»Tatsächlich?«, fragte Falkenhayn interessiert.

»Ja, absolut. Natürlich alles im Rahmen ihrer Möglichkeiten, aber immerhin.« Paul lächelte. »Sie ist sehr ehrgeizig und bettelt meine Eltern immer wieder an, sie auf die Hotelschule in Lausanne zu schicken. Wahrscheinlich würde sie am liebsten ihr eigenes Haus aufmachen«, scherzte er.

»Wer weiß …«, meinte der Sekretär nachdenklich und hob seine Tasse an den Mund. »… vielleicht ändern sich die Zeiten ja irgendwann, und dann dürfen selbst höhere Töchter ihre Träume ausleben.«

»Oh je«, lachte Paul gutmütig. »Davor bewahre uns Gott.«

Elisabeth kam vor Langeweile fast um. Seit zwei Wochen speisten Vater, Paul und Falkenhayn im Restaurant, und die allabendliche Unterhaltung mit ihrer Mutter und ihren Schwestern war so trivial, dass sie beinahe im Sitzen einschlief. Luise, die die Hoffnung nicht aufgegeben hatte, am Kolonialball teilnehmen zu dürfen, zählte sämtliche Freundinnen auf, die auch schon mit sechzehn Jahren in die Gesellschaft eingeführt worden waren. Johanna und ihre Mutter stellten Sitzordnungen auf und berieten, wie Frau Kolbert am geschicktesten ihre Ballkleider abändern könnte, damit niemand merkte, dass sie bereits getragen waren. Leider reichte die knappe Zeit nicht aus, um neue Modelle aus Berlin oder Paris zu ordern. Doch all das interessierte Elisabeth nicht. Sie hätte lieber erfahren, wie die Vorbereitungen für den Ball voranschritten und ob der neue Ortsvorsteher bereits etwas unternommen hatte, um dem Palais zu schaden. Doch ihr Vater, der morgens meistens schlecht gelaunt war, lehnte es grundsätzlich ab, beim Frühstück über Geschäftliches zu reden, und bis zum Mittagessen hatten sich bei ihrer Mutter so viele Themen angestaut, dass die Unterhaltung von ihr dominiert wurde. Es war ein Trauerspiel. Deshalb stürzte Elisabeth sich regelrecht auf die Gelegenheit, als Paul fragte, ob seine Schwestern an einem Ausflug nach Heiligendamm interessiert wären. Er plane, am Wochenende den ersten deutschen Wasserflugzeug-Wettbewerb zu besuchen, der unter Beteiligung des Reichsmarineamts und des Deutschen Luftfahrerverbands veranstaltet wurde. Auch wenn sie Pauls Begeisterung für diese technischen Neuerungen und die einmalige Demonstration deutschen Fortschritts nicht teilten, wollten Johanna und Luise mit von der Partie sein, und Elisabeth freute sich auf die Unterbrechung ihres eintönigen Alltags.

Doch als sie sich in Begleitung ihrer Geschwister am Samstagmorgen aufmachen wollte, erwartete sie eine Überraschung: Julius Falkenhayn kam ebenfalls mit nach Heiligendamm! Und als ob das nicht schon unangenehm genug gewesen wäre, wich ihr der Sekretär auf dem Weg zum Molli nicht von der Seite, egal, wie schnell oder langsam sie ging. Er schien auch völlig immun gegenüber ihren einsilbigen Antworten auf seine Fragen nach ihrem Wohlbefinden zu sein. Verstand er nicht, dass sie von ihm in Ruhe gelassen werden wollte? An der Haltestelle standen Trauben von Menschen. Der einfahrende Molli konnte den Ansturm kaum bewältigen. Im Durcheinander von ein- und aussteigenden Gästen wurde Elisabeth zu allem Unglück von ihren Geschwistern getrennt und landete ausgerechnet in einem Abteil mit Falkenhayn, der noch dazu so dicht vor ihr stand, dass sie den Kopf in den Nacken hätte legen müssen, um ihm ins Gesicht zu sehen. Da sie aber nicht die geringste Lust auf eine Unterhaltung mit ihm verspürte, starrte sie stur geradeaus auf den obersten Knopf seiner Weste.

Plötzlich beugte Falkenhayn sich hinunter und flüsterte in ihr Ohr: »Haben Sie Ihrer Schwester das Haar eigentlich am Tisch ausgerissen? Oder hatten Sie es für alle Fälle schon von zu Hause mitgebracht?«

Elisabeth erstarrte. Er hatte ihre Manipulation durchschaut! Oder wollte er sie nur aushorchen? »Ich weiß nicht, wovon Sie sprechen«, erwiderte sie kühl.

»Ich rede von dem Haar, das Sie neulich so geschickt ins Ragout gemogelt haben, um mir zu beweisen, dass der Service im Grand Hotel schlechter ist als im Palais.«

Ihre Knie zitterten vor Aufregung, aber sie versuchte, ihrer Stimme einen festen Klang zu geben. »Wie können Sie es wagen, mir so etwas zu unterstellen? Halten Sie mich für eine Betrügerin?«

»Nicht doch. Das ist kein schönes Wort. Ehrlich gesagt bewundere ich Ihren Einfallsreichtum. Ich mag es, wenn Frauen keine dummen Schäfchen sind, die sich kampflos in ihr Schicksal fügen.«

Was sollte das nun wieder bedeuten? Versuchte er anzudeuten, dass sie keine ehrenwerte junge Dame war, so wie er kein richtiger Herr? Empört blickte Elisabeth zu ihm auf. Aus der Nähe betrachtet war Falkenhayn leider ausgesprochen attraktiv. Fast gegen ihren Willen bemerkte sie seine sanft geschwungenen Lippen, die gerade Nase und das energische Kinn. Aber das Auffälligste an ihm waren seine hellen bernsteinfarbenen Augen, die sie gerade eindringlich anlächelten. Verspottete er sie?

»Sie sind ein schlechter Verlierer!«, murmelte sie. »Sie unterstellen mir solche Sachen nur, weil Sie der Service Ihres Lieblingshotels im Stich gelassen hat.«

»Meinen Sie?«, fragte er gedehnt.

»Ja, genau das tun Sie! Sie beleidigen mich, damit Sie sich besser fühlen!«

»Nichts liegt mir ferner, Fräulein Kuhlmann. Bitte entschuldigen Sie mein Benehmen. Aber Sie wissen ja bereits von unserer früheren Begegnung, dass ich ein ungehobelter Klotz bin. Ich werde versuchen, mich zu bessern.«

Seine Worte klangen aufrichtig, doch um seine Mundwinkel zuckte es. Dennoch, sie würde sich nicht noch einmal von ihm in ein Streitgespräch verwickeln lassen. »Ich nehme Ihre Entschuldigung an, Herr Falkenhayn. Und nun lassen Sie uns diese Angelegenheit nie wieder erwähnen«, sagte sie vornehm.

»Ihr Wunsch sei mir Befehl. Am besten schweigen wir bis zur Ankunft in Heiligendamm.«

»Eine ganz hervorragende Idee«, erwiderte Elisabeth und drehte sich von ihm weg, damit sein Anblick sie nicht länger in Versuchung führte, ihm körperlich wehzutun.

Am Bahnhof in Heiligendamm trafen sie wieder auf ihre Geschwister. Erleichtert hakte sich Elisabeth bei Johanna unter und wollte sich gerade mit ihr von der Menschenmenge auf die prachtvoll geschmückte Seebrücke treiben lassen, als Paul sich ihnen in den Weg stellte.

»Wir verfolgen den Wettbewerb besser vom Grand Hotel aus«, sagte er und hielt seinen Hut fest, an dem der böige Wind zerrte. »Auf der Seebrücke ist es zu voll.«

Elisabeth blickte ihn fassungslos an. »Aber im Hotel sieht man doch gar nichts.«

»Wenn die Flugzeuge erst einmal gestartet sind, schon.«

»Nein, Paul. Das kannst du mir nicht antun«, jammerte Elisabeth. »Wir sind doch extra rausgefahren, um die Flugzeuge auf dem Wasser landen zu sehen. Bitte lass uns auf die Brücke gehen. Am Kopfende gibt es das neue Restaurant. Falls es zu voll wird, können wir ja dort hineingehen.«

»Nein, das ist kein geeigneter Ort. Dort werden sich Hinz und Kunz gegenseitig auf den Füßen stehen.« Paul griff nach ihrer Hand, doch Elisabeth riss sich von ihm los. Seine Wangen nahmen vor Verärgerung Farbe an. »Lisbeth, bitte mach nicht so ein Spektakel. So viel Eigensinn schickt sich nicht. Wir gehen jetzt ins Grand Hotel.«

Elisabeth wusste selbst, dass sie sich nicht wie eine gesittete junge Dame verhielt. Und das ausgerechnet vor Falkenhayn. Aber der Himmel war strahlend blau, und der Wind blies ihr munter um die Ohren. Allein die Vorstellung, sich in das zivilisierte Grand Hotel zu setzen, während hier draußen das pralle Leben tobte, verleidete ihr den schönen Tag. Noch dazu gehörte das Etablissement zumindest teilweise diesem Krause, einem Konkurrenten, den sie ganz sicherlich nicht mit ihrer Anwesenheit beehren wollte. Manchmal verstand sie ihren Bruder nicht, wie konnte er sich nur so unsolidarisch verhalten?

Falkenhayn, der hinter ihrem Bruder stand, räusperte sich. »Wenn Sie erlauben, Herr Kuhlmann, kann ich ja Ihre Schwester begleiten.«

Sein Vorschlag erntete bestürzte Stille. Selbst Elisabeth war schockiert. Vielleicht galten in Deutsch-Südwest andere Moralvorstellungen, aber in Mecklenburg-Schwerin durfte eine junge Dame aus gutem Hause nicht allein mit einem fremden Mann flanieren gehen. Was im dicht gedrängten Molli nicht weiter auffiel, wäre auf der Seebrücke ein Affront gewesen. Ihre Mutter würde in Ohnmacht fallen, wenn eine Freundin ihr das unmoralische Verhalten ihrer Tochter schildern würde.

Johanna schien sich als Erste aus der Schockstarre zu lösen. »Herr Falkenhayn, Ihr Angebot ist zu liebenswürdig. Vielen Dank. Wenn es Ihnen und meinem Bruder recht ist, werde ich es ebenfalls annehmen.«

Wunderbare, kluge Johanna, dachte Elisabeth erleichtert. Ihre Schwester hatte die Situation auf ihre unnachahmlich charmante Art entschärft. Jeder wahrte sein Gesicht, selbst Falkenhayn mit seinem unmöglichen Angebot. Und Paul musste den Sekretär nicht durch eine ablehnende Antwort vor den Kopf stoßen.

»Es wäre mir eine Ehre, gnädiges Fräulein«, antwortete Falkenhayn. »Herr Kuhlmann, was meinen Sie, wollen wir uns gegen vier Uhr wieder am Bahnhof treffen?«

»Gewiss.« Paul, der immer noch irritiert aussah, ergriff Luises

Hand, bevor sie sich ihren Schwestern anschließen konnte, und zog sie Richtung Hotel.

»Wollen wir losgehen?« Falkenhayn bot Johanna seinen Arm an und schlug mit ihr den Weg zur Brücke ein. Elisabeth trottete wie ein kleines Kind hinter den beiden her. Sie hatte zwar ihren Willen durchgesetzt, aber irgendwie fühlte es sich nicht wie ein Sieg an. Hatte Falkenhayn sie durch das Angebot bloßstellen wollen? Auf einmal tat es ihr leid, dass sie sich gegen Paul aufgelehnt hatte. Was war nur in sie gefahren? Warum hatte sie nur so ein Dickkopf sein müssen?

Doch ihre Schuldgefühle hielten nicht lange an. Als sie einen Platz mit Aussicht auf die von Bojen begrenzte Landebahn ergattert hatten, überwog ihre Neugierde: Auf dem vom Wind aufgepeitschten Meer sollten tatsächlich Flugzeuge starten und landen? Zunächst legte jedoch das Schiff von Großherzog Friedrich Franz IV. unter viel Tamtam an der Seebrücke an. Der junge Herrscher von Mecklenburg-Schwerin stand in Uniform neben seiner Frau Alexandra und eröffnete huldvoll den Wettbewerb, danach beobachtete er das Treiben von einer extra für ihn aufgebauten Ehrentribüne. Falkenhayn, der das Programm auf einem Flugzettel gelesen hatte, informierte Elisabeth, dass die angemeldeten Flugzeuge, darunter zwei Aviatik-Doppeldecker, mehrere Rumpler-Eindecker und jeweils ein Otto- und ein Ago-Doppeldecker, zunächst den Befähigungsnachweis zur Teilnahme am eigentlichen Wettbewerb erbringen mussten. Dazu sollten sie einmal vom Wasser aus starten, zwei Kilometer an der Küste entlangfliegen, über einer im Meer befestigten Kontrollboje drehen und wieder im Wasser landen. Außerdem sollten sie zumindest kurzfristig auf fünfhundert Meter Höhe steigen, was anschließend anhand des Barographen nachgewiesen werden musste. Das waren Aufgaben, denen leider nicht alle Flugzeuge gewachsen waren. Zumal sie zusammen mit dem tollkühnen Piloten und einem Passagier ein Gewicht von mindestens hundertachtzig Kilogramm beförderten.

Als einer der Aviatik-Doppeldecker versuchte, im Gleitflug

auf dem schäumenden Wasser aufzusetzen, überschlug er sich. Im Moment des Aufpralls ging ein Schrei des Entsetzens durch das Publikum, und unwillkürlich wich die Menge von der Unfallstelle zurück. Nur Elisabeth drängte sich entschlossen nach vorn, um bei der Rettung der Verunglückten zu helfen. Die beiden Männer hatten sich inzwischen aus ihrer Maschine befreit und versuchten, zur Brücke zu schwimmen. Doch ihre durchtränkte Kleidung zog sie immer wieder unter die Wasseroberfläche. Elisabeth beugte sich gerade nach vorn, um einem von ihnen die Hand entgegenzustrecken, als sie von einem erstaunlich kräftigen Arm daran gehindert wurde.

»Wenn Sie lebensmüde sind, nehmen Sie besser Pillen, Fräulein Kuhlmann. Wasserleichen sind nicht besonders attraktiv«, sagte eine dunkle Stimme hinter ihr. Falkenhayn!

»Lassen Sie mich los. Sehen Sie nicht, dass diese Männer Hilfe benötigen?«

Er schlang seinen Arm nur noch fester um ihre Taille und presste ihren Rücken gegen seine Brust. »Ich glaube, die Rettungsmaßnahmen sollten Sie den Sanitätern überlassen. Die sind wahrscheinlich dankbar, wenn sie nur zwei statt drei Personen aus den Fluten ziehen müssen.«

»Lisbeth!« Aus ihren Augenwinkeln sah sie Johanna herbeieilen. »Was hast du dir nur dabei gedacht? Du hättest ertrinken können, wenn die Männer dich ins Wasser gezogen hätten.« Außer Puste wandte sie sich an Falkenhayn, der Elisabeth immer noch fest an seine Brust drückte. »Ich kann Ihnen gar nicht genug für Ihre schnelle Hilfe danken, Herr Falkenhayn. Sie haben meine Schwester vor einer großen Dummheit bewahrt.«

Erst nachdem der Rettungsdienst die beiden Verunglückten unversehrt an Land gebracht hatte und sich anschickte, das bereits halb untergegangene Flugzeug abzuschleppen, ließ Falkenhayn sie los. Mit vor Scham roten Wangen drehte Elisabeth sich um. »In meinen Augen ist es feige, diesen Menschen nicht in ihrer Not zu helfen.«

»Im Gegenteil«, sagte Falkenhayn und blickte sie ungewohnt

ernst an. »Manchmal erfordert es mehr Mut, sich nicht in aus-
weglose Situationen zu begeben.«

»Pah«, erwiderte sie abfällig, doch das Herz schlug ihr bis
zum Hals. Falkenhayns Art war so verwirrend. Sie wusste einfach nicht, was sie von ihm halten sollte.

***

Pauls Schritte knirschten auf dem weißen Kies, als er im warmen Glanz der Abendsonne durch den Hotelpark schritt. Sie
waren so spät von Heiligendamm zurückgekehrt, dass es keinen Sinn mehr hatte, sich ans Klavier zu setzen. In wenigen Minuten würde er sich bereits für das Abendessen umziehen müssen. Deshalb reichte die Zeit nur noch für eine schnelle Zigarette.
Am Ende des Parks blieb er unter den hängenden Zweigen einer Trauerweide stehen und zog das silberne Etui aus der Brusttasche. Anschließend tastete er nach dem Feuerzeug. Doch seine
Hand blieb leer. Er musste es in seinem Zimmer vergessen haben. Mist.

»Herr Kuhlmann?«

Paul hatte gar nicht gemerkt, dass ihm jemand gefolgt war.
»Ach, Sie sind es, Robert«, sagte er mit einem Lächeln. Der
Oberkellner war ihm in den letzten Wochen richtiggehend ans
Herz gewachsen. So oft es seine Arbeit zuließ, hatte er Pauls
Klavierspiel gelauscht, und danach hatten sie nett geplaudert. Es
fiel Paul leichter, mit Robert zu reden, als mit anderen Menschen.
Er schien sich für dieselben schöngeistigen Dinge zu interessieren wie er selbst. Und obwohl der Oberkellner kaum über eine
formale Bildung verfügte, die über Schreiben und Lesen hinausging, erfasste er vieles erstaunlich schnell. Wichtige Sachen wie
die wahre Aussage hinter einer Komposition oder die emotio-
nale Tiefe eines Bildes.

»Ich habe Sie heute im Ballsaal vermisst«, sagte er und fuhr
sich mit der Hand durch das kurze blonde Haar.

»Das tut mir leid. Ich war verhindert. Wir haben uns heute

den Flugwettbewerb in Heiligendamm angesehen. Hätten Sie zufällig ein Feuerzeug dabei?«

Kommentarlos zog Robert ein Paket Streichhölzer aus seinem schwarzen Kellnerjackett. Als Paul sich die Zigarette, die er in den Fingern hielt, zwischen die Lippen steckte und nach den Hölzern griff, wehrte sein Gegenüber ab.

»Lassen Sie mich das machen.« Robert riss eines der Hölzchen an, formte mit beiden Händen einen windstillen Schutzraum und entzündete fachmännisch Pauls Zigarette. »Voilà«, sagte er lächelnd, während er das brennende Streichholz ausschüttelte.

»Danke. Mögen Sie auch eine?« Paul nahm genüsslich einen ersten tiefen Zug.

»Da sage ich nicht nein«, erwiderte Robert und griff in das von Paul geöffnete Zigarettenetui. »Herzlichen Dank.«

Wenig später standen sie friedvoll rauchend nebeneinander. »Hat Ihnen der Ausflug gefallen?«, erkundigte sich der Kellner.

Paul verzog das Gesicht. »Ich hatte mich so darauf gefreut, den neuesten technischen Errungenschaften beim Fliegen zuzusehen, aber ehrlich gesagt war es grauenhaft. Ein entfesselter Pulk von Menschen, die alle in den Himmel starrten und hofften, dass sich möglichst spektakuläre Unfälle ereigneten.«

»Und? Gab es welche?«

»Angeblich hat sich eines der Flugzeuge auf dem Wasser überschlagen, aber den Passagieren ist nichts Ernsthaftes passiert. Ich selbst habe davon nichts mitbekommen, da ich mich nicht in dem dichten Gedränge auf der Brücke aufhalten wollte.«

»Verständlich. Deshalb bevorzugen Sie auch den Komfort eines privaten Automobils?«

Paul blickte überrascht zur Seite. »Das stimmt. Woher wissen Sie das?«

Der Oberkellner wirkte beschämt, als er sagte: »Es kann sein, dass ich das bei einem Ihrer Abendessen mit Ihrem Vater im Restaurant mitbekommen habe.«

»Gut möglich.« Paul blies einen Rauchkringel in den abendlichen Himmel. »Ich versuche schon seit Jahren, meinen Vater dazu zu überreden, ein Automobil zu kaufen.«

»Sind die nicht sehr teuer?«

»Schon, aber es gibt jetzt einige britische Hersteller, die leichtere, aus vorgefertigten Teilstücken zusammengebaute Modelle vertreiben. Die wären durchaus erschwinglich.«

Robert strich seine Asche an der Baumrinde ab. »Können Sie so etwas selbst steuern?«

»Ja, mein Onkel hat es mir erst kürzlich bei einem Aufenthalt in Berlin beigebracht. Und dort ist das Autofahren viel schwieriger als hier.«

Robert nickte zustimmend und blickte auf seine blank gewienerten Schuhspitzen. »Dürfte ich Sie etwas Persönliches fragen?«

»Ja, natürlich.«

»Gefällt Ihnen eigentlich Ihre Arbeit als Juniorchef? Es kommt mir manchmal so vor, als ob Sie …«

»… lieber Musik studieren möchten?«, beendete Paul seine Frage.

Der Oberkellner nickte.

Paul warf die aufgerauchte Zigarette auf den Boden und trat sie mit dem Absatz aus. »Da haben Sie recht. Aber die Arbeit im Hotel ist das Geringere von zwei Übeln. Als Tochter eines Offiziers würde mich meine Mutter nämlich lieber heute als morgen zum Militär schicken.«

»Oh«, sagte Robert voller Mitgefühl.

»Ja. Und ein Musikstudium stand leider nie zur Debatte. Meine Eltern wollen einen Mann zum Sohn, der mit beiden Beinen im Leben steht, und keinen ›leichtlebigen Musikus‹.« Er lachte freudlos. »Das sind selbstverständlich ihre Worte, nicht meine. Allerdings muss sich nach ihrem Ableben wohl tatsächlich jemand um das Hotel kümmern. Mein Bruder, der Glückliche, kommt da nicht infrage. Und meine Schwestern … nun ja, sie werden wohl heiraten.«

»Es tut mir sehr leid, dass das alles an Ihnen hängen bleibt.

Auch wenn das Palais ein äußerst schönes Hotel ist.« Robert räusperte sich. »Vielleicht sollten Sie eine Frau ehelichen, deren Familie ebenfalls im Hotelgeschäft tätig ist und die Sie bei Ihrer Arbeit unterstützen kann.«

»Ja«, meinte Paul gleichgültig. »Das haben meine Eltern auch schon vorgeschlagen. Aber bislang kann ich dieser Idee noch nichts abgewinnen. Meine Mutter und meine drei Schwestern reichen mir vollkommen als weibliche Komponente im Leben.« Er zog seine an einer goldenen Kette befestigte Uhr aus der Brusttasche und warf einen kurzen Blick auf das Zifferblatt. »Ich muss mich leider zum Essen umziehen, Robert.«

Der Kellner hob zum Abschied die Hand. »Wir sehen uns später im Restaurant. Ihr Lieblingstisch ist bereits reserviert.«

Paul lächelte. »Der einzige Lichtblick am heutigen Tag.« Dann drehte er sich auf dem Absatz um und eilte mit schnellen Schritten davon.

Nach dem Abendessen huschte Elisabeth, bereits im Nachthemd, über den Korridor zu Johannas Zimmer. Die Gedanken an den heutigen Tag ließen sie einfach nicht los, und sie musste dringend mit jemandem darüber reden. Als sie eintrat und leise die Tür hinter sich schloss, saß ihre Schwester mit gelöstem Haar vor dem Spiegel und bürstete die blonde Flut.

»Lisbeth!«, rief sie überrascht. »Ist alles in Ordnung mit dir?«

»Hm.« Elisabeth nahm ihr die Bürste aus der Hand und fuhr mit gleichmäßigen Strichen über Johannas glänzende Haarpracht.

»Was liegt dir auf der Seele?«

»Also … ich denke noch immer über die Sache mit Falkenhayn nach«, murmelte Elisabeth. »Glaubst du, dass er dieses Angebot, mich zu begleiten, nur gemacht hat, um mich bloßzustellen?«

Johannas besorgter Ausdruck wich einem Schmunzeln. »Ach, daher weht der Wind.«

»Was meinst du?«

»Er sieht sehr attraktiv aus, dieser Julius Falkenhayn, findest du nicht auch?« Johannas lächelnder Blick traf im Spiegel auf ihren.

Elisabeth schüttelte unwirsch den Kopf. »Also, wenn du denkst, dass ich in irgendeiner Weise an ihm interessiert bin, irrst du dich. Ehrlich gesagt finde ich ihn eher unsympathisch.«

»Soso.«

»Ja! Bitte hör mit diesen Andeutungen auf. Ich will lediglich wissen, ob du glaubst, dass er mich absichtlich beleidigen wollte … oder ob er tatsächlich so unzivilisiert ist, dass er es nicht besser wusste.«

»Meiner Meinung nach gäbe es noch eine dritte Möglichkeit«, erwiderte Johanna mit einem Augenzwinkern.

Elisabeth nickte. »Daran habe ich auch schon gedacht … Er hat von Anfang an darauf vertraut, dass du uns begleiten würdest. Falkenhayn wollte einfach mehr Zeit mit dir verbringen.«

Ihre Schwester schüttelte den Kopf. »Nein, du kleiner Dummkopf. Er wollte dir den Herzenswunsch erfüllen, auf die Seebrücke zu gehen. Wahrscheinlich meinte er, dass er durch die engen geschäftlichen Beziehungen zu Paul schon fast so etwas wie ein väterlicher Freund ist. In den Kolonien scheint man solche Konventionen lockerer auszulegen.«

»Niemals«, meinte Elisabeth entschieden. »Falkenhayn mag mich nicht einmal. Warum sollte er mir einen Gefallen tun wollen?«

»Wie kommst du auf die Idee, dass er dich nicht mag?«, erkundigte sich Johanna erstaunt. »Immerhin hat er dir heute Nachmittag das Leben gerettet.«

»Das ist doch Blödsinn. Ich war niemals in Gefahr!« Unwillkürlich musste Elisabeth an die Begegnung im Korridor denken und wie er sie heute Nachmittag, leider zu Recht, beschuldigt hatte, Luises Haar im Ragout versenkt zu haben. Aber sie konnte ihrer Schwester unmöglich davon berichten. Johanna würde es fertigbringen, ihrer Mutter alles brühwarm zu erzählen, und die würde einen fürchterlichen Aufstand anzetteln.

»Lisbeth? Warum siehst du so niedergeschlagen aus? Wie könnte Falkenhayn jemand so Wundervolles wie dich nicht umgehend ins Herz schließen?«

Elisabeth seufzte. Ob sie das Missverständnis aufklären sollte? Ihr lag nichts an Falkenhayn. Außerdem war er nur ein weiterer Verehrer von Johanna. Aber da musste er sich hinten anstellen. Alle Männer lagen ihrer schönen Schwester zu Füßen.

»Ich glaube sogar, dass er dich richtig gern hat«, beharrte Johanna. »Wart's ab, auf dem Ball wird er sich bestimmt gleich mehrfach auf deiner Tanzkarte eintragen.«

»Meinst du?«

»Ich bin mir ganz sicher.«

Elisabeth bezweifelte das zwar, aber sie wollte ihrer Schwester nicht widersprechen. Wenigstens würde Falkenhayn während des Banketts nicht an ihrem Tisch sitzen. Dafür hatte ihre Mutter bereits gesorgt. Im Übrigen sah sie dem Ball mit einigem Unbehagen entgegen. Die Erwähnung ihrer Tanzkarte hatte sie daran erinnert, dass sie sich auf dem letzten Ball in Doberan einen groben Schnitzer geleistet hatte: Nach einem Walzer hatte sie sich in den Salon zurückgezogen, um sich die Nase zu pudern und ein wenig mit den anderen jungen Ballbesucherinnen zu plaudern. Doch leider hatte sie dabei aus Versehen ausgerechnet der Schwester ihres letzten Tanzpartners berichtet, dass der sie wie ein Stück Holz durch den Raum geschwenkt hatte und ihre Füße von seinen Fehltritten schmerzten. Diese Klatschtante hatte Elisabeths schroffes Urteil umgehend an ihren Bruder und dessen Freunde weitergeleitet, und kurz darauf hatte die Hälfte aller Anwesenden hinter vorgehaltener Hand über ihre Hochnäsigkeit gelästert. Hoffentlich hatte sich wenigstens dieser Zirkus bis zum übernächsten Samstag wieder beruhigt.

Während sie weiter die Haare ihrer Schwester bürstete, beobachtete sie nachdenklich Johannas feine Züge im Spiegel. Plötzlich hielt sie inne. »Und was ist mit dir? Warum schaust du so traurig?«

»Ach, es ist nichts«, wiegelte ihre Schwester ab. Doch es klang nicht besonders überzeugend.

»Los, raus mit der Sprache.«

»Mutter möchte unbedingt …«, setzte Johanna zögernd an.

»Was möchte sie unbedingt?«, fragte Elisabeth.

»Es geht um Martin von Reden. Mutter würde mich wohl allzu gern mit ihm verkuppeln, aber …«

»… aber du willst nicht?«

Johanna zuckte mit den Schultern. »Ich weiß, dass er einer vornehmen Familie entstammt und eine gute Partie ist. Ich finde ihn auch nicht unsympathisch, und bis auf seinen großen Bauch sieht er sogar ganz passabel aus, aber ich liebe ihn nun einmal nicht.« Ihre Schultern sackten nach vorn, als ob sie unter der Last der mütterlichen Erwartungen zusammenbrechen würde.

»Dann musst du ihm einen Korb geben«, sagte Elisabeth entschieden.

»Ich würde Mutter gern diese Freude machen, aber ich kann mir einfach nicht vorstellen, eine Zweckheirat einzugehen.«

»Das musst du auch nicht, meine schöne Märchenfee. Es gibt so viele Männer, die dich begehren. Da wird bestimmt einer darunter sein, der sowohl dir als auch Mutter gefällt«, tröstete Elisabeth.

Plötzlich lief eine Träne über die Wange ihrer Schwester. Energisch wischte sie sie weg. »Ich bin so eine Gans, Lisbeth. Ich bin völlig aufgelöst … dabei hat er mir noch nicht einmal einen Antrag gemacht.«

»Das stimmt allerdings«, sagte Elisabeth und legte ihren Arm um Johannas Schultern. »Am besten beten wir beide dafür, dass sich Herr von Reden auf dem Kolonialball ganz unsterblich in eine andere verguckt.«

Johanna lächelte unter Tränen. »Amen.«

4. Kapitel

Allmählich fing Minna an, sich Sorgen zu machen. Der ansonsten so strenge Herr Brandmüller schien von einem Tag auf den anderen einen regelrechten Narren an ihr gefressen zu haben. Neulich, als sie sich beim Hinausgehen den Kopf am Türrahmen gestoßen hatte, hatte er, der international anerkannte Koch, umgehend nach einem Silberlöffel geschickt und ihr zur Linderung eigenhändig das kalte Metall auf die Beule an der Stirn gedrückt. Jedes Mal, wenn sie ihre Mahlzeit in derselben Schicht einnahmen, forderte er sie auf, sich neben ihn zu setzen. Meistens richtete er bei diesen Gelegenheiten kaum ein Wort an sie und reichte ihr nur stumm die Schüsseln. Trotzdem blieb diese Sonderbehandlung nicht unbemerkt. Besonders, weil er mit dem sonstigen Personal recht grob umsprang.

Zunächst machte man, zumindest in ihrem Beisein, noch relativ harmlose Witze. Einer der Souschefs meinte achselzuckend: »Vielleicht erinnerst du ihn an seine Tochter.« Dabei wusste die ganze Belegschaft, dass Herr Brandmüller nicht verheiratet war. Doch da der Chefkoch ihr auch weiterhin diese unverdiente Beachtung schenkte, schlug die Verwunderung bald in Missgunst um.

»Du musst ja über ganz besondere Fähigkeiten als Stubenmädchen verfügen, dass es sogar Herrn Brandmüller auffällt, oder liegt das doch nur an deinen schönen blonden Haaren?«, fragte eine Küchenhilfe unter dem hämischen Gelächter der anderen. Und der Mistkerl, der sich mitten in der Nacht beinahe an ihr vergriffen hatte, zischte ihr im Vorbeigehen zu: »Bei Brandmüller scheinst du dich nicht so zimperlich anzustellen. Muss ich erst Chefkoch werden, damit du für mich die Beine breitmachst?«

Bei diesen vulgären Worten standen Minna die Haare zu Berge. Aber sie konnte sich die plötzliche Zuneigung des Kochs auch nicht erklären. Sie verhielt sich ihm gegenüber genau wie vorher – freundlich und distanziert. Was blieb ihr auch anderes übrig. Sie konnte sich schlecht bei den Kuhlmanns über sein aufmerksames Verhalten beschweren. Besonders weil seinen Zuneigungsbezeugungen nichts Anrüchiges oder Unkeusches anhaftete. Doch als er ihr vorgestern angeboten hatte, ihm an ihrem freien Tag bei der Arbeit über die Schulter zu schauen, weil sie sein Essen gelobt hatte, bekam sie es mit der Angst zu tun.

Nachts lag Minna wach und grübelte. Ob der Koch sich tatsächlich in sie verliebt hatte? Eine absurde Idee. Zwar hatte sie schon gehört, dass solche Verbindungen ab und an in Privathäusern vorkamen. Doch Herr Brandmüllers Art zeugte nicht gerade von glühender Liebe. Er schien sie nicht als Frau zu umwerben, sondern als ... nun ja, das wusste sie selbst nicht so genau. Sie empfand für den fünfundzwanzig Jahre älteren Mann jedenfalls nur große Dankbarkeit. Trotzdem war sie erleichtert, dass das Kochabenteuer kurzfristig abgesagt werden musste, weil es vor dem Ball zu viel zu tun gab.

An diesem Abend hatten Frau Kuhlmann und ihre Töchter kalt gespeist, da Frau Kolbert nach dem Essen noch eine Anprobe der umgeänderten Ballkleider anberaumt hatte. Minna war deshalb ungewöhnlich früh mit der Arbeit fertig. Die gewonnene Zeit wollte sie nutzen, um ihr Ersatzkleid abzuholen, während in der unteren Etage noch geschäftige Betriebsamkeit herrschte. Doch in der Wäscherei erwartete sie eine unliebsame Überraschung. Jemand hatte das von den Wäscherinnen gefaltete Kleid aus ihrem Fach gezogen und zusammengeknüllt auf den Boden geworfen. Als sie es aufhob, zog ihr der eklige Geruch von Fischabfällen in die Nase. Das war also die Art ihrer Kollegen, sie für ihre »Extrawurst« zu bestrafen. Als ob es ihre Schuld wäre, dass Brandmüller sie mochte! Unwillkürlich schossen ihr Tränen in die Augen. Die Welt war so ungerecht. Mit dem stinkenden Kleid in der Hand trat sie auf den Korridor. Was sollte sie nur tun? Als einfaches Stubenmädchen standen ihr nicht viele Türen offen. Wenn sie den Kuhlmanns oder Herrn Brandmüller von der Sache erzählte, würden die anderen sie nur umso mehr hassen. Ob sie das Kleid ganz einfach selbst waschen sollte? Auf ihrem Zimmer? Aber die Schmierseife würde den Fischgeruch niemals vollständig beseitigen können. Und Berthas abfällige Kommentare wollte sie sich erst gar nicht vorstellen.

Während sie noch über ihr Dilemma nachdachte, schleppten mehrere Burschen Weinkisten an ihr vorbei. Gefolgt von Alfons, dem Weinkellner, der offenbar in ein wüstes Streitgespräch mit dem ebenfalls hinterhereilenden Robert vertieft war. »Aber der gelieferte Champagner reicht doch niemals für den Ball! Das muss doch selbst dir klar sein«, ereiferte sich der blonde Oberkellner. Den Trägern der Kisten rief er zu: »Bleibt bitte stehen, wir müssen unbedingt den Inhalt mit dem Lieferschein abgleichen. Wer weiß, was da noch alles nicht stimmt!«

Die Männer stellten die Kisten unmittelbar vor Minnas Füßen ab und versperrten ihr dadurch den Weg zur Gesindetreppe. So wurde sie unwillentlich Zeugin der weiteren Auseinandersetzung.

»Bevor wir den Teufel an die Wand malen und vom Schlimmsten ausgehen, möchte ich morgen erst noch einmal mit dem Lieferanten sprechen«, erklärte der in seiner Ehre gekränkte Weinkellner spitz.

»Der Fuhrmann hat es dir doch klipp und klar gesagt: Vor Samstag gibt es keine weiteren Flaschen.« Man konnte Roberts Stimme anhören, dass es ihm schwerfiel, ruhig zu bleiben.

»Was weiß der dumme Fuhrmann schon. Ich werde gleich morgen den Lieferanten ...«

»Nein, Alfons. Du musst den Vorfall umgehend Herrn Kuhlmann melden. Bis zum Ball ist es nur noch knapp eine Woche. Wir brauchen viel mehr Champagner. Es wäre eine unglaubliche Blamage für das Palais, wenn uns während der Veranstaltung die Flaschen ausgingen. Kein Mensch würde das Hotel dann noch für Bälle buchen.«

Die Augen des Weinkellners sprühten vor Zorn. »Bloß weil du die ganze Zeit um den Juniorchef herumscharwenzelst, musst du dir noch lange nicht einbilden, dass du mein Chef bist.«

»Was willst du damit andeuten?« Plötzlich war Roberts Ton gefährlich scharf.

»Du musst nicht glauben, dass uns nicht auffällt, wie du versuchst, dich bei ihm einzuschmeicheln.«

»Wovon redest du?« Das Gesicht des Oberkellners war zu einer wütenden Fratze verzogen, die Minna sofort hätte verstummen lassen.

Aber offenbar war der Weinkellner zu sehr in Fahrt, um sich davon beeindrucken zu lassen. »*Oh, Herr Kuhlmann, wie wundervoll Sie Klavier spielen. Oh, Herr Kuhlmann, die Melodie geht mir ja so zu Herzen*«, äffte er Robert mit schriller Stimme nach.

Als der sonst immer so gelassen wirkende Oberkellner ausholte und seinem Gegenüber eine klatschende Backpfeife verabreichte, schlug Minna sich entsetzt die Hand vor den Mund. Und selbst den Weinkistenträgern stand der Schock ins Gesicht geschrieben.

»Das wirst du mir büßen«, sagte Alfons drohend, während er sich mit einem schmerzverzerrten Ausdruck die Wange hielt.

»Tragt die Kisten in den Weinkeller, aber packt sie noch nicht aus. Ich werde sie gleich kontrollieren«, sagte Robert zu den Burschen, die sich bückten und offenbar gar nicht schnell genug fortkommen konnten.

Da der Weg zur Gesindetreppe nun wieder frei war, machte sich auch Minna auf den Weg zu ihrer Kammer. Doch als sie an Robert vorbeigehen wollte, hielt er sie am Arm fest. »Kannst du mir bitte einen Gefallen tun, Minna?«

»Ich weiß nicht«, sagte sie mit ängstlich gesenktem Kopf.

Robert ließ ihren Arm wieder los und atmete tief durch. »Es tut mir leid, dass du das mit ansehen musstest. Aber es geht wirklich um etwas Wichtiges.«

Abwartend blickte Minna ihn an. Wahrscheinlich würde sie niemals die Verhaltensweisen des anderen Geschlechts durchschauen. Erst dieser unmögliche Page Konrad, der sich ihr auf übelste Weise genähert hatte. Dann die unerklärliche Freundlichkeit von Herrn Brandmüller und nun der gewalttätige Ausbruch von Robert, den sie für viel zu eitel und auf seinen guten Ruf bedacht gehalten hätte, um die Hand gegen jemanden zu erheben.

»Bitte gib den Herren Kuhlmann Bescheid, dass man statt der bestellten zweihundert Flaschen Champagner nur dreißig geliefert hat.«

»Warum sagen Sie ihnen das nicht selbst?«, fragte sie überrascht.

»Weil ich weder den Junior- noch den Seniorchef vor morgen Nachmittag zu Gesicht bekommen werde und es von absoluter Wichtigkeit ist, dass die beiden Herren sofort etwas unternehmen.«

»Ich weiß nicht«, wiederholte Minna unsicher. »Wahrscheinlich hat sich die Familie schon in ihre Gemächer zurückgezogen.«

»Dann sag es ihnen gleich morgen früh«, erwiderte Robert mit wachsender Dringlichkeit.

»Aber …« Eigentlich wollte Minna ihm erklären, dass so etwas nicht zu ihren Aufgaben gehörte, doch Roberts ernste Miene hielt sie davon ab. Stattdessen sagte sie mit einem leisen Seufzen: »Schon gut. Ich werde es ihnen sagen.«

Die Türglocke bimmelte leise, als Paul die Weinhandlung Wagner betrat. Sein Vater hatte ihn dorthin geschickt, um herauszufinden, warum das Palais nicht die bestellte Menge an Champagner erhalten hatte. »Komm mir nicht nach Hause, bevor du weißt, was wirklich dahintersteckt«, hatte er gemeint.

Paul blickte sich suchend im Laden um. »Herr Wagner?«

»Komme!«, schallte es aus einem Hinterzimmer, und tatsächlich watschelte der Weinhändler kurz darauf auf ihn zu. »Herr Kuhlmann, ich grüße Sie! Was kann ich für Sie tun?«

Plötzlich hatte Paul einen Kloß im Hals. Doch auch wenn

Wagner so tat, als ob alles in bester Ordnung wäre, musste er stark bleiben. »Es geht wohl eher darum, was Sie *nicht* für uns getan haben.«

Der Weinhändler riss gespielt überrascht die Augen auf. »Sie meinen den Champagner? Hat Ihnen der Fuhrmann nicht gesagt, dass unsere französischen Produzenten Lieferschwierigkeiten haben?«

»Nein, das hat er nicht.« Paul schluckte. Er musste sein Bedürfnis nach Harmonie für die nächsten Minuten hintanstellen. »Und wir nehmen Ihnen diese angeblichen Lieferschwierigkeiten auch nicht ab. Weshalb haben Sie uns also nicht die bestellte Flaschenmenge geliefert? Wenn Sie nicht mit der Wahrheit herausrücken, schalten wir umgehend einen Anwalt ein. Schließlich haben wir die Flaschen fristgerecht bestellt und auch die geforderte Anzahlung geleistet.«

Der Weinhändler musterte ihn für einen Moment schweigend. Dann sackten seine Schultern nach vorn. »Es tut mir leid. Aber in der heutigen Zeit muss man als Händler schauen, wo man bleibt … und das Grand Hotel nimmt mir natürlich ganz andere Mengen ab als ihr kleines Palais.«

Sein Vater schien mit seiner Vermutung goldrichtig zu liegen. »Also steckt tatsächlich Herr Krause hinter dieser … Schweinerei?«, fragte Paul stockend.

Wagner nickte. »Er war verärgert, weil Sie auch Gäste des Grand Hotels zu Ihrem Kolonialball eingeladen haben. Außerdem hätten Sie ihm in geschäftsschädigender Weise eine Frau mit einem ekligen Hautausschlag ins Restaurant geschickt.«

»Das sind meines Wissens beides keine Straftaten. Aber gut. Was genau hat er von Ihnen verlangt?«

»Er hat mir gedroht, dass ich nie wieder eine Bestellung des Grand Hotels erhalte, wenn ich Ihnen den georderten Champagner überlasse.«

»Und da sind Sie eingeknickt?«, fragte Paul empört.

Wagner zuckte mit den Schultern. »Wie gesagt, die Zeiten sind schwierig und …«

»... und die kleineren Kunden sind Ihnen egal! Sie hören noch von uns.« Wütend machte Paul auf dem Absatz kehrt und stürmte aus dem Laden.

»Und was machen wir jetzt?«, seufzte sein Vater, von dem Paul wusste, dass er diese betrieblichen Probleme insgeheim genauso lästig fand wie er selbst. Ihm gefiel es, als charmanter Gastgeber die Hotelgäste zu unterhalten, wie er es auch schon im Fürstenhof getan hatte. Alle anderen Arbeiten versuchte er zu delegieren. Nur dass das derzeitige Problem leider nicht auf diese Weise lösbar war.

Paul zuckte mit den Schultern. »Ehrlich gesagt, weiß ich es auch nicht. So große Mengen wird kein anderer Lieferant auf Lager haben. Deswegen haben wir ja extra diese Anzahl an Flaschen bei Wagner bestellt.«

Elisabeth, die die allgemeine Ratlosigkeit ausgenutzt hatte, um ihrem Vater und ihm ins Büro zu folgen, holte tief Luft. »Also ... als Erstes sollten wir Robert danken. Minna hat mir gesagt, dass er Alfons sogar eine kräftige Ohrfeige gegeben hat, weil er uns nicht sofort informieren wollte.«

Sein Vater nickte zerstreut. »Gewiss, mein Kind. Robert ist ein guter Mann. Aber das hilft uns jetzt auch nicht weiter.«

Insgeheim freute sich Paul, dass der Rest der Familie seine Wertschätzung für den Oberkellner teilte. Gleich nachher würde er ihn aufsuchen und ihm für seinen Einsatz danken. Doch zunächst mussten sie eine Lösung finden, denn es wäre nicht auszudenken, wenn die Gäste des Kolonialballs ohne Champagner auskommen müssten. Nachdenklich sagte er: »Was wäre, wenn ich mir ein Automobil ausleihe und alle Lieferanten in der Umgebung abklappere? Wahrscheinlich hat jeder zumindest zehn Flaschen im Sortiment.«

Sein Vater schüttelte den Kopf. »Dann würden wir trotzdem keine ausreichende Menge zusammenbringen. Außerdem wären diese Flaschen von unterschiedlichen Produzenten und Jahrgängen. Das sähe auch ziemlich stümperhaft aus.«

»Aber uns bleibt keine andere Wahl«, gab Paul zu bedenken. Hilflos hob er die Arme. »Ganz ohne geht es doch auch nicht.«

Elisabeth sprang auf. »Natürlich werden unsere Gäste Champagner trinken. Wir rufen jetzt Onkel Hans in Berlin an und bitten ihn um Hilfe. Erstens verfügt der Fürstenhof selbst über einen großen und gut bestückten Weinkeller, und zweitens hat unser Onkel bestimmt auch einen eigenen Lieferanten an der Hand.«

Vater blickte sie skeptisch an. »Sicher hat er das. Aber wie willst du in der kurzen Zeit so viele Flaschen aus Berlin hertransportieren? Kein Fuhrwerk der Welt schafft das.«

»Ich hatte auch nicht an ein Fuhrwerk gedacht, Vater. Sondern an die Eisenbahn«, erwiderte Elisabeth schlicht.

In diesem Augenblick begriff Paul, was sie meinte. »Onkel Hans lässt die Fracht in Berlin verladen, und wir holen sie in Wismar oder Rostock ab.«

»Genau«, bestätigte Elisabeth.

»Das könnte tatsächlich funktionieren«, gab ihr Vater zu.

»Ganz bestimmt sogar!«, rief sie kämpferisch. »Und eines ist sicher: Dieser Wagner hat ab heute einen Kunden weniger. Wir werden nie wieder etwas bei diesem treulosen Gesellen bestellen.«

Paul lächelte. »Jetzt lass uns erst einmal Onkel Hans anrufen und sehen, ob wir den Champagner bekommen. Rachepläne können wir auch noch später schmieden.«

Innerhalb einer Stunde war alles arrangiert. Onkel Hans hatte wie durch ein Wunder selbst über die notwendigen Bestände verfügt und sofort zugesagt, ihnen alle Flaschen ohne einen Aufpreis zu überlassen. Sie mussten nur die Transportkosten zahlen. Was bestimmt auch keine Kleinigkeit war, aber jede Mark wert, wenn der Ball auf diese Weise gerettet wurde. Seinem Vater sah man die Erleichterung deutlich an, als er sich aufmachte, um wie jeden Vormittag mit den Gästen zu plaudern.

»Könntest du mit mir nach oben gehen?«, bat Elisabeth, als Paul gerade den Raum verlassen wollte.

»Wieso? Schaffst du die Treppe nicht allein?«, neckte er sie.

»Nein, aber vielleicht fällt Mutters Donnerwetter in deinem Beisein etwas milder aus.« Plötzlich wirkte seine sonst so fröhliche Schwester niedergeschlagen.

Paul legte tröstend einen Arm um ihre Schulter. »So schlimm wird es schon nicht werden, schließlich hast du uns geholfen, das Problem mit dem Champagner zu lösen. Aber wenn du magst, komme ich mit.«

»Danke.«

Elisabeth hatte sich nicht getäuscht. Ihre Mutter war außer sich vor Zorn und schien bereits auf ihre abtrünnige Tochter gewartet zu haben. Kaum hatten sie die Wohnung betreten, als ihre strenge Stimme sie in den Salon rief.

»Elisabeth Maria Kuhlmann, wie kannst du es wagen, dich ins Büro deines Vaters zu schleichen! Und dann gleich stundenlang dort zu bleiben!«, schimpfte sie.

Paul hob eine Hand. »Bitte sei nicht zu streng mit ihr, Mutter. Elisabeth hat uns wertvolle Hilfe geleistet, sie ist sehr begabt in solchen Dingen.«

Doch seine Unterstützung stieß auf taube Ohren. »Halte dich da raus, Paul«, erwiderte sie mit eisiger Stimme. »Als Mann kannst du nicht verstehen, wie impertinent das Verhalten deiner Schwester ist.« Ihr Blick wanderte weiter. »Und nun zu dir, Elisabeth! Wieder und wieder habe ich dir gesagt, dass es sich für eine junge Dame aus gutem Hause nicht schickt zu arbeiten. Weder im Gewerbe deines Vaters noch sonst wo. Aber du trittst meine Erziehung und alle wohlmeinenden Ratschläge mit Füßen. Also werde ich jetzt deutliche Worte finden.«

Elisabeth sagte keinen Ton und setzte sich noch eine Spur gerader auf das weiche Kanapee. Paul bewunderte ihren Mut. Ihm war mulmig zumute, obwohl die Gardinenpredigt gar nicht ihm galt.

»Wir müssen den Tatsachen ins Auge sehen, Elisabeth«, fuhr ihre Mutter fort. »Du bist, anders als deine beiden Schwestern, keine Schönheit. Deine Züge sind herber, und deine Figur ist nicht weiblich genug, um beim anderen Geschlecht Aufmerksamkeit zu erregen. Deshalb wirst du es auch ohne deinen eigensinnigen Ungehorsam schwer genug haben, einen geeigneten Ehemann zu finden. Aber wenn diese Aufsässigkeit weiter anhält, sehe ich überhaupt keine Chance, dich zu verheiraten. Dann wirst du als einsame alte Jungfer enden – wie deine Tante Marta.«

Die Cousine ihres Vaters hatte eine Hasenscharte und war obendrein ein fürchterlicher Drachen. Als Kinder waren sie schreiend aus dem Zimmer gerannt, wenn sie ihr ein Küsschen hatten geben sollen. Es war deshalb nicht verwunderlich, dass seine Schwester bei diesem Vergleich blass wurde. »Und wenn ich gar nicht heiraten will, Mutter?«, flüsterte sie.

»Rede doch keinen Blödsinn, Kind. Unsere einzige Hoffnung, einmal eine ehrenwerte und gesicherte Position in der Gesellschaft einzunehmen, liegt in der Rolle als Ehefrau und Mutter. Schreib dir das hinter die Ohren! Und jetzt geh und zieh dich zum Mittagessen um.«

Ohne ein weiteres Wort stand Elisabeth auf und verließ das Zimmer.

Nachdem seine Schwester die Tür hinter sich geschlossen hatte, stieß Paul die angehaltene Luft aus. »War das wirklich notwendig?«

Seine Mutter seufzte. »Natürlich fällt es mir nicht leicht, meiner eigenen Tochter die Wahrheit ins Gesicht zu sagen. Aber offenbar braucht sie eine strenge Hand.«

Paul nahm seinen ganzen Mut zusammen. »Ich muss dir leider widersprechen. Vielleicht ist Elisabeth keine Schönheit im herkömmlichen Sinne, aber du wirst nicht bestreiten, dass sie über einen ganz besonderen Charme verfügt, mit dem sie sowohl Vater als auch mich um den kleinen Finger wickelt. Ich bin mir sicher, dass sich auch andere Menschen ihrem Zauber nicht entziehen werden können.«

»Hoffentlich. Aber meiner Erfahrung nach haben die Herren der besseren Gesellschaft einen eher konventionellen Geschmack, wenn es um die Wahl ihrer zukünftigen Ehefrau geht. Das wird eines Tages bei dir auch nicht anders sein.«

»Gewiss«, erwiderte Paul ohne große Überzeugung. Jedes Mal, wenn man ihn auf seine eigene Hochzeit ansprach, musste er an die schmachvolle Nacht kurz nach seinem achtzehnten Geburtstag denken, als sein Vater ihn in ein Berliner Freudenhaus geschleppt hatte, um ihn dort zu einem »ganzen Kerl« machen zu lassen. Es war eine durch und durch grauenvolle Erfahrung gewesen, und er hatte sich danach schmutzig und schlecht gefühlt. Selbst heute konnte er sich nicht vorstellen, dass er jemals eine junge Dame lieb genug gewinnen würde, um mit ihr seinen ehelichen Pflichten nachzukommen. Da würde er es vorziehen, unverheiratet das Hotel zu leiten und einen seiner zukünftigen Neffen zu seinem Nachfolger zu bestimmen. Aber diese Gedanken behielt er besser für sich. Er erhob sich. »Ich werde dann noch einmal bei Herrn Walter und im Restaurant nach dem Rechten sehen.«

»Tu das, mein Junge. Wir sehen uns beim Mittagsmahl.«

Wenig später trabte Paul die Treppe hinunter. Auf dem Weg durchs Foyer begrüßte er die Gäste, die mit noch feuchten Haaren und unnatürlich roten Gesichtern von ihren Heilanwendungen im Doberaner Stahlbad kamen. Diejenigen, die am Morgen mit dem Molli zum Baden nach Heiligendamm gefahren waren, würden erst später zurückkehren. Nachdem er sich vergewissert hatte, dass es niemandem an etwas fehlte und die Stimmung bei den Heimkehrern gut war, ging er beschwingt in Richtung Speisesaal.

Dort angekommen, wurde er Zeuge, wie Robert gerade einen Unterkellner zurechtwies, der beim Eindecken ein Glas zerbrochen hatte. Als der Oberkellner Paul erblickte, ließ er den ungeschickten Jungen kurzerhand stehen.

»Und? Haben Sie noch zusätzlichen Champagner auftreiben können?«, fragte Robert besorgt, als er schließlich vor ihm stand.

Paul lächelte. »Das haben wir. Und ich will Ihnen von ganzem

Herzen danken, dass Sie uns diese Hiobsbotschaft so schnell haben zukommen lassen. Minna hat meiner Schwester alles erzählt. Und Sie sind sogar mit Alfons aneinandergeraten, um uns vor dieser peinlichen Blamage zu bewahren? Das ist unerhört. Mein Vater wird gleich heute Nachmittag ein ernstes Wort mit ihm reden.«

»Das hört sich jetzt dramatischer an, als es tatsächlich war«, meinte Robert bescheiden.

»Bitte stellen Sie Ihr Licht nicht unter den Scheffel.«

»Ich habe das sehr gern getan.«

»Danke«, erwiderte Paul und legte ihm als Zeichen der Anerkennung für einen kurzen Moment die Hand auf den Arm. Robert war ein guter Mensch. Er fühlte sich ihm aufrichtig verbunden. Fast wie einem Freund.

⁓⸺⸺⸺⸺⸺⸺⸺⸜

Gelangweilt betrachtete Elisabeth die reich mit Tüll und Spitze verzierten Roben der anderen jungen Damen an ihrem Tisch. Sie waren violett, zartrosa oder sonnengelb und selbstverständlich alle aus reiner Seide. Die tiefen Ausschnitte und die kurzen Ärmel, die über den langen Handschuhen einen schmalen Hautstreifen unbedeckt ließen, bedeuteten, dass ihre Trägerinnen noch unverheiratet sein mussten. Eine verheiratete Frau hätte es niemals gewagt, ihren Ehemann durch ein zu großes Dekolleté zum Gespött der Leute zu machen. Kurz bevor das Bankett begann, hatte ihre Mutter ihnen zugeflüstert, dass sich unter ihren Tischnachbarinnen einige der besten Partien Berlins befänden. Und das sah man den hübschen, wenn auch etwas hochnäsig dreinblickenden höheren Töchtern auch an. Die meisten trugen ihre mondän kurzen Haare onduliert. Nur ihre Schwestern und sie hatten noch altmodische Hochsteckfrisuren. Allerdings stand dieser freche Pariser Trendschnitt nicht jeder Erbin. Eine füllige Blondine hatte so jämmerlich dünnes Haar, dass ihre durchscheinende Kopfhaut mit allerlei Spangen, Federn und Bändern verdeckt werden musste. Leider mit dem unglücklichen Effekt, dass sie nun wie ein exotisch geschmückter Christbaum aussah.

Elisabeths eigenes Kleid war hellgrün und schlicht gehalten. Trotzdem hatte Frau Kolbert ganze Arbeit geleistet. Geschickt hatte sie das ursprünglich weiße Kleid umgefärbt, damit man ihm nicht ansah, dass Elisabeth darin bereits einen anderen Ball im Palais gefeiert hatte. Ansonsten hätte sich wahrscheinlich die ganze Gesellschaft über sie und ihre Familie lustig gemacht. Ballkleider wurden in ihren Kreisen nur ein einziges Mal getragen. Wenn man sich keine neue Robe leisten konnte, musste man der Veranstaltung fernbleiben. Mit einem Seufzer schob sie ihren Vorspeisenteller von sich. Niemand am Banketttisch kümmerte sich um sie. Zu ihrer Rechten saß der grobschlächtige Martin von Reden in einer Uniform mit Goldknöpfen und redete dermaßen laut auf Johanna ein, dass Elisabeth jedes Wort verstehen konnte. Die Themen seiner verbalen Ergüsse – er selbst und seine glänzende Karriere beim Militär – waren leider nicht besonders interessant. Selbst die gesellschaftlich sonst so gewandte Johanna schaffte es nicht, seinen Monolog zu unterbrechen, um die Unterhaltung in andere Bahnen zu lenken. Dabei sah sie heute in dem mit Silberlitze abgesetzten Hellblau noch lieblicher aus als sonst.

Der hagere junge Mann zu ihrer Linken hieß Albert Sauer und musste ebenfalls eine ganz anständige Partie sein, sonst hätte ihre Mutter ihn nicht neben sie platziert. Doch leider war Elisabeth mit ihrem Tischherrn noch vor dem Essen in Streit geraten. Großspurig hatte er behauptet, die Überfahrt nach Deutsch-Südwest würde mindestens acht Wochen dauern. Als sie diese Fehlinformation korrigierte, hatte er trotzig auf seiner Meinung beharrt. Jetzt hing er an den Lippen ihrer kleinen Schwester und beachtete Elisabeth mit keinem Blick. Dass Luise trotz ihres jugendlichen Alters am Kolonialball teilnehmen durfte, verdankte sie nicht einem Meinungsumschwung ihrer Mutter, sondern der späten Zusage des Barons von Rosen. Graf von Seitz hatte darauf bestanden, dass sein alter Freund am selben Tisch saß wie er, und das hatte die sorgfältig entworfene Sitzordnung ihrer Mutter ins Wanken gebracht.

»Graf von Seitz verlangt, dass wir ausgerechnet mit einem Juden tafeln?«, hatte sie empört ausgerufen, als Vater ihr davon berichtete. »Das ist wirklich ein Verfall der Sitten. Ich lehne es ab, mich mit solchen Menschen …«

Vater hatte sie ungewöhnlich schroff unterbrochen. »Ottilie, bitte! Natürlich sind uns die jüdischen Freunde von Graf von Seitz jederzeit willkommen. Etwas anderes steht überhaupt nicht zur Diskussion. Als Hoteliersfamilie können wir es uns nicht leisten, so ein kleingeistiges und borniertes Verhalten an den Tag zu legen!«

Mit missbilligend gerümpfter Nase hatte ihre Mutter geschwiegen. Als kurz darauf weitere wichtige Gäste zusagten, waren Johanna und Elisabeth vom Tisch ihrer Eltern verbannt und an den von Paul verfrachtet worden. Und damit abergläubische Gäste nicht daran Anstoß nehmen konnten, dass mit den zwei Schwestern nun dreizehn Personen am Tisch saßen, ging Luises allergrößter Wunsch in Erfüllung.

Als Elisabeth in diesem Augenblick zu ihrer kleinen Schwester hinübersah, konnte sie sich ein Schmunzeln nicht verkneifen. Luise glühte förmlich vor Aufregung und warf den beiden sie heftig umwerbenden Herren immer wieder aufmunternde Blicke zu. Ihr silberhelles Lachen, mit dem sie selbst die langweiligste Anekdote bedachte, tat ein Übriges, um ihnen das Gefühl zu geben, etwas ganz und gar Besonderes zu sein. Doch auch ihre andere große Liebe vergaß sie nicht: Als Robert am Nachbartisch servierte, wurde er ebenfalls mit einem sinnlichen Augenaufschlag bedacht. Hoffentlich bekam ihre Mutter nicht mit, wie ausgelassen sie flirtete, sonst würde der Kolonialball auf lange Zeit ihr letztes Vergnügen gewesen sein.

Dass ihre Mutter nachtragend war, hatte Elisabeth am eigenen Leib erfahren. Sie hatte die letzten Tage praktisch allein auf ihrem Zimmer verbracht. Deshalb war sie auch nicht dabei gewesen, als der Champagner ihres Onkels eingetroffen war. Trotzdem empfand sie Genugtuung darüber, dass ausgerechnet ihre Idee das Fest gerettet hatte. Doch selbst das hatte ihre allgemeine Niedergeschlagenheit nur kurzfristig gelindert. In den vielen einsamen Stunden hatte sie ausreichend Zeit gehabt, über das ernüchternde Urteil ihrer Mutter nachzudenken. Es hatte sie tief getroffen, obwohl sie schon vorher gewusst hatte, dass sie keine Schönheit war.

Optisch konnte sie sich nicht mit ihren Schwestern vergleichen. Daran war nicht zu rütteln, und sie musste sich damit abfinden. Aber gab es nicht auch unattraktive Frauen, die sich trotzdem einen Ehemann angelten? Sicher, doch ehrlicherweise musste sie zugeben, dass diese Frauen meist versuchten, ihre äußerlichen Makel dadurch wettzumachen, dass sie ganz besonders devot, lieb und sittsam waren. Diese Eigenschaften waren ihr aber ebenso wenig in die Wiege gelegt worden. Ganz im Gegenteil. Sie war eigensinnig, stolz und ... ehrgeizig. Sie wollte ihren Verstand nicht nur dazu benutzen, einen Mann an Land zu ziehen, sondern ihr lag daran, selbst etwas zu erreichen. Warum fiel denn niemandem auf, dass sie viel größeres Talent für das Hotelgeschäft besaß als der liebenswerte, aber schüchterne Paul? Wie oft hatte sie ihm Vorschläge eingeflüstert, die hinterher von ihrem Vater gelobt worden waren! Doch ihre Mutter beharrte auf ihrem Standpunkt, dass Frauen nichts in diesem Gewerbe zu suchen hatten.

Wurden Männer tatsächlich von ihrer sturen Art abgestoßen? Ihre momentane Isolation am Tisch schien das zu bestätigen.

Johanna und Luise waren umschwärmte Mittelpunkte, während sie selbst links liegen gelassen wurde. Unwillkürlich ließ sie ihren Blick schweifen. Julius Falkenhayn, der schräg gegenüber von ihr platziert worden war, konnte sich nicht über mangelnde Aufmerksamkeit beklagen. Sein zweifelhafter Charakter schien keine der hübschen Erbinnen, die rechts und links von ihm saßen, davon abzuhalten, mit ihm anbändeln zu wollen. Im Gegenteil. Sie turtelten so heftig, dass es fast peinlich war, ihnen dabei zuzusehen. Allerdings – im Frack sah Falkenhayn tatsächlich gar nicht mal so schlecht aus. Das schmal geschnittene Jackett betonte seine breiten Schultern. Und sein gebräuntes, ebenmäßiges Gesicht wirkte durch den eleganten Aufzug distinguierter als sonst. Die ungewöhnliche Bernsteinfarbe seiner Augen war ihr schon vorher aufgefallen.

Während sie verstohlen beobachtete, wie er mit seinen Verehrerinnen plauderte, sah er plötzlich auf. Elisabeth fühlte sich ertappt. Unwillkürlich errötete sie und schaute angestrengt auf ihren bereits leeren Teller. Ohne es zu wollen, hatte sie seine Aufmerksamkeit darauf gelenkt, dass niemand etwas mit ihr zu tun haben wollte. Das gefiel ihm bestimmt, denn Johanna hatte sich geirrt. Julius Falkenhayn fand sie nicht anziehend, sondern unattraktiv und verzogen. Und auf ihrer Tanzkarte hatte sich lediglich Paul verewigt, während die Karten von Johanna und Luise bis zum letzten Walzer gefüllt waren.

Unglücklich zerkrümelte Elisabeth den Rest eines Brötchens. Sie hasste alle Männer und ganz besonders diesen eingebildeten Falkenhayn. Tief in ihrem Inneren wusste sie, dass sie kein schlechter Mensch war. Doch wenn man ihr keine Chance gab zu beweisen, was in ihr steckte, würde niemals jemand davon erfahren. Und das lag nur daran, dass sie eine Frau war. Und an ihrem äußeren Erscheinungsbild. Was gäbe sie dafür, nur für einen Tag so makellos, so herzzerreißend schön zu sein wie ihre Schwestern.

Während die Kellner die Teller abräumten, verabschiedete sich Falkenhayn von seinem Harem und ging zu Graf von Seitz, der am Tisch ihrer Eltern saß. Nach einer kurzen Unterhaltung schritten die beiden Herren zur Stirnseite des Saals, wo ein kleines Podest mit Bildern, ausgestopften Tieren und allerhand Eingeborenen-Schnickschnack aus Deutsch-Südwestafrika stand.

»Bevor wir mit dem Menü fortfahren«, setzte Graf von Seitz zu seiner Rede an, »möchte ich Sie daran erinnern, aus welchem Anlass wir uns heute zusammengefunden haben.« Seine Stimme schwoll an. »Es geht um Deutsch-Südwest. Um unseren Platz an der Sonne, der dringend weitere deutsche Männer und Frauen braucht, die sich dort eine Existenz aufbauen und das Gebiet besiedeln. Vielleicht fragen Sie sich, warum ein so großes, traditionsbewusstes und trotzdem modernes Land wie das Deutsche Reich überhaupt Kolonien braucht? Warum begnügen wir uns nicht mit unserer hiesigen Heimat? Wir haben doch bereits das Meer und schöne Berge, rasant wachsende Städte und fruchtbare Äcker!« Er machte eine weit ausholende Armbewegung und hätte dabei um ein Haar Falkenhayn vom Podest gefegt. »Ich werde Ihnen die Antwort verraten. Es gibt handfeste wirtschaftliche Gründe dafür. Wir benötigen unsere Kolonien, um ungehinderten Zugang zu den Rohstoffen zu bekommen, die unsere blühende Wirtschaft in Gang halten. Es wäre fatal, all diese Schätze den anderen, uns in vielerlei Hinsicht unterlegenen Völkern zu überlassen, um diese dann«, sein Blick drückte Verachtung aus, »als Bittsteller danach fragen zu müssen.« Er machte eine Kunstpause, um seinen Vortrag wirken zu lassen.

»Doch ebenso groß ist die Bedeutung des Kolonialbesitzes für die Ausfuhr deutscher Erzeugnisse«, fuhr der Graf fort. »Selbst wenn wir heute nur relativ geringe Gütermengen exportieren. Nicht auf die Ziffern der Gegenwart kommt es an, sondern auf die Entwicklungsfähigkeit in der Zukunft.«

Während sich Elisabeth wünschte, dass die Rede endlich zu Ende ging, blickte sie in die Runde. Luises Gesicht war eine Maske der Langeweile. Johanna sah man an, dass sie sich alle Mühe gab, ihre gegenwärtige Stimmung hinter einem Lächeln zu verstecken. Doch Elisabeth kannte sie gut genug, um zu wissen, dass sie todunglücklich war.

Graf von Seitz holte Luft und ließ seinen Blick über das Publikum schweifen. »Unsere deutsche Seele hat also längst Einzug in Südwest gehalten. Doch wie jedes Samenkorn muss auch diese Keimzelle hehrer Kultur gepflegt und gehegt werden, damit sie tief wurzeln und gedeihen kann. Dazu bedarf es Wagemut, sicherlich, aber wer will uns diesen absprechen? Schließlich profitieren auch die Eingeborenen davon, dass wir ihnen deutsche Werte beibringen. Kann es einen schöneren Anblick geben, als wenn eine sauber gekleidete, dunkelhäutige Kinderschar ›Sah ein Knab' ein Röslein stehn‹ singt? Wenn ein Buschmann zum christlichen Glauben übertritt und harte, ehrliche Arbeit verrichtet? Glauben Sie mir, Südwest ist ein schönes Land. Mit reichem Ackerland. Aber es braucht Ihre Unterstützung! Deshalb: Kommen Sie zahlreich, und schauen Sie es sich mit eigenen Augen an. Sie werden nie wieder abreisen wollen!«

Erleichtert fiel Elisabeth in den Applaus ein. Im selben Moment öffnete sich die Tür zum Vorraum, und ein Heer von Kellnern strömte in den Saal, um den Hauptgang zu servieren. Glücklicherweise klappte der Service reibungslos. Das Palais wurde seinem guten Ruf gerecht.

Da die Kuhlmanns den ganzen Abend auf dem Ball waren, hatte sich Minna vorgenommen, all die Arbeiten zu erledigen, für die sie sonst kaum Zeit fand. Als Erstes war sie durch alle Räume gelaufen und hatte die angelaufenen Silbersachen, von der Zuckerdose bis zu den Kerzenhaltern, in den kleinen Haushaltsraum geschleppt. Dort rieb sie die Gegenstände mit dem fürchterlich stinkenden Silberputzmittel ein und bearbeitete sie anschließend so lange mit einem weichen Lappen, bis das Metall wieder glänzte. Zufrieden betrachtete sie das Ergebnis. Sogar der große Präsentierteller strahlte endlich wieder. Als sie damit fertig war, schaute sie unruhig auf die Großvateruhr im Speisezimmer. Es war bereits acht Uhr durch. Wo blieb Bertha? Eigentlich hätte sie unmittelbar nach dem Essen wieder hochkommen sollen, damit sie gemeinsam den großen Lüster im Salon abstauben konnten. Ob sie es allein versuchen sollte? Unschlüssig trat sie auf den Korridor. Zu zweit war es viel einfacher, mit diesem riesigen Kristallungeheuer fertigzuwerden.

Plötzlich zuckte sie zusammen. Im Salon hatte gerade etwas laut geklirrt. Ein heruntergefallenes Glas? Aber wer konnte das sein? Die ganze Familie war doch im Bankettsaal! Plötzlich klopfte Minnas Herz schneller. Hatte sich vielleicht ein betrunkener Hotelgast in die Wohnung verirrt? Oder waren es gar Einbrecher? In Berlin hatte sie viele Schauergeschichten gehört, einmal war sogar eine ganze Familie in ihren Betten gemeuchelt worden. Aber hier? Sie beschloss, sich sicherheitshalber zu bewaffnen, bevor sie nach dem Rechten sah.

Mit dem langen Schrubber in der Hand fühlte sie sich besser. Vorsichtig schlich sie über den Flur und blieb vor dem Salon stehen. Es fiel ihr nicht leicht, das Ohr lauschend an die Tür zu pressen, zu oft war ihr eingetrichtert worden, dass ein anständiges Stubenmädchen so etwas unter keinen Umständen tat. Aber dies war ein besonderer Fall. Tatsächlich. Im Salon ging jemand mit schweren Schritten auf und ab. Gütiger Himmel. Ob sie Hilfe holen sollte? Aber wenn sie diesen Kerl jetzt dort allein ließ, würde er sich mit allen Wertsachen der Kuhlmanns aus dem Staub machen können, bevor sie zurückkehrte. Nein. Es gab keinen anderen Weg, sie musste den Einbrecher selbst stellen. Minna packte den Stiel des Schrubbers noch etwas fester. Vorsichtig drückte sie die Klinke nach unten und stieß die Tür auf.

Der Anblick raubte ihr kurzzeitig den Atem. Es war niemand anderes als die treulose Bertha, die mit einem halb vollen Cognacschwenker in der Hand die Reihen der ledergebundenen Bücher abschritt.

»Was machst du hier?«, fragte Minna verdattert.

Das erste Stubenmädchen drehte sich zu ihr um. Ihr rundes Gesicht wirkte entspannt. »Ich genehmige mir einen kleinen Schlummertrunk. Warum soll immer nur die Herrschaft in den Genuss eines guten Tropfens kommen?«

»Weil du umgehend gefeuert wirst, wenn Frau Kolbert dich so sieht! Schütt das Glas besser sofort in die Flasche zurück«, warnte Minna.

»Frau Kolbert ist aber ausgegangen, du Moralapostel«, erwiderte Bertha mit einem triumphierenden Lächeln.

»Und was sollte mich daran hindern, es ihr nachher zu erzählen?«, fragte Minna schnippisch. Natürlich würde sie Bertha niemals verpetzen. Aber ein solch schändliches Verhalten ging ihr gegen die Ehre. Die Kuhlmanns waren im Großen und Ganzen gut zu ihnen und hatten so ein schäbiges Verhalten, nach dem Motto »Wenn die Katze aus dem Haus ist, tanzen die Mäuse auf dem Tisch«, nicht verdient.

Berthas von Natur aus kleine Augen verengten sich zu Schlitzen. »Wenn du das tust, dann gnade dir Gott. Weil ich dann noch heute Nacht dem Pagen den Schlüssel zu unserer Kammer aushändige, um den er mich schon seit Wochen anbettelt. Da kannst du dich noch so vorsehen ... ihm entkommst du dann nicht mehr.«

Minna fühlte, wie ihr das Blut in den Adern gefror. »Das würdest du nie tun.«

»Ich würd's an deiner Stelle nicht drauf ankommen lassen«, knurrte Bertha.

Die darauffolgende Stille wurde von der Klingel der Wohnungstür unterbrochen. Weder Bertha noch Minna rührten sich. Es klingelte erneut.

»In Frau Kolberts Abwesenheit musst du als erstes Stubenmädchen die Tür öffnen«, sagte Minna.

»Es kann niemand Wichtiges sein, und ich ... ich bin *indisponiert*«, äffte Bertha Frau Kuhlmann nach, die sich öfter von Frau Kolbert verleugnen ließ. »Geh du!«

Mit weichen Knien ging Minna zur Wohnungstür, an der gerade das dritte Mal geschellt wurde. Sie zupfte ihre Haube zurecht und öffnete. Vor ihr stand der gutaussehende Mann aus Deutsch-Südwest. »Guten Abend«, sagte sie. »Die Herrschaft ist nicht zu Hause.«

Herr Falkenhayn lächelte. »Ich weiß. Ehrlich gesagt wollte ich kurz mit Ihnen sprechen, Minna.«

»Mit mir?«, fragte sie verwundert.

»Ja, ich wollte Sie um einen kleinen Gefallen bitten.«

Minna nickte. »Was kann ich für Sie tun?«

Er zog einen Umschlag aus seiner Brusttasche und reichte

ihn ihr. »Wären Sie so gut und würden das an Fräulein Elisabeth weitergeben?«

»Warum geben Sie es ihr nicht selbst?«

»Ich reise morgen ab und bin mir nicht sicher, ob ich sie vorher noch sehe.«

Unschlüssig starrte Minna auf den weißen Brief in seiner Hand. »Aber … aber ich weiß nicht, ob sich das schickt. Vielleicht gebe ich den Brief doch besser Frau Kuhlmann und lasse sie entscheiden.«

»Nein, bitte nicht«, sagte der Sekretär. »Es ist auch nichts Verwerfliches darin. Davon können Sie sich selbst überzeugen. Machen Sie den Umschlag ruhig auf.«

Minna zögerte. Dann überwog ihre Neugier. Sie klappte das Kuvert auf und sah hinein. Damit hatte sie nicht gerechnet.

***

Nach dem Essen begaben sich die Damen und die Herren in getrennte Salons, um sich für den anschließenden Tanz frisch zu machen. Durch schnatternde Grüppchen hindurch strebte Elisabeth ihren Schwestern zu.

»Bist du Herrn von Reden heil entkommen?«, fragte sie Johanna leise, während Luise sich ein paar Meter weiter das Gesicht puderte. Bevor Johanna antwortete, warf sie einen scheuen Blick zu ihrer Mutter. Doch diese war gerade in ein angeregtes Gespräch mit Gräfin von Seitz vertieft und schenkte ihren Töchtern keine Beachtung.

»Leider nein«, raunte Johanna, und in ihrer Stimme schwang abgrundtiefe Verzweiflung mit. »Unsere Gebete haben leider nichts genützt. Ich kann es spüren, er will mir auf jeden Fall heute Abend einen Antrag machen. Er hat bereits einige Andeutungen in diese Richtung gemacht.« Sie griff nach Elisabeths Hand. »Du darfst mich auf keinen Fall mit ihm allein lassen.«

»Natürlich nicht!«, erwiderte Elisabeth voller Mitgefühl. Ihr schauderte bei dem Gedanken, dass ihre schöne Schwester mit diesem Fettkloß verheiratet werden sollte.

»Danke.«

Als sich Luise zu ihnen gesellte, warf Johanna Elisabeth einen warnenden Blick zu. Aber sie hätte ihre kleine Schwester auch ohne diese Ermahnung nicht ins Vertrauen gezogen.

»Ist es nicht herrlich?«, gurrte Luise. »Alle machen mir den Hof. Sogar Lisbeths Tischherr.«

Du kleine freche Kröte, dachte Elisabeth. Aber glücklicherweise war sie selbst auch nicht auf den Mund gefallen. »Glaubst du, dass diese Fülle an Verehrern dem guten Robert gefallen wird?«

Luise wurde rot. »Mama sagt doch immer, dass man nicht zu zimperlich mit seinen Bewunderern umgehen sollte. Ein wenig Eifersucht hat noch nie geschadet.«

Johanna betrachtete sie nachsichtig. »Lulu, mach dir in dieser Hinsicht bitte keine Hoffnungen. Du kannst dir sicher sein, dass Mutter dich eher zu einem Farmer in die Kolonien schicken wird, als dir zu erlauben, unseren Hotelangestellten zu ehelichen.«

Man sah Luise an, dass sie am liebsten mit dem Fuß aufgestampft hätte. »Aber die Zeiten ändern sich doch«, schimpfte sie. »Wenn Robert mit mir ins Ausland auswandern würde …«

Johanna strich ihr liebevoll über den Kopf. »Liebes, bitte schlag ihn dir aus dem Kopf. Es gibt genug andere schöne Männer.«

In diesem Moment kam ihre Mutter zu ihnen herüber, und die Schwestern verstummten. »Was bin ich froh, dass wir diesen entsetzlichen Falkenhayn bald los sind«, rief sie eine Spur zu laut. »Ich sage euch, der Mann ist mir nicht geheuer. Ich habe gerade mit Gräfin von Seitz gesprochen, und sie hat auch keine Ahnung, woher er stammt. Dabei handelt es sich immerhin um den persönlichen Sekretär ihres Mannes. Doch jedes Mal, wenn sie den Grafen danach fragt, gibt er ausweichende Antworten! Wahrscheinlich hat Falkenhayn im Gefängnis gesessen. Ich könnte mir das gut vorstellen. Schickt man nicht öfters ehemalige Sträflinge in die Kolonien?«

Kurz darauf spielte das Orchester einen Tusch – das Signal, dass der Ball in wenigen Minuten beginnen würde. Freudig erregt strömten die Damen und Herren in den mit Blumengirlanden geschmückten Saal. Da der Ball unter der Schirmherrschaft, aber nicht in Anwesenheit des Großherzogs stattfand, wurden die Festlichkeiten mit der Kaiserhymne »Heil dir im Siegerkranz« eröffnet. Danach stellten sich die Paare zum ersten Tanz auf. Als die Musik endlich einsetzte, drehten sich Jung und Alt im Walzerschritt.

Verdrossen setzte sich Elisabeth auf einen der Stühle, die am Rand des Ballsaals aufgestellt waren. Außer ihr saß nur ein weiteres Fräulein auf diesen Schandplätzen und blickte sehnsüchtig auf das fröhliche Treiben. Selbst der Christbaum, das Mädchen mit den dünnen Haaren, über das sie sich lustig gemacht hatte, hatte einen Tanzpartner gefunden. Wenigstens entging ihr auf diese Weise nicht die interessante Unterhaltung der Offiziere, die neben ihr standen und offenbar schon eifrig Champagner gebechert hatten.

»Wir sollten den frechen Franzmännern endlich mal wieder was auf die Mütze geben«, sagte einer von ihnen. »Wie die und Großbritannien sich jetzt Russland anbiedern, ist widerlich.«

»Man muss es ihnen nachsehen. Auf sich allein gestellt, sind es schwache Nationen, die lediglich durch blutrünstige Revolutionen groß geworden sind. Wir dagegen haben es auch ohne solche Mätzchen geschafft.«

Einer der Männer widersprach. »Auch wir haben ein Bündnis mit Österreich-Ungarn geschlossen. Hoffentlich münden diese ganzen Abkommen nicht doch noch in einen Krieg.«

»Papperlapapp. Jetzt mach dir mal nicht die Hosen voll. Wir wären für ein solches Scharmützel gut gerüstet. Oder bist du etwa auch so ein Volksverräter wie die Sozialdemokraten, die sich gegen den weiteren Ausbau unserer stolzen Flotte aufgelehnt haben? Nur gut, dass diese Waschlappen überstimmt worden sind.«

»Ja, und dass ausgerechnet die Engländer etwas gegen unsere Flotte haben, ist wohl kaum zu verstehen ... wo sie doch so stolz auf ihre eigene sind!«

Die Männer lachten und schlugen sich amüsiert auf die Schenkel. »Ha, wir sollten auch dort mal nach dem Rechten sehen! Wie sagt der Kaiser immer so schön: Am deutschen Wesen soll die Welt genesen.«

Während die Offiziere wiehernd vor Lachen zum Ausgang spazierten, beobachtete Elisabeth, wie Herr von Reden mit der armen Johanna tanzte. Er hielt sie so eng an sich gepresst, dass ihre Schwester fast von seinem Bauch erdrückt wurde. Außerdem war das schon ihr dritter gemeinsamer Tanz, und mehr als drei am selben Abend galt als äußerst unschicklich. Wo steckte ihre Mutter, wenn sie gebraucht wurde? Elisabeth konnte sie im Ballsaal nicht entdecken. Ob sie selbst einschreiten sollte? Das wäre an schlechtem Benehmen kaum zu überbieten, aber bevor dieser adelige Fettwanst den guten Ruf ihrer Schwester ruinierte ... Nein, besser nicht. Wahrscheinlich wäre auch Johanna ein solches Benehmen nicht recht. Um sich von ihren trüben Gedanken abzulenken, hielt Elisabeth Ausschau nach Julius Falkenhayn. Welche der Erbinnen schwebte in seinen Armen? Doch auch ihn konnte sie nicht auf der Tanzfläche erspähen.

Als sich kurz darauf zwei lange, frackbehoste Beine neben sie stellten, blickte Elisabeth nicht einmal auf. Zu sehr war sie in ihre Gedanken vertieft. Ob Falkenhayn tatsächlich ein ehemaliger Verbrecher war, der im Gefängnis geschmort hatte?

»Darf ich bitten, gnädiges Fräulein?«, hörte sie eine vertraute Stimme.

Erschrocken sah sie hoch. Falkenhayn. Ausgerechnet. »Aber Sie haben sich gar nicht auf meiner Tanzkarte eingetragen«, sagte sie, um ihre Verlegenheit zu überspielen.

»Natürlich möchte ich einer bereits getroffenen Verabredung nicht im Weg stehen, aber eigentlich hoffte ich, dass Sie ...«, er lächelte, »... für diesen Tanz noch zu haben sind.«

Elisabeth wägte seine freche Bemerkung gegen die Wohltat ab, von ihrem Mauerblümchendasein erlöst zu werden, und entschied, dass alles besser war, als weiterhin auf diesem Stuhl zu versauern. »Es wäre mir ein Vergnügen«, sagte sie und reichte ihm die Hand.

Während sie an seinem Arm zum Parkett schritt, bemerkte Elisabeth die neidischen Blicke der anderen jungen Damen. Erst dadurch wurde ihr bewusst, dass dies auch Falkenhayns erster Tanz sein musste.

Als der Sekretär sie an sich zog und gekonnt im Walzerschritt lostanzte, beschlich Elisabeth ein merkwürdiges Gefühl. So ein zartes Flattern in der Bauchgegend hatte sie vorher noch nie gespürt. Woher kam das? Gedankenverloren legte sie den Kopf in den Nacken und schaute zu ihm auf. Sein schmales, plötzlich verschlossen wirkendes Gesicht gab ihr keinerlei Anhaltspunkte, warum er ausgerechnet sie aufgefordert hatte.

»Und? Wo waren Sie bis jetzt?«, fragte sie, um das plötzliche Engegefühl in ihrer Brust zu vertreiben.

Er sah sie an. »Wieso? Haben Sie mich vermisst?«

»Nein. Aber man unterhält sich üblicherweise mit seinem Tanzpartner, und mir ist leider kein spannenderes Thema eingefallen«, gab sie zurück.

Falkenhayn lächelte. »Das kann ich kaum glauben, Sie sind doch sonst nicht gerade auf den Mund gefallen. Aber ich verrate es Ihnen gern. Graf von Seitz und ich haben Baron von Rosen verabschiedet, der kurz nach dem Bankett abreisen musste.«

Elisabeth nickte. Für ein paar Takte schwiegen sie beide. Erstaunt stellte sie fest, dass Falkenhayn ein ausgesprochen guter Tänzer war und sich geschmeidig im Rhythmus der Musik bewegte. Wenn sie selbst nicht so befangen gewesen wäre, hätte sie den Walzer genossen.

»Übrigens habe ich Sie nach der Verabschiedung des Barons eine ganze Weile von der Tür aus beobachtet.«

Himmel! Ausgerechnet er war Zeuge ihres Mauerblümchendaseins geworden? Sie versuchte, sich ihre Verlegenheit nicht anmerken zu lassen. »So? Da können Sie nicht viel Aufregendes gesehen haben.«

Er neigte den Kopf zur Seite. »Meinen Sie?«

Falkenhayn hatte sie also lediglich aus Barmherzigkeit zum Tanz gebeten? Ihre Wangen brannten vor Scham. Um ein Haar wäre sie stehen geblieben, doch er drehte sie unerbittlich weiter im Kreis. »Sie sollten sich Ihre Nächstenliebe für bedürftigere Personen aufbewahren«, sagte sie schneidend. »Ich verzichte gern darauf.«

»Das nehme ich Ihnen nicht ab. Ich habe schließlich gesehen, wie begeistert Ihre Füße im Takt der Musik gewippt haben. Im Sitzen, wohlgemerkt. Was haben Sie denn angestellt, dass sich keiner der Herren traut, mit Ihnen zu tanzen?«

Darüber hatte sie auch schon den ganzen Abend nachgedacht. Spontan und gänzlich unbeabsichtigt gestand sie ihre Vermutung: »Wahrscheinlich bin ich ihnen nicht hübsch genug.«

Falkenhayn legte den Kopf zurück und lachte, als hätte sie statt der bitteren Wahrheit einen großartigen Witz erzählt.

»Wie können Sie darüber lachen? Das ist doch nicht komisch!«, erwiderte sie empört.

»Doch, das ist es.«

»Nein, ist es nicht. Nicht, wenn man selbst davon betroffen ist.«

Erstaunt blickte er ihr ins Gesicht. »Sie können diesen Unsinn doch unmöglich ernst meinen?«

In ihren Augen brannten Tränen. »Doch.«

Seine Hand auf ihrem Rücken drückte sie noch dichter an seine Brust. Er beugte sich zu ihr hinunter und flüsterte ganz nah an ihrem Ohr: »Es ist komisch, weil Sie für mich die mit Abstand schönste Frau auf diesem Ball sind. Ihre strahlend blauen Augen und Ihre dunklen Haare haben es mir sehr angetan, Fräulein Elisabeth.«

Wie bitte? Sie musste sich verhört haben. Er fand sie *schön?* Sie war zu überrascht, um etwas zu erwidern.

Falkenhayn richtete sich wieder auf und sprach in normaler Lautstärke weiter: »Aber das sind nur einige der Gründe, warum Sie mich so faszinieren. Genauso schätze ich diesen wachen, hungrigen Ausdruck in Ihren Augen, Ihr freches Mundwerk und die Willensstärke, mit der Sie Ihre Absichten durchsetzen. Sie strahlen eine geradezu leidenschaftliche Lebenslust aus, und wahrscheinlich ist es gerade das, was den anderen Männern Angst einjagt. Sie sind sittsame Lämmchen gewohnt und keine junge, starke Löwin.«

Sie war eine Löwin? Und er fand ihre Willensstärke anziehend? Dieser Schuft. Er machte sich ganz offensichtlich über sie lustig. Um ein Haar wäre sie ihm auf den Leim gegangen. »Und natürlich kennen Sie sich mit Löwen bestens aus, weil Sie so lange in Afrika gelebt haben.«

Er zuckte mit den Schultern. »Nein, nicht deswegen. Aber Sie haben recht. Ich fürchte mich nicht vor einem kleinen Wildfang wie Ihnen. Ganz im Gegenteil.«

Diesmal blieb sie stehen. »Was erlauben Sie sich!«

Er beugte sich erneut zu ihr hinunter, bis seine Nase fast die ihre berührte. Sie versuchte, der ungewohnten Nähe auszuweichen, aber er hielt sie fest. »Finden Sie es unangemessen, dass ich Ihnen meine Wertschätzung gestehe?«

»Lassen Sie mich los! Die Leute schauen ja schon.« Elisabeth versuchte, sich freizukämpfen, aber er hielt sie unbeirrt in seinen Armen.

»Und wenn schon. Morgen verlasse ich Doberan und ...«

»Aber ich muss hierbleiben und mit dem Klatsch der Leute leben.« Zornig drückte sie mit der flachen Hand gegen seine Brust. »Wenn Sie mich unbedingt festhalten müssen, dann tanzen Sie um Gottes willen weiter«, zischte Elisabeth, die gerade einen ungläubigen Blick ihrer Mutter aufgefangen hatte.

»... und deshalb wollte ich Sie bitten, auf mich zu warten. Heiraten Sie nicht den Erstbesten, nur weil Ihre Mutter Sie dazu drängt.«

Ihr Herz blieb stehen. »Was soll das bedeuten? Machen Sie mir etwa einen Antrag?«

Für einen flüchtigen Moment schien sein Blick fast zärtlich auf ihr zu ruhen. Doch bevor Elisabeth sich darüber wundern konnte, war der ungewohnte Ausdruck verschwunden, und er bewegte sich wieder mit ihr im Takt der Musik.

Nach einigen Schritten sagte er: »Nein, leider kann ich Ihnen noch keinen Antrag machen. Ich wollte Ihnen lediglich vor meiner Abreise mitteilen, dass ich Sie sehr schätze.«

»Aber Sie kennen mich doch gar nicht.«

Um seine Mundwinkel spielte ein Lächeln. »Doch, ich glaube schon. Ich habe viel mit Ihrem Bruder über Sie gesprochen.«

Ob das wirklich stimmte? Sie musste Paul unbedingt danach fragen. Und weshalb *konnte* er ihr keinen Antrag machen?

»Warum sagen Sie nichts, Fräulein Elisabeth? Können Sie sich denn überhaupt nicht vorstellen, sich in mich zu verlieben?«

Sie fühlte sich vollkommen überrumpelt. Was wollte er nur auf einmal von ihr? Sie fand ihn zwar alles andere als unattraktiv, aber …

»Bitte, Elisabeth, sagen Sie mir, dass Sie auf mich warten werden.« Stürmisch presste er sie an sich. »Oder … wenn Ihnen das zu lange dauert und Sie wirklich so abenteuerlustig sind, wie es den Anschein hat, dann kommen Sie mit mir nach Afrika. Es gibt dort auch eine Lebensgrundlage für Frauen, die nicht heiraten wollen. Sie könnten ein Hotel leiten. Graf von Seitz will gerade eines erwerben. Aber ich kenne auch einige sehr erfolgreiche Farmerinnen. Alles selbstständige Frauen wie Sie, die nicht in die engen Verhältnisse des Deutschen Reichs passen und aus den ihnen zugedachten Rollen ausgebrochen sind.«

Am liebsten hätte sie ihm applaudiert. Von einem Fast-Heiratsantrag bis zur Werbung einer neuen Siedlerin hatte Falkenhayn keine Minute gebraucht. Dieser Teufel. Sie konnte es am Funkeln seiner Augen erkennen: Er verspottete sie. Aber was er konnte, konnte sie schon lange. »Und wenn ich tatsächlich nach Afrika gehen würde, was hätten Sie davon? Zahlt man Ihnen eine Kopfprämie pro angeworbenem Siedler?«, fragte sie schnippisch.

Sein Lächeln erlosch. »Bitte was? Nein, ich dachte daran, dass wir uns dann auch weiterhin sehen könnten und Sie mich vielleicht doch noch irgendwie … lieb gewinnen könnten.«

Er versuchte, sie mit seinem nicht unbeträchtlichen Charme einzuwickeln. Wahrscheinlich lachte er sich innerlich halb schief über ihre Gutgläubigkeit. Aber diesmal würde sie sich nicht von ihm verhöhnen lassen. Sie würde ihm zeigen, dass sie tatsächlich aus einem anderen Holz geschnitzt war als diese kuhäugigen Erbinnen, die ihn vorhin umschwirrt hatten. Elisabeth blieb stehen, drückte den Rücken durch und blickte ihm fest in die Augen. »Da Sie aus mir unverständlichen Gründen so oft von Liebe sprechen, will ich Ihre Neugier sofort befriedigen: Nein, Herr Falkenhayn, ich werde nicht auf Sie warten. Ich liebe Sie nicht, und das wird sich auch niemals ändern. Selbst wenn Sie der letzte Mann auf Erden wären.«

5. Kapitel

Herbst 1912

Sein Vater und er warteten gemeinsam im schmucklosen Vorzimmer des Ortsvorstehers, um diesen wegen des Champagners zur Rede zu stellen. Angespannt schaute Paul zu der effizient wirkenden Sekretärin, die unentwegt auf ihrer Schreibmaschine tippte. Sie schien es für vollkommen normal zu halten, dass Krause seinen Vater und ihn bereits seit einer halben Stunde schmoren ließ. In seinem Vater brodelte es, wie man an seinen zornig zusammengezogenen Brauen unschwer erkennen konnte. Glücklicherweise ging in diesem Moment die Tür auf, und Krause bat sie mit einer jovialen Geste herein.

»Bitte entschuldigen Sie die Verspätung. Als Ortsvorsteher hat man immer furchtbar viel zu tun.« Krauses überakkurater Aussprache hörte man seine Hamburger Herkunft an. Er deutete auf die beiden Stühle vor seinem Schreibtisch.

Sein Vater ignorierte die Aufforderung und blieb mit untergeschlagenen Armen mitten im Büro stehen. »Gehört die Sabotage eines Konkurrenten auch zu Ihren Pflichten als Ortsvorsteher?«

Krause verzog das Gesicht zu einem breiten Lächeln. »Sabotage? Was meinen Sie damit?«

»Wagner hat zugegeben, dass er unseren Champagner auf Ihre Anordnung hin nicht ausgeliefert hat.«

»Reden wir von dem Weinhändler Wagner?«, erkundigte sich Krause.

Paul nickte. »Allerdings. Ich habe selbst mit ihm gesprochen.«

»Nun, da muss er etwas falsch verstanden haben. Ich würde mich niemals auf diese Weise in sein Geschäft einmischen. Weshalb? Das Grand Hotel läuft vorzüglich. Da haben wir doch so einen Kinderkram gar nicht nötig.«

»Und weswegen sollte Wagner lügen?« Das Gesicht seines Vaters war vor Wut knallrot angelaufen.

»Wahrscheinlich hatte er nicht genug bestellt und wollte seine eigene Unfähigkeit vertuschen«, meinte Krause mit einem lapidaren Schulterzucken. »Lieferanten sind manchmal sehr unzuverlässig.«

»Sie sind also zu feige, um zuzugeben, dass Sie selbst hinter dieser infamen Aktion stecken?« In der Stimme seines Vaters schwang abgrundtiefe Verachtung mit.

»Mein lieber Herr Kuhlmann, ich bin mir absolut keiner Schuld bewusst!«

»So? Aber ich verspreche Ihnen trotzdem, dass ich mich bei passender Gelegenheit revanchieren werde. Darauf können Sie sich verlassen!« Wütend stürmte sein Vater aus dem Büro.

»Bitte entschuldigen Sie uns, Herr Krause«, sagte Paul und ging ihm hinterher. Draußen auf den Stufen der Kurverwaltung holte er seinen Vater ein. »Bist du sicher, dass es klug war, so einen wichtigen Mann gegen uns aufzubringen? Vielleicht hat er ja recht, und es war Wagners Schuld.«

Kopfschüttelnd sah sein Vater ihn an. »Manchmal frage ich mich, ob du wirklich mein eigen Fleisch und Blut bist. Wie kann man nur so naiv und inkonsequent sein! Hast du mir nicht erst gestern versichert, dass du nicht an Wagners Worten zweifelst?«

»Ja, aber … vielleicht habe ich mich auch geirrt.«

Sein Vater seufzte. »Du musst noch viel lernen, Paul. Vor allem Menschenkenntnis. Ich selbst würde meine Hand dafür ins Feuer legen, dass er schuldig ist.«

Seit dem Kolonialball spielte ein entscheidender Erfolgsfaktor für jeden Hotelier nicht mehr mit: das Wetter. Bereits seit zwei Wochen regnete es ununterbrochen, und es war empfindlich kalt geworden. In Heiligendamm herrschte Weltuntergangsstimmung: Peitschender Wind trieb tiefschwarze Wolken über das Meer. Gewaltige, sich in immer neuen Formationen auftürmende Wellenberge prallten mit ungebremster Wucht und hoch aufspritzender Gischt gegen die befestigten Schutzwälle und Strandanlagen. Die Strandkörbe standen einsam und verlassen im Sand. Ein Spaziergang war unter diesen Umständen bereits eine Herausforderung, an Baden überhaupt nicht zu denken. Das ganze öffentliche Leben war zum Stillstand gekommen. Alle im Freien geplanten Konzerte und Veranstaltungen mussten abgesagt werden, darunter auch das beliebte Tontaubenschießen. Ein Albtraum.

Es war ruhig im Hotel. Zu ruhig. Viele Gäste, die auf diesen abrupten Wetterumschwung nicht vorbereitet gewesen waren, hatten ihren Aufenthalt vorzeitig abgebrochen. Allabendlich war der Speisesaal nicht einmal zur Hälfte gefüllt. Die Kellner, aber auch die anderen Angestellten hatten nicht genug zu tun.

Paul stand gerade hinter dem Empfangstresen, als eine hagere Berliner Witwe namens Beck auf ihn zugesegelt kam.

»Was kann ich für Sie tun, Frau Beck?«, fragte er mit einer angedeuteten Verbeugung. Ihm schwante Böses. Die Dame, die ihr runzeliges Gesicht unter einer beachtlichen Schicht Schminke verbarg, war als anspruchsvoller Gast bekannt.

»Eine ganze Menge, junger Mann. Denn man hat mich mit falschen Versprechungen in Ihr sogenanntes Luxushotel gelockt.« Bei den mit Stentorstimme vorgetragenen Worten blickten alle anderen Gäste im Foyer interessiert auf.

»Ich verstehe nicht … Wie meinen Sie das?«

»Man hat mir bei meiner Anreise gute Unterhaltung versprochen. Sie wissen schon. Interessante Gesellschaft und ein Abendprogramm. Aber heute kann ich noch nicht einmal einen Bridgepartner auftreiben. Das Hotel ist wie ausgestorben.«

»Das tut mir leid, Frau Beck. Aber sehen Sie … das Wetter ist nun einmal nicht das Beste und …«

»Das Wetter!«, unterbrach sie ihn entrüstet. »Was interessiert mich denn das Wetter? Ich will schließlich nicht am Strand unterhalten werden. Reden Sie sich nicht heraus, junger Mann!

Wenn ich einsam und allein sein wollte, hätte ich auch in meinen eigenen vier Wänden bleiben können!«

»Aber morgen Abend kommt sogar eine Tanzkapelle ins Haus«, verteidigte sich Paul.

»Und was nützt mir das, wenn ich unter den wenigen Gästen keinen Tanzpartner finde? Leider werde ich darüber nachdenken müssen, ob ich Ihr Etablissement meinen Berliner Freunden empfehlen kann.«

Paul brach der kalte Schweiß aus. Die Kritik einer kommunikationsfreudigen Dame der Berliner Oberschicht konnte dem Palais ernsthaft schaden. Glücklicherweise schien Herr Walter sie ebenfalls gehört zu haben, denn er trat in diesem Moment aus seinem Büro.

»Aber liebe, gnädige Frau, wenn Sie sich langweilen, brauchen Sie doch nur mich anzusprechen. Ich kann Ihnen viele interessante Vorschläge unterbreiten. Haben Sie zum Beispiel schon einmal eine Massage gebucht? Wir haben auch einen Meister der Aquarellmalerei in Doberan, der unseren Gästen Stunden gibt. Soll ich Ihnen etwas zusammenstellen, oder möchten Sie gleich jetzt buchen?«

Frau Beck war bei den Worten des zwanzig Jahre jüngeren Herrn Walter regelrecht aufgeblüht und ließ sich, plötzlich zahm wie ein Lamm, von ihm beraten.

Die Krise war entschärft. Schade nur, dass Paul selbst nichts dazu beigetragen hatte.

Dabei hatte Frau Beck prinzipiell recht. Dem Palais fehlte ein gut durchdachtes Unterhaltungsprogramm. Doch dazu mangelte es derzeit leider an Geld. Vaters Buchhalter hatte sich letzte Woche die Abrechnungen angesehen und besorgt den Kopf geschüttelt. »Sie müssen unbedingt die Kosten im Auge behalten, Herr Kuhlmann. Denken Sie – selbst bei ausgebuchtem Haus – immer daran, dass im kommenden März die erste Rückzahlungsrate ansteht.« Doch als der Buchhalter das Büro verlassen hatte, hatte sein Vater nur mit den Schultern gezuckt. »Diese Pfennigfuchser haben keine Ahnung, wie man ein

Luxushotel führt«, hatte er behauptet und sich strikt geweigert, überschüssiges Personal abzubauen, um Kosten zu sparen. »Es würde sich wie ein Lauffeuer herumsprechen und ein ungünstiges Licht auf uns werfen. Unsere verwöhnte Klientel könnte befürchten, dass sie bei uns nicht den gewohnten Service bekommt. Das wäre fatal. Nein, wir müssen dieses Tief einfach aussitzen«, hatte er gemeint. Doch vor dem Hintergrund, dass die Hauptsaison sowieso nur bis Ende September ging und damit in gut zwei Wochen vorbei war, erschien Paul das Argument seines Vaters nicht sehr plausibel. Selbst Elisabeth, die unter Aufbietung ihres ganzen Charmes versucht hatte, ihn von der Notwendigkeit von Sparmaßnahmen zu überzeugen, war an seinem Sturkopf gescheitert.

»Herr Kuhlmann?« Paul hatte vor lauter Grübelei gar nicht bemerkt, dass einer der Pagen direkt neben ihm stand. »Ihr Vater bittet Sie, sofort in die Johann-Albrecht-Suite zu kommen.«

Während Paul die Treppe hocheilte, hoffte er, dass die Baronin von Werdenfels, die seit gut drei Monaten mit ihren zwei Zofen in der größten Suite des Palais logierte, nicht auch noch abreisen wollte.

»Was ist passiert?«, rief er erschrocken, als er seinen leichenblassen Vater vor der Tür entdeckte.

»Sie ist weg.«

»Die Baronin will abreisen?«

»Nein. Du verstehst nicht. Sie und ihre Zofen sind bereits abgereist.« Die Stimme seines Vaters klang brüchig.

»Das kann nicht sein. Die Baronin hat doch noch gar nicht ausgecheckt ...«, stammelte Paul verwirrt.

»Das ist es ja gerade, die feine Dame hat die Zeche geprellt.«

Es dauerte einen Moment, bis Paul verstand. »Was machen wir denn jetzt? Rufen wir die Polizei?«

Müde schüttelte sein Vater den Kopf. »Das würde einen handfesten Skandal bedeuten. Zeitungsreporter. Gerüchte.«

»Du willst ihr das einfach durchgehen lassen?«, fragte Paul perplex. »Aber wir sind doch sowieso schon knapp bei Kasse.

Wird das die Rückzahlung des Darlehens nicht noch zusätzlich gefährden?«

»Vielleicht. Aber wir werden um neue Einnahmequellen kämpfen. So leicht gibt ein Kuhlmann nicht auf.«

Die unendlich vielen Stunden, in denen sie bis auf die verhasste Handarbeit zur Untätigkeit verdammt war, machten Elisabeth das Leben schwer. Wenn sie ein Mann gewesen wäre, hätte sie sich mit aller Kraft für das Wohl des Hotels einsetzen können. Doch stattdessen musste sie mit ihrer Mutter und ihren Schwestern im Salon sitzen und tatenlos zusehen, wie ihr Vater und ihr Bruder versuchten, neue Gäste für die Herbst- und Wintersaison zu werben, um die ansehnliche Summe, die ihnen durch die Zechprellerin entgangen war, anderweitig wieder hereinzuholen. Sie selbst hätte die Baronin niemals ungestraft davonkommen lassen. Wahrscheinlich hätte sie einen Privatdetektiv engagiert, der entsprechende Erkundigungen eingezogen hätte. Doch niemand wollte ihren Vorschlägen lauschen: Ihr Vater verbrachte seit dem offiziellen Ende der Sommersaison viel Zeit in Berlin, um zusätzliche Gäste zu akquirieren, und Paul schien vor lauter Sorge um die Finanzen des Palais wie gelähmt zu sein.

Der Mangel an Ablenkung bescherte Elisabeth noch ein weiteres Problem: Sie konnte einfach nicht aufhören, sich jede Minute des Kolonialballs wieder und wieder ins Gedächtnis zu rufen.

»Du bist schon fast so schlimm wie Lulu«, seufzte Johanna, als sie abends in ihrem Zimmer plauderten.

»Untersteh dich, mich in dieselbe Schublade zu werfen«, verteidigte sich Elisabeth. »Lulu wartet sehnsüchtig auf eine Nachricht von ihren Verehrern. Ich grübele dagegen nur darüber nach, ob ich nicht vielleicht doch zu harsch mit Julius Falkenhayn umgesprungen bin.«

Johanna lächelte. »Natürlich seid ihr nicht in derselben Situation. Falkenhayn hat dir schließlich seine Gefühle offenbart, auch wenn du an der Aufrichtigkeit seiner Worte zweifelst. Luises Verehrer wollten nur Spaß haben.«

»Hoffentlich fängt sie jetzt nicht wieder mit ihrer Schwärmerei für Robert an. Meines Erachtens ist Lulu sowieso mehr in die Liebe an sich als in einen Mann aus Fleisch und Blut verliebt.«

»Da hast du recht. Also zurück zu deinem Herrn Falkenhayn.«

Elisabeth winkte ab. »Nein, lass uns nicht mehr über ihn reden. Wozu soll das gut sein? Ich habe ihn abgewiesen. Jetzt ist er in Afrika, und ich werde ihn nie wiedersehen.«

»Bist du sicher?« Johanna musterte sie prüfend.

Elisabeth nickte und wechselte das Thema.

Doch nachts in ihrem Bett grübelte sie erneut. Nachdem sie ihm gesagt hatte, dass sie ihn niemals lieben könnte, hatte er den Tanz wortlos beendet und sie zu ihrem Platz geleitet. Im Anschluss hatte er den Ball und am nächsten Morgen auch Doberan ohne Verabschiedung verlassen. Sein verschlossener Gesichtsausdruck verfolgte sie bis in ihre Träume. Aber er konnte seine Worte doch unmöglich ernst gemeint haben. Oder?

Am Abend nach Falkenhayns Abreise hatte Minna ihr einen Umschlag zugesteckt. Als sie ihn geöffnet hatte, hatte sie zu ihrer Überraschung eine Fotografie darin vorgefunden. Das Bild zeigte sie selbst, wie sie am Tag des Flugwettbewerbs auf der Seebrücke stand. Im Profil, mit vom Wind zerzausten Haaren und einem eigentümlich entschlossenen Ausdruck im Gesicht. Auf der Rückseite hatte Falkenhayn mit Bleistift das Datum und die Worte »*Heiligendamm im Sommer*« vermerkt. Sonst nichts.

Was sollte das? Sie konnte sich zwar erinnern, dass er an diesem Tag seine erstaunlich handliche Kamera dabeigehabt hatte, aber war sie nicht lediglich auf das Meer und die landenden Flugzeuge gerichtet gewesen? Trotzdem musste sie zugeben, dass ihr die Aufnahme schmeichelte. Die abgebildete junge Frau wirkte lebendig und auf ungewöhnliche Art attraktiv. Ob er sie tatsächlich so sah?

Die zweite Überraschung kam auf dem sonntäglichen Weg in die Kirche. »Hast du mit Falkenhayn eigentlich auch einmal über mich gesprochen?«, fragte sie Paul leise.

»Einmal?«, flüsterte er schmunzelnd. »Wenn wir nicht gerade etwas Geschäftliches zu bereden hatten, ging es um nichts anderes.«

Für einen Moment war sie sprachlos. »Warum hast du mir nichts davon erzählt?«

Paul zuckte mit den Schultern. »Ich dachte, es ist offensichtlich, dass er sich für dich interessiert. Und natürlich habe ich versucht, ihn nicht weiter in seinen Gefühlen zu bestärken. Mutter mag ihn nicht. Sein Werben wäre also sowieso auf taube Ohren gestoßen.«

»Und du meinst nicht, dass ich da auch ein Wörtchen mitzureden habe?«, fragte Elisabeth.

Erstaunt blickte Paul sie an. »Wieso? Erwiderst du seine Gefühle?«

»Nein. Ganz gewiss nicht«, behauptete sie entschieden, obwohl sie die Neuigkeiten insgeheim verwirrten. »Aber weder Mutter noch du werden entscheiden, wen ich einmal heirate. Das geht nur mich allein etwas an.«

Paul zog skeptisch eine Augenbraue hoch. »Lass das besser nicht unsere Eltern hören. Sie wären da ganz sicher anderer Meinung.«

Wie recht er hatte, wurde Elisabeth nur ein paar Tage später schmerzlich bewusst. Sie lernte gerade mit Luise französische Vokabeln, als Frau Kolbert anklopfte und kurz darauf eintrat. »Ihre Mutter lässt Ihnen ausrichten, dass sie Herrn von Reden eingeladen hat, am heutigen Abendessen teilzunehmen. Es sei ein feierlicher Anlass, und die jungen Damen sollen sich bitte dementsprechend kleiden.«

Elisabeth ahnte gleich, worum es ging. Kurzerhand ließ sie Luise allein weiterlernen und huschte zu Johannas Zimmer. Dort fand sie ihre Schwester leise schluchzend auf dem Bett vor.

Mit zwei Schritten war Elisabeth bei ihr und setzte sich neben sie.

»Was ist passiert?«, flüsterte sie und strich Johanna tröstend übers Haar. »Wir haben doch auf dem Ball alles richtig gemacht. Du warst keine Sekunde mit ihm allein.«

»Er hat vor einer Stunde bei Vater um meine Hand angehalten.«

»Ohne dein Einverständnis?«

Johanna, den Kopf in den Kissen vergraben, nickte.

»Aber das geht doch nicht!«

»Vater wollte mich wohl fragen, bevor er seine Zustimmung gegeben hat. Aber Mutter hat es ihm ausgeredet. Sie meinte, dass ich mir keine bessere Partie wünschen könnte. Außerdem hätte ich durch mein Verhalten bereits angedeutet, dass ich ihn mag«, sagte ihre Schwester unter Tränen. »Dabei liebe ich ihn nicht, und jetzt kann ich ihn noch nicht einmal mehr respektieren. Kein anständiger Mann würde eine Frau so unter Druck setzen.«

»Du brauchst ihn nicht zu heiraten! Niemand kann dich dazu zwingen.« Elisabeths Stimme zitterte vor Aufregung.

»Doch, ich muss … ansonsten wären unsere Eltern bloßgestellt. Schließlich haben sie bereits ihr Einvernehmen signalisiert.«

»Das haben sie sich doch selbst zuzuschreiben. Du kannst diesen Fettwanst nicht heiraten, nur um ihren Fehler zu kaschieren.«

»Von welchem Fehler sprichst du bitte, Elisabeth Maria?« Ihre Mutter stand im offenen Türrahmen, die Augen ärgerlich zusammengekniffen. Weder Johanna noch Elisabeth hatten sie kommen hören.

Elisabeth sprang vom Bett auf. »Du darfst Johanna nicht zwingen, diesen Mann zu heiraten!«

»Sobald Johanna Vernunft annimmt, kann von Zwang doch keine Rede sein. Martin stammt aus einem alteingesessenen und hoch angesehenen Adelsgeschlecht. Seine Schwester ist mit einem Cousin des Kaisers verheiratet! Das bedeutet, dass sein Name Johanna und damit unserer ganzen Familie die Tür zu Kreisen öffnen wird, die uns bislang verwehrt geblieben sind. Das wird sich auch positiv auf das Geschäft des Palais auswirken, und an dem ist dir doch so viel gelegen.«

»Du verhökerst deine Tochter wie ein preisgekröntes Kalb an den Meistbietenden?«

Entsetzt fuhr die tränenüberströmte Johanna von ihrem Bett auf. »Elisabeth! Wie kannst du nur so etwas Hässliches sagen! Entschuldige dich auf der Stelle.«

Störrisch verschränkte Elisabeth die Arme vor der Brust und schwieg.

»Das wird ein Nachspiel haben, junges Fräulein«, sagte ihre Mutter kalt.

Mit geschlossenen Augen spielte Paul das erste der drei Klavierstücke von Schubert. Er hatte diese Partitur bewusst gewählt. Die Melodie passte perfekt zu seinem momentanen Zustand: Nach außen hin gab sie sich leicht und beschwingt, doch unterschwellig spürte man eine nie ganz abklingende Unruhe.

Mitten im Spiel zuckte Paul zusammen. Jemand hatte ihm sanft eine Hand auf die Schulter gelegt. Als er sich umblickte, sah er Robert hinter sich stehen.

»Ich habe Sie gar nicht kommen hören«, sagte Paul lächelnd.

»Sie waren zu sehr in die Musik vertieft«, antwortete der Oberkellner. »Es tut mir leid, dass ich Sie unterbrochen habe. Aber das Stück ist irgendwie verstörend. Sorgenvoll. Das konnte ich nicht ertragen.«

Paul war überrascht. Doch er wollte sich den wahren Grund für seine eigene Nervosität nicht anmerken lassen. »Wahrscheinlich klingt mein schlechtes Gewissen durch, weil ich heute so früh am Nachmittag spiele.«

»Da bin ich erleichtert.« Robert nahm die Hand von seiner Schulter. »Ich habe heute meinen freien Tag.«

»Und? Was haben Sie vor?«, erkundigte sich Paul.

Der Oberkellner warf einen Blick aus dem Fenster. »Das Wetter scheint sich etwas zu beruhigen. Deshalb wollte ich raus in die Natur. Vielleicht fahre ich mit dem Molli nach Arendsee und laufe anschließend über Heiligendamm zurück nach Doberan.«

»Das ist aber eine beachtliche Strecke, die Sie sich da vorgenommen haben.« Paul lächelte.

Robert fuhr sich verlegen mit einer Hand durchs Haar. »Kann sein.«

»Das wird Ihnen bestimmt guttun. Erkälten Sie sich nur nicht.«

»Keine Sorge, ich ziehe mich warm an.« Robert schien mit sich zu hadern. »Aber wenn Sie Zeit hätten, Herr Kuhlmann … warum kommen Sie dann nicht mit? Sie sehen aus, als könnte Ihnen ein wenig frische Luft guttun.«

Trotz des ungemütlichen Wetters hörte sich der Vorschlag verlockend an. Für ein paar Stunden würde er alle Probleme hinter sich lassen.

»Wissen Sie was«, sagte Paul und klappte den Flügel zu. »Das ist eine großartige Idee. Ich ziehe mich nur schnell um. Sollen wir uns in einer halben Stunde am Bahnhof treffen?«

Robert strahlte. »Mit dem allergrößten Vergnügen.«

Sie standen am Bahnsteig und beobachteten die Einfahrt der Lokomotive, aus deren Schornstein dicker weißer Dampf aufstieg. Schnaufend kam der Molli zum Stehen. Nacheinander stiegen Paul und Robert in einen der rot und beige gestrichenen Waggons.

»Wir haben den ganzen Wagen für uns«, stellte Robert fest, als sie nebeneinander Platz genommen hatten und die Bäderbahn losfuhr.

Paul lächelte. »Bei dem Wetter schickt man keinen Hund vor die Tür.«

»Die Aussicht ist trotzdem schön.« Robert sah schweigend

aus dem Fenster, während der Molli an den schmucken Häusern von Doberan vorbeiratterte. Erst als der Schaffner ihre Fahrkarten kontrolliert hatte und der Zug durch grüne Wiesen und Buchenwälder fuhr, blickte er zu Paul. »Darf ich offen mit Ihnen sprechen?«

»Natürlich.«

»Bitte nehmen Sie es mir nicht übel, aber ich mache mir ernsthaft Sorgen um Sie.«

»Um mich? Weshalb?«, fragte Paul perplex.

»Sie sehen seit einigen Wochen so angespannt aus. So ... niedergeschlagen.«

Kein Wunder, dachte Paul. Die finanziellen Probleme des Hotels belasteten ihn sehr. Doch eigentlich hatte er versucht, sich nichts anmerken zu lassen.

»Ich spüre, dass Ihnen etwas auf dem Herzen liegt. Und ich ... ich glaube, dass es Ihnen guttun würde, sich das Ganze einmal von der Seele zu reden.«

»Meinen Sie?« Es klang spöttischer als beabsichtigt.

»Ja«, antwortete Robert schlicht und blickte erneut aus dem Fenster.

Plötzlich verspürte Paul eine regelrechte Sehnsucht, seine Probleme zu teilen. Wie viel leichter wäre alles, wenn er sich mit jemandem aussprechen könnte. Doch konnte er Robert vertrauen? Immerhin war er ein Angestellter des Hotels. Wenn er seine Beichte weitertratschte, würde bald die ganze Belegschaft davon wissen. Auf der anderen Seite hatte ihn der Kellner bislang noch nie enttäuscht und sich mehrfach außergewöhnlich loyal verhalten. Ob er es riskieren sollte?

Eine halbe Stunde später gingen sie zwischen den verwaisten Strandkörben am aufgewühlten Meer entlang, als wären sie die einzigen Menschen auf der Welt. Bis zu ihrer Ankunft in Arendsee hatte Paul mit sich gekämpft, ob er Robert ins Vertrauen ziehen sollte. Doch während sie Seite an Seite gegen den böigen Wind ankämpften, waren die Worte auf einmal wie von selbst aus ihm herausgeflossen, und er hatte Robert alle seine Sorgen geschildert.

Sein Begleiter hatte verständnisvoll reagiert – und ganz ohne sich als Besserwisser aufzuspielen, so wie es Elisabeth immer tat. Stattdessen hatte Robert Dinge gesagt, die ihm Mut machten. Sätze wie: »Sie sind so ein kluger Kopf, Herr Kuhlmann, natürlich wird es Ihnen gelingen, das Hotel in sicheres Fahrwasser zu manövrieren.« Oder: »Wenn es jemand schafft, dann Sie.« Paul war von diesen aufbauenden Worten so gerührt gewesen, dass er spontan die Hand des Kellners ergriffen hatte. Eigentlich hatte er sie sofort wieder loslassen wollen, aber dann war die tröstliche Wärme von Roberts Haut durch seine eigene gedrungen und hatte sich ganz sachte in ihm ausgebreitet. Das war ein derart beglückendes Gefühl gewesen, dass er die Hand noch ein paar Sekunden länger festgehalten hatte. Der Oberkellner hatte ihm diese vertraute Geste nicht verübelt, jedenfalls hatte er sich nichts anmerken lassen.

Nachdem sie ein kurzes Stück durch den Küstenwald mit seinen hohen Buchen gewandert waren, erreichten sie über eine kleine Treppe die Bucht von Heiligendamm, die genauso einsam und vom Sturm verwüstet aussah wie die von Arendsee. Überall lagen abgebrochene Äste und anderer Unrat. Schulter an Schulter kämpften sie sich gegen den landeinwärts wehenden Wind bis zur Wasserlinie vor.

»Wollen wir kurz rasten?«, fragte Robert, als sie an einem rotweiß gestreiften Strandkorb vorbeikamen. Er musste schreien, um gegen die Lautstärke der Naturgewalten anzukommen.

»Sehr gern.«

Gemeinsam nahmen sie im muschelförmigen Inneren Platz. Hier waren sie geschützt. Es war deutlich stiller, und sie konnten einander besser verstehen.

»Der Spaziergang tut mir gut«, sagte Paul. »Selbst wenn es so stark bläst, dass man das Gefühl hat, kaum atmen zu können.«

»Sie brauchen nur den Kopf zur Seite zu drehen, dann geht es«, meinte Robert und lehnte sich nach hinten.

»Woher wissen Sie das? Sind Sie am Meer aufgewachsen?«

»Nein, ich bin ein echtes Berliner Hinterhofgör«, erklärte der Kellner mit einem verschmitzten Lächeln.

»Ihr Tonfall hört sich gar nicht berlinerisch an.«

»Meine Mutter stammt ursprünglich aus Hamburg.«

»Also liegt Ihnen doch die See im Blut. Und woher kommt Ihr Vater?«

Robert senkte den Blick. »Ich weiß es nicht. Ich bin vaterlos aufgewachsen, und meine Mutter redet nicht über ihn. Sein Tod muss sie schwer getroffen haben.«

»Das tut mir leid. Als Halbwaise aufzuwachsen, war sicher nicht einfach.«

Robert rieb seine Handflächen aneinander, um sich aufzuwärmen. »Es gibt wahrscheinlich nur sehr wenige Menschen, die ein Leben vollkommen ohne Probleme führen. Selbst bei unseren Gästen sehe ich oft Dinge, die mich nachdenklich stimmen.«

»Sie denken an die Baronin, die beim Untergang der Titanic ihre ganze Familie verloren hat und bei uns die Zeche prellt?«, erkundigte sich Paul.

»Auch. Aber ich meine vor allem die vielen Paare, die ihre Mahlzeiten schweigend einnehmen, entweder weil sie sich nichts mehr zu sagen haben oder weil sie so zerstritten sind, dass sie sich nicht einmal den Salzstreuer reichen wollen. Das finde ich traurig.«

»Hm, ja, das stimmt.« Paul war immer wieder überrascht von Roberts Feinfühligkeit und sah ihn nachdenklich an.

Robert erwiderte den Blick, hob eine Hand und schien sie an Pauls Wange legen zu wollen ... doch in letzter Sekunde zögerte er und ließ sie wieder sinken. »Wollen wir weitergehen?«, fragte er.

Wieder an der Wasserkante angekommen, bückte sich Paul und hob ein angeschwemmtes Stöckchen auf. Mit der Spitze kratzte er den Umriss des Palais in den feuchten Sand.

»Die Strömung wird Ihr Kunstwerk nicht lange stehen lassen«, warnte Robert.

»Das macht nichts. Hauptsache, es ist schön, solange es hält.«

Plötzlich nahm Robert ihm den Stock aus der Hand und kritzelte selbst etwas in den gischtumspülten Boden. Als Paul sich erhob, sah er, dass es sein eigener Name war.

Ohne zu zögern, ging er erneut in die Hocke und schrieb mit dem Zeigefinger »*und Robert*« dahinter. Schweigend sahen sie zu, wie die nächste große Welle die Worte »Paul und Robert« erst verwischte und dann bis zur Unkenntlichkeit auslöschte.

Für einen Moment verharrten sie. Eine Silbermöwe, die sich im starken Wind kaum auf einem Wellenbrecher halten konnte, stieß einen schrillen Schrei aus und schwang sich erneut in die Lüfte. Als ob er auf dieses Kommando gewartet hätte, drehte Robert sich um und kletterte über einige Felsen die Böschung hinauf.

Das Abendessen mit Martin von Reden war schrecklich, die reinste Farce. Johanna saß verheult neben ihrem Bräutigam, der vergnügt plaudernd seinen Rindsbraten an Serviettenknödel genoss. Wie konnten ihm Johannas wahre Gefühle nur verborgen bleiben? Dachte er tatsächlich, dass ihre rotgeränderten Augen von Glückstränen stammten? War er so unsensibel? Oder wollte er sich lediglich mit ihrer Schönheit schmücken und kümmerte sich nicht darum, ob Johanna ihn mochte? Paul und Luise, die sich ebenfalls in ihrer Haut nicht wohlzufühlen schienen, versuchten trotzdem, sich am Tischgespräch zu beteiligen. Elisabeth selbst sagte dagegen kein Sterbenswort und rührte auch ihren Teller nicht an.

Die angespannte Atmosphäre schien sogar auf Minna abzufärben, die wie jeden Abend servierte. Normalerweise verrichtete sie diese Aufgabe einwandfrei, doch heute huschte sie wie ein aufgescheuchtes Reh um den Tisch herum. Als sie Elisabeths vollen Teller abräumen wollte, entglitt er ihr und fiel mit einem satten Klatschen auf den Perserteppich. Starr vor Schreck blickte sie auf die braunen Soßenspritzer und zerfallenen Fleischscheiben zu ihren Füßen.

»Um Himmels willen«, fauchte Mutter. »Räum das sofort weg, oder muss ich dir erst Beine machen!«

Minna ging hastig in die Knie, hob den Teller auf, der bei dem weichen Aufprall glücklicherweise nicht zersprungen war, und kehrte mit der bloßen Hand die Essensreste zusammen.

Martin von Reden räusperte sich. »Schade um den schönen Teppich.«

»Allerdings«, erwiderte Mutter mit vor Wut erstickter Stimme. Ihr Blick durchbohrte die arme Minna förmlich.

Warum muss der Kerl noch Öl ins Feuer gießen, dachte Elisabeth empört. Was gehen ihn unsere Angestellten an? Durch seine Bemerkung wurde Mutter die Sache nur noch peinlicher. Außerdem tat er gerade so, als ob in seinem adeligen Zuhause noch nie etwas zu Bruch gegangen wäre! Unwillkürlich musste sie an Julius Falkenhayn denken. Sie konnte sich nicht vorstellen, dass er sich jemals so abscheulich verhalten würde. Sicherlich würde er seine zukünftige Braut zuerst um ihre Hand fragen, bevor er zu ihren Eltern ging. Im Grunde hatte er genau diese Reihenfolge auf dem Ball gewählt. Obwohl er ihr ja gar keinen Antrag gemacht hatte. Seine raue, dunkle Stimme kam ihr wieder in den Sinn. »Heiraten Sie nicht den Erstbesten, nur weil Ihre Mutter Sie dazu drängt«, hatte er gesagt, und: *»Können Sie sich denn überhaupt nicht vorstellen, sich in mich zu verlieben?«* Nein, das war noch nicht einmal ein halber Antrag gewesen. Doch wenn seine Worte aufrichtig gemeint waren, was hatte ihn davon abgehalten? War er bereits verheiratet? Oder hatte er wirklich im Gefängnis gesessen und musste sich erst von seiner Schuld reinwaschen?

Nach dem Dessert verabschiedete sich Martin von Reden mit dem Versprechen, Johanna am Wochenende zu einer Spritztour mit seinem Automobil abzuholen. Als die Tür hinter ihm ins Schloss gefallen war, fragte Elisabeth verwirrt: »Aber so richtig könnt ihr doch gar nicht verlobt sein ... er hat dir ja noch nicht einmal einen Ring angesteckt!«

Johanna zuckte die schmalen Schultern. Ihr Gesicht war unnatürlich bleich. »Ich verstehe das auch nicht.«

Ihre Mutter seufzte theatralisch. »Wenn ihr mir bis zu Ende zugehört hättet, hätte ich euch gleich die Feinheiten dieser *geheimen* Verlobung erklären können.«

»Eine geheime Verlobung?«, fragte Luise. »Was bedeutet das?«

»Herr von Reden ist sich durchaus bewusst, dass Johanna ihn noch nicht so schätzt, wie man es von seiner zukünftigen Frau erwarten darf. Deshalb will er ihr ausreichend Zeit geben, ihn kennen und lieben zu lernen. So lange soll die Verlobung geheim gehalten werden.«

»Aber warum will er sich dann überhaupt verloben?«, erkundigte sich Elisabeth skeptisch. »Er könnte ihr doch ganz einfach den Hof machen, so wie es alle anderen Herren tun.«

Mutter schüttelte pikiert das schöne Haupt. »Kind, Herr von Reden ist eben ein Ehrenmann und will damit die Ernsthaftigkeit seiner Absichten unterstreichen. Es macht mich sehr froh, dass er sich nicht nur um die Hand, sondern auch um das Herz meiner Tochter bemüht. Johanna wird das auch noch begreifen. Da bin ich mir ganz sicher.«

Es war bereits Anfang Oktober, doch das Wetter hatte sich nach einem ausgeprägten Tief wieder erholt. Die Sonne schien, und das Meer lag klar und ruhig in der Bucht. Nur die Temperaturen waren stark gesunken. Minna zog sich den dünnen Mantel enger um den Körper, als sie die verwaiste Strandpromenade von Heiligendamm entlangschritt. Während das Palais auch in der Nebensaison geöffnet war, hatten das Grand Hotel und die kleinen Pensionen des Seebads den Betrieb nach der Hauptsaison eingestellt. Minna wollte die Abgeschiedenheit für ihre eigenen Zwecke nutzen. In der Manteltasche raschelte ein Brief ihres älteren Bruders. Sie war an ihrem freien Tag ans Meer gefahren, um in aller Ruhe über seine Neuigkeiten nachzudenken.

Ihre Mutter sei krank, hatte Rudi geschrieben. Eine ausgewachsene Bronchitis. Sie müsse zu Hause das Bett hüten und könne nicht zur Arbeit gehen. Da er selbst nicht genug verdiente, um die Miete zu bezahlen, bat er sie um Geld. Um mehr Geld, denn sie schickte bereits die Hälfte ihres Gehalts jeden Monat nach Berlin. Obwohl sie seiner Bitte sofort nachgekommen war, machte sie sich Sorgen. Sollte sie nicht besser ihre Stellung kündigen und sich um ihre Mutter kümmern? Zu Hause wäre sie auch vor den Annäherungsversuchen des Pagen sicher, der sich immer noch im Palais herumtrieb, obgleich Herr Kuhlmann inzwischen einiges an Personal entlassen hatte. Aber wie sollte sie eine neue Arbeitsstelle in Berlin finden, die das Auskommen ihrer Familie sichern würde? Sollte sie vielleicht Herrn Brandmüller um ein Empfehlungsschreiben bitten?

Minna setzte sich auf eine Bank und sah aufs Meer. Über dem Saum der schäumenden Gischt zogen einige Möwen ihre Kreise. Sie hatte extra ein paar Scheiben altes Brot mitgebracht, um die putzigen Vögel zu füttern. Nachdenklich zog sie sie aus ihrer Manteltasche und zerkrümelte sie zu kleinen Bröckchen. Der Koch behandelte sie noch immer mit ausgesuchter Höflichkeit. Er hatte sogar angefangen, ihr an ihren freien Tagen die Grundlagen des Kochens beizubringen. Erst heute früh hatten sie gemeinsam ein köstliches Wildgericht zubereitet, das er anschließend sogar im Restaurant hatte servieren lassen. Herr Brandmüller würde ihr fehlen, wenn sie die Stelle bei den Kuhlmanns verließ. Er entwickelte sich immer mehr zu dem fürsorglichen Vater, den sie nie gehabt hatte.

In diesem Moment landeten die ersten Möwen zu ihren Füßen und pickten scheu nach den hingeworfenen Krümeln. Wie schön silbrig-weiß ihre Federn glänzten! Die dicken grauen Tauben in Berlin waren bei weitem nicht so hübsch.

Die restliche Belegschaft schien sich mittlerweile daran gewöhnt zu haben, dass der sonst so schroffe Chefkoch ihr eine Sonderbehandlung angedeihen ließ. Nur Bertha ließ von Zeit zu Zeit noch eine spitze Bemerkung fallen. Aber solange sie ihre Drohung nicht wahr machte, Konrad den Zimmerschlüssel auszuhändigen, war Minna das egal. Selbst wenn das erste Stubenmädchen immer sonderbarere Allüren an den Tag legte. Erst vor kurzem hatte sie sich krankgemeldet und den ganzen Tag im Bett verbracht. Dabei hatte ihr gar nichts gefehlt! Früher hätte Frau Kuhlmann ihr dieses Theater sicher nicht durchgehen lassen, aber seit Fräulein Johannas Verlobung war sie mit anderen Sachen beschäftigt. Permanent gab es Streit zwischen Fräulein Elisabeth und ihr, während die junge Braut immer stiller und blasser wurde. Meistens ging es um Einladungen, die die Schwestern gemeinsam mit Herrn von Reden besuchen sollten. »Du gibst ihr überhaupt keine Chance, jemand anderen kennenzulernen«, beschwerte sich Fräulein Elisabeth regelmäßig. Doch ihre Mutter war nie um eine Antwort verlegen. »Warum auch? Sie ist schließlich mit Martin verlobt! Eine bessere Partie wird sie nicht finden.« Woraufhin ihre Tochter »Aber sie liebt ihn nicht!« entgegnete und grollend aus dem Salon stürmte. Auch Minna verspürte Mitleid mit der ältesten Kuhlmann-Tochter. Jedes Mal, wenn sie am Morgen deren Kissen aufschüttelte, waren sie nass vor Tränen. Aber so war das Leben nun einmal. Jeder musste sich seinem Schicksal stellen.

Die Möwen hatten das mitgebrachte Brot aufgefressen und flogen wieder davon. Allmählich wurde Minna kalt. Rastlos stand sie von der Bank auf. Im Grunde hatte sie es schon vor dem Ausflug geahnt. Es gab nur einen richtigen Weg: Sie musste zurück nach Berlin. Sonst würde sie sich ihr Leben lang Vorwürfe machen, wenn ihrer kranken Mutter etwas zustieß. Mit neuem Elan lenkte sie ihre Schritte zum Bahnhof, um nach Doberan zurückzukehren.

Als Minna aus dem Molli ausstieg, erstarrte sie. Auf dem Gehweg gegenüber stand Konrad. Seine engstehenden Augen hatten sie bereits erspäht, und sein Gesicht verzog sich zu einem anzüglichen Grinsen. Mit klopfendem Herzen schlug sie den Weg zum Hotel ein. Doch es dauerte nicht lange, bis sie seine Schritte unmittelbar hinter sich vernahm. Angsterfüllt drehte sie sich um und flüsterte: »Hau ab!« Doch der Page schüttelte feixend den Kopf. Minna ahnte, was er vorhatte. Der Weg zum Dienstboteneingang des Hotels war von dichten Büschen gesäumt. Wahrscheinlich wollte er sie in einem günstigen Moment dort hineinziehen und … Ihre Schritte verlangsamten sich. »Wenn du mich anfasst, schreie ich«, warnte sie panisch.

»Und wenn schon«, erwiderte Konrad und machte einen Schritt auf sie zu. »Dann halte ich dir eben das Maul zu. Heute bist du fällig.«

Minnas Knie zitterten, während sie fieberhaft nach einem Ausweg suchte. Schließlich wechselte sie die Straßenseite. Es war besser, zu spät ins Hotel zurückzukehren, als sich freiwillig ihrem Angreifer auszuliefern. Am besten würde sie in das Viertel gehen, in dem die Händler ihre Läden hatten. Dort waren bestimmt mehr Leute. Innerlich betete sie, dass sie trotzdem rechtzeitig das Abendessen servieren konnte.

»Ich werde auf dich warten, mein Schatz«, schrie Konrad ihr hinterher, als sie in die entgegengesetzte Richtung entschwand.

Minna antwortete nicht. Kurz darauf irrte sie durch die Straße mit den Läden. Wenigstens war sie hier sicher.

»Minna?«, sagte plötzlich eine bekannte Stimme hinter ihr.

Sie war noch niemals zuvor so froh gewesen, Herrn Brandmüller zu treffen. In seiner Anwesenheit würde Konrad es nicht wagen, sie anzugreifen.

»Kaufen Sie gerade ein?«, fragte sie mit einem erleichterten Lächeln.

»Nein, ich habe mich beim Fleischer über seine letzte Lieferung beschwert. Das Rindfleisch war nicht genügend abgehangen«, brummte der Koch, der schon in den besten Häusern Europas gearbeitet hatte. »Ist es Zufall, dass wir uns hier über den Weg laufen? Oder wollten Sie mich sehen?«

»Ich … ich wollte …«, stammelte Minna.

Der Koch setzte sich in Bewegung. »Lassen Sie uns beim Gehen plaudern. Schließlich müssen wir beide zurück ins Hotel, nicht wahr?«

Dankbar für die Sicherheit, die er ausstrahlte, ging Minna neben ihm her, ohne ein Wort zu sagen.

»Also … was kann ich für Sie tun?«, fragte er nach einer Weile.

»Ich wollte Sie um etwas bitten«, fing sie schüchtern an.

»Ja?«

Minna zögerte. »Doch zunächst möchte ich wissen, warum Sie ausgerechnet mich so bevorzugt behandeln«, brach es aus ihr heraus.

Herr Brandmüller lächelte. »Weil ich Sie mag.«

Die schlichte Antwort nahm ihr den Wind aus den Segeln. Sie hatte mit Ausflüchten gerechnet. »Aber warum mögen Sie mich?«

»Nun, zum einen waren Sie so nett, mich nicht zu verraten, und zum anderen erinnern Sie mich an jemanden, der mir einmal sehr am Herzen lag.«

Vor Erstaunen blieb ihr der Mund offen stehen. »Weswegen hätte ich Sie verraten sollen?«

Auf Herrn Brandmüllers Stirn erschien eine steile Falte. »Lassen Sie uns nicht darüber reden.«

»Aber ich habe wirklich keine Idee, wovon Sie sprechen.«

Jetzt wirkte er überrascht. »Dann haben Sie mich damals in der Wäschekammer nicht gesehen?«

»In der Wäschekammer?« Sie dachte kurz nach. »Nein. Ich kann mich nicht erinnern.«

»Gut, dann wollen wir es dabei bewenden lassen. Ich mag Sie einfach. Bitte sagen Sie mir, womit ich Ihnen helfen kann.«

Aber Minna ließ nicht locker. »Und an wen erinnere ich Sie?«, erkundigte sie sich neugierig.

Die Augen des Kochs verengten sich, und er legte an Tempo zu. Minna musste fast rennen, um mit ihm Schritt zu halten. »An meine Schwester Käthe«, nuschelte er.

Obwohl Minna liebend gern weitere Fragen gestellt hätte,

verzichtete sie darauf. Sie hatte das Gefühl, dass er sich nicht weiter dazu äußern wollte. Stattdessen überlegte sie, mit welchen möglichst überzeugenden Argumenten sie ihre Bitte formulieren sollte. »Meine Mutter ist krank«, setzte sie an.

»Das tut mir leid«, erwiderte der Koch. Sein Gesichtsausdruck wurde weicher. »Hoffentlich ist es nichts Schlimmes.«

»Eine Bronchitis, schreibt mein Bruder. Aber ich glaube nicht, dass sie beim Arzt war.« Erklärend fügte sie hinzu: »Meiner Familie fehlt dazu das Geld.«

Herr Brandmüller nickte. »Darf ich Ihnen den entsprechenden Betrag vorstrecken?«

»Nein. Bitte nicht!«, sagte sie erschrocken. Dachte er etwa, dass sie ihn um Almosen anbetteln wollte?

»Wirklich nicht? Ich gebe es Ihnen gern.«

Sie schüttelte verschämt den Kopf. Inzwischen waren sie bereits an dem kleinen Gässchen angekommen, das zum Hotel führte. In einiger Entfernung stand Konrad und blickte ihnen ungläubig entgegen.

»Worum geht es dann?«

Minna schluckte. »Ich würde gern meine Stellung kündigen, um näher bei meiner Mutter zu sein, und deshalb wollte ich Sie um ein …«

»Sie wollen uns verlassen?«, stieß Herr Brandmüller hervor. Er war urplötzlich stehen geblieben und hatte sie am Arm gepackt. Die von geplatzten Äderchen durchzogenen Wangen schienen noch mehr Farbe als sonst anzunehmen.

»Ich muss doch … meine Mutter …«, stotterte Minna, verwirrt über seinen unerwarteten Gefühlsausbruch.

»Nein, das kommt überhaupt nicht infrage. Sie werden hier gebraucht. Ich gebe Ihnen das Geld, um Ihre Mutter zu einem guten Arzt zu schicken … aber Sie dürfen uns nicht verlassen!« Er packte sie noch ein wenig fester. »Auf keinen Fall!«

Obwohl Paul andere Themen durch den Kopf gingen, folgte er seinem Vater auf der nachmittäglichen Runde durch die Lobby. Bei dem in seine Zeitung vertieften Berliner Richter blieben sie stehen.

»Guten Tag, Herr von Schaper«, grüßte sein Vater den Stammgast. »Wie geht es Ihnen und Ihrer Frau heute?«

Der untersetzte Mann ließ das *Berliner Tageblatt* sinken. »Alles bestens. Meine Frau hält sich gerade im Stahlbad auf.«

»Eine Moorbehandlung?«

»Richtig. Sie hofft abzunehmen. Sie ist in dieser Hinsicht ehrgeiziger als ich.«

»Speis und Trank halten Leib und Seele zusammen«, sagte sein Vater mit einem Augenzwinkern.

»Das würde ich glatt unterschreiben.« Der alte Richter grinste.

»Und? Worüber schreiben die Zeitungen heute?«, erkundigte sich Paul, um nicht länger stumm danebenzustehen.

Herr von Schapers Blick wurde ernst. »Gott sei Dank hat unser Reichsaußenminister vor ein paar Tagen die Erwartung ausgesprochen, dass sich die europäischen Großmächte aus einem eventuellen Krieg auf dem Balkan heraushalten werden. Und jetzt haben sich endlich auch Frankreich, Großbritannien, Russland und Österreich-Ungarn zu dem dortigen Status quo bekannt.«

»Sie fürchten sich vor einem Krieg?«, fragte Paul erstaunt. In seiner Familie hielt man große Stücke auf das deutsche Militär.

»Fürchten? Nein, ich weiß, dass unser Kaiserreich für den Fall der Fälle gut gerüstet wäre. Aber ich wünsche mir keinen Krieg. Heutzutage scheint man mit diesem Thema zu leichtfertig umzugehen.«

»Finden Sie?« Paul konnte seinen kritischen Ton nicht ganz unterdrücken.

»Krieg beeinflusst das Leben der meisten Menschen mehr, als sie sich das zu Friedenszeiten vorstellen können. Oder glauben Sie, dass die ausländischen Gäste auch weiterhin nach Heiligendamm reisen würden, wenn es zu ernsthaften Auseinandersetzungen käme?«

Sein Vater packte Paul energisch am Sakko und sagte: »Da haben Sie vollkommen recht, Herr von Schaper! Wir müssen uns jetzt leider verabschieden. Mein ältester Sohn kommt uns heute besuchen. Er ist Arzt an der Charité und hat wenig Zeit für seine Familie.«

»Ein ehrenwerter Beruf.« Der Richter hob zum Abschied die Hand.

»Herzlichen Dank und Ihnen noch einen schönen Tag.«

Als sie außer Hörweite waren, sagte sein Vater streng: »Herrgott noch mal, Paul! Wir sprechen mit unseren Gästen über das Wetter, ihr Wohlbefinden und den Urlaub! Auf keinen Fall lassen wir uns auf politische Diskussionen ein! Wie oft muss ich dir das eigentlich noch sagen?«

»Entschuldige«, sagte Paul kleinlaut. »Es kommt nicht wieder vor.«

»Schon gut«, grummelte sein Vater. Mit einem Blick auf seine Westentaschenuhr fragte er: »Wann kommt Friedrich an?«

»Ich glaube, Mutter erwartet ihn um sechzehn Uhr. Gerade rechtzeitig zu Kaffee und Kuchen.«

»Schön. Dann lass uns ins Büro gehen. Oben in der Wohnung ist es wegen der Vorbereitungen zu ungemütlich.« Umständlich verstaute er seine Uhr. »Kannst du verstehen, warum Friedrich die Medizin dem Hotelwesen vorzieht?«

Paul schüttelte den Kopf. »Beim besten Willen nicht.« Ihm selbst wurde schon bei der bloßen Vorstellung übel, wie sich sein Bruder mit dem Skalpell in der Hand über einen Patienten beugte.

Sein Vater seufzte. »Und doch hält man in der Charité offenbar große Stücke auf ihn. Man lässt ihn eigenständig Operationen durchführen. In seinem letzten Brief beschrieb er deiner Mutter und mir den Eingriff an einer jungen Frau in allen Details. Offenbar war ihr Blinddarm entzündet, und er …«

»Bitte, Vater!«, unterbrach Paul. »Ich kann mir so etwas wirklich nicht anhören.«

Sein Vater lächelte. »Wie unterschiedlich ihr Kinder doch seid. Dabei haben wir euch alle die gleiche Erziehung angedeihen lassen.«

Paul setzte sich aufs Sofa und atmete tief ein und aus.

»Nun, wenn es nach deiner Mutter geht, wird Friedrich bald ohnehin nicht mehr operieren.« Unruhig ging sein Vater zum Fenster und blickte hinaus. »Es ist eine Schande, dass wir zwei schlauen Burschen es nicht schaffen, das Hotel mit Gästen zu füllen.«

Beschämt blickte Paul auf seine Schuhspitzen. Obwohl sie von ihrem ohnehin schon knappen Geld eine neue Werbeoffensive gestartet hatten, war der erhoffte Erfolg ausgeblieben. Jedenfalls war es ihnen nicht gelungen, die vornehme internationale Kundschaft anzulocken, auf die die ganzseitigen Anzeigen im britischen *Tatler Magazine* und ähnlichen Publikationen abgezielt hatten. Lediglich Pensionäre, darunter viele Beamte und ehemalige Offiziere des Deutschen Reichs, hielten sich zurzeit im Palais auf. Und das war nun einmal nicht die Klientel, die Zehn-Gänge-Menüs bestellte und rauschende Champagnernächte feierte. »Vielleicht sollten wir das Palais doch für ein paar Monate schließen«, sagte er vorsichtig. »Das Grand Hotel hält es schließlich genauso.«

»Das Grand Hotel, mein Junge, hat auch wesentlich weniger Schulden als wir. Wenn wir zumachen, berauben wir uns der wenigen Einkünfte, die wir momentan noch haben«, sagte sein Vater resigniert.

Erst kürzlich hatte Paul mit Elisabeth darüber gesprochen, welchen Ausweg es aus ihrem Dilemma geben könnte. Er wiederholte das von ihr vorgetragene Argument: »Aber auf diese Weise würden wir die Personalkosten einsparen und …«

»Ach, papperlapapp. Das ist doch reine Augenwischerei. Außerdem würden wir nach einer Winterpause nie wieder einen Koch von Brandmüllers Kaliber anwerben können. Gute Leute wie er arbeiten das ganze Jahr durch, die lassen sich nicht auf Saisonarbeit ein. Und wenn wir keine erstklassige Küche anbieten können, dann gnade uns Gott!«

»Aber das Grand Hotel …«, setzte Paul erneut an.

»Jetzt lass mich doch mit diesem verdammten Grand Hotel zufrieden! Was weiß ich, wie die mit einer viermonatigen Saison überleben! Wir können es jedenfalls nicht!«, bellte sein Vater.

Paul ließ den Kopf hängen. Er schämte sich dafür, seinem Vater keine bessere Stütze im Geschäft zu sein. Offenbar war er ein Versager allererster Güte. Zu nichts anderem zu gebrauchen als zum Klavierspielen. Noch nicht einmal als Bräutigam schien er zu taugen! Obwohl ihn seine Mutter inzwischen fast täglich bedrängte, einer der von ihr ausgewählten jungen Damen den Hof zu machen, konnte er sich einfach nicht dazu durchringen. In den letzten Wochen voller schlafloser Nächte hatte er sich eingestehen müssen, dass irgendetwas mit ihm nicht stimmte. Nicht eine seiner Tanzpartnerinnen auf dem Kolonialball hatte seine Sinne angesprochen. Noch nicht einmal die Hübschesten unter ihnen hatten etwas Vergleichbares in ihm ausgelöst, wie … Er traute sich kaum, den Satz zu Ende zu denken. Doch er musste ehrlich zu sich sein. Noch nie hatte er sich jemandem so tief verbunden gefühlt wie auf dem Rückweg nach Doberan … als er Roberts Hand gehalten hatte!

»Ich gehe doch schon nach oben«, meinte sein Vater, durch das Schweigen besänftigt. »Bitte komm gleich nach.«

»Gewiss«, antwortete Paul.

An der Tür drehte sich sein Vater zu ihm um. »Geht es dir gut, mein Junge? Du siehst ein wenig blass um die Nase aus.«

Paul zwang sich zu einem Lächeln. »Alles bestens. Danke.«

»Das freut mich zu hören, denn selbst wenn die Geschäfte schlecht gehen … die Gesundheit ist das höchste Gut. Und du kennst mein Motto: Den Unverzagten schenkt Gott Erfolg und Gäste.«

Paul nickte zustimmend und sah zu, wie sein Vater den Raum verließ. Sobald sich die Tür hinter ihm geschlossen hatte, wandten sich seine Gedanken wieder dem Oberkellner zu. Sie hatten nie wieder über den gemeinsamen Spaziergang gesprochen. Warum auch? Bestimmt hatte Robert es als vollkommen harmlos erlebt, dass Paul seine Hand gehalten hatte. Für ihn war es nur eine kameradschaftliche Geste gewesen. Wie ein herzhaftes Schulterklopfen. Weiter nichts. Der Fehler lag bei ihm. Jedes Mal, wenn Robert seither seinem Klavierspiel lauschte, wünschte er sich, die Hand erneut in seine legen zu dürfen. Oder den Kopf vertrauensvoll an seine Schulter zu lehnen. Dabei wusste er natürlich, dass es sich nicht ziemte, mit einem anderen Mann eine solch enge Freundschaft zu pflegen. Aber etwas an Roberts Charakter zog ihn magisch an. Er war ein warmherziger, musischer Mensch. So vollkommen anders als seine Eltern und Geschwister.

In diesem Moment klopfte es an der Tür, und er rief: »Herein.« Bei dem Gedanken, dass der Eintretende Robert sein könnte, machte sein Herz einen Sprung. Doch es war lediglich Minna. Etwas außer Atem informierte sie ihn, dass Friedrich soeben eingetroffen sei. Mit einem Seufzen machte sich Paul auf den Weg zur Treppe.

»Gut siehst du aus, Friedrich. Nur scheint man dir in Berlin nicht genug zu essen zu geben«, sagte Mutter gerade, als Paul den Salon betrat.

Sein hoch aufgeschossener älterer Bruder, der tatsächlich etwas hagerer wirkte als sonst, schien sich nichts aus ihrer Bemerkung zu machen. Stattdessen boxte er Paul mit einem breiten Lächeln gegen die Schulter: »Schön, dich zu sehen, Paulemann. Was machen die Noten? Immer noch ein Virtuose auf dem Klavier?«

»Aber selbstverständlich«, erwiderte Paul fröhlicher, als er sich fühlte.

»Und wie läuft das Hotel?«

»Darüber sprechen wir gleich noch«, meinte sein Vater und legte den Arm um Friedrichs Schulter. »Jetzt stärken wir uns erst einmal. Der Frankfurter Kranz sieht köstlich aus.« Vorwurfsvoll drehte er sich um. »Wo bleiben die Mädchen, Ottilie?«

Wie auf Kommando öffnete sich die Tür, und seine Schwestern kamen ins Zimmer gelaufen. Nacheinander umarmten und küssten sie Friedrich zur Begrüßung. Sie taten dies mit so viel Überschwang, dass es Paul einen Stich versetzte. Sein großer Bruder war schon immer der Held in strahlender Rüstung und natürlich der erklärte Liebling seiner Familie gewesen. Alles war Friedrich leichter gefallen als ihm selbst: Schule, Studium – und natürlich war er auch ein ausgemachter Frauenschwarm. Die jungen Damen waren ihm von jeher in Scharen hinterhergelaufen. Dabei kannte sein Bruder im Grunde nur eine große Liebe: die Medizin.

Nachdem Minna jedem von ihnen ein Stück Kuchen auf den Teller gehievt hatte, stellte sich augenblicklich genießerisches Schweigen ein. Nur Paul sprach der gehaltvollen Buttercremetorte nicht mit derselben Begeisterung zu wie der Rest der Familie. Mit ruhender Gabel musterte er Friedrichs ebenmäßiges Gesicht, das neuerdings von einem schicken Schnurrbart geschmückt wurde. Sein Vater hatte recht: Selbst wenn sie sich rein äußerlich ähnlich sahen, ihr Innenleben hätte nicht unterschiedlicher sein können. Trotz seiner naturwissenschaftlichen Begabung war sein Bruder eine echte Frohnatur und immer zu Scherzen aufgelegt. Ihm selbst fiel das Leben schwerer, was vielleicht auch an seiner unerfüllten Leidenschaft für die Musik lag.

Die Unterhaltung plätscherte munter vor sich hin. Luise schilderte Friedrich jede noch so unbedeutende Einzelheit des Kolonialballs. Johanna berichtete von einem Ausflug nach Rostock, ohne zu erwähnen, dass ihr Verlobter auch mit von der Partie gewesen war, und Elisabeth erkundigte sich nach seinen medizinischen Fortschritten.

Friedrich strahlte. »Es könnte nicht besser laufen, liebe Lisbeth. Erst gestern habe ich das erste Mal einen Patienten nach dem von Professor Sauerbruch eingeführten Druckdifferenzverfahren am offenen Thorax operiert.«

Natürlich reichte seiner Schwester diese Kurzfassung nicht. »Und das bedeutet was?«, fragte sie mit glänzenden Augen, und Paul erwog kurzfristig, das Zimmer zu verlassen, um der garantiert ekelerregenden Antwort zu entgehen. Doch sein Bruder war schneller.

»Früher war die Entfernung von Tumoren an den Organen der Brusthöhle lebensgefährlich für die Patienten, weil die Lungenflügel beim Öffnen des Brustkorbs in sich zusammensackten und sie dadurch zu ersticken drohten. Heute operieren wir in einer Unterdruckkammer, aus der nur der Kopf des Patienten herausragt. Hierdurch wird ein Überdruck in der Lunge erzeugt, und er kann – selbstverständlich unter Narkose – ganz normal weiteratmen.«

Paul schob den Teller von sich. Bei der Vorstellung von zusammensinkenden Lungenflügeln bekam er selbst kaum noch Luft.

»Das hört sich wunderbar an, mein Junge«, lobte seine Mutter. »Allerdings wirst du doch sicherlich nicht dein ganzes Leben derart anstrengende Operationen durchführen wollen.«

»Nicht?«, meinte Friedrich amüsiert. »Und was sollte ich deiner Meinung nach sonst tun?«

Die Eltern wechselten einen bedeutungsvollen Blick. Es war offensichtlich, dass es um etwas ging, das seine Mutter sofort ansprechen wollte und sein Vater lieber auf die lange Bank geschoben hätte. Aber wie immer gewann seine Mutter das wortlose Duell.

Etwas widerwillig stellte Vater seine Kaffeetasse ab und räusperte sich. »Es ist so, Friedrich. In den Sommermonaten war das Palais ausgebucht, und alles lief wie am Schnürchen. Aber jetzt fehlen uns die Gäste für Herbst und Winter. Und da dachten wir … wenn wir unser Angebot erweitern und einen jungen feschen Arzt engagieren, der sich charmant um die gestresste Kundschaft der Großstadt kümmert …« Beim Anblick von Friedrichs konsternierter Miene gingen ihm die Worte aus.

»Habe ich richtig verstanden?«, erkundigte sich sein Bruder. »Ihr wollt mich als Feld-Wald-und-Wiesen-Doktor für die Wehwehchen eurer Gäste einstellen?« Sein Ton deutete bereits an, wie lächerlich er diese Vorstellung fand.

»Bitte schlag unser Angebot nicht ungeprüft aus«, sagte seine Mutter. »Ich habe mich erkundigt. Es geht hier keinesfalls nur um eingebildete Kranke. Eine Kur an der Ostsee ist auch für viele ernsthafte Krankheiten angezeigt. Für Patienten mit Atemwegserkrankungen, bei seelischen Störungen und auch bei Problemen mit der Haut.«

Friedrich musterte sie stumm. Es bestand kein Zweifel daran, dass er ihr diese Bitte abschlagen würde. Doch er war zu wohlerzogen, um seiner Mutter vor der versammelten Familie zu widersprechen. Auf Elisabeth traf das nicht zu. Sie konnte mit ihrer Meinung nicht hinter dem Berg halten. »Aber, Mutter!«, meinte sie vorwurfsvoll. »Friedrich ist ein an der Charité ausgebildeter Chirurg. Da kann er sich doch nicht um ein paar Verwirrte mit Tuberkulose und schlechter Haut kümmern!«

6. Kapitel

Es war mitten in der Nacht. Trotzdem fand Minna keine Ruhe und lag hellwach in ihrem schmalen Bett. Während sie Berthas gleichmäßigem Atem lauschte, grübelte sie über das merkwürdige Gespräch mit Herrn Brandmüller nach. Er hatte ihr mehr als deutlich gemacht, dass er ihren Weggang von Doberan nicht unterstützen würde. Das bedeutete, dass sie ohne Empfehlungsschreiben würde kündigen müssen, wenn sie zu ihrer Familie zurückgehen wollte. Oder sie bat doch Frau Kuhlmann um ein Zeugnis. Allerdings graute ihr vor dem Gespräch. Seit dem Besuch ihres ältesten Sohnes war die gnädige Frau noch pingeliger und strenger geworden. Andauernd hatte sie etwas an Minnas Arbeit oder gar an ihrer Person auszusetzen. Von morgens bis abends musste sie sich bissige Kommentare anhören. Sie war deswegen schon mehrfach vor der Herrschaft in Tränen ausgebrochen. Selbst der gnädige Herr hatte sich bei einer Gelegenheit eingemischt und vorwurfsvoll gesagt: »Müssen wir in diesem Ton mit dem Personal verkehren, Ottilie?«

Nein, sie brachte es nicht fertig. Lieber verschwand sie bei Nacht und Nebel aus Doberan. Oder hatte Herr Brandmüller recht, und ihrer Mutter war sowieso mehr geholfen, wenn Minna ihr einen Besuch bei einem tüchtigen Arzt spendierte? Erneut fragte sie sich, weshalb der Koch derart aufgebracht auf ihre Pläne reagiert hatte. Bedeutete sie ihm tatsächlich so viel? Nur weil sie seiner Schwester ähnlich sah? Das war doch nichts Besonderes. Viele junge Frauen waren blond und hatten grüne Augen. Und was hatte er damit gemeint, er sei ihr dankbar, dass sie ihn damals in der Wäschekammer nicht verraten hatte? Sie hatte ihn niemals dort gesehen!

Nachdem er geknurrt hatte, dass sie Doberan auf keinen Fall verlassen dürfe, hatte er sich schnell wieder beruhigt. Trotzdem war sie wie vor den Kopf gestoßen gewesen, als er ihr auf den letzten Metern zum Hotel dargelegt hatte, dass es der Familie Kuhlmann momentan schlecht gehe und sie deshalb nicht auf vertraute Gesichter verzichten könnten. Sie bezweifelte, dass es sich dabei um den wahren Grund für seinen Ausbruch handelte. Doch sie hatte sich nicht getraut, ihm zu widersprechen.

Obwohl Minnas Augen vor Übermüdung schmerzten, wollte sich der wohltuende Schlaf einfach nicht einstellen. Vielleicht lag es auch an ihrer Mitbewohnerin. Bertha schien gerade einen Albtraum zu haben. Unruhig warf sie sich hin und her. Ihr Atem ging rasselnd. Abrupt setzte Minna sich auf. Berthas angestrengtes Schnaufen erinnerte sie an irgendetwas. Aber an was? Fieberhaft versuchte sie, sich die Verbindung ins Gedächtnis zu rufen. Und plötzlich fiel es ihr ein. In der Waschküche! Da hatte sie ein ganz ähnliches Geräusch gehört … als sie ihr frisches Kleid hatte holen wollen. Kurz bevor Konrad sie angegriffen hatte. War das Herr Brandmüller gewesen? Aber was hätte er um diese nachtschlafende Zeit dort machen sollen? Noch dazu im Dunkeln und mutterseelenallein!

Und dann kam ihr plötzlich die Erleuchtung. Wie hatte sie nur so blind sein können? Sämtliche für sich betrachtet sinnlosen Puzzleteile fügten sich zu einem verstörenden Ganzen zusammen: die jähen Stimmungswechsel des Kochs, sein Atem, der so durchdringend nach Pfefferminz roch. All diese Dinge waren ihr erschreckend vertraut. Sie erinnerten Minna an ihr eigenes Zuhause. An nächtliches Schreien und reumütiges Weinen. An die ewigen Beteuerungen, dass *so etwas* ganz sicher nie wieder vorkommen würde. Bis es sich unweigerlich wiederholte. Das alles war ein fester Bestandteil ihrer Kindheit gewesen. Und jetzt wusste sie, weswegen sie Herrn Brandmüller nicht hatte verpetzen sollen: Er trank. Der angesehene Koch war Alkoholiker. Genau wie ihr Vater. Und obwohl sie mit dieser Erkennt-

nis ein Druckmittel in der Hand gehabt hätte, um Herrn Brandmüller zu zwingen, ihr ein Empfehlungsschreiben auszustellen,
empfand sie nichts als Mitleid mit ihm.

Friedrich, der das elterliche Angebot wie erwartet abgelehnt
hatte, war bereits vor drei Wochen zurück nach Berlin gereist,
und Elisabeth hatte bei seinem Abschied heimlich eine Träne
verdrückt. Das Wochenende mit ihrem Bruder hatte Abwechslung in ihren tristen Alltag gebracht, und seither verspürte sie
eine bleierne Niedergeschlagenheit. Irgendwann würde das ständige Nichtstun sie noch umbringen. Um Geld zu sparen, war sogar ihr Geigenunterricht eingestellt worden. Und selbst Johannas schrecklicher Verlobter hielt die Familie nicht mehr auf Trab.
Er war für mehrere Monate zu einem Trainingsmanöver abkommandiert worden. Und obwohl Elisabeth ihrer Schwester die
Verschnaufpause von Herzen gönnte, vermisste sie die Ausflüge,
bei denen sie Johanna als Anstandsdame begleitet hatte. Ihr
blieb viel zu viel Zeit, um ihren Gedanken nachzuhängen. Selbst
nachts lag sie oft wach und grübelte. So wie heute auch.

Vorsichtig, um Luise nicht zu wecken, zog sie die Schublade ihrer Nachtkommode auf und betrachtete im Schein des
Vollmonds die Fotografie, die Falkenhayn von ihr gemacht
hatte. Wie es dem Sekretär wohl erging? War er unversehrt in
Deutsch-Südwest angekommen? Sie hatte jedenfalls keine Hiobsbotschaft über ein untergegangenes Schiff gehört. Und was
tat er dort in Afrika? Hatte Graf von Seitz tatsächlich ein Hotel gekauft? Bestimmt musste Falkenhayn von früh bis spät für
ihn schuften und hatte keine Zeit, an sie zu denken. Wenn es ihr
doch nur genauso gehen würde!

Plötzlich hörte sie ein leises, aber energisches Klopfen. War
da jemand an der Wohnungstür? Um diese Uhrzeit? Elisabeth
setzte sich auf. Das Klopfen wurde lauter. Kurz entschlossen
sprang sie aus dem Bett und zog sich den Morgenmantel über.

Im Korridor traf sie auf ihren schlaftrunkenen Vater. Als dieser die Tür öffnete, stand Herr Walter davor.

»Bitte entschuldigen Sie die nächtliche Störung, Herr Kuhlmann«, sagte der Empfangschef zerknirscht. »Aber ein Gast ist plötzlich krank geworden, und da …«

»Warum haben Sie nicht einfach nach dem Arzt geschickt, anstatt mich aus dem Schlaf zu reißen?«, knurrte ihr Vater.

Herr Walter erblasste. »Ich wollte mir diese Entscheidung nicht allein anmaßen.«

Vater kratzte sich an der Stirn. »Gut. Ich werde Paul bitten, den Arzt zu verständigen. Um welchen Gast handelt es sich?«

»Herrn Bühlow. Er ist erst vorgestern angereist.«

»Was fehlt ihm?«

Der Empfangschef zuckte mit den Schultern. »Ich bin kein Mediziner. Aber meiner Meinung nach ist es ein Herzanfall. Wir müssen wahrscheinlich mit dem Schlimmsten rechnen.«

»Oh Gott, auch das noch. Wenn uns jetzt sogar die Gäste wegsterben …« Er sprach den Satz nicht zu Ende.

»Vater?« Elisabeth zupfte ihn am Ärmel.

Er schien ganz vergessen zu haben, dass sie neben ihm stand. »Was?«

»Ich möchte auch helfen. Friedrich hat mir viel über Krankenpflege beigebracht.« Das war zwar eine ausgemachte Lüge, aber sie hätte es nicht ausgehalten, wieder tatenlos ins Bett zu gehen.

»Nein. Das kommt nicht infrage«, erwiderte ihr Vater streng.

Herr Walter hob die Hand. »Krankenpflege vielleicht nicht. Aber durch Herrn Bühlows Schmerzensschreie sind einige der anderen Gäste aufgewacht und ins Foyer hinuntergekommen. Vielleicht könnte Fräulein Elisabeth sie charmant wieder auf ihre Zimmer schicken.«

»Ich ziehe mich an«, rief Elisabeth erleichtert und eilte zurück zu ihrem Zimmer. Bevor sie es erreichte, hörte sie ihren Vater sagen: »Und was mache ich?«

»Herr Kuhlmann, Sie müssten mit mir auf den Doktor warten. Ich wäre ungern mit einem Sterbenden allein.«

Kurz darauf eilte Elisabeth ins Foyer. Nur wenige Gäste hatten sich dort eingefunden, aber alle Anwesenden wirkten extrem besorgt.

»Wie ein angestochenes Schwein hat er gebrüllt«, sagte ein pensionierter Beamter namens Nöltke. »Als ob man ihn umbringen wollte.«

Eine Witwe pflichtete ihm bei. »Ich habe auch gleich gedacht, Verbrecher wären ins Hotel eingedrungen.«

»Oh je, das ist wirklich nicht schön«, meinte Elisabeth mitfühlend. »Aber im Palais kann Ihnen selbstverständlich nichts Böses geschehen.«

»Das sagen Sie!«, erwiderte Nöltke. »Noch wissen wir ja gar nicht, was dem armen Mann fehlt.«

»Doch«, sagte Elisabeth bestimmt. »Das wissen wir. Er ist krank, nicht verletzt. Und natürlich ist der Arzt schon unterwegs.« Sie hatte keine Ahnung, ob Letzteres stimmte. Aber um die Gäste zu beruhigen, hätte sie das Blaue vom Himmel geschwindelt. Entschlossen ging sie hinter den Tresen und nahm einen der Schlüssel vom Haken. »Auf den Schreck ... wie würde Ihnen jetzt ein beruhigender Weinbrand schmecken?«

Mit zustimmendem Gemurmel folgten ihr die Gäste Richtung Bar.

Nachdem alle wieder zufrieden in ihren Betten schlummerten, stieg Elisabeth die Treppe hoch, um sich nach dem Zustand des Kranken zu erkundigen. Inzwischen war es fünf Uhr morgens, und die Dienstmädchen hatten bereits angefangen, das Foyer zu reinigen. Vor Herrn Bühlows Zimmer traf sie auf ihren Vater, Paul und den Empfangschef. »Und wie geht es ihm?«, fragte sie in die Runde.

»Wir wissen es nicht«, antwortete ihr Vater. Die Müdigkeit hatte dunkle Ringe unter seine Augen gezeichnet. »Der Arzt ist noch immer bei ihm.«

»Soll ich euch einen Kaffee bringen?«

»Das wäre ...«, setzte ihr Vater an. In diesem Moment öffnete sich die Tür, und die kleine graue Gestalt von Dr. Schaller trat heraus.

Elisabeth sah es an seinem Blick. Noch bevor er pietätvoll den Kopf schüttelte, wusste sie, dass Herr Bühlow gestorben war. Verdammt!

Ihr Vater sackte förmlich in sich zusammen. »Himmel. Bleibt uns denn gar nichts erspart!«

»Es war tatsächlich ein Herzinfarkt. Ihr Gast hatte keine Chance«, erklärte Dr. Schaller.

»Da kann man nichts machen. So etwas passiert eben«, meinte Paul traurig.

»Du hast offensichtlich keine Ahnung, was das für uns bedeutet!«, flüsterte Vater.

»Was meinst du damit?« Paul musterte ihn ratlos.

»Die Leute werden reden.«

»Worüber denn reden?«

Elisabeth konnte nicht mehr an sich halten. Ihr Bruder war als Juniorchef wirklich denkbar ungeeignet. »Über alles, Paul«, fuhr sie ihn an. »Darüber, dass es an unserem Essen lag oder an mangelnder Hygiene. Oder sie behaupten, dass sich heimlich jemand ins Palais geschlichen hat, um Herrn Bühlow in seinem Bett zu ermorden.«

»Aber das stimmt doch alles nicht!« Erregt fuhr sich Paul mit einer Hand durch die Haare.

»Das wird sie nicht davon abhalten«, prophezeite Herr Walter. »Nichts ist schlimmer als das Gerede der Leute. Tatsachen kann man widerlegen. Gerüchte nicht.«

»Außerdem wird sich das auf die Gästezahlen auswirken«, fügte Elisabeth hinzu. »Und die sind, wie du weißt, sowieso schon im Keller.«

»Ich gehe dann mal«, sagte der Arzt in ihre wachsende Verzweiflung hinein.

»Nein!« Elisabeth war selbst überrascht, wie energisch ihre Stimme klang. »Bitte nicht. Wir brauchen Sie noch. Können wir gemeinsam beraten, wie wir am besten mit dem Toten verfahren?«

Der Arzt blieb stehen. »Ich werde den Totenschein ausstellen und den Bestatter informieren. Mehr kann ich nicht tun.«

»Aber der Bestatter kann die Leiche unmöglich am helllichten Tag abtransportieren«, erwiderte Paul nachdenklich. »Er muss warten, bis es Nacht ist und die anderen Gäste schlafen.«

»Eine gute Idee«, sagte Herr Walter. Auch Vater nickte zustimmend.

Nur Elisabeth schüttelte den Kopf. »Nein. Auf keinen Fall. So liefern wir der Gerüchteküche nur noch mehr Nahrung.«

Sie setzte ihren Willen durch. Neun Stunden später, gerade als die meisten Gäste im Foyer saßen und ihren Kaffee tranken, wurde der gewaschene und zurechtgemachte Leichnam von Herrn Bühlow abtransportiert. Würdevoll auf eine Trage gebettet und nicht etwa in einem geschlossenen Sarg, trugen ihn zwei schwarzgekleidete Männer die Treppe hinunter. Dr. Schaller und ihr Vater führten die Prozession an. Als sie in Hörweite kamen, sagte der Arzt laut und deutlich: »Sie trifft natürlich keine Schuld, mein lieber Kuhlmann. Mehr als das Palais für diesen Mann in seinen letzten Stunden getan hat, kann man nicht tun. Ganz im Gegenteil, wenn der Tote schon früher in Ihrem Hotel abgestiegen wäre und die Ruhe und gute Seeluft genossen hätte, wäre ihm dieser Infarkt wahrscheinlich erspart geblieben.«

Nachdem der Bestatter das Hotel verlassen hatte, setzte unter den Kaffeetrinkenden ein aufgeregtes Gemurmel ein, das Paul argwöhnisch von seinem Platz hinter dem Tresen beobachtete. Auch Elisabeth war nervös. Doch als Herr Walter an diesem Abend verkündete, dass kein einziger Gast abgereist war und drei Herren ihren Aufenthalt im Palais sogar verlängert hatten, wurde sie von der ganzen Familie für ihren genialen Plan beglückwünscht.

Der Buchhalter sah sorgenvoll aus, als er sich in seinem Stuhl aufrichtete. »Ihre Kosten sind im Vergleich zu anderen Hotels immer noch viel zu hoch.«

»Ich verstehe nicht«, sagte Paul. »Im Vergleich zu welchen anderen Hotels?«

»Es geht dabei um durchschnittliche Kennzahlen der gehobenen Hotelbranche. Wenn man zum Beispiel die Nettoeinnahmen durch die Anzahl der Zimmer teilt, fällt Ihr Gewinn pro Zimmer eindeutig zu niedrig aus.«

»Wir haben in der Nebensaison zu wenig Gäste«, klagte sein Vater.

»Nein, das stimmt nicht. Sie haben fast genauso viele Buchungen wie in der Geschäftsvorschau, die das Kreditinstitut abgesegnet hat. Nur Ihre Ausgaben sind außer Kontrolle. Sehen Sie selbst, Ihre Sach- und Personalkosten sind im Verhältnis zum Gesamtumsatz fast doppelt so hoch wie bei anderen Hotels.«

»Woran kann das liegen?«

Der Buchhalter zuckte mit den Schultern. »Keine Ahnung. Da müssen Sie einen Hotelexperten fragen. Aber zusätzlich sind Sie bis unter beide Arme verschuldet. Und das Schlimmste sind die mit den Banken ausgehandelten Konditionen. Man hat Ihnen viel zu kurze Laufzeiten eingeräumt. Der resultierende Schuldendienst wird Sie unweigerlich in die Knie zwingen. Und wenn Sie die Zahlungen nicht pünktlich und vollständig leisten, kann das Palais von den Banken übernommen werden. Dann verlieren Sie alles! Ist Ihnen das nicht bewusst? Warum haben Sie überhaupt so einen katastrophalen Vertrag unterschrieben? Hat man Sie nicht anständig beraten?«

Sein Vater war blass geworden. »Mein Berater meinte, dass wären die Standardkonditionen der Banken.«

Der Buchhalter schüttelte den Kopf. »Vielleicht für ein kleines Überbrückungsdarlehen, aber sicher nicht für eine ambitionierte Existenzgründung. Kurz gesagt, wenn nicht noch ein Wunder geschieht, werden Sie die erste Darlehensrate im März nächsten Jahres nicht zahlen können … mit allen Konsequenzen.«

Für einen Moment herrschte bleierne Stille im Büro.

Paul fasste sich als Erster ein Herz. »Und was raten Sie uns, damit das nicht passiert?«

»Sie müssen dringend mit der Bank verhandeln und eine Umschuldung erwirken, sonst steuern Sie direkt auf den Verlust des Hotels zu.«

»Und wenn die Bank nicht zu einer Umschuldung bereit ist?«

»Dann brauchen Sie anderweitige Geldgeber.«

»Das ist leichter gesagt als getan.« Um den Mund seines Vaters spielte ein bitteres Lächeln. »Das Geld wächst schließlich nicht auf Bäumen.«

»Da haben Sie recht«, sagte der Buchhalter mit Bedauern in der Stimme und stand auf. »Meine Arbeit ist jedenfalls getan. Ich würde Ihnen dringend ans Herz legen, die laufenden Kosten auf ein absolutes Minimum hinunterzufahren. Und, wie gesagt, eine Umschuldung oder eine weitere Finanzspritze sind unumgänglich, wenn Sie Ihren Ruin abwenden wollen.«

Nachdem der Buchhalter gegangen war, fragte Paul: »Glaubst du, dass die Bank kooperieren wird?«

»Wir müssen es versuchen. Aber ich habe meine Zweifel.«

»Und Großmutter?«

Sein Vater stöhnte. »Ich kann meine Mutter unmöglich um weitere Unterstützung bitten. Sie hat sowieso schon einen ganzen Batzen in die Finanzierung des Baus gesteckt und ...«

Paul wusste, dass sein Vater großen Respekt vor seiner Mutter hatte, im Grunde fast so etwas wie Angst. »Vielleicht sollte ich mir zunächst noch einmal die Kosten ansehen ...«

»Ja, aber denk daran, dass wir unseren Service nicht zu sehr einschränken können, das schulden wir unseren Gästen.«

»Ich werde mein Bestes geben.«

Paul verbrachte den ganzen restlichen Tag in Vaters Büro. Doch so sehr er sich bemühte, er wusste auch nach mehrmaliger Durchsicht sämtlicher Kosten nicht, wo er den Rotstift ansetzen sollte. Alles erschien ihm gleich wichtig.

Am frühen Abend gesellte sich Elisabeth zu ihm. Auf ihre unnachahmliche Art entlockte sie ihm die schlechten Nachrichten, die ihnen der Buchhalter überbracht hatte.

»Vater sollte das Hotel in der Nebensaison schließen und sich nach einem Direktorenposten in wärmeren Gefilden umsehen«, meinte sie ernst. »Das hat selbst César Ritz früher so gehandhabt. Auf diese Weise sparen wir Kosten, und Vater verdient zusätzliches Geld.«

Während seiner Lehrzeit hatte ihr Vater unter dem berühmten Schweizer Hotelier gearbeitet und ihnen als Kindern viel über dessen Geschäftsmaximen erzählt. Obwohl Elisabeth wahrscheinlich nicht verkehrt lag, konnte er seinem Vater diesen Vorschlag unmöglich unterbreiten. Es musste irgendeine andere Lösung geben.

Er sah auf die Uhr. Es war bereits nach elf. Sein Kopf schmerzte. Wahrscheinlich hatte er Hunger, denn er hatte sich beim Abendessen entschuldigen lassen. Doch das Restaurant war bereits geschlossen. Ob er sich kurzerhand etwas aus der Küche holen sollte?

Müde erhob sich Paul und ging zur Tür. Auf dem Weg in den Speisesaal nickte er dem Pagen hinter dem Tresen zu, der bei seinem Anblick von seiner Zeitungslektüre aufschreckte. Eigentlich hätte Paul ihn zurechtweisen müssen, aber ihm fehlte die Kraft dazu. Als er um die Ecke bog, konnte er durch die geschlossenen Glastüren erkennen, dass noch Licht im Speisesaal brannte. Augenblicklich schlug sein Herz schneller.

Es war tatsächlich Robert, der noch eine letzte Runde machte, um zu überprüfen, dass keiner der Tische wackelte und die gepolsterten Stühle alle fleckenfrei waren. Bei Pauls Anblick lächelte er. »Herr Kuhlmann! Was treibt Sie noch zu so später Stunde um?«

»Das Gleiche wie Sie ... die Arbeit. Doch ehrlich gesagt habe ich ein wenig Hunger und wollte mir in der Küche rasch ein Käsebrot holen.«

»Aber das geht doch nicht«, sagte Robert. »Jemand, der so

hart arbeitet wie Sie, kann unmöglich mit einem faden Butterbrot abgespeist werden. Bitte lassen Sie mich Ihnen ein Glas Wein servieren und etwas Gutes zubereiten. Entspannen Sie sich, ich bin umgehend wieder da.« Dienstbeflissen eilte der Kellner zu einem der Zweiertische am Fenster und zog einen Stuhl heran.

Wäre es nicht besser, wenn er sich von Robert fernhielte? Unschlüssig blieb Paul stehen und betrachtete das einladende Arrangement. Letztlich siegte die Freude über die unerwartete Wendung des Abends. »Einverstanden … aber nur, wenn Sie sich ebenfalls ein Glas einschenken. Ich trinke nicht gern allein.«

»Wenn es Ihnen recht ist … mit Vergnügen.«

Er setzte sich, und Robert verschwand durch die Schwingtür Richtung Küche. Während Paul nervös mit den Fingern auf die Tischdecke trommelte, betrachtete er sein Ebenbild, das sich in der Fensterscheibe spiegelte. Vor dem dunklen Nachthimmel hob sich seine schlanke sitzende Gestalt recht vorteilhaft ab. Wenn nur seine Gesichtszüge nicht gar so weich und jungenhaft gewesen wären. Wie gern hätte er ein ebenso energisches Kinn wie dieser Falkenhayn gehabt. Von Roberts makelloser männlicher Schönheit ganz zu schweigen. Er besah sich im Profil. Wenigstens hatte er nicht die hässliche Nase seines Vaters geerbt.

Kurz darauf kehrte der Oberkellner mit einer Karaffe Rotwein und zwei Gläsern zurück. Bevor er einschenkte, deckte er den Tisch und entzündete eine neue weiße Kerze im Halter. Als Paul anstoßen wollte, winkte er ab. »Ich hole noch schnell den Schmorbraten, den ich für Sie aufgewärmt habe.«

Schließlich schleppte er auf dem silbernen Tablett nicht nur einen Teller mit dem bereits aufgeschnittenen Fleisch an, sondern auch noch mehrere Porzellanschüsseln mit Beilagen.

»Das kann ich unmöglich alles aufessen«, protestierte Paul.

Robert ignorierte seinen Einspruch und häufte ihm eine große Portion Möhrengemüse auf den Teller. »Wer hart arbeitet, muss auch anständig essen.«

Nachdem Robert die elektrische Beleuchtung ausgeschaltet hatte, prosteten sie einander im flackernden Kerzenschein zu. Anschließend ließ Paul es sich schmecken. Während er lächelnd Roberts Anekdoten aus seinem Berliner Kellnerleben lauschte, stellte er fest, wie wohlgeformt dessen langgliedrige Hände waren, die abwechselnd das Weinglas zum Mund führten und angeregt gestikulierten.

Eine gute Viertelstunde später schob Paul den leeren Teller von sich. »Vielen Dank. Das war köstlich.«

»Schön, dass es Ihnen geschmeckt hat.« Robert stand auf und räumte mit wenigen Handgriffen den Tisch ab. Anschließend blieb er neben ihm stehen. »Darf ich Ihnen noch einen Nachtisch servieren? Wir hätten mehrere Eissorten zur Auswahl.«

Paul hob die Hand. »Auf keinen Fall.«

»Sie könnten sich das leisten.« Robert nahm erneut Platz und zupfte abwesend einen Krümel von der Tischdecke. »Außerdem waren sie vorhin ganz blass im Gesicht.«

»War ich das?«

Robert nickte. »Ich mache mir wirklich Sorgen um Sie, Herr Kuhlmann. Sie scheinen die Probleme der ganzen Welt auf Ihren Schultern zu tragen.« Seine glatte Haut schimmerte im Kerzenlicht.

Paul fühlte, wie seine Augen feucht wurden. Robert hatte recht, ihm wurde gerade alles zu viel. Als er merkte, wie ihm eine Träne über die Wange rann, beugte er sich vor, um nach der Serviette zu greifen … und erstarrte.

Robert hatte seine warme Hand an seine Wange gelegt. Auf einmal tanzten Schmetterlinge in Pauls Bauch. Sehnte der Oberkellner sich ebenfalls nach einer tröstenden Berührung, nach einem körperlichen Ausdruck ihrer Verbundenheit?

Den Bruchteil einer Sekunde später bekam er die Antwort.

Robert neigte den Kopf zur Seite und zog ihn – ohne den Blickkontakt zu unterbrechen – näher zu sich heran. Schließlich schloss er die Augen und presste mit einem unterdrückten Seufzen die Lippen auf seinen Mund!

Für einen Moment schien Pauls Herz stillzustehen. Er war schockiert und gleichzeitig von seinen Empfindungen vollkommen überwältigt. Robert erwiderte seine Gefühle! Was für eine Offenbarung! Trotzdem plagten ihn Zweifel. War es richtig, was sie hier taten? Zwei Männer, die sich wie Ertrinkende aneinanderklammerten? Ging das nicht weit über eine Seelenverbundenheit, über eine enge Freundschaft hinaus? Doch im nächsten Moment wurde alles andere zur Nebensache. Er konnte nicht mehr denken. Roberts Kuss wurde leidenschaftlich.

Bis auf den Sohn des Hauses, der krank im Bett lag, hatte die Familie wie jeden Morgen pünktlich um Viertel nach acht gefrühstückt, und Minna war bereits mit dem Abdecken fertig. Immer noch fragte sie sich, wie sie ihrer kranken Mutter beistehen sollte. Wenn sie nur jemanden gehabt hätte, mit dem sie sich hätte beraten können. Zwar hatte sie längst ihrem Bruder geschrieben und ihn nach seiner Meinung gefragt … doch Rudi war ein fauler Briefschreiber und hatte ihr noch nicht geantwortet.

Als Nächstes standen die Schlafzimmer der Schwestern auf dem Programm. Aus Gewohnheit fing sie mit dem Zimmer von Fräulein Johanna an. Als Minna die Tür öffnete, erlebte sie eine Überraschung. Das gnädige Fräulein war nicht wie sonst im Salon, um zu sticken und andere Handarbeiten zu verrichten, sondern hockte vornübergebeugt vor ihrem Spiegel.

»Entschuldigung«, sagte Minna und knickste. »Ich wollte das Bett aufschütteln. Soll ich später wiederkommen?«

Als sich das gnädige Fräulein umdrehte, sah Minna Tränen in ihren Augen. »Nein, nein, mach alles wie gewohnt, Minna. Es tut mir leid, dass ich störe, aber …« Ihre Stimme versagte.

»Fräulein Johanna?«, erwiderte Minna erschrocken. »Geht es Ihnen nicht gut? Soll ich Ihnen eine Tasse Tee bringen?«

»Nein danke.« Sie zog ein weißes Taschentuch aus ihrem Ärmel und tupfte sich die Augen. »Es geht schon wieder. Ich will mich nur kurz sammeln.«

Am liebsten hätte Minna die schöne junge Frau umarmt und ihr Trost gespendet, aber das gehörte sich nicht. Obwohl sie schon seit Jahren unter demselben Dach wohnten, war der Graben, der sie aufgrund ihrer sozialen Stellung trennte, zu tief. Doch sie konnte das Elend der ältesten Kuhlmann-Schwester auch nicht einfach ignorieren. Unschlüssig blieb Minna im Türrahmen stehen und zuckte zusammen, als sie plötzlich die energischen Schritte der gnädigen Frau hinter sich vernahm. Knicksend trat sie einen Schritt zur Seite, und im nächsten Moment rauschte Frau Kuhlmann an ihr vorbei ins Zimmer. »Was ist denn hier los?«

»Ich habe mir ein Taschentuch geholt, und Minna wollte gerade das Bett machen, Mutter«, erklärte ihre Tochter und stand auf.

»Ich fange mit dem anderen Zimmer an«, murmelte Minna und wollte sich zurückziehen, als die Dame des Hauses gebieterisch den Arm hob, um sie daran zu hindern.

»Einen Moment, Minna. Ich habe meiner Tochter und auch dir etwas Wichtiges mitzuteilen.« Sie bedeutete ihr einzutreten und schloss die Tür.

Neugierig stellte sich Minna neben das Bett.

»Ich habe gerade mit deiner Großmutter telefoniert«, wandte sich Frau Kuhlmann an ihre Tochter.

»Du? Nicht Vater?«, erkundigte sich das gnädige Fräulein überrascht.

»Ja. Meiner Meinung nach sollten wir die Bitte deines Vaters nach mütterlicher Unterstützung gründlich vorbereiten. Schließlich will auch der fruchtbarste Acker erst gedüngt werden.«

»Und?«

»Deine Großmutter hat sich über meinen Vorschlag gefreut und lädt dich herzlich ein, einige Wochen mit ihr in Berlin zu verbringen. Als alleinstehende ältere Dame ist sie entzückt über die Abwechslung, die deine Gesellschaft verspricht. Und dir wird diese Auszeit auch guttun, nicht wahr?«

Fräulein Kuhlmann schien zu überrascht, um zu antworten. Ungläubig betrachtete sie ihre Mutter. »Ich soll nach Berlin fahren? Ohne euch?«

Die gnädige Frau nickte. »Und du, Minna, wirst meine Tochter begleiten.«

Während Minna versuchte, den Satz und all seine Verheißungen zu entschlüsseln, erkundigte sich Fräulein Johanna nach dem Grund für die plötzliche Reise.

Frau Kuhlmann lächelte. »Zum einen wirst du die Möglichkeit haben, mit deinen Cousinen einen Teil der Berliner Ballsaison mitzumachen, und andererseits wirst du …«

»Aber was ist mit Herrn von Reden?«, unterbrach ihre Tochter sie mit zitternder Stimme.

»Was soll mit ihm sein? Martin ist auf seinem Manöver. Da wird er dich kaum nach Berlin begleiten können. Außerdem … wie hat meine selige Mutter immer gesagt: Drum prüfe, wer sich ewig bindet, ob sich nicht was Besseres findet.«

»Danke«, rief das gnädige Fräulein und fiel ihrer Mutter um den Hals. »Danke, dass ich ihn nicht heiraten muss.«

Frau Kuhlmann griff nach den Händen ihrer Tochter und machte sich frei. »Warten wir es ab. Ich bin kein Unmensch und sehe, dass du dich momentan grämst. Deshalb will ich dir diese Chance geben. Aber manchmal lässt ein Perspektivwechsel die Liebe auch wachsen. Ich glaube immer noch, dass ihr zwei ganz hervorragend zueinanderpasst. Doch wie dem auch sei … die Suche nach einem neuen Bräutigam wird nur eine deiner Aufgaben in Berlin sein. Die andere ist es, deiner Großmutter unser Hotel ans Herz zu legen, ihr zu erklären, wie erfolgreich das erste Jahr verlaufen ist, und zu unterstreichen, was für ein entsetzlicher Verlust es wäre, wenn wir es an die Bank …« Mit einem Blick auf Minna fuhr sie fort: »Du weißt schon. Erzähl ihr, wie schön es in Doberan und Heiligendamm ist, und lad sie ein, es sich mit eigenen Augen anzusehen.«

Fräulein Johanna nickte eifrig. »Ich werde mein Bestes geben, Mutter.«

»Und ich darf mit dem gnädigen Fräulein nach Berlin reisen? Wann und für wie lange?« Minna biss sich auf die Lippe, aber die Fragen hatten ihr auf den Nägeln gebrannt.

Wie zu erwarten, warf Frau Kuhlmann ihr für diesen ungehörigen Einwurf einen strengen Blick zu. »Ich dachte, dass ihr nächste Woche abreist und zum Weihnachtsfest zurückkommt. Am besten mit deiner Großmutter im Schlepptau. Was hältst du davon, Johanna?«

»Das wäre großartig, Mutter.«

Hinter ihrem Rücken kniff sich Minna in den Unterarm. Sie konnte ihr Glück kaum fassen. Sicher würde sie auch in Berlin einen freien Tag bekommen, und den könnte sie dann mit ihrer Familie verbringen. Ganz ohne Kündigung! Wie wundervoll! Und mit Fräulein Johanna hatte sie sich schon immer gut verstanden. Nur eines sorgte sie … wie würde Herr Brandmüller ihre vorübergehende Abwesenheit aufnehmen? Doch gegen die Wünsche der Herrschaft konnte auch er nichts einwenden.

Paul lag in seinem abgedunkelten Zimmer im Bett und starrte mit schmerzenden Augen an die Decke. Obwohl es draußen taghell war und sein Vater ihn dringend brauchte, hatte er sich mit »Unwohlsein« entschuldigen lassen. Bereits am Morgen hatten Elisabeth und Johanna die Tür zu seinem Zimmer einen Spaltbreit geöffnet und sich nach seinem Befinden erkundigt. Seine Mutter hatte ihm aus Sorge eine frisch gekochte Hühnersuppe servieren lassen. Auch das geschäftige Rumoren von Bertha und Minna verstärkte das Gefühl der selbstsüchtigen Untätigkeit. Doch all das hatte ihn nicht zum Aufstehen bewegen können, und das Essen hatte er ebenfalls nicht angerührt. Gegen das, was ihn plagte, half leider nichts. Immer wieder zogen die gleichen Bilder vor seinem geistigen Auge auf, Momentaufnahmen des gestrigen Abends. Roberts Hand. Roberts Blick. Roberts Lippen. Alles gestochen scharf. Manchmal wechselte die Perspektive, plötzlich konnte er nicht nur Robert, sondern auch sich selbst sehen. Zwei blonde Schöpfe. Zwei wild aufeinandergepresste Münder. Zwei sich windende Körper, die nach mehr gierten. Vor Scham, aber auch vor unterdrückter Erregung schlug Paul beide Hände vors Gesicht.

Er war in einem Strudel gefangen, der unmittelbar in den Abgrund führte. Es wäre grauenvoll, Robert heute gegenüberzutreten. Himmel, er konnte sich noch nicht einmal selbst im Spiegel betrachten. Was sie getan hatten, war falsch und ging weit über eine zärtliche Seelenverwandtschaft hinaus. Insgeheim hatte er schon länger geahnt, dass er homosexuelle Neigungen hatte. Ganz offensichtlich fühlte er sich zu Männern hingezogen. Doch es war eine Sache, diese Regungen zu empfinden, und eine andere, sie auszuleben. Robert und er waren Kriminelle. Sie hatten gesündigt und gegen geltendes Gesetz verstoßen. Wenn jemand sie beobachtet hätte, würden sie jetzt im Zuchthaus sitzen.

Der Wortlaut des Paragrafen 175 des Strafgesetzbuches war ihm schon seit Jahren vertraut: »Die widernatürliche Unzucht, welche zwischen Personen männlichen Geschlechts oder von Menschen mit Tieren begangen wird, ist mit Gefängnis zu bestrafen; auch kann auf Verlust der bürgerlichen Ehrenrechte erkannt werden.« Sein Vater hatte ihm diese Zeilen vorgelesen, als er sechzehn Jahre alt gewesen war. Auslöser dafür war ein Artikel zum zehnten Jahrestag des Todes von Friedrich Franz III., Großherzog von Mecklenburg-Schwerin, gewesen.

»Von dem Skandal schreibt die Zeitung natürlich nichts«, hatte sein Vater gemurmelt. »Typisch.«

»Welchem Skandal?«, hatte Paul sich neugierig erkundigt.

»Der Vater unseres derzeitigen Herrschers ist damals in Cannes gestorben. Wahrscheinlich hat er sogar Selbstmord begangen. Kurz darauf wurde der Herzog-Regent Johann Albrecht, der Vormund des noch minderjährigen Friedrich

Franz IV., mit gestohlenen Briefen erpresst, die belegten, dass der verstorbene Großherzog gleichgeschlechtliche Neigungen gehabt hatte.«

»Und wer hatte die Briefe gestohlen?«

»Ein Berliner Schneidergeselle. Allerdings gab er sie an einen anderen Kriminellen weiter, der sich dann mit Forderungen an die großherzogliche Familie wandte. Glücklicherweise konnte Hauptkommissar von Tresckow von der Berliner Polizei die beiden Männer rasch dingfest machen. Sie wurden anschließend zu langjährigen Zuchthausstrafen verurteilt. Trotz allem … der gesellschaftliche Schaden war nicht wiedergutzumachen. Man wird den Toten für alle Zeiten mit dieser hässlichen Sache in Verbindung bringen, verstehst du, mein Junge?«

Seit gestern Abend verstand Paul nur zu gut. Die Küsse zwischen Robert und ihm hatten alles verändert. Sie hatten ihm die Augen geöffnet. Darüber, was er tief in seinem Inneren war und auf keinen Fall sein wollte. Er befand sich auf dünnem Eis, und seine, aber auch Roberts Zukunft standen auf dem Spiel. Wenn sie nicht im Gefängnis landen wollten, durften sie sich nie wieder allein begegnen. Er musste sich von Robert fernhalten. Sonst waren sie beide verloren.

***

Nachdenklich betrachtete Elisabeth die gepackten Koffer ihrer Schwester, die der Größe nach aufgereiht neben der Tür standen. Sie hatte sich nach dem Abendessen, das gleichzeitig als Abschiedsmahl fungierte, noch in Johannas Zimmer geschlichen, obwohl diese eigentlich längst schlafen sollte, um für die anstrengende Reise am nächsten Morgen gewappnet zu sein. Stattdessen saßen sie nebeneinander auf dem Bett und unterhielten sich im Flüsterton.

»Es ist so schade, dass du nicht auch mitkommen darfst«, meinte Johanna bekümmert. »Gemeinsam hätten wir so viel Spaß. Und was mache ich nur, wenn ich tatsächlich einen jungen Mann kennenlerne, der mir gefällt? Dann kann ich dich gar nicht nach deiner Meinung fragen, Lisbeth.«

Elisabeth schloss sie fest in die Arme. »Ach, Liebes, ich wünsche mir von ganzem Herzen, dass du jemanden findest, der dich auch verdient.«

»Weißt du, warum Mutter dich nicht ebenfalls nach Berlin reisen lassen möchte?«

Elisabeth gab ihre Schwester wieder frei und ließ die Arme sinken. »Wahrscheinlich glaubt sie, dass du eine bessere Botschafterin für das Palais bist.«

»Das ist doch Unsinn«, sagte Johanna und ergriff ihre Hand. »Niemand kennt sich mit dem Hotel besser aus als du! Manchmal glaube ich tatsächlich, dass du mehr darüber weißt als Paul.«

»Dann liegt es an meinem schwierigen Charakter«, erwiderte Elisabeth mit einem Lächeln.

»Niemals«, beteuerte Johanna.

»Aber selbst du wirst nicht abstreiten, dass Großmutter dich lieber hat als mich. Mutter will sie großzügig stimmen, indem sie ihr das Lieblingsenkelkind nach Berlin schickt.«

»Ich habe eine vollkommen andere Vermutung.« Johannas blaue Kulleraugen schauten ernst.

»Ach ja? Und die wäre?«

»Sie will Vater in dieser schwierigen Zeit nicht seine größte Stütze nehmen!«

»Machst du Witze? Mutter schimpft doch pausenlos, wenn ich mich in das Geschäft einmische.«

Johanna schüttelte den Kopf. »Ist dir gar nicht aufgefallen, dass sie das schon seit Wochen nicht mehr tut?«

Elisabeth dachte nach. »Hm. Sie hat mich tatsächlich nicht davon abgehalten, mit Vater über sein neuestes Projekt zu sprechen.«

»Worum geht es dabei?«

Sie zog eine Grimasse. »Er plant, mit einem dreitägigen Musikfestival zu Ehren des Kaisers zusätzliche Einnahmen in die Kasse zu spülen.«

»Und du hältst das für keine gute Idee, Lisbeth?«

Elisabeth seufzte. »Grundsätzlich ist eine Veranstaltung keine schlechte Idee. Aber doch nicht am 27. Januar!«

»Er möchte das Festival anlässlich des Kaisergeburtstags ausrichten?«

»Ja. Dabei hat uns der Buchhalter dringend geraten, Kosten einzusparen! Doch egal, wo Paul den Rotstift ansetzen will, Vater ist dagegen. Er ist ein solcher Sturkopf! Alles weiß er besser. Dabei kann ich mir nicht vorstellen, dass wir in der kalten Jahreszeit genügend Gäste zusammentrommeln können. Außerdem finden an diesem Tag auch in Berlin und in den anderen Großstädten unzählige Festlichkeiten statt. Da werden sich die Leute bestimmt für ein bequemeres Angebot entscheiden.«

»Manchmal bedauere ich, dass Mutter ihn überhaupt zu diesem Hotelvorhaben überredet hat. Im Fürstenhof schien Vater glücklicher zu sein«, meinte Johanna mit einem Seufzen.

»Sag das nicht«, widersprach Elisabeth. »Das Palais ist unsere Zukunft. Irgendwie werden wir mit den Problemen schon fertigwerden.«

»Wirst du ihm das Musikfestival noch ausreden können?«

»Ich fürchte, nicht. Er ist von seiner Idee begeistert und schöpft neuen Mut, die Bank doch noch zufriedenstellen zu können. Aber vielleicht kann ich unser geschäftliches Risiko verringern, indem ich ihn überrede, einen Partner für die Veranstaltung zu finden. So ähnlich wie die Deutsche Kolonialgesellschaft bei unserem letzten Ball.«

Johanna lächelte. »Warum nur *so ähnlich?* Weshalb fragst du nicht gleich bei Graf von Seitz an? Vielleicht schickt er wieder diesen netten Sekretär, um alles zu organisieren. Wie hieß er noch gleich?«

Elisabeth zog die Stirn in Falten. »Du weißt sehr genau, dass er Julius Falkenhayn heißt. Und, bitte, fang nicht schon wieder von ihm an. Er hat mir keine einzige Zeile geschrieben, seitdem er abgefahren ist. Niemand könnte weniger an mir interessiert sein als er.«

»Kein Wunder. Nachdem du ihn so entschieden zurückgewiesen hast.«

»Lass uns besser nicht von ihm reden. Außerdem habe ich noch eine Bitte.«

»Ja? Was denn?« Wie erwartet, lenkte ihre Schwester sofort ein.

»Könntest du dich in der Berliner Gesellschaft über Baronin von Werdenfels erkundigen und ihr Haus auskundschaften? Die Frau ist kriminell. Wahrscheinlich hat sie nicht nur bei uns die Zeche geprellt. Irgendwie müssen wir es schaffen, doch noch an unser Geld zu kommen.«

»Aber Lisbeth! Wie stellst du dir das vor?« Johanna blickte sie mit weit aufgerissenen Augen an. »Nein, so etwas kann ich nicht. Dazu bin ich zu ängstlich.«

Um ihre Enttäuschung zu verbergen, wechselte Elisabeth hastig das Thema. »Hast du heute eigentlich schon Zeitung gelesen? Wahrscheinlich wirst du in Berlin auch auf einen Ball der amerikanischen Botschaft gehen. Die Amerikaner haben etwas zu feiern. Gerade wurde ein neuer Präsident gewählt.«

»Wirklich?«

»Ja, er heißt Woodrow Wilson und ist für die Demokratische Partei angetreten. Vorher war er Gouverneur von New Jersey.«

»Seit wann interessierst du dich für Politik?«

Elisabeth lächelte. »Tue ich ja gar nicht. Aber wenn mich Vater schon ab und zu mit den Gästen sprechen lässt, muss ich doch etwas zu erzählen haben.«

»Das imponiert mir, Liebes.« Johanna gähnte verstohlen. »Ach, wie mir unsere Gespräche fehlen werden!«

»Mir auch, Johanna.« Elisabeth stand auf und umarmte ihre Schwester. »Bitte schreib, so oft du kannst.«

7. Kapitel

Da das gnädige Fräulein schlecht allein in der ersten Klasse reisen konnte, hatte Frau Kuhlmann Minna ebenfalls ein teures Billet spendiert. Mit Fräulein Johannas Hutschachtel auf dem Schoß saß sie inmitten der feinen Herrschaften und hielt den Blick auf ihre Fußspitzen gesenkt. Da sie einen Platz an der Tür hatte, war das Fenster leider zu weit entfernt, um die vorbeiziehende Landschaft zu betrachten. Und die Garderobe der Mitreisenden zu bewundern, gehörte sich nicht. Auch ohne aufzusehen, konnte sie spüren, wie die anderen Damen im Abteil ihre Anwesenheit missbilligten. Nur Fräulein Johanna war nett zu ihr. Als der Kellner mit den Erfrischungen vorbeikam, fragte sie, ob Minna ebenfalls etwas wolle, was sie bescheiden ablehnte.

Um bei der Fahrt im überheizten Abteil nicht versehentlich einzuschlafen, ging sie in Gedanken noch einmal die letzten Tage durch. Als sie verkündet hatte, dass sie bis Weihnachten mit dem gnädigen Fräulein nach Berlin reisen werde, waren Bertha, aber auch die strenge Frau Kolbert außer sich gewesen.

»Warum ausgerechnet Minna?«, hatte Bertha gerufen. »Ich bin das erste Stubenmädchen. Frau Kuhlmann hat kein Recht, mich zu übergehen.«

»Frau Kuhlmann kann selbstverständlich tun und lassen, was Sie möchte«, hatte Frau Kolbert erwidert. Doch auch sie war vor Ärger ganz blass geworden. »Ich werde trotzdem noch einmal mit ihr sprechen.«

Die nächsten Stunden hatte Minna in banger Anspannung verbracht, ob man ihr die kostbare Reise doch noch entreißen würde. Erst am Abend war die Entwarnung gekommen. Frau Kolbert hatte sie nach dem Essen zur Seite genommen und ihr einen Vortrag über all das gehalten, was sie im Haus der Mutter von Herrn Kuhlmann zu beachten und welche Aufgaben sie für das gnädige Fräulein zu erledigen hätte. Wie ein Schwamm hatte Minna versucht, ihre Anweisungen aufzusaugen. Allerdings hätte sie sich diese Anstrengung sparen können, denn bis zu ihrer Abreise hatte Frau Kolbert dieselben Ermahnungen mehrmals täglich wiederholt. Inzwischen wusste Minna, was sie zu tun hatte, und fühlte sich für ihre Arbeit als Aushilfszofe bestens gerüstet.

Von der Minute an, in der Bertha aufgegangen war, dass sie selbst in Doberan bleiben würde, hatte sie kein Wort mehr mit ihr gewechselt und noch schlampiger als sonst gearbeitet. Doch das hatte Minna nichts ausgemacht. Sobald sie in Berlin war, würde auch Frau Kolbert auffallen, wie viele von Berthas Aufgaben sie inzwischen stillschweigend übernommen hatte. Und dann würde das zu erwartende Donnerwetter an die Adresse des ersten Stubenmädchens gehen. Verdient. Falls Bertha daraufhin entlassen werden sollte, würde Minna ihrer Kammergenossin keine Träne nachweinen. Generell konnte sie gut auf die Belegschaft des Hotels verzichten. Wie schön würde es sein, die nächsten Wochen ohne die Angst vor Konrad zu verbringen. Nur Herr Brandmüller würde ihr fehlen. Wider Erwarten hatte er sehr verständnisvoll auf ihre Abreise reagiert. »Es ist ja nur bis Weihnachten. Wenigstens gehen Sie nicht für immer weg«, hatte er gesagt und sich gefreut, dass sie auf diese Weise ihre kranke Mutter ohne eine Kündigung wiedersehen konnte. Hoffentlich hielt er sein Geheimnis auch in ihrer Abwesenheit fest unter Verschluss. Herr Kuhlmann war ein loyaler und anständiger Arbeitgeber, aber Minna glaubte nicht, dass er den Koch, trotz seiner genialen Fähigkeiten, unter diesen Umständen weiter beschäftigen würde.

Die Ankunft in Berlin gestaltete sich unspektakulär, auch wenn Minna glücklich war, erneut das lebhafte Gewusel am Bahnhof zu erleben. Erst jetzt ging ihr auf, wie ruhig und gottverlassen Doberan im Winter war. Der reinste Friedhof. In Berlin tobte dagegen das Leben. Die Geräuschkulisse war beeindruckend, und man schien kaum die Menschenmenge durchdringen zu können. Nur gut, dass ein älterer Chauffeur namens Herr Frank sie auf dem Bahnsteig abholte und sich um alles kümmerte. Fräulein Johanna und sie mussten sich lediglich in eine Limousine setzen und wurden auf direktem Wege zu Frau Kuhlmann-Wagners Haus nach Charlottenburg kutschiert.

Minna wollte ihren Augen kaum trauen, als das Auto die Pförtnerloge passierte und sie den repräsentativen dreistöckigen Bau samt Türmen, Erkern und Mansardendach inmitten einer Parklandschaft erblickte. Die Villa der alten Dame war der reinste Palast und fast genauso groß und feudal wie das Palais. Sie wurden freundlich von den Bediensteten empfangen, und Minna war aufgeregt und glücklich. Sie würde sich selbst in ihrem Dienstbotenzimmer wie eine Prinzessin fühlen. Konnte es wirklich wahr sein, dass die alte Dame, deren zweiter Mann vor einigen Jahren gestorben war, ganz allein hier wohnte?

Die Tage nach ihrer Ankunft brachten eine gewisse Ernüchterung. Frau Annemarie Kuhlmann-Wagner, die als zweifache Witwe ausschließlich schwarze Kleidung trug, war noch genauso klein und dick, wie Minna sie in Erinnerung hatte. Auch charakterlich hatte sie sich nicht verändert: Lediglich die Engelsgeduld von Fräulein Johanna konnte der alten Dame ein vereinzeltes Lächeln entlocken. Die meiste Zeit schien sie damit zu verbringen, sich bitterlich über dieses und jenes zu beschweren. Besonders über die vermeintlichen Unzulänglichkeiten ihrer Angestellten und über das Wetter. Außerdem war die Witwe geizig. Noch nie hatte Minna ein so großes Haus gesehen, das mit so wenig Personal bewirtschaftet wurde. Lediglich ein Koch, eine Hausdame und ein Stubenmädchen kümmerten sich um alles. Herr Frank, der Chauffeur, fungierte gleichzeitig noch als Pförtner und Gärtner. Aus Kostengründen wurde der Gesindetrakt nicht geheizt. Jeden Abend bibberte sich Minna in den Schlaf. Dabei musste Frau Kuhlmann-Wagner doch wahrhaft im Geld schwimmen. Von Berthas Erzählungen wusste sie, dass die Dame sowohl von ihrem ersten als auch von ihrem zweiten Mann ein Vermögen geerbt hatte.

Die Hausdame hatte Minna gleich am ersten Tag mit Arbeit zuschütten wollen, aber glücklicherweise hatte Fräulein Johanna sie vor diesem Schicksal bewahrt. Sie war in die Küche gekommen, und als Minna ihr erzählte, dass sie zum Waschen und Bügeln eingeteilt worden war, hatte Fräulein Kuhlmann ein Machtwort gesprochen. »Minna ist als meine Zofe und Gesellschafterin mitgereist. Sie wird einen guten Teil des Tages außerhalb des Hauses verbringen und hat deshalb keine Zeit, zusätzliche Aufgaben zu übernehmen.«

Kurz darauf hatte sich eine Art Routine eingestellt: Morgens, wenn Minna sich um die Garderobe und das Zimmer des gnädigen Fräuleins kümmerte, leistete diese ihrer Großmutter Gesellschaft und hörte sich deren Jammergeschichten an. Nach dem Mittagessen, wenn Frau Kuhlmann-Wagner sich hinlegte, gingen sie zusammen bummeln. Gemeinsam besuchten sie den Zoo und andere Berliner Attraktionen. An den Wochenenden ging Fräulein Johanna mit ihrem Bruder Friedrich und ihren Cousinen Hilde und Lotte auf verschiedene Bälle. Die Töchter von Herrn Kuhlmanns Bruder Hans waren lebenslustig und fröhlich, aber bei weitem nicht so hübsch wie ihre Herrin. Trotzdem verstanden sich die jungen Damen gut. Alles war wunderbar harmonisch. Bis auf die Tatsache, dass Minna täglich mehr darauf brannte, ihre Mutter zu sehen, und das gnädige Fräulein den ihr zustehenden freien Tag offenbar vergessen hatte …

Paul hielt sich bereits seit drei Wochen streng an seinen Vorsatz, Robert aus dem Weg zu gehen und ihm – wenn es sich gar nicht vermeiden ließ – nur im Beisein anderer Menschen zu begegnen. Wahrscheinlich hätte er stolz auf seinen eisernen Willen sein können, denn äußerlich wirkte er gewiss stark. Doch innerlich sehnte er sich nach Robert. Der Oberkellner schien ihn ebenfalls zu vermissen. Jedenfalls spürte Paul seinen verlangenden Blick, wann immer sie sich im selben Raum befanden. Dabei hatte er sich in den ersten Tagen, als er noch das Bett gehütet hatte, wieder und wieder eingeredet, dass nur seine eigenen Gefühle verletzt waren. Dass Robert ihn lediglich aus einer Laune heraus geküsst hatte. Doch jetzt konnte er sehen, dass er sich etwas vorgemacht hatte. Jede Nacht lag er wach und grübelte.

Doch eine Lösung gab es nicht. Wenn er sich auf Robert einließe, würden sie beide in ständiger Gefahr schweben, entdeckt und verhaftet zu werden. Wäre er mutterseelenallein auf der Welt gewesen, hätte er dieses Risiko noch eingehen können. Aber er musste auch an seine Familie und das Hotel denken. Trotzdem war sein innerer Frieden dauerhaft gestört. Seine Nerven lagen blank, und zum ersten Mal war ihm komplett der Geduldsfaden gerissen: Er wollte gerade zum Abendessen in die Wohnung gehen, als ihm Frau Langner mit ihrem Schoßhund Fips auf der Treppe entgegenkam. Das hässliche, pausenlos Fell verlierende Vieh war Paul schon an guten Tagen ein Dorn im Auge, doch als sich der Köter unmittelbar vor ihm auf den Läufer übergab, hätte er ihn am liebsten mit einem gezielten Fußtritt ins Foyer befördert.

»Muss das sein, Frau Langner?«, hatte er die ältliche Hundebesitzerin angeschnauzt.

»Ach, Herr Kuhlmann. Das tut mir leid. Aber Fips kann nichts dafür. Er hat eine Magenverstimmung.«

»Dann bringen Sie ihn zum Tierarzt. Die Reinigungskosten werden wir Ihnen jedenfalls auf die Rechnung setzen.«

»Aber der Tierarzt kann erst …«

»Guten Abend«, unterbrach Paul sie unfreundlich und stürmte nach oben. Auf der Etage erwartete ihn gleich das zweite Spektakel: Elisabeth hatte sein Gespräch mit Frau Langner mitbekommen und empfing ihn wie ein erzürnter Racheengel.

»Sag mal, bist du eigentlich von allen guten Geistern verlassen! Wie redest du denn mit unseren Gästen?«, zischte sie.

»Das geht dich nichts an«, meinte er grob und schob sich an ihr vorbei.

»Und ob mich das etwas angeht, Paul«, rief sie ihm leise hinterher. »Ich habe zwar keine Ahnung, was gerade mit dir los ist. Aber wenn du uns noch einen einzigen Gast vergraulst, bekommst du es mit mir zu tun.«

»Oh je. Ich sterbe vor Angst«, spottete er und verschwand, die Türe hinter sich zuschlagend, in der Wohnung.

Nach dem Abendessen wankte Paul in sein Zimmer. Um die notwendige Bettschwere zu bekommen, hatte er mehr als sonst dem schweren Rotwein zugesprochen. Der Alkohol vernebelte ihm den Kopf. Doch tief in seinem Inneren fühlte er noch immer die gleiche Wunde. Robert. Was er wohl gerade machte? Bestimmt hielt er sich im Speisesaal auf. Er bräuchte nur die wenigen Stufen hinabzusteigen, die Eingangshalle zu durchqueren, und schon könnte er in seinen Armen liegen … Obwohl Pauls Herz bei der Vorstellung schneller schlug, mahnte er sich mit aller Kraft zur Vernunft. Er durfte seinem Begehren nicht nachgeben, er musste standhaft bleiben.

Nachdem er sich ausgekleidet und seinen Pyjama angezogen hatte, kroch er ins Bett. Als er seinen Kopf auf das Kissen legte, spürte er etwas Hartes darunter. Verwundert zog er ein kleines Päckchen hervor. Es war ein Buch, das er noch nie zuvor gesehen hatte. Der Titel lautete »Tod in Venedig«. Von dem Autor Thomas Mann hatte Paul schon gehört. Hatte er nicht auch »Die Buddenbrooks« geschrieben? Doch wer steckte ihm Literatur unters Kopfkissen? Noch während er die Frage zu Ende dachte, fiel ihm ein, wem so etwas zuzutrauen war. Es gab nur eine einzige Person, die dazu imstande wäre: Robert. Mit zitternden Fingern schlug er das Werk auf. Auf der ersten Seite stand in Druckbuchstaben: *Verschwende nicht dein ganzes Leben, um wahres Glück zu erfahren.*

Plötzlich war er stocknüchtern. Mit Tränen in den Augen fing er an zu lesen.

Elisabeth war vor Aufregung ganz flau im Magen, als sie neben ihrem Vater und Paul die Treppe zu Krauses Privathaus hochstieg. Gleich würde sie zum ersten Mal ganz offiziell an einer geschäftlichen Besprechung teilnehmen. Eine Feuerprobe, denn sie sollte mit dem Ortsvorsteher von Heiligendamm verhandeln, den ihr Vater verabscheute. Der Vorschlag stammte ausgerechnet von ihrer Mutter.

»Wenn ihr Krauses Unterstützung benötigt, müsst ihr ihn eben persönlich darum bitten«, hatte sie gesagt, als Vater ihr sein Leid geklagt hatte. Viele der Künstler, die er zu dem geplanten Musikfestival einladen wollte, verlangten als Gegenleistung neben ihrer Gage noch eine Führung durch das berühmte deutsche Seebad. Da das Grand Hotel und die Kuranlagen jedoch im Januar geschlossen waren, konnte ein solcher Besuch nur von Krause arrangiert werden.

»Das geht niemals gut«, hatte Paul gemeint. »Bei unserem letzten Gespräch ist Vater wütend aus dem Zimmer gestürmt.«

»Weil er ein Lügner und Betrüger ist!« Vaters Faust war mit einem ordentlichen Rumms auf dem Tisch gelandet.

»Warum nehmt ihr nicht Elisabeth mit?«, hatte ihre Mutter eingeworfen. »Die Gegenwart einer jungen Dame wird die vergiftete Atmosphäre bestimmt auflockern.«

Nachdem ein Diener die Tür geöffnet und Vaters Visitenkarte in Empfang genommen hatte, wurden sie in den ersten Stock geführt. Krause hatte die Villa des alten Ortsvorstehers übernommen, der sich zur Ruhe gesetzt hatte. Doch die Einrichtung schien mit einem Schifffahrtsthema rundum erneuert worden zu sein. Viele der goldgerahmten Gemälde zeigten Meeresmotive, und es gab auch einige nautische Instrumente zu bewundern. In Krauses Büro angekommen, setzte sich Elisabeth auf ein grünes Samtsofa, während Paul und ihr Vater im Stehen warteten.

»Guten Tag, allerseits«, grüßte Krause, der wenige Minuten später eintrat. Als er Elisabeth entdeckte, wirkte er überrascht.

»Darf ich vorstellen, meine Tochter, Elisabeth Kuhlmann«, sagte Vater steif.

»Angenehm.« Der Ortsvorsteher deutete eine Verbeugung an. »Dann geht es heute gar nicht um Geschäftliches?«

»Doch«, antwortete ihr Vater. »Elisabeth hat einige Aufgaben bei uns im Hotel übernommen und ...«

»Geht es dem Palais bereits so schlecht, dass Sie auf die Unterstützung des schwachen Geschlechts angewiesen sind?« Krause lachte, als hätte er einen grandiosen Witz gemacht. Elisabeth hätte am liebsten den schweren Kristallaschenbecher nach ihm geworfen, der vor ihr auf dem Couchtisch lag. Doch sie beherrschte sich.

Ihr Vater schien sich ebenfalls zusammenreißen zu müssen. »Natürlich nicht«, antwortete er verärgert.

Paul räusperte sich. »Wir wollen nicht zu viel Ihrer kostbaren Zeit beanspruchen. Darf ich Ihnen kurz unser Anliegen erläutern?«

Nachdem Paul die Extrawünsche der Künstler erklärt hatte, wiegte Krause nachdenklich seinen Kopf hin und her. »Natürlich kann ich eine solche Besichtigung arrangieren. Aber sind Sie sicher, dass ein Festival am Kaisergeburtstag wirklich eine praktikable Idee ist? Womit wollen Sie in der Nebensaison genügend Gäste herlocken?«

»Wir konnten tatsächlich schon einige große Namen verpflichten«, rief Elisabeth eifrig. »Die Sopranistin Ida Giacomelli hat zugesagt. Und Luigi Mancinelli, der zehn Jahre an der Metropolitan Opera in New York dirigiert hat.«

Krause musterte sie mit dem gleichen Interesse, mit dem man ein exotisches Insekt bestaunen würde. »Sie meinen, dass man die Berliner Gesellschaft mit zwei angestaubten Italienern nach Doberan locken kann?«

»Einige unserer Stammgäste haben bereits zugesagt«, erwiderte sie und versuchte, seinen abfälligen Tonfall zu ignorieren.

»Dieser typisch weibliche Optimismus ist schon putzig, nicht wahr?« Krause blickte Beifall heischend zu Vater und Paul.

Elisabeth kniff vor Wut die Augen zusammen. »Optimismus, weiblicher oder männlicher, scheint mir jedenfalls wesentlich angebrachter als die Negativität, die einige Mitmenschen an den Tag legen.«

Krause grinste. »Hoppla, das Kätzchen hat Krallen.«

Eine unheilvolle Stille legte sich über das Zimmer. Schließlich rettete Paul die Situation. »Gut, Herr Krause«, sagte er und reichte dem Ortsvorsteher die Hand. »Wir bedanken uns für Ihr großzügiges Angebot, den Künstlern die Schönheit von Heiligendamm zu zeigen. Und wir werden Ihnen natürlich als Gegenleistung auch Karten für das Musikfestival zukommen lassen.«

»Wunderbar«, erwiderte der Ortsvorsteher. »Bitte melden Sie sich, wenn ich sonst noch etwas für Sie tun kann. Es wäre mir ein Vergnügen.«

Vater und Elisabeth reichten ihm wortlos die Hand.

Als sie wieder auf der Straße standen, atmete Elisabeth erleichtert auf.

»Dieser arrogante Pinsel«, knurrte ihr Vater.

Paul legte den Finger an die Lippen. »Vorsicht, da kommt sein Sohn.«

Elisabeth drehte sich um und sah einen großen jungen Mann mit rötlichen Haaren und einem altmodischen Backenbart auf sich zukommen, den Paul ihr schon einmal auf dem Kamp vorgestellt hatte.

»Fräulein Kuhlmann!«, sagte Joachim Krause und lüpfte seinen Hut. »Und Paul. Wie schön, Sie hier zu treffen.«

»Mein Vater, Heinrich Kuhlmann«, stellte Paul vor. Die Herren reichten sich die Hand. »Wir haben gerade geschäftlich mit deinem Vater gesprochen.«

Krause junior nickte höflich, offenbar ahnte er nichts von den Spannungen, die es zwischen seiner und ihrer Familie gab. »Und was machen Sie jetzt? Darf ich Sie noch auf eine Tasse Kaffee einladen?«

»Nein, wir müssen leider zurück ins Hotel«, brummte ihr

Vater, der sicherlich keine Lust verspürte, die Krausesche Villa noch ein zweites Mal zu betreten.

»Darf ich Sie dann noch bis zum Bahnhof begleiten?«, erkundigte sich der junge Mann, der einen netten, wohlerzogenen Eindruck machte.

»Warum nicht«, antwortete Elisabeth.

»Und? Wie geht es Ihnen?«, erkundigte er sich, während sie gemeinsam hinter Paul und ihrem Vater hergingen.

»Mir geht es gut. Und Ihnen?«

»Auch gut. Haben Sie bereits Pläne für heute Nachmittag, Fräulein Kuhlmann? Da das Wetter heute nicht ganz so stürmisch ist, dachte ich …« Er machte eine Pause. »Nun, ich dachte … dass Sie vielleicht mit mir spazieren gehen wollen.«

Als sie nicht sofort antwortete, fügte er hastig hinzu. »Selbstverständlich zusammen mit einer Ihrer Schwestern.«

Unwillkürlich musste Elisabeth an Julius Falkenhayn denken. Er hatte nicht so hilflos herumgedruckst, als er damals angeboten hatte, sie auf die Seebrücke zu begleiten. Wie viel anziehender war doch ein Mann, der wusste, was er wollte, und auch selbstsicher genug war, um seine Anliegen zu artikulieren. Sie setzte ein bedauerndes Lächeln auf. »Das ist zu freundlich von Ihnen, Krause. Vielen Dank. Aber es wird mir heute leider unmöglich sein, das Hotel zu verlassen.«

»Oh, wie schade.« Sein trauriger Dackelblick gab dem jungen Mann etwas Bemitleidenswertes, das Elisabeth von der Richtigkeit ihrer Entscheidung überzeugte. Gewiss, in Doberan gab es keine große Auswahl an jungen Männern, mit denen sie hätte flanieren gehen können, aber mit dem Sohn des Ortsvorstehers wollte sie sich trotzdem nicht abgeben.

In der Biedermeier-Silberschale, die auf einer Kommode neben der Wohnungstür stand, lag ein Brief für sie. Endlich wieder Post von Johanna! Elisabeth hatte schon sehnsüchtig darauf gewartet. Auf Zehenspitzen schlich sie am Salon vorbei, damit sie diesen Schatz in aller Ruhe auf ihrem Zimmer lesen konnte. Sie hatte Glück. Niemand hörte ihre Schritte, und kurz darauf lag sie auf ihrem Bett und riss ungeduldig den Umschlag auf.

Liebste Lisbeth,
ich hoffe so sehr, dass dich meine Zeilen wohlauf erreichen. Du fehlst mir, aber ich bin mir sicher, dass dir die Arbeit im Hotel viel Freude bereitet. Wir haben Mutter richtig eingeschätzt. Sie traut dir mehr zu, als du geglaubt hast. Es ist auch schön zu hören, dass es Paul wieder besser geht. Selbst wenn er dir noch ein wenig traurig vorkommt. Hier in Berlin ist alles beim Alten: Großmutter Annemarie geht es gut, auch wenn sie es nicht wahrhaben will und behauptet, trotz gegenteiliger Beteuerungen der Ärzte, an Schwindsucht zu leiden. Ich habe ihr das Palais als Erholungsort wärmstens empfohlen, aber sie hat sich noch nicht entschieden, ob sie die Weihnachtstage bei uns verbringen will. Ihre größte Sorge ist, dass das Personal in ihrer Abwesenheit »auf dem Tisch tanzen« könnte, was ich für äußerst unwahrscheinlich halte. Im Gegenteil, eine kleine Pause würde Herrn Frank und den anderen Bediensteten bestimmt guttun. Es ist schlicht unglaublich, wie viel Arbeit sie in diesem Haus verrichten. Davon können sich selbst Frau Kolbert und Bertha noch eine Scheibe abschneiden.
Onkel Hans und Tante Sophie sind ebenfalls wohlauf. Genauso wie Hilde und Lotte. Hilde hat seit einigen Monaten einen ernsthaften Verehrer, und es würde mich nicht wundern, wenn es bald eine Verlobung (diesmal sogar eine richtige) zu feiern gäbe. Übrigens schreibt mir Herr von Reden immer noch einmal die Woche. Es sind kurze, nicht sehr gefühlvolle Zeilen, und ich vertraue fest darauf, dass sich seine Leidenschaft für mich wieder gelegt hat. Es wäre schrecklich, wenn er unter meiner Zurückweisung leiden müsste, und ich bete jeden Tag, dass er sich neu verliebt. Die Offiziere werden sich doch sicherlich trotz des Manövers eine schöne Zeit machen, glaubst du nicht?
Berlin ist auch im Winter herrlich, und Minna ist eine

wunderbare Begleiterin für mich. Klaglos lässt sie sich durch alle Museen schleppen und hat sogar schon einen eigenen Geschmack in Bezug auf die ausgestellten Gemälde entwickelt. Sie liebt die Werke von Albrecht Dürer. Außerdem ist sie wirklich hübsch anzusehen. Bitte sage es Mutter nicht, aber ich habe ihr ein paar Kleider von mir geliehen. Und neulich, als Friedrich zum Tee kam, konnte er seine Augen kaum von ihr lassen. Oh je, Mutter würde mir nie vergeben, wenn sich ihr Lieblingssohn ausgerechnet in unser Stubenmädchen verlieben würde. Dann hätte sich nach Luise ein weiteres Familienmitglied in das Personal verguckt. (Apropos Luise, verhält sie sich anständig?) Aber wahrscheinlich bilde ich mir die ganze Geschichte sowieso nur ein. Du weißt ja selbst, dass unser Bruder viel zu viel arbeitet. Er sah auch an dem Nachmittag schrecklich blass und müde aus. Aber es ist sein eigener Entschluss, in der Charité zu bleiben, und ich bin stolz, dass er imstande ist, Menschenleben zu retten.

Elisabeth legte eine Pause ein und blickte aus dem Fenster. Sie hatte ein schlechtes Gewissen. Vor Johannas Abreise hatte sie ihrer Schwester hoch und heilig versprochen, ein Auge auf Luise zu werfen, damit sie nicht aus lauter Langeweile auf die Idee kam, sich Robert in die Arme zu werfen. Aber dieser Aufgabe war sie nicht nachgekommen. Sie hatte keine Ahnung, was Luise in den letzten Wochen getrieben hatte. Die Arbeit im Hotel hatte sie zu sehr gefesselt. Doch ab morgen musste sich das ändern. Wegen Friedrich machte sie sich dagegen keine Sorgen. Ihr Bruder war viel zu standesbewusst, um sich ernsthaft in Minna zu verlieben. Mit einem kleinen Seufzen tauchte sie wieder in Johannas Brief ein.

Aber natürlich weiß ich, welches Thema dich am meisten interessiert. Und die Antwort ist leider: Nein, ich habe noch keinen Mann getroffen, der mir gefällt. Die meisten meiner Tischherren ähneln in Charakter und Aussehen leider alle meinem derzeitigen Verlobten. Sie sind kräftig, laut und schrecklich oberflächlich. Außerdem sind es fast ausschließlich junge Offiziere, neben die man mich platziert, und ich bin mir nicht sicher, ob ich mich wirklich als Gattin eines Soldaten eigne. Es wäre doch schade, wenn der eigene Mann ständig auf Manöver ist und am Ende sogar in den Krieg ziehen muss. Bislang konnte ich mich deshalb noch für keinen von ihnen erwärmen. Aber ich gebe die Hoffnung nicht auf! Da mich Großmutter bereits in wenigen Minuten bei Tisch erwartet, muss dieser Brief leider ein Ende finden. Aber ich werde dir bald wieder schreiben. Es umarmt dich zärtlich, Deine ...

An dieser Stelle hatte ihre Schwester die Verabschiedungsformel abgebrochen und durchgestrichen. Stattdessen fing darunter ein neuer Absatz an.

Himmel. Jetzt hätte ich um ein Haar vergessen, dir etwas sehr Aufregendes zu berichten. Also noch ganz kurz: Rate mal, wer gestern Abend während einer Abendeinladung bei Freunden unserer Tante neben mir am Tisch saß? Aber ich werde es dir besser sofort sagen, weil du sowieso nie darauf kommen würdest! Es war niemand anderes als Julius Falkenhayn. Er ist wieder aus Deutsch-Südwest zurück und kümmert sich um die Geschäfte von Graf von Seitz in Berlin. Auch wenn er sich zunächst etwas reserviert verhalten hat, war es interessant, mit ihm zu plaudern, und er sah wirklich blendend aus. Und das Wichtigste: Er hat sich nach dir erkundigt! Als ich ihm daraufhin erzählt habe, dass du inzwischen im Hotel mitarbeitest, hat er gelächelt und gesagt, dass er sich für dich freut! Er scheint dir nicht böse zu sein, und ich hatte den Eindruck, dass er sogar immer noch sehr an dir interessiert ist. Auch deswegen ist es schade, dass du nicht mit nach Berlin gefahren bist. Aber vielleicht gibt es ja im nächsten Jahr einen weiteren Kolonialball. So, jetzt läutet Großmutter schon zum zweiten Mal die Glocke! Ich muss unbedingt zu Tisch! Es umarmt dich zärtlich, Deine Johanna

Verwirrt ließ Elisabeth den Brief sinken. Falkenhayn war schon wieder in Berlin? Lange konnte er da nicht in Afrika geblieben sein. Er hatte ihnen ja erzählt, dass die Überfahrt fast einen Monat dauerte. Sie brauchte die Zeit, die seit seiner Abreise vergangen war, gar nicht erst nachzurechnen. Sie wusste, dass es knapp drei Monate waren. Er konnte also nicht länger als einen Monat dort unten gewesen sein. Ob er krank geworden war? Davon hatte ihre Schwester zwar nichts geschrieben, aber weshalb sonst hätte er so schnell wieder abreisen sollen? Und was noch erstaunlicher war: Weshalb verkehrte er in denselben Kreisen wie ihre Tante? Hatte er seinen Arbeitgeber zu diesem Essen begleitet? Elisabeth konnte sich kaum vorstellen, dass ihre vornehme Tante einen einfachen Sekretär von zweifelhafter Herkunft zu sich nach Hause einladen würde. Irgendetwas war da merkwürdig.

Elisabeth faltete den Brief und steckte ihn wieder in den Umschlag. Dann zog sie ihre Nachttischschublade auf und steckte ihn sorgfältig zwischen die Seiten des Buchs, das sie gerade las. Plötzlich durchflutete sie ein warmes Gefühl. Julius Falkenhayn hatte sich nach ihr erkundigt! Johanna hatte recht, das war wirklich das Aufregendste, was sie seit langem gehört hatte.

Das Buch war nur knapp hundertfünfzig Seiten lang. Es war schnell durchgelesen gewesen. Doch danach hatte Paul die ganze Nacht gegrübelt. Er ahnte, was Robert ihm mit seiner Botschaft sagen wollte, aber war die Maxime dahinter wirklich richtig? Musste jeder Mensch nach seinem persönlichen Glück streben? War das der Sinn des Lebens? Als in Preußen geborener Protestant hatte er immer gelernt, dass es vor allem auf Pflichterfüllung und harte Arbeit ankam und die eigenen Bedürfnisse dahinter zurückzustehen hatten. Doch Thomas Mann schien mit seiner Geschichte auf eine andere Weltanschauung abzuzielen. In der Novelle reist ein berühmter Autor namens Gustav von Aschenbach nach Venedig und verfällt dort der Schönheit von Tadzio, dem erst vierzehnjährigen Sohn einer polnischen Familie. Aschenbach, dessen Leben bislang nur aus Arbeit und Ruhm bestanden hat, versucht doch noch, auf Liebe und Zuneigung zu setzen. Doch es ist zu spät. Obwohl der alte Mann sich zunehmend entwürdigt, um dem Jungen zu gefallen, wartet nur der Tod auf ihn.

Die tiefere Bedeutung schien eindeutig: Es ging um späte Reue. Darum, etwas Wichtiges, vielleicht sogar *das Wichtigste*, verpasst zu haben. Am Ende jedes Lebens stand nur der sichere Tod … weshalb man jeden Tag mit Liebe und Schönheit füllen sollte. Der Gedanke hallte in seinem Herzen wider wie die Töne seiner Lieblingskomposition. Doch genauso wenig, wie er sein Leben der Musik widmen durfte, durfte er dieser verlockenden Wahrheit nachgeben. Nicht, wenn seine Neigungen falsch waren. Unmoralisch und wider das Gesetz.

Nachdem er sich aus dem Bett gequält und den ganzen Vormittag mit Lieferanten telefoniert hatte, um die laufenden Kosten zu senken, war er nach dem Mittagessen auf sein Zimmer gegangen, um sich auszuruhen. Doch das Büchlein auf seinem Nachttisch brachte sämtliche Grübeleien der Nacht erneut an die Oberfläche. Versündigte er sich, wenn er Roberts Liebe mit Füßen trat? Oder war er ein Ehrenmann, weil er den Anstand hatte, darauf zu verzichten? Schließlich ersparte er ihm und sich selbst eine Zukunft unter dem Damoklesschwert der drohenden Ächtung und Verhaftung.

Rastlos machte Paul sich auf, den Nachmittag mit weiterer Arbeit zu verbringen. Wie gut hätte ihm jetzt eine Stunde am Klavier getan, doch aus Angst, Robert dort allein zu begegnen, traute er sich nicht, den Ballsaal aufzusuchen. Diese Vorsicht hätte er sich sparen können. Als Paul vor die Wohnung trat, wartete Robert bereits im Korridor. Obwohl sein Herz plötzlich doppelt so schnell schlug, versuchte er, mit einem Nicken an ihm vorbeizugehen. Doch Robert ließ nicht zu, dass er sich davonstahl. Er griff nach Pauls Arm und hielt ihn fest.

»Paul«, sagte er eindringlich. »Womit habe ich diese Ablehnung verdient?«

Paul machte keine Anstalten, sich loszureißen, aber er schaute dem Mann, der ihm so viel bedeutete, nicht ins Gesicht. Seine Augen waren starr geradeaus gerichtet. »Für Sie bin ich Herr Kuhlmann, Robert. Der Juniorchef des Hotels, in dem Sie arbeiten. Und ich bitte Sie, mich auf der Stelle loszulassen.« Sein eigenes Herz zersplitterte bei diesen Worten. Aber er hatte keine andere Wahl. Wenn er einen liebevolleren Ton angeschlagen hätte, wäre die aufgesetzte Fassade zusammengebrochen, und er hätte Robert in seine Arme geschlossen.

»Ich bedeute dir also gar nichts? All die Stunden, die wir miteinander verbracht haben ... unsere Seelenverwandtschaft ... das ist nichts für dich?«, flüsterte Robert.

Das Beben seiner Stimme rührte an Pauls Entschlossenheit, doch er schwieg beharrlich.

»Warum? Hast du Angst vor deinem wahren Ich? Fürchtest du dich vor unserer Liebe?«

Roberts Worte kamen der Wahrheit so nah, dass Pauls Hände anfingen zu zittern.

»Meine Gefühle sind nicht gespielt. Ich liebe dich, Paul, alles an dir«, sagte Robert leise. »Und ich weiß, dass du auch etwas für mich empfindest. Niemand kann sich so verstellen. Warum kämpfst du dagegen an?«

»Ich ...«, begann Paul zögernd. Doch in diesem Moment hörte er die Stimme seiner kleinen Schwester hinter der Wohnungstür: »Ich lauf nur schnell zu Lisbeth, um ihr die frohe Botschaft zu überbringen!«

»Wir sprechen uns später.« Paul riss sich von Robert los. Aber wohin sollte er fliehen, wenn er nicht mit dem Kellner gesehen werden wollte? Er drückte die Klinke des nächstgelegenen Hotelzimmers herunter und schlüpfte hinein. Glücklicherweise stand die Suite leer, sein Vater vergab vorzugsweise die höher gelegenen mit der besseren Aussicht.

Mit klopfendem Herzen lauschte er. Würde Robert sich

rechtzeitig aus dem Staub machen? Als er ihm einen letzten Blick zugeworfen hatte, hatte er wie festgefroren im Flur gestanden. Paul hörte, wie sich die Wohnungstür öffnete und Luise heraustrat. »Oh!«, sagte sie mit so viel Begeisterung in der Stimme, dass er sicher war, dass Robert sich nicht von der Stelle gerührt hatte.

»Guten Tag, Fräulein Luise«, sagte Robert. Seine Stimme klang mitgenommen.

»Guten Tag, Robert. Was für ein schöner Zufall, dass wir uns treffen. Kann ich Ihnen weiterhelfen?«, trällerte seine Schwester mit einem flirtenden Unterton, der Paul zutiefst irritierte.

»Nein, danke. Ich habe nur schnell ein Tablett hochgetragen«, log Robert. Es klang nicht besonders überzeugend.

»So?«, erkundigte sich Luise gedehnt. Auch sie schien an seinen Worten zu zweifeln. »Hier auf dem Korridor wohnt doch zurzeit niemand.«

Robert antwortete nicht.

»Oder haben Sie auf mich gewartet?«, fragte Luise atemlos. »Es ist schade, dass wir uns in den letzten Monaten kaum gesehen haben, aber meine Mutter lässt mich leider nicht im Restaurant essen. Sie hat Angst, dass ich Ihnen ...« Glücklicherweise unterbrach sie sich selbst, sonst hätte Paul aus dem Zimmer treten müssen, um seiner Schwester eine Ohrfeige zu verpassen. Wie konnte sie sich Robert dermaßen ungehemmt an den Hals werfen? Er hatte doch mit keinem Wort seine Zuneigung erkennen lassen!

»Fräulein Luise ...«, stammelte Robert, dem das Ganze – zumal er wusste, dass Paul ebenfalls lauschte – unendlich peinlich sein musste. »Ich glaube nicht, dass ...«

»Ich glaube auch nicht, dass uns das von einem Treffen abhalten sollte!«, sagte Luise triumphierend. »Wollen wir uns für morgen im Hotelpark verabreden? Hinter dem kleinen Pavillon? Ich bin mir sicher, dass ich mich um zwei Uhr, wenn Mutter ihren Mittagsschlaf hält, hinausschleichen kann.«

Hinter der Tür schüttelte Paul ungläubig den Kopf. Luise hielt sich ganz offensichtlich für unwiderstehlich. Anscheinend rechnete sie keine Sekunde lang damit, dass der Oberkellner nicht in glühender Liebe zu ihr entbrannt sein könnte.

»Fräulein Luise, ich bin mir nicht sicher, dass das eine gute Idee ist«, erwiderte Robert, hörbar mit der Situation überfordert.

»Doch! Doch, das ist es ganz bestimmt. Sie brauchen keine Angst zu haben, dass ich …« Bevor Luise ihn darüber aufklären konnte, dass ihrer zukünftigen Liebe keinerlei Standesdünkel ihrerseits im Weg standen, hörte Paul Schritte auf dem Korridor näher kommen.

»Luise!«, rief Elisabeth streng. »Luise, was treibst du dich hier herum? Du sollst doch deine französischen Vokabeln lernen!« Paul hatte das Auftauchen seiner mittleren Schwester noch nie so sehr begrüßt wie in diesem Moment.

»Habe ich schon. Außerdem soll dir etwas von Mutter ausrichten«, entgegnete Luise schnippisch.

»Ach ja?« Vermutlich an Robert gewandt, fügte Elisabeth hinzu: »Vielen Dank, Sie können jetzt wieder ins Restaurant gehen.« Robert schien ihrer Anweisung augenblicklich Folge zu leisten, denn außer seinen sich entfernenden Schritten konnte Paul keine Antwort ausmachen.

»Johanna hat es geschafft«, krähte Luise. »Mutter hat gerade einen Brief erhalten, in dem Großmutter Annemarie ihren Besuch ankündigt.«

»Das ist schön«, meinte Elisabeth skeptisch. »Und das hättest du mir nicht auch heute Abend mitteilen können?«

»Du willst doch sonst immer alles sofort wissen!«

»Luise«, entgegnete Elisabeth. »Ich sage es dir jetzt im Guten! Wenn ich dich noch einmal dabei erwische, wie du mit diesem Robert flirtest, werde ich unsere Eltern bitten, dich umgehend in ein Pensionat für höhere Tochter zu schicken. In der schwierigen Situation, in der wir uns gerade befinden, können wir uns einen Skandal nicht leisten. Hast du mich verstanden?«

Nach einer kurzen Pause flüsterte Luise: »Ja, hab ich.«

»Gut«, seufzte Elisabeth erleichtert. »Dann gehen wir jetzt

gemeinsam zu Mutter und freuen uns über die gute Nachricht. Einverstanden?«

»Einverstanden.«

Unsichtbar für seine Schwestern, lehnte Paul entmutigt den Kopf gegen die Tür. Elisabeth hatte recht. Auch er musste sich von Robert fernhalten. Der Skandal, der ihnen bei einer Entdeckung ins Haus stünde, hätte ihnen gerade noch gefehlt! Er merkte, wie ihm Tränen der Ausweglosigkeit über die Wangen rannen.

Obwohl das Wetter grau und ungemütlich war, hätte Minna den Trubel auf dem Kurfürstendamm unter anderen Umständen sicherlich genossen. Man wusste gar nicht, wo man zuerst hinschauen sollte. Elegante Damen führten ihre Pelzmäntel aus, die Schaufenster waren randvoll mit modernen und exotischen Waren, und in der Mitte der Straße fuhr laut bimmelnd die Dampfbahn. An jeder Ecke standen Zeitungsjungen, die die neuesten Schlagzeilen ausriefen und darauf warteten, dass ihnen ein geschäftig vorbeieilender Herr ein Extrablatt abkaufte. Was für ein Unterschied zu der Stille in Doberan. Gestern hatte sie sogar zum ersten Mal in ihrem Leben das Kaufhaus des Westens in der Tauentzienstraße besucht, und Fräulein Johanna hatte ihr eine hübsche Dose mit französischen Anisbonbons gekauft.

Doch obwohl das gnädige Fräulein sie auf alle ihre Ausflüge mitnahm, konnte Minna schon länger keinen Gefallen mehr an dem Berliner Prachtboulevard finden. Sie verging fast vor Sorge. Warum antwortete Rudi nicht auf ihre Briefe? Gleich als sie in Berlin angekommen war, hatte sie ihm geschrieben. Und an jedem weiteren Tag auch. Nun waren bereits drei Wochen vergangen, und sie hatte immer noch nichts von ihm gehört. Dabei sah ihm das überhaupt nicht ähnlich. Normalerweise war er sofort zur Stelle, wenn sich eine Gelegenheit bot, Geld abzustauben. Minna hatte ihm in ihren Briefen eine großzügige Belohnung in Aussicht gestellt, wenn er ihre Mutter zu einem Arzt brachte. Sie hatte von Herrn Frank sogar die Adresse eines Lungenspezialisten bekommen. Und jetzt meldete sich dieser Kerl einfach nicht!

Traurig trottete sie neben dem gnädigen Fräulein her. Sie wusste einfach nicht, was sie sonst noch tun sollte. Wenn sie wenigstens ein paar freie Stunden gehabt hätte, dann hätte sie selbst zu Hause nach dem Rechten sehen können.

»Minna?«, fragte Fräulein Kuhlmann in diesem Moment und blieb stehen.

»Ja, gnädiges Fräulein?«

»Du bist schon seit Tagen so ruhig.« Sie blickte ihr prüfend ins Gesicht. »Ist irgendetwas?«

»Nein, vielen Dank. Mir geht es gut«, schwindelte Minna. »Ich bin Ihnen sehr dankbar für alles, was Sie für mich tun.«

Fräulein Johanna kniff die Augen zusammen. »Ich sehe dir an, dass etwas nicht stimmt. Warum sagst du mir nicht, wo der Schuh drückt?«

Schweigend rang Minna mit sich. Sollte sie sich wirklich dem gnädigen Fräulein anvertrauen?

»Ist dir kalt?«, erkundigte sich Fräulein Kuhlmann. »Du trägst so einen dünnen Mantel. Sollen wir zum Aufwärmen in ein Café gehen?«

»Das ist es nicht«, flüsterte Minna.

»Nein? Was ist es dann?«

Minna fühlte, wie ihr eine Träne über die Wange lief. »Es ist meine Mutter. Ich mache mir solche Sorgen um sie.«

Fräulein Johanna griff in ihre Handtasche, zog ein Taschentuch hervor und reichte es ihr. »Komm, jetzt gehen wir in ein Café, und dann erzählst du mir alles.«

Wenig später saßen sie sich bei einer Tasse heißer Schokolade und einem Stück Kuchen gegenüber. Doch Minnas Hals war wie zugeschnürt. Sie brachte keinen Bissen hinunter. Wenn Frau

Kolbert jemals erfahren würde, dass sie dem gnädigen Fräulein mit ihren eigenen Problemen zur Last gefallen war, würde die ihr die Hölle heißmachen.

»Weißt du, Minna«, sagte Fräulein Johanna, während sie die Tasse zum Mund führte und in das heiße Getränk blies. »Ich habe so ein schlechtes Gewissen.«

»Aber warum denn?«, entfuhr es ihr.

»Weil du seit vier Jahren in unserem Haushalt wohnst und ich nicht das Geringste über dein Leben weiß. Ich habe mir noch nicht einmal Gedanken darüber gemacht, wie du die Trennung von deiner Familie verkraftest.«

»Aber ... Sie müssen sich doch nicht mit meinen Sorgen belasten«, stammelte Minna verlegen.

»In der Bibel steht, dass man seine Mitmenschen lieben soll.« Fräulein Johanna trank einen Schluck und setzte ihre Tasse anschließend so energisch ab, dass es klirrte. »Also, keine Ausreden ... was fehlt deiner Mutter?«

Minna gab sich einen Ruck. »Mein Bruder hat geschrieben, dass sie seit Wochen Probleme beim Atmen hat. Sie bekommt schlecht Luft und hustet viel.«

Fräulein Kuhlmanns Augen hatten sich bei ihrer Antwort überrascht geweitet. Natürlich war sie anderes gewohnt. Wenn in ihrer Familie jemand erkrankte, wurde sofort der Doktor gerufen. Tatsächlich fragte sie im nächsten Moment: »Aber sie war doch sicherlich bei einem Arzt?«

Minna schüttelte den Kopf. »Nein.«

»Warum nicht?«

Sie errötete. »Dazu fehlte bislang das Geld.«

Fräulein Johannas Wangen wechselten ebenfalls die Farbe. »Entschuldige, bitte! Wie naiv von mir. Natürlich. Arztbesuche sind teuer. Kann ich dir das Geld geben?«

»Das ist nicht nötig, Fräulein Kuhlmann«, versicherte Minna. »Ich habe bereits genug zusammengespart. Nur mein Bruder, der das Geld abholen soll, meldet sich einfach nicht bei mir.«

Obwohl ihr Kuchen noch unberührt auf dem Teller lag,

winkte Fräulein Kuhlmann den Ober heran. »Zahlen, bitte! Wir haben es eilig.«

Minna blickte sie unsicher an. Was würde jetzt passieren?

»Möchtest du zu deiner Mutter fahren?«

Minna wünschte sich nichts sehnlicher als das. Trotzdem antwortete sie: »Aber das geht doch nicht. Ich kann Sie nicht mitten in Berlin allein lassen.«

»Das sollst du auch nicht. Ich komme mit.«

Vor Schreck wurde ihr ganz flau im Magen. »Das ist unmöglich.«

»Weshalb?«

»Weil …« Minna verstummte.

Das gnädige Fräulein lächelte. »Siehst du! Dir fällt auch kein guter Grund ein, warum ich deine Familie nicht kennenlernen soll. Wo wohnt ihr?«

Ihr wären Hunderte von Gründen eingefallen, warum sie Fräulein Kuhlmann nicht in eines der schlimmsten Armenviertel Berlins mitnehmen sollte. Aber die Vorstellung, endlich wieder ihre Mutter in die Arme schließen zu dürfen, war zu verlockend. Sie warf alle Bedenken über Bord und antwortete: »Im Wedding.«

»Gut. Dann werden wir uns jetzt eine Droschke nehmen und dorthin fahren.«

Plötzlich meldete sich Minnas Gewissen. »Aber Fräulein Kuhlmann … ich bin mir sicher, dass Ihre Mutter das niemals erlauben würde.«

»Dann ist es ja gut, dass sie es nie erfahren wird«, antwortete das gnädige Fräulein mit einem Lächeln.

Die Gegend wurde immer finsterer. Dunkle, verfallene Mietskasernen reihten sich wie die verfaulten Zähne im Mund eines Bettlers aneinander. Auf den Straßen spielten zerlumpt aussehende Kinder Fangen. Minna, die angespannt durch das Fenster der Droschke blickte, hatte ganz vergessen, wie übel das Viertel ihrer Kindheit aussah. Durch die lange Abwesenheit mussten sich ihre Erinnerungen verklärt haben. Aus den Augenwinkeln beobachtete sie Fräulein Kuhlmanns Reaktion. Es war offensichtlich, dass sie schockiert war, aber sich nichts anmerken lassen wollte. Vor einem besonders verkommen aussehenden Eingang hielten sie an.

»Sind wir hier richtig?«, erkundigte sich Fräulein Johanna.

Minna nickte. »Meine Familie wohnt im Hinterhaus. In der vierten Etage.«

Nachdem Fräulein Kuhlmann den Droschkenkutscher angewiesen hatte, auf sie zu warten, kletterte sie aus dem Gefährt auf die Straße. Minna folgte ihr. Dicht hintereinander betraten sie das Haus und gingen durch den nach Karbol und Kohl stinkenden Korridor zum Hinterhof. Dort loderte ein wärmendes Feuer in einer ramponierten Tonne, um die sich eine Gruppe alter Männer geschart hatte. Sie starrten das mit einem Pelzmantel bekleidete Fräulein Kuhlmann so verdattert an, als wäre sie ein Hirngespinst. Mit ihren goldenen Haaren und dem schönen Gesicht wirkte sie wie die fleischgewordene gute Fee. Aber auch Minna schien niemand mehr mit dem mageren, schlecht frisierten Mädchen in Verbindung zu bringen, das hier aufgewachsen war. Keiner der Männer rief sie beim Namen, obwohl sie einige von früher kannte.

Ein angeketteter Hund bellte, als sie an ihm vorbeigingen. »Keine Angst. Der beißt nicht«, beschwichtigte Minna, als ihre Begleiterin vor dem Tier zurückschreckte. Gemeinsam gingen sie die Stiege hoch.

Im vierten Stock klopfte Minna an die Wohnungstür ihrer Eltern. Statt einer Antwort vernahm sie ein tiefes, bellendes Husten, und ihr Herz setzte einen Schlag aus. Fräulein Johanna griff tröstend nach ihrer Hand.

»Wer ist da?«, fragte ein dünnes Stimmchen hinter der Tür.

»Ich bin es, Fritzi. Deine Schwester Minna«, wisperte sie. »Bitte, mach die Tür auf.«

Fritzi, die inzwischen acht Jahre alt sein musste, aber immer noch so mager und winzig wie ein Kleinkind aussah, gehorchte.

Minna schloss sie liebevoll in die Arme und trat ein. Hinter sich glaubte sie zu hören, wie Fräulein Johanna einen Ausruf des Entsetzens unterdrückte, als sie ihr folgte. Minna kümmerte sich nicht darum. So schnell sie konnte, lief sie zum Bett ihrer Mutter. Dabei sah sie die Wohnung zum ersten Mal mit den Augen eines Außenstehenden. Das Zuhause ihrer Kindheit bestand nur aus der Küche, dem einzigen Raum, der beheizt war, und einer dunklen, garstigen Stube. Die Fenster waren mit Tüchern und zerschlissenen Teppichen abgedichtet, um die kostbare Wärme im Raum zu halten. Trotzdem herrschte in dem trostlosen Zimmer fast die gleiche Temperatur wie draußen. Ein Waschzuber stand in der Ecke, und es grenzte an ein Wunder, dass das Wasser darin nicht zugefroren war. Es gab weder einen Tisch noch Stühle. Nur zwei Betten. An den Wänden zeigten sich feuchte Flecken, anscheinend war das Dach undicht. Ein Trauerspiel.

»Mama?«, rief Minna ängstlich, als sie das Bett erreichte und die leichenblasse Gesichtsfarbe und die geschlossenen Augen ihrer Mutter sah. Sie wirkte vollkommen apathisch. Ihre Augen blieben selbst bei einem weiteren schrecklichen Hustenanfall geschlossen. Nichts deutete darauf hin, dass sie die Anwesenheit ihrer ältesten Tochter bemerkt hatte.

»Wo ist Martha?«, fragte Minna, während sie ein Tuch nahm, es in den Waschzuber tunkte und ihrer Mutter die fiebrige Stirn abtupfte. Ihr Blick wanderte zu ihrer jüngsten Schwester, der fünfjährigen Eva, die im zweiten Bett saß und sie verstört anschaute, als wäre sie eine Fremde. Kein Wunder, sie hatte Minna erst wenige Male gesehen.

»Sie macht Mutters Arbeit in der Wäscherei«, antwortete Fritzi und schlüpfte bibbernd zu ihrer kleinen Schwester unter die Decke.

»Aber heute ist Sonntag. Da darf doch gar nicht gearbeitet werden«, sagte Fräulein Johanna, die mit vorsichtigen Schritten ans Bett getreten war. »Das habe ich erst neulich in der Zeitung gelesen. Es gibt ein generelles Sonntagsarbeitsverbot. Außerdem ... wie alt ist Martha?«

»Zwölf«, antwortete Minna mechanisch und presste die Lippen zusammen. Was wusste eine feine Dame wie Fräulein Kuhlmann schon vom wahren Leben?

»Kinder unter dreizehn Jahren dürfen überhaupt nicht arbeiten«, echauffierte sich Fräulein Johanna. »Wir müssen den Arbeitgeber anzeigen!«

»Wenn Martha nicht ihre Arbeit macht, verliert Mutter die Stelle«, piepste Fritzi vorlaut. Dann musste auch sie husten.

»Und wo sind Vater und Rudi?«

Fritzi zuckte die schmalen Schultern.

»Kann nicht jemand anders ein paar Tage auf die Kleinen aufpassen?«, flüsterte Fräulein Johanna ihr ins Ohr. »Wir müssen deine Mutter so schnell wie möglich zu Friedrich in die Charité bringen.«

Minna schüttelte den Kopf. »Das kann ich mir nicht leisten. Wir sollten besser versuchen, einen Arzt aufzutreiben, der Hausbesuche macht.«

»Aber dann stirbt sie vielleicht!«

Oh, wie Minna es hasste, wenn reiche Leute so taten, als ob alles ganz einfach wäre. Ein Schnips mit dem Finger, und ihre Mutter lag in einem sauberen Bett der Charité. Aber woher sollte sie das Geld für einen teuren Spitalaufenthalt nehmen? Obwohl ihr elend zumute war, versuchte sie, Ruhe zu bewahren. »Habt ihr heute schon etwas gegessen?«, fragte sie und blickte zu ihren Geschwistern.

Die Kleinen schüttelten den Kopf.

Wenig später stand Minna in der Küche und kochte mit dem Wenigen, das sie in den Küchenschränken gefunden hatte, eine Graupensuppe.

»Kann nicht eine der Nachbarinnen sich um die Kinder kümmern. Wir verlieren wertvolle Zeit«, raunte Fräulein Johanna. Sie hatte die kalbsledernen Handschuhe und ihren Hut ausgezogen und versuchte zu helfen, so gut sie konnte. Minna wusste die Geste zu schätzen. Auch wenn sie zeitweise Angst hatte, das gnädige Fräulein könnte sich beim Kartoffelschälen den Daumen abschneiden.

»Vielleicht kann ich die alte Frau Waschke fragen«, meinte sie, während sie in der Suppe rührte.

»Tu das! Frag, ob sie sich sofort um die Kleinen kümmern kann! Ich habe solange ein Auge auf die Suppe. Und dann bringen wir deine Mutter umgehend in die Charité. Wir haben keine andere Wahl. Friedrich muss sie sich ansehen. Wenigstens wissen wir dann, was ihr fehlt. Und im besten Fall können wir sie danach gleich wieder zurück in die Wohnung bringen.«

»Und wenn nicht?«, fragte Minna mit schwerem Herzen.

»Daran denken wir jetzt nicht. Lass uns jedes Problem für sich angehen. Bitte lauf zu Frau Waschke!«

Auf einmal klang die Stimme von Fräulein Johanna bestimmt, fast so wie die ihrer Mutter, und Minna hatte gar keine andere Wahl, als zu gehorchen.

Im Türrahmen blieb sie kurz stehen und drehte sich um. »Danke, Fräulein Kuhlmann, dass Sie so nett zu uns sind.«

8. Kapitel

Der Schmuck des riesigen Weihnachtsbaums, den ihr Vater im
Foyer hatte aufstellen lassen, glitzerte im Schein der elektrischen Beleuchtung. Überall im Hotel roch es nach Tannennadeln, Harz und Plätzchen. Doch Elisabeth hatte keine Zeit, sich
an solch schönen Dingen zu erfreuen. Ihre Großmutter war eine
Plage. Andauernd verlangte sie eine Extrawurst, und Elisabeth
war ihre ganz persönliche Sklavin. Tag für Tag musste sie mit
den Dienstboten um die Wette laufen: »Hol mir meinen Schal,
Liebes«, »Mir ist nach einem Stückchen Obst«, oder, besonders schlimm: »Meine Füße schmerzen, würdest du sie mir bitte
massieren?« Ihre Mutter, die Großmutter Annemaries anstrengenden Charakter aus langjähriger Erfahrung kannte, hatte kategorisch ausgeschlossen, dass ihre Schwiegermutter das Personal mit ihren Wünschen belästigte. »Frau Kolbert, Bertha und
Minna würden auf der Stelle kündigen«, hatte sie behauptet. Luise war zu ungeschickt, Johanna musste sich um ihren Verlobten kümmern, und so war Elisabeth in den Genuss der Plackerei
gekommen. Das Einzige, was sie bei Laune hielt, war die Aussicht, dass Großmutter das Palais am Ende ihres Aufenthalts mit
einer kräftigen Finanzspritze unterstützen würde. Damit, dass
das geplante Musikfestival das Hotel retten würde, war jedenfalls nicht zu rechnen. Zwar waren in den letzten Tagen zahlreiche Zusagen eingetroffen, doch ihr Vater hatte schon im Vorfeld
so viel Geld für unnötigen Firlefanz ausgegeben, dass sie froh
sein mussten, wenn der Profit der Veranstaltung die anfallenden
Kosten deckte. Selbst im günstigsten Fall würde kaum etwas für
die anstehende Darlehensrate übrigbleiben.

Auch Johannas Herzenswünsche hatten sich zerschlagen. Sie hatte sich in Berlin nicht in einen anderen Mann verliebt. Und Martin von Reden war noch immer Feuer und Flamme für sie. Offenbar lag die Kürze seiner Briefe eher an mangelndem Schreibtalent als an einem erkalteten Herz. Das Weihnachtsfest hatte er noch bei seinen Eltern in Berlin verbracht, und Johanna hatte mit einer kleinen Galgenfrist mit der eigenen Familie Geschenke getauscht. Doch seit dem zweiten Weihnachtstag wohnte Herr von Reden im Palais und pochte darauf, möglichst viel Zeit mit Johanna zu verbringen. Mutter schien glücklich über diese Entwicklung zu sein, und ihre Schwester nahm das drängende Interesse ihres Verlobten weitaus gefasster hin als noch vor ihrer Reise. Sie hatte eine neue Leidenschaft für sich entdeckt: bedürftige Kinder. Gleich am ersten Tag nach ihrer Rückkehr hatte sie Vater gebeten, einigen der Kleinen aus schlimmsten Verhältnissen kostenlose Ferien im Palais zu ermöglichen. »Wenn die Zimmer in der Nebensaison doch sowieso leer stehen, kann man sie auch für etwas Sinnvolles nutzen«, hatte sie behauptet. Viele von diesen Kindern hätten nicht genug zu essen oder seien krank. Ein zweiwöchiger Aufenthalt am Meer wäre ein Segen für sie. Sie habe mit einem Freund von Friedrich gesprochen – einem Kinderarzt –, der der Meinung sei, dass ein solcher Urlaub einigen sogar das Leben retten könnte.

Nach ihrem Monolog hatte Vater Johanna angesehen, als ob sie den Verstand verloren hätte. »Du willst mein wunderschönes Hotel zu einem Heim der Kinderlandverschickung umfunktionieren?«, hatte er gerufen. »Bist du von allen guten Geistern verlassen?«

Johanna war die Ruhe selbst geblieben. »Wie gesagt, nur in der Nebensaison, Vater.«

»Was glaubst du, würden die anderen Gäste dazu sagen, wenn sie ihren Urlaub inmitten des Geschreis verwahrloster Kinder verbringen müssten?« Sein Gesicht war rot angelaufen. Seit der finanziellen Krise war das Nervenkostüm ihres Vaters spürbar dünner geworden.

»Natürlich würden sich professionelle Betreuerinnen um die Kleinen kümmern. Sie wären Tag und Nacht unter Aufsicht.«

»Nur über meine Leiche.« Mit diesen Worten war Vater aus dem Zimmer gegangen und hatte die Unterhaltung beendet.

Insgeheim hatte Elisabeth ihm recht geben müssen. Ein Luxushotel war nicht der richtige Ort für ein solches Unterfangen. Auch wenn ihr bei Johannas Erzählungen über Minnas Schwestern das Herz geblutet hatte. Die armen Dinger. Mit einer kranken Mutter und einem trinkenden Vater stand ihnen wahrscheinlich nicht die beste Zukunft bevor. Obwohl Minna es mit etwas Glück und viel harter Arbeit auch geschafft hatte, sich aus diesem Elend zu befreien. Sie hatte sich vom einfachen Spülmädchen im Fürstenhof bis zum geschätzten zweiten Stubenmädchen ihrer Familie hochgearbeitet. Trotzdem musste man Geschäftliches und Privates streng voneinander trennen. Wenn Johanna wirklich etwas für diese Kinder tun wollte, sollte sie Geld sammeln oder einen Verein gründen. Am besten würde sie sich mit diesem Kinderarzt zusammentun, über den sie so viel sprach. Als Arzt an der Charité verfügte er doch sicher über gute Kontakte. Vielleicht konnte man mit seiner Hilfe sogar einen Ball zugunsten armer Kinder organisieren, der selbstverständlich im Palais stattfinden würde.

Doch als sie Johanna diesen Vorschlag in der Abgeschiedenheit ihres Zimmers unterbreitete, winkte ihre Schwester ab. »Mutter würde das niemals erlauben.«

»Warum denn nicht?«, erkundigte sich Elisabeth verblüfft.

»Ich kann ihr kein Sterbenswort über ihn erzählen«, flüsterte Johanna geheimnisvoll und setzte sich zu Elisabeth aufs Bett. »Sie würde mir sofort jeglichen Kontakt mit ihm verbieten.«

»Mit einem Freund von Friedrich? Niemals!«

Johanna seufzte. »Lisbeth, du verstehst nicht. Doktor Samuel Hirsch ist Jude.«

Als Elisabeth mit der von ihrer Großmutter gewünschten Orange aus der Vorratskammer trat, beschloss sie spontan, Paul noch einen Besuch abzustatten. Er zog sich – selbst abends – immer öfter ins Büro zurück, und sie wollte sich erkundigen, ob Vater und er ihrem Vorschlag gefolgt waren, an Silvester ein gesetztes Menü servieren zu lassen. Ihr Gespräch mit Herrn Brandmüller hatte ergeben, dass ein solches Standardmenü, das allen Gästen serviert werden würde, im Einkauf viel kostengünstiger wäre als ein Essen à la carte. Doch als Elisabeth die Tür zum Büro aufstieß, erlebte sie eine Überraschung.

Von ihrem Bruder war keine Spur zu sehen. Dafür erwischte sie Bertha, die, mit einem Staubwedel bewaffnet, in einem Dokument auf dem Schreibtisch zu lesen schien. Sie war derart in ihre Lektüre vertieft, dass sie Elisabeths Eintreffen gar nicht bemerkte.

»Bertha! Was machst du da?«, fragte Elisabeth streng.

Das dralle Stubenmädchen fuhr herum. Es errötete und knickste ungewohnt eifrig. »Ich wische Staub, gnädiges Fräulein.«

»Das hat mir aber nicht danach ausgesehen.« Elisabeth trat einen Schritt näher und warf einen Blick auf die fragliche Seite. Es war die Einladungsliste für das Musikfestival. Wahrscheinlich hatte Bertha nachsehen wollen, ob jemand Berühmtes zu diesem Anlass im Palais absteigen würde. Ohne Rüffel würde sie ihr das nicht durchgehen lassen. »Du weißt sehr gut, dass es sich nicht gehört, seine Nase in die Angelegenheiten anderer Leute zu stecken, nicht wahr?«

»Ja, Fräulein Kuhlmann. Es wird auch nicht wieder vorkommen. Versprochen.« Bertha knickste erneut.

»Das will ich hoffen! Was hast du überhaupt hier zu suchen?«, erkundigte sich Elisabeth. »Dein Arbeitsplatz ist unsere Wohnung. Die Hotelangestellten halten das Büro sauber.«

»Ich … ich … wollte nach Herrn Kuhlmann junior sehen«, stotterte Bertha. »Er arbeitet so schwer, und ich dachte, ich frage ihn, ob ich ihm etwas bringen kann.«

Elisabeth wollte Bertha gerade zurechtweisen, dass sie besser die Aufgaben erledigen sollte, die man ihr auftrug, als ihr ein verrückter Gedanke kam. Konnte Paul mit dem pummeligen Stubenmädchen ein Verhältnis haben? War das der Grund, weshalb er sich immer so vehement gegen Mutters Einmischung in seine Liebesangelegenheiten wehrte? Nachdenklich warf sie einen Blick auf Berthas derbes, einfältiges Gesicht. Es war kaum vorstellbar, aber als Elisabeth noch in Berlin gewohnt hatte, hatten die Leute häufiger getuschelt, dass sich junge Herren gern die Hörner bei einer wohlgebauten Dienstkraft abstießen. Und Berthas wogender Busen fand bestimmt Anklang beim männlichen Geschlecht. Sie nahm sich fest vor, das Verhalten der beiden etwas genauer unter die Lupe zu nehmen. Äußerlich ruhig, sagte sie: »Schon gut. Und jetzt mach, dass du nach oben kommst!«

Die Wochen bis Weihnachten waren quälend langsam vergangen. Paul hatte sich die meiste Zeit in Vaters Büro verkrochen und erst gegen Abend, wenn Robert im Restaurant arbeitete, das Hotel verlassen, um sich die Beine zu vertreten. Bei jedem Wetter. Die kalte, regengetränkte Luft tat ihm gut. Der beißende Wind in seinem Gesicht lenkte ihn ab. Und nach der körperlichen Anstrengung war er jedes Mal so müde, dass er umgehend einschlief, anstatt stundenlang darüber zu grübeln, wie herzlos er sich Robert gegenüber verhielt.

Wenn diese Zeit schon nicht angenehm gewesen war, so war Pauls Leben seit dem Tag vor Heiligabend kaum noch zu ertragen. Johanna war mit Großmutter nach Doberan zurückgekehrt, und seither bestand sein Vater darauf, dass die ganze Familie allabendlich im Restaurant speiste. Mit dieser List hofften er und Elisabeth, den wenigen für das Weihnachtsfest und Silvester angereisten Gästen einen halbwegs gefüllten Speisesaal vorzugaukeln.

Gleich am ersten Abend, während Paul versucht hatte, das nervöse Zittern seiner Hände zu unterdrücken, hatte sich Luise erneut an Robert herangemacht. »Wie geht es Ihnen?«, hatte sie mit schmachtendem Blick gefragt.

Glücklicherweise waren alle anderen damit beschäftigt gewesen, Großmutter die Speisekarte zu erklären, und hatten nicht bemerkt, wie bei Luises Worten sämtliche Farbe aus dem Gesicht des Oberkellners gewichen war. Wahrscheinlich wurde er ebenso ungern an die Begegnung auf dem Korridor erinnert wie er selbst. Doch Roberts Reaktion schien seine kleine Schwester in ihren Flirtversuchen nur zu ermutigen. Jeden Abend nahm sie sich mehr heraus, und Mutter, die ihr das normalerweise niemals hätte durchgehen lassen, überging Luises Fehlverhalten geflissentlich, um den Familienfrieden zu wahren. Niemand wollte im Beisein von Großmutter Annemarie einen Streit riskieren und die dringend benötigte Finanzspritze für das Palais gefährden. Alles musste eitel Sonnenschein sein.

Dabei hatte die alte Dame selbst pausenlos etwas zu beanstanden. Robert, weil er in Haltung und Aussehen einen gewissen Stolz ausstrahlte, bekam ihre Kritik besonders oft zu spüren. Selbst heute, am Silvesterabend.

»Die Suppe ist kalt«, sagte sie in diesem Moment. »Wahrscheinlich hat sie der Kellner zu lange auf der Anrichte stehen lassen. Er scheint mir nicht der Schnellste zu sein.«

Robert, der unmittelbar neben ihr stand und jedes Wort mitbekommen hatte, beugte sich zu ihr hinab. »Kann ich Ihnen einen neuen Teller bringen, gnädige Frau?«

»Ich weiß nicht, ob Sie das *können,* junger Mann. Ich hätte es ehrlich gesagt bevorzugt, wenn es Ihnen im ersten Anlauf gelungen wäre, mir etwas Genießbares vorzusetzen.« Die schmalen Augen von Großmutter Annemarie glitzerten boshaft. Paul ahnte, dass es ihr insgeheim Vergnügen bereitete, Robert bloßzustellen.

»Also, meine Suppe hat genau die richtige Temperatur«, versuchte sein Vater, den Disput zu beschwichtigen.

Großmutter lächelte spöttisch. »Heinrich, mein lieber Sohn, ich glaube nicht, dass es klug ist, unfähigem Personal seine Fehler nachzusehen. Man muss vielmehr das Unkraut unter seinen Angestellten rechtzeitig ausmerzen. Dieser Robert, den du aus mir unerklärlichen Gründen immer noch beschäftigst, sollte schleunigst von seinen Aufgaben entbunden werden. Ein halbwegs schönes Gesicht macht noch keinen guten Kellner.«

Alle anderen Anwesenden, bis auf Martin von Reden, der weiterhin seine Suppe löffelte, waren wie gelähmt. Paul wusste, dass alle in der Familie Robert schätzten. Es war grausam, ihn auf diese Weise zu demütigen. So etwas hätte sein Vater noch nicht einmal mit einem tatsächlich unfähigen Angestellten getan. Und Robert war einer ihrer besten. Paul konnte es kaum ertragen, seinen verletzten Gesichtsausdruck zu sehen.

Ohne nachzudenken, nahm er seinen eigenen Suppenlöffel, tauchte ihn in Großmutters Teller, der sich glücklicherweise in Reichweite befand, und führte ihn zum Mund. Nachdem er die Suppe gekostet hatte, rief er: »Großmutter! Da müssen dir deine Sinne aber ein Schnippchen geschlagen haben! Die Suppe ist so heiß, dass ich mir fast die Lippen verbrenne.«

Seine Großmutter musterte ihn kalt. Langsam wich die vorgetäuschte Gelassenheit aus ihrem Blick. »Behauptest du, dass ich lüge, Paul?«

»Selbstverständlich nicht. Aber könnte es nicht sein, dass dein Löffel kalt war und die wenigen Tropfen Suppe ihn nicht ausreichend erwärmt haben? Ich würde vorschlagen, dass du ihn tiefer eintauchst, und dann wirst du sehen, dass alles in bester Ordnung ist.«

Paul hielt die Luft an, während seine Großmutter mit einem verbitterten Gesichtsausdruck in der Suppe rührte und sich schließlich einen übervollen Löffel in den Mund steckte.

»Und?«, erkundigte er sich lächelnd.

»Da ihr alle nicht entschlussfreudig genug seid, um diesen unfähigen Kellner von seinem Elend zu erlösen, wird mir nichts anderes übrig bleiben, als mich eurem Urteil anzuschließen und die kalte Suppe als annehmbar zu akzeptieren.«

Tapfer ignorierte Mutter die Ironie in ihren Worten. »Wunderbar. Dann ist ja alles in bester Ordnung.«

Auch Johanna und Elisabeth fingen wie auf Kommando

an zu plaudern. Alle waren bemüht, die angespannte Situation zu entschärfen. Wobei Großmutter weiterhin – wie eine dicke Spinne in ihrem Netz – am Tisch saß und schon nach neuen Opfern Ausschau hielt. Paul blickte zu Robert. Er konnte den Ausdruck in seinen Augen nicht deuten. War es Dankbarkeit, dass er ihm zur Seite gesprungen war? Oder Abscheu über seinen fadenscheinigen Trick? Verachtete er ihn, weil er seiner Großmutter nicht mit offenem Visier gegenübergetreten war, sie nicht direkt für ihr unmögliches Verhalten kritisiert hatte? Paul wusste es nicht. Trotz allem war er erleichtert, als Robert sich aus seiner Schockstarre löste und weiterarbeitete.

Beim Hauptgang zogen neue Gewitterwolken auf. Während Robert Wein nachschenkte, lehnte sich seine Großmutter in ihrem Stuhl zurück und meinte: »Was stimmt eigentlich nicht mit meinen Enkelkindern? Warum ist keiner von euch bislang verheiratet? Will mir denn niemand vor meinem Ableben einen Urenkel schenken?«

»Keine Sorge, gnädige Frau«, erwiderte Martin von Reden lächelnd. »Johanna und ich werden uns sofort nach unserer Vermählung an die Arbeit machen.«

Johanna erblasste, und selbst Mutter schien diese Bemerkung ein Dorn im Auge zu sein. Mit durchgedrücktem Kreuz erwiderte sie: »Nun, wie sagen die Engländer: Wir sollten zunächst gehen, bevor wir laufen lernen. Bevor Ihre Verlobung mit unserer Tochter bekanntgemacht werden kann, müssen wir auf jeden Fall noch Ihre Eltern kennenlernen. Das ist eine Frage der Etikette.«

»Mit dem allergrößten Vergnügen, Frau Kuhlmann«, entgegnete von Reden militärisch zackig. »Meine Eltern können es kaum erwarten, ihre zukünftige Schwiegertochter in Augenschein zu nehmen.«

»Prächtig. Dann scheint zumindest Johanna schon so gut wie unter der Haube zu sein«, meinte Großmutter. »Merkwürdig, dass sie mir in Berlin gar nichts davon erzählt hat. Sie scheint eine recht schüchterne Braut zu sein.«

»Nun, ich liebe gerade diese Schüchternheit an ihr.« Hans

von Reden blickte mit einem seltsamen Funkeln im Blick zu Johanna, deren schönes Gesicht zu einer Maske erstarrt war.

»Und was ist mit euch anderen?«, fragte Großmutter in die Runde und legte Vater, der sie unterbrechen wollte, die Hand auf den Arm. »Lass mich, Heinrich. Ich mache gerade eine Bestandsaufnahme deiner äußerst amüsanten Nachkommenschaft. Also … die hübsche Luise darf sich sicherlich noch etwas auf der Weide tummeln, und Elisabeth scheint mir nicht die Anschmiegsamste zu sein, wahrscheinlich wird sie sich schwertun, eine geeignete Partie an sich zu binden. Aber was ist mit euch, Friedrich und Paul? Habt ihr schon entschieden, welcher jungen Dame das Glück zuteilwird, eure Zukünftige zu werden?« Ihre Stimme triefte vor Sarkasmus.

Friedrich räusperte sich. »Meine Arbeit lässt mir leider kaum Zeit für solche Überlegungen, liebe Großmutter. Vielleicht werde ich mich in ein paar Jahren auf die Suche nach der Richtigen begeben.«

»Unsinn, jeder Mann braucht ein trautes Heim und eine Ehefrau. Kehrst du am Abend etwa gern in dein möbliertes Junggesellenzimmer zurück? Außerdem hört man hinter vorgehaltener Hand, dass du das Berliner Nachtleben durchaus zu genießen weißt, mein lieber Junge. Glaub bloß nicht, dass mir so etwas nicht zugetragen wird. Ich habe meine Spitzel überall.«

Wieder musste Paul an eine Spinne denken. Eine hässliche schwarze Spinne.

»Ich weiß nicht, wovon du sprichst, Großmutter«, sagte Friedrich, doch seine Wangen hatten sich schuldbewusst gerötet.

»Dann wollen wir das Ganze einstweilen auf sich beruhen lassen.« Sie drehte sich zu Paul um. »Und was ist mit dir? Immer noch den Kopf voller Flausen? Träumst du weiterhin davon, ein berühmter Pianist zu werden?«

»Nein, Großmutter. Das tue ich nicht. Ich bin der Juniorchef des Palais«, antwortete er und bemerkte, dass Robert, der immer noch die Runde mit der Weinkaraffe machte, fast bei ihm angekommen war.

»Ein schöner Juniorchef bist du. Wenn ich deinen Vater recht verstanden habe, scheint ihr beide euch bei dieser Aufgabe nicht gerade mit Ruhm bekleckert zu haben.«

»Mutter!«, rief sein Vater.

»Warum sollte ich die Wahrheit verschweigen? Nach Durchsicht eurer Bücher kann ich zu keinem anderen Schluss kommen.«

»Papa und Paul trifft keine Schuld, Großmutter«, verteidigte Elisabeth die Familienehre.

»Nein, wen dann? Dich etwa?«

»Wir sind unverschuldet in schwierige Umstände geraten«, erklärte seine Schwester mutig.

Martin von Reden horchte auf. Plötzlich schien sein Interesse geweckt. »Geht es dem Hotel nicht gut?«

Niemand antwortete ihm.

»Ich glaube, das reicht jetzt, Mutter.« Die Stimme seines Vaters klang brüchig. »Heute wollen wir uns darauf konzentrieren, das neue Jahr einzuläuten, das in weniger als zwei Stunden beginnt. Um Mitternacht wird es dir und unseren Gästen zu Ehren sogar ein Feuerwerk geben, und ich bin mir sicher, dass 1913 ein sehr erfolgreiches und wundervolles Jahr für uns alle werden wird.« Leise fügte er hinzu: »Außerdem sollten wir solche Gespräche besser nicht in aller Öffentlichkeit führen.«

»Da ihr mich um Beistand bittet, sollte ich wohl entscheiden, wann es ›reicht‹, meinst du nicht, Heinrich? Außerdem sitzen wir weit genug entfernt. Keiner außerhalb der Familie oder ...«, sie blickte mit unverhohlener Abneigung auf Robert, »... deiner Wahlverwandtschaften wird etwas mitbekommen. Also, Paul, wie gedenkst du, den Karren aus dem Dreck zu ziehen? Wirst du dir eine reiche Erbin angeln?«

Mit einem gequälten Lächeln warf seine Mutter ein: »Paul hat noch keine Wahl getroffen. Aber ich bin mir sicher, dass er sich im neuen Jahr vermählen wird. Auf dem letzten Ball hat er gleich mehrere geeignete junge Damen kennengelernt.«

Martin von Reden wirkte unruhig. »Kann bitte jemand meine

Frage beantworten? Herr Kuhlmann, Sie dürfen mir solche Informationen nicht vorenthalten.«

Erneut ging niemand auf ihn ein.

Im akuten Bewusstsein, dass Robert zuhörte, nahm Paul all seinen Mut zusammen und blickte seiner Mutter fest ins Gesicht. »Liebe Mutter, bitte nimm mir die folgenden Worte nicht übel. Aber ich werde niemals jemanden heiraten, um das Hotel zu retten. Ich halte ein solches Verhalten für unmoralisch und könnte mich selbst nicht mehr im Spiegel anschauen.«

Seine Eltern starrten ihn an, als wäre er plötzlich ein Fremder geworden. Es war das erste Mal in seinem Leben, dass er sich gegen sie auflehnte. Sein Herz raste. Doch aus den Augenwinkeln sah er, dass Robert lächelte.

In die folgende Stille sagte seine Großmutter mit eisiger Stimme: »Ich reise übrigens gleich morgen früh ab. Leider muss ich feststellen, dass ich mich bei euch nicht besonders wohlgefühlt habe. Sowohl in der Erziehung deiner Kinder als auch in der Leitung des Hotels scheinen dir schwerwiegende Fehler unterlaufen zu sein, lieber Heinrich. Und das, obwohl ich dich seit jeher in beispielloser Großzügigkeit unterstützt habe. Aber ich werde einer schlechten Investition nicht noch mehr gutes Geld hinterherwerfen. Deshalb habe ich mich entschieden, euch nicht weiter finanziell zu unterstützen.«

Minna warf einen letzten prüfenden Blick in den Salon. Alles war perfekt. Jedes Kissen lag akkurat an seinem Platz. Für den Fall, dass die Kuhlmanns nach dem Feuerwerk noch in ihren Privaträumen auf das neue Jahr anstoßen wollten, standen die guten Kristallgläser auf der Anrichte bereit, neben einem Kübel mit zwei gekühlten Champagnerflaschen. Sie schaute auf die Standuhr. Nur noch zwanzig Minuten bis Mitternacht. Sie musste sich beeilen, wenn sie sich vor der kleinen Feier für die Angestellten noch umziehen wollte. Wahrscheinlich bekam jeder nur ein Glas

Sekt in die Hand gedrückt, aber sie freute sich darauf, Herrn Brandmüller damit zuprosten zu können. Oder war das keine gute Idee? Seit ihrer Rückkehr waren ihr keine neuen Anzeichen für seine Alkoholsucht aufgefallen. Ob sich sein Zustand gebessert hatte? Der Koch hatte sie bei ihrer Ankunft mit offenen Armen empfangen und sich nach dem Wohlergehen ihrer Mutter erkundigt. In seinem Büro, das in unmittelbarer Nähe der Küche lag, hatte sie ihm von den Vorkommnissen in Berlin berichtet.

»Fräulein Kuhlmann und Sie haben Ihre kranke Mutter ganz allein in einer Droschke in die Charité gebracht?«, hatte er sich erstaunt erkundigt.

»Der Kutscher hat uns beim Tragen geholfen.«

»Und dann?«

»Als wir in der Charité ankamen, hat Fräulein Kuhlmann ihren Bruder geholt, und er hat alle Untersuchungen in die Wege geleitet.«

»Ah ja?« Herr Brandmüller hatte sich dabei nachdenklich über das Kinn gestrichen. Offenbar war ihm die Großzügigkeit der Kuhlmann-Kinder etwas suspekt. »Und weiß man inzwischen, was Ihrer Mutter fehlt?«

»Ja.« Wie jedes Mal, wenn sie über die Krankheit ihrer Mutter sprechen musste, hatte Minna mit den Tränen zu kämpfen. »Sie leidet an Asthma bronchiale. Das ist eine Erkrankung der Atemwege. Ihr Zustand wurde durch eine fiebrige Erkältung noch zusätzlich verschlechtert.«

»Konnten die Ärzte ihr helfen?«

»Glücklicherweise, ja. Doktor Kuhlmann hat alles Menschenmögliche für sie getan. Uns wurden sogar sämtliche Kosten erspart, weil er den Oberarzt überredet hat, meine Mutter als Lehrobjekt für die Studierenden der Medizin aufzunehmen.«

»Das ist nobel von ihm.«

»Ja, der liebe Gott scheint ihn uns als rettenden Engel geschickt zu haben.«

»Und wie geht es Ihrer Mutter jetzt? Ist sie vollständig genesen?«

»Am Tag vor meiner Abreise haben wir sie nach Hause gebracht. Den Umständen entsprechend geht es ihr gut, aber leider ist Asthma eine chronische Krankheit. Meine Mutter wird für den Rest ihres Lebens gegen akute Schübe ankämpfen müssen. Doch wenigstens ist sie nun mit den entsprechenden Medikamenten ausgerüstet. Doktor Kuhlmann hat ihr ausreichend Euphyllin mitgegeben und versichert, dass sie sich jederzeit Nachschub bei ihm besorgen kann.«

»Geht sie schon wieder arbeiten?«

»Wir hoffen, dass sie in ein paar Wochen wieder kräftig genug ist, Herr Brandmüller.«

»Wunderbar. Und solange wird sie von Ihrem Vater gepflegt?«

Minnas Herz hatte sich bei seiner Frage schmerzhaft zusammengezogen. »Leider nein. Ich habe in Berlin herausfinden müssen, dass mein Vater sich von unserer Familie losgelöst hat und jetzt in wilder Ehe mit einer anderen Frau zusammenlebt.«

»Oh. Das tut mir leid. Dann kümmert sich Ihr Bruder um die Familie?«

Sie hatte den Kopf geschüttelt. »Mein Bruder ist in Dresden. Er hat dort eine Stelle beim Zirkus Sarrasani angenommen.«

»Er arbeitet bei einem ... Zirkus?«

»Natürlich tritt er nicht selbst auf. Oder, wie er meint ... *noch* nicht. Er kümmert sich hauptsächlich um die Käfige der Tiere. Aber mit der Hilfe einer Nachbarin kommen meine Mutter und meine Schwestern auch allein zurecht. Und natürlich schicke ich ihnen weiterhin einen Teil meines Gehalts.«

»Sie sind eine tapfere kleine Frau, Minna.«

Verlegen hatte sie abgewinkt. »Aber ich tue doch nichts, das nicht auch jeder andere für seine Familie tun würde. Ich bin nur froh und dankbar, dass ich noch rechtzeitig gekommen bin, um meiner Mutter zu helfen. Lange wäre das sicherlich nicht mehr gut gegangen. Die Krankheit hatte sie bereits fest im Griff.«

Auf einmal war Herr Brandmüller hinter seinem Schreibtisch aufgesprungen und erregt durch das Büro marschiert. »Sie sind ein guter Mensch, Minna«, hatte er gemurmelt. »Ein viel besserer Mensch, als ich es jemals war oder sein könnte. Sie haben Ihre Mutter vor dem sicheren Tod bewahrt. Das ist ...« Ohne den Satz zu beenden, war er stehen geblieben und hatte Minna minutenlang angeschaut, als wäre sie die heilige Muttergottes höchstpersönlich. Kurz darauf hatte er sie verabschiedet, ohne sein seltsames Verhalten zu erklären.

Während Minna über dieses merkwürdige Gespräch nachdachte, legte sie den Weg zu ihrer Kammer zurück, glücklicherweise, ohne auf ihre Sicherheit achten zu müssen. Konrad, der Page, war nicht im Haus. Er hatte wegen eines Trauerfalls zwei Wochen unbezahlten Urlaub genommen, und Minna genoss jede Minute seiner Abwesenheit. Als sie die Tür öffnete, sah sie, wie Bertha in Hut und Mantel am Boden kniete und eine quadratische Holzkiste unter ihr Bett schob.

»Warum bist du so warm angezogen?«, fragte Minna erstaunt. »Kommst du nicht mit zur Angestelltenfeier?«

Mühsam stand das erste Dienstmädchen auf und rückte seinen Hut zurecht. »Nein, ich gehe bestimmt nicht wegen einem Glas schalem Sekt in den Keller. Ich werde mir das Feuerwerk draußen im Park ansehen.«

»Dürfen wir das?«, erkundigte sich Minna. »Ich dachte, das wäre nur für die Gäste.«

Bertha zog einen Flunsch. »Mich wird schon keiner sehen. Ich stelle mich ganz nach hinten. Außerdem ... was sollen die Kuhlmanns schon machen, wenn sie mich erwischen? Die Polizei können sie ja schlecht rufen.«

»Die Polizei werden sie sicher nicht rufen. Aber dir augenblicklich kündigen, das könnten sie schon«, gab Minna zu bedenken.

»Das wäre auch nicht das Ende der Welt«, erwiderte Bertha von oben herab und machte Anstalten, an Minna vorbei zur Tür zu gehen.

»Ist der neu?«, fragte Minna, als sie den Pelzbesatz am Kragen von Berthas weitschwingendem Glockenmantel bemerkte.

»Ein Weihnachtsgeschenk.« Es klang stolz.

»Dir hat jemand ein so kostbares Weihnachtsgeschenk gemacht? Wer denn? Hast du einen neuen Bekannten?«, fragte Minna neugierig.

»Das geht dich nichts an!«

»Komm, erzähl schon. Wie heißt er? Ist es was Ernstes?«

Bertha musterte sie böse. »Du bist die Allerletzte, der ich so was auf die Nase binden würde. Aber jetzt, wo du so eng mit Fräulein Kuhlmann bist, brauchst du mich ja ohnehin nicht mehr als Freundin.«

»Was ist nur in dich gefahren? Ich habe dir doch gar nichts getan«, sagte Minna verletzt.

»*Ich habe dir doch gar nichts getan*«, äffte Bertha sie in einer hässlichen Fistelstimme nach. »Dabei hast du dich still und heimlich erst bei Herrn Brandmüller und nun auch noch bei Fräulein Johanna eingeschleimt. Das ist widerlich.«

»Sei doch bitte gerecht. Ich habe dir schon hundertmal gesagt, dass ich nichts dafür kann, dass Frau Kuhlmann mich und nicht dich als Begleiterin für ihre Tochter ausgewählt hat.«

»Gerecht! So ein Blödsinn. Dann hättest du eben zu meinen Gunsten drauf verzichten müssen. Das meint übrigens auch … mein neuer Bekannter.«

Minna atmete tief durch. Es war nicht das erste Mal, dass sie Berthas Neid zu spüren bekam. »Du weißt genauso gut wie ich, dass Frau Kuhlmann es nicht duldet, wenn man ihre Pläne durchkreuzt.«

»Ach, scher dich doch zum Teufel, Minna! Ich muss jetzt los. Sonst verpasse ich am Ende noch das Feuerwerk.« Wutschnaubend verließ Bertha die Kammer.

Als die Tür hinter ihr ins Schloss gefallen war, setzte sich Minna ratlos auf ihr Bett. So ging es zwischen ihnen beiden nicht weiter. Doch sie hatte keinen blassen Schimmer, wie sie Bertha besänftigen sollte. Ob sie einmal Frau Kolbert um Rat fragen sollte? Doch die Zofe liebte es nicht, sich in ihre Zwistigkeiten einzumischen. »Macht das unter euch aus«, sagte sie meistens. »Ich habe auch so schon genug Arbeit.« Im Übrigen schien sie selbst ein wenig neidisch auf Minnas langen Aufenthalt in Berlin zu sein. Wahrscheinlich würde sie also sowieso eher Partei für Bertha ergreifen. Seufzend stand Minna auf und richtete sich vor dem matten, kreisrunden Wandspiegel die Haare. Fürs Umziehen war es leider zu spät, wenn sie den Mitternachtsumtrunk nicht verpassen wollte. Aber im Grunde gab es sowieso niemanden, den sie mit ihrem Aussehen hätte beeindrucken wollen. Hauptsache, sie sah adrett und ordentlich genug für Herrn Brandmüller aus. Eilig ging sie Richtung Keller.

Als sie im Aufenthaltsraum ankam, hatte sich dort bereits fast das ganze Personal versammelt. Bis auf die Kellner, die sich im Restaurant noch um das leibliche Wohl der Gäste kümmern mussten, und Bertha schienen nur Herr Brandmüller und der erste Souschef zu fehlen. Wahrscheinlich holten sie gerade die Sektflaschen. Zu ihrer eigenen Überraschung stellte Minna fest, dass sie sich inzwischen als dazugehörig, als Teil des Hotels empfand. Zwar fühlte sie sich immer noch nicht so zu Hause wie früher im Privathaushalt der Kuhlmanns. Aber sie war auch nicht mehr die Fremde, so wie noch vergangenen Sommer.

»Gleich ist es so weit!« Mit einem breiten Lächeln trat Herr Peters, der erste Souschef, in den Raum. Auf einem Tablett schleppte er vier bereits geöffnete Sektflaschen an. »Bitte nehmen Sie sich jeder ein Glas.«

Das ließ sich keiner von ihnen zweimal sagen. Bald schon hatte sich eine kleine Schlange vor dem Souschef gebildet. Auch Minna reihte sich ein, während sie verwirrt nach Herrn Brandmüller Ausschau hielt. Schließlich hielt jeder ein gefülltes Glas in der Hand.

»Ich wünsche Ihnen allen ein gesundes und segensreiches neues Jahr!«, rief Herr Peters und zählte die Sekunden herunter. »Drei, zwei, eins … herzlich willkommen, 1913!« Seine Worte gingen fast im allgemeinen Jubel unter. Jeder wünschte jedem ein frohes neues Jahr.

Wo steckt nur Herr Brandmüller, fragte sich Minna, traute sich aber nicht, sich nach ihm zu erkundigen. Da machte sie sich lieber selbst auf die Suche. Weit konnte er nicht sein, schließlich hatte er bis vor anderthalb Stunden noch die Zubereitung des Silvestermenüs überwacht.

Niemand hielt Minna auf, als sie ihr halb volles Glas abstellte und aus dem Raum ging. Ob der Koch die Zeit verschwitzt hatte und noch in seinem Büro saß? Doch als sie dort anklopfte, blieb es still. Vorsichtig drückte sie die Klinke hinunter. Die Tür war verschlossen. Sie dachte kurz nach. Die Waschküche! Auf dem Weg dorthin besorgte sie sich im Vorratsraum eine kleine Petroleumlampe.

»Herr Brandmüller?«, wisperte sie, als sie die stockfinstere Waschküche betrat. »Sind Sie hier?«

Niemand antwortete. Langsam, den Weg vorsichtig mit ihrer Lampe ausleuchtend, ging sie weiter nach hinten. Plötzlich hörte sie ein Scharren.

»Herr Brandmüller?«

Auch diesmal antwortete niemand. Aber sie erspähte den Koch auch so. Zwischen zwei leeren Schnapsflaschen hockte er auf dem Fußboden und sah zum Fürchten aus. Die Haare hingen ihm wild ins Gesicht, seine Augen waren blutunterlaufen. Als er Minna sah, erhellte sich sein stumpfsinniger Blick. »Käthe, geliebte Schwester!«, rief er. »Wie schön, dass du dich zu mir gesellst!«

9. Kapitel

Paul schlug fröstelnd den Mantelkragen hoch, doch es war nicht nur die eisige Silvesternacht, die ihn innerlich erstarren ließ. Die Weigerung seiner Großmutter, ihnen die notwendige finanzielle Unterstützung zu gewähren, hatte das Schicksal des Palais besiegelt, denn wie Elisabeth glaubte auch er nicht an eine Rettung durch Vaters Musikfestival. Bald würden es die Spatzen von den Dächern pfeifen: Die Familie Kuhlmann war ruiniert. Und es gab nichts, womit er die Tragödie noch verhindern konnte.

In diesem Moment setzte die Musik ein. Paul hatte Beethovens zweite Sinfonie zur Untermalung gewählt, und ein Grammofon trug die Töne laut und klar zu den Hotelgästen, die dichtgedrängt hinter einer Sicherheitsbarriere auf der Terrasse warteten. Beim ersten Paukenschlag wurde das Feuerwerk gezündet. Unter den begeisterten »Ahs« und »Ohs« der Zuschauer malten Leuchtkörper silberne und goldene Feuerschweife in den nachtschwarzen Himmel. Im Takt der Musik explodierten rote, grüne und blaue Lichter und fielen schimmernd zum Boden herab. Salve um Salve, ein Meer von Farben. Manche Formationen funkelten sekundenlang.

Doch Paul konnte sich nicht daran erfreuen. Unbeobachtet von den mit offenen Mündern nach oben starrenden Gästen stieg er über die Barriere und lief ein paar Schritte tiefer in den Park hinein. Schwer atmend blieb er inmitten einer Gruppe von Rhododendronsträuchern stehen. Wie sollte es jetzt weitergehen? Mussten Vater und er die Heile-Welt-Fassade noch weiter aufrechterhalten? Oder war es ehrlicher, das Musikfestival abzusagen und der Bank die Wahrheit einzugestehen? Wenn die Bombe erst einmal geplatzt war, würde seine Familie nicht mehr in Doberan bleiben können. Sollten sie dann wieder nach Berlin ziehen? Dort müsste er eine bezahlte Stellung annehmen. Aber wie sollte er das anstellen? Er hatte nichts gelernt. Oder würde er sich als Klavierlehrer durchschlagen können? In seinem Kopf überschlugen sich die Gedanken. Nur gut, dass der Rest der Familie nach dem Abendessen beschlossen hatte, in die Wohnung zurückzukehren und das Feuerwerk vom Fenster aus zu beobachten. Im Beisein seiner Großmutter hätte er sich nicht an einer halbwegs normalen Konversation beteiligen können. Dazu war er zu durcheinander.

Der beißende Geruch von abgefackelten Leuchtraketen stieg ihm in die Nase. Seine Augen brannten. Was sollte jetzt aus Vater werden? War er nicht zu alt, um eine neue Karriere in Angriff zu nehmen? Und seine Mutter, die ihr ganzes Leben im Luxus geschwelgt hatte, wie würde sie mit dem Verlust von Geld und Ansehen umgehen? Von seinen Schwestern ganz zu schweigen. Ohne eine Mitgift würden Johannas und Luises Chancen auf dem Heiratsmarkt deutlich sinken. Trotz ihrer Schönheit. Der Verlust des Hotels würde auch Elisabeth, die in den letzten Wochen und Monaten so tüchtig gearbeitet hatte, hart treffen. Wo sollte sie jetzt ihre Fähigkeiten einsetzen?

Plötzlich zuckte Paul zusammen. Jemand hatte ihn von hinten angetippt. Er drehte sich um. Im funkelnden Schein des Feuerwerks sah er Roberts ernstes Gesicht. Er trug noch immer das weiße Jackett, in dem er den Gästen Champagner serviert hatte.

»Wie geht es Ihnen?«, fragte er.

Paul schluckte. »Nicht besonders gut ...«

»Das ... das tut mir leid. Ich habe Sie in den Park gehen sehen und wollte die Gelegenheit nutzen, Ihnen ... für vorhin zu danken.«

»Das müssen Sie nicht«, flüsterte Paul. »Meine Großmutter hat Sie grundlos beleidigt. Wir alle wissen das. Sie sind unser bester und loyalster Angestellter.«

»Bestimmt nicht. Aber trotzdem ... danke!«

»Und deshalb ... tut es mir so leid, dass Sie womöglich bald Ihre Stelle verlieren werden.« Paul hatte Mühe, den sachlichen

Ton beizubehalten. Wie gerne hätte er in diesem Moment seinen Gefühlen freien Lauf gelassen.

»Werde ich das?« Robert wirkte erstaunlich gefasst.

»Das Hotel ... wird das kommende Frühjahr wahrscheinlich nicht überleben. Uns fehlt das Geld, um die Bankkredite zu bedienen.«

»Das ist bitter«, sagte Robert nach einem Moment des Schweigens.

»Ich weiß. Es tut mir so leid.« Paul senkte den Kopf. Er konnte kaum noch die Tränen zurückhalten.

Robert räusperte sich. »Darf ich Ihnen eine Frage stellen?«

Ohne aufzublicken, nickte Paul.

»Warum behandeln Sie mich seit Wochen wie Luft?«

Sein Mund war ganz trocken, als er antwortete: »Weil ich ein Feigling bin.«

»Ein Feigling?«, wiederholte Robert skeptisch. »Wovor haben Sie Angst?«

»Vor einem Skandal. Vor den Folgen für meine Familie, wenn ... das mit uns entdeckt werden würde«, flüsterte Paul.

»Aber was ist mit Ihren Gefühlen? Empfinden Sie denn überhaupt etwas für mich?«

Paul spürte, wie ihm Tränen über die Wangen liefen. Er sah auf. »Sie bedeuten mir mehr als jeder andere Mensch auf der Welt.«

Robert schüttelte den Kopf. »Wie soll ich Ihnen das glauben? Wenn Sie wirklich etwas für mich empfinden würden, hätten Sie mich dann auf diese Weise abserviert?«

Trotz der Dunkelheit sah Paul die Verbitterung in Roberts Augen. Wie sehr musste er ihn verletzt haben. »Bitte verzeih mir. Ich ... ich hatte wirklich Angst. Aber ... du darfst nicht an meinen Gefühlen zweifeln. Mein abweisendes Verhalten war reiner Selbstschutz.« Plötzlich durchzuckte ihn ein Gedanke. »So furchtbar der drohende Verlust des Hotels für meine Familie auch ist ... für uns könnte es eine Chance sein.«

»Wie meinst du das?«

Paul machte einen Schritt auf Robert zu. »Verstehst du nicht?

Wenn das Palais pleitegeht, wird mein Privatleben keine Rolle mehr spielen. Dann muss ich nicht mehr das Hotel und meine Familie repräsentieren. Dann bin ich nur noch für mich selbst verantwortlich.« Er streckte die Hand aus, doch Robert wich vor ihm zurück.

Mit neugewonnenem Mut umfasste Paul sein kaltes Gesicht und zog ihn zu sich heran. Ein Gefühl großer Zärtlichkeit durchflutete ihn. »Bitte, Robert. Ich kann dir nicht länger widerstehen.« Er küsste ihn so leidenschaftlich, wie er es sich in den letzten Wochen unzählige Male vorgestellt hatte.

Es musste fast fünf Uhr früh sein. Die lärmende Fröhlichkeit des Personals war schon vor Stunden verstummt. Kunststück, alle mussten am Morgen wieder ihren Dienst tun. Auch Minna würde in wenigen Stunden das Frühstück für die Kuhlmanns vorbereiten. Doch an Schlaf war im Moment nicht zu denken. Sie kauerte auf dem kalten Boden der Waschküche und hielt Wache. Neben ihr schlief Herr Brandmüller schnarchend seinen Rausch aus. Zweimal hatte sie ihn geweckt, um ihm eine Tasse Kaffee einzuflößen. Beim ersten Mal hatte sie ihn kaum wach bekommen, und die Hälfte des heißen Gebräus war nicht in seinem Mund, sondern auf seinem Hemd gelandet. Beim zweiten Mal hatte es ganz gut geklappt. Herr Brandmüller war sogar kurzzeitig ansprechbar gewesen. Jetzt musste sie ihn bald in sein Zimmer bringen, sonst würden ihn die Waschfrauen in diesem Zustand sehen. Mit steifen Knien stand Minna auf und ging im Schein ihrer Petroleumlampe zur Tür. Sie lauschte, ob sie ein verräterisches Geräusch hörte, öffnete dann die Tür und lugte auf den Gang hinaus. Die Luft war rein.

»Herr Brandmüller?« Sie rüttelte erst vorsichtig, dann zunehmend heftiger an der Schulter des Kochs.

»Was wollen Sie von mir?«, brummte er mit geschlossenen Augen. »Lassen Sie mich in Ruhe.«

»Psst! Nicht so laut!«, wisperte Minna.

»Minna?«, fragte er, plötzlich wacher. Endlich schlug er die blutunterlaufenen Augen auf. »Wo bin ich?«

Sie hätte vor Erleichterung weinen können. »In der Waschküche.«

Ungelenk versuchte Herr Brandmüller, sich aufzusetzen, doch dann sank er stöhnend wieder zu Boden.

»Müssen Sie sich übergeben?« Minna hatte in weiser Voraussicht einen Eimer aus der Küche mitgebracht und zerrte ihn in die Reichweite des Kochs.

»Nein. Aber mein Schädel brummt wie verrückt.« Plötzlich schien ihm aufzugehen, dass Minna ihn in seinem trunkenen Zustand entdeckt hatte. Sein Blick wurde misstrauisch. »Wer weiß, dass ich hier bin?«

»Niemand.«

»Aber morgen werden es alle wissen, nicht wahr?« Seine krächzende Stimme klang resigniert.

»Nein, natürlich nicht«, sagte sie empört.

»Warten wir es ab.«

Sie versuchte, ihren Ärger hinunterzuschlucken und sich auf das Naheliegende zu konzentrieren. »Wir müssen versuchen, Sie auf Ihr Zimmer zu bringen. Der Dienst der Waschfrauen fängt bald an.«

Er musterte sie abschätzend. »Warum tun Sie das für mich? Sie bräuchten doch nur einen der Souschefs zu verständigen und ...«

»Mein Vater hat ähnliche Probleme wie Sie. Außerdem waren Sie immer sehr nett zu mir«, unterbrach sie ihn. »Wollen Sie jetzt mitkommen, oder nicht?«

Statt einer Antwort richtete sich der Koch ächzend auf.

»Legen Sie Ihren Arm um meine Schulter!«

Herr Brandmüller folgte ihrer Anweisung, und gemeinsam schafften sie es bis zur Tür. Im Korridor musste sich der Koch kurz gegen die Wand lehnen.

»Ich wusste gar nicht, dass Sie eine eigene Dienstwohnung

haben«, flüsterte Minna überrascht, als Herr Brandmüller sie zu dem kleinen Gesindehaus dirigierte, das, hinter Büschen verborgen, in unmittelbarer Nähe des Lieferanten- und Personaleingangs lag. »Warum trinken Sie dann in der Waschküche?«

Der Koch hustete. »Aus Angst, dass mich jemand auf dem Weg hierher mit den Schnapsflaschen sehen könnte.«

»Wohnen noch weitere Angestellte in diesem Haus?«, erkundigte sich Minna, erleichtert darüber, dass der Koch seine unbegründete Angst vor Verrat abgelegt zu haben schien.

»Außer mir lebt nur Herr Walter hier«, erwiderte Herr Brandmüller. »Aber der ist für ein paar Tage zu Verwandten nach Berlin gefahren.« Umständlich zog er einen Schlüssel aus der Hosentasche und versuchte vergeblich, ihn ins Schloss zu stecken.

»Lassen Sie mich das machen.« Minna nahm ihm den Schlüssel aus der Hand und schloss die Tür auf. Wenig später standen sie gemeinsam in der Stube seiner spartanisch eingerichteten Erdgeschosswohnung.

»Sie können jetzt gehen. Vielen Dank«, sagte der Koch und nahm den Arm von ihrer Schulter. Unsicher torkelte er einen Schritt nach vorn und wäre um ein Haar über ein Paar Schuhe gestürzt. In letzter Sekunde erwischte Minna ihn am Ärmel.

»Ich glaube, ich helfe Ihnen besser«, sagte sie. »Wo ist Ihr Schlafzimmer?«

»Da.« Er zeigte auf eine der beiden Türen. »Aber ich kann doch nicht von Ihnen verlangen, dass Sie mir beim Zubettgehen zur Hand gehen.«

»Sie verlangen ja gar nichts. Ich biete es Ihnen an.«

Eine Viertelstunde später lag Herr Brandmüller mit einem frischen Hemd und von Kissen gestützt in seinem Bett.

»Kann ich sonst noch etwas für Sie tun?«, fragte Minna leise.

Der Koch, der wieder eine etwas rosigere Gesichtsfarbe hatte, betrachtete sie mit einem seltsamen Blick. »Jetzt ist die Nacht sowieso vorbei. Da kommt es auf ein paar weitere schlaflose Minuten auch nicht an und ...«, seine Stimme stockte. »Bitte setzen

Sie sich noch für einen Moment zu mir.« Er zeigte auf den einzigen Stuhl im Zimmer.

Erstaunt ließ sie sich darauf nieder.

»Sie haben mich einmal gefragt, warum ... ich Sie mag.«

Minna nickte.

»Wissen Sie noch, was ich Ihnen damals geantwortet habe?«

»Ja. Sie haben gesagt, dass ich Ihrer Schwester Käthe ähnlich sehe.«

»Genau.« Der Koch schloss kurz die Augen.

»Sie haben mich auch heute Nacht im Rausch so genannt«, sagte Minna, gespannt auf seine weiteren Worte.

»Das überrascht mich nicht«, erwiderte er. »Immer, wenn ich trinke, muss ich an meine Schwester denken.« Er seufzte und fuhr sich mit einer Hand über das kurze Haar. »Obwohl wahrscheinlich eher umgekehrt ein Schuh draus wird. Ich trinke, weil ich an Käthe denke.«

»Haben Sie ein schlechtes Verhältnis?«

Der Koch lachte bitter. »Nein.«

Minna biss sich auf die Lippe. »Bitte entschuldigen Sie. Ich wollte Ihnen nicht zu nahe treten.«

»Da gibt es nichts zu entschuldigen. Sie können nichts über Käthe wissen, weil ich normalerweise nicht über sie rede.«

Minna blickte ihn abwartend an.

»Ich rede nicht über sie, weil ich ein schlechtes Gewissen habe.« Er nickte bekräftigend. »Ja, ich bin ein ... schlechter Mensch.«

»Das glaube ich nicht«, meinte Minna. Sie konnte sich nicht vorstellen, dass Herr Brandmüller seine Schwester nicht ebenso fürsorglich behandelte wie sie selbst.

Die rotgeränderten Augen des Kochs ruhten auf ihr. »Sie haben eine zu gute Meinung von mir.«

»Warum erzählen Sie mir nicht, was passiert ist, und lassen mich selbst entscheiden?«, schlug Minna vor.

»Wie Sie wollen. Aber ich habe Sie gewarnt. Sie werden von mir enttäuscht sein.« Herr Brandmüller senkte den Kopf. »Es ist jetzt schon zehn Jahre her. Damals habe ich im Hotel Ritz in Paris als Saucier gearbeitet. Unter dem berühmten Koch Auguste Escoffier, der mich sehr gefördert hat. Unsere Eltern waren im Jahr zuvor bei einem Unfall umgekommen, und ich hatte Käthe bei mir in Paris aufgenommen und ihr eine Stellung als Zimmermädchen besorgt. Wir teilten uns meine winzige Wohnung in der Nähe des Place Vendôme.« Plötzlich verstummte er.

»Und dann?«, fragte Minna, als ihr die Erzählpause zu lang wurde.

»Dann kam der Silvesterabend 1903.« Er nickte, ohne aufzublicken. »Der Abend, an dem mich das Schicksal bestrafte.«

Minna beugte sich vor und streichelte beruhigend über seinen Arm.

Herr Brandmüller atmete tief ein und wieder aus. »Escoffier leitete damals zeitgleich die Küchen im Londoner und im Pariser Ritz. Doch allmählich wurde ihm das ewige Reisen zwischen den beiden Städten zu viel. Er wollte sich ganz auf London konzentrieren und suchte einen Nachfolger für Paris. Dabei dachte er an mich. Um César Ritz von seiner Wahl zu überzeugen, sollte ich an diesem Abend ganz allein für das Silvestermenü verantwortlich sein. Eine große Herausforderung, aber auch eine große Ehre ... und dann passierte es.« Die Stimme des Kochs klang merkwürdig tonlos, als er weitersprach. »Käthe kränkelte schon seit Wochen. Doch ausgerechnet an diesem Tag bekam sie hohes Fieber. Ich war mir nicht sicher, ob ich sie in diesem Zustand überhaupt allein lassen durfte. Als es Zeit wurde, stand ich unentschlossen neben ihrem Bett. Sie drängte mich zu gehen. Letztendlich siegte mein Ehrgeiz. Ich wollte diese Chance nicht ungenützt verstreichen lassen und Escoffier keinen Anlass geben, seine Meinung zu ändern.«

Atemlos beobachtete Minna, wie Herr Brandmüller mit seinen kräftigen Fingern die Bettdecke glatt strich. Sie wollte ihn nicht drängen. Er sollte die Geschichte zu Ende erzählen, wenn er bereit war.

»Natürlich wurde es spät. Das Menü war ein voller Erfolg.

César Ritz kam höchstpersönlich in die Küche, um mir zu gratulieren. Escoffier verkündete, dass ich ab dem ersten Februar der neue Küchenchef des Pariser Ritz wäre. Meine Kollegen stießen mit eisgekühltem Champagner auf das neue Jahr und meine Beförderung an. Es war vier Uhr morgens, bevor ich mich an meine Schwester erinnerte und nach Hause ging.« Er wischte sich mit dem Handrücken über die Augen. »Als ich die Wohnung betrat, rief ich nach ihr. Obwohl es so spät war, wollte ich ihr die frohen Neuigkeiten unbedingt sofort mitteilen. Bald würde ich mehr Geld verdienen, und sie bräuchte sich nicht mehr als Zimmermädchen abzurackern. Vielleicht würde es sogar für eine größere Wohnung reichen. Ich erzählte und erzählte … aber Käthe antwortete nicht.«

»Nein!« Minna schlug sich die Hand vor den Mund.

»Doch. Käthe lag tot in ihrem Bett. Und ich hatte in der Hektik des Kochens noch nicht einmal an sie gedacht. Meine Schwester war mutterseelenallein gestorben. Ohne dass der einzige Verwandte, der ihr auf dieser Welt noch geblieben war, sich um sie gekümmert hätte. Ich bin ein Monster.«

Minna suchte nach den richtigen Worten. »Natürlich sind Sie das nicht. Käthe wäre auch gestorben, wenn Sie an dem Abend zu Hause geblieben wären.«

Der Koch schüttelte den Kopf. »Das kann niemand mit Sicherheit sagen. Vielleicht hätte ich doch noch etwas tun können.«

»Sie dürfen sich keine Vorwürfe machen.« Minna griff nach seiner Hand, doch er entzog sie ihr. »Glauben Sie, Ihre Schwester hätte gewollt, dass Sie deswegen alkoholkrank werden?«

»Nein, aber ich werde diese Schuld trotzdem nie wieder los.«

»Aber … das stimmt doch nicht. Es war ein Schicksalsschlag. Etwas, das jedem von uns passieren kann.«

Sein Gesicht nahm einen verschlossenen Ausdruck an. »Sie verstehen nicht. Ich erwarte von Ihnen keine Absolution. Die Geschichte soll auch keine Entschuldigung sein. Nur eine Erklärung.«

In diesem Moment schepperte etwas vor dem Fenster, wahrscheinlich schaffte der Milchmann gerade die leeren Flaschen in seinem Kastenwagen fort.

Herr Brandmüller schloss die Augen. »Danke, Minna, für alles, was Sie heute Nacht für mich getan haben. Sie sind ein wunderbarer Mensch. Aber jetzt gehen Sie besser.«

»Ich bin mir sicher, dass das neue Modell auch ganz hervorragend funktionieren wird, Frau Jacobs«, sagte Elisabeth und unterdrückte ein Seufzen. Sie versuchte, sich ihre Ungeduld nicht anmerken zu lassen, obwohl sie bereits seit einer geschlagenen Stunde mit der Hausdame diskutierte. Doch leider war Frau Jacobs noch immer nicht überzeugt.

»Aber im Grand Hotel, meiner früheren Arbeitsstelle, haben die Mädchen auch zu viert ein Zimmer sauber gemacht. Da wurde nicht geschludert. Und ich kann mir überhaupt nicht vorstellen, wie jetzt lediglich zwei von ihnen die gleiche Arbeit verrichten sollen«, erklärte die Hausdame, deren wippender grauer Dutt ein Höchstmaß an Empörung ausdrückte.

»Wie gesagt, wir müssen das Personal reduzieren, und ich habe selbst mehrere Durchgänge mit der Stoppuhr überwacht. Wenn die Mädchen die Bettwäsche gemeinsam wechseln und sich danach jeweils eine um die Bad- und eine um die Zimmerreinigung kümmert, kommen wir auf genau eine Viertelstunde pro Zimmer. Das ist die gleiche Zeit, die vier Stubenmädchen bisher zusammen gebraucht haben.«

»Aber …«, setzte Frau Jacobs an.

»Nein, Frau Jacobs«, unterbrach Elisabeth. »Wir werden es ab morgen auf diese Weise versuchen. Und selbstverständlich vertrauen wir darauf, dass Sie nach jeder Reinigung wie gewohnt eine Qualitätskontrolle durchführen. Wenn Ihnen dann noch etwas auffällt, sagen Sie es mir bitte.«

Man sah der Hausdame an, dass das Thema für sie noch lange

nicht abgeschlossen war. Doch Elisabeths entschlossenes Gesicht schien sie kapitulieren zu lassen. »Wie Sie meinen, Fräulein Kuhlmann.«

»Herzlichen Dank.« Erleichtert drehte sich Elisabeth um und ging die Treppe hinunter. Ihrer Meinung nach hatten sich die vier Stubenmädchen eher gegenseitig auf den Füßen gestanden. Effektive Arbeitsteilung sah jedenfalls anders aus. Es erstaunte sie, dass dies weder Paul noch ihrem Vater aufgefallen war. Aber beide vertrauten gern auf Fachkräfte. In diesem Fall Frau Jacobs, die Vater dem Grand Hotel abgeluchst hatte und die viel zu traditionsbewusst war, um eine einmal eingeführte Vorgehensweise zu modernisieren.

Herr Walter, der vor ein paar Tagen aus seinem Kurzurlaub zurückgekehrt war, lächelte ihr zu, als sie hinter den Tresen trat. »Guten Abend, Fräulein Elisabeth. Und? Sind Sie siegreich aus dem Duell mit Frau Jacobs hervorgegangen?«

»So weit, so gut«, stöhnte sie. »Warten wir ab, welche Sorgen die Dame morgen plagen.«

»Hut ab. Die Jacobs hat Haare auf den Zähnen. Mit ihr legt sich selbst Ihr Vater nur ungern an.«

»Das kann ich gut verstehen. Aber wenn Frauen unter sich diskutieren, geht vieles leichter.« Elisabeth griff nach ihrem Mantel. »Ich gehe noch eine Runde ums Haus.«

»Viel Spaß«, wünschte der Empfangschef.

Die dunkle Januarnacht war eisig kalt. Doch Elisabeth genoss die frische Luft. Wenn man wie sie den ganzen Tag in überheizten Räumen verbrachte, wehte einem die steife Brise angenehm den Kopf durch. Sie schritt die wenigen Stufen der Außentreppe hinab und betrat den Kiesweg, der das Hotel umgab. Anstatt nach hinten in den Park zu laufen, drehte sie sich um. Vor ihr stand das Palais Heiligendamm in all seiner glorreichen Pracht. Luxuriös, einladend und trotzdem respekteinflößend. Das warme Licht des Foyers fiel durch die hohen Fenster und erleuchtete die Fassade des schönen weißen Baus, dessen Eingang zwischen den Säulen mit winterlichem Tannengrün und roten Schleifen geschmückt war. Davor kümmerte sich Türsteher Anton, der einen bodenlangen, pelzgefütterten Mantel trug, gerade um einige ankommende Gäste. Der Anblick ließ ihr das Herz aufgehen.

Und all das sollte demnächst der Bank zufallen? Nein, das würde sie niemals akzeptieren. Sie würde mit aller Kraft für den Erhalt des Hotels kämpfen. Das hatte sie letzte Woche auch ihrem Vater und Paul gesagt, die beide seit Großmutters Abreise resigniert wirkten.

»Wir dürfen nichts unversucht lassen«, hatte sie kriegerisch erklärt. »Es müssen noch andere Möglichkeiten existieren, das Palais zu retten. Was ist zum Beispiel mit Onkel Hans? Kann er uns nicht ein Überbrückungsdarlehen gewähren?«

Vater hatte nur bedauernd den Kopf geschüttelt. »Nein. Ich habe natürlich auch bei ihm nachgefragt. Aber Hans hat selbst einige Probleme, seitdem mehr und mehr Hotels ihre Pforten in Berlin öffnen. Er ist nicht in der Lage, uns zu helfen.«

»Was ist mit anderen Geldgebern?«

»Sicher gibt es einige vermögende Investoren, die am Palais interessiert wären … aber leider niemanden, der unserer Familie auch weiterhin die Leitung überlassen würde.«

Plötzlich war Elisabeth Graf von Seitz eingefallen. Ob er vielleicht als Teilhaber einsteigen würde? Doch sie hatte die Idee schnell wieder verworfen. Bestimmt gehörte der Graf zur selben Kategorie von gierigen Investoren, über die ihr Vater gerade gesprochen hatte. »Gut, dann bleibt uns nur eine Möglichkeit. Wir müssen mit der Bank verhandeln.«

»Aber Vater glaubt doch nicht an eine Umschuldung«, hatte Paul gemeint.

»Wir müssen es trotzdem versuchen! Wir müssen der Bank zeigen, dass das Palais in naher Zukunft doch noch Gewinn erwirtschaften kann.«

Schließlich hatte ihr Vater klein beigegeben. »Also gut. Paul und ich werden mit dem Buchhalter einen neuen Geschäftsplan ausarbeiten. Vielleicht hast du recht, und die Bank lässt sich noch umstimmen.«

Nach der Kontrolle aller Abläufe im Hotel war Elisabeth klar geworden, dass auch dort noch einiges im Argen lag. Vieles, so wie die Zimmerreinigung, musste optimiert werden. Sie würde jedenfalls nicht eher ruhen, ehe das Fortbestehen des Palais gesichert war.

Allmählich wurde ihr kalt. Sie warf einen letzten Blick auf das erleuchtete Hotel und entschied, wieder hineinzugehen. Herr Walter, der den neuen Gästen gerade ihre Zimmerschlüssel aushändigte und den Pagen anwies, das Gepäck nach oben zu tragen, bemerkte sie gar nicht, als sie die Treppe nach oben huschte. In der Wohnung war alles still. Das Abendessen hatte heute früher als sonst stattgefunden, da Mutter und Vater eine private Einladung hatten. Auch Luise, die seit neuestem im Kirchenchor sang, war von ein paar kichernden Freundinnen abgeholt worden. Paul arbeitete bestimmt noch. Aber all das passte Elisabeth gut. Auf diese Weise würde sie sich endlich einmal unter vier Augen mit Johanna austauschen können. Als Elisabeth an ihre Tür klopfte, hörte sie ein leises Rascheln. Kurz darauf rief die helle Stimme ihrer Schwester: »Herein.«

»Und? Was raschelt da so verräterisch? Schreibst du gerade deinem Angebeteten?«, fragte Elisabeth lachend, als sie ins Zimmer trat.

Zu ihrer Überraschung wurde ihre Schwester puterrot. »Nein, ich habe mir nur ein paar … Notizen gemacht.«

»Entschuldige, Johanna«, meinte Elisabeth schuldbewusst. »Das war ein dummer Scherz. Ich weiß doch, dass von Reden die Verlobung gelöst hat.«

Und es stimmte. Kurz nachdem der Offizier von ihrer Großmutter über die finanziellen Nöte des Hotels informiert worden war, hatte er das Gespräch mit ihrem Vater gesucht und sich bitterlich über die »Vortäuschung falscher Verhältnisse« beschwert. Unter diesen geänderten Umständen müsse er sein Eheversprechen leider zurückziehen. Vater, der sich sowieso nie so ganz mit seinem zukünftigen Schwiegersohn angefreundet hatte, war der Abschied nicht schwergefallen. Als er seine Erstgeborene über den abhandengekommenen Verlobten informierte, war Johanna vor Glück in Tränen ausgebrochen. Nur ihre enttäuschte Mutter hatte von Reden verteufelt und seinen adeligen Eltern einen bitterbösen Brief geschrieben, auf den sie jedoch bislang noch keine Antwort erhalten hatte.

Johanna schüttelte den Kopf. »Nein, ich muss mich bei dir entschuldigen. Ich habe dich gerade angeschwindelt.«

Elisabeth zog erstaunt die Augenbrauen hoch. »Wie bitte?«

»Ich habe mir keine Notizen gemacht. Und du hast richtig geraten, ich schreibe gerade einen Brief.«

»An wen?« Neugierig ließ sie sich auf Johannas Bett plumpsen.

Die Wangen ihrer Schwester färbten sich noch intensiver rot. »An Samuel Hirsch.«

»Den Arzt? Friedrichs Freund?«

Johanna nickte strahlend. »Ja. Wir schreiben uns seit ein paar Wochen.«

Elisabeth konnte ihre Überraschung kaum verbergen. »Wie bitte? Aber es sind doch gar keine Briefe für dich angekommen.«

»Er schreibt mir postlagernd, unter Friedrichs Namen, damit sich das Fräulein auf der Post nicht wundert, wenn ich die Briefe abhole.«

»Und da sag noch mal einer, stille Wasser seien nicht tief! Aber meinst du nicht, dass sich das Postfräulein trotzdem wundert, wenn dein eigener Bruder dir postlagernd schreibt?«

»Ich habe angedeutet, dass er heimlich wegen einer unglücklichen Liebesbeziehung Rat sucht.«

Elisabeth schüttelte sprachlos den Kopf. »Also ... du bist mir ja eine.«

Johanna zog verlegen eine Schublade auf und kramte eine rosafarbene Pralinenschachtel hervor. »Magst du eine?«

»Sind die etwa auch von ihm?«, erkundigte sich Elisabeth, während sie sich eine Praline herauspickte.

Johanna nickte glücklich. »Zu Weihnachten. Dabei feiert er selbst ein ganz anderes Fest. Chanukka heißt es. Die Juden zünden dabei acht Tage lang Kerzen an. Man nennt es deshalb auch das Lichterfest.«

»Soso. Und wie soll das mit euch weitergehen?«

»Ehrlich gesagt, ich weiß es nicht«, meinte Johanna und nahm sich ebenfalls ein Stück Konfekt. »Aber es ist keine Liebesbeziehung, falls du das meinst.«

»Nein?«, fragte Elisabeth und steckte sich die Praline in den Mund. Sie schmeckte köstlich.

»Nein, wirklich nicht«, holte Johanna sie in die Gegenwart zurück. »Wir tauschen uns lediglich über mögliche Wohltätigkeitsprojekte für die kleinen Patienten der Charité aus.«

»Ich verstehe«, sagte Elisabeth mit einem verschmitzten Lächeln. »Er zieht dich mit dem richtigen Köder an Land.«

»Elisabeth!«, rief Johanna. »Du tust ihm unrecht. Er hat mit keinem Wort sein Interesse ausgedrückt.«

»Das braucht er auch gar nicht. Seine Taten sprechen laut genug. Wie habt ihr dieses Postarrangement eigentlich eingefädelt?«

Johanna blickte auf ihren Schoß. »Friedrich … hat uns geholfen.«

»Oh je, wenn Mutter dahinterkommt, steckt er in Schwierigkeiten.«

»Du wirst ihr doch nicht davon erzählen, oder?«, fragte Johanna besorgt.

Elisabeth rollte mit den Augen und hob die Finger wie zum Schwur. »Nur über meine Leiche. Dein Geheimnis ist bei mir sicher.«

Später in derselben Nacht schreckte Elisabeth aus dem Schlaf hoch, weil etwas gegen die Fensterscheibe schlug. Mit klopfendem Herzen stand sie auf.

»Was ist das?«, fragte Luise, die sich verschlafen in ihrem Bett aufsetzte, als ihre große Schwester den Vorhang zur Seite zog, um nach dem Rechten zu sehen.

»Hörst du nicht den Wind?«, antwortete Elisabeth. »Draußen wütet ein heftiger Sturm. Das Geräusch kommt von den Zweigen der Trauerweide, die gegen das Fenster peitschen.« Sie schaltete ihre Nachttischlampe ein und begann sich anzukleiden.

»Was machst du?«, rief Luise. »Es ist mitten in der Nacht. Du brauchst doch jetzt nicht aufzustehen.«

»Doch. Ich muss nachsehen, ob das Mobiliar auf der Terrasse gesichert ist. Sonst geht bei diesem Unwetter alles kaputt.«

»Aber es regnet!«

»Kein Problem. Ich schlüpfe schnell in einen Regenmantel.«

Als sie notdürftig angezogen auf dem Flur stand, überlegte sie, dass sie Hilfe brauchen würde. Sie musste wohl oder übel Paul wecken. Doch so energisch sie auch gegen seine Tür klopfte, ihr Bruder reagierte nicht. Ob er den gleichen Gedanken gehabt hatte wie sie und bereits draußen war?

Der Tresen war unbesetzt, als sie daran vorbeilief. Aber auf der Terrasse herrschte reges Treiben. Von dem in der offenen Tür zum Speisesaal stehenden Herrn Walter dirigiert, halfen alle mit. Mit klatschnassen Haaren und triefenden Dienstuniformen trugen Pagen, Stubenmädchen und Küchenangestellte sämtliche beweglichen Gegenstände in Sicherheit. Auch Paul und Robert waren unter ihnen.

»Was kann ich tun?«, fragte Elisabeth ihren vorbeieilenden Bruder.

»Hol alle Besen, Schaufeln und Eimer, die du finden kannst«, schnaufte Paul. »Wir müssen die Erde aus den geborstenen Blumenkübeln zusammenfegen, bevor sie überall durch den Park geweht wird.«

»Wo stellt ihr das ganze Zeugs hin?«, fragte ihr Vater, der sich im Bademantel einen Weg durch die arbeitende Menge bahnte.

»In den Vorraum des Restaurants«, antwortete Herr Walter. »Die Geräteschuppen sind zu weit weg. Wir können die Sachen morgen zum Trocknen und Reparieren dorthin bringen.«

Während sie ins Haus zurücklief, um im Keller nach den

gewünschten Gegenständen zu suchen, hörte sie ihren Vater verbittert murmeln: »Sogar das Wetter hat sich gegen uns verbündet!«

Erst am nächsten Morgen wurde das Ausmaß der Verwüstung sichtbar. Durch den Schutz der umliegenden Häuser war das Palais noch vergleichsweise glimpflich davongekommen. Bis auf zwei abgeknickte Sonnenschirme und die kaputten Blumenkübel war alles mehr oder weniger heil geblieben. In Heiligendamm hingegen hatte der Sturm weitaus Schlimmeres angerichtet. Vor allem die gerade erst verlängerte Seebrücke und die vielen bunten Badehäuser waren komplett zerstört. Losgerissene Planken und herrenlose Strandkörbe trieben im unruhigen Meer. Auch der Strand war von Unrat übersät. Es würde Wochen dauern, bis alles wieder aufgeräumt war. Aber wenigstens gab es keine Menschenleben zu beklagen.

Da die Schienen des Molli wegen umgestürzter Bäume unbefahrbar waren, war Paul mit seinem Vater nach Heiligendamm geritten, um sich die dortigen Schäden anzusehen und sich mit dem Ortsvorsteher über eine Beteiligung an den Aufräumarbeiten zu unterhalten. Er war heilfroh gewesen, als sie endlich dort ankamen. Leider war er kein besonders geübter Reiter, und wegen der anhaltenden Windböen hatten die Tiere den ganzen Weg über nervös getänzelt. Nachdem sie ihre Rösser im leeren Stall des Grand Hotels untergestellt hatten, waren sie in Begleitung von Herrn Krause die Strandpromenade entlanggeschritten.

»Ich habe heute Morgen bereits mit dem Generaldirektor und den Aktionären gesprochen. Wir werden nur die Seebrücke wieder aufbauen. Die Badehäuser wurden zuletzt sowieso kaum noch genutzt. Die meisten Gäste baden inzwischen ganz ungeniert unmittelbar im Meer.«

»Das wird wahrscheinlich viele konservative Gäste davon abhalten, Heiligendamm zu besuchen«, rief Vater gegen den heulenden Wind an.

»Die Sitten haben sich geändert, Herr Kuhlmann. Das Seebad Heiligendamm setzt auf eine jüngere, modernere und internationale Kundschaft«, meinte Krause lächelnd.

Paul nickte abwesend. All das traf auf die Mehrzahl ihrer Gäste nicht zu. Auch ihm würde der Anblick der hölzernen Bauten fehlen, die bislang auf Stelzen hinter der Brandung gestanden hatten. Streng getrennt nach Geschlechtern, waren die Badewilligen bislang dorthin gerudert worden, um sich, durch Vorhänge vor unerwünschten Blicken geschützt, umzukleiden und über Leitern ins Meerwasser hinabzulassen. In den luxuriöseren dieser Umkleidekabinen hatte man sich nach dem Baden sogar mit einer Erfrischung stärken können. Die Gäste des Palais würden das badehauslose Schwimmen nicht begrüßen, aber wer wusste schon, ob ihnen das Hotel im nächsten Sommer überhaupt noch gehörte? Sollte sich also der neue Besitzer mit diesen Sorgen herumschlagen.

»Wird sich die Familie Kuhlmann an den anfallenden Kosten für den Wiederaufbau der Seebrücke beteiligen?«, erkundigte sich Krause. »Immerhin sind es ja vorwiegend Ihre Gäste, die sich in der Nebensaison hier rumtreiben.«

»Rumtreiben?«, wiederholte Vater verärgert. »Nein, finanziell werden wir uns nicht beteiligen. Aber wir schicken Ihnen ein paar Männer, die Sie bei den Aufräumarbeiten unterstützen können.«

»Können Sie denn so kurz vor dem Musikfestival überhaupt jemanden entbehren?«, fragte Krause süffisant. »Ich habe mir sagen lassen, dass Sie das Hotel inzwischen mit minimalem Personal betreiben.«

»Das lassen Sie mal unsere Sorge sein.« Vater drehte sich um: »Komm, Paul, wir gehen.«

Auf dem Rückweg, als er neben seinem Vater im Schritt durch den dichten Strandwald ritt, dachte Paul daran, wie knapp Robert und er letzte Nacht einer Katastrophe entgangen waren.

Gemeinsam hatten sie dem ungemütlichen Wetter getrotzt und sich nach Roberts Dienstschluss im Pavillon getroffen, der um diese Uhrzeit immer leer stand. Dort hatten sie eine Flasche Rotwein getrunken, geredet und sich immer wieder geküsst. Es war wunderschön gewesen, und sie hatten gar nicht bemerkt, wie der Wind immer stärker wurde. Erst als sie die lauten Rufe von der Terrasse hörten und jemand am Pavillon vorbeilief, waren sie darauf aufmerksam geworden und hatten sich im Abstand von fünf Minuten unter die Helfenden gemischt. Wie leicht hätten sie entdeckt werden können! Doch selbst die unmittelbare Gefahr hatte seine Gefühle für Robert nicht geschmälert.

Seit der Silvesternacht hatte sich viel verändert. Das Wichtigste war, dass Paul sich nicht mehr vor der Zukunft fürchtete. Oder zumindest nicht mehr so sehr. Er rechnete zwar nach wie vor damit, dass seine Familie das Hotel verlieren würde. Aber Robert hatte versprochen, bei ihm zu bleiben und sich gemeinsam mit ihm eine neue Zukunft aufzubauen. Darüber hatten sie erst am gestrigen Abend gesprochen. Bis März würden sie beide ihre Rollen als Juniorchef und Oberkellner ausfüllen. Aber wenn die Bank das Palais erst einmal übernommen hatte, würde Paul seiner Familie eröffnen, dass er in Amerika als Hotelier Fuß fassen wolle. In den Weiten der Vereinigten Staaten würden sie dann eine neue Identität annehmen können. Wenn sie sich dort als Brüder ausgaben, könnten sie sogar gemeinsam unter einem Dach leben und Tisch und Bett teilen. Ein betörender Gedanke. Doch hier im Hotel war Paul strikt gegen körperlichen Kontakt, der über Küsse und Liebkosungen hinausging. Das gebot allein schon der Respekt vor seiner Familie. Auch ganz praktische Bedenken standen dem entgegen, denn wo hätten solche Begegnungen stattfinden sollen? Robert bewohnte seine Kammer zwar allein, doch Paul konnte sich als Juniorchef nicht nachts ins Dachgeschoss schleichen. Und genauso wenig konnte Robert zu ihm in die Wohnung kommen. Roberts Vorschlag, sich in einem der leer stehenden Hotelzimmer zu treffen, war ebenfalls zu leichtsinnig … denn sie würden das Zimmer nicht abschließen können. Sämtliche Schlüssel hingen an einem Brett vor der jeweiligen Zimmernummer, und Herrn Walter oder dem Nachtpagen würde sofort auffallen, wenn einer fehlte. Und an einem öffentlichen Ort würden sie ein völlig unkalkulierbares Risiko eingehen. Das hatten sie gestern erst im Pavillon erleben müssen. Nein, bis März mussten sie sich gedulden.

Aber sein Dasein war auch so aufregend genug. Niemand ahnte, dass der ihn wie zufällig streifende Arm Roberts mehr bedeutete als eine ungeschickte Geste beim Servieren. Niemand sah die gefühlvollen Blicke, die sie tauschten, wenn sich ihre Wege in den Gängen des Hotels kreuzten. Jeder Tag, jede Stunde und jede Minute barg die Möglichkeit einer berauschenden Begegnung. Und natürlich lauschte Robert auch wieder täglich seinem Klavierspiel. All das bereicherte sein Leben. Selbst wenn es geschäftlich nur Probleme gab.

»Was willst du mir damit sagen, Elisabeth Maria?«, fragte ihre Mutter verärgert. »Es kann unmöglich wahr sein, was Frau Kolbert behauptet.«

»Bitte lass Frau Kolbert aus dem Spiel. Ich glaube, du hast mich schon beim ersten Mal richtig verstanden. Ich werde ab heute kein Korsett mehr tragen. Punkt.« Elisabeth faltete die Arme vor ihrer überschaubar großen Brust, die nur von einem Hemdchen bedeckt wurde.

»Ja, ist denn die ganze Welt verrückt geworden? Erst erzählt mir dein Vater, dass die Heiligendammer Badehäuser nicht mehr aufgebaut werden und Frauen wie Männer wohl bald nackig in die Fluten springen. Und jetzt meint mein Fräulein Tochter, dass sie ebenfalls auf Anstand und Moral pfeifen kann? Aber das lasse ich nicht zu. Und wenn ich es dir mit Frau Kolberts Hilfe gegen deinen Willen anziehen muss!« Mit einem entschlossenen Gesichtsausdruck nahm Mutter das Korsett vom Haken und ging auf Elisabeth zu.

»Darf ich bitte auch etwas zu dem Thema sagen?« Wahrscheinlich war Johanna durch Mutters lautes Geschrei in Elisabeths Zimmer gelockt worden.

»Wenn es sich gar nicht vermeiden lässt … obwohl … vielleicht bringst du ja deine Schwester zur Räson«, erwiderte Mutter.

»Ehrlich gesagt, wollte ich mich auf Elisabeths Seite schlagen.« Johannas Stimme hatte einen besänftigenden Tonfall angenommen, so als müsse sie einem verängstigten Kind etwas erklären.

»Dann spar dir deine Worte«, sagte Mutter verbittert.

Johanna schüttelte den Kopf. »Das geht nicht. Denn ich muss dir leider gleich in zwei Dingen widersprechen. Erstens baden die meisten Gäste schon seit längerem ganz frei im Meer, und bislang habe ich noch nie jemanden ohne einen Badeanzug gesehen. Und zweitens kann Elisabeth unmöglich weiter so hart im Hotel arbeiten, wenn ihr das Korsett die Luft zum Atmen abschnürt. Außerdem …«

»Papperlapapp. Das sind doch faule Ausreden«, fuhr Mutter dazwischen. »Als ob man zum Nachdenken Unmengen von Luft benötigen würde.«

Zu Elisabeths Verwunderung sprach Johanna völlig unbeeindruckt weiter. »Außerdem habe ich in den Berliner Kaufhäusern ganze Reihen von Kleiderständern mit Reformkleidern gesehen. Alles Modelle, die ohne ein Korsett getragen werden. Und selbst Friedrich hat davon gesprochen, dass er als Arzt das Korsett ablehnt und es für absolut gesundheitsschädlich hält.«

Mutter schnaubte ungläubig durch die Nase. »So ein Blödsinn! Reformkleider taugen vielleicht für die Frauen der Unterschicht. Für Zimmermädchen, Küchenfeen oder diese schrecklichen Mannweiber, die für das Frauenwahlrecht kämpfen. Aber doch nicht für eine höhere Tochter wie unsere Elisabeth.«

»Mutter, die Zeiten ändern sich nun mal. Auch wenn wir in Doberan leben, müssen wir an diesem Wandel teilhaben. Bitte verzeih mir, aber selbst ich denke darüber nach, mein Korsett nur noch zu besonderen Anlässen zu tragen.«

Mutter schien so schockiert zu sein über die Rebellion ihrer ältesten, bislang mustergültigen Tochter zu sein, dass sie sich auf dem Absatz umdrehte und wortlos das Zimmer verließ.

Elisabeth pfiff leise durch die Zähne. »Oh je. Das wird Mutter zu denken geben. Trotzdem danke ich dir für deine Unterstützung. Sind deine neuen Ansichten tatsächlich von Friedrichs Gedankengut inspiriert worden, oder steckt da ein gewisser Doktor Hirsch dahinter?«

Johanna lächelte und legte den Zeigefinger an ihre Lippen.

»Gut, nachdem ich dieses Gefecht durchgestanden habe, werde ich mich anziehen und mich um das Musikfestival kümmern«, meinte Elisabeth und griff nach einem meergrünen Morgenkleid.

»Wie laufen die Vorbereitungen?«

»Ganz gut eigentlich. Zwar sind die Künstlergagen horrend, und Vater hat auch weder bei der Dekoration noch am Menü gespart, aber zumindest sind wir bis auf den letzten Platz ausverkauft und sollten sogar einen kleinen Überschuss erwirtschaften.«

Johanna nickte. »Wunderbar.«

»Ja, jetzt müssen Herr Walter und ich nur noch die Sitzordnung für das Galadiner vorbereiten und einige Sonderwünsche erfüllen, dann kann nichts mehr schiefgehen.«

»Ich bin stolz auf dich«, meinte Johanna und drückte ihr im Hinausgehen einen Kuss auf die Stirn.

Elisabeth durchsuchte gerade Pauls Schreibtisch, als ihr Bruder ins Büro trat. »Brauchst du etwas?«

»Ich kann die Gästeliste nicht finden«, erwiderte Elisabeth. »Hast du sie vielleicht irgendwo gesehen?«

»Leider nein. Aber wozu benötigst du sie?«

»Um die Tischordnung vorzubereiten.«

»Dann nimm den Ordner mit den Zusagen. Da findest du ebenfalls die Namen aller Gäste.«

Erleichtert atmete Elisabeth auf. »Gute Idee. Ist es der grüne da?«

»Genau der.«

Elisabeth griff nach dem dicken Ordner und lief eilig zurück zum Empfangschef. Die Organisation eines dreitägigen Festes für so viele Gäste war kein Pappenstiel. Nächsten Sonntag würden sie im Laufe des Tages eintreffen, und bereits für den Abend war ein großes Essen mit musikalischen Intermezzos vorgesehen. Der eigentliche Geburtstag des Kaisers war am Montag. Nach einem ausgiebigen Frühstück würden die Gäste dem offiziellen Festzug der Doberaner Bürgerschaft beiwohnen und anschließend eine einstündige Opernmatinee mit den Lieblingsarien des Kaisers genießen. Nach einem leichten Mittagessen sollte dann das erste von insgesamt drei Solokonzerten des Tages stattfinden. In den Pausen würden sich die Gäste mit Kaffee und Kuchen stärken können, und zu guter Letzt erwartete sie das Galadiner. Nach einer weiteren Nacht im Hotel stand die Abreise an. Ein straffes Programm – bei dem jede Menge schiefgehen konnte, obwohl sie an alle Eventualitäten gedacht hatten und Vater sogar einen Ersatzsänger engagiert hatte, falls einer der Auftretenden krank werden sollte. Hoffentlich war das Glück auf ihrer Seite.

Die Hauptattraktionen des Festes, die junge Sopranistin Ida Giacomelli und der fast siebzig Jahre alte Dirigent Luigi Mancinelli, der mit seinem zehnköpfigen Orchester reiste, kamen bereits am Samstag an. Als die Künstler von Vater im Foyer begrüßt wurden, bemerkte Elisabeth, die als Mitorganisatorin ebenfalls dabei war, dass beide Italiener Erscheinungen waren, die man nicht so leicht vergaß. Frau Giacomelli, die nur gebrochen Deutsch sprach und viel mit den Händen gestikulierte, trug ihre pechschwarzen Haare zu einem lockeren Chignon gebunden und war reichlich mit wertvollem Schmuck behängt. Ihren beachtlichen Brustkorb kaschierte sie mit mehreren Reihen Spitzenvolants an ihrem dunklen Seidenkleid. Der elegante, für sein Alter noch sehr jugendlich wirkende Herr Mancinelli war einen Kopf kleiner als sie und hatte schlohweiße Haare und einen ebensolchen Spitzbart. Beide freuten sich darauf, das berühmte Seebad Heiligendamm kennenzulernen, das sie am Sonntagmorgen mit Vater, Paul und Herrn Krause besichtigen sollten. Das Gespräch war unterhaltsam, doch in Gedanken ging Elisabeth immer wieder den Ablauf der einzelnen Programmpunkte durch. Auch die anschließende Nacht verbrachte sie vor Aufregung weitgehend schlaflos. In den frühen Morgenstunden dachte sie dabei sogar an Julius Falkenhayn. Was würde er wohl zu diesem von ihr mitorganisierten Musikfestival sagen? Aber wahrscheinlich interessierte ihn das alles nicht, sonst hätte er sich jetzt, wo er wieder in Berlin war, doch sicherlich einmal bei ihr gemeldet. Oder?

Am Sonntagmorgen lief sie gleich nach dem Frühstück zu Herrn Walter hinunter. »Und? Wer ist schon alles angekommen?«, fragte sie gespannt.

Der Empfangschef winkte lächelnd ab. »Immer sachte mit den jungen Pferden. Bislang nur die Witwe Bacher und ihre Enkeltochter. Sie haben noch nichts verpasst, Fräulein Elisabeth.«

»Wunderbar. Kann ich Ihnen helfen, Herr Walter? Oder soll ich in der Küche nachschauen, ob alle Vorbereitungen laufen?«

»Bei mir ist alles in Ordnung, gehen Sie nur in die Küche. Aber passen Sie auf, dass Sie Herrn Brandmüller nicht in Rage bringen. Er kann Kritik schwer vertragen.«

Sie zwinkerte Herrn Walter verschwörerisch zu. »Kritik? Welche Kritik? Dafür bin ich doch viel zu diplomatisch.«

In der Küche herrschte rege Betriebsamkeit. Jeder war konzentriert bei der Arbeit. Gemüse wurde geschnitten, Teige geknetet und Saucen angesetzt. Mittendrin stand der Chefkoch und gab wie gewohnt Anweisungen. Trotzdem bekam Elisabeth bei seinem Anblick einen Schreck. Herr Brandmüller war trotz der Hitze in der Küche weiß wie die Wand. Ging es ihm nicht gut? Es wäre eine Katastrophe, wenn er ausgerechnet heute ausfallen würde. Doch nachdem sie ihn eine Zeit lang beobachtet hatte, beruhigte sie sich. Wahrscheinlich war es nur eine kleine

Unpässlichkeit, denn er verrichtete seine Arbeit so professionell wie immer.

Anschließend machte sie sich auf in den Bankettsaal, in dem das heutige Abendessen stattfinden würde. Dort deckte Robert mit seinen Leuten die Tische ein. »Alles zu Ihrer Zufriedenheit, Fräulein Elisabeth?«, rief er ihr zu.

Sie nickte. »Ja, das sieht schön aus. Jetzt können die Gäste kommen. Den Weinkeller und die Zimmer habe ich gestern schon kontrolliert.«

Robert trat ein paar Schritte auf sie zu. »Ich weiß nicht, ob ich mir das anmaßen darf«, sagte er leise, »aber ich finde, dass Sie und Ihr Bruder das alles sehr gut organisiert haben. Respekt.«

Sie lächelte geschmeichelt. »Komplimente sind doch immer willkommen. Danke. Hoffentlich geht heute Abend beim Servieren alles glatt.«

»Keine Sorge. Wir werden unser Bestes geben.«

»Das weiß ich, Robert. Auch dafür vielen Dank.«

Mit einem guten Gefühl ging sie in die Wohnung zurück und zog sich um. Obwohl es keinen Grund gab, in Panik zu verfallen, war sie immer noch nervös wie eine Katze bei Gewitter. Was war nur mit ihr los? Warum konnte sie diese dunklen Vorahnungen nicht abschütteln? Alles lief doch genau nach Plan.

Nach dem Mittagessen mit ihrer Mutter und ihren Schwestern hielt sie es nicht länger aus und lief erneut zum Empfangstresen hinunter. Diesmal lächelte Herr Walter nicht.

»Was ist los?«, fragte sie beunruhigt.

Der Empfangschef blickte auf seine Taschenuhr. »Ich verstehe das einfach nicht.«

»Was? Was verstehen Sie nicht?«

»Der Zug aus Berlin ist vor über einer Stunde angekommen, und es ist trotzdem noch kein einziger Gast aus der Reichshauptstadt bei uns eingetroffen.«

»Wie bitte? Das kann doch gar nicht sein.« Ihr Magen verwandelte sich schlagartig in einen Eisklumpen.

»Doch. Ich habe extra einen Pagen zum Bahnhof geschickt, um herauszufinden, ob der Zug eventuell Verspätung hat oder gar ausgefallen ist. Aber er war auf die Minute pünktlich!«

Elisabeth suchte fieberhaft nach einer Erklärung. »Können die Gäste nicht eine spätere Verbindung genommen haben?«

»Alle auf einmal?« Herr Walter schaute sie zweifelnd an. »Der nächste Zug aus Berlin kommt erst gegen sieben Uhr an. Damit würden die Gäste das Abendessen verpassen, und das will sich doch bestimmt keiner entgehen lassen. Außerdem sind die Gäste aus Hamburg, Rostock und Weimar auch alle noch nicht da!«

»Wie viele sind denn bislang überhaupt angekommen?«

Herr Walter blickte betroffen auf seine Liste. »Nur neunundzwanzig. Hunderteinundfünfzig Gäste fehlen.«

»Oh Gott. Und was machen wir jetzt?«, fragte sie mit sich überschlagender Stimme.

Der Empfangschef zuckte deprimiert mit den Schultern. »Ich habe keinen blassen Schimmer, Fräulein Elisabeth. Aber da kommt gerade Ihr Vater zur Tür herein, vielleicht hat er ja eine Idee.«

Vierundzwanzig Stunden später saß Elisabeth in der letzten Reihe des zur Konzerthalle umfunktionierten Ballsaals. Während sie den von Ida Giacomelli wunderschön vorgetragenen Arien lauschte, kämpfte sie mit den Tränen. Fast alle Stühle vor ihr waren leer. Eine Katastrophe. Besonders, weil Vater sich geweigert hatte, von seinen Gästen Vorkasse zu verlangen. »Das tut man nicht in unseren Kreisen«, hatte er behauptet. Als Folge dieser fatalen Geschäftspolitik würden sie nun nicht nur auf dem größten Teil der Kosten sitzen bleiben, sondern auch auf einem riesigen Berg Speisen. Und das, obwohl ansonsten alles tadellos geklappt hatte und die anwesenden Gäste voll des Lobes für die Veranstaltung waren.

Vater befand sich am Rande eines Nervenzusammenbruchs. »Das kann doch gar nicht sein. Wie wahrscheinlich ist es denn, dass hunderteinundfünfzig Personen von einem auf den anderen Tag entscheiden, ihre Festtagspläne zu ändern und zu Hause zu bleiben?«, rief er immer wieder und raufte sich die Haare. Auch Elisabeth fragte sich, warum niemand seine Teilnahme abgesagt hatte. Weshalb waren alle dem Fest einfach ferngeblieben? Sämtliche denkbaren Hinderungsgründe hatte sie bereits ausgeschlossen. Das Wetter in Berlin war gut gewesen. Die Bahn hatte pünktlich verkehrt. In den letzten Tagen hatte es auch kein außergewöhnliches politisches oder gesellschaftliches Ereignis gegeben, das die Menschen bewogen haben könnte, lieber in ihren eigenen vier Wänden zu bleiben. Es war und blieb ein Rätsel. Noch dazu waren darunter viele Stammgäste, von denen Elisabeth wusste, dass sie sich auf das Musikfestival gefreut hatten. Sie konnte die Enttäuschung ihres Vaters gut nachvollziehen. Er fühlte sich als Versager. So viel Geld, Arbeit und Stolz waren in den Aufbau des Palais geflossen, und nun hielt er das Unternehmen endgültig für gescheitert, denn im Grunde glaubte er nicht an ein Entgegenkommen der Bank, trotz des neuen Geschäftsplans. Stattdessen blätterte er in alten Adressbüchern nach Bekannten, die vielleicht einen Geschäftsführer für ihr Hotel benötigen könnten. Doch sie selbst würde nicht aufgeben. Und wenn sie ihren Vater eigenhändig zu den Verhandlungen mit der Bank schleppen müsste. Jetzt, wo sie sämtliche Abläufe genau studiert und die Buchungen der nächsten Monate im Kopf hatte, wusste sie, dass das Palais eine reelle Chance hatte, erfolgreich zu sein. Nur der Schuldendienst zog ihnen den Boden unter den Füßen weg. Wenn die Bank einer Umschuldung und längeren Laufzeiten zustimmen würde, könnte das Palais florieren. Da war sie sich ganz sicher.

Paul winkte den letzten Gästen zum Abschied zu. Es war ihm selbst schleierhaft, wie er es schaffte, seinen Mund zu einem halbwegs glaubhaften Lächeln zu verziehen. Aber irgendwie ging es. Obwohl er sich ohne die gemeinsamen Zukunftspläne mit Robert wahrscheinlich sofort einen Strick genommen hätte. Seit gestern Abend waren sie ganz offiziell ruiniert. Es war jetzt nur noch eine Frage der Zeit, bis die Bank ihnen das Hotel wegnahm. Er war selbst verwundert, wie sehr ihn das schmerzte. Eigentlich sollte er sich doch freuen, dass die Reise mit Robert nach Amerika nun schneller Realität werden könnte als ursprünglich angenommen. Das Geld für die Überfahrt würden sie gewiss noch zusammenbekommen. Aber jetzt, da der Absprung in eine neue Welt so kurz bevorstand, kehrten auch seine Bedenken zurück. Würden Robert und er sich in der Fremde behaupten können, oder würden sie womöglich in der Gosse landen? Er war wohlbehütet aufgewachsen, an gutes Essen und einen gewissen Luxus gewöhnt. Ob er überhaupt in der Lage wäre, sich an die geänderten Umstände anzupassen?

Gestern Abend, nach dem Schlussakkord des schlecht besuchten Musikfestivals, hatte Paul noch eine Zigarette im Park geraucht. Obwohl sie von den anderen Angestellten gesehen werden konnten, war Robert zu ihm gekommen und hatte leise auf ihn eingeredet. »Nimm es nicht zu schwer, Paul. Wir werden uns etwas Neues aufbauen. Schließlich sind wir beide jung und gesund. Wir werden es schaffen.«

»Ich habe Angst, Robert.«

»Ich weiß«, hatte er zurückgeflüstert. »Du bist ein feinfühliger Künstler. Aber es ist gerade diese Sensibilität, die ich an dir liebe. Ich werde dich vor allem Bösen beschützen.« In der Dunkelheit hatte seine Hand kurz Pauls Ellbogen gedrückt.

Schweigend hatte Paul den Zigarettenrauch in seine Lungen gesogen und Robert in die Augen geschaut. Er war so schön. Und stark. Irgendwie konnte er immer noch nicht glauben, dass sich dieser wunderbare Mann ausgerechnet für ihn entschieden hatte.

»Vertrau mir«, hatte Robert gewispert.

»Ich werd's versuchen.« Gestern Abend hatte er sich auch tatsächlich besser gefühlt, doch im heutigen Morgenlicht war ihm wieder ganz flau zumute. Was war er nur für ein Angsthase!

»Paul? Kommst du? Vater will mit uns reden«, sagte Elisabeth hinter ihm.

Auch das noch! Schweigend folgte er seiner Schwester die Treppe hinauf. Im Wohnzimmer wartete die versammelte Familie. Es herrschte eine Stimmung wie bei einer Beerdigung. Selbst Luise hatte verheulte Augen.

»Um es kurz zu machen«, sagte Vater mit Grabesstimme. »Das Musikfestival hat uns endgültig das Genick gebrochen. Mir wird nichts anderes übrig bleiben, als nach Berlin zu fahren und die Bank über unsere Zahlungsunfähigkeit zu unterrichten. Je früher, desto besser.«

»Aber Heinrich«, rief Mutter. »Bleibt uns wirklich keine andere Wahl?«

»Ich fürchte, nicht.«

»Vater, wir können uns unmöglich kampflos ergeben«, widersprach Elisabeth. »Meines Erachtens sollten wir den nicht angereisten Gästen trotz allem eine Rechnung schicken. Sie wussten doch, dass uns nach ihrer Zusage entsprechende Kosten für Speisen und Getränke entstehen würden. Vielleicht haben wenigstens ein paar von ihnen den Anstand, dafür aufzukommen. Und überhaupt ... einer Veranstaltung zu Kaisers Geburtstag ohne Absage fernzubleiben, das gehört sich einfach nicht.«

Vater antwortete nicht. Sein Stolz und sein Geschäftssinn schienen miteinander zu ringen.

»Darf ich eine andere Frage stellen?« Johannas Stimme klang respektvoll.

»Sicher«, erwiderte Vater.

»Was geschieht mit den überflüssigen Speisen? Sie werden doch hoffentlich nicht weggeworfen.«

Vater zuckte mit den Schultern. »Uns wird nichts anderes übrig bleiben. Selbst wenn wir allen Angestellten heute ein Festmahl bereiten, ist es immer noch viel zu viel, um alles aufzubrauchen.«

Sein deprimierter Tonfall beunruhigte Paul.

»Was für eine Verschwendung«, meinte Johanna traurig. »Darf ich die Reste zu den Armen bringen?«

Vater machte eine hilflose Handbewegung. »Von mir aus.«

In diesem Moment klopfte es an der Tür, und Minna trat ein.

»Jetzt nicht, Minna!«, sagte Vater.

Minna errötete. »Herr Walter bat mich, Ihnen …«

»Hast du nicht verstanden?«, erwiderte Mutter. »Mein Mann sagte, *jetzt nicht!*«

Wie ein geprügelter Hund drehte Minna sich um und wollte gerade verschwinden, als Elisabeth aufstand und sie zurückhielt. »Was wollte Herr Walter?«, fragte sie mit ruhiger Stimme.

Minna knickste und zog einen Brief aus ihrer Schürze. »Er meinte, dass Sie diesen Brief, der gerade angekommen ist, besser sofort sehen sollten.« Mit einem weiteren verlegenen Knicks reichte sie ihn Elisabeth und verschwand durch die Tür.

»Was sich die Angestellten neuerdings herausnehmen«, murmelte Mutter.

Elisabeth beachtete sie nicht. »Der Brief ist von Herrn von Schaper aus Berlin«, sagte sie verwundert.

»Ein weiterer Stammgast, der uns sitzen gelassen hat.« Vater faltete die Arme vor der Brust. »Was will er denn? Fragen, ob wir ihm im nächsten Sommer einen Sonderrabatt offerieren können?«

»Nein, er beschwert sich.«

»Er beschwert sich *bei uns*?«, fragte Paul konsterniert. So ein schäbiges Verhalten hätte er dem Richter gar nicht zugetraut.

»Das ist wirklich die Höhe!« Vaters Faust krachte auf den Tisch, und Luise zuckte zusammen. Sie schien mit ihren Gedanken mal wieder ganz woanders gewesen zu sein.

»Er beschwert sich bei uns«, sprach Elisabeth weiter, »*weil wir ihm in der allerletzten Minute abgesagt hätten!*«

Für einen Moment herrschte ungläubige Stille.

»Und? Habt ihr ihm abgesagt?«, fragte Luise.

Elisabeth schnaubte. »Luise! Denk doch mal nach. Das haben wir selbstverständlich nicht getan.«

»Wieso behauptet er dann so etwas Dummes?« Luises blaue Kulleraugen weiteten sich.

»Mal ganz hypothetisch ... wer könnte ihm denn so einen Absagebrief geschrieben haben?«, fragte Paul nachdenklich.

Wie aus einem Mund antworteten Vater und Elisabeth: »Krause.«

Elisabeth nickte bekräftigend. »Genau der muss es gewesen sein.«

Auf einmal war ihm ganz schwindelig zumute. Wenn das stimmte, hatte der Ortsvorsteher sich fast schon kriminell verhalten. Trotzdem versuchte er, logisch an die Sache heranzugehen. »Aber wie soll er denn an die Namen unserer Gäste gekommen sein? Er wusste doch gar nicht, wen er da anschreiben musste. Nein, dahinter steckt bestimmt jemand aus unserem eigenen Haus.« Für einen kurzen Moment überlegte Paul, ob Robert das Fest sabotiert haben könnte, damit sie ihre Pläne schneller umsetzen konnten. Aber dann schämte er sich. Robert war viel zu anständig für so einen hässlichen Trick.

Sein Vater zog eine Grimasse. »Du hast recht. Außerdem muss die Absage auf unserem Briefpapier geschrieben worden sein, sonst wäre doch bestimmt jemand misstrauisch geworden.«

»Ha«, meinte Elisabeth plötzlich.

Überrascht blickte Vater zu ihr hinüber. »Was hast du?«

»Die fehlende Gästeliste! Erinnerst du dich, Paul? Vor ein paar Tagen war sie plötzlich verschwunden.«

Er nickte. »Ja, genau.«

»Jemand muss sie Krause zugesteckt haben. Wahrscheinlich zusammen mit einem Karton von unserem Briefpapier.«

»Aber wer?«, sinnierte Vater. »Das ist doch genau die Frage.«

Elisabeth nickte. »Ich habe da eine ziemlich genaue Vorstellung.« Sie griff nach der Tischglocke und läutete energisch.

Mit einem verunsicherten Gesichtsausdruck trat Minna ein. »Sie wünschen?«, fragte sie, an Mutter gewandt.

Doch es war Elisabeth, die sie ansprach: »Minna, wie viel Loyalität empfindest du unserer Familie gegenüber?«

Minna senkte den Kopf. »Fräulein Johanna und Herr Kuhlmann junior haben meiner Mutter das Leben gerettet. Ich würde alles tun, um ihnen diesen Gefallen zurückzuzahlen.«

Mutter blickte erstaunt zu Johanna, und Paul fragte sich, was Elisabeth vorhatte.

»Das trifft sich ganz ausgezeichnet«, meinte seine Schwester. »Denn als Nächstes werden wir gemeinsam einen Spion enttarnen.«

10. Kapitel

Minnas Hände zitterten, als sie die quadratische Holzkiste unter Berthas Bett hervorzog. Obwohl Fräulein Elisabeth sie dazu ermutigt hatte, plagte sie ein schlechtes Gewissen. Aber wenigstens konnte Bertha nicht zur Tür hereinplatzen, denn sie war von Frau Kuhlmann zum Ausräumen eines Schranks abkommandiert worden. Da war die Kiste. Ob sie tatsächlich Beweise für Berthas Spionagetätigkeit enthielt? Atemlos hob Minna den Deckel an. Doch der Inhalt war unspektakulär: lediglich ein paar Münzen, Parfüm und ein rosa Lippenstift. Die Kuhlmanns würden enttäuscht sein. Unglücklich machte sie sich auf den Weg zurück in die Wohnung.

Als Fräulein Elisabeth ihr gestern berichtet hatte, wie sie Bertha beim Herumschnüffeln im Büro ihres Bruders ertappt hatte und welchen Verbrechens sie das erste Stubenmädchen beschuldigte, war Minna sprachlos gewesen. Kurz darauf hatte sie alles erzählt, was sie wusste: dass Bertha schon seit Monaten ein respektloses Verhalten an den Tag legte. Dass sie angeblich mit einem neuen Freund zusammen war, der ihr zu Weihnachten sogar einen Mantel mit Pelzbesatz spendiert hatte. Und dass sie eine merkwürdige Holzkiste unter ihrem Bett versteckte. »Ich wusste es«, hatte Fräulein Elisabeth triumphierend ausgerufen. »Bertha ist diejenige, in deren Hand ich die Gästeliste zuletzt gesehen habe!« Doch bisher hatten sie sie leider nirgends gefunden.

»Hm, dumm ist sie nicht, unsere Bertha«, sagte Fräulein Elisabeth, als sie von dem harmlosen Inhalt der Kiste erfuhr. »Natürlich hat sie inzwischen alle Beweise vernichtet. Also kommt jetzt mein ursprünglicher Plan ins Spiel. Wir werden ihr eine Falle stellen.«

»Eine Falle?«, wiederholte Minna unsicher.

»Keine Sorge. Du wirst nichts weiter tun müssen, als Bertha eine kleine Lüge aufzutischen. Falls sie unschuldig ist, wird sie nicht darauf reagieren, und wir müssen nach einem anderen Schuldigen suchen.«

»Und falls sie schuldig ist?«

»Dann wird sie versuchen, mit Herrn Krause in Kontakt zu treten, um ihm die Lüge weiterzuerzählen«, erwiderte Fräulein Elisabeth lächelnd.

»Aber wie sollte sie mit ihm in Kontakt treten?«, fragte Minna ratlos. »Sie kann ihn doch weder anrufen, noch einfach im Ortsvorsteherhaus aufsuchen.«

»Das stimmt leider.« Fräulein Elisabeth biss sich nachdenklich auf die Lippe. »Wahrscheinlich werden die beiden per Post einen Treffpunkt an Berthas freiem Tag vereinbaren. Das könnte doch sein, oder? So würde ich das jedenfalls machen, wenn ich irgendwo spionieren würde.«

»Und wie sollen wir diesen Treffpunkt finden?«

»Ganz einfach. Du gehst ihr nach!«

»Ich?«

Fräulein Elisabeth nickte. »Ja, es geht leider nicht anders. Ich selbst kann nicht allein durch Doberan marschieren, ohne Aufsehen zu erregen.«

»Aber was mache ich, wenn sie mich erwischt?«, flüsterte Minna.

»Keine Sorge. So wie ich Bertha kenne, hält sie sich für viel zu schlau, um entdeckt zu werden. Sie wird sich bestimmt nicht umblicken. Und wenn doch, hast du ein Buch dabei, das du angeblich für mich zur Bibliothek bringen musst.«

Vier Tage später war es so weit. Beim Aufstehen hatte Minna geklagt, dass sie ausgerechnet heute, an Berthas freiem Tag, besonders viel zu tun habe. Die Familie erwarte zum Mittagessen zwei Industrielle aus Berlin, die das Palais für zwei ganze Wochen buchen wollten, um eine internationale Konferenz abzuhalten. Eine Lüge, die sich Fräulein Elisabeth ausgedacht hatte.

Obwohl Bertha so tat, als ob sie diese Information nicht die Bohne interessierte, fragte sie nach den Namen der beiden Gäste. Minna wertete das als gutes Zeichen, und nachdem Bertha ihren Glockenmantel angezogen und die Kammer verlassen hatte, schlich sie ihr hinterher. Ihren eigenen Mantel und Fräulein Elisabeths Buch hatte sie in weiser Voraussicht bereits am Abend zuvor neben dem Personaleingang deponiert.

Doch zunächst ging Bertha durch den Keller in den Vorraum des Restaurants, um mit Robert zu sprechen. Leider war Minna, die sich hinter einem Regal neben der Treppe versteckt hatte, zu weit weg, um ihre Unterhaltung zu verstehen. Aber der Oberkellner wirkte nicht unbedingt erfreut über Berthas Besuch, selbst wenn er zu guter Letzt widerwillig nickte. Hoffentlich war es nicht Robert, der hinter dieser Sache steckte. Das würde den Kuhlmanns, die große Stücke auf ihn hielten, sicherlich nicht gefallen.

Nachdem Bertha sich ein Gebäckstück aus der Küche geklaut hatte, ging sie auf beiden Backen kauend in die Stadt. Dort lief sie ziemlich planlos durch die Gegend und blieb mal vor diesem, mal vor jenem Geschäft stehen, um die Auslagen zu betrachten. Mit klopfendem Herzen folgte ihr Minna in sicherer Entfernung. Erst als die Glocke des Münsters zwölf Uhr schlug, schien Berthas Gang zielstrebig zu werden. Kurz darauf betrat sie die Weinhandlung Wagner. Abwartend blieb Minna vor dem Laden stehen. Als Bertha fünf Minuten später noch nicht wieder herausgekommen war, kam ihr ein Verdacht: Was, wenn das erste Stubenmädchen dort drinnen ein Stelldichein hatte?

Sie fasste sich ein Herz und öffnete die Eingangstür. Auf den ersten Blick konnte sie Bertha nicht entdecken. Aber nachdem sie zwei Rotweinregale umrundet hatte, sah sie sie plötzlich: Das erste Stubenmädchen stand im hinteren Teil des Geschäfts und unterhielt sich flüsternd mit einem grauhaarigen Herrn. Mit wem tauschte sie sich da aus? Minna hatte den Mann noch nie gesehen, und sie konnte sich auch schlecht zu den beiden hinzugesellen und fragen. Auf einmal kam ihr eine Idee. Sie kramte ihr

Taschentuch aus der Handtasche und ging zu einem Burschen, der gerade Weinflaschen aus einer Kiste ins Regal räumte.

»Herr Wagner ist außer Haus. Kann ich Ihnen helfen?«, fragte er geschäftstüchtig.

»Nein, ich wollte mich nur umschauen«, log Minna und zeigte ihm das Taschentuch. »Aber ich glaube, der Herr da hinten hat das gerade fallen gelassen.«

Der Bursche blickte sich desinteressiert um. »Herr Krause?«

»Ja, genau.« Innerlich triumphierte Minna. Es war tatsächlich der Ortsvorsteher!

»Gut, geben Sie es her. Ich werd's ihm gleich zurückgeben.«

»Herzlichen Dank«, sagte sie leise und eilte zur Tür.

***

»Und wie hat Bertha auf die Kündigung reagiert?«, erkundigte sich Johanna.

»Sie hat es mit Fassung getragen.« Elisabeth seufzte und versuchte, mit ihrer Schwester Schritt zu halten. Es war so kalt, dass ihnen beim Sprechen und Atmen Nebelwolken vor dem Gesicht tanzten. Ihre Nasen und Wangen waren rotgefroren. Trotz der eisglatten Bürgersteige waren sie auf dem Weg zum Gottesdienst. Allerdings nicht nur, um zu beten, sondern vor allem, um anschließend Spenden für kranke Kinder zu sammeln. Ein weiterer Ratschlag von Dr. Samuel Hirsch, den Elisabeth inzwischen etwas anstrengend fand. Er hatte in seinem letzten Brief gemeint, dass es Johanna guttun würde, sich sozial zu engagieren. Seitdem brannte ihre Schwester darauf, sich um die Kranken, Armen und Geschundenen dieser Welt zu kümmern. Sie hatte sich sogar heimlich über das Programm der SPD informiert. Unter ihrer Matratze lagerte eine entsprechende Broschüre des Wahlkreises Rostock-Doberan. Wenn ihr kaisertreuer Vater das geahnt hätte, wäre sein konservatives Weltbild aus den Fugen geraten.

»Ist sie denn nicht auf ein Gehalt angewiesen?«, fragte Johanna.

»Meines Erachtens hat sie eine Vereinbarung mit Krause, auch wenn er das abstreitet. Jedenfalls scheinen sie keine Geldsorgen zu plagen.«

»Ein Schelm, wer Böses dabei denkt.«

»Na ja, mehr als Böses denken, können wir leider nicht. Obwohl wir alle wissen, was uns dieser Ortsvorsteher angetan hat. Vater hat gestern mit ihm telefoniert, und als er ihm die ganze Geschichte mit Bertha an den Kopf geworfen hat, hat Krause nur gelacht und gesagt, er hoffe, dass wir genügend Beweise für unsere Anschuldigungen hätten. Ansonsten würde er die Polizei rufen und uns wegen übler Nachrede anzeigen.«

»Aber ihr habt doch sicherlich Beweise, oder nicht?«

Elisabeth schüttelte den Kopf. »Leider nein. Ich habe mit Herrn von Schaper telefoniert und ihn gefragt, wie diese seltsame Absage aussieht. Und es verhält sich damit leider genauso, wie ich es mir gedacht habe. Es handelt sich um ein auf der Schreibmaschine geschriebenes Schriftstück mit unserem Briefkopf. Die Unterschrift sei so krakelig, dass man sie beim besten Willen nicht entziffern könne.«

»Aber was ist mit dem Treffen mit Bertha? Minna kann doch unter Eid bezeugen, dass sich die zwei getroffen haben.«

»Das stimmt, aber Krause behauptet, Bertha hätte ihn im Laden spontan angesprochen, weil sie im Palais nicht mehr glücklich sei und im Sommer gern im Grand Hotel anfangen würde. Es steht also Minnas Wort gegen das von Bertha und Krause.«

»Was für ein Halunke!«

»Allerdings. Vater war so wütend, dass er den Hörer auf den Schreibtisch geknallt hat.«

»Und wie geht es dir? Du hast in den letzten Monaten so hart für den Erhalt des Hotels gearbeitet.«

»Ich versuche, Ruhe zu bewahren. Außerdem schreibe ich auf Vaters Geheiß jedem einzelnen nicht erschienenen Gast eine Entschuldigung für die irrtümliche Absage.«

Sie hatten die Kirche fast erreicht, und Johanna grüßte im Vorbeigehen eine Freundin. »Glaubst du, dass Vaters und Pauls

Geschäftsplan die Bank von einer Umschuldung überzeugen kann?«

»Paul und ich haben das Dokument noch einmal überarbeitet, und jetzt kann jeder halbwegs Sachverständige erkennen, dass das Hotel mit längeren Kreditlaufzeiten florieren würde. Wir haben sogar Vater davon überzeugt. Jetzt hängt alles vom guten Willen der Finanzleute ab. Vater und Paul werden nächste Woche nach Berlin fahren, um die Bank zu treffen.«

Johanna nickte abwesend. »Soll das etwa unser Tisch sein?«, rief sie empört, als sie den Vorhof betraten. »Der ist ja viel zu klein, um die Rotkreuzdose draufzustellen. Ich muss gleich mal mit dem Pfarrer sprechen.« Eilig bahnte sie sich einen Weg durch die wartenden Gottesdienstbesucher.

Der imposante Hauptsitz der Dresdner Bank lag in der Behrenstraße. Ein riesiger Palast mit einer Fassade im Stil der italienischen Renaissance, der den südlichen Abschluss des Opernplatzes bildete. Gebaut, um andere Kreditinstitute, vor allem aber die Kunden, zu beeindrucken. Selbst sein Vater schien vor dem Eingang kurz durchatmen zu müssen. Paul bekam vor Aufregung kaum noch Luft. Auch der Sitzungsraum, in den sie kurz darauf geführt wurden, konnte nicht anders als grandios bezeichnet werden. Die fünf Direktoren des Bankenkonsortiums, das unter der Federführung eines Herrn Ostermann von der Dresdner Bank die Kredite an das Palais Heiligendamm vergeben hatten, warteten bereits. Alle trugen dunkle Anzüge, weiße Hemden und ernste Mienen zur Schau.

Nach der Begrüßung sagte Herr Ostermann: »Herr Kuhlmann, es ist gut, dass Sie uns heute aufsuchen, denn uns erreichen leider keine guten Nachrichten aus Doberan.«

Vater verzog überrascht das Gesicht. »Wer leitet Ihnen denn Informationen aus diesem Teil des Landes weiter?«

»Das tut nichts zur Sache«, erwiderte Herr Ostermann.

»Stimmt es, dass Sie in schweren finanziellen Schwierigkeiten stecken und die Aussicht besteht, dass Sie der Schuldenrate im März nicht vollumfänglich nachkommen können?«

Vater räusperte sich. »Leider ja. Deshalb sind wir hier.«

Ein missbilligendes Raunen ging durch die Reihe der Direktoren. Herr Ostermann antwortete mit schneidender Stimme: »Das ist eine schwere Enttäuschung für uns. Vor vier Jahren haben wir Ihnen das Darlehen auf Treu und Glauben gewährt. Aufgrund des exzellenten Rufs, den Sie sich als Hotelier in Berlin erworben hatten. Und nun das! Wie konnte Ihnen die Leitung des Hotels nur so entgleiten?«

»Das Geschäft ist im letzten Jahr eigentlich sehr gut angelaufen …«, begann Vater.

»Hört, hört«, unterbrach ein anderer Direktor böse, dessen Name Paul bereits wieder entfallen war. »Und dann ist der Laden urplötzlich zusammengebrochen? Wie oft ich das schon gehört habe! Dabei ist es jedes Mal reine Schlamperei, die zu solchen Miseren führt. Geschäftsführer, die sich auf die faule Haut legen oder die Einnahmen ins Casino tragen. Also, was ist es bei Ihnen?«

»Doktor Roland«, sagte Herr Ostermann tadelnd. »Wir sollten Herrn Kuhlmann die Möglichkeit geben, sich zu erklären.«

Vater straffte die Schultern. »Ich kann mir beim besten Willen kein mutwilliges Fehlverhalten vorwerfen. Sicherlich … wir hatten ein paar Tiefschläge zu verkraften. Schlechtes Wetter, ein Fall von Zechprellerei und eine von Dritten sabotierte Veranstaltung. Aber all das hätten wir verkraftet, wenn der unverhältnismäßig hohe Schuldendienst die noch junge Entwicklung des Hotels nicht belasten würde. Deshalb bin ich auch nicht hierher gekommen, um mich zu rechtfertigen, sondern um Ihnen einen Vorschlag zu unterbreiten.«

»So?« Ostermann zog skeptisch eine Augenbraue in die Höhe.

»Wir haben gemeinsam mit unserem Buchhalter einige Berechnungen angestellt, die belegen, dass wir, wenn Sie die Kreditlaufzeiten um nur fünf Jahre verlängern und die Tilgung für ein weiteres Jahr aussetzen, die Zahlungen problemlos leisten können«, sagte Vater mit fester Stimme.

»Morgen ist jeder Schuldner immer zahlungskräftiger als heute.« Die Stimme von Dr. Roland triefte vor Sarkasmus.

Vater ignorierte ihn und reichte den mitgebrachten Aktenordner an Herrn Ostermann weiter. »Am besten schauen Sie sich das alles selbst einmal an. Sie können übrigens auch jederzeit nach Doberan kommen, um sich vom einwandfreien Zustand des Hotels zu überzeugen.«

»Hm, kein schlechter Gedanke. Wir brauchen natürlich erst ein wenig Zeit, um Ihre Berechnungen zu prüfen. Aber generell … wäre diese Vorgehensweise auch den anderen Herren genehm?«, erkundigte sich Herr Ostermann.

»Das ist doch reine Zeitverschwendung«, schimpfte Dr. Roland. »Es wäre besser, das Ganze zu beenden, wenn das Hotel noch gut in Schuss ist. Nicht, dass der Schuldner das wertvolle Mobiliar noch vor der Insolvenz unter der Hand verkauft und …«

»Keine vorschnellen Anschuldigungen, Herr Kollege«, wurde er von Ostermann unterbrochen. »Noch ist die erste Rate ja gar nicht fällig. Und ich werte es als sehr positiv, dass Herr Kuhlmann von sich aus mit Lösungsvorschlägen zu uns kommt.«

»Ach, papperlapapp. Wir würden besser fahren, wenn wir bereits eine Zwangsversteigerung vorbereiten würden.«

»Nein, dieser Meinung kann ich mich beim besten Willen nicht anschließen«, erwiderte Ostermann spitz. »Ich wäre dafür, dass wir zunächst die eingereichten Unterlagen prüfen und uns danach vor Ort vom Zustand des Hotels überzeugen. Aber am besten stimmen wir ab. Wer ist derselben Ansicht?«

Zögernd hoben nacheinander alle Herren die Hand. Nur Dr. Roland weigerte sich. Doch Ostermann hielt ihn offensichtlich für überstimmt. Mit einem Lächeln wandte er sich an Vater. »Gut, Herr Kuhlmann. Dann werde ich mich mit Ihnen wegen eines Besuchsdatums in Verbindung setzen.«

»Herzlichen Dank«, sagte Vater würdevoll und verabschiedete sich. Seite an Seite verließen sie den Sitzungssaal und gingen durch das imposante Treppenhaus auf die Straße. Erst jetzt fiel Paul auf, dass seine Schultermuskulatur von der nervösen Anspannung regelrecht schmerzte. »Ist doch gar nicht so schlecht gelaufen«, meinte er vorsichtig.

»Aber leider auch nicht besonders gut. Hast du gehört, wie scharf dieser Roland auf eine Zwangsversteigerung des Palais ist?«

Paul nickte beklommen.

»Du musst wissen, dass Roland aus Hamburg kommt und ein enger Freund von Krause ist. Das erklärt sicher auch den schnellen Nachrichtenfluss von Doberan nach Berlin. Jetzt verstehe ich auch, weshalb Krause sich so anstrengt, uns in den Bankrott zu treiben. Er will das Palais für sich selbst ersteigern.« Vater schloss die Augen. »Und das Schlimmste ist, dass sein teuflischer Plan gute Chancen hat, aufzugehen.«

Paul öffnete den Mund und schloss ihn wieder. Er hätte seinem Vater so gern etwas Tröstliches gesagt, aber sein Gehirn war wie leer gefegt.

Frau Kolbert schien es gegen den Strich zu gehen, dass Minna nach Berthas Entlassung zum ersten Stubenmädchen befördert worden war. Dabei war dieser Aufstieg sowieso reine Augenwischerei. Schließlich war Minna jetzt das einzige Stubenmädchen im Haushalt und musste Berthas Arbeit zusätzlich übernehmen. An manchen Tagen war sie am Abend so müde, dass sie am liebsten noch mit ihrem Dienstkleid ins Bett geklettert wäre. Leider hatte Frau Kuhlmann durchblicken lassen, dass in den nächsten Monaten das Geld für ein zweites Stubenmädchen fehlte, und Minna betete, dass der strenge Arbeitsalltag nicht zum Dauerzustand werden würde.

Aber das war nicht ihr einziges Problem. Herrn Brandmüller, der vor Silvester so stabil gewirkt hatte, ging es von Tag zu

Tag schlechter. Minna wusste, dass er inzwischen auch während der Arbeit trank. Zwar hatte er scheinbar selbst im angetrunkenen Zustand die Küche im Griff. Aber er ließ sich trotzdem zunehmend gehen. Ständig wirkte er unausgeschlafen und blass. Sein Haar schien nicht so ordentlich wie vorher gescheitelt zu sein, und vor dem ersten Schluck Alkohol zitterten seine Hände. Sie hatte keine Ahnung, wie sie auf seinen Niedergang reagieren sollte. War es besser, auf Zehenspitzen um ihn herumzutanzen und das Problem zu ignorieren? Oder sollte sie ihm eine ordentliche Standpauke halten? Doch Letzteres jagte ihr Angst ein. Was, wenn sie nicht die richtigen Worte fand und er danach nur noch mehr trank? Allerdings fiel es ihr genauso schwer, das Problem auszusitzen. Sie liebte Herrn Brandmüller wie einen nahen Verwandten, und es tat ihr in der Seele weh, ihn auf diese Weise leiden zu sehen. Es war ihr auch ein Rätsel, dass sein schlechter Zustand niemand anderem auffiel. Gerade heute, beim gemeinsamen Mittagessen, hatte der Koch zum Fürchten ausgesehen. Kein Wort hatte er gesprochen, nicht einmal mit ihr. Traurig machte sie sich auf den Weg zur Gesindetreppe.

»Na, mein Herzblatt. Ist die Liebe zwischen dir und deinem Koch abgekühlt?«

Konrads Stimme unmittelbar hinter ihr jagte ihr einen gehörigen Schreck ein. Mit weichen Knien drehte sie sich um. »Lass mich zufrieden.«

Doch Konrad ließ sich nicht so leicht abschütteln. »Hast du endgültig genug von ihm? Sieht der alte Mann deswegen so traurig aus? Willst du es dann nicht doch einmal mit einem schicken jungen Kerl wie mir probieren?«

Plötzlich hatte Minna die Nase gestrichen voll. Andauernd musste sie wegen diesem Schuft auf ihre Sicherheit achten. Tags wie nachts. Jetzt würde sie ihm ein für alle Mal die Meinung geigen. Mit mehr Bravour, als sie innerlich verspürte, stützte sie die Hände in die Taille und sagte: »Hör zu, Konrad. Es reicht mir mit deinen ekelhaften Anspielungen und körperlichen Angriffen. Ich bin inzwischen nicht mehr neu hier, und mein Wort hat genauso viel Gewicht wie deins. Wenn du mich also nicht auf der Stelle in Ruhe lässt, werde ich Herrn Walter von deinem Benehmen berichten, und dann kannst du dir eine neue Stellung suchen.«

Konrad grinste anzüglich. »Ich liebe resolute Frauen. Und kann es kaum erwarten, mit dir ein kleines Kämpfchen auszuringen.«

Minna schüttelte den Kopf. »Gut, du hast es nicht anders gewollt. Ich werde jetzt zu Herrn Walter gehen und mich über dich beschweren.« Wütend stapfte sie an ihm vorbei und schlug den Weg zum Restaurant ein. Das war der kürzeste Weg zum Empfangstresen.

Hinter ihr lachte Konrad höhnisch auf. »Viel Glück.«

Bis ins Restaurant, das um diese Uhrzeit geschlossen war, schaffte sie es in einem Rutsch. Doch als sie die Tür zum Gang ins Foyer aufdrücken wollte, kamen ihr plötzlich Bedenken. Was, wenn Herr Walter ihr die Geschichte nicht abnahm? Schließlich ging es um einen Pagen, den er als Empfangschef wesentlich besser kannte als sie. Außerdem war auch Herr Walter letztendlich nur ein Mann. Konnte er ihre Panik da überhaupt nachempfinden? Bestimmt würde er Frau Kolbert und den Kuhlmanns von ihrer Beschwerde berichten, und das wäre mehr als peinlich.

Dennoch, diesmal würde sie nicht klein beigeben. Erneut legte sie die Hand an die Tür, drückte sie ein Stück weit auf und zwängte sich hindurch. Ihre Beine waren wie aus Blei, als sie den kurzen Gang entlangschritt. Schließlich war sie am Ende angekommen. Vorsichtig blickte sie um die Ecke. Nur wenige Gäste bevölkerten das Foyer. Sie würden sie nicht davon abhalten, mit Herrn Walter zu sprechen. Dann huschte ihr Blick zum Tresen, und sie erstarrte. Vor dem Empfangschef stand niemand anderes als Konrad, der den ganzen Weg über die Gesindetreppe gerannt sein musste. Herr Walter schien gerade über eine Anekdote des Pagen zu schmunzeln. Hinter seinem Rücken, so dass es der Empfangschef nicht sehen konnte, winkte Konrad ihr zu.

Sie hatte sich noch niemals so wütend und hilflos zugleich gefühlt. Mit Tränen in den Augen drehte sie sich um und lief zurück in den Keller.

»Aber Paul«, sagte seine Schwester vorwurfsvoll. »Du kannst Vater doch unmöglich allein nach Berlin fahren lassen. Wer weiß, was er tut, wenn die Finanzleute unseren Plänen endgültig eine Absage erteilen.«

»Ich glaube, da unterschätzt du unseren Vater aber gewaltig, Elisabeth. Er ist wesentlich gefasster, als du denkst.«

Sie musterte ihn skeptisch. »Was hast du denn so Wichtiges vor, dass du Vater bei diesem schweren Gang nicht begleiten kannst?«

Glücklicherweise war er auf diese Frage vorbereitet. »Herr von Schaper feiert am einundzwanzigsten Februar seinen Geburtstag im Hotel, und ich finde, dass sich nach dem Fiasko mit dem Musikfestival unbedingt jemand persönlich um ihn kümmern sollte.«

»Hm«, meinte Elisabeth. »Kann ich das nicht übernehmen?«

Paul warf ihr einen amüsierten Blick zu. »Ich bitte dich! Deine Arbeit im Hotel in allen Ehren, aber offiziell kann das Palais doch nur durch Vater und mich repräsentiert werden.«

Sie zog einen Flunsch. »Ich fühle mich trotzdem nicht wohl bei dem Gedanken, dass Vater ganz allein nach Berlin reist. Ob Friedrich sich dort um ihn kümmern kann? Aber wahrscheinlich ist er zu beschäftigt. Onkel Hans vielleicht?«

Während seine Schwester im Büro auf und ab schritt und laut über eine Lösung grübelte, dachte Paul an die eigentlichen Beweggründe für seine Weigerung. Erst letzte Woche waren die fünf Bankdirektoren nach Doberan gereist und hatten das Palais ausgiebig besichtigt. Zwei von ihnen, darunter Herr Ostermann, schienen von dem Hotelbetrieb sehr angetan zu sein und ernsthaft eine Kreditverlängerung in Betracht zu ziehen. Doch die anderen drei hatten, angeführt von Dr. Roland, mehrfach kritisch den Kopf geschüttelt. Ein negativer Bescheid schien damit mehr als wahrscheinlich. In Wahrheit war er selbst es, der mit einer Absage nicht klarkommen würde. Wie sollte er in seinem ohnehin schon angeschlagenen Zustand auch noch die Verantwortung für das Seelenheil seines Vaters übernehmen? Das war doch verrückt.

Außerdem mochte er Robert momentan nicht allein lassen. Seit ein paar Wochen wirkte er seltsam in sich gekehrt, wollte Paul aber partout nicht sagen, was ihm auf der Seele lag. In seiner Unsicherheit bestürmte Paul ihn bei jeder Gelegenheit mit der Frage, ob er ihn denn überhaupt noch wolle. Und selbst wenn Robert ihm jedes Mal aufs Neue schwor, dass er ihn liebe, verstummten seine Zweifel nie so ganz. Gab es vielleicht außer ihm noch jemand anderen in Roberts Leben?

In diesem Moment schüttelte Elisabeth den Kopf. »Nein, mir fällt einfach keine andere Lösung ein. Wenn du nicht mitfährst, muss ich Vater begleiten.«

»Zu einer Besprechung mit der Bank?«, fragte Paul ungläubig.

»Das vielleicht nicht. Aber ich könnte zumindest vor dem Gebäude auf ihn warten.«

»Ich glaube kaum, dass Mutter das erlauben wird«, meinte er.

Elisabeth zuckte mit den Schultern. »Am besten fragen wir sie. Dann wissen wir Bescheid.«

Nachdem sie Mutter die Angelegenheit geschildert hatten, warf sie zunächst Paul einen argwöhnischen Blick zu. Ahnte sie, dass er sich vor dieser Reise drückte? Erriet sie sogar sein Motiv? Doch selbst wenn ihre Vermutungen in die richtige Richtung gingen, sprach sie den Verdacht nicht aus.

»Eigentlich halte ich es für keine gute Idee, dass Elisabeth mit Vater nach Berlin fährt«, setzte sie an. »Aber unter den momentanen Umständen muss ich wohl schweren Herzens zustimmen. Auch mir wird angst und bange, wenn ich daran denke, dass Vater das Hotel verlieren könnte.«

Vater schien sich über Elisabeths Absichten zu freuen. Und so war es beschlossene Sache, dass sie statt Paul die Koffer packen würde.

Die sechsstündige Zugfahrt war anstrengend gewesen, weil Elisabeth pausenlos Vater von seinen trüben Gedanken hatte ablenken müssen. Jedenfalls war es die richtige Entscheidung gewesen, ihn nicht allein reisen zu lassen. Aus alter Gewohnheit waren sie bei Onkel Hans im Fürstenhof abgestiegen. Doch selbst er schien um Jahre gealtert zu sein. Offenbar hatte er unter der Berliner Konkurrenz schwer zu leiden. Anstatt seinen Bruder zu trösten, machte er alles nur noch schlimmer. »Wir zwei gehören jetzt zum alten Eisen, Heinrich«, hatte er gleich am ersten Abend gesagt. »Wenn sie dir das Palais und mir den Fürstenhof wegnehmen, können wir uns nur noch erschießen. Denn eine Anstellung als Direktor eines angesehenen Hauses finden wir in unserem Alter nicht mehr. Heutzutage wollen alle nur noch junges Blut in ihren Hotels. Da zählen nicht mehr Tradition und Erfahrung, sondern neumodischer Schnickschnack. Von wegen Tanztee mit Anstandsdame, das war gestern. Tango tanzen wollen die jungen Menschen heute. Dabei hat sogar der Kaiser seinen Offizieren verboten, bei solchen Frivolitäten Uniform zu tragen. Und keiner schert sich drum. Erst neulich hat die Polizei wieder ein illegales Spielcasino ausgehoben und ...«

Sein Redefluss war nicht zu stoppen gewesen, und Elisabeth hatte ihren Vater fast gewaltsam auf sein Zimmer schleppen müssen. Glücklicherweise war ihr Onkel heute Morgen zu beschäftigt, um mit ihnen zu frühstücken.

»Um wie viel Uhr ist eigentlich die Besprechung?«, fragte Elisabeth, obwohl sie von Paul wusste, dass diese für den frühen Nachmittag angesetzt war.

»Um zwei«, antwortete ihr Vater. »Aber du brauchst mich

nicht vor halb fünf abzuholen. Herr Ostermann hat mir zugesagt, dass ich zunächst noch einmal unsere Zahlen erläutern darf, danach wird ein Hotelexperte der Dresdner Bank sprechen, und anschließend wollen sich die Bankdirektoren untereinander beraten. Die Abstimmung wird also frühestens zwei Stunden später stattfinden. Du kannst ganz entspannt im Fürstenhof warten, bis Johann dich zum Opernplatz bringt.«

Elisabeth nickte. Sie hatte auf genau diese Antwort gehofft. Doch statt brav im Fürstenhof zu warten, würde sie einen langgehegten Plan in die Tat umsetzen.

Kurz nachdem ihr Vater aufgebrochen war, machte sie sich ebenfalls ausgehfertig. Hoffentlich ließ ihr schauspielerisches Talent sie nicht ausgerechnet heute im Stich. Sie verließ das Zimmer und hielt Ausschau nach dem alten Hausdiener.

»Johann«, sagte sie energisch, als der livrierte Diener endlich vor ihr stand.

»Ja, Fräulein Elisabeth?« Er legte die Zeitung ab, die er gerade gefaltet hatte.

»Meine Mutter hat sich gestern Abend telefonisch gemeldet und mich gebeten, heute noch eine entfernte Verwandte zu besuchen.«

Johann schüttelte das kahle Haupt. »Davon weiß ich leider nichts, gnädiges Fräulein. Ihr Vater hat mir nur aufgetragen, Sie zum Hauptgebäude der Dresdner Bank zu bringen.«

»Es muss ihm entfallen sein. Aber Sie wollen doch hoffentlich nicht andeuten, dass ich meine liebe Verwandte nicht besuchen darf, nur weil mein Vater in seiner Eile vergesslich war.«

Der Hausdiener rang mit sich, dann sagte er: »Selbstverständlich nicht. Wann wollen Sie ausgehen, gnädiges Fräulein?«

Sie strahlte ihn an. »Am besten sofort.«

»Bitte geben Sie mir fünf Minuten, damit ich meine Pflichten anderweitig verteilen kann.«

Elisabeth lächelte und machte eine großzügige Handbewegung. »Selbstverständlich.«

Der Gedanke, die Baronin von Werdenfels aufzuspüren, war ihr bereits vor ihrer Abreise gekommen. Doch erst gestern Abend hatte sie im Adressbuch von Onkel Hans die Anschrift der alten Zechprellerin gesucht und gefunden. Glücklicherweise wohnte sie gar nicht so weit weg, denn Elisabeth brannte darauf herauszufinden, ob die Geschichte mit dem Titanic-Unglück stimmte und vor allem, ob sie den ausstehenden Betrag nicht doch noch irgendwie einfordern konnten. Wie hilfreich wäre eine solche Finanzspritze in ihrer derzeitigen Situation!

Elisabeth, in Wintermantel und Hut, hatte dem Droschkenfahrer absichtlich eine falsche Hausnummer genannt. Schließlich wollte sie ihre Erkundigungen nicht im Beisein von Johann anstellen. Als sie ihr Ziel erreichten, sprang sie deshalb leichtfüßig aus der Kutsche und bedeutete ihm, sitzen zu bleiben. »Am besten holen Sie mich in einer Stunde wieder ab, Johann. Ich bin mir nicht sicher, ob Tante Amalie auf Herrenbesuch eingerichtet ist.«

»Aber, gnädiges Fräulein«, protestierte der Hausdiener. Doch Elisabeth war schon im Vorgarten einer großen Villa verschwunden, und nachdem Johann sich davon überzeugt hatte, dass sie nicht zurückkam, fuhr die Droschke wieder los.

»Auf in den Kampf«, murmelte Elisabeth, als sie erneut auf der Straße stand und mit schnellen Schritten zur richtigen Adresse marschierte. Baronin von Werdenfels wohnte in einer prachtvollen weißen Villa, die von einer hohen Hecke umgeben war. Eine Frage konnte Elisabeth schon jetzt beantworten: Die Lügnerin war auf keinen Fall eine einsame Witwe, deren gesamte Familie ertrunken war. Im Garten tobte eine ausgelassene Kinderschar, und nachdem Elisabeth eine Zeit lang durch die Hecke zugehört hatte, riefen einige von ihnen, dass *Großmutter* doch bitte mehr heiße Schokolade bringen lassen solle.

Elisabeth ballte vor Wut eine Faust. Doch was sollte sie nun mit dieser Information anstellen? Zur Polizei gehen? Ihren Vater informieren? Unschlüssig blieb sie auf dem Gehweg stehen, auf dem noch einige klägliche, schmutzige Schneereste lagen. Schließlich kam ihr der Zufall zu Hilfe. Eine der jungen Zofen, die ihre Herrin nach Doberan begleitet hatten, trat plötzlich durch einen Seiteneingang auf die Straße. Als sie Elisabeth erblickte, wurde sie blass und wollte mit gesenktem Kopf an ihr vorbeieilen, doch Elisabeth packte sie kurz entschlossen am Arm. »Nicht so schnell, meine Liebe.«

Die Zofe schien genau zu wissen, weshalb Elisabeth sie festhielt. »Bitte, gnädiges Fräulein, ich kann doch nichts dafür«, jammerte sie leise.

»Ich kann mir gut vorstellen, dass die Idee, unser Hotel zu verlassen, ohne die Rechnung zu bezahlen, nicht auf deinem Mist gewachsen ist«, schimpfte Elisabeth. »Aber ich hätte trotzdem gern ein paar Antworten.«

Mit Leidensmiene nickte die Zofe.

Daraufhin ließ Elisabeth ihren Arm los. »Also, ich gehe jetzt einmal davon aus, dass die Baronin nicht ihre ganze Familie beim Untergang der Titanic verloren hat, richtig?«

»Ja«, flüsterte die Zofe.

»Und warum war sie dann so lange bei uns im Hotel? Ist sie knapp bei Kasse und kann sich den Unterhalt ihrer Villa nicht mehr leisten?«

Die Zofe blickte Elisabeth mit angstgeweiteten Augen an, dann schüttelte sie langsam den Kopf. »Die Baronin ist ex…, exzen…, launisch. Sie macht so was öfter. Aus Spaß, verstehen Sie?«

Und ob Elisabeth verstand. »Sie betrügt andere Leute aus einer Laune heraus um ihr hart verdientes Geld? Weil sie sich langweilt? Gut. Dann gehen wir zwei jetzt zur Polizei und legen der alten Schachtel das Handwerk.«

Plötzlich zitterte die Zofe wie Espenlaub. »Bitte ziehen Sie mich da nicht mit rein. Ich bin auf meine Stellung angewiesen.«

Obwohl Elisabeth vor Wut bebte, versuchte sie, gerecht zu bleiben. Die Zofe war schließlich nicht verantwortlich für das Fehlverhalten ihrer Herrin. »Geh!«, sagte sie barsch. »Aber erzähl der Baronin ja nicht, dass ich ihr auf die Schliche gekommen bin. Das wird sie schon noch früh genug erfahren.«

Mit einem scheuen Nicken eilte die Zofe davon.

Und was nun? Sollte sie bei der Baronin klingeln und ihr eine Szene machen? Sie hatte zwar große Lust dazu, aber wahrscheinlich wäre das nicht besonders erfolgversprechend. Nein, auch wenn Geduld nicht zu ihren größten Stärken gehörte ... sie musste zuallererst an das Palais und ihre Familie denken. Und der aussichtsreichste Weg war wohl, Vater davon zu überzeugen, dass er einen Rechtsanwalt engagierte, der die Dame vor Gericht zerrte und das geschuldete Geld zurückholte. Elisabeth atmete tief durch und marschierte zurück zu ihrem Treffpunkt mit dem Hausdiener.

Als sie am Opernplatz aus der Droschke stieg und die respekteinflößende Fassade erblickte, wurde ihr ganz mulmig zumute. Ob ihr Vater schon wusste, welches Urteil die Bankdirektoren gefällt hatten? Wie viel Macht diesen Herren ihr Amt doch verlieh. Wie im alten Rom konnte der gehobene oder gesenkte Daumen die Rettung oder den Untergang ihrer Familie bedeuten.

»Soll ich mit Ihnen auf Ihren Vater warten, gnädiges Fräulein?«, fragte der dienstbeflissene Johann neben ihr. »Er hat mir keine genauen Anweisungen gegeben.«

»Nein, das wird nicht notwendig sein. Er muss sowieso jeden Moment auf die Straße treten«, meinte Elisabeth, während sie das geschäftige Treiben auf sich wirken ließ.

»Gut. Dann mache ich mich wieder auf den Weg.« Eilig trat der Hausdiener ihres Onkels den Rückzug an.

Elisabeth schenkte ihm keine Beachtung. Ihr Blick wurde wie magisch von einem hochgewachsenen Herrn angezogen, der mit dem Rücken zu ihr stand und sich augenscheinlich in einem angeregten Gespräch mit einem anderen Herrn befand. Aber ... das konnte doch unmöglich derjenige sein, der ihr in den letzten Monaten so oft im Kopf herumgespukt war? Es wäre ein zu großer Zufall gewesen. Trotzdem glaubte sie, den hutlosen schmalen Hinterkopf mit den kurzen dunkelblonden Haaren unter Tausenden herauszukennen. Unwillkürlich ging sie ein paar Schritte näher. In diesem Moment verabschiedete sich der Herr von seinem Gesprächspartner und drehte sich um. Es war tatsächlich Julius Falkenhayn.

»Elisabeth?«, rief er überrascht und überwand die Distanz, die sie noch trennte, mit zwei langen Schritten.

Plötzlich war ihr Mund ganz trocken. »Herr Falkenhayn.«

Sein freudiges Lächeln fiel in sich zusammen. »Richtig. Ich vergaß. Wie geht es Ihnen, *Fräulein Kuhlmann?*«, sagte er mit einer steifen Verbeugung.

Sie konnte nichts darauf erwidern. In ihren Ohren klangen erneut die verwirrenden Sätze, die er bei ihrer letzten Begegnung zu ihr gesagt hatte: »*Für mich sind Sie die schönste Frau auf diesem Ball. Warten Sie auf mich. Heiraten Sie nicht den Erstbesten, nur weil Ihre Mutter Sie dazu drängt.*«

»Hat Ihnen mein Anblick die Sprache verschlagen?«, meinte Falkenhayn trocken. »Oder befürchten Sie immer noch, dass ich Sie als Siedlerin nach Afrika locken will, um mich an einer nicht existenten Prämie zu bereichern?«

Himmel, er hatte ihre hässlichen Anschuldigungen tatsächlich nicht vergessen. Dabei war sich Elisabeth schon seit längerem darüber im Klaren, dass diese vollkommen haltlos gewesen waren.

»Ähm«, stammelte sie verlegen und versuchte, sich an ihre gute Kinderstube zu erinnern. »Mir geht es gut. Danke. Und Ihnen? Warum sind Sie nicht in Afrika?« Oh je, der letzte Satz war jetzt schon wieder völlig falsch aus ihrem Mund gekommen. Es klang fast so, als ob sie es lieber gehabt hätte, wenn er in Deutsch-Südwest geblieben wäre. Dabei war genau das Gegenteil der Fall.

Falkenhayn deutete ein Lächeln an. »Es tut mir leid, dass ich Sie enttäuschen muss. Aber aus dem Hotelerwerb ist nichts geworden, und jetzt muss ich mich hier in Berlin um die Geschäfte von Graf von Seitz kümmern. Ich verspreche aber, dass ich versuchen werde, mich auch weiterhin von Ihnen fernzuhalten.«

»So ... so habe ich es doch gar nicht gemeint«, murmelte Elisabeth.

»Nein?« Seine Stimme klang ironisch.

»Wirklich nicht. Ich wollte mich vielmehr für die Fotografie bedanken, die Sie mir haben zukommen lassen.«

»Ach, das war doch nicht der Rede wert.«

Jetzt fühlte sie sich in ihrer Ehre verletzt. Ein Bild von ihr war … *nicht der Rede wert?* Unglücklich starrte sie ihn an.

Doch er schien seine Worte nicht zurücknehmen zu wollen. »Warten Sie hier auf jemanden?«

»Ja.« Aus irgendeinem Grund hätte sie ihm am liebsten von der ganzen Misere erzählt. Dass das Palais vielleicht bald schon zwangsversteigert werden würde. Dass sie schreckliche Angst um ihren Vater hatte. Aber das alles interessierte ihn sicher nicht die Bohne. Sie hatte seine Avancen vor etwas über einem halben Jahr abgewiesen, und er war augenscheinlich über sie hinweg. Sonst würde er sich doch nicht so reserviert verhalten. Oder?

»Dann will ich Sie nicht länger aufhalten. Hoffentlich kommt derjenige, auf den Sie warten, recht bald. Ich wünsche Ihnen beiden noch einen wunderbaren Tag.« Falkenhayn deutete eine Verbeugung an und ging.

Elisabeth war so wütend, dass sie ihm am liebsten ihre Handtasche hinterhergeworfen hätte. Was für ein eingebildeter Mensch! Er ließ sie mitten im Gespräch einfach stehen? Gestohlen konnte er ihr bleiben.

»Elisabeth?«, drang plötzlich die Stimme ihres Vaters an ihr Ohr. Als sie sich zu ihm umdrehte, wusste sie sofort, was die Stunde geschlagen hatte. Seine Haltung war zu gebeugt für einen Sieg. Die Daumen der Bankdirektoren hatten nach unten gezeigt. Ihre Familie würde das Palais verlieren. Elisabeth kam es vor, als hätte man ihr das Herz aus dem Leib gerissen.

11. Kapitel

Der Hotelbetrieb lief wie gewohnt weiter, obwohl der Termin der Zwangsversteigerung bereits auf Montag, den 24. März, festgesetzt worden war und Vater nur noch als Schatten seiner selbst durch das Palais schlich. Bislang wusste außerhalb der Familie noch niemand Bescheid, und Elisabeth hoffte inständig, dass das auch so blieb. In einer geheimen Konferenz hatte sie sich mit Mutter und Paul darauf verständigt, ihren Vater zu keinem Zeitpunkt allein zu lassen. Elisabeth befürchtete, dass er mit dem Gedanken spielen könnte, sich umzubringen, damit seine Lebensversicherung an die Familie ausgezahlt wurde.

»Eigentlich glaube ich nicht, dass euer Vater solche fürchterlichen Gedanken hegt. Aber natürlich ist es besser, Vorsicht walten zu lassen«, hatte Mutter erstaunlich gefasst gesagt. »Doch wie soll es denn jetzt weitergehen? Gibt es wirklich keine Möglichkeit mehr, diese Direktoren umzustimmen?«

»Der einzige Weg wäre, den Banken das gesamte Darlehen vor dem Termin der Zwangsversteigerung auf einen Schlag zurückzuzahlen«, hatte Paul geantwortet. »Aber natürlich fehlt uns das Geld dazu. Vater und ich verhandeln deshalb mit einigen Investoren.«

»Dann besteht eine kleine Chance, das Palais für uns zu retten?«, hatte Mutter hoffnungsvoll gefragt.

»Leider nein. Wir wollen damit nur verhindern, dass sich Krause mit seinem Angebot bei der Auktion durchsetzt. Da er aufgrund seiner Bekanntschaft mit Dr. Roland die Höhe des ausstehenden Kreditbetrags haargenau kennt, wird er wahrscheinlich keine Reichsmark darüber bieten. Was bedeuten würde, dass wir vollkommen leer ausgehen.«

Mutter, die ja im Grunde die Hauptverantwortung für die

Eröffnung des Palais trug, weil sie Vater aus Ehrgeiz zu diesem Projekt gedrängt hatte, hatte die Hände über dem Kopf zusammengeschlagen. »Um Himmels willen. Was soll bloß aus uns werden?«

Paul hatte nur hilflos mit den Schultern gezuckt und gemeint: »Kommt Zeit, kommt Rat. Ich glaube nicht, dass ihr … ähm … dass wir auf der Straße landen werden. Das würden wahrscheinlich weder Großmutter Annemarie noch Onkel Hans zulassen. Aber Vater und ich müssten uns eine Stelle suchen. Und ich bin mir nicht sicher, ob wir beide etwas in Berlin finden werden. Wahrscheinlich müssen wir geographisch flexibel bleiben.«

»Apropos Großmutter Annemarie«, hatte Elisabeth eingeworfen. »Meint ihr, dass sie sich in der jetzigen Situation vielleicht doch erweichen ließe? Schließlich hat sie nur zwei Söhne, und irgendwer muss das viele Geld doch einmal erben.«

»Dann hat Vater es euch noch nicht erzählt?« Trotz aller Verbitterung hatte Mutters Stimme amüsiert geklungen.

»Nein. Was?«

»Großmutter Annemarie wird demnächst noch einmal heiraten. Ihr Auserwählter ist Arzt … und zwanzig Jahre jünger als sie.«

»Wie bitte? Hat sie deswegen bei Johannas Besuch in Berlin so vehement auf ihren Wehwehchen bestanden und ständig den Arzt gerufen?«

»Ja, wahrscheinlich ist sie zu diesem Zeitpunkt schon auf Freiersfüßen gewandelt. Jedenfalls hält sie jetzt ihr Vermögen für diesen Doktor Hellmich beisammen. Uns wird sie wie angedroht keinen Heller geben.«

Während sich Paul und Vater, um kein Aufsehen zu erregen, außerhalb des Hotels mit weiteren Investoren trafen, saß Elisabeth allein im Büro und dachte nach. Dabei zwirbelte sie ein kleines Stückchen Papier zwischen den Fingern, das ihr vor kurzem in die Hände gefallen war, als sie auf Pauls Schreibtisch etwas gesucht hatte. Es war die Telefonnummer des Berliner Büros von

Graf von Seitz. Obwohl sie sich äußerst ungern an die neuerliche Begegnung mit Julius Falkenhayn erinnerte, der, entgegen Johannas Eindruck, offensichtlich kein Interesse mehr an ihr hatte, ließ ihr etwas, das er gesagt hatte, keine Ruhe. Wenn sich der Plan des Grafen von Seitz, ein Hotel in Deutsch-Südwestafrika zu kaufen, zerschlagen hatte, bedeutete das im Umkehrschluss, dass er eventuell an einem anderen Hotel interessiert wäre? Sie war sich nicht sicher. Aber da alle anderen Investoren, mit denen Vater bislang verhandelt hatte, noch unentschieden waren, musste sie es in Erfahrung bringen. Und diesbezüglich gab es nur einen einzigen Weg: Sie musste in seinem Büro anrufen und mit Falkenhayn sprechen.

Unschlüssig griff sie zum Telefonhörer.

»Ja, Sie wünschen?«, meldete sich das Fräulein vom Amt.

Jetzt gab es kein Zurück mehr. Angespannt nannte Elisabeth ihr die Nummer und wartete.

»Hallo?«, meldete sich kurz darauf eine andere weibliche Stimme.

»Bin ich mit dem Berliner Büro von Graf von Seitz verbunden?«, fragte Elisabeth und bemühte sich, ihre Stimme fest klingen zu lassen.

»Sie sprechen mit der Konzernzentrale.«

Himmel, die Dame klang mindestens genauso arrogant wie Falkenhayn. Elisabeth probierte, den distanzierten Tonfall zu imitieren. »Mein Name ist Elisabeth Kuhlmann, und ich hätte gern mit dem Sekretär des Grafen gesprochen.«

»In welcher Angelegenheit?«

Schwierig. Was sollte sie auf diese Frage nur antworten? Bevor sie richtig darüber nachgedacht hatte, hörte sie sich »Das ist privat« ins Telefon krähen.

»Einen Moment, bitte.«

Kurz darauf erklang Falkenhayns dunkle Stimme im Hörer. »Ja?«, sagte er zögerlich.

Plötzlich schlug ihr das Herz bis zum Hals. »Ich bin es, Herr Falkenhayn. Elisabeth Kuhlmann.«

»Wirklich? Als mir die Zentrale gerade sagte, dass mich ein Fräulein Kuhlmann in einer privaten Angelegenheit sprechen möchte, bin ich fast vom Stuhl gefallen. Was verschafft mir diese Ehre? Benötigen Sie wieder einen Tanzpartner? Ist der Herr, auf den Sie vor der Dresdner Bank so sehnsüchtig gewartet haben, nicht erschienen?«

Er machte sich schon wieder über sie lustig! Oh, wie gern hätte sie den Hörer auf die Gabel geknallt, aber das ging leider nicht. Schließlich wollte sie etwas von ihm und nicht umgekehrt. Sie versuchte, ihre Stimme möglichst kühl klingen zu lassen. »Der Herr auf den ich gewartet habe, war mein Vater, Herr Falkenhayn.«

»Tatsächlich?«, sagte er gedehnt. »Nun gut. Wenn Ihnen kein Verehrer abhandengekommen ist, womit kann ich dann dienen?«

Sie zögerte. War es ein Vertrauensbruch, wenn sie ihm die schlimme Lage des Hotels schilderte? Auf der anderen Seite, nach dem 24. März, also in knapp zwei Wochen, würde sowieso alles in der Zeitung stehen. Das ließe sich doch gar nicht verhindern. Und wenn Graf von Seitz ihnen tatsächlich helfen konnte …

»Hallo? Fräulein Kuhlmann? Sind Sie noch dran?«, fragte Falkenhayn. »Ehrlich gesagt, wäre ich Ihnen sehr dankbar, wenn Sie mir heute noch sagen könnten, womit ich Ihnen behilflich sein kann. Ich habe leider ziemlich viel zu tun.«

Sie gab sich einen Ruck. »Ist Graf von Seitz immer noch daran interessiert, ein Hotel zu kaufen?«

Sie wusste nicht, womit Falkenhayn gerechnet hatte. Aber bestimmt nicht mit dieser Frage. Diesmal schien er selbst einen Moment zu brauchen, bevor er antworten konnte. »Ja, das ist er. Wieso interessiert Sie das?«

»Weil … weil …« Plötzlich brach sie in Tränen aus.

»Oh Gott, Elisabeth, weinst du etwa?«, fragte er, plötzlich mitfühlend. »Was ist denn um Himmels willen passiert?«

Schluchzend erzählte Elisabeth ihm die ganze Geschichte. Selbst die Sabotage des Musikfestivals und die geprellte Zeche der Baronin ließ sie nicht aus. Und sie war ihm dankbar, dass er sie ausreden ließ und kein einziges Mal unterbrach. Als sie geendet hatte, fragte sie unsicher: »Glauben Sie, dass Graf von Seitz uns helfen kann? Selbst wenn Vater am Ende nicht mehr Hoteldirektor wäre … aber ich könnte es einfach nicht ertragen, wenn unser schönes Palais ausgerechnet in Krauses gierige Hände fiele. Lieber gehe ich ins Wasser!«

Am anderen Ende der Leitung schnaubte Julius in den Hörer. »Nicht schon wieder. Bitte fallen Sie auf keinen Fall ins Meer, bevor ich da bin, um Sie zu retten. Ich habe Ihnen doch schon einmal gesagt, dass Wasserleichen äußerst unattraktiv sind!«

»Wirklich! Können Sie nicht wenigstens ein einziges Mal ernst bleiben? Das ist eine sehr schwierige Angelegenheit«, beklagte sie sich.

»Bitte verzeihen Sie, ich werde es versuchen«, antwortete Falkenhayn. »Und wegen der Hotelsache melde ich mich in ein paar Tagen. Einverstanden? Graf von Seitz ist momentan unterwegs und … wer ist der zuständige Direktor bei der Dresdner Bank?«

»Herr Ostermann«, flüsterte Elisabeth. Irgendwie kam sie sich jetzt doch wie eine Verräterin vor. Hoffentlich hatte sie mit ihrem Anruf nicht alles noch schlimmer gemacht. Wenn Falkenhayn nun ausgerechnet Herrn Ostermann auf den Schlips trat?

»Gut, den kennen wir. Also dann. Immer Kopf hoch und Ohren steif halten.« Seine Stimme klang freundlich, auch wenn schon wieder ein leicht ironischer Unterton mitschwang.

»Danke«, antwortete sie. »Und bitte behandeln Sie die Sache außerhalb Ihres Hauses vertraulich.«

Er lachte. »Sehr gut. Ja, genauso sprechen erfolgreiche Geschäftsfrauen, Elisabeth. Mach dir keine Sorgen. Bis bald.«

Es war noch eine Woche bis zur Zwangsversteigerung. Auf seinem Weg durchs Foyer lächelte Paul den Kaffee und Tee trinkenden Gästen zu und blieb an dem einen oder anderen Tisch stehen, um ein paar Worte mit einem Stammgast zu wechseln. Er spürte, dass sich die Menschen im Palais wohlfühlten. Trotz der drohenden Veränderungen herrschte eine angenehme Atmosphäre. Vater und er hatten es bisher geschafft, sowohl den Angestellten als auch den Gästen die traurigen Entwicklungen zu verheimlichen. Leider stand seit gestern fest, dass der neue Besitzer Krause heißen würde. Er war der Einzige, der bei der Zwangsversteigerung bieten wollte. Alle anderen Investoren waren abgesprungen, weil ihnen der Zeitraum bis zum 24. zu kurz erschien, um zu einer Kaufentscheidung zu gelangen. Vater und Elisabeth grämten sich deswegen, aber er selbst dachte inzwischen pragmatischer: Wenn das Hotel nicht mehr ihnen gehörte, war es im Grunde doch egal, wer neuer Besitzer wurde. Ihn interessierte lediglich, ob Krause vorhatte, alles zu ändern oder beim Alten zu belassen.

Obwohl ihm auch das eigentlich herzlich egal sein konnte. Robert hatte inzwischen herausgefunden, wie teuer die Billets für die Überfahrt nach Amerika waren, und es erleichterte Paul, dass er genügend Geld auf der hohen Kante hatte, um sich zwei Fahrkarten leisten zu können. Dank einer kleinen Erbschaft – sein Patenonkel war vor zwei Jahren gestorben – würde sogar noch ein wenig übrigbleiben, um Robert und ihn in den ersten Wochen über die Runden zu bringen. Jetzt ging es lediglich darum, einen günstigen Zeitpunkt zu finden, um Mutter und Vater von seinen Plänen zu erzählen. Robert meinte, dass er es unmittelbar nach der Zwangsversteigerung tun sollte. Aber Paul hielt das für den falschen Moment. Er wollte seinen Eltern noch ein bis zwei Monate als Stütze zur Seite stehen und ihnen beim bevorstehenden Umzug nach Berlin helfen. In dieser Zeit wollte er sich nicht permanent für seine Entscheidung, nach Amerika auszuwandern, rechtfertigen müssen. Außerdem würden sich seine Eltern garantiert große Sorgen machen, wenn er allein nach Amerika ging, denn davon, dass Robert ihn begleitete, durften sie natürlich nichts wissen. Diese unterschiedlichen Standpunkte hatten vor ein paar Tagen zu ihrem ersten Streit geführt, den sie leise im Park ausgefochten hatten.

»Und was wird in der Zeit aus mir?«, hatte Robert geflüstert. »Soll ich solange weiter für diesen Krause arbeiten? Während du dich in Berlin amüsierst? Wenn wir erst einmal räumlich getrennt sind, überlegst du dir das Ganze vielleicht noch mal. Schließlich gibt es dort auch viele schöne Männer.«

Roberts Eifersucht überraschte ihn. Bislang hatte nur er selbst unter diesen Verlustängsten gelitten. »Aber andere Männer interessieren mich nicht«, hatte er geantwortet und seine Hand kurz auf Roberts gelegt. »Für immer nach New York zu gehen, ist ein großer Schritt. Da kommt es doch auf zwei zusätzliche Monate nicht an.«

»Ich will aber so bald wie möglich mit dir von hier weg.«

»Wozu die Eile?«

Roberts schönes Gesicht hatte plötzlich verschlossen gewirkt. »Ich habe meine Gründe.«

»Und was sollen das für Gründe sein?«

Mit einem Kopfschütteln hatte er die Antwort verweigert. Daraufhin war Paul wütend geworden. »Wenn es dir nur darum geht, so schnell wie möglich nach Amerika zu ziehen, egal, mit wem, dann frag doch meine Schwester Luise. Sie macht dir pausenlos schöne Augen und ist naiv genug, ohne Rücksicht auf Verluste ein Schiff mit dir zu besteigen.«

»Was soll das, Paul? Ich will mit niemand anderem auswandern. Außerdem ist Fräulein Luise noch ein Kind.«

»Aber ein sehr schönes Kind, und ich konnte bislang nicht feststellen, dass du ihre Avancen abweist.«

Auf einmal war ein Schmunzeln über Roberts Gesicht gezogen. »Das ist doch lächerlich, Paul. Als ob ich deiner Schwester öffentlich einen Korb geben könnte. Genauso gut könnte ich heute Abend nackt im Restaurant servieren. Lass uns auf dem Boden der Tatsachen bleiben.« Nach einem kurzen Moment des Nachdenkens hatte er hinzugefügt: »Also gut, wenn es unbedingt sein muss ... zwei Monate will ich dir zugestehen. Aber nicht einen Tag länger, einverstanden?«

Nach einem prüfenden Blick auf die menschenleere Parklandschaft hatte Paul ihn schnell an sich gezogen und ihm einen Kuss auf die Lippen gedrückt. »Einverstanden.«

Als Paul das Büro betrat, sah er seinen Vater am Schreibtisch sitzen. Mit gerunzelter Stirn starrte er auf ein mehrseitiges Schreiben in seiner Hand und murmelte: »Wie zum Teufel?«

»Gibt es neue Entwicklungen?«

»Es scheint fast so. Diesmal allerdings erfreuliche.«

Paul ließ sich ermattet auf einen Stuhl plumpsen. »Erfreulich? Das hatten wir lange nicht mehr.«

»Hattest du mit Graf von Seitz über unsere Probleme gesprochen?«, erkundigte sich sein Vater.

Paul schüttelte den Kopf. »Nein, bestimmt nicht. Ich habe ihn das letzte Mal im Sommer anlässlich des Kolonialballs gesehen.«

»Dann verstehe ich nicht, wieso er so gut über unsere Lage Bescheid weiß.«

»Interessiert er sich für die Zwangsversteigerung des Hotels?«, fragte Paul hoffnungsvoll. »Das wäre fantastisch. Ein zusätzlicher Bieter würde den Verkaufspreis bestimmt nach oben treiben.«

»Nein, er schlägt etwas ganz anderes vor. Er will ...«, Vater vertiefte sich wieder in das Schreiben, »... das Palais in eine Aktiengesellschaft umwandeln und einen fünfzigprozentigen Anteil in Vorzugsaktien erwerben.« Er blickte auf. »Weißt du zufällig, was Vorzugsaktien sind?«

»Nein«, antwortete Paul. »Aber ich verstehe nicht ... wie kann er uns dieses Angebot machen, wenn das Palais in einer Woche an Krause verscherbelt werden soll?«

»Das ist es ja. Er kommt morgen mit seinem Anwalt hierher und möchte noch vor der Zwangsversteigerung alle unsere Darlehen zurückzahlen.«

Pauls Herz schien für ein paar Schläge stillzustehen. »Wie bitte?«

Für einen fünfzig Jahre alten Mann sprang sein Vater geradezu federnd von seinem Stuhl auf. »Sohn, verstehst du nicht? Es ist das Wunder, auf das wir gewartet haben! Es sieht fast so aus, als ob wir zumindest eine Hälfte des Hotels retten könnten!«

»Aber ... woher ... wie?«, stammelte Paul.

»Das ist mir völlig egal! Die Hauptsache ist doch, dass die Leitung des Palais dann weiter in unserer Hand bleibt.«

»Und er kommt schon morgen?«, vergewisserte sich Paul.

»Ja, mit dem Nachmittagszug. Los! Diese Nachricht schreit geradezu nach einer geköpften Champagnerflasche! Lass uns die frohe Nachricht dem Rest der Familie verkünden.«

»Ist das nicht etwas vorschnell?«

»Blödsinn. Man muss die Feste feiern, wie sie fallen!« Sein Vater marschierte zur Tür und hielt sie für ihn auf. »Kommst du endlich?«

»Guten Tag, Fräulein Kuhlmann.« Graf von Seitz deutete einen Handkuss an. »Mein Sekretär sagte mir, dass Sie es waren, die uns auf diese Transaktionsmöglichkeit aufmerksam gemacht hat?«

Elisabeth errötete. »Es ... es war nur so eine Idee, die ich hatte.«

»Offenbar eine ganz hervorragende Idee, gnädiges Fräulein. Sonst wären wir jetzt nicht hier.« Der Graf verzog sein schmales, von Falten durchzogenes Gesicht zu einem Lächeln.

Sie knickste. »Vielen Dank.«

Glücklicherweise war ihr Vater nicht wütend geworden, als sie ihm gebeichtet hatte, dass tatsächlich sie in ihrer Verzweiflung mit Falkenhayn telefoniert hatte. Zwar hatte er skeptisch eine Augenbraue hochgezogen und »Ganz schön eigenmächtig« gemurmelt, aber da die Aktion offenbar von Erfolg gekrönt war, hatte er fünfe gerade sein lassen.

Um die Angestellten nicht unnötig zu alarmieren, fand die Begrüßung der von Seitz'schen Delegation, die außer dem Grafen und seinem Sekretär noch zwei weitere Männer umfasste, in ihren Privaträumen statt. Auch die Verhandlungen würden in der Wohnstube stattfinden. Falkenhayn begrüßte sie als Letzter. Seine Augen blitzten übermütig, als er sich tief über ihre Hand beugte. »Und, Fräulein Elisabeth? Habe ich alles zu Ihrer Zufriedenheit gelöst?«

Eigentlich hatte sie ihm in den höchsten Tönen danken wollen. Doch irgendetwas an seiner selbstherrlichen Art weckte den Teufel in ihr, und sie sagte: »Warten wir es ab.«

Grinsend schaute er ihr in die Augen. »Richtig. Nur keine Vorschusslorbeeren.«

Verlegen wandte sie sich ab und schickte sich an, ihrer Mutter und Johanna zu folgen, die gerade das Zimmer verließen. Doch in diesem Moment sagte Falkenhayn: »Wollen Sie nicht bei uns bleiben, Fräulein Kuhlmann? Ich dachte, dass Sie als Urheberin der hervorragenden Idee doch unbedingt bei den Verhandlungen anwesend sein müssten.«

Elisabeth drehte sich zu ihrem Vater um. Über dieses Thema hatte es lange Diskussionen gegeben, und er war absolut dagegen gewesen. »Frauen haben bei solchen Gesprächen nichts zu suchen. Du wirst uns nur ablenken.« Und nun sprang ihr ausgerechnet Falkenhayn zur Seite!

»Ich weiß nicht«, murmelte ihr Vater unglücklich. »Eigentlich hatten wir vereinbart ...«

»Also, von mir aus kann Ihr Fräulein Tochter gern an unserem Treffen teilnehmen«, meinte der Graf großzügig. »Ich habe in Afrika schon mit einigen Frauen verhandelt und bin immer wieder überrascht, dass einige von ihnen durchaus mit Verstand argumentieren.«

Vater konnte dem wichtigen Geschäftspartner nicht widersprechen, und so blieb ihm nichts anderes übrig, als sich in das Unvermeidbare zu ergeben. »Warum nicht? Bitte bleib, Elisabeth, und setz dich mit uns an den Tisch. Meine Herren?«

Kurz darauf saßen sich die beiden Parteien am Esstisch gegenüber. Graf von Seitz nickte einem der beiden Herren zu, die sich als Anwälte vorgestellt hatten und Gebert und Thun hießen. »Bitte händigen Sie Herrn Kuhlmann eine Kopie des Vertragsentwurfs aus. Ich würde gern zunächst alle Hauptklauseln mit ihm besprechen.«

Würdevoll nahm ihr Vater den Ordner entgegen und schlug ihn auf.

»Ganz zuoberst ist eine Zusammenfassung abgeheftet. Klausel eins besagt, dass Graf von Seitz vor dem 24. März 1913 alle Ihre Verbindlichkeiten bei der Dresdner Bank ablöst«, erklärte Herr Gebert. »Die Bedingung dafür ist, dass Sie bereit sind, Ihr Hotel so bald wie möglich in eine Aktiengesellschaft umzuwandeln, an der der Graf fünfzig Prozent der Anteile in Form von limitierten Vorzugsaktien halten wird.«

»Vorzugsaktien?«, fragte ihr Vater. »Ich verstehe nicht.«

Diesmal beugte sich Falkenhayn vor und erklärte: »Herr Kuhlmann, wir haben uns in den letzten Tagen bei Herrn Ostermann über Ihre finanzielle Situation informiert. Aktuell belaufen sich die abzulösenden Kredite auf einen Betrag, der wesentlich höher ist als die Hälfte des geschätzten Werts von Ihrem Hotel. Damit Sie trotzdem fünfzig Prozent der Aktien behalten können, werden wir uns den restlichen Wert in den nächsten Jahren durch eine Bevorzugung bei der Gewinnausschüttung zurückerstatten lassen.«

»Und welcher Teil des Gewinns wird an Sie und welcher an uns ausgeschüttet?«, fragte Paul.

»Bis zum Erreichen des investierten Betrags wird nur an Graf von Seitz ausgeschüttet. Danach entsprechend der Aktienanteile.«

Vater starrte Falkenhayn ratlos an. »Und wovon soll ich meine Familie ernähren?«

»Sie werden selbstverständlich ein Geschäftsführergehalt beziehen«, erwiderte Falkenhayn.

»Und Paul? Wird er auch ein Geschäftsführergehalt beziehen? Schließlich leiten wir das Hotel gemeinsam.«

Falkenhayn schüttelte den Kopf. »Nein, zu viele Köche verderben den Brei. Zwei Geschäftsführer müssen reichen. Aber Ihr Sohn kann selbstverständlich in einer anderen Funktion für das Hotel tätig sein und dann auch ein entsprechendes Gehalt beziehen.«

»Was hat das zu bedeuten?«, stammelte Vater. »Zwei Geschäftsführer? Wenn Paul nicht das Hotel mit mir leitet, wer soll denn diese zweite Person sein?«

Diesmal antwortete der Graf höchstpersönlich. »Ich wollte Ihnen meinen Sekretär Julius Falkenhayn zur Seite stellen.«

Elisabeth glaubte, sich verhört zu haben. Bislang war sie den Ausführungen schweigend gefolgt, aber jetzt konnte sie sich einen Kommentar nicht verkneifen. »Herr Falkenhayn? Aber der kennt sich doch gar nicht aus im Hotelgeschäft!«

»Elisabeth!«, wies ihr Vater sie zurecht.

Falkenhayn winkte ab. »Ihre Tochter hat recht. Ich habe bislang noch kein Hotel geleitet. Allerdings bin ich betriebswirtschaftlich sehr versiert, und in der Kombination mit Ihren Erfahrungen im Hotelwesen, glaube ich, werden wir uns ...«

»... perfekt ergänzen«, beendete Graf von Seitz seinen Satz.

Vater blickte unsicher in die Runde. »Ich kann mir ehrlich gesagt nicht vorstellen, wie das funktionieren soll. Machen wir dann alles zu zweit?«

»Nein, selbstverständlich nicht. Das wäre nicht besonders effizient. Ich würde vorschlagen, dass Sie sich wie immer um die Gäste, die Organisation von Festlichkeiten und die Buchungen kümmern. Und ich übernehme die betriebswirtschaftliche Seite.«

»Und was genau fällt darunter?«, fragte Elisabeth neugierig.

»Alles, was ansteht. Kostenkontrolle, Personalführung und so weiter.«

»Also, das Personal sollten Sie vielleicht schon besser mir überlassen. Oder? Guter Service ist schließlich das Allerwichtigste in einem Hotel«, meinte Vater vorsichtig.

Falkenhayn lächelte. »Wir werden uns schon einig werden.

Schließlich ziehen wir am selben Strang. Gemeinsam wollen wir das Palais zum schönsten und besten Hotel der Gegend machen.«

»Besser als das Grand Hotel?«, fragte Elisabeth mit leuchtenden Augen.

»Viel, viel besser!«, antwortete Falkenhayn und zwinkerte ihr zu. »Sonst würden wir nicht in das Palais investieren.«

»Und was gibt es sonst noch an Bedingungen?«, fragte ihr Vater.

»Der Rest sind alles Standardklauseln. Sie können den Vertrag morgen gern noch von Ihrem eigenen Anwalt prüfen lassen.«

Ihr Vater fuhr sich nachdenklich übers Kinn. »Demnächst bin ich also in meinem eigenen Hotel angestellt.«

»In unserem Hotel«, korrigierte Graf von Seitz. »Was meinen Sie? Wollen wir uns die Hand darauf geben?«

Ihr Vater atmete tief durch. Dann nickte er und ergriff die ausgestreckte Hand des Grafen.

Über den Tisch hinweg blickte Elisabeth zu Falkenhayn. Ihre skeptischen blauen Augen trafen auf seine lächelnden bernsteinfarbenen. Sie fühlte sich immer noch wie vor den Kopf geschlagen: Ausgerechnet Falkenhayn würde mit ihrem Vater das Palais leiten! War das nicht irgendwie genauso schlimm wie eine Zwangsversteigerung? Aber dann schalt sie sich selber dumm. Schließlich würden ihnen, trotz seiner Mitarbeit, immer noch fünfzig Prozent des Hotels gehören! Und bald bestimmt auch wieder hundert! Irgendwie würden sie das Geld schon auftreiben und den Grafen ausbezahlen. Bis zu diesem wunderbaren Tag würde sie sich mit Falkenhayn arrangieren müssen. Obwohl er sich pausenlos über sie lustig machte! Und sie in seiner Gegenwart noch immer dieses unwillkommene Flattern im Bauch verspürte, dessen Bedeutung ihr inzwischen leider schmerzlich bewusst war.

Am heutigen Tag war es keine zeitraubende Pflicht, den Kuhlmanns das Abendessen zu servieren, sondern eine äußerst interessante Erfahrung. Zum ersten Mal seit seiner Ankunft nahm auch der gut aussehende Herr Falkenhayn daran teil, der zukünftig gemeinsam mit Herrn Kuhlmann das Hotel leiten würde. Minna war genau wie alle anderen Angestellten des Palais aus allen Wolken gefallen, als Herr Kuhlmann sie gestern in einer kurzen Ansprache über den anstehenden Wechsel in der Hotelleitung und die Gründe dafür aufgeklärt hatte. Selbst Robert waren vor Überraschung fast die Augen aus dem Kopf gekullert, dabei munkelten alle, dass er durch seine Freundschaft mit dem – nun ehemaligen – Juniorchef immer als einer der Ersten Neuigkeiten erfuhr.

Herr Falkenhayn war heute früh angereist und hatte ein Zimmer im Hotel bezogen. Anschließend war er gemeinsam mit Herrn Kuhlmann durch das Palais gegangen und hatte sich vorgestellt. Innerlich hatte Minna gebetet, dass sich Herr Brandmüller bei dieser Begegnung zusammennehmen würde. Es schien auch gewirkt zu haben, denn bislang hatte sie noch keine kritischen Kommentare über den Koch gehört. Trotzdem war die Atmosphäre am Tisch angespannt, und sie fragte sich, woran das lag. Während sie mit der Kartoffelschüssel herumging und jedem einen Nachschlag anbot, beobachtete sie aufmerksam die einzelnen Familienmitglieder.

Herr Kuhlmann verhielt sich eigentlich ganz wie gewohnt. Er plauderte amüsant über die Stammgäste des Palais und über die Wiederaufbauarbeiten an der Seebrücke in Heiligendamm. Doch von Zeit zu Zeit, wenn er sich unbeobachtet fühlte, musterte er Herrn Falkenhayn kritisch von der Seite. Minna konnte seine Gefühle nachvollziehen. Es war bestimmt nicht leicht für ihn, die Zügel – zumindest ein Stück weit – aus der Hand zu geben. Schwieriger war es, das Benehmen von Frau Kuhlmann zu entziffern. Sie schien ihrem Gast fast feindlich gesinnt zu sein, was verwunderlich war, wenn es stimmte, dass Graf von Seitz und er das Hotel vor einer Zwangsversteigerung bewahrt hatten.

Herr Kuhlmann junior schien mit seinen Gedanken ganz woanders zu sein, er sagte kaum etwas. Aber Minna konnte keine Feindseligkeit zwischen den beiden jungen Männern ausmachen. Was bedeuten musste, dass er Herrn Falkenhayn gegenüber keinen Groll hegte, obgleich dieser ihm die Stellung weggenommen hatte. Völlig seltsam war dagegen das Verhalten von Fräulein Elisabeth. Obwohl sie unmittelbar neben ihm saß und Herr Falkenhayn mehrmals versuchte, sie in die Unterhaltung mit einzubeziehen, zeigte sie ihm die kalte Schulter. Warum? Gefiel er ihr nicht? Minna selbst fand seine Art überaus reizend. Dazu noch die dunkle Stimme und das attraktive Gesicht – der Mann war eine echte Augenweide. Das war offenbar auch Fräulein Luise aufgefallen, die ganz versessen darauf zu sein schien, mit ihm in Kontakt zu treten. Doch die ungünstige Platzierung neben ihrer Mutter vereitelte ihre Absichten weitestgehend. Nur Fräulein Johanna strahlte die herzliche Gastfreundschaft aus, die dem Rahmen des Abendessens angemessen war.

»Minna, du kannst abräumen«, sagte Frau Kuhlmann, nachdem die Anwesenden ihren Nachtisch genossen und eine Tasse Mokka abgelehnt hatten.

»Gewiss, gnädige Frau«, sagte Minna mit einem Knicks.

»Wollen Sie mich und Paul noch auf einen Sprung in die Bar begleiten?«, fragte Herr Kuhlmann seinen neuen Partner.

»Mit dem größten Vergnügen«, erwiderte Herr Falkenhayn und erhob sich. »Gute Nacht, die Damen.«

Nachdem die Herren das Zimmer verlassen hatten, standen auch Frau Kuhlmann und ihre Töchter auf. Die Dame des Hauses schien leise vor sich hin zu schimpfen. Doch bis auf das Wort »Lumpengeselle« verstand Minna nichts, und damit konnte ihre Herrin doch unmöglich den elegant gekleideten Herrn Falkenhayn gemeint haben. Oder?

Als Minna alle Teller und Gläser in den Aufzug gestellt und hinuntergeschickt hatte, machte sie sich auf den Weg zur Gesindetreppe. Sie wollte noch schnell kontrollieren, ob die Geschirrspülerinnen auch daran dachten, den Aufzug leer zu räumen. Letzte Tage hatte sie statt des sauberen Frühstücksservice die schmutzigen Teller vom Abendessen darin vorgefunden! Doch diesmal schien alles in bester Ordnung zu sein. Ob sie noch kurz nach Herrn Brandmüller sehen sollte? Er musste schon in seiner Wohnung sein, denn in der Küche hatte sie ihn nicht mehr angetroffen. Auf dem Weg zum Hinterausgang fiel ihr Blick auf ein merkwürdiges Paar, das im Eingang zur Waschküche heftig gestikulierend miteinander flüsterte. Zu ihrer Überraschung erkannte sie den Oberkellner Robert und … Bertha. Was hatte das ehemalige Stubenmädchen im Hotel zu suchen? Sie war doch schon vor Wochen gefeuert worden. Aber Robert würde sie sicherlich ohne ihre Hilfe hinauskomplimentieren können.

Während Minna an die Wohnungstür von Herrn Brandmüller klopfte, zog sie sich die Strickjacke enger um ihr bodenlanges schwarzes Dienstkleid. Obwohl es inzwischen Anfang April war, und die Frühlingssonne bereits die ersten Knospen austreiben ließ, wurde es abends empfindlich kalt. Doch so fest sie auch klopfte, der Koch öffnete nicht. Bestimmt lag er wieder volltrunken auf seinem Bett. Hoffentlich zündete er im Suff nicht seine Petroleumlampe an, sonst könnte versehentlich das ganze Haus in Flammen aufgehen. Wenn sie ihm nur irgendwie helfen könnte, seine Sucht zu überwinden. Doch sie wusste einfach nicht, wie sie das anstellen sollte.

In Gedanken versunken trat Minna vor die Haustür, die sie offen vorgefunden hatte, und steuerte im Dunkeln auf den nicht weit entfernten, mit einer Hängelampe beleuchteten Personaleingang des Palais zu, als ihr jemand von hinten die Hand auf den Mund presste.

»Jetzt bist du fällig, Minna«, flüsterte Konrad. Seine erregte Stimme ließ ihr das Blut in den Adern gefrieren. Obwohl sie sich heftig wehrte, zerrte er sie in das dichte Gebüsch und drückte sie brutal zu Boden.

»Wenn du einen Mucks von dir gibst, mache ich dich kalt,

verstanden?« Um seinen Worten Nachdruck zu verleihen, verpasste er ihr eine schallende Ohrfeige.

Trotz ihrer ohnmächtigen Angst schrie Minna auf, als Konrad die Hand von ihrem Mund nahm, um ihr das Kleid nach oben zu schieben und seine Hose zu öffnen.

»Halt's Maul, habe ich gesagt!«, brüllte er und schlug ihr erneut ins Gesicht.

Der Schmerz trieb ihr die Tränen in die Augen, und als Konrad sich kurz darauf auf sie legte, stieg ihre Panik ins Unermessliche. Verzweifelt versuchte sie, ihn abzuschütteln, doch er war so viel stärker als sie. Laut schluchzend machte Minna sich auf das Schlimmste gefasst, als sie plötzlich ein Luftzug streifte …

Es war wie ein Wunder. In einem Moment hatte sie noch das bedrohlich schwere Gewicht Konrads auf sich gespürt und im nächsten: nichts. Es war, als hätte eine unheimliche Macht den Pagen weggezaubert. Doch als Minna ihre krampfhaft zusammengepressten Augen öffnete, erkannte sie, was geschehen war. Herr Brandmüller – volltrunken, schwankend und mit wirrem Haar – hielt Konrad an seiner Dienstjacke fest. Der doppelt so große und schwere Koch musste den Pagen kurzerhand am Schlafittchen gepackt und hochgerissen haben. »Du … gleines … Stüggchen … Schittdregg«, lallte er und gab ihm mit seiner bratpfannengroßen Hand eine gehörige Backpfeife. »Morggen bisse wech.«

Mit zitternden Beinen stand Minna auf.

»Der kleinen Schlampe ist doch nichts passiert«, knurrte Konrad und erhielt als Antwort eine weitere Ohrfeige, dass ihm der Kopf zur Seite flog.

»Das werden Sie büßen«, schrie der Page und hielt sich die feuerrote Wange. »Jetzt weiß ich endlich, was mit Ihnen los ist, Sie Säufer! Gleich morgen früh werde ich Herrn Kuhlmann darüber unterrichten, und dann werden wir ja sehen, wer von uns beiden gehen muss.«

»Wo ist Minna?«, fragte Elisabeth beim Frühstück, nachdem ein unbekanntes Mädchen ihre Kaffeetasse aufgefüllt hatte. Sie reichte den Brotkorb an Falkenhayn weiter.

Ihr Vater seufzte tief. »Ach, das ist eine scheußliche Geschichte. Wir werden uns leider ein neues Stubenmädchen suchen müssen ... und einen neuen Chefkoch.«

»Was ist denn mit Minna?«, erkundigte sich Johanna besorgt.

Elisabeth und Falkenhayn ließ dagegen die Erwähnung Brandmüllers aufhorchen. Wie aus einem Mund fragten sie: »Und was ist mit dem Koch?«

Vater schüttelte den Kopf. »Darüber möchte ich wirklich nicht vor der ganzen Familie sprechen.«

»Aber sagten Sie nicht erst gestern, dass Brandmüller, der vormals im Adlon gearbeitet hat, einer Ihrer wichtigsten Aktivposten ist?«, hakte Falkenhayn verblüfft nach.

»Das stimmt«, sagte Vater. »Aber mir ist leider etwas zu Ohren gekommen, das es mir unmöglich macht, ihn weiter zu beschäftigen.«

»Bitte entschuldigen Sie, Herr Kuhlmann, aber Entscheidungen von solcher Tragweite können Sie ab jetzt nicht mehr allein treffen«, erwiderte Falkenhayn.

Vater starrte ihn wie vom Donner gerührt an. Seine Wangen färbten sich rot. »Was wollen Sie mir damit sagen?«

»Dass ich als Ihr Ko-Geschäftsführer erst den Grund für diese fristlose Kündigung abwägen möchte, bevor ich entweder Ihre Entscheidung unterstütze ... oder eben nicht.«

»Sie ...«, setzte ihr Vater an, doch dann unterbrach er sich selbst. »Verlassen Sie sich darauf ... wir werden schon wieder einen guten Koch finden.«

Bevor Falkenhayn den Mund öffnen konnte, versuchte Elisabeth, die Situation zu entschärfen. »Vielleicht sollten wir das alles besser in Vaters Büro besprechen.«

»Da gibt es nichts zu besprechen«, meinte Vater stur. »Das Kapitel ist abgeschlossen.«

Falkenhayn schüttelte den Kopf. »Und ich würde sagen, dass

wir der Sache lieber umgehend auf den Grund gehen sollten. Also, weshalb wollen Sie Herrn Brandmüller kündigen?«

Vater schloss für einen Moment entnervt die Augen. »Gut, ich werde es Ihnen erzählen. Aber vorher muss meine jüngste Tochter den Raum verlassen. Die Themen, die Sie mich zwingen anzusprechen, sind nichts für Kinderohren.«

»Papa!«, rief Luise empört. »Ich bin kein Kind mehr.«

»Oh, ich fürchte doch. Nimm den Teller und geh auf dein Zimmer.«

Luise rührte sich nicht von der Stelle. Schließlich erbarmte sich Johanna und rettete ihre jüngste Schwester vor der Schande einer mütterlichen Ermahnung. »Komm, Lulu. Ich gehe mit dir.« Sie blickte sich zu Elisabeth um. »Du erzählst mir später, was mit Minna los ist, ja?«

Elisabeth nickte und beobachtete, wie sich Luise widerspenstig aus dem Zimmer führen ließ. Man sah ihr an, dass sie am liebsten ihr Marmeladenbrötchen samt Teller gegen die Wand gepfeffert hätte.

Als sich die Tür hinter ihnen geschlossen hatte, sagte ihr Vater: »Machen wir es kurz. Heute früh hat mir einer der Pagen berichtet, dass er gestern Abend von einem volltrunkenen Brandmüller verprügelt worden ist. Es sei schon lange ein offenes Geheimnis, dass der Koch ein Trunkenbold ist.«

»Und das glauben Sie ihm einfach so ... ohne Brandmüller die Gelegenheit zu geben, sich zu verteidigen?«, meinte Falkenhayn ungläubig.

»Diese Feststellung stimmt leider mit meinen eigenen Beobachtungen überein. Brandmüller wirkt schon seit längerem fahrig und unkonzentriert.«

Plötzlich ging Elisabeth ein Licht auf. Deshalb hatte der Koch beim Musikfestival so blass und elend ausgesehen. Laut fügte sie hinzu: »Aber die Speisen, die er zubereiten lässt, sind nach wie vor exzellent. Oder etwa nicht?«

»Das schon, aber ...«

Auf Falkenhayns Stirn hatte sich eine steile Falte gebildet.

»Und weshalb wollen Sie das Stubenmädchen gehen lassen? Hängen diese zwei Fälle irgendwie zusammen?«

»Ja, schon.« Es war offensichtlich, dass Vater nicht so recht mit den Fakten herausrücken wollte.

»Aha, und wie?«, hakte Falkenhayn nach.

Ihr Vater seufzte und warf ihrer Mutter einen gequälten Blick zu. »Offenbar hat der Koch den Pagen aus Eifersucht vertrimmt, weil Minna mit ihnen beiden gleichzeitig angebandelt hat. Solch ein unmoralisches Verhalten kann ich selbstverständlich nicht unter meinem Dach dulden. Sie müssen alle drei gehen. Und glauben Sie nicht, dass ich so naiv bin, dem Pagen alles zu glauben. Aber wo Rauch ist, gibt es auch Feuer. Dabei ist dieser Konrad selbst ein schlechter Finger. Er hat schon öfter Unruhe im Personal gestiftet. Letztendlich ist es meine eigene Schuld. Ich habe mich von meiner Schwägerin überreden lassen, diesem Waisenjungen gegen meine Überzeugung eine Chance zu geben. Dabei weiß man doch, dass alle Waisen durch die fehlende Hand der Eltern verdorben sind.«

Falkenhayn war plötzlich blass geworden. »Es tut mir sehr leid, dass Sie dieser Ansicht sind. Aber ich persönlich habe noch nie alle Menschen über einen Kamm geschoren. Deswegen würde ich Sie bitten, für heute Vormittag ein Treffen mit allen drei Angestellten zu arrangieren. Ich möchte gern der Sache auf den Grund gehen und herausfinden, was wirklich zwischen ihnen vorgefallen ist. Im Übrigen würde ich Sie bitten, Ihre Meinung über Waisenkinder zukünftig für sich zu behalten. Sie wissen einfach nicht, wovon Sie reden.«

»So?«, meinte Vater, aufgebracht über Falkenhayns Kritik. »Und Sie? Sie wissen alles besser?«

Falkenhayn stand auf. »Nein, sicherlich nicht alles. Aber mit Waisenhäusern kenne ich mich bestens aus … ich habe selbst einen großen Teil meiner Jugend in einem verbracht.«

Während Vater ihm mit offenem Mund nachsah, ging Falkenhayn zur Tür. Im Rahmen drehte er sich noch einmal um. »Ich ziehe mich auf mein Zimmer zurück und sehe mir die Bücher an. Bitte sagen Sie mir Bescheid, für welche Uhrzeit das Treffen mit dem Koch und den anderen Angestellten anberaumt ist. Guten Tag allerseits.«

Elisabeth lehnte sich geschockt auf dem Stuhl zurück. »Damit, dass Falkenhayn ein ehemaliges Waisenkind ist, hätte ich jetzt nicht gerechnet. Du, Paul?« Sie stupste ihren Bruder an, der jäh aus seinen Gedanken aufzuschrecken schien. Hatte er tatsächlich nichts von der ganzen Unterhaltung mitbekommen?

»Ich habe sofort gewusst, dass etwas mit dem Kerl nicht stimmt«, sagte Mutter spitz. »Ich werde umgehend Gräfin von Seitz einen Brief schreiben, damit Sie endlich weiß, dass der Sekretär Ihres Mannes aus übelsten Verhältnissen stammt. Kein Wunder, dass der Graf ihr dieses Wissen ersparen wollte. Ein dahergelaufener Bastard geht bei ihnen ein und aus. Gott im Himmel, vielleicht hat dieser Falkenhayn sogar etwas gegen den Grafen in der Hand und ihn erpresst, ihm diese Stellung zu geben.«

»Du wirst auf keinen Fall einen solchen Brief schreiben, Ottilie«, rief Vater aufgebracht. »Wir haben schon genug Probleme. Es ist eindeutig, dass Graf von Seitz große Stücke auf diesen Burschen hält, sonst hätte er ihm nicht die alleinige Verantwortung für seine Investition in unser Hotel übertragen. Wir werden also nicht den einzigen Mann gegen uns aufbringen, der uns helfen kann, den Karren aus dem Dreck zu ziehen, indem wir reißerische Briefe an die Gattin seines Chefs schicken. Ist das klar?«

»Aber ... ich will nicht, dass so jemand mit unseren Mädchen verkehrt«, verteidigte sich ihre Mutter.

»Darüber hast du nicht zu entscheiden, Ottilie. Noch bin ich das Oberhaupt dieser Familie, und ich will, dass wir uns um einen zivilisierten Umgang mit Falkenhayn bemühen. Dazu gehört auch, dass er die Mahlzeiten mit uns einnimmt.«

Wortlos schob Mutter ihren Stuhl zurück und verließ das Zimmer. Das war ihre Art zu protestieren.

»Arrangierst du jetzt das Treffen mit den Angestellten?«, fragte Elisabeth, während sie immer noch darüber grübelte, was sie von Falkenhayns überraschender Bekanntmachung halten sollte. Gewiss waren doch nicht alle Waisenkinder verdorben, wie Vater sagte?

»Ja, aber du wirst leider nicht daran teilnehmen können, Elisabeth. Ich bin mir sicher, dass dabei Dinge zur Sprache kommen, die nicht für die Ohren einer anständigen jungen Dame bestimmt sind.« Er schaute sie skeptisch an, fast so, als ob er sie herausfordern wollte, gegen seine Worte aufzubegehren.

Doch Elisabeth wusste, wann sie auf verlorenem Posten stand. »Natürlich, Vater«, erwiderte sie zahm wie ein Lämmchen. Sie würde hinterher sowieso alles brühwarm von Paul erfahren. Er war ihren Überredungskünsten noch nie gewachsen gewesen.

***

»Und nun?«, wisperte Robert aufgebracht, als Paul und er sich im hinteren Teil des Parks eine Zigarette teilten. »Gehen wir jetzt überhaupt noch nach Amerika? Wie konntest du mir das alles nur verheimlichen!«

Paul hatte ein schlechtes Gewissen. Denn wenn er ehrlich zu sich selbst war, fühlte er sich unglaublich erleichtert über die Rettung des Hotels. In Wahrheit hatte er sich nie so ganz mit dem Auswanderungsgedanken anfreunden können.

»Aber, Robert, so läuft doch alles viel besser. Wir brauchen uns keine Sorgen mehr um unsere Zukunft oder um Geld zu machen. Falkenhayn will sich dafür einsetzen, dass ich mich um das Unterhaltungsprogramm des Hotels kümmere, und du behältst deine sichere Stellung. Außerdem werde ich viel mehr freie Zeit haben. Vielleicht können wir sogar für eine Woche gemeinsam nach Berlin fahren.«

»Für eine Woche?«, wiederholte Robert bitter. »Ich will mein Leben mit dir verbringen, Paul. Jeden Morgen möchte ich in deinen Armen aufwachen und abends vor dem Einschlafen als Letztes in dein Gesicht schauen. Ich will mich nicht mehr hinter Bäumen und Büschen herumdrücken und jedes Mal erschrecken, wenn ich in der Nähe Schritte höre.«

»Das will ich doch auch, Robert«, erwiderte Paul gerührt. »Aber wir müssen jetzt abwarten, ob sich das Geschäft erholt. Wenn Vater erst wieder Mut gefasst hat, wird er mich leichter ziehen lassen. Vielleicht brauchen wir dann gar nicht so weit weg zu gehen … Italien oder Südfrankreich würde doch auch schon reichen. Denk an den letzten Großherzog, der hat seine Neigungen in Cannes ausgelebt.«

Robert rollte mit den Augen. »Manchmal denke ich wirklich, dass du überhaupt nichts verstehst.«

»Wieso?«, fragte Paul gekränkt.

»Weil ich nicht nur von dir ausgehalten werden will. Ich möchte wirklich … an deiner Seite leben. Für immer!« Roberts Stimme klang traurig.

»So wird es sein. Ich verspreche es dir«, flüsterte Paul. »Wir müssen nur noch ein kleines bisschen länger durchhalten.«

Robert warf ihm einen skeptischen Blick zu. »Außerdem gibt es da noch ein anderes Problem.«

»Was?« Paul schaute auf seine Taschenuhr. »Oh je, ich muss los. Das Treffen mit Minna und Brandmüller fängt gleich an.«

»Dann geh doch«, zischte Robert beleidigt.

»Nein, du wolltest mir noch etwas sagen?«

»Das kann warten. Bis später.«

»Bis später, Robert«, erwiderte Paul erleichtert und reichte ihm die halb aufgerauchte Zigarette. »Pass auf dich auf.«

Als Paul ins Büro trat und das zerschundene Gesicht von Minna sah, erschrak er. Hatte sie einen Unfall gehabt? Der Page sah nur geringfügig besser aus, und Brandmüller wirkte, als kämpfe er gegen einen fürchterlichen Kater an. Er war ganz grün im Gesicht. Insgesamt gaben die drei ein Bild des Jammers ab. Pauls Blick schweifte weiter. Falkenhayn lehnte mit einem schwer deutbaren Gesichtsausdruck an der Wand, während sein Vater stoisch hinter seinem Schreibtisch thronte.

»Jetzt, wo mein Sohn sich auch dazubequemt hat, können wir beginnen«, sagte sein Vater in tadelndem Tonfall. »Also, erzählen Sie bitte nacheinander, was geschehen ist. Brandmüller, Sie beginnen.«

Mit kratziger Stimme erwiderte der Koch: »Sie können mir ruhig kündigen, Herr Kuhlmann, denn ich schaue tatsächlich öfter mal zu tief ins Glas, und seit Silvester ist es besonders schlimm. Aber Minna dürfen Sie nicht fortschicken, Sie hat sich nichts zuschulden kommen lassen. Ganz im Gegenteil, sie hat sich sogar bemüht, mir zu helfen, von dem Teufelszeug loszukommen. Und dieser Mistkerl ...«, der Koch zeigte auf Konrad, »... hat versucht, sich ihr gegen ihren Willen aufzuzwingen.«

»Stimmt das, Minna?«, fragte Vater entsetzt.

In den Augen des Stubenmädchens standen Tränen, als es leise antwortete: »Ja, Herr Kuhlmann.«

»Nun, das lässt die Angelegenheit natürlich in einem anderen Licht erscheinen.« Vaters Finger trommelten nervös auf seinem Schreibtisch. »Und was haben Sie zu Ihrer Verteidigung vorzubringen, Konrad?«

»Ach, die dumme Ziege lügt doch, wenn sie das Maul aufmacht. Ich habe nichts getan, worum sie mich nicht inständig gebeten hätte. Und der Koch ist einfach nur eifersüchtig.«

Hilflos blickte sein Vater zu Falkenhayn. Dieser stieß sich lässig von der Wand ab und ging einen Schritt auf den Pagen zu. »Glaubst du wirklich, dass eine Frau nach einem glücklichen Stelldichein so aussieht? Du bist ein Verbrecher. Und wenn du nicht auf der Stelle von hier verschwindest, rufen wir die Polizei. Hast du mich verstanden?«

Konrad zuckte mit den Schultern. »Was immer Sie wollen.«

»Aber vorher entschuldigst du dich noch bei Minna.«

Ohne das Stubenmädchen anzuschauen, brummte der Page: »Gnädigste, ich entschuldige mich.« Dann trollte er sich.

Falkenhayn sah ihm achselzuckend hinterher. »Und nun zu Ihnen, Herr Brandmüller. Seit wann trinken Sie bereits?«

»Schon seit vielen Jahren. Aber vor Silvester war ich drei Jahre lang trocken.«

»Haben Sie damals den Entzug allein geschafft?«

»Nein, ich war für einen Monat in einer Anstalt, die mir Herr Adlon bezahlt hat.«

»Und dann haben Sie es ihm gedankt, indem Sie ihn verlassen haben, um ins Palais zu wechseln?«

Der Koch schüttelte den Kopf. »Wir haben uns einvernehmlich getrennt. Er dachte, dass ich hier auf dem Land nicht den gleichen Versuchungen ausgesetzt wäre wie in der Großstadt.«

Vater nickte. »Es ist ja auch für eine ganze Weile gut gegangen. Was ist an Silvester schiefgelaufen?«

Falkenhayn winkte ab. »Das klären wir später. Mich würde etwas anderes interessieren. Glauben Sie, dass Sie die Kraft hätten, erneut einen Entzug durchzustehen?«

Das Gesicht des Kochs wurde noch einen Hauch grüner. »Ja, aber mir fehlt leider das Geld für die Klinik.«

»Angenommen, wir könnten Ihnen das vorstrecken, wer würde Sie in der Küche vertreten, bis Sie wieder da sind?«

Der Koch presste angestrengt die Augen zusammen. Er schien nachzudenken. »Wenn ich vor meiner Abreise einen Menüplan aufstellen würde, könnte sich wahrscheinlich Herr Peters, unser erster Souschef, um alles kümmern.«

Vater räusperte sich. »Aber können wir uns das leisten, ihm das Geld vorzustrecken?«

Falkenhayn nickte entschlossen. »Ja. Ich bin mir sicher, dass Graf von Seitz einen erstklassigen Koch nicht wegen eines kurzen Klinikaufenthaltes verlieren will.« Und zu Brandmüller gewandt, sagte er: »Abgemacht. Sie stellen mit Peters einen Plan auf und geben mir die Adresse der Klinik. Ich kümmere mich um alles Weitere.«

»Das ist … sehr großzügig von Ihnen.« Der Koch kratzte sich verlegen am Kinn. »Ich verspreche Ihnen auch, dass ich Sie danach nicht im Stich lasse.«

Falkenhayn lächelte. »Gut. Dann können Sie jetzt zurück an die Arbeit gehen.«

Mit einem aufmunternden Blick Richtung Minna verließ Brandmüller das Zimmer. Fast gegen seinen Willen war Paul beeindruckt von Falkenhayn. So viel Güte hätte er dem Sekretär gar nicht zugetraut.

»Und nun zu Ihnen, liebe Minna.« Falkenhayns Stimme klang sanft. »Sie können sich selbstverständlich ein paar Tage freinehmen, um sich von dieser Tortur zu erholen. Ich bin mir sicher, dass zwischenzeitlich jemand anders für Sie einspringen kann, und dann ...«

»Ähm«, unterbrach ihn Pauls Vater. »Einen Moment, bitte ... Herr Kollege.«

Überrascht drehte Falkenhayn sich um. »Ja?«

»Es tut mir sehr leid, Minna«, sagte Pauls Vater. »Ich bin mir sicher, dass du dir nichts hast zuschulden kommen lassen. Trotzdem befürchte ich, dass meine Frau sich nicht dafür erwärmen könnte, dich nach dieser Geschichte auch weiterhin in unserem Haushalt zu beschäftigen.«

Über Minnas Gesicht lief eine einzelne Träne. »Aber, Herr Kuhlmann ... es ist gar nichts passiert ... Herr Brandmüller ist mir rechtzeitig zu Hilfe gekommen«, stammelte sie verzweifelt.

Sein Vater wirkte zwiegespalten. Paul nutzte die Gelegenheit, um zu intervenieren. »Vater, und wenn ich einmal mit Mutter rede? Vielleicht ...«

Er hob die Hand. »Die Antwort lautet nein.«

»Aber ... aber, was soll dann aus mir werden?« Tränen rannen über Minnas geschwollenes Gesicht. Sie sah mitleiderregend aus.

Falkenhayn biss sich auf die Unterlippe. »Also, in Herrn Kuhlmanns privaten Haushalt kann ich mich natürlich nicht einmischen. Aber in das Hotelgeschäft schon. Gäbe es dort eine Position, die Ihnen zusagen würde?«

Minna überlegte einen Moment. Unter Tränen nickte sie. »Vielleicht ... also ich habe ein paarmal mit Herrn Brandmüller gekocht ... und er hat gemeint, dass ich mich gar nicht so dumm anstelle und ...« Sie stockte.

»Ja?«, versuchte Falkenhayn, den Rest der Antwort aus ihr herauszulocken.

»Also ... wenn es vielleicht möglich wäre, eine Kochlehre anzufa...«

Vater schüttelte den Kopf. »Eine Frau als Hotelköchin? Das kann ich mir beim besten Willen nicht vorstellen.«

Falkenhayn seufzte. »Ich befürchte, wenn wir die Führung des Palais modernisieren wollen, werden wir an Ihrem Vorstellungsvermögen noch arbeiten müssen, Herr Kuhlmann. Warum sollte Minna unter Brandmüllers Leitung keine erstklassige Köchin werden?«

Pauls Vater hob die Hände. »Aber sagen Sie später nicht, ich hätte Sie nicht gewarnt! Diese Entscheidung wird noch zu großen Problemen in der Küche führen.«

Der Sekretär zuckte die Schultern und blickte schmunzelnd zu Minna. »Dann steht jetzt also unser neuester Kochlehrling vor mir?«

Minna schluchzte noch ein wenig lauter. Paul vermutete, dass es sich diesmal um einen Ausdruck der Freude handelte. Wie schön, dass aus dieser hässlichen Situation noch so viel Gutes erwachsen war.

12. Kapitel

In den nächsten Wochen fegte Falkenhayn wie ein Wirbelwind durch das Hotel. Sämtliche Abläufe wurden von ihm auf den Prüfstand gestellt und geändert. Lediglich Elisabeths Zwei-Stubenmädchen-Zimmerreinigung fand bei ihm Anklang. »Gut gemacht«, lobte er, als sie ihm von ihren Versuchen mit der Stoppuhr erzählte. Trotzdem gestaltete er auch diesen Bereich um. Gegen Vaters Willen entließ er Frau Jacobs, die traditionsbewusste Hausdame. »Wir werden jemand Neues einstellen«, tröstete er. »Aber jemanden mit eigenen Ideen und dem Willen, den besten Service zu liefern und nicht immer nur das Altbewährte.«

Besonders heftig tobte er sich beim Einkauf und bei der Kostenkontrolle aus. Niemand konnte ohne seine Zustimmung auch nur ein Stück Seife oder ein Gramm Fleisch kaufen. Glücklicherweise war Herr Brandmüller bereits in der Entzugsklinik. Er hätte niemals akzeptiert, dass Falkenhayn sich jede seiner Einkaufslisten vorlegen ließ. Peters, dem ersten Souschef, blieb dagegen nichts anderes übrig, als klein beizugeben. »Es wird nicht für alle Zeiten so bleiben, aber ich muss mir erst einmal einen Überblick verschaffen, wo es im Hotel Einsparpotenziale gibt«, rechtfertigte Falkenhayn seine Kontrolltätigkeit und führte zusätzlich ein neues Buchhaltungssystem ein, bei dem er sämtliche Tages-, Wochen- und Monatsabschlüsse im Blick hatte. Ihr Vater lief in dieser Zeit mit einer Leichenbittermiene durchs Palais. Die Tage der Alleinherrschaft und seiner alten Devise des »Vertrauens auf Fachpersonal« waren definitiv vorbei. Elisabeth selbst hingegen war sehr beeindruckt von Falkenhayns straffem und effizientem Führungsstil, auch wenn sie sich lieber die Zunge abgeschnitten hätte, als das zuzugeben.

Das Verhältnis zwischen ihm und ihr gestaltete sich noch immer wechselhaft. In Gesellschaft beachtete er sie kaum. Aber wenn sie sich zufällig allein im Hotel begegneten, sprach er mit ihr in dem gleichen ironischen Tonfall wie früher. Erst neulich waren sie sich auf der Treppe über den Weg gelaufen, und bevor sie an ihm vorbeigehen konnte, hatte er gesagt: »Und, Fräulein Elisabeth? Verachten Sie mich jetzt, weil ich mich als Waise ohne einen achtbaren Stammbaum herausgestellt habe?«

»Von einem unehrenhaften Stammbaum weiß ich nichts«, hatte sie leise geantwortet, weil sie fürchtete, man könne ihrer Stimme bei normaler Lautstärke die Unsicherheit anmerken.

Mit finsterem Gesichtsausdruck hatte er erwidert: »Doch, vollkommen unehrenhaft. Meine Mutter war eine schwindsüchtige Schauspielerin. Sie ist gestorben, als ich vier Jahre alt war. Und der Name meines Vaters ist unbekannt.«

Er musste ihr die Bestürzung angesehen haben, denn er lächelte sarkastisch. »Ja, wenn die jungen Damen, die mich auf dem Kolonialball so stürmisch umschwärmt haben, von meiner verachtenswerten Herkunft wüssten, wären sie sicherlich schnell von ihrer Begeisterung kuriert. Meinen Sie nicht? Die Menschen sind doch oberflächlicher, als es gemeinhin den Anschein hat.«

Er nickte und wollte gerade weitergehen, als Elisabeth stockend sagte: »Ich glaube eigentlich … dass man den Charakter eines Menschen unabhängig von seiner Herkunft beurteilen sollte.«

Überrascht blieb er stehen. »Wie meinen Sie das?«

Vor Nervosität liefen ihre Wangen rot an. »Nun … ähm … es kommt doch immer darauf an, was man aus seiner Herkunft macht. Die adeligen Brüder meiner Mutter sind fürchterliche Nichtsnutze, die reich geheiratet und trotzdem ihr ganzes Geld verspielt haben.«

Er trat einen Schritt näher, und sein Cologne stieg ihr in die Nase. »Und wie urteilt Ihr scharfer Verstand über mich?«

Scharfer Verstand? Er verspottete sie schon wieder. Doch

diesmal fühlte sie sich verpflichtet, ihm die Wahrheit zu sagen. »Es tut mir sehr leid, dass Sie Ihre Mutter so früh verloren haben. Und ich finde …« Sie schluckte. Es fiel ihr nicht leicht, den Rest des Satzes auszusprechen. »… also, ich finde, dass Sie trotzdem sehr viel erreicht haben und durchaus ein ehrenwerter Mann sind.«

Wortlos blickte er sie an. Seine bernsteinfarbenen Augen brannten sich förmlich in ihre.

Unter seinem intensiven Blick errötete sie noch mehr. »Was?«, fragte sie befangen. »Warum starren Sie mich so an?«

Plötzlich verzog sich sein Mund zu einem Lächeln. »Sie sind wirklich eine ganz außergewöhnliche junge Frau, Fräulein Elisabeth. Ich freue mich, dass wir zukünftig zusammenarbeiten werden. Sie nicht auch?«

»Das weiß ich noch nicht«, antwortete sie wahrheitsgemäß.

Er schmunzelte. »Sie sind wie immer ein wahrer Sonnenschein, Fräulein Elisabeth. Aber wahrscheinlich haben Sie recht … ehrlich währt am längsten. Ich wünsche Ihnen noch einen schönen Tag.« Mit diesen Worten hatte er sie auf der Treppe stehen lassen.

Seine Gegenwart war so verwirrend. Eben noch hatte sie das Bedürfnis gehabt, ihn in den Arm zu nehmen, um ihn über den frühen Verlust seiner Mutter hinwegzutrösten. Und nun hätte sie ihm am liebsten das überhebliche Schmunzeln aus dem Gesicht gekratzt. Eines stand fest: Die Zusammenarbeit mit ihm würde nicht einfach werden, aber keineswegs langweilig.

Heute früh hatte Falkenhayn zu einer Besprechung gebeten. Elisabeth hatte keine Ahnung, worum es dabei gehen sollte, aber da er sie ausdrücklich mit eingeladen hatte, würde sie den Termin wahrnehmen. Als sie mit zwei Minuten Verspätung ins Büro schlüpfte, warteten die anderen bereits auf sie. Sofort fiel ihr die veränderte Anordnung der Möbel ins Auge: Dort, wo bislang der mächtige Mahagonischreibtisch ihres Vaters gestanden hatte, waren nun drei kleinere Schreibpulte zu einem Dreieck aufgebaut. Dahinter saßen ihr Vater, Paul und Falkenhayn, der in diesem Moment einen Stuhl für sie heranzog. »Danke, Fräulein Elisabeth, dass Sie gekommen sind. Wollen Sie sich neben Ihren Vater setzen?«

Sie nahm Platz und musterte kurz Pauls erwartungsvolle Miene und dann die argwöhnische ihres Vaters.

Falkenhayn räusperte sich. »Ich wollte Ihnen heute ein neues Geschäftsmodell für das Palais vorschlagen und ...«

»Wenn Sie mir jetzt erklären, dass wir – so wie das Grand Hotel – nur noch in der Hauptsaison öffnen sollen, muss ich Sie aber eines Besseren belehren«, unterbrach ihn Vater ungeduldig.

Falkenhayn schüttelte lächelnd den Kopf. »Nein, das möchte ich nicht. Trotzdem haben wir ein Problem. In der Hauptsaison verdienen wir bislang zu wenig, obwohl alle Zimmer belegt sind, und in der Nebensaison bekommen wir das Hotel nicht voll genug. Richtig?«

Paul nickte.

»Das wussten wir auch schon vorher«, murmelte Vater.

Falkenhayn sprach unbeeindruckt weiter. »Und das liegt größtenteils daran, dass wir stets die gleiche Art von Gästen haben.«

Vater sah ihn ungläubig an. »Das nennt man Stammgäste. Das ist etwas Feines.«

»Da muss ich Ihnen leider widersprechen, Herr Kuhlmann. Es ist nichts Gutes, besonders wenn die Stammgäste wie bisher lediglich aus dem deutschen Großbürgertum und nicht aus den allerbesten internationalen Kreisen stammen.«

Elisabeth legte ihrem Vater eine Hand auf den Arm, um ihn am Aufspringen zu hindern. »Vielleicht erklären Sie ganz einfach, was Sie vorhaben, Herr Falkenhayn.«

»Gern. Mein Vorschlag wäre, dass wir streng nach Haupt- und Nebensaison unterscheiden. In der Hauptsaison wird bester Service zu entsprechend hohen Preisen offeriert. Ich dachte zum Beispiel daran, jedem Zimmer einen eigenen Butler zuzuteilen und ein hochkarätiges Unterhaltungsprogramm auszuarbeiten. Dieses Angebot würde sich selbstverständlich nur an den betuchten Hochadel und Großindustrielle richten. Und …«

Erneut wollte Vater ihn unterbrechen, aber Elisabeth legte ihren Zeigefinger an die Lippen. »Pst, Vater. Lass ihn doch bitte erst einmal ausreden.«

Falkenhayn warf ihr einen dankbaren Blick zu und fuhr fort: »In der Nebensaison, wenn die feine Gesellschaft sich wieder in London, Berlin und Paris amüsiert, wird das Hotel von der erworbenen Exklusivität profitieren. Dann wird das Großbürgertum in Scharen nach Doberan ziehen, um die luxuriöse Luft des Palais zu schnuppern. Zu reduzierten Preisen, versteht sich. Allerdings wird dann eben auch der Service entsprechend zurückgefahren. Zum Beispiel wird man im Restaurant nicht mehr à la carte bestellen können, sondern ein festgelegtes Menü genießen. Auch die Bettwäsche wird nicht mehr jeden Tag, sondern nur noch jeden zweiten gewechselt, und so weiter. Was halten Sie davon? Hört sich das gut an?«

»Und wie wollen Sie an diese exklusive Kundschaft herankommen?«, fragte ihr Vater. »Wollen Sie die mit dem Lasso einfangen?«

Elisabeth zuckte innerlich zusammen. Er konnte seine spitze Zunge einfach nicht im Zaum halten. Hoffentlich würde das Palais unter der angespannten Zusammenarbeit zwischen ihm und Falkenhayn nicht leiden. Eigentlich sollten beide doch am selben Strang ziehen. Aber Vater schien diesem »Jungspund« nicht vergeben zu können, dass er ihn, einen alten Hasen, ständig belehrte.

»Selbstverständlich nicht. Ich dachte vielmehr daran, dass wir uns die ausgezeichneten Kontakte von Graf von Seitz zunutze machen könnten.«

»Und was schwebt Ihnen da vor? Wollen Sie die einzeln anschreiben und auffordern, bei uns im Hotel abzusteigen?«

»Nein, aber ich stelle mir vor, dass wir einige Salons und Festivitäten des Grafen von Seitz besuchen und dort nebenbei fallen lassen, dass sich diesen Sommer mehrere begehrte Junggesellen des englischen Hochadels bei uns angesagt haben, darunter auch der Neffe von Lord Northcliffe, von dem gemunkelt wird, dass er einmal das Zeitungsimperium seines Onkels erben wird. Sie werden sehen, dann bucht jede Großindustriellen-Familie, die Töchter im heiratsfähigen Alter hat, umgehend bei uns. Und der deutsche Hochadel sowieso, der bewegt sich ja am liebsten unter seinesgleichen.«

Für einen Moment war ihr Vater sprachlos.

»Der Neffe von Lord Northcliffe?«, wiederholte Paul. »Aber was machen Sie, wenn diese Gäste anreisen und feststellen, dass der begehrte Junggeselle gar nicht da ist?«

Falkenhayn lächelte. »Aber er wird da sein.«

»Wie das?«, fragte Elisabeth.

»Weil wir ihm durch die Blume mitteilen, dass Kost und Logis für ihn umsonst sein werden. Viele der jungen englischen Adeligen sind – bis sie einmal erben – sehr knapp bei Kasse und werden sich regelrecht auf unser Angebot stürzen.«

»Aber ... aber wenn wir die alle einladen, machen wir keinen Gewinn«, warf Vater ein.

»Wir werden selbstverständlich nicht *alle* einladen, sondern nur einige wenige«, erklärte Falkenhayn. »Und gleichzeitig die Preise für die anderen Gäste so erhöhen, dass die Kosten der adeligen Schmarotzer gedeckt sind.«

»Aber ...« Ihr Vater versuchte, weitere Argumente gegen diese neumodischen Methoden zu finden, doch anscheinend fielen ihm keine ein.

»Und wann sollen wir die Salons von Graf von Seitz besuchen?«, fragte Paul interessiert.

Diesmal wirkte Falkenhayn aus dem Konzept gebracht. »Also ... eigentlich hatte ich an Fräulein Elisabeth, Ihren Vater und mich gedacht. Es ist charmanter, wenn eine junge, attraktive Dame mit von der Partie ist.«

»Für wen charmanter?«, horchte Vater auf.

»Für die zukünftigen Gäste selbstverständlich«, antwortete Falkenhayn wie aus der Pistole geschossen, während Elisabeth noch verdaute, dass er sie eine junge, attraktive Dame genannt hatte. Was sollte das? Wollte er sie mit solchen Äußerungen auf seine Seite ziehen? Damit sie für ihn bei ihrem Vater Schönwetter machte?

»Soso.«

»Und was soll ich dann tun?«, fragte Paul.

»Wir hatten ja schon darüber gesprochen, dass Sie die Organisation des anspruchsvollen Unterhaltungsprogramms übernehmen könnten«, antwortete Falkenhayn. »Über die Höhe des Budgets reden wir dann noch.«

Das schien Paul zu besänftigen. Über sein Gesicht huschte ein zufriedenes Lächeln.

»Na, wunderbar«, grummelte Vater. »Wenn Sie alles so gut im Griff haben, kann ich mich ja getrost zur Ruhe setzen und meine Anteile dem Grafen überschreiben. Oder welche Funktion haben Sie mir zugedacht?«

»Aber, Herr Kuhlmann, Sie sind doch unersetzlich«, schmeichelte Falkenhayn ihm. »Sie werden sich wie vereinbart um die charmante Ansprache der Gäste, die Organisation von rauschenden Festen und alle Buchungen kümmern. Das kann niemand besser als Sie.«

Falkenhayn schien wirklich ein Meister der Manipulation zu sein. Doch diesmal ließ sich Elisabeths Vater nicht von ihm einwickeln. »Das könnte Ihnen so passen. Ich als Frühstücksdirektor, und Sie ziehen hinter meinem Rücken sämtliche Fäden!«

Mit so einer Reaktion hatte Falkenhayn offenbar nicht gerechnet. Er schwieg überrascht.

Elisabeth, die genau spürte, dass Falkenhayns charismatischer Elan und seine gut durchdachten Pläne ihren Vater verunsicherten, sprang Letzterem tapfer zur Seite. »Mein Vater ist ein sehr erfahrener Hotelier. Sie können ihn nicht einfach aufs Abstellgleis schieben, Herr Falkenhayn. Immerhin halten wir noch fünfzig Prozent am Palais und werden deshalb nur solchen Vorhaben zustimmen, die auch mein Vater für sinnvoll hält.«

»Aber ich wollte Ihrem Vater doch nichts aufzwingen.« Falkenhayn hob entschuldigend die Hände. »Im Gegenteil, ich dachte, wir könnten diese Vorschläge gemeinsam besprechen und verfein...«

»Nun, wir werden über alles nachdenken und dann eine neue Besprechung anberaumen«, sagte Elisabeth entschlossen. »Komm, Papa, wir müssen jetzt gehen. Herr von Schaper hat vorhin nach dir gefragt. Außerdem wollte Herr Walter etwas Wichtiges mit dir besprechen.«

Herr Peters war ein Monster. Seit Wochen ließ er Minna nichts anderes machen als Gemüse schälen, kleinschneiden und garkochen. So würde sie niemals eine gute Köchin werden. Außerdem waren ihre Finger schon ganz wund vom ständigen Pellen der heißen Kartoffeln und Tomaten. Noch nicht einmal eine anständige Schürze hatte man ihr gegeben. Sie band sich lediglich ein altes Küchentuch über ihrem Dienstkleid um die Hüften. Hoffentlich kam Herr Brandmüller bald zurück. Unter seiner Aufsicht hatte sie bereits ganze Gerichte gekocht. Doch leider hatte ihnen Herr Kuhlmann erst gestern mitgeteilt, dass der Koch seinen Kuraufenthalt nochmals verlängert hatte.

Auch das restliche Küchenpersonal schien sie nicht zu mögen. Andauernd spielte man ihr Streiche. Herr Brandmüller hätte das niemals durchgehen lassen, aber Herr Peters stachelte seine Männer sogar noch dazu an. Erst eben hatte er laut nach den gehackten Zwiebeln gerufen, dabei wusste er ganz genau, dass der junge Entremetier, der für die Beilagen verantwortlich war, ihr gerade »versehentlich« Natronpulver darüber geschüttet hatte und sie noch einmal von vorn hatte beginnen müssen. Als sich Minna bei dem Übeltäter beschwerte, hatte der achselzuckend gemeint: »Du willst doch jeden Tag was Neues lernen. Also ... Natron verkürzt die Kochdauer von Gemüse, besonders bei Hülsenfrüchten und Kohlgemüse gibt man es ins Kochwasser. Nur bei Zwiebeln ist es leider schlecht.« Bei den Worten hatte er vor

Lachen gewiehert. Offenbar hatte Herr Kuhlmann recht: Niemand in der Hotelküche wollte eine Frau als Lehrling.

»Und? Sind die Zwiebeln endlich fertig geschält und gehackt?«, erkundigte sich Herr Peters genau sieben Minuten später.

»Noch nicht«, knurrte Minna. Ihre Augen brannten wie Feuer. Und sie bezweifelte, dass selbst Herr Brandmüller fünf Kilo Zwiebeln in unter zehn Minuten schneiden konnte.

»Minna, Minna.« Herr Peters schüttelte tadelnd den Kopf. »So wird niemals eine anständige Köchin aus dir. In diesem Beruf muss man flink und akkurat arbeiten.«

»Das tue ich doch«, brach es aus ihr heraus. »Aber Sie wollen mir ja ums Verrecken keine Chance geben, mein Können unter Beweis zu stellen.«

Herr Peters musterte sie vorwurfsvoll. »Was sind denn das für freche Töne! Du hältst dich wohl für was Besseres?« Alle Köche, vom Gardemanger, der für die kalte Küche zuständig war, bis zum Patissier hielten in ihrer Arbeit inne und musterten sie unfreundlich.

Minna bebte vor Scham und Wut, aber diesmal würde sie nicht klein beigeben. Sie wollte nicht auf ewig das willfährige Opfer von machthungrigen Männern sein. »Nein, das tue ich nicht. Ich möchte nur wie ein ganz normaler Kochlehrling ausgebildet werden und nicht als Gemüseschälerin enden.«

»Wenn du wirklich so ein außergewöhnliches Talent bist, gib uns doch bitte eine Kostprobe deiner Fertigkeiten und bereite eine Sauce béarnaise zu«, erwiderte Herr Peters spöttisch. »Wenn du die hinbekommst, werde ich dich eigenhändig in die höhere Kunst des Kochens einführen.«

Minna zögerte. Sie wusste, dass selbst einige der jüngeren, voll ausgebildeten Köche mit dieser Soße Probleme hatten. Aber wenn sie jetzt einknickte, würde sie wahrscheinlich niemals den Respekt der anderen erringen. Außerdem hatte sie Herrn Brandmüller schon mehrmals bei der Zubereitung über die Schulter geschaut.

»Und? Hat dich dein Mut schon wieder verlassen?«, zog Peters sie auf.

»Nein. Ich nehme die Herausforderung an«, sagte sie leise. »Darf ich mir die Zutaten nehmen und an einer freien Kochstelle arbeiten?«

»Nur zu«, sagte Herr Peters. »Aber denk dran, wenn die Sauce béarnaise gerinnt, heißt es bis auf weiteres Gemüseschälen, und zwar ohne Murren. Und dann kannst du nur hoffen und beten, dass Herr Brandmüller eines Tages doch noch zurückkommt.«

Was? Bestand tatsächlich die Gefahr, dass der Chefkoch nie wiederkehrte? Fühlte sich Herr Peters deswegen so selbstsicher? Plötzlich zitterten ihre Hände. Trotzdem suchte sie sich die notwendigen Zutaten sowie alle Gerätschaften zusammen und atmete tief durch. Jetzt ging es um alles, und sie musste sich konzentrieren. Zunächst schälte und hackte sie zwei Schalotten und kochte sie mit reichlich frischem Estragon, einigen Pfefferkörnern und je drei Esslöffeln Weißwein und Essig auf. Anschließend ließ Minna das Ganze unter vorsichtigem Umrühren auf etwa vier Esslöffel einkochen, seihte die Reduktion durch ein feines Sieb und ließ sie etwas abkühlen. Währenddessen trennte sie drei Eier.

Wie durch einen Schleier nahm Minna wahr, dass etliche Zuschauer um sie herumstanden, die jeden einzelnen ihrer Handgriffe argwöhnisch beäugten. Ausgerechnet jetzt, wo es schwierig wurde! Aber sie versuchte, erst gar keine Panik aufkommen zu lassen. Wie sagte Herr Brandmüller immer? »In der Ruhe liegt die Kraft.« Sie wollte das beherzigen. Konzentriert gab sie die Flüssigkeit in einen Rührkessel und stellte diesen über, nicht in ein heißes Wasserbad. Im zweiten Topf ließ sie ein Stück Butter schmelzen und passte wie ein Schießhund auf, dass diese nicht zu heiß oder gar braun wurde.

Anschließend gab sie ein paar Tropfen Worcestershire-Sauce, ein wenig Zitronensaft und drei Eidotter zur Reduktion und schlug die Mixtur mit einem Rührbesen auf. Sobald die Dottermasse warm war, was sie mit dem Finger überprüfte, goss sie die

Butter tropfenweise unter ständigem Schlagen hinzu, so lange, bis alles in die Sauce eingearbeitet war. Glücklicherweise hatte das Endresultat die gewünschte Konsistenz von Mayonnaise und wies eine ganz ähnliche Sämigkeit wie bei Herrn Brandmüller auf. Vorsichtig schmeckte Minna mit Salz und etwas Pfeffer ab.

»Und? Bist du fertig?«, fragte Herr Peters hinter ihrem Rücken.

Mit klopfendem Herzen reichte sie ihm einen frischen Löffel. »Ja, Sie können jetzt probieren.«

Herr Peters steckte den Löffel kurz in die Rührschüssel und umgehend in seinen Mund. Seine Augen weiteten sich, doch er sagte kein Wort.

Mit angehaltenem Atem wartete Minna auf sein Urteil.

Schließlich legte er den benutzten Löffel in ein nahes Spülbecken und sagte: »Diese Sauce béarnaise ist perfekt. Lass dir eine Schürze geben, Minna. Morgen fängst du an zu kochen.«

Minna fühlte sich nicht sehr oft vom Glück verwöhnt, deshalb wusste sie, dass dieser Moment, in dem ihr Herr Peters im Weggehen auf die Schulter klopfte, immer zu den schönsten ihres Lebens gehören würde.

Aufgeregt klopfte Elisabeth an Johannas Tür. Als ihre Schwester »Herein« rief, stürzte sie in deren Zimmer. »Gerade ist ein neuer Gast angekommen!«

»Tatsächlich?«, meinte Johanna lächelnd. »Das kann in einem Hotel schon einmal vorkommen.«

Atemlos sagte Elisabeth: »Aber dieser Gast hat schöne dunkelbraune Augen, lockiges Haar und heißt Samuel Hirsch.«

Johanna errötete. »Ist er wirklich schon da?«

»Ja! Du wusstest, dass er kommen würde?« Obwohl sie sich alle Mühe gab, nicht beleidigt zu klingen, war Elisabeth ein wenig enttäuscht. Sie hatte eigentlich gehofft, dass ihre Schwester keine Geheimnisse vor ihr hatte.

Johanna, die sehr feinfühlig war, sprang umgehend auf und

umarmte sie. »Bitte sei nicht böse, mein Schatz. Du warst so mit den ganzen Veränderungen im Hotel beschäftigt, dass ich dich nicht damit belasten wollte.«

»*Belasten!*«, prustete Elisabeth. »Ich freue mich doch für dich und bin schon gespannt darauf, ihn kennenzulernen. Wie lange bleibt er?«

»Leider nur drei Tage. Länger konnte er sich nicht freimachen«, erwiderte Johanna traurig. »Und wir werden uns auch nur ganz kurz im Park sehen können. Du weißt doch, dass Mama überall ihre Spione hat. Wenn sie oder eine ihrer Freundinnen mich mit einem fremden Mann spazieren gehen sieht, ist die Hölle los. Dabei wollen wir lediglich über neue Wohltätigkeitsveranstaltungen für die kranken Kinder reden.«

Elisabeth lachte auf. »Und das soll ich dir glauben? Ich schätze eher, dass ihr eure baldige Verlobung besprechen wollt!«

Johanna schüttelte bekümmert den Kopf. »Nein, Elisabeth. Friedrich hat ihm bereits gesagt, dass unsere Mutter einer Verbindung mit einem Juden niemals zustimmen wird.«

»Quatsch. Immerhin ist er ein erfolgreicher Arzt. Und Vater hat schließlich auch noch ein Wörtchen mitzureden. Liebst du ihn?«

Ihre Schwester nickte verschämt. »Ich glaube schon. Aber er selbst hat noch mit keinem Wort über seine Gefühle gesprochen. Wahrscheinlich liegt ihm nicht sehr viel an mir.«

»Sicher«, meinte Elisabeth sarkastisch. »Deswegen kommt er auch den ganzen weiten Weg von Berlin ... um über *Wohltätigkeitsveranstaltungen* zu sprechen.«

Die Wangen ihrer Schwester färbten sich rosig, und sie sah noch schöner aus als sonst. »Meinst du wirklich, dass er mich mag?«

»Nein, ich meine, dass er vollkommen verrückt nach dir ist, du Dummerchen.« Plötzlich kam Elisabeth eine Idee. »Im Übrigen findet morgen im kleinen Bankettsaal tatsächlich ein Wohltätigkeitsessen statt. Die Katholiken sammeln Geld, um ihre eigene Kirche in Doberan aufzubauen.«

»Ja, und?«, erkundigte sich Johanna verwirrt. »Was hat das mit uns zu tun?«

»Wie wahrscheinlich ist es eigentlich, dass sich bei einer solchen Veranstaltung alle Gäste kennen?«

»Nicht besonders groß«, meinte ihre Schwester. »Wieso?«

»Weil ich glaube, dass uns morgen Abend eine Tischdame fehlen wird.«

Auf Johannas glatter Stirn bildete sich eine Falte. »Ich verstehe nicht ...«

Elisabeth grinste geheimnisvoll. »Ich bin mir sicher, dass Mutter sich erbarmen lassen wird, dich ausnahmsweise an einer katholischen Veranstaltung als zusätzliche Tischdame teilnehmen zu lassen. Schließlich hat selbst ihr eigener Bruder eine Katholikin geheiratet und ist ihr zuliebe konvertiert. Und wie der Zufall es will, wirst du dort neben einem Herrn ... ähm ... *Hirscher* sitzen.«

»Du willst, dass ein Jude und eine Protestantin zu einer katholischen Wohltätigkeitsveranstaltung gehen?«, fragte Johanna ungläubig.

»Warum nicht?«

»Ich glaube, dass es jede Menge gute Argumente dagegen gäbe«, sagte Johanna, und ihre Augen fingen an zu strahlen. »Aber momentan fällt mir leider kein einziges ein.«

»Wunderbar«, sagte Elisabeth grinsend. »Ich gehe dann mal zu Paul und leite das in die Wege. Erzählst du Mutter, dass man dich darum gebeten hat? Und schreib deinem Samuel einen Brief, den wir ihm unter der Tür durchschieben können.«

»Das mache ich«, sagte Johanna und umarmte sie stürmisch. »Du bist die beste Schwester auf der ganzen Welt.«

»Lass uns besser mit dem Lob so lange warten, bis alles arrangiert ist. Einverstanden?«

Johanna schüttelte den Kopf. »Nein, denn eine Maxime gibt es in jeder Religion: Der gute Wille zählt genauso viel wie die gute Tat selbst.«

Paul war nirgendwo zu finden. Schließlich versuchte es Elisabeth im Büro. Als sie durch die Tür trat, wäre sie beinahe mit Falkenhayn zusammengestoßen, der gerade erst wieder aus Berlin zurückgekommen sein musste, wo er mit ihrem Vater die diversen Feierlichkeiten des Grafen von Seitz besucht hatte, um wie geplant die hochherrschaftlichen Gäste anzulocken.

Nachdem Elisabeth ihren Vater mit viel Fingerspitzengefühl von Falkenhayns Plänen überzeugt hatte, hatten doch nur er und sein neuer »Kollege« diese Aufgabe übernommen. Ihre Mutter hatte ihr strikt verboten, sich wie eine »Animierdame« vor Fremden für das Hotel einzusetzen. Dennoch war Elisabeth nicht untätig gewesen. Gemäß Falkenhayns Anweisungen hatte sie sich, zusammen mit Paul, um die anderen Vorbereitungen gekümmert. Die Idee mit den individuellen Butlern für jedes Zimmer hatten sie zwar wieder fallen gelassen, aber sie hatte zusätzliches Personal für den geplanten Extra-Service geordert, die Angestellten informiert und Einladungsschreiben an zwei begehrte adelige Junggesellen verfasst.

Paul hatte für die Hauptsaison bereits einige aufregende Künstler engagiert und mit einem exklusiven Pariser Modehaus über mehrere Modeschauen für die Damen verhandelt. Außerdem hatte er dem Grand Hotel einige der Ehrenlogen auf der Rennbahn abgeluchst. Alles schien auf dem besten Weg zu sein, und es gab sogar schon einige exquisite Anmeldungen für die Sommersaison.

»Da hat es aber jemand eilig«, sagte Falkenhayn grinsend. »Wollten Sie zu mir, damit wir uns gemeinsam über die vielen neuen Buchungen freuen können?«

»Nein«, sagte Elisabeth und schnappte nach Luft. »Ich suche meinen Bruder.«

»Schade. Und ich kann Ihnen nicht weiterhelfen?«

Elisabeth musterte ihn skeptisch. Ob er ihrer Mutter die kleine List verraten würde? Bei dem schlechten Verhältnis, das die beiden hatten, war das wohl eher unwahrscheinlich.

»Sie trauen mir nicht?«, meinte Falkenhayn. Oberflächlich

betrachtet, klangen seine Worte sachlich. Und doch schwang schon wieder dieser ironische Unterton mit.

»Nein … ähm … doch.« Ständig musste sie bei ihm auf der Hut sein, dass er sie nicht aufs Glatteis führte.

»Also, womit kann ich Ihnen dienen?«

»Sie müssen schwören, dass Sie keiner Menschenseele etwas davon erzählen.«

»Ach herrje, worum handelt es sich denn? Wollen Sie schon wieder ins Wasser gehen?«

Elisabeth kniff verärgert die Augen zusammen. »Sie müssen sich wirklich nicht wundern, wenn man Ihnen nicht vertraut.«

Um seine Bernsteinaugen gruben sich kleine Lachfältchen ein, als er die Hand wie zum Schwur hob. »Indianerehrenwort. Sie können sich auf mich verlassen. Ich werde schweigen wie ein Grab.«

»Wäre es Ihnen möglich, die Gästeliste der morgigen Veranstaltung noch um zwei Personen zu erweitern? Die beiden müssten nebeneinander an einem Tisch sitzen.«

»Sie haben einen geheimen Verehrer und wollen mit ihm an diesem Dinner teilnehmen?« Er blickte ernst auf sie herunter. »Hm, also ich bin mir nicht sicher, ob ich Ihnen dieses Rendezvous ermöglichen soll. Das ginge ja gegen meine ureigenen Interessen.«

Immer diese Anspielungen. Als ob er an ihr interessiert wäre. Dabei verspottete er sie nur. Elisabeth schüttelte den Kopf, um sich von dem merkwürdigen Gefühl, das sie bei seinen Worten beschlichen hatte, zu befreien. »Was Sie immer für einen Blödsinn reden. Bei den Personen handelt es sich um einen Hotelgast namens Samuel Hirsch und … meine Schwester Johanna.«

»Oh«, sagte Falkenhayn überrascht. »Dann liegt der Fall natürlich anders, und ich werde alles Menschenmögliche tun, um Ihren Wunsch zu erfüllen. Ich verstehe richtig, dass Ihren Eltern nichts davon zu Ohren kommen darf?«

»Nein. Das würde sie nur unnötig aufregen.«

Falkenhayn grinste.

Er wollte gerade zu seinem Schreibtisch gehen, als Elisabeth einen Geistesblitz hatte. Wenn sie jetzt schon hinter dem Rücken ihrer Eltern mit ihm mauschelte, konnte sie ihm auch etwas anderes anvertrauen, das sie seit längerer Zeit bedrückte und das in dem ganzen Schlamassel mit den Banken untergegangen war. »Herr Falkenhayn?«, sagte sie zögerlich.

»Ja?«

»Erinnern Sie sich noch daran, wie ich Ihnen von der unverschämten Zechprellerin erzählt habe?«

Er nickte. »Ja, eine Baronin von Werdenfels. Aber Ihr Vater will keinen Anwalt einschalten, weil er einen Skandal befürchtet. Schließlich hat die arme Frau ihre ganze Familie verloren.«

»Und wie würden Sie darüber denken, wenn Sie erführen, dass das alles nicht stimmt und die Baronin eine skrupellose Betrügerin ist?«

Er pfiff durch die Zähne. »Das würde die Sachlage natürlich ändern.«

Elisabeth erzählte ihm rasch alles Wissenswerte über ihr zufälliges Zusammentreffen mit der Zofe der Baronin. »Sie müssen unbedingt mit ihr reden. Meines Erachtens brauchen Sie gar keinen Anwalt zu engagieren. Wenn Sie der alten Schachtel drohen, die ganze Geschichte in der Berliner Gesellschaft bekannt zu machen, rückt sie das geschuldete Geld garantiert heraus.«

Falkenhayn blickte ihr nachdenklich ins Gesicht. »Meinen Sie?«

Elisabeth nickte energisch. »Ganz bestimmt.«

»Hm. Es geht um einen großen Betrag. Also werde ich wohl oder übel nach Berlin fahren müssen.« Er seufzte theatralisch.

Elisabeth strahlte. »Das wäre wunderbar.«

»Gut, dann reise ich gleich am Montag ab, allerdings unter einer Bedingung.«

»Was für einer Bedingung?«

»Dass Sie ebenfalls mitkommen. Sie haben so wertvolle Vorarbeit geleistet, dass ich dieses Problem nicht allein lösen möchte.«

Ihr Lächeln fiel in sich zusammen. »Das wird Mutter niemals erlauben.«

»Sie werden sie aber trotzdem fragen?«, erkundigte er sich.

»Nur in Ihrer Anwesenheit ... wenn Sie tatsächlich darauf versessen sind, Mutters entfesselten Zorn zu erleben.«

»Ich habe ein dickes Fell, Fräulein Elisabeth.«

»Gut«, meinte sie. »Das werden Sie auch brauchen.«

Paul klemmte sich eine Flasche Rotwein unter den Arm und schlich leise aus der Wohnung. Er freute sich auf Robert, der versprochen hatte, einen Flaschenöffner und Gläser mitzubringen. Während er durch den dunklen Park ging und seine Schritte leise auf dem Kies knirschten, dachte er daran, dass sie sich nicht mehr lange im Pavillon würden treffen können. Man merkte es am betörenden Duft des goldgelben Ginsters, der nun überall im Park blühte: Es war bereits Ende Mai, und bald würde die Hauptsaison anfangen. Im Pavillon sollte dann eine Champagnerbar eingerichtet werden, in der sich die Gäste nach einem nächtlichen, von Fackeln erhellten Spaziergang erfrischen könnten.

Neben der Terrasse war eine Bühne geplant, auf der am Nachmittag und nach dem Abendessen Konzerte und Bühnenstücke aufgeführt werden sollten. Der Park würde bis spät in die Nacht von Menschen bevölkert sein. Trotzdem wollte er nicht auf Roberts Liebkosungen verzichten, auch wenn ihm bisher kein anderer sicherer Ort eingefallen war. In seiner Ratlosigkeit hatte er deshalb sogar schon an Roberts ursprünglichen Plan gedacht. Würde es – sobald all das zusätzliche Personal im Hotel herumwuselte – jemandem auffallen, wenn der Schlüssel eines nicht belegten Hotelzimmers für ein paar Stunden fehlte? Konnte dort nicht gerade eines der Zimmermädchen sauber machen oder ein Page das Kaminholz auffüllen? Das wäre doch plausibel, oder? Wahrscheinlich müssten sie es darauf ankommen lassen.

Doch bis auf dieses ungelöste Problem gestaltete sich sein Leben gerade überaus angenehm. Alle Aufgaben im Hotel, die ihm früher Bauchschmerzen verursacht hatten, waren entweder von Falkenhayn oder von Elisabeth übernommen worden. Er musste weder mit den Gästen sprechen, noch sich um die Buchhaltung kümmern. Stattdessen konnte er sich nach Lust und Laune Dingen widmen, die ihm Spaß machten. Stundenlang fachsimpelte er am Telefon mit Künstlern über ein Bühnenprogramm oder dachte über die benötigten Kulissen und Requisiten nach. Dazwischen blieb immer noch genug Zeit für Robert und seine eigene Musik. Kurz gesagt, er lebte auf.

Robert wartete bereits auf ihn, und wie jedes Mal schlug Pauls Herz schneller beim Anblick von dessen glatt rasierten, männlichen Zügen. Er konnte es kaum abwarten, seine Arme um Roberts Hals zu legen und ihn zu küssen. Zärtlich drückte er die Lippen auf seinen Mund. Doch diesmal reagierte Robert nicht wie sonst. Sein Mund blieb abweisend verschlossen. Verwundert blickte Paul ihn an. »Was ist mit dir?«

»Ich habe es langsam satt, ständig von dir vertröstet zu werden«, sagte Robert verstimmt.

»Wie meinst du das? Wir sehen uns doch fast jeden Tag!«, verteidigte sich Paul.

»Ja, schon, aber obwohl es dem Hotel eindeutig besser geht, sind wir immer noch hier und nicht in Amerika.«

Es stimmte. Dem Hotel ging es sogar schon vor Beginn der Sommersaison entscheidend besser. Und das lag daran, dass Julius Falkenhayn tatsächlich mit dem Geld der Baronin von Werdenfels aus Berlin zurückgekehrt war. Plötzlich hatten sie ein viel dickeres Finanzpolster als erwartet. Selbst wenn einige der illustren Gäste in letzter Minute absagen würden, hätten sie noch genügend Reserven auf der hohen Kante. Ein beruhigendes Gefühl.

»Aber solange wir uns haben, ist es doch auch hier sehr schön, findest du nicht?«, meinte Paul vorsichtig.

Robert schüttelte den Kopf. »Nein. Und das nicht nur, weil wir zwei in Doberan nie wirklich zusammen sein können. Es ist etwas Schlimmes passiert, Paul, und ich kann es dir nicht länger verheimlichen.«

Schlagartig bekam Paul es mit der Angst zu tun. Robert klang so verzagt. Gar nicht so wie sonst. »Was ist mit dir?«, fragte er hastig. »Du bist doch nicht etwa krank?«

»Nein, das ist es nicht. Es ist wesentlich schlimmer.«

»Um Himmels willen! Dann sag doch endlich, was los ist!«

Robert ließ den Kopf hängen. »Erinnerst du dich noch, als ich dir das Buch von Thomas Mann unters Kopfkissen geschoben habe?«

»Natürlich. Ich bewahre es wie einen Schatz.«

»Das ist schön. Aber ich habe leider einen großen Fehler begangen. Jemand hat mich dabei beobachtet, wie ich in dein Zimmer geschlichen bin, und jetzt …« Er legte die Hände vors Gesicht und flüsterte: »… und jetzt werde ich erpresst.«

Der Schreck legte sich wie eine eiskalte Faust um Pauls Herz. Ihre Liebe war aufgeflogen. Jetzt würden sie die Konsequenzen ihres unmoralischen Handelns zu spüren bekommen.

Robert blickte auf und las in seinen Zügen wie in einem offenen Buch. Beschwichtigend hob er die Hände. »Nein, Paul, keine Sorge. Niemand weiß, dass unsere Beziehung einvernehmlich ist. Die Person, die mich gesehen hat, erpresst einzig und allein mich mit meinen Neigungen. Sie denkt, ich hätte ein Bild von dir oder ein getragenes Hemd entwendet, um meiner Leidenschaft Nahrung zu geben.«

Obwohl Robert immer noch in Gefahr schwebte, ließ die Erleichterung darüber, dass er nicht selbst mit einem Bein im Gefängnis stand, seine Knie weich werden. Plötzlich dachte er an die nächstliegende Frage. »Wer erpresst dich, Robert? Und was will diese Person von dir?«

»Was sie will?«, antwortete er düster. »Geld natürlich.«

»Wer? Wer will Geld von dir?«

Roberts Gesicht war leichenblass, als er erwiderte: »Bertha.«

»Bertha?«, wiederholte Paul fassungslos. »Aber die arbeitet doch gar nicht mehr hier.«

»Sie ist in Doberan geblieben und fängt in zwei Wochen im Grand Hotel an.«

»Keine Angst. Um dieses schreckliche Frauenzimmer kümmere ich mich höchstpersönlich«, sagte Paul mit fester Stimme.

»Aber das geht doch nicht«, warnte Robert. »Wenn ausgerechnet du mich verteidigst, kann sie sich an fünf Fingern abzählen, dass etwas zwischen uns ist.«

Paul biss sich auf die Unterlippe. Das stimmte. Aber irgendwie musste er dieser kriminellen Person das Handwerk legen. »Keine Angst«, wiederholte er. »Ich lasse mir etwas einfallen, das uns beide nicht in Gefahr bringt.«

»Wie geht es Ihnen? Ich bin so froh, dass Sie wieder zurück sind«, sagte Minna, als Herr Brandmüller ihre Hand schüttelte. Die gesamte Küchenbrigade hatte sich nach Rang und Alter aufgestellt, um ihren neuen und alten *Directeur de Cuisine* zu begrüßen. Minna stand als Letzte in der halbkreisförmigen Reihe.

»Es geht mir gut, Minna«, antwortete er. »Richtig gut.«

»Das ist wunderbar«, sagte sie erleichtert. Ihr fiel auf, dass er stark an Gewicht verloren hatte. Er wirkte jünger und nicht mehr ganz so furchteinflößend.

Der Koch senkte seine Stimme und beugte sich zu ihr herab. »Wollen Sie nachher noch auf eine Tasse Tee bei mir vorbeischauen?«

Minna nickte. »Gern.«

Laut fragte Herr Brandmüller: »Und, Peters, wie macht sich unser neuester Lehrling?«

»Gar nicht mal so übel, Chef«, sagte Peters, der gemeinsam mit Herrn Brandmüller die Reihe abgeschritten war. »Nicht viel schlechter als ihre männlichen Kollegen.«

Herr Brandmüller lächelte. »Was für ein Kompliment aus Ihrem berufenen Munde.«

Eine Stunde später saß Minna Herrn Brandmüller gegenüber und balancierte eine Tasse Tee auf ihren Knien.

»Ich sollte mir vielleicht ein paar zusätzliche Möbel besorgen«, meinte der Koch verlegen.

Minna nickte. »Ein Tisch wäre hilfreich. Aber so geht es auch.«

»Nehmen Sie Zucker in den Tee?«

»Nein, danke.« Minna blickte nachdenklich auf ihre Schuhspitzen. Durfte sie es wagen, ihn auf den Klinikaufenthalt anzusprechen? Aber eigentlich interessierte es sie schon, wie die letzten Wochen für ihn verlaufen waren. »Ähm ... Herr Brandmüller ... wie war das? Durften Sie von einem auf den anderen Tag keinen Alkohol mehr trinken? Oder ging das schrittweise?«

Der Koch wurde blass. »Bitte, Minna, darüber möchte ich nicht sprechen. Es war eine sehr schwere Erfahrung für mich.«

»Ich bin trotzdem sehr stolz auf Sie«, murmelte Minna verlegen. »Bestimmt werden Sie jetzt nie wieder einen Rückfall erleiden.«

Herr Brandmüller schluckte. »Ich bete zum lieben Gott, dass ich ab jetzt stark genug bin, dieser Versuchung zu widerstehen. Aber es ist und bleibt meine größte Schwäche.«

Nach diesen Worten traute sich Minna nicht mehr, weiter in ihn zu dringen. Aber sie hoffte, dass er endlich eingesehen hatte, dass ihn bezüglich des Todes seiner Schwester keine Schuld traf.

Nach einigen Minuten der Stille wechselte Herr Brandmüller das Thema. »Und wie ist es Ihnen in meiner Abwesenheit ergangen? Es kann nicht leicht gewesen sein, Peters davon zu überzeugen, dass er einen weiblichen Kochlehrling akzeptiert. Der Mann ist schrecklich abergläubisch. Wahrscheinlich glaubt er, Frauen würden Unglück in eine Hotelküche bringen.«

Minna lächelte, als sie an die Zubereitung der Sauce béarnaise dachte. »Der Anfang war hart, aber jetzt geht es von Tag zu Tag besser.«

»Das freut mich zu hören. Und womit beschäftigen Sie sich zurzeit?«

»Ach, ich durchlaufe nach und nach alle Posten. Bis letzte Woche war ich beim Hors d'œuvrier und habe ihn mit den Vorspeisen unterstützt, und gerade bin ich beim Saucier und lerne die Herstellung von Fonds, Saucen und Brühen. Außerdem unterrichtet er mich in Schmorgerichten und Ragouts.«

Herr Brandmüller nickte. »Ich habe jahrelang als Saucier gearbeitet. Das ist eine sehr befriedigende Arbeit.«

»Könnten Sie mir noch ein paar Tipps geben, damit ich besser werde?«

»Sicher. Sie müssen wissen, dass man, um eine richtig gute Soße zu kochen, fast eine Woche braucht. Sie köchelt drei bis vier Tage vor sich hin, bis sie ganz intensiv schmeckt, eine dickflüssige Konsistenz und eine dunkle Farbe hat. Deshalb setze ich immer einen riesigen Kochtopf an und fülle die Soße anschließend in kleinere Portionen ab, die ich aufbewahren und später mit einem Zweig Rosmarin, Wein und einer ausgedrückten Knoblauchzehe weiterverarbeiten kann.« Er war jetzt voll in seinem Element, und seine Augen leuchteten. »Ganz wichtig ist auch, dass die Karkassen, also die Rippenknochen, die Kalbsfüße und die restlichen Fleischabschnitte von exzellenter Qualität sind, bevor man sie in einem Bräter im vorgeheizten Ofen goldbraun rösten lässt.«

»Und die gerösteten Karkassen gibt man in einen Topf und übergießt sie mit Rotwein, bevor man das Gemüse hinzufügt?«, erkundigte sich Minna.

»Nein. Das Gemüse muss zunächst selbstverständlich auch für zwanzig Minuten im Bräter geröstet werden. Dann reduziert man die Temperatur und verteilt Tomatenmark auf den Knochen, damit es leicht karamellisiert. Anschließend fügt man Kräuter und etwas Mehl hinzu ... und *erst dann* wird umgeschüttet. Verstehen Sie, Minna?«

Sie nickte beklommen. Es gab noch so viel zu lernen.

Der Koch lächelte. »Ich möchte Sie zu meiner rechten Hand

machen, also strengen Sie sich an. Ich habe gehört, dass bald äußerst anspruchsvolle Gäste erwartet werden. Da müssen wir uns ins Zeug legen, richtig?«

»Ja, Herr Brandmüller. Hoffentlich enttäusche ich Sie nicht.«

Plötzlich griff er nach ihrer Hand. »Niemals, Minna. Niemals. Ich weiß, dass ich mich immer auf Sie verlassen kann.«

13. Kapitel

Sommer 1913

Es war ein heller, sonniger Tag, und nur kleine Wattewölkchen standen am Himmel, als sie in der schwarzen, mit glänzendem Messing beschlagenen Kutsche über die Landstraße Richtung Heiligendamm rumpelten. Eigentlich hätten sie auch genauso gut den Molli nutzen können, aber ihr Vater hatte darauf bestanden, dass die Kutsche, bevor die Gäste kamen, noch einmal Probe gefahren wurde. Elisabeth saß neben ihrem Bruder und knetete nervös die Hände. Obwohl sie versuchte, ihre Augen nicht von der am Fenster vorbeiziehenden Frühlingslandschaft abzuwenden, schweifte ihr Blick immer wieder zu Falkenhayn, der ihnen gegenübersaß. Sie wurde einfach nicht schlau aus ihm. Manchmal konnte er so nett zu ihr sein, und an anderen Tagen, so wie heute, wirkte er abweisend und kalt. Vielleicht interpretierte sie zu viel in sein Verhalten hinein. Schließlich waren sie auf dem Weg zu Ortsvorsteher Krause. Wahrscheinlich bereitete er sich lediglich auf die zu erwartende Auseinandersetzung vor, und sein Verhalten hatte gar nichts mit ihr zu tun. Trotzdem konnte sie seine Stimmungswechsel deutlich spüren. Wie ein Seismograf, der jede noch so winzige Bodenerschütterung registrierte. Doch sie kannte nicht den Grund für seine Launenhaftigkeit. Oder hing das mit den merkwürdigen Briefen zusammen, die er von Zeit zu Zeit erhielt? Einmal, als sie ihm seine Post gereicht hatte, war ihr Blick auf den Absender gefallen ... Privatdetektei Arnold aus Berlin. Wozu benötigte Falkenhayn die Dienste eines Privatdetektivs? Noch eine Frage, auf die sie keine Antwort wusste.

Eigentlich hätte Falkenhayn hochzufrieden und mit sich

selbst im Reinen sein müssen. Es war jetzt eine Woche her, dass er mit dem Geld der Baronin von Werdenfels zurückgekommen war. Ihr Vater hatte nicht schlecht gestaunt, als Falkenhayn ihm beim Abendessen erklärt hatte, woher das Geld stammte.

»Potzblitz«, hatte er ausgerufen. »Sie sind ein Tausendsassa. Wie haben Sie das nur angestellt?«

Lächelnd hatte Falkenhayns Blick auf ihr geruht. »Das Lob gebührt nicht mir, sondern Ihrer Tochter Elisabeth. Sie hat in Erfahrung gebracht, dass die alte Dame in Wirklichkeit eine ab-gebrühte Betrügerin ist. Ich habe der Baronin lediglich mit der Polizei gedroht und das Geld kassiert.«

»Wollten Sie deshalb gemeinsam mit Elisabeth nach Berlin reisen?«, hatte Mutter sich erkundigt.

»Ja.«

Weder Elisabeth noch Falkenhayn hatten Lust verspürt, das Streitgespräch zu erwähnen, bei dem ihre Mutter ihr die Reise untersagt hatte. Es waren einige sehr unschöne Sätze gefallen. Auch gegenüber Falkenhayn.

»Wie auch immer«, hatte Vater erwidert. »Das Geld wird dem Palais zusätzliche Sicherheit bescheren, und ich bin Ihnen sehr dankbar.«

Bei seinen Worten hatte sich eine steile Falte zwischen Fal-kenhayns Brauen eingegraben. Elisabeth hatte seinen Unmut ge-spürt, sich aber auch darauf keinen Reim machen können. Sollte er tatsächlich verärgert gewesen sein, weil ihre Familie ihr nicht gebührend Lob zollte?

Paul riss sie aus ihren Gedanken, als er verkündete: »Wir sind da.«

Diesmal wurden sie nicht in Krauses Büro, sondern zu Elisabeths Überraschung in der eleganten Wohnstube empfangen.

»Bitte setzen Sie sich doch«, sagte der Ortsvorsteher nach einer freundlichen Begrüßung. »Darf ich Ihnen Kaffee anbie-ten?«

Bevor Elisabeth oder Paul antworten konnte, sagte Falkenhayn: »Nein danke. Dies ist kein höflicher Antrittsbesuch meinerseits, Herr Krause. Nachdem ich mich als Ko-Direktor in alle Interna des Palais Heiligendamm eingearbeitet habe, müssen wir ernsthaft sprechen.«

Das Lächeln des Ortsvorstehers gefror. »Worüber?«

Falkenhayn schüttelte den Kopf. »Ersparen Sie uns Ihre Spielchen. Wir wissen beide, dass Sie das Musikfestival des Palais sabotiert haben.«

Elisabeth wartete darauf, dass Krause alles abstritt, wie er es ihrem Vater und Paul gegenüber getan hatte. Doch der Ortsvorsteher blieb still.

»Gut«, nickte Falkenhayn. »Wie Ihnen bestimmt bekannt ist, gehört die eine Hälfte des Hotels seit kurzem meinem Arbeitgeber Graf von Seitz.«

»Ja, davon habe ich gehört. Sie haben mir das Hotel quasi vor der Nase weggeschnappt.«

Falkenhayn ignorierte den letzten Satz, während Elisabeth vor nachträglicher Panik ein hohles Gefühl im Bauch bekam. Selbst Paul schien diese Anspielung nicht kaltzulassen. Angriffslustig rutschte er nach vorn auf die Sofakante, die unter seinem Gewicht leicht ächzte.

»Das bedeutet, dass zukünftig sämtliche Angriffe auf das wirtschaftliche Wohl des Palais aufs Strengste geahndet werden. Und zwar nicht nur von der hiesigen Polizei, sondern auch von den besten Berliner Anwälten. Ist das klar?«, fragte Falkenhayn mit Nachdruck.

Sichtlich verunsichert von dem scharfen Ton, den sein Gegenüber anschlug, schwieg der Ortsvorsteher.

»Darüber hinaus brauche ich Ihnen nicht mitzuteilen, dass ein Wort von Graf von Seitz genügt, um sicherzustellen, dass der Großteil Ihrer Stammgäste dem Grand Hotel bis auf weiteres fernbleiben wird. Ich wiederhole deshalb meine Frage: Ist Ihnen das klar?«

»Ja«, erwiderte der Ortsvorsteher tonlos.

»Ausgezeichnet. Im Übrigen sollte Ihnen bewusst sein, dass

Sie als Ortsvorsteher von Heiligendamm noch andere Pflichten haben, als die Doberaner Konkurrenz auszuschalten.«

»Genau«, pflichtete Elisabeth ihm bei. »Durch Ihr Verhalten schaden Sie dem guten Ruf von Heiligendamm.«

Krauses Augen verengten sich. »Müssen Sie sich jetzt auch noch einmischen, junges Fräulein? Sie verstehen doch rein gar nichts vom Hotelgeschäft.«

Falkenhayns Stimme war eisig, als er sagte: »Fräulein Kuhlmann wird und muss sich sogar einmischen. Ihre Mitarbeit im Hotel wird von Graf von Seitz und auch von mir sehr geschätzt. Gewöhnen Sie sich daran und verkneifen Sie sich zukünftig solche verbalen Attacken.«

Nach einer unheilvollen Pause meinte Krause: »Und? War das alles, was Sie mir mitteilen wollten?«

Falkenhayn schüttelte den Kopf. »Wenn die anstrengende Sommersaison vorbei ist, würden wir uns gern noch einmal mit Ihnen zusammensetzen und besprechen, wie wir in Zukunft kooperieren können, um den Standort Heiligendamm noch attraktiver zu gestalten. Graf von Seitz ist der festen Überzeugung, dass vor allem das kulturelle Angebot noch weiter ausgebaut werden sollte. Es fehlt an spektakulären Veranstaltungen, von denen selbst die anspruchsvollsten Gäste noch lange sprechen.«

Plötzlich lächelte Krause und reichte Falkenhayn die Hand. »Einverstanden. Das mache ich gern.«

Falkenhayn schlug ein, wobei sein Gesicht ernst blieb. »Gut.« Er wollte gerade aufstehen, als Paul sich zu Wort meldete.

»Bitte nicht so schnell mit der Verbrüderung. Auf einer Sache bestehe ich noch«, sagte ihr Bruder bestimmt.

»Ja?«, fragte Krause.

»Bertha muss aus Heiligendamm verschwinden. Sie darf auf keinen Fall im Grand Hotel beschäftigt werden.«

Krauses Mundwinkel verzogen sich nach unten. »Welche Bertha?«

»Keine Spielchen mehr«, mahnte Falkenhayn. »Wir wissen, dass das Stubenmädchen der Kuhlmanns für Sie spioniert hat.«

»Aber das war lange vor Ihrer Zeit«, warf Krause ein. »Ehrlich gesagt, verstehe ich nicht, warum das Mädel bestraft werden muss.«

Elisabeth schnaubte vor Empörung. Doch bevor sie etwas sagen konnte, kam Paul ihr zuvor.

»Weil sie uns aufs Ärgste hintergangen hat!«, rief er. »Hinterlistig und kriminell ist diese Frau. Man kann sie gar nicht hart genug bestrafen.«

Elisabeth sah, wie Falkenhayn ihm einen überraschten Blick zuwarf. »Haben Sie nicht noch ein kleines Hotel in Hamburg, Krause?«, erkundigte er sich. »Wenn Ihnen so viel an dem Mädchen gelegen ist, können Sie sie dort unterbringen. Hier wollen wir sie jedenfalls nicht mehr sehen.«

»Na, gut«, lenkte Krause ein. »Ich werde schauen, was sich machen lässt.«

Paul schüttelte störrisch den Kopf. »Das reicht mir nicht.«

»Was wollen Sie dann?«

»Ich möchte Ihr Versprechen als Ehrenmann, dass Bertha spätestens nächste Woche Doberan und Heiligendamm verlassen hat.«

Ein schöner Ehrenmann, dachte Elisabeth verächtlich. Aber sie sprach ihre Gedanken um des neugewonnenen Friedens willen nicht aus.

»Und?«, hakte Falkenhayn nach, als Krause nicht antwortete.

»Meinetwegen. Ich verspreche, dass Bertha nächste Woche abreist«, brummte der Ortsvorsteher.

Falkenhayn erhob sich. »Ausgezeichnet. Dann wünschen wir Ihnen einen guten Saisonauftakt. Bis demnächst.«

Zwei Wochen später war es endlich so weit: Die Sommersaison fing an. Als einer der ersten Gäste traf Charles Henry Cavendish, der dritte Viscount Palmerston Asheville, ein. Elisabeth hatte sich extra bei Herrn Walter erkundigt, mit welcher Höflichkeitsformel man einen Viscount anredete, und ihre Familie dementsprechend informiert. Doch da der Adelige nicht mit dem Zug anreiste, sondern, früher als erwartet, mit einem Automobil, das er selbst chauffierte, war ausgerechnet ihr die Aufgabe zugefallen, ihn zu begrüßen.

»Welcome to Palais Heiligendamm, Lord Palmerston Asheville. It is a great honour to be able to host you in our hotel«, sagte Elisabeth mit einem tiefen Knicks, nachdem Herr Walter sie bekanntgemacht hatte.

Der dunkelhaarige, hochaufgeschossene Erbe von Lord Northcliffe lächelte. »Vielen Dank. Ich freue mich, hier sein zu dürfen.« Nicht nur seine Erscheinung, sondern auch sein Akzent war äußerst charmant.

»Sie sprechen Deutsch?«, fragte Elisabeth verblüfft.

»Natürlich. Die britische Königsfamilie stammt doch auch aus Ihrem Land, und da lernen viele von uns die Sprache Goethes und Schillers«, antwortete der Viscount mit einem breiten Lächeln, bei dem er eine Reihe blendend weißer Zähne entblößte. »Und wenn Sie mir diese Feststellung verzeihen …« Er beugte sich über ihre Hand, deutete einen Handkuss an und blickte ihr tief in die Augen. »Die Sprache ist nicht das Einzige, was ich an Deutschland anziehend finde.«

Elisabeth errötete. Sie war es nicht gewohnt, dass ein junger Mann so heftig mit ihr flirtete. »Darf ich Ihnen Ihre Suite zeigen, Lord Palmerston Asheville?«

»Sie dürfen mir alles zeigen, Fräulein Kuhlmann. Mein Zimmer, aber auch das Meer, die Sonne und die Sterne des Nachthimmels. Übrigens nennen meine Freunde mich Charlie. Da ich mir ziemlich sicher bin, dass wir in den nächsten Wochen ebenfalls gute Freunde werden, würde ich mich freuen, wenn Sie sich durchringen könnten, mich auch so zu nennen, wunderschönes Fräulein …?«

»Elisabeth«, erwiderte sie, und ihre Wangen färbten sich in einem noch tieferen Rot. Sie konnte doch unmöglich einen waschechten Viscount beim Vornamen nennen!

In diesem Moment trat Falkenhayn an ihre Seite. Ob er die Unterhaltung mitbekommen hatte? Bestimmt. Zumindest die letzten Sätze. Doch er ließ sich nichts anmerken. Höflich begrüßte er den Lord und erbot sich, ihn auf seine Suite zu bringen. Mit einem weiteren formvollendeten Handkuss verabschiedete sich »Charlie« und sagte mit Bedauern in der Stimme: »Hoffentlich bis bald.«

Verwirrt machte sich Elisabeth auf den Weg zum Büro. Da zollte ihr ein gutaussehender englischer Adeliger überschwängliche Komplimente, und Falkenhayn schien das völlig kaltzulassen. Seinen auf dem Kolonialball geäußerten Wunsch, sie möge auf ihn warten, hatte er auch nie wieder offen angesprochen. Stimmte also ihr ursprünglicher Eindruck, dass er das alles gar nicht ernst gemeint hatte?

Und das war nicht das einzige Paradox, mit dem sie sich herumschlagen musste: Auf der einen Seite kämpfte Falkenhayn für die Anerkennung ihrer Stellung im Hotel. Er hatte sogar darauf bestanden, dass Paul als kultureller Leiter in das Büro von Herrn Walter umzog und sie selbst am dritten Schreibpult in Vaters Büro ihren Arbeitsplatz einrichten konnte. Auf der anderen Seite widersprach er ihr gnadenlos in geschäftlichen Angelegenheiten. Erst gestern hatte er durchgesetzt, dass das Palais zwei eigene Automobile anschaffte, um die Gäste herumzukutschieren. Und das, obwohl ihr Vater wütend aus dem Büro gestürmt war und Elisabeth heftig dagegen argumentiert hatte.

»Wir können uns das einfach nicht leisten«, hatte sie beteuert. »Wir müssen erst abwarten, wie die Saison verläuft.«

»Elisabeth, wenn man ein Luxushotel führt, muss man auch Luxus bieten. Das Grand Hotel hat vor kurzem ebenfalls ein Automobil angeschafft.«

»Aber es ist zu teuer. Es wird sicherlich nicht bei den Anschaffungskosten bleiben. Wir müssen auch zwei Chauffeure engagieren und …«

Plötzlich hatte er lächelnd nach ihrer gestikulierenden Hand gegriffen. »Habe ich dir schon einmal gesagt, wie gern ich mit dir diskutiere?«

Mit klopfendem Herzen hatte sie sich losgerissen. Warum musste er sich ihr gegenüber nur immer so vertraut geben, wenn sie allein waren? Was hatte das zu bedeuten? Mit zittriger Stimme hatte sie erwidert: »Leider kann ich nicht dasselbe behaupten. Immer lenken *Sie, Herr Falkenhayn,* von den Fakten ab.«

»Was soll ich denn machen, wenn du die einzig richtige Lösung ignorierst?«, hatte er achselzuckend gemeint. Sein Gesicht hatte dabei unbekümmert und jung gewirkt. »Im Übrigen brauchen wir nur einen Chauffeur, den zweiten Wagen kann ein anderer Angestellter nach ein paar Übungsstunden fahren. So etwas lernt man schnell.«

»Meinst du?«, hatte sie schnippisch gesagt, während ihr im selben Moment aufgefallen war, dass sie ihn im Eifer des Gefechts ebenfalls geduzt hatte.

»Ja, meine liebe Elisabeth. Das meine ich. Und im Gegensatz zu dir habe ich überhaupt nichts dagegen, von dir Julius genannt zu werden.«

Doch eine solche Vertraulichkeit war natürlich völlig undenkbar. Wenn ihre Mutter mitbekäme, dass sie sich mit dem »hergelaufenen Waisenjungen« duzte, wäre das nächste Donnerwetter fällig gewesen. Für einen Moment hatte sie innegehalten und überlegt, wie sie selbst darüber dachte. Sie konnte es nicht leugnen: Obwohl Falkenhayn sie manchmal bis aufs Blut reizte, mochte sie ihn. Sehr sogar. Längst hatte sie erkannt, dass hinter der aufgesetzten Maske aus Spott und Arroganz ein intelligenter und mitfühlender Mensch steckte, der wahrscheinlich schon viel im Leben mitgemacht hatte. Nur was er für sie empfand, konnte sie nicht einschätzen. Wie viel war spielerisches Aufziehen, wie viel aufrichtiges Gefühl? Warum offenbarte er sich ihr nicht? Sie als Frau konnte ihn doch unmöglich nach seinen wahren Absichten fragen. Oder?

»So nachdenklich?« Sein Ton war fast liebevoll gewesen, als er das plötzliche Schweigen beendete.

Sie hatte versucht, sich zusammenzureißen. »Nein, schon gut. Sie wollen also unbedingt zwei Automobile kaufen?«

»Allerdings.«

»Gut, dann werde ich versuchen, Vater umzustimmen.« Mit diesen Worten war sie aus dem Zimmer gerauscht und hatte ihn sich selbst und einem weiteren Brief der Privatdetektei Arnold überlassen, der noch verschlossen auf seinem Schreibtisch lag.

Nachdenklich öffnete Elisabeth die Tür zum Büro und ließ sich mit einem Seufzen an ihrem Schreibtisch nieder. Jetzt sollte sie »Charlie« beim Vornamen nennen und Julius, der ihr viel näherstand, nicht? Gott, war das Leben kompliziert. Ihren Schwestern erging es, was das Zwischenmenschliche betraf, allerdings auch nicht besser. Luise war nun schon seit anderthalb Jahren unsterblich und vollkommen aussichtslos in den Oberkellner verliebt. Und Johanna, die die katholische Wohltätigkeitsveranstaltung mit ihrem Dr. Hirsch in vollen Zügen genossen hatte und sich immer noch fast täglich mit dem Kinderarzt schrieb, hatte leider auch keinen Antrag von ihm erhalten. Sie litt still vor sich hin und führte nach wie vor das gleiche langweilige Leben, das Elisabeth so verabscheut hatte. Ja, es war ein Segen, dass sie im Hotel mitarbeiten durfte. Anstatt Trübsal zu blasen, sollte sie sich auf ihre Arbeit konzentrieren und das Minenfeld ihrer Gefühle ignorieren. Selbst wenn das leichter gesagt war, als getan.

Paul war übel vor Aufregung. Seine schweißnassen Hände umklammerten den Schlüssel in seiner Jackett-Tasche wie ein lebensrettendes Elixier. Doch mit jeder Stufe, die er erklomm, pochte sein Herz lauter. Robert wartete in Zimmer 304 auf ihn, dem letzten im obersten Stock. Paul sehnte sich danach, ihre Liebe endlich auch körperlich auszuleben, gleichzeitig hatte er unbändige Angst davor. Es stand so viel auf dem Spiel. Für sie beide, aber besonders für ihn. Wenn sie entdeckt würden, müsste sein Geliebter – vorausgesetzt, man stellte sie nicht vor Gericht – lediglich eine neue Arbeitsstelle finden. Roberts Eltern waren beide tot. Er hatte keine nennenswerte soziale Stellung, die er verlieren konnte. Mit der Arbeit in einer anderen Stadt würde er sich ein neues Leben aufbauen können. Pauls Existenz hingegen wäre in jeder Hinsicht ruiniert. Seine Familie würde ihn verstoßen. Sein Posten als kultureller Leiter des Hotels wäre Geschichte, und die Gesellschaft würde sich von ihm abwenden. Trotzdem war er zu allem entschlossen und hatte seine Angst, entdeckt zu werden, hintangestellt. Er wollte Robert, der ihn – trotz Berthas Weggang – immer noch zum Auswandern drängte, nicht länger hinhalten. Auch er selbst begehrte ihn mit Haut und Haar. Gleich würde es so weit sein.

Auf dem obersten Absatz angekommen, blickte er sich um. Der Korridor war verwaist. Das Personal hatte bereits alle Zimmer gereinigt und fuhrwerkte ein Geschoss tiefer herum. Leise schritt Paul den Gang entlang. Der weiche Teppich schluckte das Geräusch seiner Schritte. Doch hinter einigen der geschlossenen Türen hörte er Stimmen. Hoffentlich machte sich nicht ausgerechnet jetzt jemand auf den Weg. Es war schon schwierig genug gewesen, den Schlüssel zu erbeuten. Eine geschlagene Stunde hatte er auf eine geeignete Gelegenheit gewartet. Erst als Herr Walter und sein Assistent in ein kompliziertes Gespräch mit einem älteren französischen Paar verwickelt waren, hatte er sich getraut, aus dem Büro zu treten und verstohlen danach zu greifen. Er hatte sich dabei wie ein Verbrecher gefühlt. In seinem eigenen Hotel! Es war einfach nicht fair. Warum durfte dieser englische Lord seiner Schwester öffentlich den Hof machen und wurde sogar von seiner Mutter darin bestärkt, und seine eigene Liebe musste im Verborgenen stattfinden!

Noch zehn Schritte, und er stand vor dem richtigen Zimmer. Vorsichtig drückte er die Klinke hinunter und trat ein. Im nächsten Moment war er von Roberts wartend ausgestreckten Armen umschlungen. Sie küssten sich. Vor Liebe und Leidenschaft war Paul ganz schummerig zumute. Robert schien es ähnlich zu gehen. Seine Finger zitterten vor Erregung, während sie sanft über Pauls Lippen strichen. Als Paul spürte, wie sein Geliebter sich an seiner Krawatte zu schaffen machte, wurden ihm die Knie weich. »Warte«, flüsterte er atemlos. »Ich muss noch abschließen.« Mit einem letzten Rest Selbstbeherrschung wankte er zur Tür, steckte den Schlüssel ins Schloss und drehte ihn um. Auf dem Rückweg zog er sich die bereits gelockerte Krawatte über den Kopf und sank neben Robert auf das breite Bett.

Die Sonne ging bereits unter, als Paul seinen Kopf auf Roberts nackte, schweißbedeckte Brust bettete. Niemals zuvor hatte er sich so wonnetrunken, so tief befriedigt gefühlt. »Ich liebe dich«, flüsterte er leise.

»Ich liebe dich auch«, sagte Robert.

Paul schloss die Augen und fuhr spielerisch durch Roberts blondes Brusthaar. »Ich kann nicht verstehen, dass wir so lange damit gewartet haben. Was für eine Zeitverschwendung.«

Robert lachte leise. »Nun, das lag nicht an mir.«

»Du hast recht. Ich war ein Narr. Von heute an werden wir uns so oft wie möglich lieben. Ich werde mir etwas einfallen lassen. Vielleicht kann ich eine Reparatur vortäuschen und das Zimmer eine Zeit lang exklusiv für uns reservieren.«

Abrupt setzte Robert sich auf, und Pauls Kopf rutschte von seiner Brust. »Du willst hierbleiben? Hast du das ewige Versteckspiel immer noch nicht satt?«

Paul stützte sich auf die Ellbogen und blinzelte gegen das letzte Sonnenlicht an, das fast golden zum Fenster hereinschien. »Doch, natürlich. Mir geht es wie dir, aber …«

»Warum gehen wir dann nicht wie geplant nach Amerika?«, fragte Robert erregt.

»Weil ich hier mein Geld verdiene, Robert.« Paul hasste es, diesen wunderbaren Moment mit einem weiteren Streit zu verderben. Aber es wäre doch verrückt gewesen, ausgerechnet jetzt in eine ungewisse Zukunft aufzubrechen, wo sich alle Probleme zu seiner Zufriedenheit gelöst hatten. »Sogar die Gefahr durch Bertha ist gebannt. Du kannst ganz beruhigt sein.«

Robert fuhr sich frustriert mit einer Hand durchs Haar.

»Männer wie wir können in Europa niemals unbehelligt leben, Paul. Auch in Amerika nicht. Nur die Anonymität und die Weite des Landes würden uns einigermaßen Schutz bieten.«

»Bitte lass uns jetzt nicht streiten.« Paul lehnte seinen Kopf an Roberts Schulter. »Wir werden schließlich nicht auf ewig in Deutschland bleiben. Das verspreche ich dir.«

»Ich will mich nicht streiten«, erwiderte Robert halbwegs besänftigt und drückte Paul einen Kuss auf das vom Liebesspiel zerzauste Haar. »Ich will nur endlich richtig mit dir leben und ...«

Paul zog ihn zu sich auf die Matratze und verschloss seine Lippen mit einem leidenschaftlichen Kuss. Wenn Robert erst merkte, dass sie von nun an regelmäßig zusammen sein konnten, würde er seine Vorbehalte gegen Doberan schon noch aufgeben.

***

Zufrieden ließ Elisabeth den Blick durch den bis auf den letzten Platz besetzten Speisesaal gleiten. An jedem der mit weißen Damasttischdecken, exotischen Blumen, Kerzen und schwerem, glänzendem Silberbesteck gedeckten Tischen saßen unverkennbar Angehörige der besten internationalen Kreise. Die Damen trugen schillernde Abendgarderoben der Pariser Haute Couture, die Herren maßgeschneiderte Smokings. Sündhaft teurer Champagner prickelte in den Gläsern. Auch die Gerichte folgten dem französischen Motto der Woche. Neben Austern standen Escargots und Froschschenkel auf der Speisekarte. Zum krönenden Abschluss sollten gleich noch duftige Soufflés serviert werden. Die Atmosphäre war ausgelassen. Vereinzelt erhob sich das perlende Lachen einer Debütantin aus dem animierten Gewirr von Stimmen und Sprachen. Ein Heer von livrierten Kellnern eilte zwischen den Tischen umher und kümmerte sich aufmerksam um das Wohl der Gäste. Ein prachtvolles Bild.

Zufrieden atmete Elisabeth einen Hauch des kostbaren Parfüms ein, das die Comtesse, die ihr am nächsten saß, etwas zu großzügig aufgetragen hatte. Die Geschäftsleitung des Palais hatte es geschafft. Die Sommersaison war ein umwerfender Erfolg. Ihre kühnsten Erwartungen waren noch übertroffen worden: Der deutsche, französische und englische Hochadel gab sich ein Stelldichein im Palais Heiligendamm. Einige amerikanische Industrielle und anerkannte Künstler rundeten die exquisite Mischung ab. In ihrem auf Hochglanz gewienerten Foyer ging es mindestens genauso nobel zu wie im Grand Hotel. Auch das Kulturprogramm wurde überschwänglich gelobt. Bis auf wenige Zimmer war das Palais seit fast sechs Wochen ausgebucht. Es war, als ob es die schreckliche Krise im Frühjahr nie gegeben hätte. Erst jetzt ging Elisabeth auf, dass sie sich bislang etwas vorgemacht hatte. Die Gäste, die ihr letztes Jahr noch so hochelegant vorgekommen waren, konnten den diesjährigen nicht das Wasser reichen. Dazwischen lagen Welten.

»Elisabeth? Hast du Lust, mit William, Mary, Edith und mir nach dem Essen noch eine kleine Spritztour zu unternehmen?«, fragte Charlie sie über den Tisch hinweg.

»Ich weiß nicht, ob meine Mutter das erlaubt«, antwortete Elisabeth. Sie setzte ein entschuldigendes Lächeln auf, um ihr inneres Widerstreben zu überspielen. Tatsächlich gefielen ihr Charlies amüsiersüchtige Freunde nicht besonders. Und auch mit Charlie war der interessante Teil der Unterhaltung schnell erschöpft. Meistens machte sich die Gruppe junger britischer Adeliger mit beißender Ironie über die körperlichen Mängel ihrer Mitmenschen lustig. Sie bogen sich vor Lachen über eine zu spitze Nase oder ein ungeschickt verborgenes Bäuchlein. Sie selbst fand ein solches Verhalten gemein und gar nicht unterhaltsam.

»Soll ich deine Mutter fragen?«, erkundigte sich Charlie mit einem selbstsicheren Lächeln. Er wusste, dass ihre Mutter am liebsten morgen das Aufgebot bestellt hätte. Es war ihr leider viel zu deutlich anzumerken, dass sie Charlies Avancen mehr als billigte. Wahrscheinlich sah sie ihre Tochter bereits als Mitglied des englischen Hochadels. Was für eine Vorstellung!

»Nein, danke. Ich glaube, ich passe heute lieber«, erwiderte Elisabeth freundlich. Bis auf seinen jungenhaften Charme hatte Charlie nichts zu bieten. Außerdem war sein Interesse an ihr sowieso nur ein Strohfeuer. Sie konnte sich nicht vorstellen, dass seine Familie eine bürgerliche Ehefrau akzeptieren würde. Und Charlie liebte den Luxus und das sonnige Leben eines Dandys viel zu sehr, um beides für eine Frau aufzugeben.

»Dieser alte Sklaventreiber Falkenhayn schindet dich zu hart«, sagte er gerade empört. »Du solltest umgehend aufhören, im Hotel zu arbeiten. Das macht dich nur vorzeitig alt.«

»Pst! Sonst hört er dich noch«, antwortete Elisabeth und fügte leicht pikiert hinzu: »Im Übrigen irrst du dich, Charlie. Meine Arbeit macht mich glücklich und nicht alt. Ich habe viel zu viel Spaß daran, um sie aufzugeben.«

»Großer Gott, du hörst dich schon fast so militant an wie die Suffragetten, die im Februar das Landhaus des Schatzkanzlers in die Luft gesprengt haben, weil sie unbedingt wählen wollen. Offenbar ist euch verrückten Frauenzimmern nicht mehr zu helfen.« Theatralisch verdrehte er die Augen und wandte sich mit einem letzten amüsierten Zwinkern wieder seiner kichernden Tischdame zu.

Nachdem sich die Abendgesellschaft aufgelöst hatte, beschloss Elisabeth, noch schnell im Büro vorbeizusehen. Für morgen war der Besuch des berühmten Dichters Rainer Maria Rilke angekündigt, und sie wollte sich vergewissern, dass seine vorab übermittelten Wünsche nach einem ruhigen Zimmer und einer speziellen Leselampe berücksichtigt worden waren. Als sie die Tür öffnete, fand sie zu ihrer Überraschung Julius noch an seinem Schreibtisch vor.

»Was denn? Heute kein Ausflug mehr mit dem schicken Lord?«, fragte er leise.

»Nein«, erwiderte sie und blätterte in den Dokumenten auf

ihrem Schreibtisch. Es fühlte sich seltsam an, in ihrem nachtblauen Abendkleid im Büro zu stehen. »Heute Abend beehrt Charlie ein anderes Fräulein mit seiner Gegenwart.«

»Und das macht dir nichts aus?«

»Nein, warum sollte es?« Sie hatte längst aufgehört, sich an dem vertrauten Duzen zu stören. Umgekehrt redete sie ihn inzwischen auch mit seinem Vornamen an, zumindest, wenn sie allein waren.

Julius erhob sich und ging um seinen Schreibtisch herum. »Wenn man deine Mutter so reden hört, könnte man auf die Idee kommen, dass ihr zwei heimlich verlobt seid.«

Elisabeth blickte auf und schüttelte den Kopf. »Natürlich sind wir das nicht.«

»Aber du wärst es gern, richtig?« Julius' Stimme klang noch dunkler und samtiger als sonst. Er machte einen Schritt auf sie zu und stand jetzt fast unmittelbar vor ihr.

Elisabeth musste den Kopf heben, um in seine Augen zu schauen. »Nein, keineswegs.«

»Du wärst nicht gern die zukünftige Lady Palmerston Asheville?« Julius hob seine Hand und strich ihr vorsichtig eine Strähne aus dem Gesicht. Als er dabei ihre Wange streifte, spürte sie die Berührung wie einen Stromschlag durch ihren ganzen Körper fließen.

»Nein«, wiederholte sie mit trockenem Mund.

»Warum nicht?«

»Weil Charlie ein Hohlkopf ist.« Wenn Elisabeth geglaubt hatte, dass sie mit diesem frechen Urteil die plötzlich ernste Atmosphäre hätte auflockern können, hatte sie sich getäuscht. Julius sah sie unverändert eindringlich an. Seine Brauen waren über den schönen Augen zusammengezogen. So steil, dass sie einander fast berührten.

»Aber er wird einmal sehr reich sein«, gab er zu bedenken.

Sie zuckte mit den Schultern. Sein intensiver Blick verunsicherte sie.

»Und er hat einen ellenlangen Stammbaum. Seine Familie ist

berühmt. Das alles kann dir nicht egal sein. Du musst auch an deine eigene Familie denken. An den Ruf des Hotels.«

Minutenlang war sie wie hypnotisiert von seinem Blick. Ein hilfloses Kaninchen vor der Schlange. Doch schließlich fasste sie sich ein Herz und trat einen Schritt zur Seite. »Ich wüsste überhaupt nicht, was dich das angehen sollte«, murmelte sie aufgewühlt. Als sie zur Tür eilen wollte, hielt Julius sie am Handgelenk zurück.

»Eines Tages wird mich das alles etwas angehen, Elisabeth. Das schwöre ich dir bei allem, was mir heilig ist«, wisperte er.

Auf einmal flammte ihr Temperament auf. »Schon wieder nur Worte! Nichts als Anspielungen!«, rief sie aufgebracht. »Wenn dir ernsthaft an mir gelegen wäre, dann ...«

Elisabeth stockte der Atem, als Julius sie an sich zog und seine Lippen zärtlich auf die ihren presste. Im nächsten Moment gab er sie wieder frei.

»Da«, sagte er heiser. »Das war jetzt mal eine Tat.«

Ihre Knie waren wie aus Wachs, und sie musste sich an der Rückenlehne des Stuhls festhalten.

»Warte auf mich.« Er flüsterte die Worte wie ein stilles Gebet.

Elisabeth machte den Mund auf, um zu antworten ... und klappte ihn dann wieder zu. Zum ersten Mal in ihrem Leben war sie sprachlos.

»Du gehst jetzt besser, bevor ich mich noch zu weiteren Taten hinreißen lasse.« Es klang, als meinte er die Warnung ernst.

Mit großen Augen blickte sie ihn an. Längst hatte er wieder seine kühle Maske aufgesetzt. Sein Gesicht gab keinerlei Emotion preis. Doch diesmal nahm sie ihm die Gelassenheit nicht ab. Dazu ging sein Atem zu schnell, wie nach einem raschen Lauf.

Plötzlich wollte sie diese kalte Fassade einreißen, ihn genauso aus der Fassung bringen, wie er sie aus der Fassung gebracht hatte. Sie nahm seine rechte Hand und schmiegte ihr Gesicht hinein. In einem Anfall von Übermut drehte sie den Kopf und küsste die warme, trockene Innenfläche.

»Elisabeth«, wisperte Julius über ihr. »Was machst du? Weißt du nicht, dass du mit dem Feuer spielst?«

Ohne aufzublicken, um sich davon zu überzeugen, ob ihr Plan aufgegangen war, ließ sie seine Hand fallen und eilte aus dem Zimmer. Für heute hatte sie definitiv genug riskiert.

***

Minna tupfte sich den Schweiß von der Stirn. Die Schlacht des heutigen Abendessens war geschlagen. Jetzt musste sie nur noch ihren Arbeitsplatz aufräumen, dann könnte sie endlich ins Bett fallen. Herr Brandmüller hatte sie zwar gewarnt, dass die Hauptsaison kein Zuckerschlecken werden würde, aber so anstrengend hatte sie es sich doch nicht vorgestellt. Seit sechs Uhr früh war sie auf den Beinen, und jetzt zeigte die Uhr fast Mitternacht. Doch obwohl sie hundemüde war, fühlte sie sich irgendwie auch aufgekratzt und glücklich. Sie spürte, wie sie von Tag zu Tag besser wurde. Im Gegensatz zu ihrer Arbeit als Stubenmädchen, die aus der ewig gleichen Routine bestanden hatte, lernte sie in der Küche täglich etwas Neues. Außerdem schien sie tatsächlich Talent fürs Kochen zu haben. Inzwischen teilte Herr Brandmüller ihr sogar schon Aufgaben zu, die sie eigenständig erledigen konnte. Heute Abend hatte sie sich besonders bewährt und die Soufflés für den Nachtisch zubereitet. Eine große Ehre, denn bei diesen heiklen Eierspeisen konnte einiges schiefgehen. Doch das Ergebnis hatte sich sehen lassen können. Auch wenn Herr Brandmüller sie vor den anderen nicht übermäßig gelobt hatte, hatte sie an seinem Blick gesehen, wie stolz er auf sie war.

Mit einer Wurzelbürste schrubbte Minna die eingebrannten Teigreste vom Ofenblech. Dabei unterdrückte sie ein Gähnen. Eigentlich hätte sie den heutigen Nachmittag freigehabt, doch dann war Fräulein Johanna nach dem Mittagessen in die Küche geschneit und hatte sie angefleht, ihr zu helfen. Das gnädige Fräulein hatte es sich in den Kopf gesetzt, nach Berlin zu gehen und sich an der Charité zur Kinderschwester ausbilden zu lassen. Doch ihre Eltern wollten selbstverständlich nichts von diesen hochfliegenden Plänen wissen. Weil Frau Kuhlmann in der anschließenden Diskussion gemeint hatte, dass ihre Tochter solch harter körperlicher Arbeit nicht gewachsen sei, schließlich könne sie noch nicht einmal einen Kuchen backen, ohne sich die Finger zu verbrennen, hatte sich Fräulein Johanna in den Kopf gesetzt, genau diese Fähigkeit zu erlernen. Und Minna hatte ihr dabei helfen sollen. Obwohl sie insgeheim daran zweifelte, dass sich Herr und Frau Kuhlmann durch solche Kinkerlitzchen umstimmen lassen würden, war sie sofort bereit gewesen, Fräulein Johanna behilflich zu sein. Sie hatte nicht vergessen, wie viel sie der jungen Dame und ihrem Bruder verdankte. Gemeinsam hatten sie einen nach Zimt duftenden Apfelkuchen gebacken, den Fräulein Johanna anschließend voller Stolz nach oben getragen hatte. Leider hatte Minna bislang nicht vernommen, ob das Backwerk zum gewünschten Ergebnis geführt hatte.

Gleich hatte sie es geschafft. Mit einem nassen Lappen wischte sie die Arbeitsfläche sauber. Ihr Bett war in Reichweite. Plötzlich fuhr sie zusammen. Ein schriller Pfiff war soeben durch die Küche gegellt. Es bedeutete, dass Gäste im Anmarsch waren. In den letzten Wochen war das bereits häufiger vorgekommen, aber noch nie so spät. Herr Brandmüller war schon vor einer Stunde nach Hause gegangen, und nur noch der erste Souschef, einige Jungköche und sie selbst hielten die Stellung. In diesem Moment betrat ausgerechnet Herr Kuhlmann die Küche. In seinem Schlepptau befand sich ein stiller, schmaler Mann mit einem leichten Silberblick.

»Guten Abend, die Herren«, begrüßte Herr Kuhlmann sein Personal. Mit einem irritierten Blick auf Minna fügte er hinzu: »... und Damen.«

Die angesprochenen Herren nickten freundlich, und Minna machte einen höflichen Knicks.

»Ich möchte Ihnen den berühmten Dichter Rainer Maria Rilke vorstellen.« Er deutete auf den Mann neben sich. »Er wollte Ihnen tatsächlich sein Lob höchstpersönlich aussprechen.«

»Das freut uns. Vielen Dank«, erwiderte Herr Peters mit einer steifen Verbeugung.

Der Dichter räusperte sich. »Obwohl mir das ganze Menü vorzüglich geschmeckt hat, muss ich demjenigen, der das Zitronensoufflé zubereitet hat, meine besondere Hochachtung aussprechen. Ich habe selbst lange Jahre in Paris gelebt, aber außerhalb von Frankreich wurde mir noch niemals ein solch luftig-leichtes Soufflé serviert. Ein Pariser Sternekoch hat mir einmal gesagt, Soufflés seien wie Katzen. Wenn man ihnen nicht seine ganze Aufmerksamkeit schenkt, werden sie zickig und machen, was sie wollen. Deshalb meinte er, dass sich nur die besten Köche an diese Königsdisziplin der französischen Küche heranwagen sollten.« Aufmerksam musterte er Herrn Peters. »Waren Sie es, der diese große Herausforderung gemeistert hat?«

Der Souschef machte ein Gesicht, als hätte er selbst in eine Zitrone gebissen. »Leider nein. Das war unser Lehrling Minna.«

»Minna?«, fragte Herr Kuhlmann ungläubig. »Unsere kleine Minna?«

Der Dichter ließ sich davon nicht irritieren. Entschlossen marschierte er zu ihrem Arbeitsplatz und reichte ihr die Hand. »Gratulation. Das ist eine wirklich überragende kulinarische Leistung. Bitte verraten Sie mir Ihr Geheimnis.«

Obwohl sie bis in die Haarspitzen errötete, hätte Minna vor Stolz platzen können. »Also ... eigentlich ... ist es gar nicht so schwer, Soufflés zuzubereiten«, stotterte sie verlegen. »Man muss nur aufpassen, dass sie keine Zugluft abbekommen, und natürlich braucht man einen guten Eischnee dafür.«

»Einen guten Eischnee?«, wiederholte Herr Rilke. »Was bedeutet das?«

»Es darf kein bisschen Eigelb darin sein, und den Schneebesen muss man vorher mit etwas Zitronensaft abreiben.«

»Das ist alles?« Der berühmte Mann schien enttäuscht zu sein.

Minna nickte eifrig. »Ja, aber Herr Brandmüller sagt auch immer, dass alle Speisen besser schmecken, wenn man sie mit Liebe kocht.«

»Ich glaube, das wird mir jetzt etwas zu philosophisch«, meinte Herr Kuhlmann belustigt. »Kommen Sie, Rilke, wir gehen wieder nach oben und genehmigen uns noch einen guten Tropfen.«

Der Dichter nickte. Doch bevor er mit dem Hotelier endgültig durch die Tür verschwand, drehte er sich noch einmal um. Seine Augen suchten Minna, und er hob lobend den Daumen.

Als die Herren außer Hörweite waren, gesellte sich Herr Peters zu ihr. »Gut gemacht, Minna. Aber ich hoffe, du bildest dir nicht allzu viel auf dieses Lob ein. Schließlich hat der Mann keinen professionell geschulten Gaumen wie Herr Brandmüller und ich. Verstehst du?«

Minna nickte und schlug bescheiden die Augen nieder. Sie würde die Worte des Dichters in ihrem Herzen verwahren. Dort konnte ihre Freude über das schöne Lob ganz ungesehen leuchten.

Die Hauptsaison war wie im Flug vergangen. Morgen würde sie offiziell zu Ende gehen, und es waren nur noch sehr wenige Gäste im Haus. Auch Charlie war endlich abgereist. Allerdings nicht, ohne Elisabeth seine ewige Liebe zu schwören. Bei einem Spaziergang im Park war er urplötzlich vor ihr auf die Knie gegangen und hatte »Heirate mich, du liebstes Wildkätzchen« ausgerufen. Elisabeth hatte nicht gewusst, ob sie lachen oder weinen sollte. Mit so viel Feingefühl wie möglich hatte sie ihm erklärt, dass sie sich zwar sehr geehrt fühle, sie aber auf keinen Fall die Richtige für ihn sei. Als er trotzdem auf ihre Hand bestanden hatte, war sie gezwungen gewesen zuzugeben, dass ihr die Arbeit im Hotel mehr bedeutete als eine Zukunft als Lady Palmerston Asheville. Das hatte den jungen Viscount einigermaßen von seiner Leidenschaft kuriert. Dennoch hatte er sie bei der Abfahrt bestürmt, noch einmal ernsthaft über seinen Antrag nachzudenken. Elisabeth hatte es ihm versprochen und dabei hinter ihrem Rücken die Finger gekreuzt. Eines war sicher: Ihre Mutter durfte niemals etwas davon erfahren, sonst würde sie Elisabeth eigenhändig nach England schleifen. Notfalls auch gegen ihren Willen. Sie war tagelang untröstlich gewesen, dass sich der vornehme Herr – nach all dem öffentlichen Flirten – ohne ein Eheversprechen aus dem Staub gemacht hatte.

Zwischen Julius und ihr gab es dagegen ein stillschweigendes Einverständnis. Zwar erwähnte keiner von ihnen den Kuss, den sie im Büro getauscht hatten. Trotzdem gingen sie seit diesem Tag freundlicher miteinander um – im Rahmen der eng gesteckten gesellschaftlichen Normen fast liebevoll. Manchmal ertappte Elisabeth ihn dabei, wie er sie mit diesem seltsam eindringlichen Blick musterte. Und auch ihre Augen ruhten oft auf ihm, wenn sie sich im Büro gegenübersaßen. Es war eine Offenbarung zu wissen, dass er sie immer noch wollte. Selbst wenn sie nicht verstand, weshalb er nicht offen über seine Gefühle sprach. Gab es außer seiner Vergangenheit im Waisenhaus noch ein weiteres Geheimnis? Was hielt ihn davon ab, bei Vater um ihre Hand anzuhalten? Doch sie versuchte, sich in Geduld zu üben und darauf zu vertrauen, dass er jegliches sie noch trennende Hindernis aus dem Weg räumen würde. Keinen Zweifel konnte es allerdings daran geben, wie es in ihrem eigenen Herzen aussah: Sie liebte ihn. Alles an ihm. Neben seinem untrüglichen Geschäftssinn und seinem gutmütig spottenden Humor, der immer noch gelegentlich aufblitzte, waren es vor allem seine Augen, sein Mund und die dunkle Stimme, die es ihr angetan hatten. Julius zog sie geradezu magisch an. Und jedes Mal, wenn sie daran dachte, wie er seine Lippen auf ihre gepresst hatte, spürte sie erneut dieses herrliche Flattern im Bauch, das sie schon von ihrem ersten Tanz kannte. Sehnsüchtig wünschte Elisabeth den Tag herbei, an dem sie sich endlich zueinander bekennen durften.

Doch auch wenn ihr die Zeit lang wurde, war es pures Glück, dass sie Julius täglich sehen konnte. Damit ging es ihr in jeder Hinsicht besser als Johanna, die ihren Traum von einer Ausbildung zur Kinderschwester unter den Fittichen von Dr. Samuel Hirsch endgültig begraben musste. Denn obwohl ihre Mutter nichts von Johannas Liebe zu einem Juden wusste, hatte sie kategorisch ausgeschlossen, dass ihre älteste Tochter allein nach Berlin ging, um einen profanen Beruf zu erlernen. Johanna war seit dieser Entscheidung fortwährend traurig, und Elisabeth versuchte, sich jeden Tag eine halbe Stunde freizunehmen, um mit ihr im Park spazieren zu gehen und sie von ihrem Leid abzulenken. Auch heute drehten sie wieder eine gemeinsame Runde, vorbei an blühenden Rosensträuchern.

»Wie hat Doktor Hirsch es aufgenommen? Hast du ihm geschrieben, dass du nicht zu ihm kommen kannst?«, erkundigte sich Elisabeth. Bislang hatte sie sich nicht getraut, ihre Schwester darauf anzusprechen. Doch heute schien Johanna besserer Laune zu sein. Bestimmt hatte ihr Kinderarzt schon einen anderen Plan ausgeheckt. Warum machte er ihr nicht einfach einen Heiratsantrag? Vater würde Mutter schon umstimmen können. Er selbst hatte nichts gegen Juden und hielt Mutters Voreingenommenheit für hinterwäldlerisch.

Johanna seufzte. »Samuel wusste gar nichts von dieser Idee. Ich wollte ihn damit überraschen. Aber ich nehme an, dass er sich über meinen Wunsch, ihn uneingeschränkt bei seiner Arbeit zu unterstützen, gefreut hätte.«

»Du wärst nach Berlin gegangen, ohne ihn vorher über deine Absichten zu informieren?«

»Ich habe doch keine andere Wahl!«, erwiderte Johanna ungewohnt heftig. Ihre Stimme zitterte. »Ich halte diese Ungewissheit nicht mehr aus. Warum schreibt er mir die schönsten Briefe und macht mir trotzdem keinen Antrag?«

»Ich verstehe das auch nicht. Aber an seiner Liebe brauchst du bestimmt nicht zu zweifeln.«

»Was nützt mir seine Liebe, wenn ich in Doberan bin und er

in Berlin!«, jammerte Johanna und wischte sich eine Träne aus dem Augenwinkel.

Elisabeth legte tröstend einen Arm um ihre Taille. Sie war verwundert über die Ungeduld ihrer Schwester. Es stimmte wohl: Die Liebe veränderte die Menschen. Die sonst so besonnene Johanna warf alle ihre Prinzipien über Bord. Von ihrer früheren Beherrschtheit war nicht viel übriggeblieben. Doch auch sie selbst hatte sich verändert. Nur dass die Liebe sie – im Gegensatz zu ihrer Schwester – verständnisvoller und geduldiger gemacht hatte. Ihr früheres Ich hätte Julius bestimmt längst die Pistole auf die Brust gesetzt und nach dem Grund für seine Zurückhaltung gefragt. Aber letztlich wusste sie nicht, welche Verhaltensweise besser war. Sie hätte diese Frage gern mit Johanna besprochen, doch da diese schon seit Monaten mit ihrer eigenen komplizierten Liebesgeschichte beschäftigt war, hatte sie ihr noch nicht einmal ihre Gefühle für Julius gebeichtet. Dadurch, dass Charlie ihr den ganzen Sommer über so auffällig den Hof gemacht hatte, war bislang niemand in der Familie auf die Idee gekommen, dass sich zwischen Julius und ihr etwas anderes als ein rein kollegiales Miteinander ergeben könnte.

Tief in Gedanken versunken, ging Elisabeth neben ihrer Schwester her, als ihnen plötzlich eine schlanke, breitschultrige Gestalt mit raumgreifenden Schritten entgegenkam. Sie schirmte ihre Augen mit der Hand ab, um besser zu sehen, und blinzelte glücklich.

»Guten Tag«, begrüßte Julius sie lächelnd, als er mit ihnen auf einer Höhe war. »Darf ich mich Ihnen für ein paar Schritte anschließen, oder komme ich ungelegen?«

»Was meinst du, Johanna?«, fragte Elisabeth. Sie selbst freute sich sehr über die ungeplante Begegnung, aber da ihre Schwester gerade mit den Tränen kämpfte, wollte sie ihr die Entscheidung überlassen.

»Natürlich«, erwiderte Johanna mit erstickter Stimme. Wie immer war sie zu freundlich, um jemandem eine Bitte abzuschlagen. Oder sie mochte Julius, denn sie versuchte sogar, ein wenig Konversation zu treiben. »Werden Sie sich jetzt ein wenig von der Hauptsaison erholen, Herr Falkenhayn? Fahren Sie für ein paar Tage nach Berlin?«

Erschrocken blickte Elisabeth auf. An diese Möglichkeit hatte sie gar nicht gedacht! Es wäre schrecklich, wenn er ausgerechnet jetzt Doberan verlassen würde.

Julius beruhigte sie auf der Stelle. »Nein, wo denken Sie hin, Fräulein Kuhlmann«, antwortete er amüsiert. »Nach der Hauptsaison ist vor der Nebensaison. Wir haben jetzt eine Woche Zeit, um das Personal auf die geänderten Abläufe einzustimmen, und dann kommen auch schon die neuen Gäste. Hoffentlich werden die Herbstmonate nicht ganz so anstrengend wie der Sommer. Ihre Schwester hat sich in den letzten Wochen völlig verausgabt.« Er zwinkerte Elisabeth zu. »Besonders die Betreuung der englischen Gäste hat sie viel Kraft gekostet. Glücklicherweise haben sich für die Nebensaison nur deutsche Gäste angesagt.«

Johanna lächelte verunsichert. Sie war seinen spöttischen Ton nicht gewohnt. Außerdem fragte sie sich wahrscheinlich, ob Elisabeth wegen Charlies Abreise Trübsal blies.

»Einer musste sich schließlich opfern«, erwiderte Elisabeth flapsig. »Ihnen selbst scheint der Umgang mit den englischen Lords ja leider nicht so zu liegen.«

»Aber, Elisabeth!«, rief Johanna.

Julius lachte. »Keine Sorge, Fräulein Kuhlmann, in der Geschäftswelt muss man die ungeschminkte Wahrheit ertragen können, und Ihr Fräulein Schwester hat absolut recht. Diese englischen Lords haben mir überhaupt nicht zugesagt.«

»Wenn Sie meinen …«, erwiderte ihre Schwester verwirrt.

»Übrigens haben wir gerade eine weitere Buchung der katholischen Kirche für eine Wohltätigkeitsveranstaltung angenommen. Wenn Sie und Ihr Begleiter also …« Verdutzt hielt Julius inne, als Johanna in Tränen ausbrach.

Elisabeth war sich bewusst, dass Julius nichts von Johannas Gefühlen für ihren Arzt in Berlin ahnte. Man sah ihm seine Bestürzung an.

»Ich bitte um Entschuldigung«, stammelte er. »Es tut mir leid, wenn ich etwas gesagt habe, das sie verletzt hat. Wünschen Sie, dass ich Sie allein lasse?«

Mit nassen Wangen winkte Johanna ab. »Nein, schon gut. Es geht gleich wieder.«

Schweigend gingen sie ein paar Schritte, bis Johanna sich wieder im Griff hatte. Als sie aufhörte zu schluchzen, sagte Julius: »Wenn ich irgendetwas tun kann, um Ihnen zu helfen, dann sagen Sie es mir bitte.«

Elisabeth wollte ihm gerade erklären, dass er in dieser Sache leider gar nichts tun könne, als Johanna ihr mit einer Antwort zuvorkam.

»Sie kennen sich doch mit geschäftlichen Sachen aus«, sagte sie leise. »Würden Sie mir helfen, eine Stiftung für Kinder zu gründen? Ich habe etwas Geld gesammelt und brauche – wie Elisabeth – unbedingt eine Aufgabe im Leben. Das Schicksal der Berliner Kinder liegt mir besonders am Herzen. Die armen Würmer sind oft unterernährt und krank. Wir könnten einige Kinderschwestern einstellen, die durch die ärmsten Viertel der Stadt gehen und für uns herausfinden, in welcher Form unsere Unterstützung am besten erfolgen sollte.«

»Mit dem größten Vergnügen«, erwiderte Julius ernst. »Ich werde sofort unseren Anwalt anrufen, um die entsprechenden Unterlagen vorbereiten zu lassen.«

»Vielen Dank«, antwortete Johanna und blinzelte die letzten Tränen weg.

Auch Elisabeths Herz wurde weit. Julius war ein wundervoller Mann. Sie konnte ihr Glück nicht fassen, dass er sich ausgerechnet in sie verliebt hatte.

14. Kapitel

Winter 1913/14

Paul drehte sich auf die Seite, um Robert anzusehen. »Warum kannst du dich nicht einfach für mich freuen? Ehrlich gesagt finde ich das etwas selbstsüchtig von dir.«

»Und ich kann nicht glauben, dass du diesen Posten angenommen hast, ohne vorher mit mir zu sprechen«, flüsterte Robert.

Obwohl sie sich stritten, mussten sie leise sein. Ihr heutiges Liebesnest lag im ersten Stock, unmittelbar neben der Privatwohnung seiner Eltern. Alle anderen Zimmer waren besetzt gewesen. Paul war sich bewusst, dass er immer größere Risiken einging, um mit Robert zusammen sein zu können, dennoch hatte er ihre Verabredung nicht absagen wollen. Schließlich war bisher auch immer alles gutgegangen. Und sie achteten streng darauf, niemals zeitgleich ein Zimmer zu betreten oder zu verlassen. Alles lief eigentlich ganz wunderbar. Doch seit er gestern den Posten als Kulturdirektor von Heiligendamm angenommen hatte, schmollte Robert. Dabei war es eine große Ehre für Paul, dass nicht nur sein Vater, sondern auch Krause und Falkenhayn dafür gewesen waren, ihm diese zusätzliche, neu geschaffene Aufgabe zu übertragen. Er würde Spaß haben und gleichzeitig etwas Gutes für das Palais bewirken. Mit dem aufgestockten Budget und der Zugkraft von gleich zwei Luxushotels könnte er selbst die hochkarätigsten Künstler nach Doberan und Heiligendamm locken. Und nun beschwerte sich Robert, dass sie dadurch weniger Zeit miteinander hätten und ihre Abreise nach Amerika in weite Ferne rücke. Letzteres stimmte sogar. Warum sollten sie jetzt überhaupt noch auswandern? Ihr Leben war großartig, und wenn Robert nur einmal richtig nachdächte, würde auch er das einsehen.

»Ich muss gehen«, sagte Robert und stand auf.

Während sein Geliebter die im Zimmer verstreuten Kleidungsstücke aufsammelte, griff Paul nach einer Zigarette und zündete sie an. Angelehnt an das mit Seide bespannte Kopfteil sah er Robert genussvoll rauchend beim Anziehen zu. Dieser Mann war zum Niederknien schön, und Paul konnte sich nicht vorstellen, dass er sich jemals an seiner perfekten Gestalt würde sattsehen können. Als Robert ohne Abschied zur Tür gehen wollte, sprang Paul auf, um ihm einen letzten Kuss zu geben.

»Ich liebe dich«, flüsterte er.

Robert blickte ihm in die Augen. »Ja, ich dich leider auch.«

»Leider?«, fragte Paul bestürzt.

Robert zuckte traurig mit den Achseln. Er öffnete die Tür und spähte vorsichtig hinaus. Dann ging er, ohne sich noch einmal umzusehen.

Irgendwie würde er sich schon an die neue Situation gewöhnen. Paul drückte die Zigarette im Aschenbecher aus und ging ins Badezimmer. Unter dem reinigenden Wasserstrahl dachte er darüber nach, wie weit ihre Beziehung bereits gediehen war. Da er gelernt hatte, die Bücher so zu manipulieren, dass immer ein Zimmer für einen fingierten Gast reserviert war, liebten sie sich inzwischen vier Mal in der Woche. Und das, obwohl sie nicht jedes Mal dieselbe Suite nehmen konnten. So etwas wäre aufgefallen. Dafür wusste er – fast bis auf die Viertelstunde genau –, um wie viel Uhr das Servicepersonal vor der jeweiligen Tür stehen würde. Im Grunde genommen war die ganze Organisation ein Kinderspiel. Und das Wichtigste war doch, dass sie sich überhaupt sehen konnten. Natürlich hätte auch er lieber offen mit Robert zusammengelebt. Aber das war eine unrealistische Wunschvorstellung und würde für immer eine bleiben.

Als Paul wenig später im Büro eintraf, standen sein Vater und Falkenhayn heftig streitend mitten im Raum.

»Sie hätten das zuerst mit mir besprechen müssen, bevor Sie den Gast ans Kreuz nageln und unser Hotel derart kompromittieren«, rief Falkenhayn und raufte sich die dunkelblonden Haare. Sein sonst so geschliffenes Auftreten zeigte Risse. Irgendetwas schien den Ko-Geschäftsführer seines Vaters völlig aus der Fassung gebracht zu haben.

»Jetzt machen Sie doch aus einer Mücke keinen Elefanten«, schimpfte sein Vater mit hochrotem Kopf. »Und überhaupt … ich hatte keine andere Wahl!«

»Was für ein Blödsinn! Nicht auszudenken, wenn das jemand von den anderen Gästen mitbekommen und die Zeitungen angerufen hätte! Das wäre ein einmaliger Skandal geworden. Außerdem gab es doch keinerlei Beweise, dass sich dieser Mann etwas hat zuschulden kommen lassen.«

»Was ist denn passiert?«, erkundigte sich Paul, während hinter ihm Elisabeth ins Zimmer trat.

Vater warf ihnen einen düsteren Blick zu … und sagte kein Wort.

Falkenhayn verdrehte die Augen. »Erzählen Sie ruhig, was geschehen ist! Wenn Ihre Tochter eines Tages das Hotel führt, muss sie schließlich wissen, wie man mit einer solchen Situation auf keinen Fall umgehen sollte!«

»Elisabeth führt das Hotel? Und was wird dann aus meinem Sohn und mir?«, fragte Vater, dem Paul sein schlechtes Gewissen deutlich ansehen konnte. Offenbar war er sich seiner Sache doch nicht so sicher, wie er vorgab.

»Was ist passiert?«, hakte Elisabeth nach.

»Ach, was soll's«, brummte Vater. »Ich habe die Polizei gerufen, damit sie einen unserer Gäste aus seinem Zimmer entfernt, und das passt diesem jungen Besserwisser nicht.«

»Außerdem haben Sie einen unschuldigen Pagen vor die Tür gesetzt«, fügte Falkenhayn hinzu, ohne auf die Beleidigung einzugehen.

»Wen?«, fragte Paul.

»Und vor allem ... warum?«, wollte seine Schwester wissen.

Vater stöhnte. »Also, gut. Könnt ihr euch an diesen exzentrisch angezogenen Mann erinnern, der vor drei Tagen angekommen ist? Den, der weinrote Hosen und neckisch gestreifte Seidenwesten trug?«

Plötzlich wurden Pauls Knie weich. Er wusste, wen sein Vater meinte. Es war derselbe ältere Herr, über den Robert mit ihm gesprochen hatte. »Das ist einer von uns«, hatte er gesagt, und Paul hatte den Gast mit neu erwachtem Interesse beobachtet. Trotz der auffälligen Kleidung hatte er sympathisch gewirkt. Und nun hatte Vater ihn verhaften lassen?

»Ja. Und?«, fragte Elisabeth.

»Er ist einer dieser kriminellen Kreaturen, die junge Männer anlocken, um sich an ihnen zu vergreifen.«

Paul war schwindelig. Mit zitternden Händen griff er nach einem Stuhl und setzte sich.

Auch Elisabeth war blass geworden. »Woher weißt du das?«

»Einer der Pagen hat sich beschwert, dass er ihn unsittlich berührt hat«, antwortete ihr Vater und rieb sich angeekelt den Arm.

»Und Ihr erster Gedanke war: Da schmeißen wir den gleich mit raus«, meinte Falkenhayn sarkastisch. »Wenn Sie mich fragen, sind Homosexuelle auch nur Menschen wie Sie und ich. Niemand kann etwas dafür, wenn er mit dieser Veranlagung geboren wurde.«

»Es ist verdammt noch mal gegen das Gesetz«, empörte sich sein Vater. »Es war mein gutes Recht, die Polizei zu rufen. Und wenn Sie nur einen Funken Anstand hätten, würden Sie genauso denken.«

»Man hätte das sicherlich eleganter lösen können, als den Mann mit ungepackten Koffern aus dem Zimmer zu zerren und ihn einsperren zu lassen.«

Obwohl Paul die Verhaftung nicht mit eigenen Augen gesehen hatte, stellten sich ihm bei der Vorstellung an den in Schande abgeführten Gast die Nackenhaare auf. Und schlagartig wurde ihm klar: Es hätte genauso gut Robert und ihn treffen können!

»Und warum hast du dem Pagen gekündigt?« Elisabeth wirkte verwirrt.

Sein Vater räusperte sich. »Weil man bei solchen Geschichten nie genau weiß, wer der Täter und wer das Opfer ist. Die Welt dieser Menschen ist dunkel und abartig. Doch sie erkennen einander. Wenn dieser Gast unserem Hoteldiener Avancen gemacht hat, muss er in ihm einen ähnlich Veranlagten gesehen haben.«

»Ich habe noch nie so etwas Borniertes gehört«, stöhnte Falkenhayn, während Paul auf dem Wort »abartig« herumkaute. War er wirklich *abartig*, bloß weil er einen Mann liebte?

»Bitte hören Sie auf, meinen Vater zu beleidigen. Das bringt doch nichts«, sagte Elisabeth. »Kann man dem eingesperrten Gast nicht anderweitig helfen? Falls er unschuldig ist und freikommt, wird er bestimmt schlecht über das Palais reden.«

Falkenhayn musterte sie verdrossen. »Das Hotel steht immer an erster Stelle, richtig? Aber keine Sorge, so schnell wird dieser arme Mann nicht freikommen. Das Kind ist in den Brunnen gefallen.«

Elisabeth errötete. »So habe ich es doch nicht gemeint.«

»Nicht?« Falkenhayn machte auf dem Absatz kehrt und knallte die Bürotür hinter sich zu.

»Gott sei Dank gibt er endlich Ruhe«, sagte Vater. »Er tut gerade so, als ob ich der Verbrecher wäre.«

»Nein, Vater. Das tut er nicht«, verteidigte Elisabeth ihn. »Im Grunde hat er recht, du hättest ihn vorher über deine Entscheidung informieren müssen.«

»Nicht auch du noch, Elisabeth! Ich habe die Nase gestrichen voll und werde mich oben etwas hinlegen. Was macht ihr?«

»Ich muss mit Herrn Walter reden. Einer der Gäste hat sich darüber beschwert, dass angeblich sein Gepäck beim Abtransport aus dem Zimmer beschädigt wurde«, sagte Elisabeth.

»Und du, Paul?«

Er war sich nicht sicher, ob seine Beine ihn in diesem aufgewühlten Zustand die Treppe hinauftragen würden. »Ich komme später nach«, brummte er und tat so, als sehe er einige Angebote durch. Er blickte nicht auf, als sein Vater zur Tür ging. Wie sollte er ihm jemals wieder in die Augen schauen?

Es war Luise, die sie mit vor Schreck geweiteten Augen aus dem Schlaf rüttelte. »Du musst auf der Stelle mitkommen!«, kreischte sie hysterisch.

»Was ist los?«, fragte Elisabeth schlaftrunken.

»Vater hat einen Herzanfall erlitten!«

»Um Himmels willen!« In Windeseile griff sie nach ihrem Morgenmantel und rannte los. Vor dem Zimmer ihrer Eltern hatte sich schon ein regelrechter Auflauf gebildet: Paul, Johanna und das neue Stubenmädchen Else standen betreten vor der verschlossenen Tür.

»Wie geht es ihm?«, fragte Elisabeth.

Paul, dessen Gesicht so weiß wie die Wand hinter ihm war, zuckte mit den Schultern. »Wir wissen es noch nicht, aber der Arzt ist gerade bei ihm.«

Kurz darauf trat der Arzt vor die Tür, und die Szene erinnerte Elisabeth gespenstisch an die Nacht im letzten Jahr, als der Hotelgast gestorben war. Doch dieses Mal gab es bessere Neuigkeiten. »Ihr Vater ist stabil, aber wir müssen ihn so schnell wie möglich ins Krankenhaus nach Rostock bringen. Am besten kommt ihre Mutter auch gleich mit. Sie macht sich schreckliche Sorgen und bräuchte dringend ein Beruhigungsmittel.«

»Kein Problem. Ich kann sie mit dem Wagen bringen«, bot sich Paul an. Innerlich schickte Elisabeth ein Stoßgebet gen Himmel. Ihr Bruder hatte wenig Erfahrung im Fahren von Autos. Aber für die Nebensaison war kein Chauffeur im Hotel angestellt, und wahrscheinlich ging es so wirklich am schnellsten.

»Gut«, erwiderte der Arzt knapp. »Ich mache ihn reisefertig.«

Eine Viertelstunde später, es war inzwischen fast vier Uhr morgens, wurde ihr spitzgesichtiger Vater aus dem Zimmer getragen. Als er Elisabeth erblickte, griff er nach ihrer Hand. »Du musst mich jetzt vertreten, Elisabeth! Ich habe soeben eine entsprechende Vollmacht unterschrieben. Aber du musst mir versprechen, Falkenhayn gut auf die Finger zu schauen und nicht zuzulassen, dass er uns in meiner Abwesenheit über den Tisch zieht.«

Sie biss sich auf die Lippe. »Natürlich, Vater. Bitte mach dir keine Sorgen.«

Als Julius, der sich im Sommer ganz in der Nähe des Hotels eine Wohnung genommen hatte, gegen acht Uhr das Büro betrat, blickte Elisabeth nicht auf, sondern tat so, als studierte sie weiterhin den Ordner mit den Abrechnungen, der vor ihr auf dem Pult lag.

»Ich habe es schon gehört«, sagte er leise. »Aber dein Vater wird bestimmt wieder gesund. Friedrich hat mit dem Krankenhaus telefoniert, und die behandelnden Ärzte sind sehr optimistisch.« Er machte Anstalten, sie in den Arm zu nehmen, doch Elisabeth wich vor ihm zurück.

»War das von vornherein euer Plan?«, fragte sie und bemühte sich, ihre Stimme ruhig klingen zu lassen. »Euch das Hotel komplett unter den Nagel zu reißen? Du provozierst den Vater und schaltest ihn mit einem Herzanfall aus, während du der leichtgläubigen Tochter Zuneigung vorgaukelst, damit sie dir die Aktien überschreibt?«

Julius' Blick lag irgendwo zwischen verletzt und amüsiert. »Ich verstehe, dass du dir Sorgen machst, Elisabeth. Aber so etwas Verrücktes glaubst du doch nicht im Ernst.«

»Was heißt hier *glauben?* Mein Vater hatte einen Herzanfall, weil du ihm gestern die bösesten Beleidigungen an den Kopf geworfen hast.«

»Das stimmt doch nicht. Dein Vater hat sich aufgeregt, weil er selber wusste, dass es ein Fehler war, dem armen Mann gleich die Polizei auf den Hals zu hetzen.«

Elisabeth drehte sich zu ihm um und funkelte ihn an: »Wahrscheinlich hast du den kriminellen Gast sogar selbst ins Haus geschmuggelt, um Vater zu diesem Fehler zu verleiten. Du bist durch und durch intrigant. Das sieht man schon daran, wie du mir vorgespielt hast, dass dir etwas an mir liegt.«

Julius' Züge verdunkelten sich. »Das ist kein Spiel, Elisabeth. Ich liebe dich. Obwohl ich mich manchmal frage, ob ich mir nicht besser ein zahmes Kätzchen statt einer wild um sich beißenden Löwin ausgesucht hätte.«

Ihr Herz schlug schneller. Es war das erste Mal seit dem Ball, dass er so direkt von Liebe sprach. Wie schön wäre es jetzt gewesen, sich einfach in seine Arme sinken zu lassen. Aber das ging nicht. Sie musste an das Palais denken und durfte sich nicht weiter von ihm blenden lassen. Wütend stützte sie die Hände in die Taille. »Du liebst mich? Und warum hast du mir noch keinen Antrag gemacht? Gib es zu. Du benutzt mich nur, um die Leitung des Hotels irgendwie an dich zu reißen!«

»Glaubst du wirklich, dass ich mich dir gegenüber so schäbig verhalten könnte?« Seine Stimme war eisig.

»Ich kenne dich doch gar nicht richtig. Aber es gibt mir zu denken, dass du deine angeblichen Gefühle für mich vor allen anderen verheimlichst.«

»Das tue ich nicht, um dich übers Ohr zu hauen.«

»Sondern?«

»Um dich zu beschützen.«

Sie kniff ungläubig die Augen zusammen. »Was? Wovor beschützen?«

»Das möchte ich momentan lieber nicht sagen.« Seine Bernsteinaugen blickten eindringlich in ihre, aber diesmal fiel sie nicht darauf herein.

Plötzlich kam ihr noch etwas anderes in den Sinn. »Hast du vielleicht sogar diese merkwürdige Privatdetektei Arnold engagiert, um uns hinterherzuspionieren? Um herauszufinden, ob unsere Familie Geheimnisse hat, mit denen du uns erpressen kannst?«

Mit dieser Frage schien sie einen Treffer gelandet zu haben. Sie konnte förmlich zusehen, wie sämtliche Farbe aus Julius' Gesicht wich. »Was weißt du über die Privatdetektei Arnold?«, fragte er und packte grob ihr Handgelenk.

»Aua! Lass mich los! Gar nichts weiß ich! Das genau macht mir ja Sorgen. Was treibst du hinter unserem Rücken? Diese Briefe haben doch garantiert nichts mit dem Hotelgeschäft zu tun!«

Julius wirkte extrem angespannt, aber wenigstens gab er ihr Handgelenk frei. »Ich bin auf der Suche nach ...«, setzte er stockend an, doch dann sprach er nicht weiter.

»Was?«

»Diese Detektei unterstützt mich ... in einer wichtigen privaten Angelegenheit«, presste er zwischen zusammengebissenen Zähnen hervor. »Selbstverständlich würde ich niemals hinter eurem Rücken Erkundigungen über euch einholen.«

»Ich glaube dir nicht«, sagte sie, und irgendwo in ihrem Inneren zerbrach etwas in tausend Scherben.

»Nein?« Plötzlich war seine arrogante Maske wieder intakt. »Das ist jammerschade. Aber ob du es glaubst oder nicht, die Welt wird sich trotzdem weiterdrehen. Und deshalb werden wir zwei uns jetzt um den Silvesterball kümmern, und anschließend fahre ich dich und deine Schwestern ins Krankenhaus.« Mit wütenden Schritten ging er zur Tür. »Ich muss noch mit Herrn Walter über die Anstellung eines neuen Pagen sprechen, aber wenn du schon einmal die Unterlagen vom letzten Ball raussuchst, können wir gleich anschließend damit beginnen.«

Als er gegangen war, hieb sie vor Enttäuschung und Wut mit der Faust auf das Pult. Warum musste ihr das Schicksal nur so eine schwere Prüfung auferlegen? Warum hatte sie sich nicht in den zukünftigen Lord verlieben können? Dann würde sie jetzt in einem feinen Schloss in England leben und müsste nicht mit gebrochenem Herzen tagtäglich mit Julius zusammenarbeiten!

Als Minna zufällig einen Blick auf den Menüplan warf, zog sie eine Grimasse.

»Was ist?«, fragte Herr Falkenhayn, der gerade mit dem Chefkoch die Menüs der Woche besprach. Dabei hatte sie das Büro nur betreten, um Herrn Brandmüller seine warme Jacke zu bringen, die er in der Küche vergessen hatte. Wenn er bei diesen kalten Temperaturen ohne sie vor die Tür trat, um einkaufen zu gehen, würde er sich den Tod holen. Es wehte ein kalter Wind.

»Nichts, Herr Falkenhayn«, antwortete sie hastig. Sie war wie immer ein wenig nervös, wenn der große, gut aussehende Mann sie ansprach.

Beide Herren lachten.

»Man sieht Ihnen an, dass Sie etwas stört«, meinte Herr Brandmüller. »Also? Was stimmt nicht?«

Sie rang mit sich. Würde er ihre Kritik in den falschen Hals bekommen? »Ich ...«, setzte sie an, doch dann verließ sie der Mut.

»Ja?«

»Ich dachte nur ... vielleicht sollten die Gäste auch einmal etwas von der lokalen Küche probieren. Nicht immer nur diese internationalen Gerichte.«

Herr Brandmüller wirkte überrascht, aber glücklicherweise nicht beleidigt. »Interessant, Minna. An was hatten Sie gedacht?«

»Ich bin in den letzten Monaten ein paarmal von den Waschfrauen eingeladen worden. Und da hat man mir zum Beispiel eine Fliederbeerensuppe aufgetischt, die mir sehr gut geschmeckt hat. Ein anderes Mal gab es Birnen, Speck und Kartoffeln. Das war auch sehr lecker.«

Herr Falkenhayn wirkte nicht überzeugt. »Es darf nicht allzu schlicht werden.«

Herr Brandmüller winkte ab. »Wir würden die Gerichte selbstverständlich entsprechend verfeinern. Aber die Grundidee, lokale Speisen zu offerieren, gefällt mir. Haben Sie bereits einige Rezepte herausgesucht, Minna?«

»Nein, aber ich könnte an meinem freien Tag zu den großen Gutshöfen gehen und fragen, ob sie alte Kochbücher für mich haben«, antwortete sie eifrig.

»Wissen Sie was … ich halte das für eine großartige Idee, und am besten komme ich da mit.«

Herr Falkenhayn blickte skeptisch, sagte aber nichts weiter zu ihren Plänen.

»Bevor ich es vergesse«, sagte Minna im Hinausgehen. »Wie geht es eigentlich Herrn Kuhlmann?«

Eine Falte erschien auf der Stirn des jungen Direktors, der das Hotel inzwischen mit Fräulein Elisabeth allein leitete. »Es geht ihm gut. Allerdings darf er sich immer noch keine Aufregung zumuten. Deshalb ist er bis auf weiteres aus der Geschäftsführung ausgeschieden. Zurzeit erholt er sich mit Frau Kuhlmann in einem Schweizer Sanatorium.«

»In der Schweiz?«, wiederholte Minna ratlos. »Warum denn so weit weg?«

»Die Ärzte haben ihm dazu geraten, damit er gar nicht erst auf die Idee kommt, sich in das Hotelgeschäft einzumischen.«

Minna nickte. »Ich verstehe. Aber Sie und Fräulein Kuhlmann kommen auch ganz gut allein zurecht, nicht wahr?« Was man so hörte, schien die Zusammenarbeit erfolgreich, aber nicht harmonisch zu verlaufen. Das junge Fräulein sprang offenbar ziemlich grob mit Herrn Falkenhayn um.

Falkenhayn seufzte. »Sicher. Ich entwickle viele neue Talente. Unter anderem als Wildkatzen-Dompteur im Zirkus.«

Minna verstand den Sinn der Bemerkung nicht. Trotzdem stimmte sie in das amüsierte Lachen der Herren ein.

Zwei Tage später hockten Herr Brandmüller und sie auf dem staubigen Speicher eines in der Nähe von Doberan liegenden Gutshauses und stöberten dort in alten Büchern.

»Hier ist eins«, rief Herr Brandmüller. »Hm, das hört sich besonders lecker an. Haben Sie den Stift parat, Minna? Dann schreiben Sie bitte auf: Ente à la Mecklenburg.« Er diktierte ihr die Zutaten und das Rezept direkt in die Kladde, die sie in weiser Voraussicht mitgebracht hatte.

»Das hört sich wirklich gut an«, stimmte Minna zu. »Und was ist mit dem Rezept für ›Tüffel un Plum‹? Sollen wir das auch aufschreiben?«

»Was soll das sein?«

»Kartoffelsuppe mit Pflaumen und Speck«, antwortete Minna mit einem Lächeln.

»Unbedingt. Das brauchen wir auch. Und hier ist noch eins für eine Sanddorntorte. Schmerzt Ihre Hand bereits vom vielen Schreiben?«

»Nein, die tut's noch. Ich habe sie beim Eischneeschlagen trainiert«, scherzte Minna.

Als sie alle Bücher durchgesehen und dem Gutsverwalter gedankt hatten, machten sie sich auf den Weg zurück zum Hotel. Vor der Ankunft befreiten sie sich noch lachend von den vielen Spinnwebfäden, die sich in ihren Jacken und Minnas Haaren verfangen hatten. Herrn Brandmüller so fröhlich herumalbern zu sehen, versetzte ihr einen Stich ins Herz. Seit ihre Mutter im August ganz überstürzt mit ihren Schwestern und einer bayerischen Arbeitskollegin in deren Heimat übersiedelt war, um dort auf dem Bauernhof der Eltern zu arbeiten, war Herr Brandmüller der einzige Mensch, der ihr wirklich nahestand. Rudi, ihr abtrünniger Bruder, hatte sich schon lange nicht mehr gemeldet. Mit klopfendem Herzen wurde ihr bewusst, dass bald wieder Silvester war. Die Zeit im Jahr, in der Herr Brandmüller in Gefahr schwebte, rückfällig zu werden. Plötzlich ernst, griff sie nach seinem Arm.

»Was haben Sie, Minna?«

»Diesmal feiern wir zusammen Silvester, Herr Brandmüller. Ich bin mir sicher, dass Herr Falkenhayn nichts dagegen hat, wenn Herr Peters das Festessen kocht.«

»Trauen Sie mir nicht? Ehrlich gesagt, glaube ich nicht, dass ich dieses Jahr einen Rückfall erleide und wieder zu tief ins Glas schaue.«

»Das ist es nicht.«

»Nein? Was dann?«

Sie nahm seine Hand. »Ich fühle mich bei Ihnen zu Hause. Und am besten feiert man doch mit seinen wahren Freunden … und seiner Familie. Oder?«

Gerührt blickte er sie an. »Da haben Sie vollkommen recht.«

Vor lauter Arbeit wusste Elisabeth manchmal gar nicht mehr, wo ihr der Kopf stand. Trotzdem musste sie sich von Zeit zu Zeit in den Arm kneifen, um sich zu vergewissern, dass sie nicht träumte. Vor anderthalb Jahren hatte ihre Mutter sie noch bestraft, wenn sie heimlich durchs Palais geschlichen war, und jetzt war sie die offizielle Vertretung ihres Vaters! Eine unglaubliche Chance. Doch sie hatte auch hart dafür geschuftet und fühlte sich ihrer Aufgabe gewachsen.

Übermorgen war Silvester, und in einer Stunde würden Graf von Seitz und seine Frau eintreffen. Sie hatte sich zunächst gewundert, dass der vornehme Aktionär den Jahreswechsel ausgerechnet im Palais feiern wollte. Doch in einem der Buchung beiliegenden Schreiben hatte er seine Gründe dargelegt: Er sei das ganze Jahr über so beschäftigt gewesen, dass er es nicht geschafft habe, seine Investition in Doberan in Augenschein zu nehmen, und da wolle er das Angenehme mit dem Nützlichen verbinden und dies über Silvester tun.

Beim Festmahl würde Elisabeth die Familie Kuhlmann ganz allein vertreten müssen. Ihre Eltern planten, noch bis März in der Schweiz zu bleiben, weshalb Johanna, Luise und Frau Kolbert vor zwei Wochen aufgebrochen waren, um mit ihnen die Festtage dort zu verbringen. Nur Paul war in Doberan geblieben. Doch ihr Bruder war als Kulturdirektor schwer beschäftigt. Am Silvesteressen konnte er angeblich nicht teilnehmen, weil er das Neujahrskonzert mit dem angereisten Orchester vorbereiten musste. Aber wahrscheinlich hatte er einfach keine Lust, in seiner knapp bemessenen Freizeit mit dem steifen Grafenpaar zu plaudern.

Elisabeth dagegen freute sich darauf, dem Berliner Wirtschaftskapitän den von Julius bereits vorbereiteten Jahresabschluss zu zeigen. Die Zahlen konnten sich wirklich sehen lassen. Sie hatten allen Grund, stolz auf die geleistete Arbeit zu sein. Dem Palais ging es in jeder Hinsicht gut. Für die kommende Sommersaison waren sie restlos ausgebucht. Und wenn sie nicht täglich mit Julius' irritierender Anwesenheit konfrontiert gewesen wäre, hätte sie wunschlos glücklich sein können. Doch so gestaltete sich das Miteinander schwierig. Zwar waren sie in Bezug auf Geschäftliches inzwischen meistens einer Meinung, trotzdem war Elisabeth ständig auf der Hut, dass er sie nicht übervorteilte. Julius schien ihr ebenfalls nicht hundertprozentig zu vertrauen. Er bestand sogar darauf, sie bei ihrer täglichen Runde durchs Foyer zu begleiten. Ein Umstand, der zu manch peinlicher Frage führte. Eine Offizierswitwe hatte sich zum Beispiel gestern erkundigt, ob er sich mit seiner entzückenden Frau nicht bald Kinder wünsche. Das hatte selbst Julius die Farbe ins Gesicht getrieben. Auch bei den Verhandlungen mit Lieferanten überwachten sie sich gegenseitig. Sie schlichen umeinander herum wie Boxer, die vor einem Kampf die Kraft des Gegners taxieren. Wahrscheinlich hätte sie sich glücklich schätzen sollen, dass sie sich aus seinen Fängen befreit hatte. Doch manchmal, wenn er in einem vermeintlich unbeobachteten Moment die kühle Maske ablegte, wirkte er traurig und in sich gekehrt. Das verunsicherte sie, und ein Teil von ihr hätte ihn dann am liebsten tröstend in die Arme geschlossen. Überhaupt hätte sie sich gern noch einmal mit ihm ausgesprochen und ihn nach den Beweggründen für sein Verhalten gefragt. Hatte ihn vielleicht der Graf auf sie angesetzt? Gab es andere entlastende Umstände für sein Verhalten? Aber irgendwie traute sie sich nicht. Julius war ein so begnadeter Redner. Sie wollte nicht riskieren, erneut auf seine schmeichelnden Unwahrheiten hereinzufallen.

Wahrscheinlich waren alle Männer unzuverlässig in Liebesdingen. Eine Woche vor ihrer Abreise hatte Johanna einen Brief von ihrem Dr. Hirsch erhalten, in dem er ihr schrieb, dass er sie von ganzem Herzen liebe, sie aber trotzdem nicht heiraten könne, weil sie Protestantin sei. Es würde seinen streng gläubigen Eltern das Herz brechen, eine Nichtjüdin als Schwiegertochter zu bekommen. Wenn Johanna nicht ihre kleine Stiftung »Kinderherz in Not« gehabt hätte, die vor vier Monaten ihre Arbeit aufgenommen hatte, wäre sie wahrscheinlich komplett zusammengebrochen. So hatte sie am nächsten Tag wie geplant einen Weihnachtsbasar im Hotel abgehalten und Geld für die armen rachitischen Kleinen gesammelt, die von zwei Kinderschwestern als besonders hilfsbedürftig befunden worden waren. Bis auf ihre roten Augen hatte man ihr nicht angemerkt, dass soeben ein Lebenstraum für sie geplatzt war. Elisabeth trauerte mit ihr, obwohl sie sich keine allzu großen Sorgen um ihre Schwester machte. Schließlich war Johanna nach wie vor eine bezaubernde Schönheit. Sie würde jemand anderen finden, vielleicht sogar schon auf der Reise in die Schweiz. Für sie selbst sah die Sache anders aus. So sehr sie sich auch vornahm, Julius endgültig aus ihrem Herzen zu vertreiben, es wollte ihr einfach nicht gelingen. Er schien tiefe Wurzeln darin geschlagen zu haben. Trotzdem ... nichts und niemand war ihr wichtiger als das Palais. Und wenn das Hotel so gut lief wie gerade, konnte ihr Herz so stur und eigensinnig sein, wie es wollte. Es spielte bei ihr nur die zweite Geige.

Peters hatte ganze Arbeit geleistet. Das Silvestermenü war vorzüglich, stellte Elisabeth erleichtert fest. Sie war dagegen gewesen, Herrn Brandmüller diesen wichtigen Abend freizugeben. Besonders weil der Koch selbst versichert hatte, dass kein Rückfallrisiko bestand. Aber Julius hatte sie überredet und recht behalten. Trotzdem aß der Graf kaum etwas. Überhaupt sah er noch schmaler aus als sonst und irgendwie krank. Unter seinen Augen zeichneten sich tiefblaue Ringe ab, die bei den Verhandlungen mit ihm noch nicht zu sehen gewesen waren. Während

Elisabeth sich mit der Gräfin über Belanglosigkeiten austauschte, verfolgte sie mit einem Ohr das Gespräch zwischen Julius und seinem Arbeitgeber.

»Ich bin so stolz auf Sie, mein lieber Falkenhayn. Das Hotel hat sich unter Ihrer Leitung wirklich großartig gemacht«, lobte der Graf gerade.

»Die Lorbeeren dafür gebühren nicht allein mir, Graf von Seitz«, erwiderte Julius. »Für diesen Erfolg haben auch Herr Kuhlmann und vor allem Fräulein Kuhlmann hart gearbeitet.«

Elisabeth war überrascht, seine Worte zu hören. Im umgekehrten Fall hätte sie ihm wahrscheinlich kein so großzügiges Zeugnis ausgestellt.

Der Graf runzelte die Stirn. »Und der arme Kuhlmann hat dafür seine Gesundheit ruiniert. Aber wie ich höre, geht es ihm schon wieder besser?«

Julius nickte. »Ja, er scheint gänzlich genesen zu sein und muss sich nur noch ein wenig schonen. Anfang März kommt er zurück.«

»Und wie klappt die Zusammenarbeit mit Fräulein Kuhlmann?«

Elisabeth hielt unwillkürlich die Luft an, während sie auf Julius' Antwort wartete. Und die kam wie aus der Pistole geschossen.

»Sie ist eine ganz hervorragende Fachfrau«, hörte sie ihn zu ihrer Verwunderung sagen. »Im Grunde könnte man ihr das Hotel auch allein anvertrauen.«

Plötzlich schämte sie sich für ihr Misstrauen. Oder war auch das wieder nur ein Trick, um sie einzulullen? Seine Stimme hatte so bestimmt und aufrichtig geklungen.

»Ach ja?«, sagte der Graf erstaunt.

»Ich würde meine Hand für sie ins Feuer legen.« Bei diesen Worten sah Julius zu ihr herüber. Über den Tisch hinweg begegneten sich ihre Blicke. Er wusste also ganz genau, dass sie sein Gespräch mit dem Grafen belauschte. Trotzdem konnte sie ihre Augen nicht von ihm abwenden.

»Übrigens muss ich Sie vor meiner Abreise noch einmal dringend allein sprechen, lieber Falkenhayn.«

Julius wandte sich wieder seinem Gesprächspartner zu. »Mit dem größten Vergnügen. Würde Ihnen gleich morgen nach dem Konzert passen?«

»Ja. Es geht um etwas Wichtiges … um Ihre Zukunft«, sagte Graf von Seitz und tätschelte wohlwollend Julius' Hand.

Elisabeth, die sich gerade die neueste Berliner Mode von der Gräfin erklären ließ, erschrak bei diesen Worten. Seine Zukunft? Was sollte das bedeuten? Julius' Zukunft war selbstverständlich das Hotel. Oder etwa nicht? Was hatte der Graf mit ihm vor?

Auch später, als sie zu viert, in ihre warmen Mäntel gehüllt, von der Terrasse aus das Feuerwerk bewunderten, ging ihr die Bemerkung des Grafen nicht aus dem Kopf. Verschämt blickte sie zu Julius, dessen attraktives Gesicht von den am Himmel explodierenden Leuchtkörpern in immer neue Farbtöne getaucht wurde. Welche Zukunftspläne würde er gemeinsam mit dem Grafen schmieden? Das Palais konnten sie ihr nicht entreißen, dazu war sie zu sehr auf der Hut. Doch was, wenn der Graf Ernst machte und sie tatsächlich das Hotel allein führen ließ? Würde er Julius dann wieder nach Afrika schicken? Ein schrecklicher Gedanke, der ihr verdeutlichte, wie sehr sie sich – unabhängig davon, was ihr Herz sagte – auf sein Urteil verließ. Wie sollte sie nur ohne ihn zurechtkommen?

Am nächsten Tag schlich sie wie eine nervöse Katze im Büro herum. Selbst das Neujahrskonzert hatte sie ausfallen lassen. Wie hätte sie sich drei Stunden lang klassische Musik anhören können, wenn sie sich am liebsten vor Nervosität die Nägel abgekaut hätte. Als Julius nach seinem Gespräch mit dem Grafen zur Tür hereinkam, lief sie ihm ungeduldig entgegen und erkundigte sich, was sein Arbeitgeber von ihm gewollt hatte. Aber Julius winkte ab. Er war merkwürdig bleich und wirkte, als hätte er gerade einen Schock erlitten.

»Bitte lass es gut sein, Elisabeth«, sagte er. »Das Ganze hat nichts mit dem Hotel zu tun.«

»Schickt er dich wieder nach Deutsch-Südwest?«, fragte sie ängstlich.

Julius schüttelte den Kopf. »Ich werde mir den Rest des Tages freinehmen. Ich muss über etwas Wichtiges nachdenken.«

Elisabeth hielt ihn am Arm fest. »Bitte sag mir, was los ist. Ich muss wissen, dass du dem Hotel erhalten bleibst.«

Schweigend blickte er sie an. »Ich dachte, du wärst froh, wenn du mich endlich nicht mehr sehen müsstest.«

»Das dachte ich auch«, gab sie zu. »Aber … aber irgendwie habe ich mich an dich gewöhnt.«

»Ein toller Grund, um in Doberan zu bleiben«, sagte er sarkastisch.

»Bitte Julius, bleib hier«, bettelte sie.

Sanft löste er ihre Hand von seinem Jackett. »Wir werden sehen. Momentan kann ich dir leider nichts versprechen, aber … ich werde deine liebe Bitte im Hinterkopf behalten.« Mit diesen Worten machte er auf dem Absatz kehrt und verließ das Büro. Auch die nächsten Tage ließ er sich kaum im Hotel blicken. Die Ungewissheit raubte Elisabeth den Schlaf. Doch sie versuchte, ihn nicht mit allzu vielen Fragen zu löchern. Statt seiner Arbeit nachzugehen, verbrachte er viel Zeit mit dem Grafen. Und am Abend vor dessen geplanter Abreise informierte Julius sie, dass er mit ihm nach Berlin fahren werde.

»Wann kommst du wieder?«, fragte sie, und ihr Gesicht war ganz taub vor Angst, dass er für immer weggehen könnte.

»Ich weiß es nicht«, sagte er seufzend.

»Aber du kommst wieder?«

Er zuckte mit den Schultern. »Wahrscheinlich.«

Himmel! Seine Gleichgültigkeit trieb sie in den Wahnsinn. »Und was, wenn ich bezüglich des Hotels etwas mit dir besprechen muss?«

Er lächelte. »Dein Traum wird wahr. Du darfst alles ganz allein entscheiden.«

»Ich kann dich nirgendwo erreichen?« Ihre Stimme zitterte.

»Ich weiß noch nicht, wo ich in Berlin absteige. Aber du kommst bestimmt prima allein klar. Im Notfall kannst du das Büro von Graf von Seitz verständigen. Die Sekretärinnen werden wissen, wie sie mich erreichen können.«

»Dann sehe ich dich jetzt vielleicht zum letzten Mal?« Elisabeth kämpfte gegen ihre Tränen.

Seine Bernsteinaugen musterten sie nachdenklich. »Und wenn es so wäre ... würde dir das so viel ausmachen?«

Sie schluckte und konnte die Tränen nicht länger zurückhalten. Trotzdem reckte sie den Kopf und hielt seinem Blick stand. »Wenn es dir nichts ausmacht ... macht es mir auch nichts aus.«

Plötzlich lächelte er. »Alle Achtung. Du bist wirklich hart wie Kruppstahl. Aber weißt du ... genauso gefällst du mir, Elisabeth.«

Wie schon im Sommer zog er sie völlig überraschend an sich und drückte ihr einen schnellen Kuss auf die Lippen. Keine Minute später fiel die Bürotür hinter ihm ins Schloss. Er war weg. Schluchzend ließ sie ihren Tränen freien Lauf.

15. Kapitel

Frühjahr/Sommer 1914

Minna blickte überrascht auf den Brief, den Herr Brandmüller ihr gerade in die Hand gedrückt hatte. Das Schreiben war offenbar zusammen mit der anderen Post für die Küchenangestellten von ihm in Empfang genommen worden. Merkwürdigerweise trug es keinen Absender und war lediglich an »Minna – Küche, Palais Heiligendamm« adressiert.

»Willst du ihn nicht aufmachen?«, erkundigte sich Herr Brandmüller, der sie seit dem gemeinsamen Silvesterfest duzte. Er hatte ihr ebenfalls das »Du« angeboten, aber sie hatte aus Angst, dass die Kollegen Anstoß daran nehmen könnten, abgelehnt. »Vielleicht hast du einen heimlichen Verehrer.« Er grinste.

»Oh je, hoffentlich nicht!«, meinte Minna mit einem Seufzen. Ihr wurde immer noch ganz anders, wenn sie an den gewalttätigen Pagen dachte, der ihr eine Zeit lang so hartnäckig nachgestellt hatte. »Aber Sie haben recht, lesen sollte ich den Brief wahrscheinlich.«

Herr Brandmüller reichte ihr seinen Brieföffner, und sie schlitzte den Umschlag damit auf. Es steckte nur ein einziges Blatt Papier darin, allerdings aus kostbarem Bütten. Als sie es herausnahm und aufklappte, bemerkte sie zu ihrer Verwunderung, dass es das Wappen des Grand Hotels trug. Neugierig begann sie zu lesen:

Sehr geehrtes Fräulein Minna,
wir sind auf Sie aufmerksam geworden, weil uns ein geschätzter
Gast von einem besonders delikaten Soufflé berichtet hat, das
Sie zubereitet haben. Der werte Herr hat unserem Koch, der

die Wintersaison in Berlin verbringt, regelrecht davon
vorgeschwärmt. Unsere diskreten Erkundigungen haben ergeben,
dass Sie sich noch im ersten Jahr Ihrer Ausbildung befinden.
Trotzdem würden wir Ihnen gern eine Stelle als Jungköchin
in unserem Hotel anbieten. Ihr bisheriges Gehalt würden wir
verdoppeln. Bitten teilen Sie uns so bald wie möglich mit, ob Sie
gedenken, die offerierte Stelle anzunehmen.

Mit hochachtungsvollen Grüßen

Es folgte eine unleserliche Unterschrift. Sie war so durcheinander, dass sie sich erst einmal setzen musste. Nur gut, dass Herr Brandmüller und sie gerade allein im Personalraum waren.

»Was ist?«, fragte Herr Brandmüller besorgt. »Hoffentlich keine schlechten Nachrichten aus Bayern?«

Minna schüttelte den Kopf. »Nein. Das Grand Hotel bietet mir eine Stelle als Jungköchin an.«

Herr Brandmüller hob ungläubig die Augenbrauen. »Wie bitte?«

»Ja, ich wundere mich auch. Oder glauben Sie, dass sich da jemand einen Scherz mit mir erlaubt?« Sie reichte ihm das Schreiben.

»Hm. Das sieht ziemlich echt aus, würde ich sagen. Aber letztendlich gibt es nur eine Möglichkeit, es herauszufinden: Du musst zurückschreiben. An die Berliner Adresse, die ganz unten angegeben ist.«

»Sie wollen, dass ich die Stelle annehme und das Palais verlasse?«, sagte Minna bestürzt.

Herr Brandmüller schüttelte den Kopf. »Selbstverständlich nicht. Aber ein so gutes Angebot darf man sich eigentlich nicht entgehen lassen. Als Koch muss man flexibel sein, um ganz nach oben zu kommen. Ich habe auch oft das Etablissement gewechselt. Das gehört zu unserem Beruf dazu. Und ich halte dich für talentiert genug, um es zu schaffen. Da darf ich mich dir nicht in den Weg stellen.«

Trotz des Kompliments, das der Koch ihr gezollt hatte, fühlte sich Minna, als hätte er ihr gerade den Boden unter den Füßen weggezogen. »Aber ich bin noch nicht so weit, Herr Brandmüller. Ich habe doch noch nicht einmal meine Lehre abgeschlossen.«

»Wenn dich das Grand Hotel auch so nimmt, ist das egal. Und glaub mir, eine Stellung als Jungkoch im Grand Hotel in Heiligendamm ist ein gutes Sprungbrett. Sogar für Berlin oder das Ausland. So eine Möglichkeit kannst du nicht einfach in den Wind schießen. Denk wenigstens darüber nach.« Als er sah, dass sie immer noch den Kopf hängen ließ, klopfte er ihr herzhaft auf die Schulter. »Komm schon, freu dich doch. Das ist eine tolle Auszeichnung. Und jetzt hopp, hopp … wir müssen noch die Enten füllen.«

Unglücklich folgte Minna ihm in die Küche.

Eine ganze Woche lang dachte sie über das Angebot nach. Sicher, die Stellung versprach viel Geld und war bestimmt gut für ihre Karriere als Köchin. Trotzdem wurde ihr in dieser Zeit bewusst, dass sie das Palais niemals würde verlassen können. Hauptsächlich wegen Herrn Brandmüller, denn irgendwie brauchten sie sich gegenseitig. Aber auch, weil sie sich hier zu Hause fühlte und von allen gut behandelt wurde. Was, wenn ihr im Grand Hotel ein zweiter Konrad begegnete? Was, wenn sie sich mit dem anderen Personal genauso schlecht verstand wie mit Bertha? Nein, sie hatte inzwischen zu viel Lebenserfahrung gesammelt, um so etwas Gutes wie ihre Lehrstelle aufzugeben. Beim Schein der Petroleumlampe schrieb sie in ihrer Kammer eine Absage. Sie wollte nicht riskieren, dass ihre Kollegen Wind von der Sache bekamen und eifersüchtig reagierten. Herrn Brandmüller informierte sie erst über ihre Entscheidung, als sie den Brief bei der Post abgegeben hatte.

Prüfend blickte er sie an. »Und du bist dir sicher, dass du keinen Fehler begangen hast?«

Sie nickte feierlich. »Ganz sicher. Ich möchte erst meine

Lehre beenden, bevor ich mich nach einer anderen Stellung umsehe.«

Ein Lächeln flog über das Gesicht des Kochs. »Da fällt mir ein Stein vom Herzen. Es wäre hart gewesen, dich gehen zu lassen.«

»Aber … Sie haben mir doch zugeraten«, fragte sie verwirrt.

»Herz und Verstand stehen manchmal auf unterschiedlichen Seiten, liebe Minna. Rational gesehen, wäre es besser gewesen, das Angebot anzunehmen.«

Sie lächelte. »Aber ich bin froh, dass ich in dieser Sache mit dem Herzen entschieden habe.«

Seit knapp einer Woche waren seine Eltern und seine beiden Schwestern zurück in Doberan. Luise und Johanna hatte es in der Schweiz so gut gefallen, dass sie spontan bis zum Ende von Vaters Kuraufenthalt geblieben waren. Doch jetzt bevölkerten sie die vormals stille Wohnung. Auch die Mahlzeiten nahmen sie wieder alle gemeinsam ein. Seinem Vater schien es den Umständen entsprechend gut zu gehen, er sah lediglich etwas hagerer aus als zuvor. Sein Herzanfall hatte Paul in ein Gefühlschaos gestürzt. Auf der einen Seite war er immer noch schockiert, dass sein Vater einen Menschen wie ihn und Robert der Polizei ausgeliefert hatte. Zumal er nicht in Erfahrung hatte bringen können, was mit dem Mann danach geschehen war. Die Zeitungen hatten nicht über den Fall berichtet. Auf der anderen Seite liebte er seinen Vater und wollte alles dafür tun, damit es ihm besser ging. Ausgerechnet Robert hatte Vaters Tat verteidigt. »Er ist einfach mit diesen Werten aufgewachsen, Paul. Ich bin mir sicher, dass die meisten Männer seiner Generation ähnlich denken. Du darfst ihm aus dieser Einstellung keinen Strick drehen«, hatte er achselzuckend gemeint.

Während der Großteil seiner Familie in der Schweiz weilte und Elisabeth vor lauter Arbeit kaum mitbekam, was um sie herum passierte, hatten Paul und Robert sich in seinem eigenen Zimmer getroffen. Schließlich war die Wohnung, wenn Elsa reinegemacht hatte, den ganzen Tag über leer. Er hatte es genossen, Robert in seinem eigenen Bett zu lieben, und es war lästig, nun wieder Hotelzimmer organisieren zu müssen. Auch Robert gefiel diese Umstellung nicht. Immer wieder erinnerte er ihn an ihre Auswanderungspläne und fragte, wann es denn endlich so weit sei. Obwohl Paul ihn von Herzen liebte, verstand er nicht, warum Robert immer noch daran festhielt. Warum sollten sie nach Amerika gehen? Ihr Leben war bis auf diese lästige Kleinigkeit perfekt. Sie hatten ein luxuriöses Dach über dem Kopf, eine interessante Aufgabe und vor allem einander. Was gab es da zu jammern?

Unter Elisabeths alleiniger Führung war der Hotelbetrieb bemerkenswert reibungslos gelaufen. Trotzdem erleichterte es ihn, dass Falkenhayn sie seit gestern wieder unterstützte. Offiziell hatte der ehemalige Sekretär von Graf von Seitz die letzten zwei Monate Urlaub genommen, aber er war weder braungebrannt, noch wirkte er besonders erholt. Doch wahrscheinlich würde dieses Mysterium unaufgeklärt bleiben, denn niemand traute sich, den zugeknöpften Mann danach zu fragen. Letztlich konnte ihm das auch egal sein. Das Einzige, was ihn wirklich störte, war, dass Luise ihre kindische Schwärmerei für Robert immer noch nicht aufgegeben hatte. An manchen Tagen folgte sie ihm wie ein Hündchen durch das ganze Hotel, und da seine Mutter sich inzwischen ausschließlich um Vaters Wohl kümmerte, gebot ihr niemand Einhalt. Überhaupt wäre es an der Zeit gewesen, dass Luise es ihren Schwestern gleichtat und etwas aus ihrem Leben machte. Johanna war mit ihrer Stiftung beschäftigt. Elisabeth arbeitete im Hotel. Irgendwie würde man auch für seine jüngste Schwester eine Betätigung finden müssen. Aber außer Robert, schönen Kleidern und den Partys mit ihren Freundinnen schien sie nichts im Sinn zu haben. Ihr oberflächliches Wesen machte ihn ganz nervös. Hoffentlich fand wenigstens sie bald einen Ehemann.

Er war auf dem Weg zu einem weiteren Stelldichein mit Robert und leider ziemlich spät dran. Die Besprechung mit Krause hatte länger gedauert als erwartet, aber sie waren beide mit den Ergebnissen zufrieden gewesen. Das Programm für die Hauptsaison konnte sich sehen lassen, er hatte sogar den einzigartigen Enrico Caruso für einige Auftritte in beiden Hotels gewinnen können. Alles war schon unter Dach und Fach, und er freute sich auf den Sommer. Plötzlich blieb Paul stehen. In welchem Zimmer hatten sie sich verabredet? 206 oder 209? Diesmal hatte er Robert den Schlüssel besorgen lassen, damit sie nicht noch mehr Zeit verloren. Bald schon würde der Oberkellner wieder im Restaurant gebraucht werden. Hm, wahrscheinlich war es die Nummer 206. Oder? Paul klopfte leise an die Tür, die sich fast umgehend einen Spaltbreit öffnete. Eine Hand zog ihn durch die schmale Öffnung ins Zimmer, und er lächelte glücklich, als Robert ihm splitterfasernackt entgegentrat. Liebevoll umarmten und küssten sie sich. Robert zog ihm das Jackett aus und knöpfte sein Hemd auf. Zärtlich strich er über Pauls Brust und führte ihn zum Bett. Genau in diesem Moment klopfte es an der Tür.

Für eine Schrecksekunde waren sie beide wie erstarrt. Pauls Blick wanderte panisch zur Tür, als ihm aufging, dass sie ausgerechnet heute vergessen hatten abzuschließen.

»Ich kann momentan nicht. Kommen Sie später wieder«, rief er, so laut er konnte, und versuchte, sich aus Roberts Armen zu befreien. Doch es war zu spät. Noch während er vom Bett aufstand, wurde die Klinke heruntergedrückt. In einem Moment unglaublicher Klarheit erfasste er die ganze Situation: Robert lag vollkommen nackt, erregt und unbedeckt auf dem Bett. Er selbst war nur noch halb angezogen … und in der geöffneten Tür stand mit offenem Mund und schockgeweiteten Augen: Luise.

»Ich …«, stammelte sie, während ihr Gehirn offensichtlich versuchte, die aufgenommenen Bilder zu entschlüsseln und in einen logischen Zusammenhang zu bringen. »Ich bin Robert …

er ist … du auch … und da dachte ich …« Auf einmal brach sie in Tränen aus, drehte sich um und rannte davon.

Robert war totenbleich und angelte nach seiner Hose. »Schnell, du musst ihr hinterher, sonst erzählt sie alles deinem Vater.«

Paul rannte los. Im Türrahmen blieb er kurz stehen und lauschte. Sie musste nach links gelaufen sein, denn von dort, wo der Gang eine Biegung machte, hörte er ein leises Schluchzen. Entschlossen lief er in die Richtung. Als er um die Ecke bog, erschrak er. Luise stand direkt vor Falkenhayn, der ihr besorgt die Hand auf die Schulter gelegt hatte und sie gerade fragte, was um Himmels willen mit ihr passiert sei.

Mit nacktem Oberkörper ging Paul auf die beiden zu und betete, dass nicht ausgerechnet jetzt ein Gast aus seinem Zimmer trat.

Bei seinem Anblick zog Falkenhayn überrascht die Augenbrauen hoch. »Was zum Teufel ist hier los?«, fragte er. »Warum weint Luise? Und warum laufen Sie halbnackt durch das Hotel?«

Paul hob beruhigend die Hände. »Es ist eine reine Familienangelegenheit. Sie können Luise jetzt getrost mir überlassen. Ich kümmere mich um meine kleine Schwester.«

Falkenhayn wirkte unschlüssig. »Ist das für dich in Ordnung, Luise?«

Sie schüttelte hastig den Kopf.

»Hat dir dein Bruder etwas getan? Soll ich deine Eltern verständigen?«, fragte Falkenhayn ernst.

Paul hielt die Luft an. Doch zu seiner unendlichen Erleichterung schüttelte Luise nach einer Weile, die ihm schier endlos vorkam, erneut den Kopf.

»Sehen Sie, Sie können sie ganz beruhigt mir überlassen.«

In diesem Moment öffnete Luise den Mund. »Er hat … Paul und Robert … haben …«, stammelte sie, bevor Paul sie mit einer erhobenen Hand am Weitersprechen hindern konnte.

»Luise, du weißt ja nicht, was du da redest. Bitte beruhige dich«, flehte er sie an und erkannte im selben Augenblick, dass es zu spät war. In Falkenhayns Augen stand die Erkenntnis darüber, was Luise gesehen hatte, genauso kristallklar und deutlich, als wenn sie es laut ausgesprochen hätte. Jetzt war es geschehen. Sein Leben war ruiniert.

Es war merkwürdig, Julius wieder im Hotel zu haben. Einerseits kam es ihr so vor, als ob er nie weg gewesen wäre. Andererseits war ihr Verhältnis, obwohl sie sich nicht ausgesprochen hatten und sie sich nicht traute, nach dem Grund für seine lange Abwesenheit zu fragen, völlig verändert. Diesmal gingen sie weder liebevoll miteinander um, noch stritten sie. Während sie, genau wie vorher, Seite an Seite Entscheidungen trafen und Gäste begrüßten, behandelten sie einander wie höfliche Fremde. Trotzdem musste sie sich eingestehen, dass sie vor Freude über seine Rückkehr am liebsten durch die Hotelgänge getanzt wäre.

Auch heute tranken sie gemeinsam einen Tee im Büro und besprachen Elisabeths neueste Vorhaben. Ausdrücklich lobte er ihren Plan, für die Hauptsaison einen Berliner Modefriseur fest anzustellen und ihm ein Zimmer als »Salon« einzurichten. Die Idee, zur Belustigung der Gäste eine Hellseherin zu engagieren, fand er dagegen riskant. »Und was machst du, wenn die Dame den Gästen ein schreckliches Schicksal voraussagt? Dann ist die ganze Stimmung dahin.«

»Man müsste die Wahrsagerin natürlich entsprechend instruieren«, verteidigte sie sich.

»Und was, wenn sie sich nicht an deine Anweisungen hält? Du kannst dich doch nicht in jede Séance, oder wie man das nennt, mit hineinsetzen.«

»Aber man munkelt, dass selbst der Kaiser zu dieser Frau geht, wenn er wichtige Entscheidungen zu treffen hat«, gab sie zu bedenken.

Julius räusperte sich. »Der deutsche Kaiser ist – zumindest in meinen Augen – größenwahnsinnig und dumm. Wie er und seine Berater in den letzten Jahren Deutschland immer tiefer in die politische Isolation getrieben haben, ist schwer zu ertragen. Und man kann nur beten, dass seine Politik nicht in einer Tragödie endet. Ich bezweifle, dass wir uns ausgerechnet ihn zum Vorbild nehmen sollten.«

Elisabeth starrte ihn mit offenem Mund an. »Das ist Majestätsbeleidigung. Dafür kannst du ins Gefängnis kommen, Julius.«

Er lächelte. »Wir haben doch nur ein wenig geplaudert. Ich vertraue dir, dass du mich dafür nicht gleich an den Galgen lieferst.«

»Trotzdem kann ich dir nicht zustimmen. Der Kaiser hat Deutschland zu einem modernen und bedeutenden Land gemacht. Wie kannst du da so etwas Hässliches über ihn sagen.«

»Schau dir doch nur an, wie die von ihm ausgelöste Marokkokrise die Entente cordiale zwischen Frankreich und England gestärkt und uns fast in den Krieg getrieben hat. Stümperhafter kann man einfach nicht vorgehen.«

»Deutschland wäre dafür gerüstet gewesen«, entgegnete Elisabeth ohne große Überzeugung. Sie hatte sich noch nie für Politik interessiert, aber ihr Vater war sehr kaisertreu und sagte dauernd solche Sätze.

»Krieg ist niemals eine Lösung«, sagte Julius. »Es ist schon im Frieden tragisch, wenn man sieht, zu welchen Gräueltaten Menschen fähig sind, wenn sie sich im Recht glauben. Ich habe in Deutsch-Südwest leider viele Sachen mit ansehen müssen, die ich lieber heute als morgen vergessen würde.«

»Was denn?«, erkundigte sie sich neugierig.

Julius' Gesicht nahm einen verschlossenen Ausdruck an. »Darüber möchte ich nicht sprechen.«

»Es gibt erstaunlich viele Sachen, über die du nicht sprechen möchtest«, stellte sie fest und setzte mit Schwung ihre Teetasse ab.

Julius ging auf ihre Anspielung nicht ein. Stattdessen sagte er: »Tatsächlich müssen wir über eine andere, sehr intime Sache reden, die ich lieber für mich behalten würde.«

Unwillkürlich beschleunigte sich ihr Herzschlag. Er wollte ihr doch nicht ausgerechnet jetzt einen Antrag machen?

»Ja?«, fragte sie und hoffte, dass er das Zittern ihrer Stimme nicht bemerkte.

»Nächste Woche erwartet das Palais einen ganz besonderen Gast. Hans von Tresckow. Hast du den Namen schon einmal gehört?«

Enttäuscht schüttelte sie den Kopf.

»Hans von Tresckow ist ein berühmter Kriminalbeamter. Er leitet in Berlin die Inspektion B, die für die Verfolgung von Straftaten gemäß Paragraf 175 zuständig ist.«

»Ja, und? Weshalb sollte das etwas Besonderes sein, wenn wir schon französische Herzöge und englische Lords beherbergt haben?«

Julius' Mundwinkel sanken nach unten. »Weißt du, worum es in diesem Paragrafen geht?«

»Ja. Um Homosexuelle. Das hat Vater vor ein paar Jahren einmal Paul erklärt.«

Julius zog angestrengt die Brauen zusammen. »Und du wüsstest nicht, weshalb es schwierig sein könnte, so jemanden bei uns im Haus zu haben?«

»Nein.« Jetzt wunderte sie sich wirklich. Worauf wollte er hinaus? Er schien mit sich zu ringen, ganz so, als ob er sich nicht traute, ihr etwas Wichtiges, aber offenbar Anstößiges mitzuteilen. »Du kannst mir ruhig alles sagen, Julius. Erinnerst du dich nicht? Ich bin doch aus Kruppstahl gemacht«, versuchte sie, ihn aus der Reserve zu locken.

Er lächelte gequält. »Also gut. Du hast recht. Es geht um deinen Bruder.«

»Um Friedrich? Hast du ihn in Berlin getroffen?«

»Nein, es geht um Paul.« Er machte eine bedeutungsschwangere Pause.

Allmählich wurde sie ungeduldig. »Ja?«

»Ich habe Grund zu der Annahme, dass er eine Liebesbeziehung mit dem Oberkellner Robert eingegangen ist.«

Der Satz schlug in ihrem Inneren ein wie eine Bombe. Reflexartig wollte sie Julius widersprechen und ihm sagen, dass er sich irrte. Doch im selben Moment ging ihr ein Licht auf. Sie selbst hatte – jedoch ohne eins und eins zusammenzuzählen – schon viele Situationen beobachtet, die seine Annahme stützten: die vertrauten Blicke, die sich die beiden im Speisesaal zuwarfen. Die gemeinsamen Rauchpausen, nach denen Pauls Krawatte immer ein wenig schief hing. Roberts plötzliche Begeisterung für klassische Musik. »Oh Gott.«

Julius atmete erleichtert auf. »Du verstehst also, was ich meine?«

Sie nickte. »Und was machen wir jetzt?«

»Wir sagen es auf keinen Fall deinem Vater«, mahnte Julius streng.

Elisabeth verdrehte die Augen. »Für wen hältst du mich? Glaubst du wirklich, dass ich zu so etwas fähig wäre? Mein Vater würde gleich den nächsten Herzanfall bekommen, und der arme Paul …« Sie sprach nicht weiter.

»Ich wollte nur sichergehen, dass wir uns in dieser Hinsicht einig sind.«

»Natürlich sind wir das. Das steht doch völlig außer Frage. Immerhin ist Paul mein Bruder und Robert ein durch und durch anständiger Kerl.«

»Gut. Dann wirst du deinen Bruder vor von Tresckow warnen?«

»Meinst du nicht, dass das von Mann zu Mann besser funktionieren würde?«

»Ehrlich gesagt, ich glaube, dass Paul Angst vor mir hat. Wahrscheinlich vermutet er, dass ich über seine Veranlagung Bescheid weiß. Nein, es ist besser, wenn du diesen Part übernimmst.«

Elisabeth nickte: »Einverstanden.«

Julius griff nach ihrer Hand und drückte sie. »Danke.«

Sie schienen der Katastrophe gerade noch einmal entronnen zu sein. Mit mehr Glück als Verstand. Paul war der Schreck der Entdeckung gründlich in die Glieder gefahren, und die Lust auf weitere Hotelzimmertreffen mit Robert war ihm vorerst vergangen. In seinen Augen mussten sie jetzt erst Gras über die ganze Sache wachsen lassen. Leider schien sein Geliebter diese Einschätzung nicht zu teilen. Als sie ein paar Tage später einen nächtlichen Spaziergang im Park machten, bestürmte er ihn erneut: »Ich kann ohne deine Liebe nicht leben, Paul.«

»Du sollst auch nicht ohne meine Liebe leben, Robert. Wir müssen nur eine Zeit lang vorsichtig sein.«

»Ich habe das Versteckspiel so satt. Jetzt wäre genau der richtige Zeitpunkt, um von hier wegzugehen.«

Paul blieb stehen. »Verstehst du denn nicht? Wenn wir nicht von meiner Schwester, sondern von jemand Fremdem entdeckt worden wären, säßen wir beide jetzt im Gefängnis. In Amerika oder sonst wo. Bitte hör endlich mit diesen verrückten Träumereien auf.«

»So denkst du also über mich? Du hältst mich für einen verrückten Träumer?« Robert klang verletzt.

Paul griff nach seinem Arm. »Du weißt ganz genau, dass ich es nicht so gemeint habe. Ich bin nur momentan besorgt um unsere Sicherheit. Wir haben wahnsinniges Glück gehabt, dass weder Luise noch Falkenhayn ein Wort über die Angelegenheit verloren haben. Nicht auszudenken, wenn sich Luise in ihrem Liebeskummer bei meinen Eltern ausgeheult hätte.«

»Ich glaube nicht, dass sie so etwas tun würde«, sagte Robert, schon wieder besänftigt. »Außerdem scheint sie bereits Ersatz gefunden zu haben.«

»Wie bitte?« Er selbst hatte mit seiner kleinen Schwester unmittelbar nach dem Vorfall ein ernstes Wort gesprochen. Und dabei zum ersten Mal erkannt, wie heftig sie in Robert verliebt war. Offenbar hatte sie tatsächlich von einer gemeinsamen Zukunft mit ihm geträumt. Seine und Roberts Veranlagung hatten weder Luise noch er erwähnt. Stattdessen hatte er ihr das Versprechen abgenommen, niemals auch nur ein Sterbenswort über das Gesehene zu verlieren, da das für Robert und ihn völlig unabsehbare Konsequenzen haben könnte.

Robert lächelte. »Ich weiß nicht, ob du es mitbekommen hast. Aber vor zwei Tagen ist eine Gruppe junger Amerikaner im Palais angekommen. Einer von ihnen – ich glaube, er heißt Joe Benson – ist von Fräulein Luises Anblick völlig verzaubert. Und heute sind die beiden, zusammen mit deiner ältesten Schwester, nach Heiligendamm gefahren.«

Paul seufzte. »Hoffentlich hilft ihr das dabei, diese verstörende Erfahrung so schnell wie möglich zu vergessen.«

»Bestimmt. Du solltest es genauso machen. Man lebt nur einmal, Paul. Und ich möchte einfach die Zeit, die ich auf dieser Erde habe, mit dir verbringen.«

Erneut blieb Paul in der Dunkelheit stehen, aber diesmal, um Robert in die Arme zu schließen. Im Schutz der Nacht küssten sie sich leidenschaftlich. Nur widerwillig gingen sie weiter.

Als sie sich kurz vor dem Hoteleingang trennen mussten, flüsterte Paul atemlos: »Also gut. Ich besorge uns morgen ein Zimmer. Ich kann wahrscheinlich ab drei Uhr nachmittags. Davor hat Elisabeth noch etwas *ungemein* Wichtiges mit mir zu besprechen.« Er seufzte. »Meine Schwestern sind wirklich eine Plage. Ich weiß nicht, warum meine Eltern unbedingt drei Töchter in die Welt setzen mussten. Eine hätte meines Erachtens auch gereicht!«

Leise lachend hob Robert zum Abschied die Hand.

Endlich kam der Frühling. Die Tage wurden länger, und die ersten Sonnenstrahlen wärmten Gemüter und Körper. Zwitschernd begrüßten die Vögel den erwachenden Morgen und vertrieben mit ihrem Gesang die kalte Stille des Winters. Elisabeth und Johanna nutzten das strahlende Wetter zu einem Spaziergang auf dem Kamp. Doch Johanna schien trotz des schönen Ausflugs traurig zu sein, und Elisabeth beschloss, der Sache auf den Grund zu gehen. »Was bedrückt dich, liebes Schwesterherz?«

»Wie gut du mich kennst, Elisabeth«, seufzte Johanna.

»Ist irgendetwas mit der Stiftung nicht in Ordnung?«

Sie schüttelte den Kopf. »Nein, in der Hinsicht kann ich mich nicht beklagen. Wir haben ganz viele Freiwillige in Doberan und Umgebung mobilisiert, die Kleidung, Spielzeug und vor allem Geld für die Kleinen spenden. Mehr als hundert Kinder konnten schon in der Charité behandelt werden. Der Chef der Kinderabteilung hat mir eigenhändig einen Dankesbrief geschrieben. Das ist es nicht.«

»Sondern?«

»Ich habe heute Morgen in der Zeitung gelesen, dass einige der deutschen Jugendverbände eine Resolution gegen die Aufnahme jüdischer Anwärter gebilligt haben.«

»Das ist traurig«, meinte Elisabeth vorsichtig. »Aber irgendwie geht dich das doch gar nichts mehr an. Oder?«

»Der wachsende Antisemitismus geht uns alle etwas an.«

»Sicher, aber da du jetzt doch keinen Juden heiraten wirst ...«

Johannas Züge erstarrten. »Bitte lass uns über etwas anderes sprechen. Ich ... dieses Thema liegt mir schwer im Magen.«

»Ganz wie du meinst. Worüber?«

»Mich würde interessieren, mit wem du dich gestern Abend noch so lange im Foyer unterhalten hast, dass du zu spät zum Essen gekommen bist?«

»Ach, das waren Hans von Tresckow und seine Frau.«

»Hat er dir von seiner kriminalistischen Arbeit berichtet?«, fragte Johanna. Elisabeth staunte über das Allgemeinwissen ihrer älteren Schwester.

»Nicht über die in der Inspektion B. Aber er hat wahnsinnig amüsant von der Gräfin Mopsberg erzählt.«

»Wer ist das denn?«

Elisabeth lächelte. »Das ist der Spitzname der Fürstin Carmen von Wrede, die kleptomanisch veranlagt war und bis vor ein paar Jahren in vielen Hotels Silber und andere Wertgegenstände gestohlen hat, um sie auf ihrem Schloss zu horten.«

Johanna schüttelte den Kopf. »Sachen gibt es. Im Vergleich dazu ist die Baronin von Werdenfels ja fast eine Heilige.«

»Bestimmt, aber ich habe mich nicht getraut, dem Kommissar von unseren eigenen Erfahrungen mit adeligen Verbrecherinnen zu erzählen.«

»Natürlich nicht.«

»Weißt du schon das Neueste von Luises Verehrer? Der junge Mister Benson hat seinen Aufenthalt bei uns um zwei Monate verlängert. Und das, obwohl seine Freunde gestern weitergereist sind. Sie wollen sich noch Italien und Frankreich ansehen.«

Johanna nickte. »Ja, ich glaube, es hat den hübschen Kerl ernsthaft erwischt.«

»Und was meint Mutter dazu?«

»Mutter hat sich bei einer amerikanischen Freundin über die Ostküsten-Bensons erkundigt. Anscheinend sind sie unermesslich reich. Ihnen gehört ein ganzes Imperium aus Banken, Kaufhäusern und Fabriken. Joe ist zwar der jüngste Spross der Familie, aber auch für ihn werden noch genügend Vermögenswerte übrig bleiben. Mutter ist also recht angetan.«

»Und Luise?«

Johanna seufzte. »Mein Gott, du kennst sie doch. Wenn ein Mann, egal wer, ihr mit solcher Heftigkeit Komplimente macht, ist sie Wachs in seinen Händen. Meines Erachtens träumt sie insgeheim schon von einer Hochzeit.«

Elisabeth lachte. »So schnell schießen wahrscheinlich weder die Preußen noch die Amerikaner. Vater würde ihr das nie erlauben.«

»Hoffentlich. Sie kennt ihn doch noch gar nicht richtig. Er könnte alle möglichen schlimmen Eigenschaften haben.«

Mit einem schlechten Gewissen hörte Elisabeth die Glocke des Münsters drei Uhr schlagen. »Warten wir es ab, Johanna. Ich muss jetzt leider zurück. Die Arbeit ruft.«

Nach der Runde durch den Speisesaal, wo sie wie jeden Abend beim Essen nach dem Rechten geschaut hatten, nahm Julius sie zur Seite. »Wir sollten uns noch schnell den Pavillon im Park ansehen. Heute ist die Champagnerbar wieder aufgebaut worden, und bevor wir die Handwerker bezahlen, müssen wir sicherstellen, dass sie auch anständig gearbeitet haben.«

»Kannst du das nicht allein machen?«, fragte Elisabeth. Es wurde schon dunkel, und sie hatte den von Tresckows versprochen, bei ihrem Bridgespiel vorbeizuschauen.

Julius zuckte mit den Achseln. »Die Bar wird in der Hauptsaison erneut eine der wichtigsten Anlaufstellen für unsere Gäste sein, aber wenn du mir vertraust ... gern. Sag aber bitte später nicht wieder, die Spiegel wären falsch angebracht.«

Elisabeth blieb stehen. »Nein, du hast recht, lass es uns schnell gemeinsam erledigen.«

Im Park waren schon die Fackeln für die Sommersaison aufgestellt worden, doch leider brannten sie noch nicht. Mühsam stöckelte Elisabeth durch die Dunkelheit. Der weiße Kies knirschte unter den glatten Sohlen ihrer Stiefeletten und ließ sie immer wieder ausrutschen. Ein stützender Arm wäre hilfreich gewesen, aber wenn Julius nicht von sich aus auf die Idee kam, wollte sie ihn auch nicht darum anbetteln. Plötzlich kniff sie die Augen zusammen. »Dahinten brennt Licht. Ist das nicht schon der Pavillon?«

»Wahrscheinlich ist noch einer der Handwerker zugange«, meinte Julius.

»Dann ist die Bar womöglich noch gar nicht fertig?«

»Lass uns nachschauen. Bestimmt haben sie die Spiegel längst angebracht.«

Mit jedem Schritt kam der Pavillon näher. Besorgt erkundigte sich Elisabeth: »Warum flackert das Licht so? Das sieht mir gar nicht nach einer Petroleumlampe aus.«

Julius beruhigte sie. »Mach dir keine Sorgen. Vielleicht ist ihnen das Petroleum ausgegangen, und sie haben ein paar Kerzen angezündet. Jedenfalls kann man deutlich sehen, dass das Gebäude nicht in Brand steht.«

Als Elisabeth schließlich die Tür zum Pavillon aufzog und eintrat, blieb sie überrascht stehen. Die Champagnerbar war tatsächlich bereits aufgebaut worden, und die Spiegel hingen auch alle am richtigen Platz. Handwerker waren jedoch keine mehr zu sehen, obwohl der Raum von Dutzenden weißen Kerzen in Silberleuchtern erhellt war. Verblüfft drehte sie sich zu Julius um. »Was soll das bed…«

Die restlichen Worte blieben ihr im Hals stecken, denn Julius war vor ihr auf die Knie gegangen und holte gerade eine kleine samtbezogene Schmuckschatulle aus seinem Jackett.

Überwältigt schlug sie sich die Hand vor den Mund. Träumte sie?

»Elisabeth Maria Kuhlmann, bereits als wir uns das erste Mal auf dem Korridor im Palais begegnet sind und du mich völlig unerschrocken über die Vorzüge eines guten Hotelservice aufgeklärt hast, wusste ich, dass du eine ganz besondere Frau bist. Dieser Eindruck hat sich seitdem immer mehr verfestigt. Du bist schön, stark und furchtlos, und ich liebe dich von ganzem Herzen. In meinen Träumen habe ich mir immer eine ebenbürtige Partnerin gewünscht. Eine Frau, die nicht nur schmückendes Beiwerk ist, sondern die loyal an meiner Seite steht und mit mir für unsere gemeinsamen Ideale und Ziele kämpft. Schon länger weiß ich, dass ich all das in dir gefunden habe. Bitte werde meine Frau. Mach mich glücklich, und ich verspreche dir, dass du bei mir immer die Freiheit, Liebe und Unterstützung finden wirst, die du brauchst.« Er öffnete die kleine Schatulle, in der ein wunderschön funkelnder Ring lag, und hielt sie ihr hin.

Wie erstarrt blickte sie auf den in Weißgold gefassten Saphir, der von unzähligen kleinen Diamantsplittern umgeben war.

Sein schönes Gesicht war voller Emotion, als er sagte: »Bitte sag Ja.«

Die Worte »Ich liebe dich, Julius« sprudelten ihr wie von selbst über die Lippen.

Julius lächelte. »Ich liebe dich auch, mein Engel. Aber ich warte trotzdem auf deine Antwort.«

Sie war am Ziel ihrer Träume, und sie liebte Julius so sehr, dass es wehtat, trotzdem zögerte sie plötzlich. Nachdenklich fragte sie ihn: »Was hat sich eigentlich verändert? Warum konntest du mich vorher nicht heiraten und auf einmal doch?«

Ihre Frage schien ihn zu irritieren. »Ist das jetzt wirklich so wichtig, Elisabeth?«

»Bitte entschuldige, aber ja, ich finde, schon. Ich würde das gern wissen, bevor ich dir eine Antwort gebe.«

»Manchmal wünschte ich, du wärst ein wenig romantischer veranlagt. Aber gut. Vielleicht ist das dein gutes Recht.« Julius stand auf, bot ihr einen Stuhl an und setzte sich ebenfalls.

Neugierig blickte sie ihn an. Würde er ihr sein bisheriges Zaudern plausibel erklären können?

»Wie du weißt, bin ich im Waisenhaus aufgewachsen und wurde relativ jung nach Deutsch-Südwest geschickt. Eine der Oberinnen sagte mir damals, das geschehe auf Geheiß meines mir unbekannten Vaters.« Julius holte tief Luft. »Ich habe es schon einmal angedeutet, aber du kannst dir einfach nicht vorstellen, welche Grausamkeiten ich dort in Afrika gesehen habe.«

»Bitte erzähl mir davon«, sagte sie leise. »Nicht aus Sensationslust. Ich will einfach nur deine Lebensgeschichte besser verstehen.«

Julius schüttelte den Kopf. »Nein, ich kann dir keine Einzelheiten erzählen. Es ist wirklich zu barbarisch, was die deutschen Soldaten und Landbesitzer den Völkern der Herero und Nama angetan haben. Nur so viel: Zwischen 1904 und 1908 wurden mehr als sechzigtausend Männer, Frauen und Kinder ermordet. Den kläglichen Rest, also diejenigen, die den Vernichtungsbefehl überlebt hatten, sperrte man in Konzentrationslager, wo sie an Krankheit, Misshandlungen oder schlichter Erschöpfung starben.«

Elisabeth spürte, wie sie erblasste. »Das ist ja fürchterlich.«

Julius kommentierte ihren Einwurf nicht. »Verantwortlich für das ganze Elend – zumindest vor Ort – war der deutsche General Lothar von Trotha. Ein schrecklicher Mann. Kalt, hartherzig und brutal. Aufgrund einiger Andeutungen, die mir gegenüber gemacht wurden, musste ich annehmen, dass es sich bei ihm ...« Er schluckte. »... um meinen leiblichen Vater handelte.«

»Nein!« Entsetzt schlug sich Elisabeth die Hand vor den Mund.

Er nickte. »Ich sehe, dass du genauso reagierst, wie ich es getan habe. Die neuesten Erkenntnisse der Vererbungslehre waren damals wie heute in aller Munde, und mein Entschluss stand umgehend fest. Wenn ich wirklich von Trothas Sohn war, konnte und durfte ich niemals heiraten. Ich wollte seinen gefährlichen und erbarmungslosen Charakter auf keinen Fall an meine eigenen Kinder weitergeben. Ich dachte, dass ich selbst wohl nach meiner Mutter geraten sein müsse. Jedenfalls verspürte ich nur Abscheu gegenüber der Brutalität, mit der er die Afrikaner behandelte. Doch wie hätte ich die Verantwortung für mögliche Kinder übernehmen können?«

»Und jetzt denkst du anders?« Elisabeths Stimme zitterte.

»Ja. Schon bevor ich dich kennengelernt habe, habe ich versucht herauszufinden, ob nicht doch ein anderer Mann mein Vater sein könnte.«

»Deshalb also die vielen Briefe der Privatdetektei Arnold?«, fragte Elisabeth atemlos.

Julius nickte. »Genau. Nachdem du in mein Leben getreten bist, habe ich diese Anstrengungen noch einmal verdoppelt. Bis vor kurzem sind sie leider trotzdem ergebnislos geblieben. Doch inzwischen weiß ich mit absoluter Sicherheit, dass von Trotha nicht mit mir verwandt ist.« Die grenzenlose Erleichterung über diesen Umstand war ihm deutlich anzuhören.

»Haben die Detektive etwas herausgefunden, oder wie kannst du dir so sicher sein?«

»Weil ich endlich meinen leiblichen Vater gefunden habe.«

»Oh ... wer ist er?«

Julius biss sich auf die Unterlippe. »Du wirst ihn ganz bald treffen, das verspreche ich dir. Ich habe ihm bereits gesagt, dass ich dich so schnell wie möglich zum Traualtar führen möchte.« Er blickte ihr tief in die Augen. »Also … gibst du mir jetzt eine Antwort auf meine Frage? Langsam bekomme ich Angst, dass du mich gar nicht willst.«

»Ich will dich so sehr, Julius, dass es mir schwerfällt, mich dir nicht augenblicklich an den Hals zu werfen«, sagte sie ernst.

Er lächelte. »Ist das ein Ja?«

»Ja.«

Julius sprang mit einem Ausdruck purer Glückseligkeit auf dem Gesicht auf und küsste sie so stürmisch, dass ihr heiße Schauer über den Rücken liefen. Mit einer Hand drückte er sie an sich und mit der anderen streichelte er erstaunlich sanft über ihre Wange … ihren Hals und … Himmel … sie spürte seine Küsse bis in die Kniekehlen. Was für ein berauschendes Gefühl! Sie erwiderte seine Leidenschaft mit der gleichen Intensität. Liebkosend ließ sie ihre Finger über seine breiten Schultern und starken Arme gleiten. Julius! Allein der Gedanke, dass sie in nicht allzu ferner Zukunft die Seine werden könnte, raubte ihr fast den Verstand.

»Wann?«, raunte Julius eine halbe Ewigkeit später atemlos in ihr Haar, während er sie immer noch fest umschlungen hielt. »Für welchen Tag soll ich das Aufgebot bestellen? Bitte lass uns nicht zu lange warten. Ich brauche dich!«

Seine Worte waren wie eine kalte Dusche für sie. Alarmiert nahm Elisabeth die Hände von seinen Schultern. »Aber, Julius, wir können doch unmöglich jetzt sofort auf der Stelle heiraten.«

Fassungslos blickte Julius sie an. »Wieso sollten wir nur eine Minute länger warten, wenn wir uns einig sind?«

Elisabeth atmete tief durch. »Wegen meiner Eltern. Wir müssen sie erst langsam an den Gedanken gewöhnen. Wenn wir sie mit dieser Neuigkeit überfallen, würden sie sich schrecklich aufregen, und wie du weißt, hat mein Vater erst vor kurzem einen Herzanfall überstanden.«

Ungläubig trat Julius einen Schritt zurück. »Du glaubst, dass mich deine Eltern so sehr hassen, dass dein Vater einen neuerlichen Herzanfall erleiden würde, wenn wir heiraten?«

Ohne seine Umarmung fühlte sie sich einsam und verlassen. Doch als sie versuchte, sich erneut an ihn zu schmiegen, schob er sie sanft, aber entschieden von sich. Unglücklich blickte sie ihn an. »Hassen ist ein zu großes Wort. Aber du weißt ja selbst, dass er den Streit mit dir für den Auslöser seines Herzanfalls hält. Außerdem schwebt meinen Eltern momentan wahrscheinlich noch ein anderer Mann für mich als Ehemann vor.«

»Ein reicherer«, stellte Julius mit harter Stimme fest. »Aus einer bekannten Familie.«

Um Himmels willen. Jetzt hatte sie auch noch seinen Stolz verletzt. »Nicht unbedingt«, erwiderte sie rasch. »Aber weißt du, sie kennen dich bisher einfach nicht gut genug. Sie wissen nicht, was für ein wunderbarer Mensch du bist.«

»Müssen Sie das überhaupt wissen? Schließlich will ich nicht deine Eltern, sondern dich heiraten.«

Elisabeth konnte an seinen Augen erkennen, wie gekränkt Julius war. »Bitte, sei doch vernünftig«, sagte sie leise. »Mir fällt das Warten doch genauso schwer wie dir. Aber wir müssen sie erst langsam davon überzeugen, dass du der einzig Richtige für mich bist, bevor wir sie mit unserer Verlobung überfallen.«

Ernüchtert schüttelte er den Kopf. »Und wie lange soll das dauern?«

»Ein paar Monate? Maximal ein Jahr. Bis Vater wieder richtig auf dem Damm ist und sie dich in ihr Herz geschlossen haben.«

Wütend kniff er die Augen zusammen und ließ die Schachtel mit dem Verlobungsring zuschnappen. »Ein ganzes Jahr? Da kannst du es ja nicht allzu eilig haben. Oder willst du dich vielleicht doch noch nach einem anderen Mann umschauen? Einem, der deinen Eltern auf Anhieb gefällt?«

Sie hob entsetzt die Hände. »Julius, bitte! Ich liebe doch nur dich!«

Doch es war zu spät. Er rannte aus dem Pavillon und schlug die Tür hinter sich zu.

Elisabeth fühlte sich schrecklich. Auch sie litt unter dem Aufschub. Trotzdem wusste sie, dass sie keine andere Wahl hatte. Hoffentlich würde Julius das auch bald einsehen.

16. Kapitel

Es war Anfang Juni. Elisabeth beugte sich in ihrer Loge nach vorne und genoss die ausgelassene Stimmung und die farbenprächtige Szenerie: das frische Grün der Doberaner Pferderennbahn, die elegant gekleideten Herren, die Damen mit den ausgefallenen Hüten, die Jockeys, deren Trikots in den Farben der Rennställe leuchteten, und vor allem die edlen Vollblutpferde. Was für ein Ereignis. Gleich würde das Rennen um den »Großen Preis des Palais Heiligendamm« ausgetragen werden. Und sie würde anschließend die Sieger küren. Schon jetzt war die Veranstaltung, besonders für die Gäste des Hotels, ein wunderbarer Erfolg. Leider konnte man dasselbe nicht über die Annäherung zwischen Julius und ihren Eltern sagen. Jedes Mal, wenn Elisabeth ihnen vorschlug, etwas gemeinsam mit Julius zu unternehmen, winkten sie ab. »Es reicht schon, dass ich ihn jeden Tag im Hotel sehen muss«, hatte ihr Vater mehrfach erklärt. »Da muss ich nicht noch mein Privatleben mit ihm teilen.« Auch Julius zeigte sich leider nicht von seiner freundlichsten Seite. Er war immer noch beleidigt, dass sie ihn nicht vom Fleck weg heiraten wollte. Dabei hatte sie selbst so lange auf seinen Antrag gewartet. Und jetzt sollte plötzlich alles hopplahopp gehen. Unwillkürlich suchte ihr Blick nach ihm. Entspannt stand er neben einer schlanken, dunkelhaarigen Frau und hatte den Kopf interessiert zur Seite geneigt. Besorgt beobachtete sie, wie angeregt er sich mit Sophie Clermont-Tonnerre unterhielt. Warum mussten sich ihm all diese jungen Frauen nur so an den Hals werfen? Oder ermunterte Julius sie womöglich dazu?

Sophies Mutter, die korpulente Duchesse de Clermont-Tonnerre, stand gerade neben ihr und war Elisabeths Blick gefolgt. »Wie herrlich es ist, jung zu sein und die ersten Sommerschwärmereien zu erleben. Geben die beiden nicht ein schönes Paar ab?«

»Sicher«, erwiderte Elisabeth knapp und dachte, dass Julius mit jeder halbwegs hübschen Frau, die neben ihm stand, ein schönes Paar abgab.

Die Duchesse legte ihre fleischige, beringte Hand auf Elisabeths Arm. »Stimmt es eigentlich, dass diese Rennbahn die älteste in Deutschland ist?«

»Ganz genau. Am 10. August 1882 hat hier das allererste Rennen stattgefunden. Gewonnen hat damals übrigens eine Stute namens Pamina aus dem Stall der Grafen von Biel.«

»Fantastisch. Und wie schnell laufen diese Tiere?«

»Das habe ich vorhin auch einen der Trainer gefragt. Auf der Zielgeraden können sie eine Geschwindigkeit von bis zu siebzig Kilometer in der Stunde erreichen.«

»*Incroyable!*« Ihr Doppelkinn zitterte aufgeregt.

Aus dem Augenwinkel sah Elisabeth, dass Luise ihr vom hinteren Aufgang der Loge heftig zuwinkte. »Wenn Sie mich bitte entschuldigen würden«, verabschiedete sie sich.

»*Bien sûr.*« Der Blick der Dame fiel wieder voller Wohlwollen auf ihre flirtende Tochter. In Frankreich schienen die Uhren anders zu ticken. Ihre eigene Mutter hätte ihr eine Ohrfeige verpasst, wenn sie sich bei einer »Sommerschwärmerei« so aufgeführt hätte.

Elisabeth ging durch die Loge zu ihrer Schwester. »Was gibt es so Dringendes, Luise?«

»Joe hat gerade um meine Hand angehalten.« Luises Stimme zitterte vor Aufregung.

»Er hat was?« Elisabeth konnte nicht glauben, dass der amerikanische Junge schon reif genug war, um Frauen Heiratsanträge zu machen.

»Er will mich heiraten.«

»Und was hast du ihm geantwortet?« Elisabeth hielt die Luft an. Hoffentlich besaß ihre Schwester wenigstens einen Funken Verstand und hatte den Antrag als verfrüht abgelehnt.

»Ich habe Ja gesagt!«

Elisabeth musste sich zusammennehmen, um nicht zu hart mit ihr ins Gericht zu gehen. Langsam ließ sie die aufgestaute Luft aus ihren Lungen entweichen. »Lulu, du bist doch gerade erst achtzehn geworden. Warum wartest du nicht noch ein wenig? Ihr kennt euch doch kaum. Liebst du ihn denn überhaupt?«

Luise zog eine Grimasse. »Natürlich liebe ich ihn. Und warum sollte ich ihn nicht heiraten? Er sieht nett aus und ist eine gute Partie. Außerdem wird er mich mit nach Amerika nehmen. Dann komme ich endlich von hier weg.«

Elisabeth musterte sie überrascht. Die Worte hatten so bitter geklungen und schienen tief aus der Seele ihrer kleinen Schwester zu kommen. »Aber warum willst du von hier weg? Es geht dir doch ganz wunderbar in Doberan.«

»Das kann auch nur jemand glauben, der so selbstsüchtig ist wie du! Gib es nur zu ... ich bin dir vollkommen egal. Hauptsache, dem blöden Hotel geht es gut. In Wahrheit kümmert sich niemand richtig um mich. Ihr seid alle viel zu beschäftigt mit euren eigenen Steckenpferden. Du mit dem Hotel. Johanna mit der Stiftung. Mutter mit Vater und Paul ...« Sie brach mitten im Satz ab.

Unvermittelt musste Elisabeth an ihr schwieriges Gespräch mit Paul denken. Er hatte fast hysterisch darauf reagiert, dass sie auf einmal sein »Geheimnis« kannte. Falkenhayn habe kein Recht gehabt, dieses Wissen an sie weiterzugeben, hatte er geschimpft. Doch Elisabeth hatte begriffen, dass die nackte Angst aus ihm sprach, und versucht, ihn zu beruhigen. »Schau, Paul, in meinen Augen kannst du lieben, wen immer du willst. Aber Robert und du, ihr müsst dabei diskret vorgehen. Besonders in den nächsten Wochen. Mit Hans von Tresckow ist nicht zu spaßen. Er leitet die Abteilung der Polizei gegen Homosexuelle. Das ist alles, was ich dazu zu sagen habe.«

Nach dem Vorfall im Hotelzimmer musste Luise sich doch darüber im Klaren sein, dass ihr heißgeliebter Robert Pauls Geliebter war? Selbst wenn ihre Schwester nicht ahnen konnte, dass sie ebenfalls in das Geheimnis eingeweiht war. Laut sagte sie: »Es tut mir leid, Luise, wenn du in all dem Trubel zu kurz gekommen bist. Aber du musst deswegen nicht gleich heiraten!«

»Ich muss nicht. Aber ich werde. Amerika soll sehr schön sein. Bestimmt werden Joe und ich ein ganz wunderbares Leben dort führen.«

»Dann steht dein Entschluss fest?«

»Ja, ich muss nur noch Vater überzeugen. Mutter hat mir bereits vor seinem Antrag ihr Einverständnis gegeben. Sie ist stolz auf meine Wahl und hält Joe für eine gute Partie.«

Dazu sagte Elisabeth wohl besser nichts. »Und wann genau willst du ihn heiraten?«

»So schnell wie möglich. Joe meint, dass wir zuerst in Doberan eine kleine Hochzeit im familiären Kreis feiern sollten und dann später in Amerika ein großes Fest.«

»So? Dann habt ihr das alles also schon geplant? Und an welches Datum habt ihr gedacht?«

»Wir wollen spätestens in einem Monat verheiratet sein und nach Amerika gehen.«

Fassungslos blickte Elisabeth sie an. »Ihr wollt in der Hauptsaison heiraten?«

»Warum nicht, da sind viel schickere Menschen im Hotel.«

»Aber was ist mit Joes Familie? Können sie sich so schnell freimachen und rechtzeitig anreisen?«

»Von seiner Familie wird wahrscheinlich nur ein Bruder kommen. Seine Eltern sind beide sehr beschäftigt.«

Elisabeth kniff ungläubig die Augen zusammen. »Du willst ihn heiraten, ohne seine Eltern vorher kennengelernt zu haben?«

»Warum nicht«, meinte Luise schnippisch.

»Aber wozu die Eile?«, fragte Elisabeth. »Das verstehe ich einfach nicht.«

Plötzlich glitzerten Tränen in den Augen ihrer kleinen Schwester. »Glaubst du wirklich, dass ich hier auch nur einen Tag länger bleibe als nötig, wenn ich ganz genau weiß, dass Robert … und ich niemals zusammen sein können?«

Voller Mitleid schloss Elisabeth sie in die Arme. »Bitte, Luise, überleg es dir noch einmal. Ein gebrochenes Herz ist ein schlechter Berater«, flüsterte sie ihr ins Ohr.

Doch Luise, die heute noch schöner aussah als sonst, machte sich rabiat frei. »Papperlapapp. Erspar mir bitte deine Weisheiten. Wahrscheinlich bist du nur eifersüchtig, weil deine jüngere Schwester vor dir heiratet. Such dir einfach selber einen Mann, anstatt so zu tun, als ob ich das Sorgenkind wäre. Joe ist hübsch und reich. Und er liebt mich. Alles andere ist egal.«

Luises Kleid raschelte, als sie mit schnellen Schritten davoneilte, wahrscheinlich um Vater, der in einer anderen Loge saß, um seine Zustimmung anzubetteln. Sprachlos schaute Elisabeth ihr hinterher.

Kurz darauf wurde das Rennen gestartet. Dicht gedrängt donnerten die fuchsfarbenen, braunen und schwarzen Pferdeleiber über die Bahn und schleuderten mit ihren fliegenden Hufen Grasfetzen hoch. Die drahtigen Jockeys kauerten mit kurzen Bügeln hoch über den Sätteln, fast auf dem Hals der Tiere, und schwangen ihre Gerten im Rhythmus der Galoppsprünge. Auf der Zielgeraden löste sich ein dunkelbraunes Pferd aus dem Pulk und galoppierte den anderen davon. Die Stimme des Sprechers überschlug sich fast, als er das Renngeschehen kommentierte. »Eclipse liegt klar in Führung!«, schrie er. »Eclipse deklassiert das restliche Feld und … gewinnt das Rennen!«

Während das Publikum wie wild applaudierte, machte sich Elisabeth auf den Weg zur Siegertribüne. Kurz davor traf sie überraschend auf Julius. »Willst du etwa den Pokal überreichen?«, fragte sie verblüfft.

»Nein, ich will nur dein Gesicht sehen, wenn du den Besitzer von Eclipse triffst«, antwortete Julius geheimnisvoll. Als sie unmittelbar hinter ihm die Tribüne betrat, verstand sie: Es war … Charlie. Der junge englische Lord, der ihr letztes Jahr einen Antrag gemacht hatte.

»Elisabeth, wie schön, dass wir uns wiedersehen«, rief er begeistert und küsste ihre Hand.

Elisabeth fühlte Julius' Blick auf ihrem Gesicht. »Ja, schön, dich zu sehen. Bist du schon länger in der Gegend?«

Charlie lächelte verschmitzt. »Meine Eltern sind diesmal bei eurem jungen Großherzog eingeladen. Im Jagdhaus Gelbensande. Leider sind wir nur für diesen einen Tag in Doberan. Aber wenn du …«

»Wie schade«, unterbrach ihn Julius.

Charlie sprach unbeirrt weiter: »… Lust hast, kann ich gern ein anderes Mal wiederkommen.«

Wenn Julius' Blicke hätten töten können, wäre Charlie ein toter Mann gewesen. Elisabeth fühlte sich unwohl zwischen den beiden rivalisierenden Männern. Ihr Herz gehörte Julius, aber hatte er nicht vorhin erst mit dieser jungen Adeligen geflirtet? »Ich weiß nicht«, sagte sie unschlüssig. »Wir haben momentan leider sehr viel zu tun.«

»Dann schindet dich Herr Falkenhayn immer noch genauso schlimm wie letztes Jahr?«

Julius' Wangen liefen rot an. Der Rennleiter, der von den Animositäten nichts mitbekommen hatte, übergab Elisabeth den Pokal, und sie reichte ihn ohne Umschweife an Charlie weiter. Jemand machte ein Foto, und sie verzog den Mund zu einem Lächeln.

»Reiten Sie eigentlich auch, Herr Falkenhayn«, fragte Charlie, als wollte er plötzlich Konversation machen.

»Natürlich«, meinte Julius knapp. »Ich bin in Afrika aufgewachsen.«

»Bei den Affen?«, scherzte Charlie, und Elisabeth hätte ihm zu gern den Mund verboten. Aber sie konnte nicht in aller Öffentlichkeit einen Gast des Großherzogs zurechtweisen.

»Genau«, erwiderte Julius. »Ich bin bestens mit den Regeln des Dschungels vertraut. Der Stärkere gibt dem Schwächeren eins auf die Mütze.«

Charlie lächelte. »Eigentlich wollte ich Sie nur fragen, ob Sie vielleicht Lust hätten, eine Runde auf Eclipse zu drehen?«

»Ganz bestimmt nicht«, sagte Elisabeth. »Das ist viel zu gefährlich.« Sie blickte unwillkürlich zu dem Vollblut, das sich selbst jetzt, nach dem Rennen, kaum von den zwei Stallburschen bändigen ließ. Es tänzelte und stieg pausenlos. Unter seinem glänzenden Fell konnte man das unermüdliche Spiel seiner Muskeln sehen.

»Mit dem größten Vergnügen«, widersprach ihr Julius.

»Wunderbar«, sagte Charlie und gab den Stallburschen Zeichen, näher zu kommen.

»Bist du verrückt?«, zischte Elisabeth. »Du wirst noch gebraucht, Julius!«

In aller Seelenruhe zog er sein Jackett aus. »Wieso, wenn ich mir das Genick breche, kann doch der Lord das Hotel mit dir führen.«

Sie krallte ihre Fingernägel in seinen Arm, doch er schüttelte sie ab, stieg die Treppe hinunter und ging zu dem sich immer wilder gebärdenden Vollblut.

Elisabeth musste sich abwenden. Sie konnte nicht zuschauen, wie der Mann, den sie liebte, abgeworfen und zu Tode getrampelt wurde.

Der Rennsprecher räusperte sich. »Was haben wir denn da? Es hat fast den Anschein, als ob Herr Julius Falkenhayn von der Geschäftsleitung des Palais Heiligendamm noch eine Ehrenrunde auf Eclipse drehen will. Hoffentlich hat er sich das gut überlegt ... normalerweise werden solche wilden Rösser nur von professionellen Reitern ge..., und da galoppiert er auch schon los.«

Gegen ihren Willen blickte Elisabeth auf und sah, wie Julius in einem halsbrecherischen Tempo auf Eclipse davonjagte. Ihr Herz krampfte sich zusammen. Was für ein Wahnsinn. Sie würde es nicht überleben, wenn ihm etwas zustieß.

»Herr Falkenhayn macht keine schlechte Figur«, kommentierte der Rennsprecher. »Sehe ich das richtig ... reitet er wirklich ohne Steigbügel?«

Charlie grinste sie an. »Komm schon, Elisabeth. Du brauchst nicht gleich zu weinen. Er schafft das schon.«

Am liebsten hätte sie ihm eine Ohrfeige gegeben. Aber das ging natürlich nicht. Stattdessen fauchte sie: »Wir sprechen uns noch. Wenn Julius etwas passiert, wirst du mich kennenlernen.«

»Wie sagt man so schön bei euch ... Unkraut vergeht nicht.« Plötzlich wurde er ernst. »Schade, dass du dich für ihn entschieden hast.«

Während ihre Augen immer noch Julius folgten – inzwischen etwas weniger besorgt, da sie sah, dass er mit dem Pferd zurechtkam –, sagte sie: »Was redest du da?«

Charlie lachte. »Du willst deine Gefühle immer noch verstecken? Mach dir nichts vor. Man müsste blind sein, um dieses Knistern zwischen euch zu übersehen.«

»Blödsinn«, knurrte sie.

In diesem Moment kam Julius wieder herangeprescht. Das Haar fiel ihm wild in die Stirn, als er unmittelbar vor der Tribüne das Pferd durchparierte. Aber er strahlte über das ganze Gesicht, als er absprang und den Stallburschen die Zügel zuwarf. »Nicht schlecht, der Ackergaul«, sagte er zu Charlie, nachdem er das Podest erklommen hatte.

»Ich weiß«, meinte der junge Lord betont gelangweilt und wandte sich dem Rennleiter zu.

»Du bist total verrückt«, flüsterte Elisabeth erleichtert.

»Ich weiß«, erwiderte Julius im Vorbeigehen und strich sich die Haare aus dem Gesicht. »Sonst hätte ich mich nicht in dich verliebt.«

***

Irgendwie konnte Paul es immer noch nicht fassen: Sein in den letzten Monaten so angenehmes und ruhiges Leben schien unwiederbringlich vorbei zu sein. Dort, wo Harmonie, Liebe und Kreativität regiert hatten, herrschten nun Hektik, Streit und Panik. Angefangen hatte alles mit Luises Neugier und Falkenhayns Indiskretion. Inzwischen wussten nicht nur seine jüngste Schwester und Falkenhayn über ihn und Robert Bescheid, sondern auch Elisabeth. Seither lebte er in der ständigen Angst, dass sich einer von ihnen gegenüber seinen Eltern verplapperte. Und zu allem Überfluss hatte auch noch dieser von Tresckow anreisen müssen. Vor lauter Panik hatte er sich zwei ganze Wochen von Robert ferngehalten, ihn noch nicht einmal im Speisesaal gegrüßt. Robert war daraufhin vollkommen durchgedreht und hatte Paul beschuldigt, ihn nicht mehr zu lieben. Seitdem stritten sie fast ständig. Immer wieder ging es auch darum, ob sie aus Deutschland weggehen sollten oder nicht. Inzwischen wäre Robert sogar bereit gewesen, statt nach Amerika nach Griechenland oder Italien auszuwandern. Doch Paul konnte sich nicht durchringen, seine gesellschaftliche Stellung endgültig für ein ungewisses Schicksal in der Fremde aufzugeben. Und in dieses Durcheinander platzte plötzlich die Nachricht, dass Falkenhayn von Graf von Seitz nach Berlin beordert worden war. Mitten in der Hauptsaison. Elisabeth hatte nach seiner überhasteten Abreise darauf bestanden, dass Paul seinen Kulturdirektor-Posten ruhen ließ und ihr zur Seite stand, weil Vater sich immer noch schonen musste. Eigentlich hatte er als Ko-Geschäftsführer einspringen sollen, doch stattdessen war er mehr oder weniger zu ihrem Laufburschen degradiert worden. Ständig kommandierte sie ihn herum. Die bevorstehende Ankunft des Hohenzollern-Prinzen August Wilhelm, einem der Söhne des deutschen Kaisers, und seiner Entourage schien sie extrem nervös zu machen. Dabei war es doch eine Auszeichnung, dass der Prinz das Palais und nicht das Grand Hotel gewählt hatte. Und dann hatte auch noch Luise verkündet, sie wolle ihren Amerikaner am 20. Juni, also in weniger als zwei Wochen, im Doberaner Münster heiraten. Das Aufgebot sei schon bestellt. Und das, obwohl sie ihn erst vor knapp drei Monaten kennengelernt hatte! Johanna hatte tagelang versucht, ihr diese Entscheidung auszureden, aber Luise war standhaft geblieben. Die jeweiligen Eltern hatten sich ihnen auch nicht in den Weg gestellt. Sein Vater war offenbar noch zu geschwächt, und den Amerikanern schien jede Frau, die Joes Herz erobern konnte, willkommen zu sein. Ihm selbst war es eigentlich gar nicht unrecht, dass seine jüngste Schwester nun bald dauerhaft aus dem Verkehr gezogen wäre. Ein potenziell gefährliches Plappermaul weniger. Trotzdem billigte er nicht die Art und Weise, wie ihnen diese Hochzeit aufgezwungen wurde, und dass sich dadurch das ohnehin schon harte Arbeitspensum verdoppelte.

Er brütete gerade über einem Kostenvoranschlag für Luises Hochzeit, als Herr Walter ins Büro schneite.

»Herr Kuhlmann, würden Sie bitte nach vorn an den Tresen kommen?«, keuchte der Empfangschef außer Atem.

»Ich bin gerade beschäftigt. Geht es um etwas Wichtiges?«

»Gerade ist eine *Dame* angekommen, die Anna Gregoriewa Achmatowa heißt und behauptet, der Sohn des Kaisers, Prinz August Wilhelm von Preußen, habe ein Zimmer für sie reserviert.«

»Und? Hat er das getan?«

»Nun … der Prinz hat ab heute insgesamt fünf Suiten bei uns reserviert, aber mir ist nicht bekannt, ob diese *Dame* zu seinem Gefolge gehört.«

»Sie betonen das Wort Dame immer so merkwürdig, Herr Walter. Gibt es dafür einen Grund?«

Der Empfangschef zuckte mit den Schultern. »Bitte urteilen Sie selbst.«

Paul sah auf Anhieb, warum Herr Walter gezögert hatte, einen Zimmerschlüssel herauszurücken. Die junge Frau war zwar recht hübsch, aber ganz sicher keine feine Dame. Mit ihrer tief ausgeschnittenen Robe, dem rot gefärbten Haar und dem auffälligen Make-up wirkte sie eher wie eine professionelle Mätresse.

»Paul Kuhlmann«, stellte er sich vor. »Was kann ich für Sie tun?«

»Hat der Portier Ihnen nicht Bescheid gesagt?« Die rauchige Stimme der Frau klang ungehalten.

»Sie gehören zum Gefolge des Prinzen von Hohenzollern?«

Ihr rot geschminkter Mund verzog sich zu einem Lächeln. »Ja, August Wilhelm hat bei Ihnen ein Zimmer für mich bestellt.«

Paul überlegte. Immerhin war der Prinz seit einigen Jahren verheiratet und erst kürzlich Vater geworden. Doch wenn er der Nicht-Dame jetzt den Aufenthalt im Hotel verweigerte, wäre der Sohn des Kaisers garantiert verärgert. Und das könnte ernste Folgen für das Palais haben.

Deshalb sagte er mit einer kleinen Verbeugung: »Aber selbstverständlich. Bitte entschuldigen Sie das Missverständnis.« Er nahm einen Schlüssel vom Brett und reichte ihn dem nächststehenden Pagen. »Alfons, bringen Sie die gnädige Frau bitte in die Suite 309.« Als er der Dame nachschaute und ihren sinnlich aufreizenden Gang bemerkte, plagten ihn die schlimmsten Vorahnungen.

Es wurde genauso dramatisch wie befürchtet. Der Prinz reiste mit einem Freund und noch zwei weiteren Damen ähnlichen Kalibers an. Seine russischen Bekanntschaften trugen vornehme Kleider und teuren Schmuck. Trotzdem wäre niemand auf die Idee gekommen, dass sie zur höheren Gesellschaft gehörten. Dazu lachten und redeten sie zu laut. Auch ihre Tischmanieren waren nicht die besten. Wenn der Prinz und sein Gefolge sich wenigstens dezent verhalten hätten, wäre das alles kein allzu großes Problem gewesen. Aber hinter den geschlossenen Türen der Suiten ging es laut und wild zu. Unzählige leere Champagnerflaschen stapelten sich davor. Und in den frühen Morgenstunden fingen die »Damen« an, sich auf Russisch zu streiten. Jeden Tag beschwerten sich mindestens fünf Gäste über die nächtliche Ruhestörung. Gemeinsam beschlossen sie, dass Elisabeth versuchen sollte, mit dem Prinzen zu reden. Offenbar half das auch ein wenig. Seine Schwester konnte sehr charmant und geschickt sein. Trotzdem hielten die drei Konkubinen das ganze Personal mit ihrem nächtlichen Extrawünschen in Atem. Die ausgiebigen Trink- und Fressgelage waren dabei noch am einfachsten zu organisieren. Aber wo zum Teufel sollte man um drei Uhr früh eine Krawatte herbekommen, die mit dem Namen des Prinzen bestickt war? Warum brauchte die Gesellschaft mehrere Chinchilladecken … mitten im Sommer? Doch wenn die Damen nicht bekamen, was sie wollten, schrien sie ungehalten das ganze Hotel zusammen, weshalb Paul und Elisabeth dazu übergegangen waren, abwechselnd die Nächte durchzuwachen, um sich eigenhändig um solche Notfälle zu kümmern.

Als Paul nach einer weiteren durchwachten Nacht auf Robert traf und dieser versuchte, ihn im verwaisten Speisesaal zu küssen, gingen ihm die Nerven durch. »Himmelherrgott, bitte lass mich in Ruhe. Ich kann nicht mehr. Siehst du das nicht? Du kannst mich doch nicht in aller Öffentlichkeit küssen! Überhaupt weiß ich nicht mehr, wie das mit uns weitergehen soll. Ich liebe dich, aber dieses ständige Theater halte ich nicht mehr aus.«

»Liebling, bitte!« Robert griff nach seiner Hand.

Paul riss sich los. »Hör auf! Hast du mir nicht zugehört? Vielleicht sollte doch einer von uns heiraten, damit wir aus der unmittelbaren Schusslinie kommen.«

Robert starrte ihn an, als wäre er verrückt geworden. »Du meinst, wir wären sicherer … wenn wir eine dritte Person mit hineinziehen würden?«

»Nein, aber ich brauche einfach die Gewissheit, dass mich niemand öffentlich der Homosexualität beschuldigt.«

»Und ich brauche dich«, erwiderte Robert leise.

Paul rieb sich müde das Gesicht. »Vielleicht würde mir ein wenig Ruhe guttun. Vielleicht sollte ich nach der Hauptsaison für ein paar Monate nach Berlin gehen.«

»Dann begleite ich dich.«

Paul seufzte. »Das geht nicht.«

Plötzlich fing Robert an zu weinen. »Verlass mich nicht«, schluchzte er.

Paul fühlte sich wie ein Monster. Doch er hatte nicht mehr die Energie, Robert durch eine liebevolle Geste zu trösten. Stattdessen stammelte er hilflos: »Ich will dich nicht verlassen, aber ich brauche eine Verschnaufpause. Hörst du, ich muss einfach mal eine Pause machen.«

Die ganze Familie stand vor dem Hotel und winkte dem Auto nach, das Luise und Joe zur Bahn bringen sollte. Die Hochzeit der beiden war wunderschön und feierlich gewesen. In einem extra im Hotelpark aufgestellten Zelt hatten sie nach der Trauung getafelt und getanzt. Doch jetzt ging es für die Frischvermählten gen Hamburg, wo sie sich nach Amerika einschiffen würden. Joes älterer Bruder war bereits gestern Richtung Italien abgereist. Er wollte sich erst noch Europa anschauen, bevor er nach New York zurückkehrte. Johanna und Mutter weinten beim Abschied dicke Tränen. Und selbst Vaters und Pauls Augen waren verdächtig rot. Es war das Ende einer Ära. Die letzte Nacht, in der alle drei Kuhlmann-Schwestern vereint unter einem Dach geschlafen hatten. Von nun an würden Luise und der Rest der Familie getrennte Wege gehen, und Elisabeth hatte ein Zimmer für sich allein. Selbst ihr fiel es überraschend schwer, ihre kleine, manchmal recht anstrengende Schwester ziehen zu lassen. Leider war sie sich nicht sicher, ob diese Ehe wirklich unter einem glücklichen Stern stand. Die beiden waren in Bezug auf ihren Charakter und ihre Interessen doch sehr unterschiedlich. Aber Luise hatte ihren Willen durchgesetzt, und jetzt war es sowieso zu spät, sich darüber Sorgen zu machen. Sie hatte auch so schon viel zu viel zu tun. Seit Julius sie mitten in der Hauptsaison im Stich gelassen hatte, wusste sie kaum noch, wo ihr der Kopf stand. Als er ihr mitgeteilt hatte, dass Graf von Seitz ihn dringend in Berlin benötigte, war sie aus allen Wolken gefallen. »Aber ich brauche dich hier im Hotel!«, hatte sie ausgerufen. Trotzdem hatte Julius umgehend seine Koffer gepackt und war mit einem aufmunternden »Du schaffst das schon« abgefahren. Sie hätte ihn umbringen können. Und obwohl Paul ihr eine Hilfe war, blieb der Löwenanteil von Julius' Aufgaben an ihr hängen. Auch jetzt eilte sie im Foyer von Tisch zu Tisch, um sich lächelnd nach dem Wohlbefinden der Anwesenden zu erkundigen und auf das am Nachmittag im Bankettsaal stattfindende Bridgeturnier hinzuweisen. Sie plauderte gerade mit der Duchesse de Clermont-Tonnerre, die sich mit der Witwe eines englischen Earls angefreundet hatte, als ein Page an sie herantrat und sie bat, so schnell wie möglich ins Büro zu kommen.

»Ich bitte die Damen, mich zu entschuldigen«, sagte Elisabeth irritiert. Was hatte das zu bedeuten? Ob Julius angerufen hatte?

Als sie das Büro betrat, warteten dort Vater und Paul auf sie. Beide machten einen sehr besorgten Eindruck, und für einen Moment hatte sie Angst, dass Julius etwas zugestoßen sein könnte.

»Wir haben gerade ein Telegramm erhalten«, sagte Paul. »Graf von Seitz ist heute Nacht verstorben.«

Pauls Worte beruhigten sie, zumindest in Bezug auf Julius, und ließen gleichzeitig ihr Herz schneller schlagen. Was würde nun mit der Hälfte des Palais passieren, die dem Grafen gehörte?

Ihr Vater schien ihre Sorge zu teilen. »Das ist eine Tragödie. Nicht nur, weil der Graf ein guter Mensch und Geschäftspartner war, der uns in schwerster Not zur Seite gestanden hat. Ich mache mir auch große Sorgen, wie es nun mit dem Hotel weitergehen wird. Immerhin hatte er keine Nachkommen, und die Witwe versteht nichts vom Hotelgeschäft. Wahrscheinlich wird sie seine Anteile meistbietend versteigern lassen. Und Gott allein weiß, mit wem wir dann tagtäglich auskommen müssen.«

»Wahrscheinlich mit Krause«, meinte Paul. »Er wird sich diese Gelegenheit nicht noch einmal entgehen lassen.«

»Um Gottes willen«, sagte Elisabeth. »Das müssen wir unbedingt verhindern.«

»Ich wüsste nicht, wie«, erwiderte ihr Vater. »Wir haben leider noch nicht genug auf der hohen Kante, um die Anteile selbst zurückzukaufen. Und ich will mich auf keinen Fall erneut in die Hände einer raffgierigen Bank begeben.«

»Kann nicht Julius mit der Witwe reden und sie bitten, die Anteile noch zwei bis drei Jahre zu halten?«, fragte Paul.

Elisabeth schüttelte den Kopf. »Leider mögen sich die beiden überhaupt nicht. Die Gräfin von Seitz hat nie verstanden, was ihr Mann in Julius sah.«

Ihr Vater erbleichte. »Dann steht uns jetzt also die nächste Krise bevor!«

Auch Elisabeth wurde das Herz bei diesem Gedanken schwer, doch sie versuchte, um ihres angeschlagenen Vaters willen einen vorsichtigen Optimismus auszustrahlen. »Wir schaffen das schon. Hoffentlich kommt jetzt wenigstens Herr Falkenhayn wieder.«

»Dein Wort in Gottes Ohr«, murmelte Vater und setzte sich entkräftet auf einen Stuhl. Der Schweiß stand ihm auf der Stirn. Nicht, dass er gleich wieder einen Herzanfall bekam!

Einen Tag später kündigte ein weiteres Telegramm Julius' Rückkehr für den 30. Juni an. Elisabeth war unendlich erleichtert, selbst wenn sie den zweiten Teil seiner Nachricht nicht verstand. »Bitte buche Pensionszimmer für Dr. Thomas Würden. Er kommt mit mir und bleibt einen Tag.« Wer war das? Und warum reiste er gemeinsam mit Julius an? Die Angst um die Zukunft des Hotels ließ sogar – zumindest in ihren Augen – das Attentat auf den Thronfolger Österreich-Ungarns, das in den folgenden Tagen die Zeitungen beherrschte, in den Hintergrund treten. Erzherzog Franz Ferdinand und seine Frau Sophie waren bei einem offiziellen Besuch in der bosnischen Hauptstadt Sarajewo von einem bosnisch-serbischen Jugendlichen erschossen worden. Bei den Hotelgästen schlug diese Nachricht hohe Wellen. Einige ließen sich sogar dazu hinreißen, deswegen vorzeitig abzureisen. Doch das bereitete Elisabeth keine Sorgen, denn inzwischen hatte sich sogar eine Warteliste für die Gäste etabliert. Wenn eine Suite vorzeitig frei wurde, stand schon jemand bereit, um sie zu übernehmen. Aus Angst, Elisabeth könnte die Zimmer an jemand anderen vergeben, zahlten die Gäste sogar schon die Nächte, in denen das Hotelzimmer wegen ihrer Anreise freistand. Eine sehr komfortable Situation für einen Hotelier.

Dr. Würden stellte sich als Notar heraus. Er war mit Julius angereist, um ihnen die Bestimmungen des gräflichen Testaments vorzulesen, die das Hotel betrafen. Gespannt warteten Vater, Paul und sie am langen Tisch im Speisezimmer und beobachteten, wie der ernste kleine Mann seine Aktentasche öffnete und einige Papiere entnahm. Julius saß mit unbewegtem Gesicht daneben. Er sah schlecht aus. Seine Wangen waren richtiggehend hohl. Ging ihm der Tod des Grafen so nah? Immerhin war bestimmt auch sein Arbeitsplatz in Gefahr.

Der Notar räusperte sich. »Das Testament des Verstorbenen ist sehr klar und eindeutig formuliert. Bis auf das Berliner Haus und einen größeren Geldbetrag gehen alle seine Besitztümer auf seinen Alleinerben über. Dazu gehören auch die Aktien der fünfzigprozentigen Beteiligung an Ihrem Hotel.« Er blickte über die auf seiner Nasenspitze sitzende Nickelbrille hinweg in die Runde. »Haben Sie dazu noch irgendwelche Fragen?«

Elisabeth stöhnte leise. Es war so, wie sie angenommen hatten: Die Witwe erbte alles … und würde die Anteile wahrscheinlich schnellstmöglich verscherbeln.

»Glauben Sie, dass man mit der Gräfin reden könnte?«, fragte Vater äußerlich gelassen. »Wir würden ihr gern ein Angebot unterbreiten und die Anteile in zwei bis drei Jahren selbst kaufen.«

»Ehrlich gesagt verstehe ich Ihre Frage nicht.« Der Notar machte tatsächlich einen verwirrten Eindruck.

»Nun … wir würden ungern einen Fremden in der Geschäftsführung sehen«, erklärte Paul.

»Wieso einen Fremden?«, fragte der Notar zurück.

Elisabeth fiel das Lächeln schwer. »Sie glauben doch nicht ernsthaft, dass die Gräfin selbst im Palais mitarbeiten will?«

Der Notar schüttelte den Kopf. »Ich weiß wirklich nicht, wovon Sie reden. Herr Falkenhayn ist doch bereits Ko-Geschäftsführer. Ob er zukünftig allerdings noch Zeit hat, sich …«

»Also meinen Sie, dass die Gräfin ihm auch weiterhin die Zuständigkeit für den hiesigen Besitz überlässt?«, fragte Vater mit Hoffnung in der Stimme.

Der Notar blinzelte. »Vielleicht habe ich mich missverständlich ausgedrückt. Herr Falkenhayn *ist* der Alleinerbe des Grafen.«

Ungläubige Stille breitete sich im Zimmer aus. Julius' Blick traf ihren über den Tisch hinweg. Doch sie konnte die Emotion aus seinen Augen nicht eindeutig herauslesen. Er wirkte weder glücklich noch stolz über diese Verkündigung.

»Wie haben Sie das denn eingefädelt?«, fragte ihr Vater völlig konsterniert.

»Was meinen Sie mit *eingefädelt*?«, fragte Julius und winkte ab, als Dr. Würden etwas sagen wollte.

»Nun, irgendetwas müssen Sie doch gegen den Grafen in der Hand gehabt haben, sonst hätte er Ihnen doch niemals sein ganzes Vermögen vermacht«, erwiderte er süffisant.

»Vater!«, rief Elisabeth. »Graf von Seitz kann mit seinem Geld doch machen, was er will!«

Julius überging ihren Einwurf. »Es war wohl sein schlechtes Gewissen, das ihn dazu verleitet hat, alles mir zu vererben.«

»Also doch! Ich wusste es«, sagte ihr Vater. »Und womit haben Sie ihm dieses schlechte Gewissen eingeredet?«

»Das hat er ganz von allein getan … Graf von Seitz war mein leiblicher Vater.«

»Wie bitte?«, fragte Paul. Aber niemand antwortete ihm.

Auch Elisabeth war minutenlang sprachlos. Endlich fand sie ihre Stimme wieder. »Seit wann wissen Sie das?«

»Seit Anfang des Jahres. Mein Vater wusste, dass er sterben würde. Deshalb hat er sich entschlossen, reinen Tisch zu machen. Selbst die Gräfin wusste vor seinem Tod Bescheid. Sie wird das Testament nicht anfechten.«

»Es tut mir so leid«, sagte Elisabeth ergriffen.

»Was? Dass Falkenhayn nun Millionär ist?«, erkundigte sich ihr Vater.

Elisabeth starrte ihn wütend an. »Nein, dass er seinen Vater so kurz nach dessen Geständnis verlieren musste.«

»Hat er Sie deshalb zu seinem Sekretär gemacht?«, wollte Paul wissen.

»Wahrscheinlich.«

»Und was haben Sie jetzt vor? Werden Sie nach Berlin gehen, um von dort seine Geschäfte zu führen?«

Elisabeth hielt den Atem an.

Julius zuckte mit den Schultern. »Ich weiß es noch nicht. Aber so wie die politische Lage momentan aussieht, wird das Hotel bald sowieso nicht mehr viele Gäste haben.«

»Was meinen Sie damit?«, fragte Elisabeth beunruhigt.

»Es wird Krieg geben.«

Paul kratzte sich am Kinn. »Wegen des Attentats?«

Julius nickte. »Diesen Anlass werden sich die mächtigen Kriegstreiber kaum entgehen lassen.«

»Ach, malen Sie doch nicht den Teufel an die Wand«, sagte Vater verstimmt.

Auch Elisabeth schüttelte den Kopf. »Das kann ich … das mag ich einfach nicht glauben.«

Traurig blickte Julius sie an. »Leider wird man in Berlin und Wien darauf keine Rücksicht nehmen.«

17. Kapitel

Elisabeth hatte das Gefühl, in einer verkehrten Welt zu leben. Anstatt Julius wie früher kritisch zu beäugen, luden ihre Eltern ihn jetzt, da er geerbt hatte, ständig zu Mittag- und Abendessen ein und ermunterten Elisabeth, ihren trauernden Freund nicht im Stich zu lassen. »Warum unternehmt ihr nicht gemeinsam eine Spazierfahrt nach Heiligendamm, um ihn von seinem Kummer abzulenken? Am besten erholt man sich doch in netter Gesellschaft am Meer, nicht wahr?«

Julius tat so, als prallten die ständigen Anspielungen an ihm ab, trotzdem waren diese Mahlzeiten schrecklich. Elisabeth schämte sich für das Verhalten ihrer Eltern. Auch wenn die Familie unter sich war, hörten die elterlichen Bemühungen nicht auf. »Wie nahe steht ihr euch eigentlich?«, hatte ihre Mutter gestern gefragt. »Ich habe schon mehrfach gehört, wie ihr euch geduzt habt. Besteht zwischen euch ein Einverständnis? Wird er um deine Hand anhalten, wenn das Trauerjahr vorbei ist?« Und ihr Vater hatte mit einem Lächeln hinzugefügt: »Am elegantesten vereint man die Anteile des Hotels natürlich durch eine Hochzeit.«

Es war zum Aus-der-Haut-Fahren. Noch dazu erwähnte Julius, der spürbar um seinen Vater trauerte, mit keinem Wort, wie er zu ihr stand. Lag ihm noch etwas an ihr? Oder würde er sich jetzt, als reicher Erbe, eine bessere Partie suchen? Ab sofort standen ihm die nobelsten Kreise der Hauptstadt offen. Nie wieder würde man ihn lediglich als Untergebenen des Grafen einladen. Vielleicht nahm er sogar den Adelstitel seines Vaters an. Dann würde seine Zukünftige eine Gräfin werden. Doch Elisabeth hätte sich lieber die Zunge abgebissen, als ihn auf seinen Heiratsantrag anzusprechen. Dazu war sie zu stolz. Außerdem wollte sie nicht, dass Julius dachte, sie sei nur an seinem Geld interessiert. Momentan war sowieso nicht der richtige Zeitpunkt für romantische Versprechungen, schließlich musste er in wenigen Tagen seinen Vater beerdigen.

Das Begräbnis fand in Berlin statt. Diverse Honoratioren aus Wirtschaft und Politik und sogar Reichskanzler Theobald von Bethmann Hollweg wohnten der Trauerfeier bei. Natürlich war auch die gesamte Familie Kuhlmann angereist, selbst Friedrich hatte sich für ein paar Stunden freigenommen.

Mit einem merkwürdigen Gefühl im Bauch beobachtete Elisabeth, wie Julius neben der Witwe hinter dem Sarg herschritt. Er wirkte gefasst, doch sein Blick war starr vor Kummer. Er hatte seinen eigenen Vater hauptsächlich als Arbeitgeber kennengelernt. Wie viel hätte er ihm noch zu sagen gehabt? Aber jetzt war es zu spät. Unwillkürlich kämpfte sie mit den Tränen und fischte nach dem Taschentuch, das sie sich vor der Beerdigung in den Ärmel ihres schwarzen Trauerkleids gesteckt hatte.

Beim anschließenden Leichenschmaus bemerkte Elisabeth, dass ganz Berlin bereits wusste, wer die gräflichen Millionen geerbt hatte: Julius wurde von allen Seiten umschwärmt. Jeder wollte ihm höchstpersönlich sein Beileid aussprechen. Viele Damen, besonders die mit Töchtern im heiratsfähigen Alter, kündigten an, ihm nach der Trauerzeit eine Einladung zukommen zu lassen. Um diesem entwürdigenden Schauspiel zu entgehen, mischte sie sich unter die Schar der Gäste, die das reichhaltige Büffet ansteuerten.

»Haben Sie schon gehört? Vorgestern hat Österreich-Ungarn den Kaiser um freie Hand gegen Serbien gebeten«, sagte ein gediegen wirkender Herr, der sich gerade den Teller mit kaltem Braten und Kartoffelsalat volllud.

»Nein. Und was bedeutet das?«, fragte sein Gesprächspartner, der mit einem goldumrandeten Monokel vor dem Auge kritisch die Speisen betrachtete.

»Nun, die Österreicher wollen den Serben, die sie für den Tod des Thronfolgerpaars verantwortlich machen, einen Denkzettel verpassen. Der Kaiser hat ihnen deshalb gestern einen sogenannten Blankoscheck ausgestellt. Damit sichert das Deutsche Reich seinen Verbündeten die volle und bedingungslose Unterstützung zu. Selbst wenn es zu Auseinandersetzungen mit Russland oder gar Frankreich und England kommen sollte.«

»Meinen Sie wirklich, dass wir uns auf einen Krieg einstellen müssen?«, fragte der Monokelträger besorgt.

Elisabeth spitzte die Ohren.

Der vornehme Herr lachte kehlig. »Niemals! Natürlich wird es eine diplomatische Lösung geben. In Russland und England sitzen schließlich enge Verwandte des Kaisers auf dem Thron. Andernfalls wäre seine Majestät sicherlich auch nicht unmittelbar im Anschluss in den Urlaub gefahren. Keine Sorge, das wird eine lokal begrenzte Geschichte.«

Erleichtert atmete Elisabeth auf. Gott sei Dank. Einen Krieg konnte sie jetzt wirklich nicht gebrauchen.

»Und? Hast du genug Kuchen? Oder soll ich dir noch ein paar Stücke zurücklegen lassen?«, fragte eine vertraute Stimme hinter ihr.

Elisabeth fuhr herum. »Wieso?«

Julius zeigte auf ihren Teller, auf dem sich sechs verschiedene Petits Fours türmten. Während sie das Gespräch belauscht hatte, musste sie sich unbewusst am Süßspeisen-Büffet bedient haben.

Elisabeth errötete. »Nein, danke.«

Er lächelte. »Gut. Nicht, dass dir noch schlecht wird.«

»Wie geht es dir?«, fragte sie mitfühlend.

»Bis auf das Gefühl, dass wir seit einigen Tagen alle auf einem Vulkan tanzen, geht es mir einigermaßen. Ich bin froh, dass ich die letzten Wochen mit meinem Vater verbringen durfte.«

»Hat er sehr leiden müssen?«, erkundigte sie sich.

Julius nickte beklommen. »Ja. Deshalb war uns nur wenig Zeit vergönnt, um privat miteinander zu sprechen. Wir mussten ja auch die Weichen für …«, er stockte, »… für die Zeit danach stellen.«

»Bedeutet das, dass du ab jetzt seinen Konzern leiten wirst?«

Julius schüttelte den Kopf. »Nein, dafür gibt es fähige Mitarbeiter. Allerdings werde ich öfter nach Berlin fahren müssen, um im Aufsichtsrat nach dem Rechten zu sehen.«

Elisabeth lächelte erleichtert. »Es ist schön, dass du dem Palais die Treue hältst.«

Er nickte. »Es wäre mir schwergefallen, dich in dieser brandgefährlichen politischen Lage allein zu lassen.«

»Das ist lieb.« Obwohl sie nicht verstand, warum er ständig schwarzmalen musste, war sie glücklich über seine Antwort. Wahrscheinlich war es nur eine Frage der Zeit, bis auch ihm bewusst wurde, dass ihrer Eheschließung nun nichts mehr im Weg stand. »Und wie verhält sich die Gräfin dir gegenüber?«, erkundigte sie sich leise.

»Sie ist eine robuste Persönlichkeit. Zwar hat sie ein paar Tage gebraucht, um darüber hinwegzukommen, dass mein Vater sie mit meiner Mutter betrogen hat. Aber der Tod ist wohl der ultimative Friedensstifter, und inzwischen scheint sie sich über meine Unterstützung in allen geschäftlichen Dingen fast zu freuen.«

Elisabeth warf einen Blick zu der Witwe, die sich trotz ihres Kummers kerzengerade hielt und mit einer Gruppe von Gästen plauderte. »Sehr gut.«

»Tut mir leid, aber ich muss mich jetzt um die restliche Trauergemeinde kümmern.«

»Natürlich.« Bekümmert sah sie ihm hinterher.

Bis Mitte Juli ging im Palais alles seinen gewohnten Gang. Das Wetter war herrlich, und die Gäste verbrachten wundervolle Tage am Meer und genossen den gesellschaftlichen Trubel am Abend. Auch Julius war endlich wieder da und wich ihr wie früher nicht von der Seite, was ihr zusätzlich Mut machte, dass seine Gefühle für sie nicht erkaltet waren. Sie verfolgten gerade das wöchentliche Tontaubenschießen, eine gemeinsame Veranstaltung mit dem Grand Hotel, als Elisabeths Blick auf eine achtlos liegen gelassene Zeitung fiel. Die fett gedruckte Über-

schrift lautete: *Österreich-Ungarn stellt Serbien scharf formulier-*
tes Ultimatum – Kriegerische Auseinandersetzungen immer wahr-
scheinlicher. Obwohl die Sonne schien, überzog plötzlich eine
Gänsehaut ihre Arme. War das alles nur Panikmache, oder sollte
Julius recht behalten? Sie scheute eine Unterhaltung über dieses Thema. Stattdessen klatschte sie einem Herrn Beifall, der gerade alle seine Tontauben in äußerst sportlicher Manier getroffen
fen hatte, und hoffte das Beste.

Auf einmal ging alles rasend schnell. Am 25. Juli mobilisierte Serbien seine Armee. Russland kündigte an, das Land gegen seine
Feinde zu unterstützen. Am Tag darauf versetzte Österreich-
Ungarn seine Truppen an der russischen Grenze in Kampfbe-
reitschaft. Wie ein Stein, den man in einen stillen See geworfen
hat, zogen diese Ereignisse unaufhaltsam immer weitere Kreise.
Ende Juli warnte der gerade aus dem Urlaub zurückgekehrte
Kaiser ganz offiziell vor der drohenden Kriegsgefahr. Doch der
luxuriöse Kosmos des Palais schien von alldem nicht betroffen
zu sein. Die internationale Gesellschaft badete im Meer, trank
Champagner und amüsierte sich. Elisabeth beobachtete das
Weltgeschehen mit wachsender Besorgnis, aber es schien trotzdem zu früh zu sein, die geplanten Konzerte und Veranstaltungen abzusagen. Und so wurde im Hotelfoyer die neueste Mode
aus Paris gezeigt, geplaudert und getanzt, während der Kaiser in
Berlin das Ende der russischen Mobilmachung und eine französische Neutralitätserklärung für den Fall eines bewaffneten Kon-
flikts zwischen Österreich-Ungarn und Serbien forderte. Beides
wurde ihm verweigert. Am 1. August begann der Krieg.
    Plötzlich herrschte eine unbeschreibliche Panik im Hotel.
Alle ausländischen und die meisten deutschen Gäste ließen hek-
tisch ihre Koffer packen. Zofen und Diener wuselten mit Hut-
schachteln, Bügeleisen und neu beschrifteten Gepäckanhängern
durch die Gänge. Jeder wollte so schnell wie möglich zurück in
die Heimat, um sein Hab und Gut in Sicherheit zu bringen und
sich von seinen Liebsten zu verabschieden, die in den Krieg zie-

hen mussten. Der Badebetrieb in Heiligendamm kam schlagartig zum Erliegen. Am Strand zeugten umgekippte Strandkörbe und vergessenes Kinderspielzeug von der plötzlichen Eile. Gleichzeitig herrschte – besonders unter den Männern – eine Art Hochstimmung. Ein adeliger deutscher Offizier verabschiedete sich von Elisabeth mit den Worten: »Ich kann es kaum erwarten! Endlich Krieg! Da können wir den Franzosen und Russen zeigen, wie schneidig ein echter Deutscher kämpft! Lange wird es nicht dauern, bis wir diese Feiglinge schlagen!«

Während er sich umdrehte und mit frohen Schritten das Hotel verließ, fiel Elisabeths Blick auf die Duchesse de Clermont-Tonnerre, die genau neben dem jungen Mann gestanden hatte. Hatte sie seine Worte mitbekommen? Glücklicherweise schien sie zu beschäftigt damit zu sein, ihre Bahnbillets mithilfe von Herrn Walter umbuchen zu lassen.

»Es muss nicht unbedingt die erste Klasse sein!«, rief sie. »Hauptsache, wir sind morgen in Paris!«

Vor dem Hotel grölten einige angetrunkene junge Burschen herum. In Sprechchören riefen sie: »Wir melden uns freiwillig! Wer kommt mit?« Durch die gläserne Tür des Palais konnte Elisabeth sehen, wie Julius sie verscheuchte. Mit einem nervösen Lächeln ging sie an der Duchesse vorbei. Wie sehr er auch gegen den Krieg war, Julius konnte sich unmöglich mit der patriotischen Bevölkerung anlegen. Doch bevor sie ihn erreichte, legte sich eine Hand auf ihren Arm.

»Fräulein Kuhlmann, wir kommen gerade vom Bahnhof zurück. Dort gibt es endlose Warteschlangen, können wir bei Ihnen ein Auto mit Chauffeur mieten?«

»Ich werde sehen, was ich für Sie tun kann«, erwiderte Elisabeth, obwohl sie bezweifelte, dass sie in diesen Tagen solche Wünsche erfüllen konnte.

Niemand, der auf die Bahn angewiesen war, kam schnell weg von Doberan. Fast alle zivilen Fahrten fielen aus. Stattdessen fuhren, vom Rostocker Friedrich-Franz-Bahnhof kommend, im Stundentakt Züge voller freudig winkender Soldaten an Doberan vorbei in Richtung Wismar. Angeblich vereinigte sich dort das Mecklenburgische Grenadier-Regiment Nr. 89 aus Schwerin und Neustrelitz. Selbst die Schaffner wussten nicht Bescheid. Menschen versuchten, in Züge einzusteigen, und wurden einfach wieder hinausgeworfen. Die Fahrscheine schienen ihre Gültigkeit verloren zu haben. Es herrschte das komplette Chaos. Erst am 4. August druckte die Rostocker Zeitung die neuen Fahrpläne. Inzwischen waren auch Frankreich und Großbritannien in den Krieg eingetreten. Um den Gästen die Wartezeit in der staubigen Hitze des Bahnhofs zu versüßen, ließ Elisabeth vor deren Abreise Pakete mit belegten Broten und kalten Getränken verteilen. Manche Familien brachen jeden Morgen aufs Neue auf … und trudelten am Abend erschöpft und frustriert wieder im Palais ein. Julius wollte ihnen die Kosten für die unfreiwilligen Übernachtungen erlassen, aber Elisabeth bestand darauf, dass sie wenigstens die Hälfte des normalen Preises zahlten. Wer wusste schon, wie es zukünftig mit dem Hotel weitergehen würde? Die Angestellten würde sie in jedem Fall entlohnen müssen.

Schließlich bevölkerten nur noch einige ältere Adelige das Hotel, alle anderen Gäste waren abgereist.

»Und was machen wir jetzt?«, fragte Elisabeth erschöpft.

Julius blickte besorgt auf sie herab. »Jetzt erholst du dich ein wenig von den ganzen Strapazen, und dann schreiben wir die Gäste für die Nebensaison an. Darunter gibt es einige Pensionäre, die bestimmt gern schon jetzt anreisen würden. Für sie ändert der Krieg schließlich nichts. Bestimmt warten sie lieber im schönen Heiligendamm dessen Ende ab.«

»Gute Idee. Und wann meldest du dich als Kriegsfreiwilliger?«, fragte Elisabeth und überprüfte nachdenklich einen winzigen Kratzer im Mahagoniholz des Empfangstresens. Gestern hatte sie endlich Zeit gehabt, die Rede des Kaisers nachzulesen, der energische Worte an sein Volk gerichtet hatte: »*So muss denn das Schwert entscheiden. Mitten im Frieden überfällt uns der*

Feind. Darum auf! Zu den Waffen! Jedes Schwanken, jedes Zögern wäre Verrat am Vaterlande.« Und natürlich zweifelte sie keine Sekunde daran, dass Julius, jung und kräftig, wie er war, ebenfalls in den Krieg ziehen würde. Hoffentlich dauerte es nicht allzu lange, bis die deutsche Armee siegte. Erst gestern hatte ein ehemaliger General verkündet, dass alle Soldaten spätestens an Weihnachten wieder zurück wären.

Plötzlich fiel ihr auf, dass Julius ihre Frage nicht beantwortet hatte. Unvermittelt schaute sie auf.

Sein Blick war unlesbar. »Du willst mich also unbedingt loswerden?«

»Natürlich nicht, aber du musst doch das Vaterland verteidigen.«

Er schüttelte den Kopf. »Erschreckend, wie wenig du mich kennst. Doch du kannst völlig unbesorgt sein, ich werde niemals freiwillig in diesen idiotischen Krieg ziehen.«

»Pst!« Vorsichtig sah Elisabeth sich um. Hoffentlich hatte kein Gast seine Worte gehört. »Wie kannst du nur so unpatriotisch sein«, schimpfte sie leise. »Bedeutet Deutschland dir denn gar nichts?«

Julius senkte ihr zuliebe die Stimme. »Hast du mal auf die Landkarte geschaut, liebste Elisabeth? Wir sind auf allen Seiten von Feinden umzingelt. Das ist eine reine Selbstmordmission, und mir ist mein eigenes Leben viel zu lieb, um es so leichtfertig aufs Spiel zu setzen.«

Elisabeth rümpfte die Nase. »Du weißt genauso gut wie ich, dass das deutsche Militär unschlagbar ist. Denk doch nur daran, wie überwältigend wir die Franzosen im letzten Krieg besiegt haben«, erwiderte sie kämpferisch.

Julius nickte. »Ja, der Frieden war zu lang. Niemand erinnert sich mehr an die Schrecken des Krieges. Das ist das Problem. Aber die Deutschen werden ihre Erinnerungen leider bald genug wieder auffrischen können. Im Übrigen habe ich jahrelang in Berlin gelebt und weiß, was Fortschritt bedeutet. Wenn du tatsächlich denkst, dass dieser Krieg, genau wie der letzte, mit

Mut und einem scharfen Säbel auf dem Schlachtfeld gewonnen werden kann, irrst du dich.«

Seine Arroganz ärgerte sie. »Wir werden ja sehen, wer sich irrt. Ich hoffe nur, dass dich später – wenn wir gewonnen haben – niemand feige nennt. Das wäre schlecht fürs Geschäft.«

»Nein, Paul! Bitte, bitte, nicht«, bettelte Robert und klammerte sich an ihm fest. Leichtsinnigerweise hatten sie sich im Pavillon verabredet. Es war der einzige halbwegs sichere Ort für ein Treffen, da alle nicht belegten Hotelzimmer zurzeit einer Generalreinigung unterzogen wurden. Jetzt, da nur noch wenige Menschen das Palais bevölkerten, war die Champagnerbar unbesetzt. Trotzdem konnte jederzeit ein Gärtner oder irgendein anderer Angestellter zum Fenster hineinsehen.

Roberts Flehen war zwecklos. Paul hatte seine Entscheidung längst in die Tat umgesetzt. Liebevoll machte er sich frei. »Robert, ich habe das einzig Richtige getan. Mein Vaterland braucht meinen Einsatz in dieser schweren Zeit. Auch meine Eltern haben mir dazu geraten.«

»Und was wird aus mir, wenn du in den Krieg ziehst?« Roberts Gesicht war tränenüberströmt.

»Aber ich komme doch bald wieder, Liebster«, sagte Paul beschwichtigend.

»Dafür gibt es keine Garantie«, schluchzte Robert. »Wenn dir etwas zustößt, bringe ich mich um. Hörst du?«

»Robert, warum sollte mir etwas Schlimmes passieren? Ich bin nicht besonders sportlich, wahrscheinlich wird man mich irgendwo in eine Schreibstube stecken.«

Robert wischte sich mit dem Handrücken über die nassen Augen. Diese Aussicht schien ihn zu beruhigen. »Wann musst du los?«

»Mein Zug fährt morgen früh um neun.«

»Was? Schon so bald?«

»Je schneller ich wegfahre, desto schneller bin ich wieder zurück«, erwiderte Paul beschwingter, als er sich fühlte. Er hatte sich tatsächlich aus reinem Patriotismus freiwillig gemeldet. Immerhin entstammte seine Mutter einer alten preußischen Offiziersfamilie, und die Worte des Kaisers hatten sein Herz berührt. Allerdings verband er auch noch eine konkrete Hoffnung mit dem Einrücken in den Krieg: Wenn er erst als gefeierter Held zurückkäme, würden wahrscheinlich nur wenige Menschen vermuten, dass er homosexuell veranlagt war. Das würde seiner Beziehung mit Robert den Anstrich einer aufrichtigen Männerfreundschaft geben, wonach er sich in den letzten Monaten gesehnt hatte. Endlich würde er ohne die ständige Angst vor Entdeckung aufwachen können. Trotzdem fürchtete er sich auch ein wenig. Obwohl sein Vater gemeint hatte, dass Männer ohne anständige Militärausbildung sowieso nicht auf den Feind träfen.

»Kann ich dich zum Bahnhof begleiten?«

»Ich weiß nicht«, meinte Paul skeptisch. »Wahrscheinlich wird meine Familie mich hinbringen.«

»Dann müssen wir uns jetzt voneinander verabschie…?« Roberts Stimme brach.

»Bitte sei tapfer. Ich bin es auch. Natürlich wirst du mir schrecklich fehlen, aber …« Paul hielt inne, weil Robert hastig die Lippen auf seinen Mund drückte. Minutenlang umarmten sie einander. Dann riss sein Geliebter sich los, stolperte halb blind vor Tränen zur Tür und flüchtete durch den sonnenbeschienenen Park. Auch ihm selbst war das Herz schwer. Er würde Robert vermissen. Aber der Krieg dauerte ja nicht ewig.

Am nächsten Morgen stiegen Paul und die anderen Rekruten unter lautem Jubel in den Zug ein, auf den jemand mit weißer Kreide »Wir fahren zum Preisschießen nach Paris« geschrieben hatte. Seine Familie winkte ihm zum Abschied mit gezückten Taschentüchern. Hinter ihnen machte er den blonden Kopf von Robert aus. Natürlich hatte er es sich nicht nehmen lassen, doch zum Bahnhof zu kommen. Paul winkte angestrengt in seine Richtung und hoffte, dass sein Geliebter seine Gefühle unter Kontrolle hatte. Kurz darauf fuhren sie los.

Unter seinen Kameraden herrschte große Begeisterung. Glühende Vorträge und vaterländische Lieder vertrieben ihnen die Zeit. Auf allen Bahnhöfen wurden ihnen Essen, Erfrischungen und Zigaretten gereicht, überall wurden sie mit Jubelrufen empfangen. Ihr Überschwang steckte selbst ihn an. Fast bedauerte er es, dass er gar nicht Richtung Frankreich fuhr, sondern in der Nähe von Frankfurt am Main ein Ausbildungslager besuchen sollte.

Julius' Pläne waren aufgegangen. Das Hotel war wieder bis aufs letzte Zimmer gefüllt. Allerdings glich es momentan einem feudalen Altersheim: Es waren hauptsächlich reiche Berliner Witwen und ehemalige Angehörige des Militärs, die sich bei ihnen einquartiert hatten. Elisabeth versuchte, darüber nicht allzu traurig zu sein. Nach dem Krieg würde sich das wieder ändern. Sie hatten inzwischen auf den normalen Nebensaisonbetrieb umgestellt und den Service entsprechend reduziert. So kamen sie auch mit weniger Personal ganz gut über die Runden, und das mussten sie auch, denn leider hatten sich viele der männlichen Angestellten freiwillig gemeldet. Immerhin ging es ihnen weitaus besser als dem Grand Hotel, das vorzeitig und bis auf weiteres geschlossen worden war. Selbst Herr Krause war zu Vaters großer Freude abgereist. Er musste sich in Hamburg um sein eigenes Hotel kümmern, denn auch dort fehlten an allen Ecken und Enden die männlichen Angestellten. Trotzdem war der Krieg – Julius' Unkenrufen zum Trotz – erfolgversprechend angelaufen und die Stimmung im Palais entsprechend gut. Nach jeder Siegesmeldung spielte das kleine Orchester, dessen Vertrag noch bis Oktober lief, im Speisesaal einen Tusch. Die rotwangigen Exmilitärs hatten dabei immer Tränen in den Augen und prophezeiten einen raschen Sieg. Besonders die Schlacht bei Tannenberg unter der Leitung der Generäle Hindenburg und Ludendorff, bei der die 2. Russische Armee vernichtend geschlagen worden war, bereitete ihnen große Freude.

Elisabeth und Julius sprachen gerade mit der Hausdame, als Johanna ins Büro kam. Ihr Gesicht war leichenblass, als sie zu Frau Groppe sagte: »Hätten Sie bitte die Güte, uns allein zu lassen? Ich muss etwas mit meiner Schwester und Herrn Falkenhayn besprechen.«

»Selbstverständlich.« Klaglos verließ die Hausdame das Büro.

»Was gibt es?«, fragte Elisabeth und versuchte, ihre Verärgerung über die Unterbrechung mit einem Lächeln zu überspielen.

»Vater ...«, begann Johanna leise, und dicke Tränen liefen ihr über die Wangen.

»Oh Gott. Hat er wieder einen Herzanfall erlitten?«, fragte Elisabeth ängstlich. Unwillkürlich griff sie nach Julius' Hand.

»Er ...« Johanna sprach nicht weiter.

»Was? Bitte sag endlich, was los ist. Wir müssen sofort einen Arzt verständigen. Hoffentlich sind die nicht auch alle im Krieg.«

Johannas Hand krampfte sich um die Lehne des Besuchersessels. »Er ... ist tot.«

Vor Schock brachte Elisabeth kein Wort heraus. Nur der tröstliche Druck von Julius' warmer Hand ließ sie nicht schreiend aus dem Zimmer rennen.

»Sind Sie sich ganz sicher, Fräulein Kuhlmann?«, erkundigte sich Julius leise.

Johanna nickte schluchzend. »Unsere Mutter und ich haben ihn gerade gefunden. Er hatte sich nach dem Mittagessen hingelegt, und als er um vier Uhr immer noch nicht wieder aufgestanden war, hat sie nach ihm gesehen und ...«

»Er ist ganz friedlich eingeschlafen und einfach nicht mehr aufgewacht?«, erkundigte sich Julius mitfühlend.

»Ja, so muss es gewesen sein«, flüsterte ihre Schwester.

»Ein schöner Tod.«

Elisabeth ließ Julius' Hand los. »Ein schöner Tod? Er war viel zu jung zum Sterben!«

»Bitte entschuldige, Elisabeth. Ich wollte deine Gefühle nicht verletzen. Aber wenigstens musste er nicht leiden.«

Diese Erkenntnis spendete ihr keinen Trost. Innerlich fühlte sie sich wie taub. Ihr geliebter Papa! Und was sollte jetzt nur aus dem Palais werden? Auch wenn er in den letzten Monaten nicht gearbeitet hatte, hatte sie das Wissen, dass er im Hintergrund auf alles aufpasste, beruhigt. »Wir müssen zu Mutter. Sie muss verzweifelt sein.«

Johanna zog die Nase hoch. »Ja, sie ist vollkommen außer sich.«

Die nächsten Tage verbrachte ihre Mutter mit Beruhigungsmitteln im Bett. Elisabeth und Johanna mussten sich mit Julius' tatkräftiger Unterstützung um alles kümmern. Die erste Meinungsverschiedenheit gab es über die Frage, ob sie Paul benachrichtigen sollten.

»Ich würde davon abraten, ihn vom Tod eures Vaters zu unterrichten«, meinte Julius nachdenklich. »Man würde ihn sowieso nicht zur Beerdigung anreisen lassen, und warum sollten wir ihm unnötig das Herz schwer machen?«

Johanna nickte. »Ja, das sehe ich genauso.«

»Und wann soll er es dann erfahren? Wenn er freudestrahlend aus dem Krieg zurückkehrt?«, fragte Elisabeth ironisch. »Selbstverständlich müssen wir ihm umgehend schreiben.«

Julius hob die Hände. »Das muss ganz allein die Familie entscheiden.«

»Wollen wir Friedrich anrufen und ihn nach seiner Meinung fragen?«, erkundigte sich Johanna versöhnlich.

»Nein, deswegen muss ich mich mit niemandem beraten. Das wäre reine Zeitverschwendung. Es ist der einzig vernünftige Weg. Ich werde Paul die Nachricht gleich heute Abend zukommen lassen«, sagte Elisabeth und ärgerte sich, dass Johanna einen Hilfe suchenden Blick mit Julius wechselte, der ratlos mit den Schultern zuckte. »Und Luise werde ich ebenfalls informieren.«

Die Beisetzung fand wegen des Kriegs im engsten Familienkreis statt. Vom Personal waren nur Minna, Frau Kolbert, Herr Walter und Herr Brandmüller anwesend. Ihre Mutter wurde auf dem Weg zum Grab von Friedrich und Johanna gestützt, Elisabeth ging allein hinter ihnen her. Bevor der Sarg in die Erde gelassen wurde, hielt der Pfarrer eine gefühlvolle Ansprache über Vaters Leben. Er erwähnte seinen Familiensinn, seinen geselligen Charakter und würdigte sein letztes großes Projekt: das Palais. Anschließend tranken sie in der Wohnung Kaffee. Ihre Mutter lag zu dieser Zeit allerdings schon wieder im Bett. Ihre Nerven spielten verrückt. Immer wenn sie aus dem durch Medikamente herbeigeführten Schlaf aufwachte, fragte sie nach Vater.

Sorgen über Sorgen. Und zu ihrem privaten Elend gesellte sich noch das öffentliche. Der Krieg verlief nicht wie erwartet: Am 7. September gelang es den Franzosen mit britischer Hilfe, den Vorstoß der Deutschen entlang der Marne aufzuhalten. Fortan wies Elisabeth das Orchester an, keinen Tusch mehr zu spielen. Es drückte zu sehr auf die Stimmung, wenn die Gäste daran erinnert wurden, dass es keinen Grund zum Feiern gab. Zudem erreichten die ersten Todesnachrichten das kleine Doberan. Der Sohn des Metzgers war gefallen. Und der des Schuldirektors, der jetzt der Verzweiflung nahe war, obwohl er bei dessen Abreise noch den römischen Dichter Horaz zitiert hatte: *Dulce et decorum est pro patria mori.* Süß und ehrenvoll ist es, für das Vaterland zu sterben.

In all diesem Trubel versuchte Elisabeth, sich auf die Arbeit im Hotel zu konzentrieren. Sie plante Verschönerungsmaßnahmen für den Park und sann über neue Werbefeldzüge nach. Dabei wusste sie selbst, dass sie lediglich versuchte, ihre Trauer zu überdecken. Ihr Vater fehlte ihr schmerzlich. Jeden Morgen kontrollierte sie im Speisesaal die gedeckten Frühstückstische, und jeden Abend war sie die Letzte, die sich mit einem schlechten Gewissen in die Wohnung zurückschlich. Eigentlich hätte sie Johanna bei der Betreuung der trauernden Witwe unterstützen müssen, aber für solche Aufgaben fehlte ihr die Kraft. Sie ertrug es nicht, ihre starke und schöne Mutter in diesem immer wieder auftretenden Zustand der geistigen Umnachtung zu sehen.

Eines Morgens nahm Julius sie im Foyer mit einem besorgten Blick zur Seite. »Elisabeth, du siehst fürchterlich aus, ganz abgemagert. Isst du denn nichts mehr?«

»Besten Dank für das Kompliment«, antwortete sie müde.

»Du weißt ganz genau, wie ich es meine. Du musst dich von Zeit zu Zeit ausruhen, sonst brichst du irgendwann zusammen.«

»Keine Sorge. Das passiert schon nicht«, wiegelte sie ab.

»Ich mache mir aber Sorgen um dich«, sagte er ernst.

»Das brauchst du nicht.«

Er griff nach ihrem Arm und schüttelte sie leicht. »Bitte, Elisabeth. Ich weiß, dass du um deinen Vater trauerst, aber ich will nicht, dass du dich darüber zu Tode schuftest.«

Sie blickte ihm in die Augen. »Dir kann doch egal sein, wie es mir geht.«

»Hör auf mit diesen Kindereien. So etwas passt nicht zu dir.« Julius schüttelte entnervt den Kopf. »Oder zweifelst du etwa an meiner Liebe?«

»Und wenn es so wäre?«

Sein Griff um ihren Arm wurde fester. »Dann wärst du wirklich dumm. Weißt du denn nicht, dass ich dich schon längst gebeten hätte, unseren Hochzeitstag festzulegen, wenn wir nicht beide in Trauer um unsere Väter wären?«

Plötzlich hatte sie Tränen in den Augen. »Wirklich? Warum zeigst du mir deine Gefühle dann nicht öfter?«

»Elisabeth! Was meinst du, warum ich nach wie vor in Doberan bin, obwohl ich wegen der Geschäfte meines Vaters dringend in Berlin sein müsste? Meine Gefühle für dich sind aufrichtig und stark. Wenn ich mich einmal verliebt habe, dann für immer. Selbst wenn es sich bei meiner Auserwählten um eine Frau handelt, der man am liebsten von Zeit zu Zeit den Hosenboden versohlen möchte.«

Sie lächelte ihn an. Auf einmal schien das Licht heller durch die Fenster, und ein schwerer Brocken fiel ihr vom Herzen. Julius und sie gehörten zusammen. Es war nur eine Frage der Zeit, wann sie den Bund fürs Leben schließen würden. Ab heute würde sie nicht mehr daran zweifeln.

Irgendwie ist der Krieg Alltag geworden, dachte Minna, als sie an ihrem freien Tag am Meer spazieren ging. Sogar an den kleinen Trupp Soldaten, der seit einigen Wochen die Aktivitäten auf der Ostsee beobachtete, hatte sie sich gewöhnt. Es waren im Grunde ganz normale Burschen. Nur eben in Uniform. Zwei von ihnen kamen ihr gerade entgegen. Die Gesichter unter ihren Feldmützen waren jung und hübsch. Wahrscheinlich handelte es sich um Jungbauern oder Studenten. Grüßend legten die beiden die Hand an die Mütze und blieben stehen.

»Wohin des Weges, schönes Fräulein?«, fragte der größere der beiden mit einem Grinsen.

Minna lächelte. »Ich mache nur einen Strandspaziergang, genau wie Sie auch.«

Der Kleinere schüttelte den Kopf. »Da irren Sie sich, schönes Fräulein. Wir bewachen eine strategisch wichtige Position des Deutschen Reiches.«

»Aha«, meinte Minna amüsiert. »Und? Haben die Engländer schon angegriffen?«

»Das nicht. Aber vorgestern ist die Leiche eines deutschen Matrosen an Land geschwemmt und von uns ehrenvoll bestattet worden.«

»Das tut mir sehr leid. Ein Kamerad von Ihnen?«

Die beiden schüttelten den Kopf. »Nein, ein unbekannter Matrose.«

»Trotzdem traurig«, meinte Minna.

»Vielleicht ist er auch nur irgendwo betrunken ins Meer gefallen. Dann ist es gleich weniger tragisch«, spekulierte der Größere. »Sind Sie von hier?«

Minna schüttelte den Kopf. »Nein, ich arbeite hier in der Nähe. Gebürtig stamme ich aus Berlin.«

»Aus der Reichshauptstadt!«, flüsterte der Kleinere beeindruckt. »Da gibt es sicherlich viel zu sehen. Das ist nicht so ein Kaff wie das hier.«

Minna verzog ungläubig das Gesicht. »Gefällt Ihnen Heiligendamm nicht? Hier haben schon gekrönte Häupter ihre Urlaube verbracht.«

Der Größere blickte mit wenig Begeisterung auf die Strandpromenade. »Schön ist es schon, aber hier sagen sich Hase und Fuchs gute Nacht.«

»Sie sollen ja auch hier arbeiten und nicht feiern«, meinte sie belustigt.

»Auch der fleißigste Mann muss einmal eine Pause machen«, belehrte sie der Kleinere. »Und hier gibt es noch nicht einmal ein Wirtshaus.«

»In Doberan schon.«

»Ach ja? Würden Sie uns einmal die Freude machen, mit uns auszugehen, Fräulein …?«

»Minna heiße ich. Und inzwischen glaube ich, dass Sie mich veralbern. Sie wohnen doch bestimmt in Doberan? Dann wissen Sie auch, dass es dort gleich mehrere Wirtshäuser gibt.«

»Ein deutscher Soldat veralbert niemanden«, sagte der Größere ernst. Doch dann feixten beide lausbübisch. »Außerdem würden wir tatsächlich gern mit Ihnen ausgehen, Fräulein Minna. Sie sind noch viel schöner als die Landschaft des berühmten Seebads.«

»Wirklich?«, fragte sie mit einem Lächeln.

»Ehrenwort!« Beide Soldaten legten eine Hand auf die Brust.

»Bitte, Fräulein Minna, zeigen Sie Erbarmen, und gehen Sie mit uns aus.«

»Straub, Glaser! Ich hoffe für euch, dass ihr das junge Fräulein nicht belästigt!«, schrie plötzlich ein nur geringfügig älter aussehender Soldat von der Strandpromenade her.

Minna schirmte die Augen mit einer Hand gegen die Sonne ab und winkte ihm mit der anderen zu. »Nein, alles in Ordnung.«

»Trotzdem geht ihr jetzt weiter. Wir sind schließlich nicht zum Posieren hier!«

»Also dann … auf Wiedersehen«, sagte Minna grinsend.

»Danke, dass Sie uns nicht reingeritten haben«, flüsterte der Kleinere.

Der Größere stieß ihm seinen Ellbogen in die Rippen. »Franz, so redet man doch nicht mit einem Fräulein.« Er deutete eine Verbeugung an. »Mein Name ist Erich Glaser, Fräulein Minna. Würden Sie mir Ihre Adresse verraten, damit ich Sie einmal ausführen kann?«

Sollte sie dem netten jungen Mann wirklich verraten, dass sie im Palais arbeitete? Sie war so schrecklich unerfahren in solchen Dingen. Besser nicht. Auch wenn sie das Gespräch genossen hatte, wollte sie nicht in etwas Ernsteres verwickelt werden. Deshalb antwortete sie keck: »Wenn es vom Schicksal vorherbestimmt ist, werden wir uns wiedersehen, auch ohne die Adressen zu tauschen, Herr Glaser. Meinen Sie nicht?«

Mit diesen Worten ging sie schmunzelnd ihres Weges.

Es kam Paul so vor, als wäre er geradewegs in der Hölle gelandet. Bereits eine Stunde nach seiner Ankunft im Ausbildungslager hatte er sich nach Doberan zurückgesehnt. Zusammen mit neunzehn weiteren Männern war ihm ein dunkler Schlafsaal als neues Zuhause zugewiesen worden. Bevor er wusste, wie ihm geschah, waren alle oberen Matratzen der Stockbetten belegt gewesen, und er hatte sich mit einer der unteren zufrieden geben müssen. Als er sich gebückt hatte, um sein Gepäck unter den Lattenrost zu schieben, hatte er bemerkt, dass die Bettwäsche ziemlich müffelte. Ob bereits ein anderer Rekrut darin geschlafen hatte? Ihm war keine Zeit geblieben, darüber nachzudenken, denn im nächsten Moment hatte ein grobschlächtiger Mann mit Schnurrbart den Raum betreten und gebrüllt: »Achtung! Stillgestanden!« Feldwebel Schlegel, sein Ausbildungsleiter. Und seit dieser ersten Begegnung hatte Paul keine ruhige Minute mehr gehabt.

Feldwebel Schlegel, im zivilen Leben Zimmermeister, war ein Sadist. Anders konnte man sein Verhalten nicht deuten. Jeden Tag quälte er sie aufs Neue bis aufs Blut: Dauerlauf unmittelbar nach dem Mittagessen und so lange, bis der Erste sich übergeben musste, und Liegestütz grundsätzlich nur an den matschigsten Plätzen. Wenn ein Rekrut nicht mehr konnte und sich mit zitternden Armmuskeln hochdrücken wollte, stellte er ihm seinen schweren Stiefel in den Rücken, bis der arme Kerl mit dem Gesicht in die Pfütze platschte. Und auf Paul hatte er es ganz besonders abgesehen.

»Ja, was haben wir denn da?«, hatte er gesagt, als er beim Abschreiten der Rekrutenreihe vor Paul stehen geblieben war. »Ein Muttersöhnchen, wie es im Buche steht.« Mit seiner Gerte hatte er Pauls Hand in die Höhe gehoben. »Na, so etwas. Manikürte Fingernägel hat das Bürschchen auch noch. Nun, solche Marotten werden wir dir hier schnell austreiben.«

Kurz darauf hatte er Paul zum ersten Mal zum Latrineschrubben abkommandiert. Das war allerdings nur eine von unzähligen Spezialbehandlungen, die ihm zuteilwurden. Nachdem Paul mit seinen Kameraden auf dem Bauch unter Stacheldrahtverschlägen hindurchgerobbt, an Mauern und Seilen hochgeklettert und bis zur Erschöpfung im Laufschritt über eine Balancierstange gehetzt war, hatte er als Einziger auch noch stundenlang sein schweres Gewehr präsentieren und an einer alten, rostigen Eisenstange Klimmzüge üben müssen. Er war schon jetzt, wenige Tage nach seiner Ankunft, körperlich und seelisch völlig am

Ende. Aber Protest war beim preußischen Militär nicht vorgesehen. Nachts, wenn er vollkommen entkräftet auf seiner stinkenden Matratze lag und dem Schnarchen der neunzehn anderen Rekruten lauschte, konnte er vor Heimweh kaum schlafen. Wie es Robert wohl gerade erging? Aus Angst, dass seine Briefe kontrolliert werden könnten, hatte er ihm verboten zu schreiben. Der Gedanke an seine zärtlichen Hände und sein schönes Gesicht kam ihm plötzlich unwirklich vor, so als hätte er sich beides nur erträumt. Vorbei war auch das kultivierte Leben mit klassischer Musik und gutem Essen. Den Fraß, der ihnen hier jeden Abend vorgesetzt wurde, hätten in Doberan noch nicht einmal die Schweine bekommen.

Die Nachricht vom Tod seines Vaters traf ihn völlig unvorbereitet. Mit zitternden Fingern steckte er Elisabeths Brief zurück in den Umschlag.

»Ist was?«, fragte der kleine Herbert Kupfermann, der gerade neben ihm seine Stiefel auf Hochglanz wienerte.

»Mein Vater ist gestorben«, flüsterte Paul.

»Mist«, sagte Kupfermann und spuckte auf das harte Leder des Stiefelschafts. »In Frankreich gefallen?«

Paul schüttelte den Kopf. »Nein, er war bereits zu krank, um einberufen zu werden.«

»Mist«, wiederholte sein Kamerad. »Und jetzt kannst du nicht mal zur Beerdigung fahren.«

Der Gedanke war ihm bislang noch gar nicht gekommen. »Meinst du wirklich nicht, dass man mir ein paar Tage freigeben könnte? Noch sind wir doch gar nicht richtig im Krieg, und Liegestütz kann ich auch in Doberan machen«, erwiderte Paul mit Tränen in den Augen.

In diesem Moment betrat Feldwebel Schlegel den Raum, und wieder eilte ihm sein zackiges »Achtung! Stillgestanden!« voraus. Schweigend schritt er die Reihen ab und kontrollierte die Uniformen. Vor Pauls Bett blieb er stehen. »Was ist denn hier los?«, fragte er entgeistert, als er dessen ungeputzte Stiefel erblickte.

»Entschuldigung, Herr Feldwebel, ich habe schlechte Nachrichten von zu Hause«, murmelte Paul und blickte starr geradeaus, wie man es ihm beigebracht hatte.

»Oh weh, ist der Mutti ein Fingernagel abgebrochen?«, verhöhnte ihn sein Ausbilder.

»Nein, Herr Feldwebel. Mein Vater ist gestorben.«

Schlegel musterte ihn mit unergründlichem Blick. »Und da hast du dir gedacht, dass du heute mal aufs Stiefelputzen verzichtest?«

»Nein, Herr Feldwebel. Sie sind heute nur früher gekommen, als ...«

»Dann ist es also meine Schuld, dass Sie ein flennendes Weichei sind?«, brüllte Schlegel.

»Nein, ich dachte nur ...«

Sein Vorgesetzter kniff wütend die Augen zusammen. »Sie haben es immer noch nicht kapiert, Kuhlmann, nicht wahr? Sie sind ab jetzt kein Individuum mehr. Sie sind Soldat. Und als solcher nur ein winzig kleines Teilchen in der gut geölten Maschine des preußischen Militärs. Das Privatleben dieses Teilchens interessiert kein Schwein. Es geht nur darum, dass die Maschine anständig läuft. Verstanden?«

»Jawohl, Herr Feldwebel.« Paul schluckte gegen die neuerlich aufsteigenden Tränen an.

Feldwebel Schlegel zwirbelte seinen Schnurrbart. »Ich werde nicht dulden, dass Leute wie Sie denken, sie wären etwas Besseres, nur weil sie mit einem goldenen Löffel im Mund geboren wurden.«

»Jawohl, Herr Feldwebel.«

»Dann machen Sie sich parat für eine Nachtschicht. Heute putzen Sie zur Strafe alle Stiefelpaare in der Kaserne. Und das wird dauern, das verspreche ich Ihnen. Wollen wir doch mal sehen, ob wir einen rausstehenden Nagel nicht noch in die Wand geschlagen bekommen!«

18. Kapitel

November 1914

Auch in der Küche las man inzwischen täglich die Zeitung.
Das Schicksal der vielen eingezogenen und freiwilligen Soldaten, die alle jemandes Bruder, Sohn, Vater, Schwager oder Vet-
ter waren, beschäftigte das verbliebene Personal. Herr Brandmüller hatte im Personalraum große Landkarten aufhängen
lassen, um die Truppenbewegungen nachvollziehen zu können.
Und so klangen in Minnas Ohren die Namen mancher belgischer und französischer Dörfer auf einmal vertrauter als die
Vororte von Berlin. Nach der Marne-Schlacht im September
hatte sich das deutsche Heer demnach hinter den Fluss Aisne
zurückgezogen. An der Westfront begann mit diesem Rückzug ein sogenannter Stellungskrieg – beide Seiten gruben sich
ein, und es ging offenbar weder vor noch zurück. Im Kampf
um die belgische Stadt Ypern wurden Ende Oktober von deutscher Seite Reservekorps eingesetzt, die aus bislang Ungedien-
ten oder älteren Soldaten bestanden. Der Sohn einer der Spülfrauen war genau dort mit seinem Regiment stationiert. Ein
deutscher Durchbruchsversuch am 10. November in der Nähe
von Langemarck kostete zweitausend Mann das Leben, was
fast einem Drittel aller Einwohner von Doberan entsprach.
Die Titelseiten berichteten am Tag darauf, dass die jungen Re-
gimenter beim Angriff »Deutschland, Deutschland über alles«
gesungen hätten. Doch das tröstete die arme Spülfrau nicht, als
sie eine Woche später die Nachricht erhielt, dass ihr geliebter
Johann gefallen war.

»So ein Quatsch«, murmelte Herr Brandmüller, als Minna einige Tage später sein Büro betrat.

»Was ist los?«, erkundigte sie sich.

»Ach, ich zweifele nur gerade an dieser Berichterstattung. Die Schreiberlinge behaupten ernsthaft, dass uns die Nordseeblockade der Engländer nichts ausmachen wird. Die Versorgung des deutschen Volks mit allen Nahrungsmitteln sei sichergestellt. Dabei gibt es schon jetzt bei unserem Lebensmittelhändler einiges nicht mehr zu kaufen. Da stimmt doch etwas nicht!«

Minna zuckte mit den Schultern. »Vielleicht nur ein kurzfristiger Engpass?«

»Nein. Hinter diesen Lügen steckt System. Ich habe schon an den singenden Soldaten gezweifelt. Wie glaubhaft ist es, dass diese armen Männer nach Tagen erschöpfender Kämpfe über verregnete flandrische Felder rennen und patriotische Lieder singen?«

»Hm, da haben Sie wohl recht.« Sie setzte sich, als Herr Brandmüller eine einladende Geste machte.

»Gut, dass du da bist, Minna. Ich wollte sowieso gerade mit dir sprechen«, sagte er und faltete die aufgeschlagene Zeitung zusammen. »Da inzwischen im Osten und im Westen gleichzeitig gekämpft wird und das deutsche Heer mehr und mehr Soldaten benötigt, ist es in meinen Augen nur noch eine Frage der Zeit, bis auch Herr Peters und ich eingezogen werden.«

»Um Gottes willen, hoffentlich nicht!«, rief Minna erschrocken.

»Doch. Wir müssen da ganz realistisch sein und dich auf diese schwere Zeit vorbereiten. Bald wirst du als Köchin alles hier übernehmen müssen.«

Minnas Augen weiteten sich. »Aber das kann ich nicht. Ich habe doch noch nie ein Menü geplant und dafür eingekauft. Ich kenne mich da gar nicht aus. Das ist eine zu große Aufgabe.«

Der Koch lächelte. »Nur an großen Aufgaben wächst man, und ich möchte, dass du für alle Menüs der nächsten Woche verantwortlich zeichnest. Das habe ich auch bereits Herrn Falkenhayn mitgeteilt.«

»Mit Ihrer Hilfe?«, fragte Minna ängstlich.

»Selbstverständlich.«

Die nächsten zwei Wochen waren unglaublich anstrengend. Selbst nachts träumte Minna vom Einkaufen und Kochen. Es waren so viele Informationen, die täglich neu auf sie einstürmten.

»Frisches Fleisch erkennt man an Geruch, Farbe und dem Ergebnis eines Drucktests«, dozierte Herr Brandmüller. »Wenn das Fleisch keinen Eigengeruch hat, ist es frisch. Wenn es süßlich oder gar muffig riecht, ist es alt beziehungsweise schon fast ungenießbar. Die Farbe des Fleischs kann je nach Tier variieren, aber sie sollte niemals ins Gräuliche gehen. Schweinefleisch muss im Idealfall zartrosa und glänzend aussehen, Rindfleisch dunkelrot. Generell gilt: Das Fleisch von älteren Tieren ist dunkler als das von jüngeren. Hast du das?«

Minna schrieb wie besessen mit. »Ja«, antwortete sie und strich sich eine Haarsträhne hinters Ohr.

»Am besten überprüft man das Fleisch mit der Hand. Wenn es schon bei leichtem Druck nachgibt, ist es nicht frisch.«

Sie nickte.

»Gut. Dann wiederholen wir das Gemüse. Was kannst du mir zu Brokkoli sagen?«

Minna holte tief Luft. »Die Röschen müssen klein und geschlossen sein, die Oberfläche glatt und gleichmäßig grün. Ich darf keinen Brokkoli kaufen, der gelbe Stellen hat, weil die bitter schmecken.«

»Champignons?«

»Sie müssen trocken, sauber, glatt und fest sein. Das stärkste Aroma haben Champignons mit geöffnetem, aber nicht ausgefranstem Hut. Bei ihnen ist der Reifegrad genau richtig, aber man muss sie schnell verwerten.«

Herr Brandmüller lächelte. »Gut. Dann wollen wir uns mal

dein geplantes Menü für unsere Gäste anschauen. Welche Lebensmittel brauchst du in welchen Mengen?«

Gemeinsam erstellten sie eine Einkaufsliste und legten sie Herrn Falkenhayn zur Absegnung vor. Beim Metzger überließ Herr Brandmüller Minna bereits die Auswahl der geeigneten Fleischstücke. Danach ging es wieder in die Küche, und sie besprachen den Zeitplan, nach dem die einzelnen Gerichte für die mehr als hundert Gäste vorbereitet, gekocht und serviert werden mussten. Minna rauchte der Kopf.

Doch als am nächsten Tag das erste von ihr zusammengestellte Menü ohne Beanstandung in den Speisesaal getragen wurde, überkam sie ein Hochgefühl. Sie hatte es tatsächlich geschafft.

Es wurde ernst. Vorgestern hatte Paul seinen Fahneneid geschworen. Und jetzt saß er mit seinen Kameraden im Zug. Das Gewehr zwischen den Knien, fuhr er in der Nacht dem Feind entgegen. Die Fenster des Abteils waren geschlossen, trotzdem hörte man, wenn der Zug langsam durch die kleinen belgischen Bahnhöfe rollte, wie die Einheimischen in gebrochenem Deutsch Zigaretten und Schokolade feilboten. Es erinnerte ihn an eine Reise nach Brüssel, die er einmal mit seinem Vater unternommen hatte. Doch das war lange her. Jedenfalls hatten die schönen bunten Bilder der Vergangenheit nichts mit seinem jetzigen Leben zu tun, das schon seit Wochen nur aus einer Farbe zu bestehen schien: Schwarz.

Seine Kameraden plauderten miteinander, der ein oder andere erzählte sogar Witze. Die Stimmung war ausgelassen wie auf einem Ausflug mit Freunden. Doch Paul konnte sich nicht darauf einlassen. Die Angst vor dem Unbekannten fraß sich durch seine Eingeweide. Seine von den Klimmzügen an der rostigen Eisenstange schwieligen Hände zitterten, und er versteckte sie unter seinen Achseln.

»Alles in Ordnung bei dir?«, erkundigte sich Kupfermann.

Paul nickte beklommen.

»Bald haben wir's geschafft«, erwiderte sein Freund.

Während sich Kupfermann entspannt zurücklehnte und die Augen für ein Nickerchen schloss, überlegte Paul, wie dessen Worte wohl gemeint waren. Sprach Kupfermann von der Ankunft an der Front oder … von etwas anderem?

Langsam wurde es heller. Durch das Fenster konnte er Schilder mit französischen Ortsnamen und riesige Fabrikgelände mit rauchenden Schornsteinen erkennen. Die umzäunten Industrieanlagen wurden von deutschen Soldaten bewacht. Nach und nach wurde die vormals liebliche Landschaft dramatischer. Die Schienen neben ihren waren gesprengt und ragten, ihres Sinnes beraubt, in die Luft. Immer wieder hielten sie an, weil die Weichen von Hand gestellt werden mussten, da der Feind die Drähte durchgeschnitten hatte. Sämtliche Dörfer, die sie nun zu sehen bekamen, waren verwüstet. Die Häuser zerschossen und teils dem Erdboden gleichgemacht. Nur einige wenige hatte man verschont, an ihnen hingen noch die weißen Bettlaken, die die ehemaligen Bewohner aus den Fenstern gehängt hatten, um ihre Kapitulation anzuzeigen. Die einzigen Lastwagen, die noch auf den Landstraßen fuhren, waren Rot-Kreuz- oder Gefangenentransporte.

Gegen Mittag wurden Erbsensuppe und Brot ausgeteilt. Ihre Henkersmahlzeit. Über einer Fabrikhalle mit geplatzten Fenstern wehte eine deutsche Fahne. Die Verwüstungen wurden mit jedem zurückgelegten Kilometer schlimmer. Überall hatten Granaten tiefe Krater gerissen, überall lagen Trümmerteile herum. Manchmal meinte Paul, die Umrisse einer Leiche auszumachen, und er beneidete Kupfermann, der das ganze Elend verschlief. Er selbst konnte die Augen nicht von dieser zerstörten Welt abwenden. Sein Herz raste. Wie viele Soldaten lagen unter diesen Trümmerhaufen begraben? Wo waren die Menschen, die einmal hier gewohnt hatten?

Die Zeit schien stillzustehen. Sie kampierten nun schon seit mehreren Tagen außerhalb eines französischen Bahnhofs. Die Front war nur noch wenige Kilometer entfernt. Ein Tagesmarsch. Doch der ununterbrochene Einsatz von Fliegerbomben hielt sie an Ort und Stelle fest. Total übermüdet starrte Paul in den Nachthimmel. Über den abgestellten Zügen kreisten die Lichtkegel mächtiger Scheinwerfer, die nach feindlichen Fliegern suchten. Sirenen heulten. Das beängstigende Geräusch von Kanonendonner drang an sein Ohr. Vorgesetzte schrien scharfe Kommandos, um den Lärm zu übertönen. Schemenhaft sprang ein Trupp uniformierter Männer auf und rannte mal hierhin, mal dorthin. Leise summte Paul die ersten Takte von Tschaikowskis Schwanensee, um sich Mut zu machen.

Zwei Tage später, im Morgengrauen, wurden sie – kalt und nass vom nächtlichen Marsch – in die Schützengräben eingeschoben. Auf Knien robbte Paul durch die niedrigen Unterstände. Schließlich erreichte er das ihm zugeteilte Loch, in dem bereits ein großer, kräftiger Kerl mit einem Spaten Befestigungen anlegte.

»Angenehm, Grabowski«, sagte der Mann und reichte ihm ein Werkzeug. Während sie den schweren, lehmigen Boden aushöhlten, erzählte ihm sein neuer Kamerad, dass er gerade Vater geworden war. Doch als er ein Foto seines Sohns Peter aus der Brusttasche ziehen wollte, pfiffen auf einmal Granaten über ihre Köpfe hinweg. Gemeinsam warfen sie sich auf den Boden. Mit Todesangst im Blick blieben sie dicht aneinandergedrängt liegen.

»Man gewöhnt sich daran«, murmelte Grabowski leise.

»Ich weiß nicht«, erwiderte Paul. Doch seine Worte waren kaum zu verstehen, so heftig klapperten seine Zähne.

Plötzlich flogen ihnen Steine und Erde ins Gesicht. Undurchdringlicher Pulverqualm drang ihnen in Mund und Nase. Ein Geschoss war in unmittelbarer Nähe eingeschlagen. Instinktiv griff Paul nach Grabowskis Arm und krallte sich daran fest.

»Nur die Ruhe«, flüsterte Grabowski. »Heute ist nicht unser Tag.«

Endlich ging es ihrer Mutter besser. Sie stand wieder jeden Morgen auf und trug ordentliche Kleidung, selbst wenn sie die meiste Zeit nur in der Stube saß und melancholisch aus dem Fenster starrte. Da inzwischen fast alle jungen Männer eingezogen worden waren, fehlte es Elisabeth an Personal, so dass sie auf Johannas Hilfe angewiesen war. Jede freie Hand im Haus wurde benötigt, weil auch die jungen Frauen in Doberan nicht mehr zur Verfügung standen: Viele von ihnen erledigten bereits die Arbeit von Männern. Die Post wurde von Frauen ausgetragen, und auch die Molli-Schaffner waren inzwischen weiblich. Glücklicherweise stellte sich Johanna alles andere als dumm an. Sie lernte schnell, wie man die Tische im Speisesaal für die verschiedenen Mahlzeiten deckte. Seite an Seite brauchten sie ungefähr eine halbe Stunde, um alles fürs Frühstück vorzubereiten. Danach sah Johanna wieder nach ihrer Mutter, und Elisabeth ging, mit Minnas Einkaufszettel bewaffnet, zu den Geschäften, in denen es leider von Tag zu Tag weniger zu kaufen gab. Eigentlich war das Julius' Aufgabe, aber der war gestern nach Berlin gefahren, um in der Konzernzentrale seines Vaters nach dem Rechten zu sehen, in der es ebenfalls vorn und hinten an Personal fehlte.

Als Elisabeth den Gemüsehändler nach Estragon fragte, schüttelte der alte Mann nur den Kopf. »Es ist eine Schande, dass die Obrigkeit die Lieferung nicht sicherstellen kann. Und alles, was doch noch seinen Weg nach Mecklenburg findet, landet sofort auf dem Tisch des Großherzogs.«

»Ist das so?«, fragte Elisabeth erstaunt.

»Ja, der lebt in Saus und Braus, obwohl die Versorgungslage für seine Untertanen immer schlechter wird.«

»Der hohe Herr scheint den Ernst der Lage nicht begriffen zu haben«, erwiderte sie.

»Er hat ja auch keine Aufgabe beim Militär und hockt einfach zu Hause rum, während unseren jungen Männern die Kugeln um die Ohren pfeifen.« Wütend packte der Händler die von ihr gekauften Äpfel und Kartoffeln ein.

Als Elisabeth den schweren Korb eine halbe Stunde später in die Küche schleppte, sah sie Minna weinend auf einem Schemel sitzen.

»Was ist passiert?«, fragte sie besorgt. Wenn auch noch Minna in der Küche ausfiele, wäre das eine Katastrophe für das Palais. Mit nur einem Koch würden sie nicht über die Runden kommen.

»Herr Brandmüller ... Herr Brandmüller hat seinen Einberufungsbefehl bekommen«, schluchzte sie.

»Um Gottes willen«, erwiderte Elisabeth erschrocken. War Herr Brandmüller mit seinen fünfzig Jahren nicht viel zu alt für den Krieg?

»Ja, es ist schrecklich. Er ist schon in seine Wohnung gegangen, um zu packen.« Tränen liefen über Minnas Wangen.

Elisabeth konnte sie gut verstehen. Der Koch war eine Art Vaterersatz für das Mädchen geworden. Sie selbst hätte auch geweint, wenn ihr Vater ... Nein, sie wollte nicht an ihn denken. Das machte sie nur traurig, und in diesen schweren Zeiten brauchte sie alle ihre Kraft. »Wie soll die Küche ohne Herrn Brandmüller funktionieren?«, fragte sie leise.

Minna wischte sich die Augen. »Das wird schon irgendwie gehen. Er meinte, dass ich mir vielleicht eins der Zimmermädchen zu Hilfe holen könnte. Besonders aufwendig werden wir mit den wenigen verbleibenden Zutaten sowieso nicht mehr kochen können. Und Suppe und Braten mit Kartoffeln kriege ich auch allein hin.«

Elisabeth nickte. »Du bist tapfer, Minna. Was für eine großartige Idee, dass du dich zur Köchin hast ausbilden lassen.«

Auf dem Weg zum Büro beschlich sie plötzlich ein ungutes Gefühl. Wenn das deutsche Heer schon so alte Männer wie Herrn Brandmüller einzog, war es sicher nur noch eine Frage der Zeit, bis sie auch Julius holen würden. Dabei brauchte sie ihn wie die Luft zum Atmen. Nicht auszudenken, wenn sie sich nicht nur um Paul, sondern auch noch um ihn Sorgen machen müsste. Mit einer bösen Vorahnung öffnete sie die Tür.

Julius war tatsächlich bereits aus Berlin zurück. Doch an seinem Gesicht konnte Elisabeth ablesen, dass er keine guten Neuigkeiten hatte.

»Nein«, sagte sie schrill und lief auf ihn zu.

»Doch«, antwortete er ernst und öffnete seine Arme, in die sie sich wie ein kleines Kind flüchtete.

»Wann musst du weg?«, fragte sie, während sie ihre plötzlich tränennasse Wange an seine presste.

»Morgen«, erwiderte Julius mit fester Stimme. Er blickte ihr in die Augen und senkte seine Lippen auf die ihren. Diesmal waren es richtige, seelentiefe Küsse, die sie tauschten. Küsse, die ihr Herz und ihren Körper von innen heraus zu verbrennen schienen und die – zumindest für die Zeit, die sie andauerten – ihre abgrundtiefe Verzweiflung in Leidenschaft verwandelten.

Jeden Morgen musste Paul, das Gewehr zwischen den klammen Fingern, in der Eiseskälte Posten stehen und nach feindlichen Bewegungen Ausschau halten. Doch meistens sah er nur Ratten über die völlig verwüsteten Felder huschen. Die Franzosen kämpften lieber in der Nacht. Aus der Ferne wirkten die umliegenden Ortschaften unberührt und friedlich, aber Paul wusste, dass dieser Eindruck täuschte. Alle zwei Wochen sollten Grabowski, er und die anderen von der Front abgelöst und zur Erholung in das nächste Dorf geschickt werden. Er konnte es kaum erwarten. Im Schützengraben schlief er nur minutenweise, und dementsprechend dünn war sein Nervenkostüm. Bei jedem Geräusch fing sein Herz an, wie wild zu schlagen. Einmal hatte er sich vor Angst sogar schon in die Hose gemacht. Aber hier im Schützengraben war all das egal. Sämtliche gesellschaftlichen Konventionen waren außer Kraft gesetzt, es ging ums nackte Überleben. Zweimal hatte ihn eine Kugel nur um Haaresbreite verpasst.

Endlich traf die Ablösung ein, und sie marschierten entkräftet in das fünf Kilometer entfernte Dorf, das bereits mehrfach eingenommen und wieder zurückerobert worden war. Dort kamen sie in einer zugigen Scheune unter. Sobald Paul ins Heu gekrochen war, schlief er wie ein Stein.

Erst spät am nächsten Morgen stand er gemeinsam mit seinen Kameraden auf. Sie frühstückten ein karges Mahl aus trockenem Brot und säuerlicher Marmelade und blickten sich auf Geheiß ihres Feldwebels in den verlassenen Straßen und den umliegenden Häusern um. Beim Betreten eines kleinen Bauernhauses musste Paul schlucken. Alles wirkte so, als ob die Bewohner nur kurz in den Hof gegangen wären: Der Tisch in der Küche war noch gedeckt, und in einer Ecke stand ein dunkelbraun angestrichenes Schaukelpferd aus Holz vor einigen umgestoßenen Bauklötzen. Im Vorbeigehen tippte Paul es an, und das Pferdchen schaukelte sanft hin und her.

Das Vieh in den Ställen war verbrannt. Nur noch verkohlte Gerippe lagen herum. Auch die sterblichen Überreste des Hofhunds fanden sie, als sie sich in den umliegenden Gebäuden umsahen. Sein goldbraunes Fell war mit Blut verklebt. Ein Soldat musste ihn aus Angst erschossen haben. Die Kühlkammer neben dem Stall, in der früher wahrscheinlich Milch, Butter und Käse gelagert worden waren, hatten französische oder deutsche Soldaten – genau wie die Speisekammer im Haus – längst geplündert. Doch der angrenzende Weinkeller war noch mit hölzernen Fässern gefüllt. Paul zog den dicken Korken aus einem Fass und schnüffelte das lang entbehrte, fruchtig-erdige Aroma.

»Trink das Zeug bloß nicht!«, warnte ihn Grabowski.

»Wieso?«

»Die Franzmänner schütten angeblich Gift hinein.«

Paul biss sich auf die Lippen. Konnte man es ihnen verdenken? Wenn der Feind gedroht hätte, sich über den Weinkeller des Palais herzumachen, hätte er vielleicht genauso gehandelt. Nachdenklich steckte er den Korken wieder in das Fass.

Plötzlich hörte er ein kratzendes Geräusch. Grabowski musste es auch gehört haben, denn er zog sofort seine Pistole. Ohne ein

Wort zu sagen, suchte er in gebückter Haltung den Boden hinter dem Weinfass ab. Kurz darauf schien er gefunden zu haben, wonach er gesucht hatte, und bedeutete Paul, ebenfalls seine Waffe zu ziehen. Zitternd gehorchte er. Grabowski erhob sich und hob die Klappe an, die in den unebenen Boden eingelassen war. Darunter tat sich ein dunkles Loch auf.

»*Allez, allez!*«, schrie sein Kamerad.

Doch nichts passierte.

Plötzlich schoss er schräg in die Luft. Die Kugel grub sich tief in die Decke. Putz und Teile des Mauerwerks klatschten laut auf den Boden.

»*Ne tirez pas!*«, rief eine verängstigte Frauenstimme.

»*Allez, allez!*« Grabowskis Stimme klang streng.

Ein blasses Frauengesicht, umgeben von zerzausten blonden Haaren, erschien in der Öffnung. In den blauen Augen standen zu gleichen Teilen Verachtung und Angst.

»Sprichst du Französisch?«, fragte Grabowski Paul, ohne den Blick von der Frau abzuwenden, die auf den zweiten Blick wohl eher ein Mädchen war und Paul entfernt an seine Schwester Luise erinnerte.

Pauls Stimme zitterte. »Ja.«

»Frag sie, ob sie allein ist.«

»*Vous êtes seule, Madame?*«, erkundigte er sich leise.

»*Oui*«, antwortete die junge Frau. »*Toute ma famille est déjà morte.*«

Paul nickte Grabowski zu. »Ja. Sie sagt, dass ihre ganze Familie bereits tot ist.«

»Sag ihr, dass wir sie augenblicklich erschießen, wenn sie lügt.«

»Das würdest du aber nicht wirklich tun, oder?«, fragte Paul verängstigt.

Grabowski räusperte sich. »Wir sind im Krieg. Es ist ihr Leben gegen unseres. Natürlich würde ich das tun. Jederzeit. Ich will schließlich meinen Jungen eines Tages wieder in die Arme schließen.« Er bedeutete der jungen Frau, aus dem Loch zu klettern.

Wenig später gingen sie, die junge Frau im Schlepptau, über den Hof.

»Was passiert jetzt mit ihr?«, erkundigte sich Paul, der den kleinen Trupp anführte. Er hatte sich erschrocken, als er die abgemagerte Gestalt des Mädchens gesehen hatte. Der zerschlissene Mantel hing übergroß an ihr. Sie hatte sicher seit Wochen kaum etwas gegessen. Wie einsam und verängstigt musste sie allein da unten in ihrem Loch gewesen sein.

»Sie kommt vorübergehend in ein Gefangenenlager und wird irgendwann abtransportiert«, brummte Grabowski.

»Wohin?«

»Keine Ahnung.«

Stumm marschierten sie über die ausgestorbene Dorfstraße. Doch als sie eine Kreuzung passierten, hörte Paul plötzlich ein Handgemenge hinter sich.

»Runter«, schrie Grabowski.

Umgehend warf Paul sich auf die matschige Straße. Plötzlich knallte ein Schuss. Panisch vor Angst kniff er die Augen zusammen.

»Du kannst wieder aufstehen«, sagte sein Kamerad.

Paul hob den Kopf und blickte in die toten Augen der jungen Frau, deren grauer Mantel sich über ihrer Brust blutrot färbte. Schlagartig wurde ihm speiübel. »Warum hast du das getan?«

»Die Hexe hatte plötzlich ein Messer in der Hand und hat sich zu mir umgedreht. Es war Notwehr«, erwiderte Grabowski. Diesmal klang selbst seine Stimme hohl.

Paul stand auf und betrachtete das magere, aber trotzdem schöne Gesicht der Frau. Sie sah nicht aus wie eine Mörderin. Aus einer Eingebung heraus kniete er sich hin und zog erst ihre linke, dann ihre rechte Hand unter dem blutdurchtränkten Mantel hervor. In der einen hielt die Tote einen silbernen Bilderrahmen. Darin steckte das Foto einer Großfamilie. Die junge Frau stand neben ihren Eltern und lächelte in die Kamera.

»Scheiße«, sagte Grabowski. »Aber es sah genauso aus wie ein …« Er hielt inne, als Paul den Kopf wegdrehte, um sich nicht auf die Tote übergeben zu müssen.

Es war kalt geworden. Mit rot geweinten Augen wartete Elisabeth vor dem Hotel auf Herrn Brandmüller, der gemeinsam mit Julius zum Bahnhof fahren sollte.

In diesem Moment trat Julius vor die Tür und zuckte mit den Schultern. »In der Küche ist er auch nicht. Wo steckt der Mann? Wir verpassen noch den Zug.«

»Bitte sieh noch einmal in unserer Wohnung nach, vielleicht wollte er sich schnell von meiner Mutter verabschieden. Bei Minna ist er jedenfalls nicht. Sie liegt heulend in ihrer Kammer. Ich klopfe noch einmal an Brandmüllers Wohnungstür.«

Julius nickte und machte sich auf den Weg.

Elisabeth hob ihre Röcke, damit sie nicht über den matschigen Boden schleiften, und lief zum Eingang des Gesindehauses. Wenig später hämmerte sie mit der Faust gegen Brandmüllers Tür, aber niemand antwortete. Was sollte sie nur tun? Der Koch kam bestimmt in Teufels Küche, wenn er seinen Dienst nicht rechtzeitig antrat.

Aus einer plötzlichen Eingebung heraus betätigte sie die Klinke. Die Tür ging auf, und sie trat ein.

»Herr Brandmüller?«, rief sie.

Doch es blieb still. Elisabeth ging durch den Flur ins Wohnzimmer. Alles war ordentlich und sauber. Fast steril. Selbst die Sofakissen hatten einen akkuraten Kniff in der Mitte. Der Duft von Herrn Brandmüllers Rasierwasser lag noch in der Luft. Ob er verschlafen hatte? Mit etwas Überwindung öffnete Elisabeth die Schlafzimmertür … und stieß einen markerschütternden Schrei aus.

Der Koch lag mit geöffneten Augen auf der Matratze. Mitten in einer riesigen Blutlache. Der todbringende Revolver musste ihm aus der Hand gefallen sein. Er lag unmittelbar vor dem Bett auf dem Teppich. Herr Brandmüller hatte den Freitod dem Krieg vorgezogen. Mit klopfendem Herzen blickte Elisabeth sich um. Auf der Kommode fand sie, wonach sie gesucht hatte. Dort lagen, fein säuberlich aufgereiht, zwei Briefe. Einer war an Minna adressiert, der andere an sie selbst. Mit zitternden Händen riss sie das Schreiben auf:

Liebes Fräulein Kuhlmann,
bitte verzeihen Sie mir, dass ich Ihnen diese Sauerei in meiner
Dienstwohnung antun muss. Aber ich wollte nicht weg aus
dem Palais. Ihre ganze Familie und Herr Falkenhayn sind
immer gut zu mir gewesen. Dafür danke ich Ihnen von ganzem
Herzen. Bitte haben Sie ein Auge auf Minna. Sie ist so ein
liebes Mädchen ... und eine exzellente Köchin. Ich bin mir sicher,
dass Sie und Ihre Familie das Hotel auch in Zukunft gut leiten
werden. Aber der Krieg ist nichts für mich. Deshalb bleibt mir
leider keine andere Wahl!
Leben Sie wohl,
Franz Theodor Brandmüller

19. Kapitel

Sommer/Herbst 1915

Das Meer in Heiligendamm war tiefblau und der Himmel darüber wolkenlos. Doch die Promenade und die Strandkörbe verkamen zusehends, jetzt, wo das Grand Hotel geschlossen war und es keine Männer mehr gab, die das alles instand halten konnten. Erst heute früh hatte sich ein pensionierter General aufs Schärfste beschwert. Es hatte Elisabeth einige Überwindung gekostet, den alten Tattergreis nicht anzuschreien, ob ihm schon einmal aufgefallen sei, dass Deutschland sich im Krieg befinde. Nicht nur bei solchen Gelegenheiten vermisste sie Julius schmerzlich. Manchmal nahm ihr die Ungewissheit, wo er gerade steckte und ob er überhaupt noch lebte, fast den Atem. Seit seiner Abreise waren über sechs Monate vergangen! Warum hatte er ihr immer noch nicht geschrieben? Sie konnte sich keinen Reim darauf machen.

Immer wieder musste sie an seine Küsse denken. An das Verlangen, das sie in ihr ausgelöst hatten. Warum hatte sie ihn damals nicht gleich auf der Stelle geheiratet, als er ihr im Pavillon den Antrag gemacht hatte? Hoffentlich würde das Schicksal sie nicht zu hart für diese Dummheit bestrafen. Wenn Julius nicht aus dem Krieg zurückkäme, wäre auch ihr eigenes Leben vorbei. Nie wieder würde sie einen Mann wie ihn finden. Erst in den letzten Monaten war ihr vollends aufgegangen, wie viel sie Julius verdankte. Schließlich war er es gewesen, der veranlasst hatte, dass sie in die Hotelleitung aufsteigen konnte. Wenn er nicht darauf bestanden hätte, wäre sie jetzt vollkommen verloren. Stattdessen kamen das Hotel und sie irgendwie über die Runden. Dank seines hervorragenden Plans, Pensionäre als Gäste anzuwerben, war das Palais trotz allem gut gebucht. Nur die Versorgungslage wurde immer schlimmer. Seit Januar gab es Brotkarten. Bald darauf waren auch Milch, Fett und Eier rationiert worden. Es war ein Drahtseilakt, jeden Tag aufs Neue für die Gäste zu kochen.

In diesem Moment kam einer der Pagen – inzwischen waren es minderjährige Jungen, die diese Posten bekleideten – auf sie zu und reichte ihr einen Feldpostbrief. »Der ist gerade für Sie angekommen.«

Sofort raste ihr Herz. Als sie den Absender sah, war sie enttäuscht. Der Brief war von Robert. Mal wieder. Ungelesen steckte sie ihn in die Tasche ihres Kleids. Dabei war es ursprünglich ihre Idee gewesen. Im April war Paul für eine Woche auf Heimaturlaub nach Doberan gekommen, und Elisabeth hatte ihn kaum wiedererkannt. Ihr Bruder schien ein gebrochener Mann zu sein. Hohlwangig, blass und mit dunklen Ringen unter den Augen hatte er apathisch neben ihrer Mutter auf dem Sofa gesessen. Selbst ihren Vorschlag, Klavier zu spielen, hatte er abgelehnt. Als Johanna ihm mitgeteilt hatte, dass Robert inzwischen an der Ostfront kämpfte, war alles noch schlimmer geworden: Stundenlag hatte er still vor sich hin geweint. Schließlich hatte sich Elisabeth nicht anders zu helfen gewusst. In einer ruhigen Minute hatte sie Paul beiseitegenommen und gefragt: »Du schreibst Robert nicht, weil du Angst hast, dass eure Briefe auffliegen?«

Sein Gesicht wurde von einem Schatten verdunkelt. »Ja.«

»Dann hör mir jetzt mal bitte zu. Ab heute schreibst du alle Briefe, die du an Robert senden willst, mir. Ich werde sie dann in einem anderen Umschlag an ihn weiterleiten, und hoffentlich ist er clever genug, um zu verstehen, dass du es bist, der ihm schreibt.«

Paul sah sie ungläubig an. »Das würdest du für uns tun?«

»Warum nicht?«

»Aber es fällt doch bestimmt auf, wenn ich meine eigene Schwester Robert nenne«, hatte er skeptisch hinzugefügt.

»Dann nenn mich halt Liebes oder Blümchen oder was auch immer!«

Plötzlich war etwas Glanz in Pauls matte Augen zurückgekehrt. »Vielleicht gibt mir das sogar die Kraft, diesen Krieg zu überstehen. Ehrlich gesagt hatte ich schon daran gedacht, mich auf die gleiche Art und Weise aus der Verantwortung zu stehlen wie Brandmüller.«

»Wenn du das machst, bringe ich dich eigenhändig noch ein zweites Mal um und spucke auf dein Grab!«, hatte Elisabeth geschimpft. »Dein Tod würde Mutter den Rest geben. Nein, da musst du jetzt durch. Lebend. Und Robert wartet bestimmt auf Nachricht von dir. Am besten setzt du dich sofort hin und schreibst ihm!«

Paul hatte gleich fünfzehn Briefe an seinen Liebsten verfasst und war einigermaßen beruhigt und ausgeruht wieder an die Front zurückgekehrt.

Nachdem Elisabeth mit Johanna die Tische für das Mittagessen eingedeckt hatte, ging sie kurz in die Wohnung, um nach ihrer Mutter zu sehen. Auf der Anrichte lag ein weiterer Brief. Plötzlich zitterten ihre Finger. Die Adresse war in Julius' Handschrift geschrieben. Mit klopfendem Herzen griff sie nach dem Umschlag und ging auf ihr Zimmer. Dort öffnete sie ihn und zog zwei eng beschriftete Seiten heraus:

Meine liebste Elisabeth,
bitte entschuldige vielmals, dass ich mich erst jetzt melde, aber
ich hatte meine Gründe. Am besten erzähle ich Dir alles von
Anfang an: Als ich nach dem schockierenden Tod von Herrn
Brandmüller in Berlin ankam, fing mich ein Angehöriger des
Kriegsministeriums am Bahnhof ab und teilte mir mit, dass
ich als Hauptaktionär eines wichtigen deutschen Konzerns
nicht an die Front geschickt würde. Stattdessen bot man mir
eine Stelle als Berater in der Obersten Heeresleitung an, die
inzwischen von meinem Namensvetter Erich von Falkenhayn
geleitet wird. Eigentlich fiele ja unserem Kaiser die Befehls- und
Kommandogewalt der Streitkräfte zu, aber in seiner ureigenen
Weisheit hat er diese Aufgabe an den Leiter des Generalstabs

des Feldheeres abgegeben. Stattdessen inszeniert er sich als
selbstherrlicher Eroberer. Was ich in Charleville-Mézières alles
erleben durfte, würde dir den Schlaf rauben. Nur so viel: Der
Kaiser verhält sich wie ein naiver Jüngling. Bei deutschen Siegen
tönt er groß und mutig. Bei Niederlagen verzieht er sich schmollend
und deprimiert in seine Gemächer. Wenn die tapferen Soldaten an
der Front wüssten, was für ein Kindskopf dem Deutschen Reich
vorsteht, würden sie sich nicht für ihn totschießen lassen …

Erschrocken ließ Elisabeth das Blatt Papier sinken. Um Himmels willen! Julius schrieb sich ja um Kopf und Kragen. Was, wenn dieser Brief von der Zensur geöffnet worden wäre! Seufzend las sie weiter.

… Von der Obersten Heeresleitung dürfen keine privaten
Briefe aufgegeben werden. Deshalb die Verspätung. Doch seit
einigen Tagen bin ich wieder in Berlin. Und das verdanke ich
nur unseren Feinden. Die stellen sich nämlich in Bezug auf die
Kriegspropaganda wesentlich geschickter an als wir. So haben
die Franzosen uns von Anfang an als »sales boches allemands«
tituliert und ihre Soldaten gegen uns aufgewiegelt, indem sie
über die angeblich (oder tatsächlich) begangenen Gräueltaten
der Deutschen in Belgien und Frankreich berichteten. Auch die
Engländer haben bereits im letzten August ein »War Propaganda
Bureau« gegründet, das unter anderem für die Rekrutenwerbung
und die Werbung für Kriegsanleihen zuständig war. Und dieses
Büro war nicht gerade untätig. In den ersten fünf Monaten des
Krieges wurden mehr als zwei Millionen Propagandaplakate mit
110 Motiven veröffentlicht. Und nun soll ausgerechnet ich in der
»Zentralstelle für Auslandsdienst« mithelfen, die Begeisterung der
Deutschen und ihrer Soldaten für den Krieg aufrechtzuerhalten.
So entwerfe ich Motive, die »der nationalen Geschlossenheit
dienen, Siegeszuversicht vermitteln und das feste Bündnis der
Mittelmächte Deutschland und Österreich-Ungarn unterstreichen«.
Dazu nützen mir auch meine Kenntnisse der Fotografie. Mit der

Kamera bewaffnet, werde ich hinter und vielleicht auch kurz an der Front auf die Pirsch gehen. Aber keine Sorge! Unkraut vergeht nicht. Ich komme zwar wahrscheinlich wegen dieser unehrenhaften Arbeit nach meinem Tod in die Hölle, aber zumindest bleibe ich weitestgehend von den feindlichen Kugeln verschont. Es war eben schon immer gesünder und sicherer, reich als arm zu sein.

Doch jetzt genug von mir, wie geht es meiner Herzensdame? Läuft das Hotel? Bestimmt. Ich setze großes Vertrauen in Deine unternehmerischen Fähigkeiten. Und falls Du es schon wieder vergessen haben solltest: Ich liebe Dich und kann es immer noch kaum erwarten, Dich zu heiraten, wenn diese grausamen Zeiten endlich vorbei sind. Bitte schreibe mir an die unten angegebene Adresse, und ich antworte, wenn ich von meiner ersten Reise als Propagandafotograf zurückkomme!

Dein Dich liebender Julius

Mit Tränen der Erleichterung in den Augen presste Elisabeth den Brief an ihre Brust. Hoffentlich war die Arbeit als Propagandafotograf tatsächlich so sicher, wie Julius behauptete! Er liebte sie. Und sie ihn. An dieser Gewissheit musste sie sich festklammern und auf einen baldigen Frieden hoffen.

Ratlos schaute Minna auf das gedruckte kleine Heft, das Fräulein Elisabeth ihr gerade überreicht hatte. Der Titel lautete: *Gelobt sei, was satt macht.* »Und wozu soll das gut sein?«

»Das sind Rezepte, die uns helfen sollen, das wenige, das uns noch zusteht, bestmöglich zu verwerten«, meinte das gnädige Fräulein und seufzte. »Ich habe diese Broschüre von meiner Tante in Berlin zugeschickt bekommen. Dort geht es den Menschen deutlich schlechter als bei uns. Inzwischen spielt der Geschmack der Speisen kaum noch eine Rolle. Hauptsache, sie bringen möglichst viele Kalorien auf den Teller. Familien haben offenbar Probleme, ihre Kinder satt zu bekommen.«

Minna schlug das Heft auf und begann, laut darin zu lesen. »Reichhaltiger Haferflockenauflauf. Man koche ein Paket Haferflocken mit etwas Wasser, Salz und Tomatenmark für circa zehn Minuten, gebe gehackte Fleischreste und ein Ei dazu und backe alles, bis es goldbraun ist, in einer Form. Dies ergibt ein sättigendes Einzelgericht. Statt des Eis kann man auch Ei-Ersatz verwenden.« Sie zog eine Grimasse. »Ei-Ersatz? Und das soll ich für unsere Gäste kochen?«

Auch Fräulein Elisabeth sah nicht gerade begeistert aus. »Noch haben wir ja genug Eier. Aber wenn es so weitergeht, werden wir das Restaurant zukünftig wohl nur auf diese Weise betreiben können.«

Mit großen Augen las Minna weiter. »Kaffeeersatz. Man sammle Brotrinden, möglichst Weiß- und Schwarzbrot gemischt, und teile sie in ¼ cm lange Stücke. Dann trockne man die Rinden und bewahre sie auf, bis eine größere Menge vorhanden ist. Unter Beifügung eines winzigen Stückchens Butter werden die Rinden in der Bratpfanne unter ständigem Rühren braun gebraten. Die größten Stücke werden in der Kaffeemühle gemahlen und möglichst mit etwas gebrannter Zichorienwurzel vermischt. Bei der Zubereitung des Getränkes ist darauf zu achten, dass das Brotrindenmehl nicht nur mit kochendem Wasser übergossen wird, sondern zum Kochen gebracht wird. Dazu füllt man die Tasse zunächst mit der halben Wassermenge und gießt nach dem Aufkochen die zweite Hälfte darüber. Das Mehl setzt sich an den Boden, das Getränk kann klar vom Bodensatz abgegossen werden.«

»Um Gottes willen! Das klingt ja schauderhaft.« Das gnädige Fräulein rieb sich über den Bauch, als ob sie Schmerzen hätte.

»Allerdings«, meinte Minna.

»Wie gut, dass Herr Brandmüller das nicht mehr erleben muss. Er ist immer besonders großzügig mit Butter, Eiern und Gewürzen umgegangen. Wenn ich nur an die von ihm zubereiteten Gänse denke, läuft mir augenblicklich das Wasser im Mund zusammen.«

Sofort hatte Minna wieder den altbekannten Kloß im Hals.

Herr Brandmüller fehlte ihr an allen Ecken und Enden. Manchmal fühlte sie sich schrecklich allein ohne ihn. Aber sie durfte nicht in Selbstmitleid versinken. Immerhin stand sie in Lohn und Brot. Man schätzte ihre Arbeit und … Energisch wischte sie sich über die Augen.

»Oh, entschuldige, Minna«, stieß Fräulein Elisabeth hervor. »Wie taktlos von mir.«

»Schon gut«, schniefte sie. »Sie haben recht. Das alles wäre ihm sehr schwergefallen. Wahrscheinlich hätte er …« Nachdenklich rieb sie sich das Kinn.

»Was hätte er getan, Minna?«

»Ich wollte sagen, dass er wahrscheinlich selbst Geflügel gehalten hätte, um die Versorgung mit Eiern und Hühnerfleisch sicherzustellen. Bestimmt hätte er auch einen kleinen Gemüsegarten angelegt. Er hat mir einmal erzählt, dass er als Kind in Berlin sogar auf dem Balkon Radieschen gezogen hat.«

»Das ist eine ganz wunderbare Idee, Minna«, rief Fräulein Elisabeth begeistert. »Ich kann nicht glauben, dass ich darauf nicht schon selbst gekommen bin!«

»Hm. Aber wird Gemüse nicht meistens im Frühjahr ausgesät?«, meinte Minna skeptisch. »Und jetzt ist es schon Ende August.«

»Ich habe, ehrlich gesagt, keine Ahnung. Aber ich muss mich unbedingt von einem der Bauern in der Gegend beraten lassen.«

»Sind die nicht auch alle im Krieg?«

»Bestimmt. Aber irgendwer wird sich schon auskennen, die meisten Felder sind ja bestellt.« Sie zog einen Flunsch. »Allerdings wird das ein ziemlich langer Spaziergang.«

Minna nickte. »Ja, jetzt, wo man Ihnen die Pferde weggenommen hat und das Benzin für die Autos fehlt.«

Fräulein Elisabeth lächelte. »Glücklicherweise habe ich ja noch junge Beine. Das schaffe ich schon.«

Eigentlich hatte ihre Schwester mit zu den Bauern kommen wollen, aber dann war am Morgen ein Brief von Friedrich eingetroffen, in dem er ihnen mitteilte, dass er als Lazarettarzt an die Ostfront beordert worden war. Ihre Mutter war selbstredend in Tränen aufgelöst gewesen, und Johanna musste zu Hause bleiben, um sie zu trösten. Aber Elisabeth würde auch ohne sie klarkommen. Das Wetter war nach wie vor schön, und die Wege wurden von Klatschmohn und Kornblumen gesäumt. Dahinter wogten Weizen- und Roggenfelder im Spätsommerwind. Ein beruhigender Anblick.

Im ersten Bauernhof öffnete ihr eine misstrauisch dreinblickende Alte. »Was wollen Sie hier?«, fuhr sie Elisabeth an.

Erschrocken starrte sie auf den zahnlosen Mund der Frau. »Entschuldigen Sie die Störung, ich wollte Ihnen ein paar Hühner abkaufen. Ich zahle auch einen guten Preis.«

»Wir verkaufen nichts oberhalb der staatlichen Preisgrenzen. Das ist gegen das Gesetz. Und Hühner haben wir auch nicht zu verschenken«, zischte sie und schlug ihr die Tür vor der Nase zu.

Verblüfft drehte Elisabeth sich um und wollte gerade wieder gehen, als ein schätzungsweise vierzehnjähriger Junge aus dem Schatten einer Buche trat. »Hat Ihnen meine Oma den Kopf abgerissen?«, fragte er grinsend.

»Ja, das kann man wohl sagen«, erwiderte Elisabeth und streckte ihre Hand aus. »Ich bin Elisabeth Kuhlmann.«

Er schlug ein. »Josef Blumenberg. Angenehm.«

Elisabeth musterte ihn kritisch. »Kannst du mir vielleicht weiterhelfen? Ich möchte ein paar Hühner und eventuell einen Hahn kaufen. Wo finde ich so etwas?«

»Kennen Sie sich denn mit der Haltung von Federvieh aus?«, fragte er kess, anstatt ihre Frage zu beantworten.

»Nicht so richtig«, gab sie unumwunden zu.

»Nun, es ist nicht allzu schwer. Man braucht eine eingezäunte Grasfläche und einen einbruchsicheren Stall. Sonst klaut der Fuchs die Hühner in der Nacht.«

»Ich verstehe. Platz haben wir genug. Aber würdest du mir mit dem Zaun und beim Stallbau behilflich sein?«

Er zuckte mit den Schultern. »Wissen Sie, was die Viecher fressen?«

Elisabeth kam sich vor wie bei einer Prüfung. »Brot?«

Josef lächelte überlegen. »Hühner sind Allesfresser. Sie picken Gras, Körner, Würmer, Schnecken und Insekten. Gekochte Kartoffeln finden sie besonders lecker.«

»Gut zu wissen«, meinte Elisabeth belustigt. »Also, was ist ... hilfst du mir?«

»Kommt drauf an.« Er wippte auf den Fersen vor und zurück. »Worauf kommt es an?«

»Was Sie uns dafür geben können.«

Elisabeth musterte ihn kritisch. »Weiß deine Großmutter, dass du auf diese Weise mit den Leuten feilschst?«

»Na klar. Seit mein Vater und seine Brüder im Krieg sind, müssen wir sehen, wo wir bleiben. Man zwingt uns, die Ernte zu niedrigen Preisen zu verkaufen, und jetzt können wir uns weder neues Saatgut noch Dünger leisten.«

Elisabeth schüttelte den Kopf. Was für eine Misswirtschaft. »Gut, dann lass uns offen reden. Kannst du mir die Tiere und den Stall besorgen?«

Der Junge nickte.

»Brauche ich einen Hahn?«

»Wenn Sie züchten wollen ... klar. Außerdem bringt er Ruhe in die Hühnerschar.«

So kompliziert hatte sie sich das alles nicht vorgestellt. Elisabeth atmete tief durch. »Dann sag mir, was du dafür haben willst.«

Josef zeigte auf ihre Perlenkette. »Ist die echt?«

»Natürlich. Aber sie ist viel mehr wert als ein paar mickrige Hühner und ein Stall«, erwiderte Elisabeth entrüstet.

»Wir haben gestern geschlachtet«, erwiderte der Junge. »Was, wenn wir noch eine Schweinehälfte dazugeben?«

Aus einer Schweinehälfte würde man gepökelte Dauerwurst und Räucherschinken machen können. So etwas hielt sich wahrscheinlich ziemlich lange. Elisabeth lächelte und hielt ihm erneut die Hand hin. »Einverstanden. Aber die Bezahlung erfolgt erst, wenn die Hühner bei uns im Park sind.«

Josef schlug ein. »Kein Problem.«

Eine Woche später hatte sich das Federvieh zur absoluten Attraktion der Gäste gemausert. Jeden Morgen pilgerten die alten Leute in Scharen zu dem hübschen Hühnerhaus und fütterten die Tiere mit ihren Brotresten. Wenn der blöde Gockel sie nicht immer schon um fünf Uhr früh aus dem Schlaf gerissen hätte, wäre Elisabeth wunschlos glücklich mit den Tieren gewesen. Ein Gähnen unterdrückend, wandte sie sich vom Fenster ab und wieder ihrer Schwester zu.

»Luise hat heute geschrieben«, berichtete Johanna, die gerade an einer Mütze für Paul strickte.

»Und?«

»Offenbar hat sie Vaters Ableben einigermaßen verkraftet, aber sie hasst ihre Schwiegereltern, und Joe reist leider immer noch so viel.« Johanna seufzte. »Sie hätte ihn niemals so schnell heiraten dürfen.«

»Wir haben sie alle gewarnt«, erwiderte Elisabeth ernst. »Und jetzt muss sie mit ihrer Entscheidung leben. Lass uns das Thema wechseln. Es macht mich traurig, an Lulu zu denken.«

»Wie du möchtest.« Johanna sah sie nachdenklich an. »Es gibt da eine Sache, über die ich schon länger mit dir reden wollte. Glaubst du nicht auch, dass wir einen Fehler machen? Anstatt reiche Pensionäre durchzufüttern, die genauso gut in Berlin leben könnten, sollten wir das Palais in ein dringend benötigtes Lazarett verwandeln. Die gute Seeluft wäre für unsere kranken Soldaten bestimmt eine Wohltat. Erst gestern hat mich der Pfarrer darauf angesprochen.«

»Bitte, Johanna. Verschone mich!« Elisabeths Stimme wurde hart. »Wenn der Pfarrer tatsächlich ein Lazarett in Doberan errichten will, kann er es von mir aus gern im Münster tun. Aber nicht in unserem schönen Hotel.«

»Elisabeth!« Johanna wirkte geschockt.

»Schwesterherz! Nur über meine Leiche lassen wir hier stinkende, verlauste Soldaten wohnen. Das wäre das Ende von Luxus und Eleganz. Wir müssen schließlich auch an die Zeit nach dem Krieg denken.«

Johannas Wangen färbten sich rot. »Würdest du genauso denken, wenn Julius und Paul diese verletzten Soldaten wären?«

»Natürlich nicht.«

»Aber alle verletzten Soldaten sind irgendjemandes Bruder oder Geschäftspartner.«

»Dann sollen deren Verwandte sich um sie kümmern. Wenn das jeder tun würde, wäre allen geholfen.«

»Wie kann man nur so hartherzig sein«, meinte Johanna vorwurfsvoll.

»Ich bin nicht hartherzig. Aber ich muss auch an Mutter, dich und mich denken. Wenn wir kein Geld mehr einnehmen, wovon sollen wir dann leben? Was soll aus unseren Angestellten werden? Du willst doch nicht etwa Minna auf die Straße setzen?«

»Nein, natürlich nicht. Aber …«

Elisabeth unterbrach sie mit einer Handbewegung. »Oder geht es vielleicht um etwas ganz anderes? Hast du dir deinen jüdischen Arzt immer noch nicht aus dem Kopf geschlagen? Glaubst du wirklich, dass ausgerechnet dein Doktor Hirsch das Lazarett leiten würde?«

Offenbar hatte sie den Nagel auf den Kopf getroffen. Johanna sprang ungestüm vom Sofa auf und ließ ihre Stricknadeln fallen. Ihr Kopf war hochrot. »Manchmal bist du wirklich gemein, Elisabeth!«, rief sie und lief mit wehenden Röcken aus der Stube.

Paul hustete und rückte das mit Chemikalien getränkte Mullkissen vor Mund und Nase zurecht, das ihn vor dem Chlorgas der Franzosen schützen sollte. Nachdem das deutsche Heer im April bei günstigem Nordostwind zum ersten Mal eine grün-gelbe

Giftwolke gegen den Feind geblasen hatte, konterten die Franzosen seit September mit ebensolchen Gasangriffen. Die Folge waren unendlich viele Tote und Schwerverletzte, auf beiden Seiten. Dabei hatten die Toten noch Glück. Männer, die das Gas blind gemacht hatte, irrten orientierungslos auf dem Schlachtfeld umher und waren ein leichtes Ziel. Die armen Schweine, denen das Chlor die Lunge verätzt hatte, waren noch schlimmer dran. Die lagen auf dem von Geschossen und Minen durchpflügten Feldern und erstickten langsam und qualvoll. Doch die Zeiten, in denen Paul sich wegen einer toten Französin übergeben musste, waren längst vorbei. Die ständigen Grausamkeiten hatten ihn abgestumpft. Er war zu dem Teilchen geworden, das Feldwebel Schlegel hatte formen wollen: emotionslos und kalt wie der Stahl seines Gewehrs. Er summte auch keine klassische Musik mehr, um sich zu trösten. Das ewige Knattern des Artilleriefeuers und die Explosionen der Stielhandgranaten hatten ihn taub gemacht. Selbst innerlich.

Zusammen mit Grabowski stand er auf Horchposten. Es war bereits nach Mitternacht, und ein blasser Mond beleuchtete die trostlose Landschaft. Der eiskalte Novemberwind ließ sie beide vor Kälte schnattern. Sie hüpften leise von einem Bein auf das andere, um sich ein wenig aufzuwärmen. Gestern hatte es zum ersten Mal gefroren, davor tagelang geregnet. Das war auch nicht besser gewesen. In den tiefen, engen Gängen der Schützengräben hatte sich das Wasser gesammelt und einen Sumpf gebildet, in dem ihre Stiefel stecken geblieben waren. Vollkommen durchnässt hatten sie im Matsch gehockt. Ein trockener Husten schien sich auf ewig in seinen Bronchien festgesetzt zu haben. Manchmal wunderte sich Paul, dass er nicht schon längst an einer Lungenentzündung gestorben war. Die Versorgung im Feld war erbärmlich. Viel zu wenig und immer kalt. Der Militärkoch traute sich mit seiner Suppenkanone nicht nah genug an die Front, und bis das ekelhaft schmeckende Zeug bei ihnen ankam, hatte es die gleiche Temperatur wie seine vom Frost abgestorbenen Füße. Schon längst hatte er aufgehört, sich mit der

Erinnerung an kulinarische Genüsse im Palais zu quälen. Das brachte nichts außer Bauchgrummeln und noch mehr Heimweh.

Manche Tage waren schlimmer als andere. Wenn er sich morgens aus dem Feldbett quälte und in jeder Gliedmaße einen Krampf hatte, dachte Paul oft, dass er dieses Leben an der Front nicht mehr aushielt. Die Kämpfe waren sowieso eine Farce. Seit Monaten ging es nur noch meterweise voran – und wieder zurück. Und für diese wenigen Meter französischen oder belgischen Bodens wurden ganze Bataillone aufgerieben. Es war ein sinnloses Blutvergießen. Wenn Elisabeth ihm nicht regelmäßig Roberts Briefe ins Feld geschickt hätte, hätte er längst aufgegeben. Nur der Gedanke an Robert und eine gemeinsame Zukunft mit ihm hielt Paul davon ab, die Waffe gegen sich zu richten.

In einer Stunde sollten sie abgelöst werden. Doch die Minuten vergingen endlos langsam. Grabowski war unruhig. Wahrscheinlich wollte er sich mal wieder die Zeit vertreiben, indem er Geschichten von seiner Frau und seinem Sohn erzählte. Er zog sich den Gasschutz vom Gesicht und sagte: »Ich glaube, der Wind hat gedreht.«

Pauls Wangen waren wie eingefroren. Er spürte schon lange nicht mehr, aus welcher Richtung der Wind kam. Doch es war eine Wohltat, das Mullkissen von der Nase zu nehmen und die Nachtluft zu atmen.

»Wenn der Krieg vorbei ist, werde ich meinem Sohn das Fußballspielen beibringen. Das hat mir als Kind auch immer am meisten Spaß gemacht. Dann kann uns Maria ein paar belegte Brote schmieren, und wir verbringen den ganzen Tag auf dem Bolzplatz«, flüsterte Grabowski. »Und abends, wenn Maria Peterchen ins Bett gebracht hat, mache ich es mir mit ihr gemütlich. Wir trinken eine Flasche rheinischen Wein und kuscheln auf dem Sofa. Habe ich dir schon erzählt, dass meine Maria eine ganz hervorragende Köchin ist?«

Paul nickte bibbernd. »Hast du.«

»Nach dem Krieg musst du uns unbedingt besuchen kommen.«

»Das mache ich. Ich war noch nie in Cöln.«

»Es ist die schönste Stadt Deutschlands.«

Paul lächelte. »Meinst du?« Er wollte Grabowski gerade fragen, ob er seine Maria im berühmten Dom geheiratet hatte, als eine Kugel über seinen Kopf hinwegzischte. Sie waren zu laut gewesen! Der Feind musste sie aufgespürt haben! Plötzlich schlug unmittelbar vor ihm eine Wurfmine ein. Die Explosion riss ihn zu Boden. Steine prasselten auf seinen Kopf. Eine weitere Detonation – diesmal neben ihm – schien ihm förmlich das Trommelfell zu zerfetzen. Wo blieb die Ablösung? War denn keine Verstärkung unterwegs? Paul versuchte, im tiefen Matsch Halt zu finden und sich hinter einem Stein in Deckung zu bringen, doch seine Hände und Füße rutschten auf dem abschüssigen Hang immer wieder ab. Seine schlammverschmierten Augen blickten zur Seite, um zu sehen, ob es wenigstens Grabowski in den sicheren Wald geschafft hatte. Paul blinzelte. Er sah die kniende Gestalt seines Kameraden. Doch etwas stimmte nicht. Es dauerte einige Sekunden, bis er begriff, was das Problem war. Grabowski hatte keinen Kopf mehr.

20. Kapitel

Winter 1915/16

Elisabeth zog den Mantel enger um ihre schmaler gewordene Figur. Was für eine Kälte! Aber gleich hatte sie es geschafft, es waren nur noch wenige Meter bis zur Post.

»Ein neues Paket für Ihren Bruder?«, fragte die Schalterfrau mit einem Lächeln.

Elisabeth nickte. »Sein Weihnachtspaket. Wir haben sogar ein paar haltbare Kekse und Kuchen für ihn eingepackt.«

»Das ist schön. Es ist zwar ein wenig knapp bis zum Vierundzwanzigsten, aber bestimmt freut er sich auch, wenn er das Gebäck etwas später erhält.«

»Sicher. Ich bin vorher einfach nicht dazu gekommen«, sagte Elisabeth.

»Ja, wir haben alle viel zu viel zu tun, seit unsere Männer fort sind«, stimmte die Frau ihr zu.

Auf dem Rückweg ging Elisabeth einkaufen. Inzwischen musste man fast zehn Minuten anstehen, um in den Laden zu kommen. Doch viele der Kundinnen gingen mit leeren Händen nach Hause, weil die Lebensmittelpreise rapide gestiegen waren. Das Pfund Reis kostete seit Kurzem unglaubliche sechzig Pfennige, Rindfleisch gar eine ganze Mark. Haferflocken bekam man fast gar nicht mehr, selbst in den umliegenden Städten nicht. Auch andere Güter des täglichen Gebrauchs wurden teurer. So bekam man ein Stück Seife nicht unter fünfzig Pfennig. Bald würden sich die Hotelgäste mit klarem Wasser waschen müssen. Auch das Petroleum wurde knapp. Die armen Dienstboten mussten in ihren Kammern im Dunkeln zu Bett gehen, weil man selbst an Kerzen nur sehr schwer herankam.

Als Elisabeth ihre kargen Einkäufe in der Küche abgab, richtete Minna ihr aus, dass in der Wohnung eine Überraschung auf sie warte.

»Eine Überraschung?«, hakte sie nach.

»Ja. Aber man hat mir leider nicht gesagt, worum es sich handelt.«

Elisabeth nickte abwesend. Ob Paul über Weihnachten freibekommen hatte? Laut sagte sie: »Gut. Ich gehe gleich hoch. Ich muss vorher nur noch schnell den Hühnerstall sauber machen.«

»Warum lassen Sie das nicht eins der Zimmermädchen tun?«

Elisabeth zog die Stirn kraus. »Weil sie es nicht anständig machen würden. Ich habe es zweimal mit einem Pagen versucht … aber keiner von ihnen reinigt gründlich genug. Und in einem dreckigen Stall legen die Hühner weniger Eier.«

Minna, die gerade einen Suppentopf auswusch, rief über das laufende Wasser hinweg: »Ich weiß ganz genau, was Sie meinen, Fräulein Elisabeth. Hier in der Küche ist es ähnlich. Alles, was man nicht selbst macht, geht schief.«

Müde und dreckig schlurfte Elisabeth die Treppe hinauf. Als sie die Tür öffnete, hörte sie Johannas Stimme rufen: »Elisabeth, bist du es?«

»Ich komme sofort, ich muss mich nur noch eben wasch…« Der Anblick eines plötzlich aus der Stube tretenden Mannes ließ sie verstummen: Julius! Ohne sich um ihre schmutzigen Kleider zu kümmern, flog sie in seine ausgebreiteten Arme. Wortlos vergrub er seine Nase in ihrem Haar. So standen sie eine ganze Weile und hielten einander eng umschlungen. Es war das schönste und sicherste Gefühl auf der ganzen Welt.

Plötzlich räusperte sich Julius. Als Elisabeth hochschaute, entdeckte sie ein amüsiertes Lächeln in seinem Gesicht. »Also, ich will dir ja nicht zu nahe treten, Liebes. Aber was für ein Parfüm benutzt du seit Neuestem? Das duftet nicht gerade nach Rosen.«

Sie lachte. »*Eau de poulet!* Bitte entschuldige, ich habe gerade den Hühnerstall ausgemistet und wollte mich eigentlich waschen, bevor ich wieder unter Menschen gehe.«

Er hielt sie eine Armeslänge von sich entfernt und musterte sie eingehend. »Mein Gott, bist du eine tapfere Frau, Elisabeth. Ich wusste schon immer, dass du stark bist, aber was du jetzt im Krieg leistest, ist absolut einzigartig. Und dabei bist du – trotz des strengen Geruchs – schön wie eh und je.«

Innerlich freute sie sich sehr über sein Kompliment, aber das musste sie ihm nicht unbedingt auf die Nase binden. »Du alter Schmeichler. Offenbar hast du dich auch nicht verändert. Du schmierst uns Frauen immer noch reichlich Honig ums Maul.«

Er schüttelte den Kopf. »Nein, kein Plural. Das mache ich nur bei einer einzigen Frau, und die hat es verdient. Während ich auf dich gewartet habe, habe ich mich mit einigen Gästen unterhalten, und die haben dich alle in den allerhöchsten Tönen gelobt.«

»Die sind von mir bestochen worden«, scherzte sie und kämpfte sich frei. »Ich wasche mich schnell, und dann können wir uns in Ruhe unterhalten.« Schon im Fortgehen begriffen, drehte sie sich noch einmal mit einem besorgten Gesichtsausdruck zu ihm um. »Wie lange kannst du bleiben?«

»Leider nur bis morgen früh.«

»Oh Gott, dann dürfen wir keine Sekunde verschwenden«, rief sie und lief eilig in ihr Zimmer.

Wenig später saßen Johanna, Julius und sie in der Stube und unterhielten sich. Ihre Mutter, die sie inzwischen in ihre Heiratspläne eingeweiht hatte, war bereits zu Bett gegangen.

»Ich finde, wir sollten Herrn Falkenhayn und Elisabeth die Hotelgeschäfte besprechen lassen, Johanna«, hatte Mutter mit einem vielsagenden Blick bemerkt. Offenbar wollte sie durch ihr fast schon kupplerisches Verhalten sicherstellen, dass ihnen Julius, die unerwartet gute Partie, nicht doch noch durch die Lappen ging.

»Was führt Sie nach Doberan?«, fragte Johanna gerade.

»Ich war in Berlin, um Propagandamaterial bei der Zentralstelle für Auslandsdienst abzugeben und um im Konzern nach dem Rechten zu sehen, und habe für anderthalb Tage Urlaub beantragt.«

»Sehr schön«, lobte ihre Schwester. »Laufen die Geschäfte gut?«

Auf Julius' Stirn erschien eine steile Falte. »Leider viel zu gut. Im Konzern haben wir auch einige metallverarbeitende Betriebe, die Rüstungsgüter herstellen, und man könnte fast sagen, dass ich ein Kriegsgewinnler bin.«

Johanna machte ein verschrecktes Gesicht. »Nun, dafür können Sie ja nichts. Sie haben den Kaiser schließlich nicht zum Krieg gedrängt.«

»Das stimmt. Aber es ist trotzdem kein gutes Gefühl. Allerdings gäbe es im Moment auch gar keine Möglichkeit, diese Fabriken zu verkaufen.«

»Warum auch?«, sagte Elisabeth pikiert. »Schließlich kann es nicht schaden, wenn das Palais zur Hälfte einem vermögenden Konzernchef gehört.«

Julius lächelte. »Du warst schon immer sehr rational in solchen Fragen, liebste Elisabeth, auch deswegen kann ich es kaum erwarten, dich endlich zu heiraten.«

Johanna blickte überrascht auf. »Oh! Dann habt ihr euch ganz offiziell verlobt?«

Elisabeth errötete. »Nein ... aber wer verlobt sich schon mitten im Krieg?«

»Mehr Menschen, als du denkst! Viele heiraten sogar mit einer Sondergenehmigung«, erwiderte Julius. »Die Frauen wollen ihren Männern damit Mut machen, bevor die an die Front müssen.«

»Also, ich fände es schrecklich, so heiraten zu müssen«, sagte Elisabeth seufzend. »Man kann ja noch nicht einmal richtig feiern.«

»Das ist ja auch das Allerwichtigste bei einer Eheschließung«, antwortete Julius mit einem Augenzwinkern.

Johanna räusperte sich verlegen. »Also, wenn das so ist, werde ich es Mutter gleichtun.« Sie stand auf. »Da ihr nur einen gemeinsamen Abend zusammen habt, will ich nicht weiter stören.«

Als ihre Schwester den Raum verlassen hatte, fühlte sich Elisabeth plötzlich unsicher. Dabei war sie früher oft mit Julius allein gewesen. Doch damals hatte er sie nicht so angesehen, als wolle er sie mit seinen Blicken verschlingen. Unwillkürlich erinnerte sie sich an seine leidenschaftlichen Küsse und wurde rot. Um ihre Verlegenheit zu überspielen, fragte sie: »Und? Warst du inzwischen auch an der Front, um deine Fotos zu machen? Wie geht es dort zu? Paul wollte auf seinem Heimaturlaub partout nicht darüber sprechen.«

»Das kann ich gut verstehen«, sagte Julius ernst. »In diesem Krieg gibt es keine malerischen Feldherrenhügel mehr. Das Töten mit den modernen Waffen ist ein dreckiges Geschäft. Das hohle Pfeifen einer herannahenden Granate und dann krachende Einschläge. Hunderttausendfaches Elend. Eine ganze Generation von Krüppeln und Toten. Da redet selbst der mutigste Soldat nicht mehr von Ehre und Vaterlandsliebe.«

Elisabeth war bei seinen Worten blass geworden. »So schlimm?«

Er schüttelte den Kopf. »Nein, noch schlimmer. Worte können das Elend nicht beschreiben.«

»Armer Paul, armer Friedrich«, murmelte Elisabeth. »Aber du musst dort nie wieder hin, richtig?«

»Doch, Elisabeth. Einerseits muss ich Propagandafotos für Plakate mit Durchhalteparolen schießen. Andererseits will ich die Katastrophe dokumentieren, die da gerade geschieht, damit zukünftige Generationen niemals wieder in einen derart sinnlosen Krieg ziehen.«

»Warum denkst du, dass der Krieg sinnlos ist?«

»Es ist eine Verschwendung sondergleichen. Selbst wenn man die Toten außer Acht lässt. Frankreich ist völlig zerstört. Die Dörfer sind kaputt, der Wald verwildert, Unkraut überzieht die zerbombten Felder, und in den Fabriken verrotten die Maschinen. Wer soll das je wieder richten? Dabei ist es im Grunde doch nur Zufall, wer auf dieser Seite und wer auf der anderen kämpft.«

»Wie meinst du das?«

»Wir sind alle nur Menschen, Elisabeth. Wenn ein verletzter Soldat im Lazarett liegt, strömt rotes Blut aus seinen Wunden – egal ob er Deutscher, Engländer, Franzose oder Russe ist.«

Sie schluckte. »Geht es wirklich so trostlos zu in diesen Lazaretten?«

»Unvorstellbar. Es stinkt nach Verderben, und die Schreie der Verletzten sind weithin zu hören. Die Sanitäter leisten ihr Bestes. Trotzdem ...« Er schüttelte sich. »Und weißt du, was das Schlimmste ist?«

»Nein«, sagte sie erschüttert.

»Das Schlimmste ist, dass die Herrscher, die für dieses Gemetzel verantwortlich sind, nicht das geringste Schuldbewusstsein haben. Noch nicht einmal deren Geistliche. In der Obersten Heeresleitung habe ich auch den persönlichen Beistand des Kaisers kennengelernt ... und dieser Pfarrer hat nicht ein einziges Mal daran gezweifelt, dass Gott auf der Seite der Deutschen steht und die Gräueltaten des Krieges gutheißt. Ein wahrer Mann Gottes!«

Traurig schüttelte Elisabeth den Kopf.

Plötzlich nahm Julius ihre Hand in seine und küsste sie. »Was bin ich nur für ein Holzkopf! Da bin ich nur einen Abend bei meiner geliebten Frau und erzähle ihr die schlimmsten Schauergeschichten. Dabei habe ich durchaus romantische Absichten.«

»Ja?« Unwillkürlich schlug ihr Herz schneller.

Er blickte sie ernst an. »Ja. Elisabeth, ich liebe dich. Und wenn mich dieser fürchterliche Krieg eins gelehrt hat, dann, dass man das Leben bei den Hörnern packen muss und nicht unnötig Zeit verschwenden darf.«

»Das will ich auch nicht.«

»Dann heirate mich. Gleich morgen von mir aus. Ich möchte dich mit nach Berlin nehmen und die Zeit, die mir dort bleibt, an deiner Seite verbringen.«

Spontan rief sie: »Ja!«

Glücklich lächelte er sie an. »Dann kommst du morgen mit mir?«

Sie schüttelte den Kopf. »Nein, das geht doch nicht.«

Er blickte sie traurig an. »Weil du auf einer Trauung mit gro-ßem Tamtam bestehst?«

»Selbstverständlich nicht.«

»Weshalb dann?« Seine Stimme klang gequält.

»Weil ohne mich das Palais zusammenbrechen würde und damit alles, wofür wir so hart gearbeitet haben.«

Die Enttäuschung stand ihm deutlich ins Gesicht geschrie-ben. »Wahrscheinlich hast du recht. Es ist egoistisch von mir, so etwas Verrücktes von dir zu verlangen.« Er ließ ihre Hand los.

»Nein, das ist es nicht«, flüsterte sie. Sie rückte ein Stück nä-her und gab ihm einen scheuen Kuss auf die Wange. »Ich liebe dich. Und in meinen Augen sind wir längst verheiratet ... wir ge-hören einander. Gottes Segen hin oder her.«

Leidenschaftlich zog er sie in seine Arme und küsste sie. Eli-sabeths Körper schien von der einen auf die andere Minute mit flüssigem Quecksilber gefüllt zu sein, das heiß und schwer durch ihre Adern pulsierte und ihre Sinne umnebelte. Ihr war fast schwindelig vor Verlangen, als sie seine wilden Zärtlichkeiten nicht nur zuließ, sondern mit der gleichen Heftigkeit erwiderte.

Keuchend machte er sich von ihr los. »Elisabeth, wenn wir nicht umgehend damit aufhören, kann ich nicht garantieren, dass ich mich beherrschen werde.«

Auch ihr eigener Atem ging unregelmäßig. »Was hast du eben von ›das Leben bei den Hörnern packen‹ gesagt?«, flüsterte sie.

In seinen bernsteinfarbenen Augen lag eine deutliche War-nung. »Was meinst du damit? Du kannst unmöglich andeuten, dass wir ...«

Elisabeth schlug seine Warnung in den Wind. »Ich meine, dass ich jetzt schon dir gehöre ... ganz ... auch ohne Trauschein.«

Er schüttelte den Kopf. »Nein, das geht nicht. Das wäre ein Fehler.«

»Glaubst du wirklich, dass ich sterben will ... ohne deine Liebe, deine ganze Liebe gefühlt zu haben? Du musst doch wissen, dass auch mein Leben vorbei ist, wenn dir jemals etwas zustoßen sollte.«

Sein Blick glühte vor unterdrückter Leidenschaft, aber seiner Stimme merkte man die innere Zerrissenheit an. »Ich fühle ganz genauso, Elisabeth. Ganz genauso. Aber ich muss ... trotzdem ... gehen.«

Sie streckte ihre Hand aus. »Bleib, Julius.«

Und plötzlich war es, als ob jemand in seinem Inneren eine Flamme entzündet hätte. Julius' Augen leuchteten, und er zog Elisabeth mit einer stürmischen Umarmung an sich. »Du gehörst mir, meine Schöne, nur mir.«

Der Krieg war sein Leben geworden. Das Töten, die Angst und die Kälte beinahe Gewohnheit. Die Zeit davor schien nur noch in seinen Träumen und in Roberts Briefen zu existieren. Auch die Infrastruktur des Krieges hatte das deutsche Heer inzwischen perfektioniert: Alle Schützengräben waren befestigt. Die Schienen der Bahn verliefen fast bis zur Front und lieferten immer neue Soldaten für den scheinbar endlosen Kampf. Fünf Kilometer davon entfernt gab es alles, was den Krieg am Laufen hielt: Munitionslager, Pferdeställe, Lebensmittelspeicher, Postämter und Feldlazarette. Und natürlich Friedhöfe. Fast wie in einer richtigen Stadt. Dort arbeiteten Pfarrer, Hufschmiede, Metzger, Köche, Postbeamte, Krankenschwestern und Ärzte. Auch die Ausrüstung verbesserte sich, inzwischen gab es sogar gesichtsbedeckende Gasmasken aus gummiertem Stoff mit einem auswechselbaren Filter. Nur an wärmender Unterwäsche und Regenhäuten mangelte es noch.

Tage, Wochen und Monate gingen ins Land, ohne dass man sich dessen bewusst wurde. Wenn man sich im Hinterland aufhielt, verging die Zeit wie im Flug. Wenn man dagegen im gegnerischen Trommelfeuer nach vorn stürmte, schien sich jede Minute in eine Ewigkeit zu verwandeln. Das Einzige, was sich konstant änderte, waren die Kameraden, die an Pauls Seite standen … und die Namen auf den Grabsteinen. Paul hatte inzwischen an mehr Beerdigungen teilgenommen, als er zählen konnte. Nur manche stachen als besonders denkwürdig heraus. An Grabowskis Begräbnis konnte er sich noch erinnern, weil der Pfarrer in der kurzen Grabrede einen falschen Namen genannt und statt Grabowski einen gewissen Walter Kowalski beerdigt hatte. Paul war es zu elend zumute gewesen, um ihn zu korrigieren.

Es war Februar geworden, und Pauls Bataillon wurde verlegt: Er und seine Kameraden sollten die befestigte Zone rund um eine kleine Stadt namens Verdun erobern. Während er mit stumpfem Blick im Zug saß, lauschte er unfreiwillig der Unterhaltung zweier hochrangiger Militärs.

»Angeblich soll der Krieg an der Westfront durch diesen Angriff endlich wiederbelebt werden«, sagte der eine und zog an seiner Pfeife. »Den unerquicklichen Stellungskrieg haben nicht nur die Frontsoldaten satt.«

»Aber wieso ausgerechnet Verdun?«, erkundigte sich der andere.

»Einer der Aufklärungsflieger, ein gewisser Hermann Göring, hat dort Bilder gemacht, die dieses strategische Ziel nahelegen.«

»Ist Verdun nicht eine der stärksten Festungen Frankreichs?«

»Früher vielleicht mal, aber letztes Jahr hat man sie schon teilweise entwaffnet, und außerdem stammt dieser Plan vom Kronprinzen höchstpersönlich.«

Der zweite Mann nickte. »Na, dann wird schon alles seine Richtigkeit haben.«

Nachdem der Angriff wegen schlechten Wetters mehrfach verschoben worden war, ging es am frühen Morgen des 21. Februar los. Als Erstes wurde eine riesige Granate abgefeuert. Danach eröffneten alle deutschen Geschütze gleichzeitig das Feuer auf die französischen Stellungen. Paul hatte niemals zuvor einen solch massiven Beschuss des Feindes erlebt. Die Einschläge waren so zahlreich, dass es sich wie eine einzige, niemals enden wollende Explosion anhörte. Allein die Geräuschkulisse war entsetzlich. Selbst für einen so abgestumpften Infanteristen wie ihn. Wie lange würde die deutsche Armee den Angriff mit dieser Intensität durchhalten können?

Doch anstatt nachzulassen, wurde das Geschützfeuer gegen Mittag durch Minenwerfer nochmals intensiviert. Von dem, was Paul durch den Kugelhagel erkennen konnte, vermutete er, dass die Schützen- und Laufgräben auf französischer Seite inzwischen in Schutt und Asche lagen. Komplett verwüstet. Doch der Höhepunkt des Beschusses kam erst am Nachmittag, als die deutsche Artillerie zum Trommelfeuer überging und Paul und seine Kameraden sich anschickten, das zerschossene Gebiet nach Angriffslücken abzusuchen und die eroberten Gräben wieder funktionstüchtig zu machen. Während Paul sich aus Nervosität die Lippe blutig kaute, machten sich zunächst die Sturmtruppen mit aufgepflanztem Bajonett auf den Weg. Kurz darauf folgte Paul in der Masse der restlichen Infanterie, die mit allerhand Arbeitswerkzeug zum Ausbau der Stellungen ausgerüstet war.

Der Anblick der vielen Leichen verschlug selbst ihm die Sprache. Aus dem nebelumwobenen Schlamm ragten Arme, Beine und Köpfe – wie eine skurrile Waldformation. Den Geruch nach Pulver, Angst und Fäulnis würde er wahrscheinlich nie mehr aus der Nase bekommen.

Die deutschen Truppen machten sichtbare Fortschritte. Bereits am 25. Februar gelang die Einnahme von Fort Douaumont, und der Kampfeswille der Franzosen schien zu erlahmen. Lediglich einige versprengte Widerstandsnester im Wald sorgten für Probleme. Unter permanenter Anspannung kämpften sich Paul und seine Kameraden durch die eng stehenden Bäume und das dichte Gestrüpp. Plötzlich tat sich eine Lichtung auf. Ruhig und sonnenbeschienen an diesem kalten Wintertag. Raureif glänzte auf den kahlen Ästen, und das kniehohe Gras wogte silbrig im Wind. Auf das Zeichen ihres Feldwebels hin setzte sich die fünfzig Mann starke Truppe in Bewegung. Genau in diesem Moment begann der Beschuss des Feindes.

Rechts und links von ihm sackten tödlich getroffene Gefährten ins Gras. Den kleinen Herbert Kupfermann, den Paul schon im Ausbildungslager kennengelernt hatte, hatte es schlimm erwischt. Er lag schreiend vor Schmerzen nur wenige Meter von ihm entfernt. Ein Bauchschuss. Während Paul, angefeuert von seinem Feldwebel, zurückschoss, hörte er, wie Kupfermanns Schreie schwächer wurden und schließlich ganz verstummten. Als Nächster fiel der Feldwebel. Inzwischen warfen die Franzosen eine Handgranate nach der anderen. Das Sterben seiner Kameraden ging weiter. Er selbst wurde von der Druckwelle einer Explosion seitwärts in eine grasbewachsene Mulde geschleudert. Erdfetzen fielen auf sein Gesicht und bedeckten seinen Mund und seine Nase. Nur die Augen blieben frei und fixierten Kupfermanns totes Antlitz. Paul hatte nicht mehr die Kraft aufzustehen. Ermattet wartete er auf den erlösenden Schuss. Doch der wollte und wollte nicht kommen.

Stattdessen blieb ihm viel Zeit zum Nachdenken. Warum musste ausgerechnet er immer noch in dieser kalten Hölle kämpfen? So viele stärkere und klügere Männer waren bereits gefallen. War es wirklich Glück oder nicht vielmehr Pech, noch immer in dieser gottlosen Welt existieren zu müssen? Er glaubte, die Antwort zu kennen. Man bestrafte ihn. Dafür, dass er einen Mann liebte. Dafür, dass er gegen die Spielregeln des Universums verstieß. Plötzlich kamen ihm die Tränen. Wie oft hatte er sich in den letzten Monaten gewünscht, auf Robert gehört zu haben und mit ihm ausgewandert zu sein? Dann wäre ihnen beiden dieses grausame Schicksal erspart geblieben. Ob Robert überhaupt noch lebte? Er hatte schon seit Wochen keinen Brief mehr von ihm erhalten. Was würde er dafür geben, ihm noch einmal über das blonde Haar streichen zu können und seine sanften Lippen zu küssen!

Bei diesem Gedanken erwachte sein verloren geglaubter Lebenswille. Würde das Schicksal Erbarmen zeigen, wenn er Besserung gelobte? Wenn er sich anpasste und allem Unrechten entsagte? Würden er und Robert dann eine Zukunft haben? Nicht als Paar, aber in Sicherheit? Ohne Gewalt und Angst? Paul schloss einen Pakt mit sich selbst: Wenn Robert und er diesen Krieg tatsächlich überlebten, würde er ihn nur noch ein einziges Mal sehen und danach ein anständiger Mann werden. Ein ordentliches Mitglied der Gesellschaft. Jemand, der heiraten und eine Familie gründen würde, so, wie die göttliche Fügung es vorgesehen hatte.

In diesem Moment verstummte das Feuer. Paul hielt die Luft an. Jetzt würde der Feind das Schlachtfeld abschreiten und sicherstellen, dass kein deutscher Soldat das Gefecht überlebt hatte. Wenn man ihn unverletzt fand, würde man ihn entweder erschießen oder gefangen nehmen. Beides durfte nicht geschehen. Panisch blickte er sich um. Wo sollte er sich nur verstecken? Außerhalb seiner kleinen Mulde gab es nichts als flaches Land. Und bis zum Wald zurück war es zu weit. Erneut fiel sein Blick auf den toten Kupfermann. In einem Akt der Verzweiflung griff er nach dessen bereits erkalteter Hand und zog die Leiche über seinen eigenen Körper. Sollte er die Franzosen durch dieses Manöver täuschen können, oder würden sie ihn trotzdem entdecken? Mit vor Angst zitternden Gliedmaßen lauschte er den Schritten, die immer näher kamen.

Müde stapfte Elisabeth an Johannas Seite durch den matschigen Schnee. Nach dem Gottesdienst hatten sie noch warme Unterkleidung für die deutschen Truppen gesammelt. Doch die Ausbeute war mehr als überschaubar. Die Menschen in Doberan und auch die Hotelgäste hatten bereits alles gespendet, was sie entbehren konnten.

»Hast du die Bemerkung des SPD-Abgeordneten vor der Kirche gehört?«, erkundigte sich Johanna nachdenklich.

»Nein«, antwortete Elisabeth. »Wer war das?«

»Der ältere Herr mit dem Schnurrbart. Er heißt Joseph Herzfeld und hat lange Jahre in Amerika gelebt, bevor er zurück nach Deutschland gekommen ist und für unseren Wahlkreis im Parlament kandidiert hat.« Johanna hakte sich bei Elisabeth unter.

»Und was hat er gesagt?«

»Dass der Krieg ein Fehler ist und er im Reichstag offen gegen weitere Kriegskredite stimmen wird.«

»Soso«, meinte Elisabeth. Sie glaubte nicht, dass der Krieg aufgrund der Stimme eines einzigen Abgeordneten ein schnelles Ende finden würde. Außerdem plagten sie im Moment noch ganz andere Sorgen.

»Findest du nicht, dass das eine bewundernswerte Haltung ist?«

»Sicher. Wir sind alle kriegsmüde. Aber ändern wird es wahrscheinlich nichts.«

»Ich finde schon, dass wir solch mutige Männer unterstützen müssen. Wenn wir Frauen wählen dürften, würde ich meine Stimme ihm geben.«

»Du hast eben ein großes Herz für Juden«, meinte Elisabeth mit einem Lächeln.

»Ach, hör auf. Ich habe schon seit Monaten keinen Brief mehr von Samuel bekommen.«

»Aber du nennst ihn nach wie vor Samuel«, stellte Elisabeth fest. »Gib es zu … er spukt dir noch immer im Kopf rum.«

»Leider, aber …« Sie verstummte.

»Aber?«

»Es nützt ja nichts. Er ist Jude, und ich bin es nicht.«

Elisabeth drückte Johannas Arm. »Entschuldige, ich wollte dich nicht traurig machen. Lass uns von etwas anderem reden.«

Johanna machte sich frei. »Wenigstens ist eine von uns glücklich und bald verheiratet. Hat sich Julius diese Woche schon bei dir gemeldet?«

Elisabeth schluckte. »Leider nein.«

»Bitte mach dir keine Sorgen. Ihm ist bestimmt nichts passiert. Er hat ja angekündigt, dass es Zeiten geben wird, in denen er sich wegen seiner Arbeit nicht melden kann.«

»Ich weiß«, erwiderte Elisabeth bedrückt. Das war im Moment auch nicht ihr dringlichstes Problem.

Als sie zu Hause ankamen, tranken die Kuhlmann-Damen eine Tasse Tee zusammen. Mutter war – seitdem sie erfahren hatte, dass ihnen bald nach Kriegsende eine Hochzeit ins Haus stehen würde – wieder in Hochform. »Hast du schon überlegt, wie dein Hochzeitskleid aussehen soll?«, fragte sie und rührte emsig in ihrer Tasse, obwohl es gar keinen Zucker gab, der aufgelöst hätte werden müssen.

Elisabeth zuckte mit den Schultern. »Ich glaube, es ist noch zu früh, darüber nachzudenken. Die Hauptsache ist, dass Julius bald wieder von der Front zurückkommt.«

»Natürlich«, sagte Johanna.

»Papperlapapp. Eine richtige Hochzeit will von langer Hand geplant sein«, widersprach Mutter.

»Dann plan du für mich, Mutter. Du hast einen wunderbaren Geschmack in diesen Dingen«, schmeichelte Elisabeth, für die solche Gespräche im Moment schwer zu ertragen waren.

Während die Unterhaltung zwischen ihrer Mutter und Johanna sich darum drehte, welcher Stoff am besten für ein Hochzeitskleid geeignet wäre, wanderten Elisabeths Gedanken zu dem Abend, an dem sie sich Julius geschenkt hatte, mit Haut und Haaren die Seine geworden war. Es gab kaum Worte, um diese kostbaren Stunden zu beschreiben. Ein Feuerwerk aus sinnlichen Freuden. Jede leidenschaftliche Sekunde war ihr für immer ins Herz gebrannt. Das Gefühl seiner zärtlichen Finger auf ihrer Haut – unbeschreiblich. Die überschwängliche Liebe, die er ihr mit jedem Kuss, mit jeder seiner Umarmungen gezeigt hatte – eine Offenbarung. Der innige Ausdruck, mit dem er sie anschließend betrachtet hatte – unvergesslich. Nein, sie würde niemals genug von ihm bekommen. Julius war der Mann ihres Lebens. Und sie war sich absolut sicher, dass er genauso empfand ... selbst wenn er sich schon seit drei Wochen nicht bei ihr gemeldet hatte. Jeden Morgen und jeden Abend betete sie inständig zu Gott, dass er in Sicherheit und bei guter Gesundheit war, wo immer er sich auch aufhielt ... und dass ihre gemeinsame Nacht vorerst keine unerwünschten Folgen haben würde. Das Ausbleiben ihrer Regel *musste* mit der mangelhaften Ernährung zusammenhängen. Alles andere wäre in Friedenszeiten auch kein Problem gewesen. Dann hätte sie Julius einfach etwas kurzfristiger geheiratet. Im Krieg, so wie jetzt, wäre eine verfrühte Schwangerschaft allerdings eine ziemliche Katastrophe. Besonders, wenn der zukünftige Bräutigam und Vater nicht zu erreichen war und bislang keinen ihrer Briefe beantwortet hatte. Hoffentlich würde das Schicksal ein Einsehen haben und ihr die zum ersten Mal herbeigesehnte Periode schicken.

Unglücklich rührte Minna in der dünnen Gemüsebrühe und raspelte danach ein paar der letzten Kartoffeln, aus denen – mit Mehl und Wasser gestreckt – Reibekuchen für die Gäste werden sollten. Elsa, die heute früh die Wohnung der Kuhlmanns gereinigt hatte, war gerade gegangen. Doch was sie berichtet hatte, machte Minna das Herz schwer: Die Familie hatte einen Brief vom Kriegsministerium erhalten, in dem stand, dass Friedrich Kuhlmann in Russland vermisst wurde. Unwillkürlich musste sie an den lebenslustigen, gut aussehenden Arzt denken, der ihrer Mutter damals so uneigennützig geholfen hatte. Jetzt war er vermisst, vielleicht auch schon tot. Wie fürchterlich! Was für eine Katastrophe für seine Familie, aber auch für die Charité und die Patienten. »Und wie haben es die Damen aufgenommen?«, hatte sie das Mädchen gefragt.

»Fräulein Johanna und Frau Kuhlmann haben furchtbar geweint. Aber Fräulein Elisabeth meinte, dass sie sich zusammenreißen sollen. Schließlich wäre vermisst nicht dasselbe wie gestorben.«

»Da hat sie sicher recht. Trotzdem, es ist eine Schande, dass ein Arzt, der eigentlich Menschenleben retten soll, überhaupt in den Krieg geschickt wird. Irgendwie kommt mir das alles so sinnlos vor. Außer, dass immer mehr Männer ihr Leben lassen müssen, passiert nichts.«

Elsa hatte genickt. »Und den alten Leuten, die im Hotel wohnen, geht es auch jeden Tag schlechter. Heute ist die Frau des Berliner Richters vor Schwäche auf der Treppe gestürzt und hat sich den Knöchel verstaucht.«

»Wären diese alten Leute in Berlin nicht ohnehin viel besser aufgehoben?«

»Offenbar nicht. Als wir Frau von Schaper auf ihr Zimmer getragen haben, meinte sie, dass die Menschen dort oft stundenlang für ein Stück altes Brot anstehen müssen. Ihre Tochter hätte das geschrieben.«

»Ich kann mir das gar nicht vorstellen. Als ich mit Fräulein Johanna auf dem Kurfürstendamm war, waren die Geschäfte voll. Wo soll das denn alles hin sein?«

»Keine Ahnung. Aber wahrscheinlich ist jetzt nicht der richtige Moment, dir deine neue Wohnung anzusehen, Minna. Damit würde ich sicherheitshalber bis zum Kriegsende warten.«

Minna seufzte. Die Nachricht, dass Herr Brandmüller ihr seine Berliner Wohnung vermacht hatte, hatte sich wie ein Lauffeuer unter der Belegschaft ausgebreitet. Doch während sie sich über seine großzügige Geste gefreut hatte … lebendig wurde er dadurch leider auch nicht wieder. Und was sollte sie allein und ohne Arbeit mit einer Zweizimmerwohnung in Wilmersdorf? Wenn ihre Familie noch dort gewohnt hätte, wäre sie nach dem Tod des Kochs vielleicht in die Heimat zurückgegangen. Aber so fühlte sie sich in Doberan mehr zu Hause. Leider war wieder etwas von dem alten Neid unter ihren Kolleginnen aufgeflackert. Hinter ihrem Rücken nannte man sie eine »reiche Tante«, was das Zusammenleben – neben dem allgegenwärtigen Hunger – noch zusätzlich erschwerte. Doch etwas konnte ihr selbst der ärgste Feind nicht unterstellen: dass sie aufgrund ihrer Stellung als Köchin mehr Essen verputzte als der Rest des Personals. Sie hungerte genau wie alle anderen auch. Wie um den Gedanken zu unterstreichen, knurrte in diesem Moment ihr Magen. Minna griff nach dem Wasserglas und setzte es an. Wenn man etwas warmes Wasser trank, konnte man den Hunger ganz gut in Schach halten.

Anfang März wurde die Versorgungslage noch schlimmer. Nachdem Minna Fräulein Elisabeth mitgeteilt hatte, dass sie nicht mehr wisse, woher sie Nachschub bekommen solle, hatte ihre Chefin, unter deren Augen sich dunkle Ringe abzeichneten, die Wohnung ihrer Eltern nach Kostbarkeiten durchwühlt und das Gefundene in die Küche geschleppt. Vor Minnas staunenden Augen breitete sie Pelzmäntel, Goldketten, Ringe, Silberschalen und vergoldete Bilderrahmen aus. »Das tauschen wir jetzt bei den Bauern gegen etwas Schönes ein, Minna.«

»Sie wollen all diese wertvollen Erbstücke gegen etwas Essbares eintauschen?«, fragte sie bestürzt.

Fräulein Elisabeth zuckte mit den Schultern. »In den Geschäften gibt es nichts mehr. Und die Bezugsscheine reichen vorn und hinten nicht. Was haben wir für eine Wahl?«

Minna öffnete den Mund und klappte ihn wieder zu. Ihr fiel tatsächlich auch nichts Besseres ein.

»Siehst du«, meinte das gnädige Fräulein. »Bitte zieh dir einen der Pelzmäntel an und steck so viel wie möglich in die Taschen. Dann gehen wir los.«

Da sie beide nicht in der allerbesten Verfassung waren, marschierten sie langsamer als sonst durch die noch kalte Luft. Doch bereits auf dem Weg zum ersten Bauernhof trafen sie auf andere Damen, die offenbar ebenfalls mit schweren Taschen beladen waren.

»Mist«, sagte Fräulein Elisabeth. »Wo kommen die denn her? Sind die etwa aus den Großstädten angereist, um auf dem Land zu mausern?«

Genauso war es. Vor dem Bauernhaus hatte sich bereits eine

Gruppe von vier elegant wirkenden Frauen eingefunden, zwei junge und zwei ältere, die sich untereinander böse Blicke zuwarfen. Alle trugen Pelzmäntel! Und eine von ihnen betätigte gerade die Türklingel.

Kurz darauf öffnete eine alte, wohlgenährte, aber äußerst schlecht gelaunte Bäuerin die Tür. »Schon wieder dieses reiche Städterpack! Mir dreht keine von euch einen mottenzerfressenen Nerz mehr an! Und den anderen Plunder könnt ihr auch gleich wieder mitnehmen. Wir tauschen nichts.«

»Moment«, sagte Fräulein Elisabeth, während die anderen Damen beklommen den Rückzug antraten. »Ich komme nicht aus der Stadt und wollte lediglich Ihren Enkelsohn Josef Blumenberg sprechen.«

Die Alte runzelte die Stirn. »Josef? Was wollen Sie denn von dem?«

»Wir sind alte Bekannte«, erwiderte das gnädige Fräulein zu Minnas Überraschung.

»Josef!«, schrie die Frau ins Hausinnere, und ein junger Kerl mit blonden Haaren schlenderte langsam um die Ecke.

»Hallo, Josef«, begrüßte ihn das gnädige Fräulein unter dem strengen Blick der Großmutter.

Der Junge blinzelte kurz. Er schien sie in diesem verhärmten Zustand nicht gleich zu erkennen. »Fräulein Kuhlmann?«

Sie nickte. »Können wir einen Moment reden?«

»Klar.« Er drehte sich zu der argwöhnisch dreinblickenden Alten um. »Bin gleich wieder da.« Dann zog er die Tür hinter sich ins Schloss.

»Danke, Josef.«

»Kein Problem. Ist etwas mit den Hühnern?«

Plötzlich ahnte Minna, woher sich diese beiden ungleichen Gesprächspartner kannten. War das der junge Mann, mit dem ihre Chefin schon einmal Geschäfte gemacht hatte?

»Nein, den Hühnern geht es gut, Josef«, antwortete sie in diesem Moment. »Aber meine Gäste haben Hunger, und es gibt immer weniger zu essen.«

Josef schüttelte den Kopf. »Diesmal kann ich Ihnen leider keine Tiere geben. Die Behörden kontrollieren unseren Bestand jede Woche. Wenn da etwas fehlt, komme ich in Teufels Küche.«

»Nicht einmal ein kleines Schwein oder ein Kälbchen?«, fragte Fräulein Elisabeth enttäuscht.

Er schüttelte den Kopf. »Leider nein. Aber ich könnte Ihnen zeigen, wie man Kartoffelsetzlinge macht, und dann können Sie sich selbst etwas Gemüse ziehen.«

»Das dauert doch unendlich lange, bis man da etwas ernten kann!«

»Nicht unbedingt«, meinte der junge Kerl. »Frühkartoffeln kann man schon ernten, bevor das Kartoffelkraut welk geworden ist. Ungefähr sechzig Tage nach dem Pflanzen.«

»Aber dann sind sie noch ganz klein«, gab Minna zu bedenken.

»Das stimmt. Wenn man länger wartet, werden sie natürlich größer. Aber man kann auch beides haben … nach zwei Monaten zupft man vorsichtig ein paar Kartoffeln ab, ohne die Wurzeln zu beschädigen und die Stauden ganz rauszuziehen. Das funktioniert sogar zweimal vor der richtigen Ernte.«

»Du bist eine wahre Fundgrube an Wissen«, lobte Fräulein Elisabeth. »Kommst du morgen vorbei und zeigst uns, wie man Kartoffeln anbaut?«

»Kann ich machen.« Josef blickte abschätzend auf die Pelzmäntel. »Was bekomme ich dafür?«

»Darüber werden wir uns schon einig«, meinte Fräulein Elisabeth und zog einige Ringe aus ihrer Manteltasche. Sie glitzerten in der schwachen Mittagssonne auf ihrer Handfläche.

Der Junge grinste. »Bestimmt. Bis morgen.«

Auf dem Rückweg marschierten sie noch langsamer. Das gnädige Fräulein schien am Ende seiner Kräfte zu sein. Sie war leichenblass und hielt immer wieder an.

»Kann ich Ihnen irgendwie helfen?«, fragte Minna.

In diesem Moment drehte sich ihre Chefin zur Seite und

übergab sich am Straßenrand. »Entschuldige, bitte«, flüsterte sie zwischen den Würgeanfällen.

Erschrocken suchte Minna nach einen Taschentuch, doch Fräulein Elisabeth wischte sich – nachdem sie geendet hatte – mit dem Handrücken über den Mund und winkte ab. »Es geht schon wieder«, sagte sie und ging weiter.

Minna hob die Hand. »Nein! Bitte ruhen Sie sich erst aus, gnädiges Fräulein. Ich kann auch versuchen, aus einem der Häuser Hilfe zu holen. Sie scheinen ernsthaft krank zu sein.«

»Ich bin nicht krank.«

»Aber…«, setzte Minna ratlos an.

Fräulein Elisabeth blieb stehen und sah ihr ins Gesicht. »Ach, Minna. Vor dir kann ich es ja sowieso nicht verbergen, und ich weiß, du bist verschwiegen. Also …« Sie holte tief Luft. »… ich bin nicht krank, sondern schwanger. Julius und ich erwarten ein Kind.«

21. Kapitel

Frühjahr/Sommer 1916

Morgens war die Übelkeit am schlimmsten. Doch Elisabeth wusste inzwischen, wie sie damit umzugehen hatte. Wenn sie vor dem Aufstehen eine trockene Brotrinde kaute, wurde es besser. Während sie noch darauf wartete, dass der Brechreiz abebbte, strich sie liebevoll über ihren Bauch, der anfing, sich leicht zu wölben. Auch wenn sie eine Heidenangst vor der Zukunft hatte, freute sie sich auf das Kind. Hoffentlich würde es ein kleiner Junge werden, der Julius aufs Haar glich. Sie wünschte sich einen Wildfang mit bernsteinfarbenen Augen. Manchmal träumte sie nachts davon, wie Julius den Kleinen auf den Arm nahm und ihm liebevoll auf das blonde Haar küsste. Dann wachte sie jedes Mal mit einem Lächeln auf. Sie hatten zwar noch nie über Kinder gesprochen, aber Elisabeth war sich sicher, dass er sich über Nachwuchs freuen würde. Nur das Ankleiden wurde immer schwieriger. Erst gestern hatte sie Frau Kolbert bitten müssen, einige ihrer Kleider in der Taille auszulassen. Doch damit würde sie sich natürlich nicht bis zur Geburt behelfen können, und jetzt, wo es keine Stoffe mehr gab, würde es ziemlich schwierig werden, an Umstandsmode zu gelangen. Doch auch das würde sich irgendwie fügen, und das Wichtigste war, dass das Kind trotz der eingeschränkten Versorgung mit Lebensmitteln zu gedeihen schien.

Inzwischen hatte sie – Gott sei Dank – von Julius gehört. Er hatte ihr eine Feldpostkarte geschickt. Offenbar pendelte er zwischen Front und Oberster Heeresleitung. Er schrieb, dass er ganz kurzfristig eine wichtige Aufgabe übernommen habe. Leider werde er sich deshalb in den nächsten Wochen nicht melden können, aber sie solle sich keine Sorgen um ihn machen. Unterschrieben hatte er die Karte mit *Ewig Dein, Julius.* Trotz seiner lieben Worte war sie sehr beunruhigt. Um was für eine Aufgabe handelte es sich? War die Arbeit gefährlich? Warum hatte er Berlin so überstürzt verlassen? Und warum schrieb er ihr keinen richtigen Brief? Zudem kreisten ihre Gedanken um die Schwangerschaft. Sollte sie ihm schreiben, dass sie in anderen Umständen war? Eigentlich hätte sie ihn als zukünftigen Vater darüber informieren müssen. Doch was, wenn der intime Brief in falsche Hände geriet? Oder wenn Julius unvorsichtigerweise alles stehen und liegen ließ, um zu ihr zu eilen? Käme das nicht einer Desertation gleich? Würde er dafür ins Gefängnis wandern? So viele Fragen, doch Elisabeth hatte niemanden, mit dem sie sich darüber hätte austauschen können. Minna war ihr in dieser Hinsicht keine Hilfe, und sosehr sie ihre Schwester liebte, wusste sie, dass Johanna schockiert gewesen wäre, wenn sie ihr ihre Sorgen gebeichtet hätte.

Elisabeth war gerade aufgestanden und zog sich an, als ihre Mutter zur Tür hereinkam. »Stimmt es, was Frau Kolbert mir erzählt hat?«, fragte sie, ohne einen guten Morgen zu wünschen.

»Was hat sie dir denn erzählt?«, erkundigte sich Elisabeth, obwohl sie ahnte, worum es ging.

»Sie sagte, dass du sie gebeten hättest, deine Kleider in der Taille aufzutrennen und zu weiten, weil du … weil du *schwanger* bist!«

Elisabeth schwieg. Würde ihre Mutter die Wahrheit verkraften? Auf der anderen Seite hatte doch gerade sie sie zu einer Ehe mit Julius gedrängt.

»Bist du schwanger, oder nicht?« Die Stimme ihrer Mutter klang eisig.

»Ja, das bin ich.«

Im nächsten Moment holte ihre Mutter aus und verpasste ihr eine kräftige Ohrfeige. »Unverheiratet schwanger! Was habe ich nur getan, dass du mich auf diese Weise demütigst, Elisabeth! Ich habe dich zu einer anständigen Frau und nicht zu einem billigen Flittchen erzogen.«

Elisabeth hielt sich die schmerzende Wange. »Ich bin kein billiges Flittchen, Mutter. Ich habe mich lediglich meinem zukünftigen Mann …«

»Sprich es nicht auch noch aus!«, kreischte ihre Mutter. »Du erwartest ein uneheliches Kind! Etwas Schlimmeres kann einer jungen Dame aus gutem Hause gar nicht passieren! Du musst so schnell wie möglich etwas dagegen unternehmen!«

»Etwas dagegen unternehmen?«, wiederholte Elisabeth fragend.

»Ja. Irgendwo muss es noch einen Arzt oder eine Schwester geben, die Frauen in deiner Lage helfen können und diesem unerwünschten Zustand ein Ende bereiten.«

Elisabeth legte schützend die Hand vor ihren Bauch. »Wenn du denkst, dass ich unserem Baby auf irgendeine Weise absichtlich schaden würde, Mutter, dann bist du verrückt! Julius wird zurückkommen, und wir werden heiraten. Punkt. Und falls das Baby vorher geboren werden sollte, wäre das zwar peinlich, aber kein Beinbruch.«

»Gott, bist du naiv, Elisabeth!«, erwiderte ihre Mutter mit schneidender Stimme. »Selbst wenn die Nachricht von deiner Schwangerschaft nicht in Windeseile herumgetratscht würde – was äußerst unwahrscheinlich ist –, musst du den Tatsachen ins Auge sehen. Julius schreibt dir Feldpostkarten, weil er zurzeit an der Front ist! Und von dort kommen nur die wenigsten wieder. Er wird genauso fallen wie alle anderen, und als unverheiratete Mutter wirst du niemals mehr einen anständigen Mann abbekommen!«

»Das wird er nicht!«, schrie Elisabeth. »Julius wird den Krieg überleben!«

»Oh nein, er wird sterben. Und dann ist sowohl dein Leben als auch das des unehelichen Säuglings ruiniert!«

»Tu nicht so, als ob es sich um ein fremdes Kind handeln würde! Immerhin bist du seine Großmutter!«

Ihre Mutter schüttelte den Kopf. »Ich will mit diesem Blag nichts zu tun haben. Aber wenn du als gefallenes Mädchen meinen gut gemeinten Ratschlag ausschlägst, kann ich nichts mehr für dich tun. Du wirst allein mit dieser Schande leben müssen.«

Elisabeth schnaubte durch die Nase. »Das werde ich! Worauf du dich verlassen kannst!«

Ihre Mutter schüttelte den Kopf. »Ich habe noch keine unverheiratete Frau mit Kind gesehen, die ein Luxushotel leitet. Und jetzt bewahrheitet sich das, wovor ich deinen Vater immer gewarnt habe: Die Verantwortung für das Palais ist dir zu Kopf gestiegen. Du hältst dich für etwas Besseres und glaubst, über den Regeln zu stehen. Aber das Leben wird dir deine Flügel noch stutzen, da bin ich mir ganz sicher.« Eiligen Schrittes verließ ihre Mutter den Raum.

Kurz darauf hatte sich Elisabeth auch mit Johanna ausgesprochen. Ihre Schwester, die bereits von ihrer Mutter über die Neuigkeiten informiert worden war, hatte weit weniger bestürzt reagiert als erwartet. Sie war vielmehr um Elisabeths Gesundheit besorgt und bestand darauf, dass ihre schwangere Schwester sich schonte und sie an ihrer Stelle mit Josef und Minna die Kartoffeln im Hotelgarten pflanzte. Unter Josefs fachmännischer Anleitung hatten Minna und Elisabeth bereits vor ein paar Tagen mehrere Dutzend Kartoffeln in der Küche vorkeimen lassen. Anschließend hatten sie jeden ausgetriebenen Keim zusammen mit einem Stück der Kartoffelknolle herausgeschnitten und in einer Pflanzenschale wurzeln lassen. An dem heutigen schönen Frühlingstag wollten sie ein Stück des Parks einzäunen und umgraben, um anschließend die Kartoffelsetzlinge in das Beet zu pflanzen.

Etwas frustriert wegen ihrer eigenen Untätigkeit sah Elisabeth den anderen bei der Arbeit zu. »Was könnten wir denn sonst noch an Gemüse ziehen, Josef?«

Der Junge strich sich mit einem Taschentuch den Schweiß von der Stirn und stützte sich auf seinen Spaten. Er hatte die härteste Aufgabe übernommen: das Umgraben des noch festen Erdreichs. »Hm. Haben Sie vielleicht ein paar Glasscheiben und andere Baumaterialien? Dann könnten wir ein kleines Gewächshaus bauen, für Salat, Radieschen und Kohlrabi. Davor, im Windschatten, hätten Sie noch Platz für Stangenbohnen, Salatgurken und Speisekürbisse.«

Minna lächelte. »Das hört sich toll an. Warum rüsten wir nicht einfach den Pavillon entsprechend um? Der steht doch schon seit dem Sommer leer, und wir bräuchten nur das Dach gegen ein paar Glasscheiben auszutauschen.«

Die Vorstellung, dass der Ort, an dem Julius ihr den Heiratsantrag gemacht hatte, in ein Gewächshaus umfunktioniert wurde, stimmte Elisabeth traurig. »Nein, das halte ich für keine gute Idee«, beeilte sie sich zu sagen. »Wir bauen das Glashaus besser direkt neben dem Beet. Sonst stören sich die Gäste womöglich daran.«

»Oder denken gar an Selbstbedienung«, meinte Josef mit einem frechen Grinsen.

Johanna nickte. »Übrigens sind wir nicht die Einzigen, die diese glorreiche Idee mit der Selbstversorgung haben. Im Doberaner Stadtpark pflanzen einige Frauen Steckrüben an.«

»Ja«, meinte Josef. »Momentan wären alle am liebsten mit einem Bauern verwandt. Da sitzt man direkt an der Quelle.«

»Ich habe gehört, dass sogar die Soldaten an der Front Hunger leiden müssen«, sagte Johanna plötzlich.

»Woher weißt du das?«, erkundigte sich Elisabeth. »Hat Paul dir geschrieben?«

Ihre Schwester schüttelte den Kopf. »Nein, Samuel. Er ist inzwischen in einem Feldlazarett stationiert und berichtet, viele der eingelieferten Soldaten seien unterernährt.«

»Mann, hoffentlich muss ich da nicht mehr hin!«, stöhnte Josef und begann erneut, die Erde umzugraben.

Elisabeth beugte sich näher zu Johanna. »Ihr zwei habt wieder Kontakt?«

Ihre Schwester nickte. »Sporadisch. Aber es sind keine Liebesbriefe.«

»Nein?«

»Wirklich nicht. Wir schreiben über das, was uns gerade bewegt. Samuel teilt zum Beispiel meine Meinung, dass wir im Palais ein Lazarett einrichten sollten. Es gibt so viele Verletzte und Frischamputierte, die dringend einen Platz zur Erholung bräuchten. Und hier, in der Nähe des Meers, wären geradezu ideale Bedingungen.«

Elisabeth zog eine Grimasse. »Nur gut, dass ich solche Entscheidungen treffe.«

»Aber verstehst du nicht, Elisabeth? Wenn du im Hotel ein Lazarett einrichtest, sind auch deine Nahrungsmittelsorgen auf einen Schlag vorbei. Es gibt gesonderte staatlich geförderte Rationen für die Verwundeten und die Menschen, die sich um sie kümmern.«

»Und was ist mit den Pensionären? Soll ich die einfach an die Luft setzen?«

»Ein paar sind doch sowieso schon abgereist. Niemand hat schließlich geglaubt, dass der Krieg so lange dauern würde«, gab Johanna zu bedenken. »Und die anderen könnten vielleicht eine Aufgabe im Lazarett übernehmen.«

Elisabeth verdrehte die Augen. »Niemals!«

Johanna legte die Hand auf ihren Arm. »Liebes, ich weiß, du hängst den alten Zeiten nach. Aber du musst den Tatsachen ins Gesicht sehen. Und so leid es mir tut, momentan ist das Palais kein Luxushotel ... sondern ein Altenheim.«

Ihre Schwester hatte ins Schwarze getroffen. Der gleiche Gedanke war ihr auch schon im Kopf herumgespukt. Eine bedrückende Erkenntnis.

Paul hatte als Einziger das Blutbad auf der Waldlichtung überlebt. Der Feind hatte sich von seinem Trick täuschen lassen. Zwar hatte einer der Soldaten mit dem Fuß gegen Kupfermanns und seinen eigenen vermeintlichen Leichnam getreten, um zu überprüfen, ob sie tatsächlich tot waren. Aber niemand hatte entdeckt, dass er noch atmete. Noch im Tod hatte Kupfermann ihm das Leben gerettet. Trotzdem hatte es Stunden gedauert, bis er sich getraut hatte, auch nur die kleinste Bewegung zu machen. Erst mitten in der Nacht, lange nachdem die Franzosen abgezogen waren, war er steif und elend aufgestanden und Richtung Wald gewankt. Dort hatte er sich auf einem Baumstumpf niedergelassen und überlegt, was er als Nächstes tun sollte. Er hasste das Militär und sein Vaterland für das, was sie ihm angetan hatten. Gemeinsam hatten sie aus einem kultivierten Menschen wie ihm einen eiskalten Mörder gemacht. Hier war seine Chance, alldem zu entrinnen, denn wahrscheinlich würde man vermuten, dass auch er zu Tode gekommen war. Aber wohin sollte er gehen? Doberan war keine Option. Wenn man ihn dort fand, würde man ihn umgehend ins Zuchthaus sperren. Außerdem musste er immer wieder an den Pakt denken, den er mit sich selbst geschlossen hatte … War es Zufall, dass er überlebt hatte? Oder hatte das Schicksal ein Einsehen gehabt? Würde es ihm eine zweite Chance geben, wenn er seinen homosexuellen Neigungen entsagte und sich eine Frau nahm?

In diesem Moment hatte er das saugende Geräusch von im Matsch näher kommenden Stiefeln gehört. War es Feind oder Freund, der sich da anschlich? Mit klopfendem Herzen war er aufgesprungen und hatte sich hinter einer Fichte versteckt. Als er die vertrauten Uniformen erkannte, war ihm ein Stein vom Herzen gefallen. Trotzdem war er vorsichtig geblieben. Mit hoch erhobenen Armen war er ihnen entgegengetreten und hatte »Nicht schießen!« gerufen.

Nachdem er der Patrouille erklärt hatte, was passiert war, wurde er zur Erholung für zwei Tage in die Etappe geschickt. Dort waren das Essen und auch sein Bett besser gewesen als an der Front, trotzdem konnte er nachts nicht schlafen. Immer wieder drehten sich seine Gedanken um Robert. Irgendwie fühlte er sich ihm näher als sonst, obwohl er schon länger keine Post mehr von ihm erhalten hatte. Selbst tagsüber träumte er von ihren Spaziergängen am Meer und von Roberts erstem Kuss. Ihre

Gespräche kamen ihm wieder in den Sinn. Mit welchem Interesse Robert sein Leben begleitet hatte. Wie zärtlich sie sich berührt hatten, und wie schrecklich lange das alles nun schon her war.

Kurz darauf ging das Kämpfen weiter. Den Weg, den Paul zur Front zurücklegen musste, nannte man inzwischen den Todespfad, da er von der französischen Artillerie permanent beschossen wurde. So kamen er und seine Kameraden bereits mit schlammverkrusteten, zerrissenen Uniformen und angstverzerrten Gesichtern an. Aber sie waren zu müde und zu abgestumpft, um deswegen in Panik zu geraten. Mechanisch setzten sie einen Fuß vor den anderen und taten, was ihnen befohlen wurde. Schlimm war nur das stundenlange Schreien der Verletzten, die man tagsüber nicht bergen konnte, ohne eine Zielscheibe für den auf der anderen Seite des Kraterfelds lauernden Feind abzugeben.

»Weißt du, eigentlich habe ich nur einen Wunsch. Hoffentlich erwischt es mich ganz schnell. Ich möchte nicht leiden müssen wie die armen Schweine da draußen«, sagte der dunkelhaarige Infanterist, der am heutigen Abend im Trichter neben ihm lag. Er schien kaum älter als achtzehn zu sein.

Paul zuckte mit den Achseln. »Das sucht man sich nicht aus.«

»Mein Name ist Karl Hauser. Und wie heißt du?«, fragte der junge Mann.

»Paul Kuhlmann«, antwortete er. Meistens machte er sich nicht mehr die Mühe, seine neuen Kameraden kennenzulernen. Die meisten waren sowieso ein paar Tage später tot.

»Nein«, erwiderte Hauser. »Aber nicht der Paul Kuhlmann aus Doberan?«

»Doch, genau der.«

»Der beste Freund von Robert Breitschneider?«

Plötzlich klopfte Pauls Herz wie wild. »Du kennst Robert?«

»Ja, wir haben gemeinsam in Belgien gedient, bevor ich hierher versetzt wurde. Er hat ununterbrochen von dir erzählt, und wir haben ihn öfter damit aufgezogen.«

Die nächsten Worte traute er sich kaum auszusprechen. »Ist Robert etwa auch hier?«

Hauser schüttelte den Kopf. »Nein.«

Erleichtert atmete Paul auf. »Dann ist er immer noch in Belgien? Das ist gut. Ich habe gehört, dass dort nicht so hart gekämpft wird wie hier.«

Der Blick des Infanteristen wurde traurig. »Es tut mir leid, dass ausgerechnet ich dir die schlechten Nachrichten überbringen muss. Aber Robert ist bereits vor vier Wochen gefallen.«

Der Schmerz überwältigte ihn, schnürte ihm die Kehle zu. »Das ist nicht wahr«, keuchte er.

»Doch. Wie gesagt, es tut mir leid. Aber – falls dir das ein Trost ist – er musste nicht leiden. Er ist auf eine Mine getreten und ...«

Hauser sprach nicht weiter, doch Paul wusste, was er meinte. Er hatte selbst schon Kameraden bei solchen Explosionen sterben sehen. Sie waren regelrecht pulverisiert worden. Wie schwarze Tinte in einem Wasserglas breitete sich der Verlust in jeder Faser seines Körpers aus, bis er selbst das Gefühl hatte zu sterben.

Es war eine große Ehre für Fräulein Elisabeth, und sie meisterte die an sie herangetragene Aufgabe mit Bravour. Am 9. April, dem Geburtstag des Großherzogs, wurde feierlich ein Wahrzeichen für den Krieg eingeweiht, und zum ersten Mal in der Doberaner Geschichte vertrat eine Frau das größte Unternehmen am Platz. Minna, Frau Kuhlmann und die anderen Einwohner, die sich das Spektakel anschauten, klatschten wie wild, als das gnädige Fräulein feierlich das blaue Band durchschnitt und anschließend eine Rede hielt. Johanna Kuhlmann hatte leider die Stellung im Hotel halten müssen, doch ihre Schwester sah heute sehr hübsch aus. Offenbar war die Morgenübelkeit vorbei, denn ihre Wangen waren wieder rosig. Der Frühlingsmantel kaschierte ihr Bäuchlein, und keiner der Zuschauer wäre je auf die Idee gekommen, dass sie in anderen Umständen war.

Während Fräulein Kuhlmann noch mit einigen älteren Honoratioren und dem neuen Ortsvorsteher plauderte, legte plötzlich Frau Kuhlmann ihre Hand auf Minnas Arm. Seit ihr Mann gestorben war, schien sie um Jahre gealtert zu sein, doch trotz der zusätzlichen Falten sah sie immer noch herrschaftlich und elegant aus. Der ständige Hunger hatte auch sie ein paar Kilos gekostet, doch die schmalere Silhouette stand ihr gut und ließ ihre schönen Wangenknochen noch stärker hervortreten. Ihre Stimme klang ein wenig brüchig, als sie ansetzte: »Minna, wir waren doch immer gut zu dir, nicht wahr?«

Minna nickte, überrascht von der Frage. »Selbstverständlich, Frau Kuhlmann. Ich bin Ihnen allen sehr dankbar. Das Palais ist wirklich zu einem Zuhause für mich geworden.«

»Das ist schön.« Ihre Augen musterten sie eindringlich. »Aber manchmal muss man ein sicher geglaubtes Zuhause auch wieder verlassen.«

Bestürzt sah Minna zu ihr auf. »Weshalb? Habe ich einen Fehler gemacht?«

Frau Kuhlmann tätschelte ihren Arm. »Nein, überhaupt nicht. Doch es kommt vielleicht eine Zeit, in der ich dich bitten werde, unsere Wohltätigkeit dir gegenüber mit gleicher Münze zurückzuzahlen. Würdest du das tun?«

»Selbstverständlich«, sagte Minna, ohne zu zögern, auch wenn die Frage mehr als mysteriös klang. Für einen Moment fragte sie sich, ob Frau Kuhlmann vielleicht nicht mehr ganz richtig im Kopf war, aber dann verwarf sie den Gedanken. In letzter Zeit schien sie wieder ganz die Alte zu sein. Trotzdem hatte Minna keine Ahnung, worauf sie anspielte.

»Als voll ausgebildete Köchin wirst du später einmal viel Geld verdienen können.«

Minna nickte. »Sie wollen nicht, dass ich dann weiter im Hotel koche?« Der Gedanke machte sie traurig.

»Was ich will oder nicht, spielt leider keine Rolle. Vielleicht ist es auch nur eine hypothetische Frage. Doch wie gesagt ... es könnten Umstände eintreten, die erfordern, dass du das Palais verlässt. Und dann muss ich wissen, dass du ohne zu murren gehst. Ist das klar?«

In Minnas Augen standen Tränen, aber sie nickte.

»Gut«, meinte Frau Kuhlmann zufrieden. »Trotzdem musst du wissen, dass wir dir immer wohlgesonnen sein werden. Nur eben aus der Ferne.«

»Was ... was sind das für Umstände?«, fragte Minna. »Ich verstehe einfach nicht, warum ich weggehen sollte. Fräulein Elisabeth braucht mich doch in der Küche.«

Frau Kuhlmann tätschelte ihr erneut den Arm. »Das musst du auch gar nicht wissen. Wenn es so weit ist, werde ich dir die entsprechenden Erklärungen schon geben.« Sie räusperte sich. »Und jetzt lass uns nicht mehr davon sprechen.«

Durch einen Tränenschleier sah Minna Frau Kuhlmann hinterher, die sich zu ihrer Tochter gesellte. Das Herz war ihr schwer. Sie hing an Doberan, dem Palais und der Familie. Trotzdem hatte die Dame des Hauses recht. Die Kuhlmanns hatten viel für sie getan. Friedrich und Johanna Kuhlmann hatten ihrer Mutter das Leben gerettet. Und Fräulein Elisabeth akzeptierte sie als vollwertige Köchin. In den letzten Wochen waren sie sogar noch enger zusammengewachsen. Manchmal fühlte es sich fast so an, als ob sie Freundinnen geworden wären. Und jetzt sollte sie das alles hinter sich lassen? Schluchzend schickte sie ein Stoßgebet gen Himmel. Hoffentlich würden die von Frau Kuhlmann angesprochenen Umstände nie eintreten.

22. Kapitel

Eines Nachts hatte Paul den nicht enden wollenden Kampf um Verdun nicht länger ausgehalten und sich in einem unbeobachteten Moment selbst den kleinen Finger weggeschossen. Der Schmerz hatte ihn danach immer wieder ohnmächtig werden lassen, doch in den wenigen wachen Momenten hatte er inständig gebetet, dass diese geringfügige Verstümmelung ausreiche, um nach Hause geschickt zu werden. Leider hatte man ihn nicht sofort bergen können. Zwei ganze Tage hatte er verletzt im Granattrichter gelegen. An den Transport zum Feldlazarett erinnerte er sich deshalb nur verschwommen. Auch die Ankunft dort erschien ihm wie eine zusammenhanglose Traumsequenz: Ein Mann in einem blutbesudelten Kittel, der sich über seinen linken Arm gebeugt und mit besorgtem Gesicht »Wundbrand« diagnostiziert hatte. Schwestern, die in weißen Hauben um ihn herumgewuselt waren. Das Stöhnen der anderen Patienten. Ein stechender Schmerz, als ihm jemand die Uniformjacke auszog. Kurz darauf musste er operiert worden sein.

Als Paul aufwachte, lag er in einem länglichen Raum, der auf beiden Seiten mit Krankenbetten vollgestellt war. Müde öffnete er die Augen. Nachdem er sich an das diffuse Licht gewöhnt hatte, fiel sein Blick auf seinen linken Arm, der dick mit Verbandszeug umwickelt war. Paul blinzelte. Irgendwie schien der Arm kürzer zu sein als der rechte. Er versuchte, den gesunden Arm anzuheben.

»Nicht«, sagte eine resolute Stimme. Dann wurde seine rechte Hand fest auf die Matratze gedrückt.

Paul sah auf. Eine Schwester stand an seinem Bett. »Ich wollte doch nur …«

465

»Sie dürfen den amputierten Arm noch nicht berühren, die Nähte könnten wieder aufgehen.«

Er schluckte. »Amputiert?«

Die Schwester schüttelte den Kopf. »Da war nichts mehr zu retten. Der Wundbrand hatte sich schon durchgefressen. Der Arzt musste Ihren Arm unterhalb des Ellbogengelenks amputieren.«

Er war ein Krüppel! Während Paul krampfhaft versuchte, die Tränen zurückzuhalten, bot ihm die Schwester etwas zu trinken an. Er schüttelte den Kopf. Jetzt war es vorbei mit dem Klavierspielen. Und Robert würde auch nie wiederkommen. Er hatte die beiden größten Lieben seines Lebens verloren.

»Ja, was machen Sie denn für ein Gesicht?«, fragte die Schwester. »Freuen sollten Sie sich, dass Sie nicht mehr in diesen schrecklichen Krieg müssen. Sobald Sie stabil sind, werden Sie zurück nach Deutschland geschickt. Dann kommen Sie wieder zu Ihrer Familie und zu Ihrem Schatz, und alles wird gut.«

Paul nickte und presste die Lippen zusammen. Sein Schatz lag tot in belgischer Erde. Er selbst würde bis ans Ende seiner Tage ein Krüppel bleiben. Das Leben konnte nie mehr gut werden. Eine Träne lief ihm über die Wange.

»Ach, stellen Sie sich doch nicht so an. Heutzutage gibt es gute Prothesen. Da wird Ihre Hand viel schöner als vorher«, meinte die Schwester unwirsch. »Wenn Sie schon heulen, was sollen dann erst die Patienten machen, denen man beide Beine abgenommen hat?«

Paul nickte. Ihm war elend zumute. Konnte man wirklich ein Unglück gegen das andere aufwiegen?

»Der Doktor wird heute Abend nach Ihnen sehen«, sagte die Schwester. »Seien Sie brav, und fassen Sie auf keinen Fall den Arm an.«

Die Wirkung des Morphins, das man ihm gegeben hatte, schwächte sich mit jeder Stunde weiter ab, und die Schmerzen nahmen entsprechend zu. Doch Paul versuchte, sie auszuhalten.

Inzwischen verstand er, warum die Schwester ihm eine Standpauke gehalten hatte. Viele Kameraden hatte es weitaus schlimmer erwischt als ihn. Einem hatte ein Splitter das halbe Gesicht weggerissen. Andere litten an einer Gasvergiftung und warteten röchelnd auf den Tod. Und dann diejenigen, bei denen man keine äußere Verletzung feststellen konnte, die aber durch den Schock des Kriegsgeschehens seelisch schwer versehrt worden waren. Sie zitterten unkontrolliert an allen Gliedmaßen, konnten sich kaum auf den Beinen halten und wachten schreiend aus immer wiederkehrenden Albträumen auf. Er selbst hatte einmal einen Kameraden ausgegraben, der nach einem Granateneinschlag von dem aufgesprengten Erdreich lebendig begraben worden war. Den Ausdruck akuter, rasender Angst in dessen Augen hatte er nie wieder vergessen.

»Herr Kuhlmann?«, fragte jemand unmittelbar neben seinem Kopf.

Paul schreckte hoch. Er musste für ein paar Stunden in einen unruhigen Schlummer gefallen sein, denn das Zimmer wurde inzwischen nicht mehr vom Tageslicht, sondern von Petroleumlampen beleuchtet.

»Mein Name ist Samuel Hirsch. Ich bin der diensthabende Arzt und habe Sie heute früh operiert. Wie geht es Ihnen?«, erkundigte sich der Doktor, der wellige dunkle Haare hatte und eine Nickelbrille trug. Obwohl er noch jung war, sah er müde und abgekämpft aus.

»Ich denke, den Umständen entsprechend gut«, antwortete Paul. Der Name des Doktors kam ihm irgendwie bekannt vor, aber er konnte sich beim besten Willen nicht mehr erinnern, weshalb. Hatte eine von seinen Schwestern nicht einmal einen Dr. Hirsch erwähnt? Doch sein Kopf tat ihm weh, und er wollte nicht weiter darüber nachdenken.

Der Arzt nickte. »Eigentlich könnten Sie schon übermorgen transportfähig sein und in ein Reservelazarett nach Deutschland gebracht werden. Aber es gibt da ein kleines Problem. Können Sie sich noch daran erinnern, wie man auf Sie gesch…« Er stockte und blickte auf einen grimmig aussehenden Feldwebel, der gerade an seine Seite trat.

»Das Verhör überlassen Sie wohl besser mir«, sagte der Mann in Uniform.

»Natürlich.« Der Arzt faltete die Arme über der Brust und blieb neben Pauls Bett stehen.

Nachdem sich der Feldwebel vorgestellt und Paul nach seinem Namen und seinem Rang befragt hatte, meinte er: »Also, wie war das jetzt mit Ihrer Verletzung? Wie ist das genau passiert?«

Plötzlich bekam Paul ein flaues Gefühl im Bauch. Man war ihm auf die Schliche gekommen. Jetzt würde er vor ein Kriegsgericht gestellt und erschossen werden. Wegen Feigheit vor dem Feind. Alle Schmerzen waren umsonst gewesen.

»Ich warte«, sagte der Feldwebel und tappte ungeduldig mit dem Fuß.

Der Doktor räusperte sich. »Es könnte sein, dass sich der Amputierte gar nicht mehr an den Schuss erinnert. Das wäre in einer solch dramatischen Kampfsituation nur allzu verständlich.«

»Tja, wenn es denn mal eine Kampfsituation gewesen wäre. Sie haben doch gesagt, dass die Verwundung zwei Tage alt ist. Aber seine Kameraden können sich partout nicht an schießende Franzmänner erinnern. Die seien in der Nacht gar nicht nah genug an die Kompanie herangekommen. Und von einem Granatsplitter kann die Verletzung nicht stammen. Sie sprachen ja auch vom ersten Moment an von einer Kugel, die den Schaden angerichtet habe.«

Der Arzt hob abwehrend die Hände. »Um Himmels willen, Sie wollen doch nicht etwa das Leben dieses Mannes wegen meines unzulänglichen Sachverstandes gefährden! Ich bin Arzt und kein Polizeibeamter. Selbstverständlich kann die Wunde auch von einem Granatsplitter stammen.«

Der Feldwebel kniff die Augen zusammen. »Sie werden diese Aussage vor dem Kriegsgericht unter Eid bestätigen müssen.

Also überlegen Sie sich gut, was Sie sagen, denn Sie wissen bestimmt, dass auf Meineid Zuchthaus steht.«

Verzweifelt krallte Paul die Finger seiner verbliebenen Hand in das Laken. Jetzt wurde der nette Arzt auch noch in diese fürchterliche Geschichte mit hineingezogen. Das konnte er nicht zulassen. Schließlich hatte er gegen das Kriegsgesetz verstoßen und nicht der Doktor. Ihm war speiübel, als er den Mund öffnete, um ein Geständnis abzulegen.

Doch Dr. Hirsch kam ihm zuvor. »Das ist kein Problem. Ich schwöre gern einen Eid darauf, dass ich nicht mit hundertprozentiger Sicherheit sagen kann, welche Art von Geschoss diese Verletzung verursacht hat.«

»Wirklich?«, fragte der Feldwebel skeptisch, während Paul den Arzt mit offenem Mund anstarrte. Es war offensichtlich, dass er seine Aussage nur ihm zuliebe geändert hatte. Wieso tat er das?

»Haben Sie keine besseren Zeugen als mich?«, erkundigte sich der Doktor beiläufig. »Wie Sie wissen, brauchen wir hier jedes Bett. Und wenn Sie meinen Patienten nicht vor ein Kriegsgericht stellen, müssten wir ihn – sobald er transportfähig ist – umgehend in ein Rehabilitationsheim schicken.«

Der Feldwebel schwieg. Er schien nachzudenken.

Paul hielt die Luft an. Hatte einer seiner Kameraden den Schuss gehört? Würden sie gegen ihn aussagen und ihn in den sicheren Tod schicken?

»Es gibt tatsächlich jemanden, der bezeugen will, dass er zweifelsfrei einen Schuss aus der Waffe ihres Patienten vernommen hat.«

Das war sein Todesurteil. Paul schloss die Augen.

»Und derjenige ist auch bereit, seine Aussage zu beschwören?« Selbst die Stimme des Arztes war angespannt, als er die Frage stellte.

Der Feldwebel nickte, doch seine Mundwinkel wanderten nach unten. »Er war es zumindest, nur ist der Zeuge leider gestern selbst bei einem Luftangriff ums Leben gekommen.«

»Das bedeutet, dass mein Patient nicht vor ein Kriegsgericht gestellt wird?«

»Wahrscheinlich«, knurrte der Feldwebel. »Ich muss mich darüber mit meinem Vorgesetzten beraten. Wir sprechen uns später.« Er grüßte und verschwand.

Paul japste nach Luft, dabei war ihm gar nicht aufgefallen, dass er vor Anspannung den Atem angehalten hatte.

Auch der Doktor schien erleichtert zu sein. Mit einem Lächeln beugte er sich zu ihm hinunter. »Machen Sie sich keine Sorgen, Herr Kuhlmann. Ohne Beweise kann niemand verurteilt werden.«

Paul griff mit der verbliebenen Hand nach seinem Arm. »Danke, Herr Doktor. Ich glaube, Sie haben mir gleich zweimal das Leben gerettet. Einmal mit der Operation und … gerade jetzt.«

Der Arzt nahm seine Nickelbrille ab und putzte sie umständlich. Leise sagte er: »Wissen Sie, Herr Kuhlmann, ich habe Medizin studiert, um Menschenleben zu retten, und nicht um tapfere, im Krieg verletzte Soldaten in den Tod zu schicken.«

»Danke. Ich bin Ihnen wirklich sehr, sehr dankbar«, flüsterte Paul mit erstickter Stimme.

»Gern geschehen. Es war mir eine Ehre. Besonders, weil sie den gleichen Namen tragen wie eine liebe Freundin.« Sein Lächeln wurde breiter. Offenbar versuchte der Arzt, ihn von seinen Dankesbezeugungen abzulenken. »Und jetzt konzentrieren Sie sich mal darauf, gesund zu werden. Einverstanden?«

Paul nickte. »Einverstanden.« Auf irgendeine Weise hatte ihn diese erneute Gefahr demütig gemacht. Wenn Gott ihm tatsächlich eine neue Chance gab, dann wollte er sie nutzen. Auch ohne seinen geliebten Robert.

***

»Paul kommt erst Ende November nach Doberan zurück«, sagte Johanna und legte den Brief ihres Bruders beiseite.

»Warum so spät?«, fragte Elisabeth und drehte sich, auf dem Sofa liegend, zu ihrer Schwester um. Inzwischen passte sie nur noch in zwei absolut scheußliche Umstandskleider, die ihr Frau Kolbert aus einem Vorhang genäht hatte. Ihre Füße waren geschwollen, und manchmal war sie regelrecht froh, dass sie Julius in diesem Zustand nicht unter die Augen treten musste.

»Offenbar wollen Sie ihn nicht aus München weglassen, bevor seine Prothese angepasst ist«, antwortete ihre Schwester. »Und da der Armstumpf noch immer nicht ganz abgeheilt ist, zieht es sich hin.«

»Bekommt er denn genug zu essen in diesem Heim?«, fragte ihre Mutter besorgt. »Ich werde nie verstehen, warum ihn das Militär so weit weg von seinen Liebsten untergebracht hat.«

»Es gibt leider nicht genügend Heime für Frischamputierte«, sagte Johanna und zog die Stirn in Falten. »Und um deine andere Frage zu beantworten ... wahrscheinlich leben sie auch dort von Hungerrationen.«

Elisabeth seufzte. »Macht euch um Paul bitte keine Sorgen. Der ist offenbar viel härter, als wir alle angenommen haben. Schließlich hat er den Krieg einigermaßen unversehrt überstanden. Erst gestern hat Minna die Nachricht erhalten, dass unser erster Souschef Peters in Frankreich gefallen ist.«

»Wie traurig«, murmelte Johanna.

Ihre Mutter schloss die Augen und faltete spontan die Hände zu einem Gebet. Doch das galt wahrscheinlich nicht dem toten Koch, sondern Friedrich, dessen Schicksal noch immer ungewiss war. Seit der Vermisstenanzeige hatten sie – trotz schriftlicher Anfragen – keine Neuigkeiten erhalten. Aber sie mussten optimistisch bleiben. Immerhin war ihnen auch noch keine Todesanzeige zugestellt worden, und viele Männer waren angeblich in russische Gefangenschaft geraten.

Der arme Peters, dachte Elisabeth und erinnerte sich an die köstlichen Kohlrouladen, die er immer zubereitet hatte. Es war so wunderbar gewesen, kleine Butterkartöffelchen mit der Gabel zu zerdrücken und in der dickflüssigen braunen Soße zu baden, bevor man sich das ganze Vergnügen in den Mund schob. Allein beim Gedanken daran lief ihr das Wasser im Mund zusammen. Eine Schwangerschaft im Krieg war wirklich kein Zuckerschlecken. Während Frauen in anderen Umständen es sich in Friedenszeiten kulinarisch gutgehen ließen – ihre Mutter berichtete von wahren Kuchen- und Konfektorgien –, musste Elisabeth strikt darauf achten, dass sie überhaupt genügend Kalorien für zwei bekam. Oft bedeutete das, auch Sachen hinunterzuwürgen, die kaum oder gar keinen Geschmack hatten. Doch generell konnte sie sich nicht beklagen. Der Sommer war heiß und schön gewesen, und die verbliebenen rund sechzig zahlenden Gäste hatten ihn ausgiebig im Park und am Meer genossen, auch ohne aufwendiges Unterhaltungsprogramm. Der Gemüsegarten und die Hühner hatten ihren Zweck erfüllt und die dürftigen staatlichen Rationen vervollständigt. Ein paarmal hatte Josef, der sich wohl ein bisschen in Minna verguckt hatte, sogar ein Extrastück Schweinefleisch herausgerückt.

Julius schrieb ihr regelmäßig, und sie machte sich weniger Sorgen um ihn, obwohl ihn seine mysteriöse Aufgabe nach wie vor von ihr fernhielt. Er wusste leider immer noch nicht, dass er Vater wurde, aber mittlerweile hätte Elisabeth einer Hochzeit vor der Geburt sowieso nicht mehr zugestimmt. Sie war unübersehbar schwanger, und ihre Mutter hatte ihr bereits vor drei Monaten verboten, unter Leute zu gehen. Offiziell litt sie an einer leichten Blutarmut, weshalb sie sich schonen musste und die Wohnung nicht verlassen durfte. Nur Minna, Frau Kolbert, Johanna und ihre Mutter kannten die Wahrheit. Mit ihrer Hilfe schaffte es Elisabeth, hinter den Kulissen die Fäden zu ziehen. Sie hatte sich in ihrem Zimmer ein kleines Büro eingerichtet, in dem sie die anfallende Post erledigte. Und dafür, dass nun schon seit über zwei Jahren Krieg herrschte, ging es dem Hotel ausgesprochen gut. Hoffentlich klappte die Versorgung mit Lebensmitteln im kommenden Winter besser als im letzten. Dann würde sie zusätzlich noch einen Säugling versorgen müssen. Eine schöne, aber auch irgendwie beängstigende Vorstellung.

Zwei Wochen später erreichte sie ein Telegramm. Kreidebleich gab Johanna es an ihre Mutter weiter. Mit zitternden Fingern riss die es auf und las die wenigen Worte. Anschließend sank sie auf das Sofa nieder und legte schwer atmend die Hand auf ihre Brust.

»Ist es Friedrich?« Angsterfüllt starrten Elisabeth und Johanna sie an.

Ihre Mutter schüttelte den Kopf. »Glücklicherweise nicht«, sagte sie. »Eure Großmutter ist gestorben.«

Johanna und Elisabeth atmeten erleichtert auf. Es war zwar nicht schön, dass ihre Großmutter von ihnen gegangen war, aber Friedrichs Tod wäre ungleich schlimmer gewesen. Immerhin hatte die Mutter ihres Vaters ein stolzes Alter erreicht. Außerdem war sie zu Lebzeiten eine sehr schwierige Frau gewesen. Seit dem Tod ihres Vaters war der Kontakt zu ihr gänzlich abgebrochen. Mutter hatte ihr nie verziehen, dass sie nicht zu seiner Beerdigung erschienen war und mit dürren, lieblosen Worten abgesagt hatte.

»Das Telegramm ist von ihrem Mann. Er will, dass wir die Beerdigung organisieren, weil er ebenfalls im Krieg ist«, erklärte ihre Mutter.

Elisabeth blickte vielsagend auf ihren dicken Bauch. »Ich werde wohl kaum nach Berlin fahren können.«

»Und mich bringen keine zehn Pferde in das Haus der bösen alten Schachtel«, erwiderte ihre Mutter. Sie blickte zu Johanna. »Es sieht so aus, als ob du dich opfern müsstest, mein Kind.«

»Aber, Mutter ...«, stammelte ihre Schwester bestürzt. »... ich kann doch Elisabeth in diesem Zustand nicht allein lassen. Mitte September soll das Kind geboren werden. Das ist bereits in einer Woche!«

Ihre Mutter schüttelte den Kopf. »Elisabeth hat mit Minna und mir genug Unterstützung. Du musst dich um die Beerdigung und die Testamentseröffnung kümmern. Schließlich war sie eine nahe Verwandte, und dich hat sie immer am liebsten gemocht.«

»Aber ich kann doch unmöglich die Geburt verpassen. Was, wenn es irgendwelche Komplikationen gibt?«

»Glaub mir, wir kommen ohne dich klar. Zur Not können wir den alten Doktor Sonnenberg zu Hilfe holen oder eine von den Hebammen. Und das Kind siehst du noch früh genug.«

»Doktor Sonnenberg?«, meinte Johanna perplex. »Aber der muss doch schon an die achtzig sein.«

Elisabeth lächelte tapfer, obwohl sie insgeheim Angst vor den unbekannten Gefahren einer Geburt hatte. »Es wird schon schiefgehen. Immerhin bin ich jung und gesund. Fahr ruhig und komm mit einem fetten Erbe wieder heim.«

Sichtlich schweren Herzens machte sich Johanna am nächsten Morgen auf den Weg, und Elisabeth wunderte sich abermals, wie sehr der Krieg die Zeiten geändert hatte. Früher hätte ihre Mutter einen Tobsuchtsanfall bekommen, wenn eine ihrer Töchter ohne eine Anstandsdame gereist wäre. Aber inzwischen schien auch sie ihre Moralvorstellungen angepasst zu haben.

Die nächsten Tage vergingen ohne größere Vorkommnisse. Luise schrieb, einige ihrer deutschen Freunde, die schon seit Jahren in Amerika lebten, seien interniert worden, um sie von einer *Spionagetätigkeit* abzuhalten. Sie selbst habe aber keine Probleme mit den Behörden. Leider sehe sie Joe nach wie vor sehr wenig. Unter diesen Umständen sei es wirklich ungerecht, dass seine Mutter ihr vorwerfe, sie werde nur deshalb nicht schwanger, weil sie sich nicht die Figur ruinieren wolle. Ansonsten sei der Herbst die schönste Jahreszeit im amerikanischen Osten, und sie unternehme täglich lange Spaziergänge durch die Wälder, die gerade anfingen, ihre Farbe zu wechseln. Elisabeth schrieb zurück, sie solle sich keine Sorgen machen, immerhin sei sie ja noch jung und solle ruhig das Leben erst genießen, bevor sie Mutter werde. Sie überlegte kurz, ob sie ihrer kleinen Schwester berichten sollte, dass sie bald Tante wurde, aber dann ließ sie es bleiben. Vielleicht hätte diese Neuigkeit Luise nur noch mehr unter Druck gesetzt. Außerdem erschien es ihr eleganter, diese Nachricht zusammen mit einer Einladung zur Trauung zu schicken.

Johanna meldete sich telefonisch aus Berlin und erzählte, dass sie beim Notar gewesen war. »Großmutter hat ihr gesamtes Vermögen ihrem dritten Ehemann hinterlassen, und falls er im Krieg fallen sollte, geht alles an die Kirche. Ansonsten wird niemand in ihrem Testament erwähnt. Onkel Hans ist deshalb sehr verbittert.« Sie seufzte. »Ich konnte allerdings auch mit ihm nur telefonieren, denn er hat den Fürstenhof bereits vor einem halben Jahr aufgegeben und wohnt inzwischen im Gutshaus der Familie von Tante Käthe. Auch unser Cousin und die Ehemänner unserer Cousinen sind in den Krieg gezogen.«

»Diese alte Hexe«, schimpfte ihre Mutter, die ebenfalls am Hörer lauschte, leise.

»Kommst du jetzt wieder?«, erkundigte sich Elisabeth mit klopfendem Herzen. Irgendwie schlief sie unruhiger, seitdem ihre große Schwester abgereist war.

»Leider nein«, sagte Johanna am anderen Ende der Leitung. »Ich muss mich um Großmutters Haus kümmern. Ihr könnt euch gar nicht vorstellen, wie es darin aussieht. Zuletzt hat sie aus Geiz nur noch ein Zimmer bewohnt, und die armen Dienstboten haben auch schon seit Monaten keinen Lohn mehr erhalten.«

Elisabeth versuchte, sich ihre Enttäuschung nicht anmerken zu lassen. »Darfst du das überhaupt, wenn du nicht die rechtmäßige Erbin bist?«

»Ihr Ehemann hat mir eine Vollmacht für solche Sachen geschickt«, erwiderte Johanna.

»Ha, dafür ist die buckelige Verwandtschaft also gut genug«, sagte Mutter.

Johanna beschwichtigte. »Er kann ja nichts dafür, Mutter. Wenn ich die Andeutungen der Dienstboten richtig verstehe, war die Ehe sowieso nicht besonders glücklich.«

»Geschieht dem kleinen Erbschleicher gerade recht«, machte Mutter ihrem Ärger Luft.

Plötzlich fühlte Elisabeth einen stechenden Schmerz im Bauch.

»Was ist mit dir?«, fragte ihre Mutter erschrocken, als sie sich vornüberbeugte und am Tisch abstützte.

»Ich weiß auch nicht«, keuchte Elisabeth.

»Johanna, wir müssen auflegen«, sagte ihre Mutter, die den Hörer an sich genommen hatte. »Ich glaube, deine Schwester bekommt ihr Kind.«

Auf dem Weg zu ihrem Zimmer war ihr Wasser gebrochen, und kurz darauf hatten die ersten richtigen Wehen eingesetzt. Doch das war bereits Stunden her, und sie fühlte, wie ihre Kräfte schwanden. So schlimm hatte sie sich die Schmerzen nicht vorgestellt. Es war, als würde sie alle zwei Minuten von zwei feurigen Klauen in der Körpermitte auseinandergerissen. Ihre schweißgebadeten Gliedmaßen waren derart verkrampft, dass Elisabeth sie kaum noch spürte. Doch obwohl sie sich bis zur vollkommenen Entkräftung abmühte, wollte das Kind einfach nicht kommen.

»Es wird schon dunkel«, sagte Minna, die Elisabeths Stirn immer wieder mit einem feuchten Tuch abtupfte. »Wir müssen unbedingt Hilfe holen, Frau Kuhlmann. Sonst passiert noch etwas. Meine Mutter hat einmal ein Kind verlo…«

»Bitte verschone uns mit deinen Schauergeschichten«, sagte Mutter streng. »Ich habe auch fünf Kinder auf die Welt gebracht. Das dauert nun mal seine Zeit.«

»Bitte, Mutter!«, flehte Elisabeth. »Ich will nicht, dass dem Kind etwas passiert!«

»Noch eine Stunde geben wir dir«, meinte ihre Mutter und tätschelte ihr den Arm. »Du schaffst das schon.«

Als die mütterliche Frist ablief, war noch immer nichts passiert, außer dass Elisabeth inzwischen halb ohnmächtig vor Schmerzen war.

»Ich hole jetzt den Arzt«, meinte Minna.

»Willst du wirklich, dass alle Welt erfährt, dass meine Tochter ein uneheliches Kind bekommt?«, fragte Mutter böse.

»Der Doktor wird schon nichts sagen. Aber wir können unmöglich noch länger warten. Das arme Würmchen bekommt bestimmt jetzt schon keine Luft mehr, und Fräulein Elisabeth ist viel zu entkräftet, weiter zu pressen.« Minnas Stimme klang ungewöhnlich bestimmt.

»Dann geh, in Gottes Namen!«

Elisabeth konnte fühlen, wie Minna ihre Hand drückte und »Ich bin gleich wieder da« sagte, aber sie war zu erschöpft, um zu antworten.

Sie hätte nicht sagen können, wie lange es gedauert hatte, bis sie erneut Minnas Stimme hörte. Es konnten Stunden oder auch nur Minuten vergangen sein. Obwohl Elisabeth krampfhaft versuchte, die Augen aufzuschlagen, um zu sehen, ob der alte Arzt auch im Zimmer war, brachte sie nur ein müdes Flattern zustande. Die Schmerzen in ihrem Körper machten sie fast wahnsinnig, und sie bekam nur noch Bruchstücke der Unterhaltung mit.

»Ich hoffe, dass Sie nicht zu lange gewartet haben«, sagte eine brüchige Stimme plötzlich. Knotige Finger legten sich um ihr Handgelenk. »Sie hat kaum noch Puls.«

»Um Himmels willen«, flüsterte ihre Mutter.

»Bitte sagen Sie uns, was wir tun können, um Mutter und Kind zu retten«, flehte Minna.

»Haben Sie heißes Wasser, damit ich mir die Hände waschen kann?«

»Ich hole welches.«

Kurz darauf schien sich ein Elefant auf ihren Bauch zu setzen. Oder war es doch nur Minna?

»Sie müssen drücken. Mit aller Kraft drücken«, wies die brüchige Stimme sie an.

Der Elefant auf ihrer Brust keuchte vor Anstrengung. Hoffentlich wurde der Säugling nicht von dem Gewicht zerquetscht.

Elisabeth sehnte sich danach, diese schreckliche Last von sich hinunterschieben zu können, aber ihre Arme schienen plötzlich einen Zentner zu wiegen. Sie schaffte es nicht, sie vom durchgeschwitzten Laken zu lösen.

Plötzlich schrie ihre Mutter auf, und Elisabeths müdes Herz machte einen Satz.

»Warum bewegt es sich nicht?«, fragte Minna leise.

Die Worte trieben Elisabeth die Angst in die Seele. »Was … was ist mit ihm?«, hauchte sie mit trockenen Lippen.

Statt einer Antwort hörte sie ein sattes Klatschen, und plötzlich krähte ein hohes Stimmchen. Glück durchflutete ihren abgekämpften Körper.

Dann legte Minna ihr ein kleines, nasses Wesen auf die Brust. »Herzlichen Glückwunsch, Fräulein Elisabeth. Sie haben eine Tochter.«

Fräulein Elisabeths Tochter war wunderschön. Sie hatte flaumiges blondes Haar und blaue Augen. Ihre Haut war schon einen Tag nach der schrecklichen Geburt nicht mehr schrumpelig und rot, sondern glatt und rosig. Selig wiegte Minna den Säugling in den Armen. Sie hatte Josef bereits vor Wochen nach Neugeborenenkleidung »für eine gute Freundin« gefragt, und der liebe Kerl hatte einen ganzen Berg davon angeschleppt. Minna hatte die Sachen heimlich in der Badewanne der Kuhlmanns gewaschen und anschließend gebügelt. Der kleinen Prinzessin würde es zumindest in dieser Hinsicht an nichts fehlen. Sie hatte heute Nacht mit Minna im Bett des abwesenden Paul Kuhlmann geschlafen und war absolut brav gewesen. Als der Doktor heute früh nach ihr geschaut hatte, war er sehr zufrieden gewesen. Bereits gestern Nacht hatte er ihnen eine Dose mit *Biedert's Kindernahrung* vorbeigebracht, die nur noch mit abgekochtem Wasser angerührt und in eine Flasche gegeben werden musste. Glücklicherweise hatte das kleine Mädchen, das immer noch namenlos war, einen gesunden Appetit. Hoffentlich ging es auch ihrer Mutter inzwischen wieder besser. Fräulein Elisabeth hatte gestern Abend erhöhte Temperatur gehabt, kein Wunder nach dieser fast übermenschlichen Anstrengung. Dr. Sonnenberg hatte hinterher gemeint, das Kind habe falsch gelegen, und in solchen Fällen mache man normalerweise einen Kaiserschnitt.

In diesem Moment trat Frau Kuhlmann ins Zimmer, und Minnas Lächeln erstarb. Das Gesicht der frischgebackenen Großmutter war zu einer Maske des Unglücks erstarrt.

»Ist etwas mit Fräulein Elisabeth?«, erkundigte sich Minna erschreckt.

»Meine Tochter leidet an Kindbettfieber«, erwiderte Frau Kuhlmann tonlos.

»Aber sie wird überleben?« Minnas Hände zitterten.

»Doktor Sonnenberg möchte keine Prognose wagen. Er sagt, wir müssen die nächste Nacht abwarten.«

Minna schlug die Hand vor den Mund. Das arme gnädige Fräulein, sie hatte sich so auf ihr Kind gefreut. Und das arme Würmchen. Würde es jetzt schon zur Halbwaise werden?

»Wie geht es der Kleinen?«, fragte Frau Kuhlmann und zeigte auf das Bündel in Minnas Armen.

»Gut. Es geht ihr wirklich gut.«

»Schön.« Frau Kuhlmann setzte sich auf einen Stuhl. »Bitte leg das Kind für einen Moment aufs Bett und setz dich. Ich habe mit dir zu sprechen.«

Minna tat, was die gnädige Frau von ihr verlangte, gespannt, was sie ihr zu sagen hatte.

»Wie du weißt, war ich von Anfang an gegen diese Schwangerschaft. Und jetzt wird sie meine Tochter vielleicht das Leben kosten.« Frau Kuhlmann blickte für einen kurzen Moment zum Fenster hinüber. »Doch selbst wenn sie durchkommt, wird das Kind wie ein Klotz am Bein für sie sein. Es ist mehr als fraglich, ob Julius Falkenhayn überhaupt zurückkehrt, aber wenn doch, wird er sich kein Hausmütterchen mit einem Neugeborenen wünschen. Sonst hätte er sich niemals eine tüchtige Geschäftsfrau wie Elisabeth ausgesucht. Und falls er nicht wiederkommt, wird Elisabeth auf ewig einsam bleiben. Kein Herr der besseren Gesellschaft wird sie mit dem Kind eines anderen zur Ehefrau nehmen.«

Minna schwieg verwirrt. War es für so eine Ansprache nicht längst zu spät? Das Kind war doch bereits geboren.

Frau Kuhlmann musterte sie eindringlich und sprach dann weiter. »Außerdem muss ich leider noch etwas anderes bedenken. Wenn Elisabeth stürbe – was Gott verhüten möge –, dann bekäme Julius Falkenhayn durch das Erbe seiner Tochter die mehrheitliche Verfügungsgewalt über das Palais. Und das kann und darf ich nicht zulassen. Meine Familie hat zu hart gearbeitet und zu viele Opfer erbracht, um das Palais nun wegen eines Fehltritts meiner Tochter zu verlieren.«

»Aber … ich verstehe immer noch nicht …?«, stammelte Minna.

»Deshalb habe ich schweren Herzens beschlossen, das Kind wegzugeben. Und zwar an dich.«

»An mich?«, rief Minna verstört. »Aber ich könnte Fräulein Elisabeth doch niemals ihr Kind wegnehmen.«

»Das tust du ja auch nicht. Das geschieht selbstverständlich auf meine Veranlassung.« Sie faltete die Hände vor der Brust. »Du erinnerst dich doch bestimmt an unsere Unterhaltung vor kurzem? Als ich dich gewarnt habe, dass der Tag kommen wird, an dem du deine Schuld zurückzahlen musst? Nun, liebe Minna, dieser Tag ist heute.«

»Sie wollen, dass ich das Kind nehme und aus Doberan weggehe?«, fragte Minna ungläubig.

Frau Kuhlmann nickte.

»Aber wohin sollte ich gehen? Wovon sollte ich den Säugling ernähren?«

»Selbstverständlich würde ich dich mit allem, was mir noch bleibt, unterstützen.«

»Trotzdem … ein Kind braucht doch seine Mutter«, antwortete Minna schüchtern. Ihr Herz blutete für das arme kleine Mädchen, das von seiner Großmutter so wenig geliebt wurde.

Frau Kuhlmann sprach unbeeindruckt weiter. »Ich werde dir alles Bargeld und vor allem allen Schmuck geben, den ich noch habe. Dann wirst du schon irgendwo eine Bleibe finden.«

»Aber wir haben doch bereits alle Ihre Wertsachen in Lebensmittel eingetauscht«, sagte Minna und dachte an die Wohnung, die Herr Brandmüller ihr in Berlin vermacht hatte, von der die Familie allerdings nichts wusste.

Frau Kuhlmann schüttelte den Kopf. »Nein, ich habe mir einen größeren Notgroschen aufbewahrt, und den sollst du nun bekommen.«

Minna blickte sie sprachlos an.

»Muss ich erst an dein Ehrgefühl appellieren?«, fragte Frau Kuhlmann. »Du weißt, was wir alles für dich getan haben! Hoffentlich dauert der Krieg nicht mehr allzu lange, und danach findest du sicher eine Stelle als Köchin. Ich werde dir selbstverständlich auch eine erstklassige Referenz mitgeben.«

Minna schwieg immer noch. In ihren Augen schwammen Tränen.

»Und wenn du Fräulein Elisabeth gern hast … tu es auch für sie. Vielleicht wird sie es dir nicht in den nächsten Wochen danken, aber in ein paar Monaten wird sie einsehen – falls sie überlebt –, dass es der einzig richtige Weg ist.«

Minna senkte den Kopf und ließ ihren Tränen freien Lauf.

»Weine ruhig. Du bist ein liebes Ding, Minna. Aber du wirst tun, was ich von dir verlange. Oder nicht?«

Sie wusste nicht, was sie antworten sollte. In ihrem Kopf herrschte ein heilloses Durcheinander. Einerseits wollte sie Fräulein Elisabeth nicht das Liebste rauben, das sie auf dieser Welt hatte. Doch wenn deren eigene Mutter es ihr befahl? Wahrscheinlich kannte sie sich auch nicht gut genug mit den Spielregeln der höheren Gesellschaft aus. Stimmte es, was Frau Kuhlmann behauptete? Und was war mit Herrn Falkenhayn? Er war immer so gut zu ihr gewesen. Das Kind gehörte doch auch zu seinem Vater. Ob er seine Tochter nicht so lieben würde, wie es sich gehörte?

»Minna«, sagte Frau Kuhlmann streng. »Ich erwarte eine Antwort.«

Sie hielt den Kopf immer noch gesenkt. »Wann müsste ich denn gehen ... falls ich einverstanden wäre?«

»Das Kind muss bis morgen früh aus dem Haus sein. Ich kann nicht riskieren, dass unsere Gäste es schreien hören. Dann wäre mein ganzer Plan zunichte. Wenn du es nicht nimmst, muss ich jemand anderen finden, dem ich es anvertrauen kann, oder ... im schlimmsten Fall muss es in ein Waisenhaus. Obwohl ich dem Kind dieses Schicksal gern ersparen würde.« Frau Kuhlmanns Stimme wurde weicher. »Bei dir hätte es die Kleine doch deutlich besser. Und in deinen Kreisen findest du garantiert auch so einen Ehemann. In Berlin oder einer anderen Stadt kennt dich doch niemand. Du kannst einfach behaupten, dass dein erster Ehemann gefallen ist. Kriegswitwen gibt es momentan zu Tausenden!«

Die Vorstellung, dass Fräulein Elisabeths Kind in ein Waisenhaus gesteckt werden könnte, war einfach grauenhaft. Das konnte sie auf keinen Fall zulassen. Außerdem ... wenn sie das Kind selbst behielt, könnte sie dem gnädigen Fräulein in ein paar Jahren vielleicht schreiben und ... Immer vorausgesetzt natürlich, dass sie das Kindbettfieber überstand.

»Also, Minna, wie lautet deine Antwort?«

Sie blickte auf und wischte sich die Tränen aus den Augen. »Ich ... ich mache es.«

»Gut«, lobte Frau Kuhlmann. »In drei Stunden geht ein Zug, das gibt dir ausreichend Zeit, um dich und die Kleine reisefertig zu machen. Ich werde inzwischen das Geld und den Schmuck einpacken und dir eine Referenz schreiben.«

Plötzlich kam Minna ein weiterer Gedanke. »Aber Frau Kuhlmann, wenn ich weg bin ... wer soll dann eigentlich für die Gäste kochen?«

Es war offensichtlich, dass die gnädige Frau diese Frage nicht bedacht hatte. »Hm«, sagte sie. »Was ist mit dem Stubenmädchen, das du als Hilfskraft angelernt hast? Momentan steht doch der ganze Service sowieso kopf. Da muss eben jeder überall mithelfen.«

Minna schüttelte den Kopf. »Elsa kann ein paar einfache Gerichte kochen. Aber ...«

»Nun, das muss für den Moment reichen. Schließlich sind wir im Krieg.« Frau Kuhlmann stand auf und ging zur Tür. Auf der Schwelle drehte sie sich noch einmal um. »Danke, Minna. Es ist schön, dass man sich in schweren Zeiten auf dich verlassen kann. Gott sei mit euch und mit meiner armen Tochter.«

Als die Dame des Hauses das Zimmer verlassen hatte, eilte Minna zum Bett und nahm den Säugling hoch. Zärtlich drückte sie das schlafende Kind an sich. Die Verantwortung für dieses kleine Leben lag ihr wie ein Fels auf der Brust. »Aber wir werden es schaffen, kleiner Schatz. Irgendwie werden wir es schaffen, das verspreche ich dir.«

23. Kapitel

Herbst 1916

Wochenlang hatte Elisabeth zwischen Leben und Tod ge-
schwebt. In dieser schweren Zeit waren ihre Mutter und Johanna, die nach der Beerdigung der Großmutter eilig aus Berlin
zurückgekehrt war, ihr nicht von der Seite gewichen. Sie hatten
sie gewaschen, mit Brühe gefüttert und die durchgeschwitzten
Laken gewechselt. Manchmal, wenn ihr Blick klar genug gewesen war, um zu erkennen, wer neben ihr saß, hatte sie sich gewundert, warum Johanna so verweint aussah, aber dann waren
ihre Gedanken wieder in eine nebelhafte Traumwelt abgedrif-
tet. Es dauerte sehr lange, bis das Fieber vollständig abgeklungen
war. Erst seit ein paar Tagen ging es ihr gut genug, um zwischen
Tag und Nacht unterscheiden zu können. Auf einmal überkam
sie eine unglaubliche Sehnsucht nach ihrem Kind, und sie versuchte, sich aufzusetzen.

»Langsam, Elisabeth«, sagte ihre Mutter, die in einem Oh-
rensessel neben ihrem Bett wachte. Sie rückte das Kissen hinter
ihrem Kopf zurecht.

»Ich möchte meine Tochter sehen«, flüsterte Elisabeth, die
das Sprechen noch unendlich anstrengte.

»Nein«, sagte ihre Mutter und schüttelte den Kopf.

»Doch. Ich muss«, hauchte sie. »Ich weiß schon gar nicht
mehr, wie sie aussieht.«

»Vielleicht ist das besser so«, murmelte ihre Mutter.

Elisabeth kämpfte gegen eine bleierne Müdigkeit. »Was
meinst du?«

Doch ihre Mutter wich einer Antwort aus. »Bitte werde erst
einmal gesund. Du wärst um ein Haar gestorben.« Vorsichtig,

aber bestimmt zog sie die Bettdecke fester und drückte sie zurück in die Kissen.

Elisabeth hatte nicht die Kraft, um zu protestieren, weshalb sie lediglich nuschelte: »Und Julius?«

»Mach dir keine Sorgen, ich habe ihm geschrieben, dass du eine schwere Grippe hast und ihm momentan keine Briefe schicken kannst. Er wollte sofort nach Doberan kommen, aber das habe ich verhindern können. Schlaf jetzt. Alles Weitere wird sich finden.«

Sie brauchte noch eine ganze Woche, um so weit genesen zu sein, dass sie sich ohne Hilfe aufsetzen konnte. Trotzdem war an Aufstehen immer noch nicht zu denken. Aber wenigstens wurden ihre Gedanken klarer. Sie lag in ihrem Zimmer. Es war Nacht. Nur das Mondlicht fiel fahl durchs Fenster herein. Ihre Mutter schlief leise schnarchend in ihrem Sessel. Eigentlich ein friedvolles Bild, aber plötzlich machte Elisabeth sich Sorgen: Bildete sie sich nur ein, dass man ihr nach der Geburt eine quicklebendige Tochter auf die Brust gelegt hatte? War ihr Kind doch tot zur Welt gekommen? Warum hatte sie bislang nicht das Schreien eines Säuglings gehört? Und wer kümmerte sich eigentlich um die Kleine? Oder war Julius inzwischen da gewesen und hatte sie zu sich genommen? Sie hielt die Ungewissheit nicht eine Minute länger aus.

»Mama?«, rief Elisabeth leise.

Ihre Mutter regte sich und wachte auf. »Ja, mein Kind. Was willst du?«

»Ich will endlich meine Tochter sehen. Wo ist sie?«

Ihre Mutter presste die Lippen aufeinander. »Lass uns morgen darüber sprechen.«

»Nein, jetzt! Wenn etwas mit meinem Kind passiert ist, will ich es auf der Stelle wissen.«

»Liebes, du bist noch zu schwach.«

»Nein, bin ich nicht. Und wenn du nicht mit mir redest, stehe ich auf und suche Johanna.«

»Aber sie kennt nicht die ganze Wahrheit«, antwortete ihre Mutter ruhig.

»Wie bitte?« Elisabeths Finger krallten sich in das Laken.

»Ich habe ihr eine barmherzige Lüge erzählt.«

»Warum? Was ist mit meiner Tochter?«

Ihre Mutter seufzte. »Ich glaube wirklich nicht, dass jetzt der richtige Zeitpunkt ist.«

Elisabeth schlug die Decke zurück und machte Anstalten aufzustehen.

»Nein!«, rief ihre Mutter. »Also gut … ich habe Johanna erzählt, dass dein Kind bei der Geburt gestorben ist.«

Elisabeths Herz raste. »Aber sie hat gelebt. Ich kann mich an sie erinnern.«

Ihre Mutter nickte. »Ja, sie lebt, aber nicht in diesen vier Wänden.«

Es war ein Gefühl, als würde man ihr den Boden unter den Füßen wegziehen. Als fiele sie in einen endlosen Abgrund. »Wo ist sie?«

»Ich habe Minna mit ihr weggeschickt.«

Elisabeth kniff die Augen zusammen. »Du hast *was* gemacht?«

»Glaub mir, mein Kind, es ist das Beste für dich.«

Sie blickte ihre Mutter fassungslos an. »Hast du jetzt endgültig den Verstand verloren?«

Die nächsten Minuten redete ihre Mutter ohne Punkt und Komma auf sie ein. Sie sprach von Julius und anderen Männern. Hochzeiten mit Kindern und ohne Kinder. Dem Hotel, an das sie denken müsse. Von verstecktem Schmuck, Erbschaftsrechten und vielem anderen. Doch Elisabeth konnte sich nicht darauf konzentrieren.

»Wo ist Minna mit meinem Kind, Mutter?«, unterbrach sie den Wortschwall.

»Ich weiß es nicht genau, aber ich vermute, sie sind in Berlin.«

Elisabeth ließ sich mit einem Schmerzenslaut zurück in die Kissen fallen. Nur dass diesmal nicht ihr Unterbauch schmerzte, sondern ihr Herz.

»Ich habe dafür gesorgt, dass du ein schönes Leben haben wirst, Elisabeth. Wenn der Krieg erst einmal aus ist, kannst du das Hotel wieder in seinem alten Glanz auferstehen lassen und …«

»Spar dir jedes weitere Wort, Mutter. Sobald ich aufstehen kann, reise ich nach Berlin und suche meine Tochter. Und du fängst besser an zu beten, dass ich sie finde, denn ansonsten bist du für mich gestorben. Und jetzt geh mir bitte aus den Augen. Ich ertrage deinen Anblick nicht.«

Ihre Mutter schüttelte nachsichtig den Kopf. »Für heute werde ich dir dieses ungebührliche Verhalten durchgehen lassen. Aber glaube mir, bald schon wirst du mich für meine Weitsicht loben.«

»Da kannst du lange warten«, flüsterte Elisabeth.

»Wir werden sehen. Trotzdem rate ich dir, nichts von alledem deiner Schwester mitzuteilen. Sie hat bereits um deine Tochter getrauert, und ich möchte ihr neues Leid ersparen.«

Elisabeth schüttelte langsam den Kopf. »Du bist wirklich der Teufel in Person, Mutter. Bitte geh, bevor ich aufstehe und dich aus meinem Zimmer werfe.«

Auf gewisse Weise war es schön, nach Doberan zurückzukehren und seine Mutter und seine Schwestern in die Arme schließen zu können. Andererseits wurde die schreckliche Wahrheit, dass sein Vater und Robert nicht mehr lebten und er selbst ein Krüppel war, erst hier zur unumstößlichen Gewissheit. Im Palais, wo ihm jede Ecke so vertraut war wie seine eigene Westentasche, wo jeder Baum im Park und sogar die salzige Luft ihn an Robert erinnerten, konnte er sich nicht mehr in die beruhigende Anonymität des Rehabilitationsheims flüchten, wo sein Geliebter niemals existiert hatte. Im Hotel spielten ihm seine Sinne immer wieder aufs Neue einen Streich, und er schien unentwegt damit zu rechnen, dass Robert mit einem erwartungsvollen Lächeln auf den Lippen sein Zimmer betrat. Oder sein Vater ihm lobend auf die Schulter klopfte. Nur dass beides niemals wieder geschehen würde. Diese Endgültigkeit hing wie eine dunkle Wolke über ihm und verdarb jede sonstige Empfindung. Dass sein linker Arm trotz Prothese so gut wie unbrauchbar war, tat ein Übriges. Aber wenigstens verschonte man ihn – zumindest in der ersten Woche nach seiner Ankunft – mit der Hotelarbeit, weshalb er den Speisesaal, den er als Roberts eigentlichen Arbeitsplatz ganz besonders fürchtete, bislang noch nicht betreten hatte. Auch das Grab seines Vaters hatte er nicht besucht. Generell versuchte er, die Wohnung so wenig wie möglich zu verlassen, und war froh, dass auch das heutige Abendessen in der Stube serviert worden war.

»Soll ich dir helfen?«, fragte Johanna, als er ungeschickt ein kreisrundes Stück Kartoffel mit der Gabel über den Teller schob, ohne es aufzuspießen.

»Nein, danke. Es geht schon.«

»Aber das Essen schmeckt dir?«, wollte seine Mutter wissen.

In seinen Augen war das Kartoffel-Linsen-Gericht so fad wie Pappe, aber er wollte kein Spielverderber sein, weshalb er seinen Mund zu einem Lächeln verzog und nickte. Es war besser, das Thema zu wechseln. »Warum ist Elisabeth heute eigentlich nach Berlin gefahren? Besucht sie Julius?« Es hatte ihn nicht weiter überrascht, dass aus den beiden inzwischen ein Paar geworden war. Sie passten perfekt zusammen. Julius war einer der wenigen Männer, der seiner willensstarken Schwester gewachsen zu sein schien, und zudem war er vom ersten Moment an von ihr verzaubert gewesen. Jetzt, wo er ein reicher Erbe war, stand einer Heirat selbst von Mutters Seite aus nichts mehr im Wege.

»Ja, Mutter, weißt du, was sie vorhat?«, hakte auch Johanna nach. »Ich war ganz überrascht, dass ich sie nicht mehr angetroffen habe, als ich von meinem Stiftungstreffen zurückgekommen bin. Ist sie nicht noch viel zu schwach … nach ihrer Grippe … um allein nach Berlin zu reisen?«

Mutter legte missbilligend das Besteck nieder. »Ich habe auch erst davon erfahren, als sie reisefertig in Hut und Mantel vor mir stand. Aber ihr kennt ja eure Schwester. Wenn sie sich etwas in den Kopf gesetzt hat, können noch so gut gemeinte Ratschläge sie nicht aufhalten. Offenbar ist Julius immer noch in Frankreich, aber sie wollte nach Berlin, um sich nach einer neuen Köchin für das Hotel umzusehen.«

»Apropos Köchin. Ich kann gar nicht glauben, dass sich Minna einfach so aus dem Staub gemacht hat«, sagte Paul. »Wenn ich ehrlich bin, habe ich sie immer als einen Teil unserer Familie angesehen.«

Johanna nickte. »Ich finde das auch sehr schade. Aber wer weiß, vielleicht hatte sie einen familiären Notfall, oder sie war traurig, weil ...« Sie stockte und senkte den Blick.

»Was?«, fragte Paul.

»Nichts«, erwiderte Mutter und presste die Lippen aufeinander. »Einer der Bauernjungen hat sich offenbar in Minna verguckt und ... keine Ahnung. Aber ich finde es auch nicht besonders schön, dass wir nun nach einer neuen Köchin Ausschau halten müssen.«

»Gedenkst du, jetzt wieder im Hotel mitzuarbeiten, Paul?«, erkundigte sich seine Schwester.

Mutter sah ihn erwartungsvoll an.

»Ich weiß es noch nicht.« Er hob den linken Arm mit der Prothese, die bislang in seinem Schoß geruht hatte. »Es ist nicht gerade leicht, sich an dieses Ding zu gewöhnen, und manchmal habe ich auch noch ziemliche Schmerzen.«

»Schmerzen? Im Stumpf?«

Er nickte, denn wenn er ihnen gesagt hätte, dass seine fehlende Hand schmerzte, hätten sie ihn für verrückt gehalten. Dabei traf genau das zu. Mehrmals am Tag war es, als würde ein heftiger Stromschlag durch das nicht mehr vorhandene Gewebe jagen.

Mitten in der Nacht wachte er von seinen eigenen Schreien auf. Schweißgebadet und mit rasendem Herzen setzte er sich im Bett auf: Eben noch hatte Robert unversehrt neben ihm im Schützengraben gehockt. Sie hatten Karten gespielt und sich angelächelt, als plötzlich eine Granate eingeschlagen war … und auf einmal war alles schwarz gewesen. Ein tiefes, furchteinflößendes, alles Leben auslöschendes Schwarz. Blind hatte er nach Robert getastet. Vergeblich! Mit jeder Sekunde war seine Verzweiflung größer geworden. Hier irgendwo musste er doch sein! Er hatte das Nasse, das über seine Stirn rann, ignoriert. Robert! Hatte er überlebt? Laut schrie er seinen Namen, doch niemand antwortete. Ein Albtraum. Ein schrecklicher Albtraum.

Plötzlich ging das Licht an, und Johanna stand im Morgenmantel in seiner Tür. »Oh Gott, Paul. Ist alles in Ordnung mit dir?«

Er schluckte, doch er brachte kein Wort heraus. Vor seinem inneren Auge sah er immer noch das schauderhafte Schwarz.

»Paul!«, rief seine Mutter und erschien neben seiner Schwester.

Er kämpfte mit sich. »Es ist nichts … ich … ich habe nur wieder Schmerzen gehabt. Bitte entschuldigt, ich wollte euch nicht wecken.«

»Schmerzen?«, fragte Johanna. »Aber hast du nicht gerade Roberts Namen gerufen?«

Paul starrte sie wütend an. »Was für ein Blödsinn! Warum sollte ich das wohl tun?«

Johanna zuckte mit den Schultern. »Weil er auch im Krieg war?«

»Das waren viele Männer. Nein, ich habe mich falsch abgestützt und vor Schmerzen aufgeschrien«, beharrte er.

»Entschuldige, ich muss mich verhört haben«, meinte Johanna betreten.

Paul schwieg.

»Können wir irgendetwas für dich tun?«, fragte seine Mutter.

Unwirsch schüttelte er den Kopf. »Nein, am besten schlafen wir jetzt alle wieder. Und wenn ich das nächste Mal einen Piep von mir gebe, braucht nicht gleich wieder eine ganze Delegation in mein Zimmer zu stürmen. Gute Nacht!«

Sie hatte das Mädchen Julia genannt, nach dem Vater der Kleinen. Minna war sich sicher, dass auch Fräulein Elisabeth den Namen gutgeheißen hätte. Auf der Zugreise nach Berlin hatte sie sich trotzdem unentwegt Sorgen gemacht, dass jemand mit dem Finger auf sie zeigen und sie der Kindesentführung bezichtigen könnte. Doch niemand hatte sie beachtet. Bei ihrer Ankunft hatte sie verstanden, weshalb: Die Leute waren alle viel zu sehr mit sich selbst beschäftigt. Preußen, und insbesondere Berlin, versank im Chaos. Die Straßen waren leer, weil es kein Benzin mehr gab, aber auf den Bürgersteigen wimmelte es von zerlumpten, abgemagerten Menschen, die vor den leeren Geschäften Schlange standen. Es waren vorwiegend Frauen, Kinder und Kriegsversehrte. Alle Männer, die noch unverletzt waren, schienen inzwischen einberufen worden zu sein.

»Wissen Sie, wie ich am besten nach Wilmersdorf komme?«, hatte Minna eine Streichholzverkäuferin am Bahnhof gefragt.

»Wenn Sie es sich leisten können, nehmen Sie eine Droschke. Dort hinten steht eine. Ansonsten müssen Sie laufen.«

Das Kutschpferd hatte erbarmungswürdig ausgesehen, die Rippen hatten aus seinem matten Fell hervorgestochen. Doch Minna hatte keine andere Wahl gehabt. Sie war mit der vor Hunger maunzenden Julia und ihrem kleinen Koffer eingestiegen und hatte dem Fahrer die Adresse genannt. Herrn Brandmüllers Wohnung lag in einem gutbürgerlichen Viertel. Auch die Fassade sah respektabel aus, und einer der beiden Schlüssel passte in die Haustür. Doch als sie in den zweiten Stock hochgelaufen war, erwartete sie eine unliebsame Überraschung: Die Tür zu der geerbten Wohnung war nur angelehnt. Plötzlich hatte Minnas Herz wild zu klopfen begonnen. Hatte sich womöglich jemand Fremdes dort eingenistet? Ihr blieb keine andere Wahl, als einzutreten und nachzusehen: Julia brauchte dringend ihr Fläschchen und eine neue Windel.

Auf den ersten Blick konnte Minna nichts Ungewöhnliches erkennen. Wie nicht anders zu erwarten, war die Wohnung spartanisch, aber vollständig eingerichtet. Sogar die Betten waren bezogen, und in einem der Zimmer stand noch Herrn Brandmüllers Rasierzeug. Minna fiel ein Stein vom Herzen. Alles schien in Ordnung zu sein. Sie würde hier problemlos mit dem kleinen Julchen leben können. Doch als sie deren Flasche zurechtmachte, musste sie feststellen, dass das Milchpulver sich bereits dem Ende zuneigte. Wie sollte sie in diesem Durcheinander neues beschaffen? Kommt Zeit, kommt Rat, versuchte sie, sich selbst Mut zuzusprechen. Morgen würde sie jedenfalls erst einmal die Ämter abklappern, um an Bezugsscheine zu kommen.

Als Julia satt und frisch gewickelt in ihrem Bett lag, packte Minna den Koffer aus. Es waren hauptsächlich Sachen für die Kleine, denn in den letzten Jahren hatte sie selbst vorwiegend Dienstkleidung aus dem Palais getragen. Frau Kuhlmann hatte ihr in weiser Voraussicht ein paar alte Kleider von ihren Töchtern mitgegeben, die allerdings alle nicht richtig passten: Fräulein Johannas waren zu groß und Fräulein Elisabeths zu eng. Während sie gerade überlegte, ob sie es riskieren konnte, Julia für ein paar Momente sich selbst zu überlassen, um sich den Reiseschmutz abzuwaschen, hörte sie plötzlich ein kratzendes Geräusch.

Wie ein geölter Blitz eilte sie in den Eingangsbereich, aus dem die merkwürdigen Laute zu kommen schienen. Um Himmels willen, jemand machte sich an der Tür zu schaffen! Geistesgegenwärtig rannte sie in die Küche, um sich mit einer Bratpfanne zu bewaffnen. Sie war gerade erst wieder an der Wohnungstür angekommen, als diese plötzlich aufschwang und ein junger Mann mit Gehstock auf der Schwelle erschien.

»Verschwinden Sie sofort aus meiner Wohnung!«, schrie Minna wie von Sinnen.

»Ihrer Wohnung?«, sagte der Mann gedehnt. Doch offenbar

war er trotzdem von Minnas schwingender Bratpfanne beeindruckt, denn er trat einen Schritt zurück.

»Ja, das ist meine Wohnung. Ich habe sie rechtmäßig von Herrn Brandmüller geerbt!« Ihre Stimme überschlug sich vor Panik, obwohl der Mann sich ganz ruhig verhielt und sich ihr auch nicht weiter näherte.

Stattdessen musterte er sie mit einem verwunderten Gesichtsausdruck. »Sagen Sie, kennen wir uns nicht?«

»Ganz sicher nicht!«, kreischte Minna. »Und jetzt machen Sie, dass Sie wegkommen!«

»Doch, ich glaube schon. An ein so hübsches Fräulein wie Sie erinnere ich mich selbstverständlich. Heißen Sie nicht Martha oder … nein, jetzt habe ich es wieder. Sie sind Fräulein Minna aus Doberan.«

Wie vom Donner gerührt, ließ Minna die Bratpfanne sinken. »Und woher wissen Sie das?«, flüsterte sie.

Der junge Mann zeigte mit einer Hand auf seine Brust. »Ich heiße Erich Glaser, und wir sind uns einmal am Strand von Heiligendamm begegnet, als ich dort mit einem Kollegen Wache geschoben habe. Wissen Sie nicht mehr?«

Dunkel konnte sich Minna an eine fröhliche Begegnung mit zwei Soldaten erinnern. Das schien eine halbe Ewigkeit her zu sein. »Vielleicht«, sagte sie vorsichtig. »Aber das erklärt immer noch nicht, was Sie in meiner Wohnung zu suchen haben.«

Herr Glaser räusperte sich. »Nun, ich wohne hier.«

»Wie bitte?«

»Na ja, es ist besser, als auf der Straße zu hausen.«

»Und weshalb haben Sie kein eigenes Zuhause?«

Der junge Mann lächelte. »Weil mein liebendes Weib mich aus meinen eigenen vier Wänden rausgeworfen hat.«

Verwundert blickte Minna ihn an. »Wieso?«

Er lehnte den Gehstock gegen den Türrahmen und zog den Aufschlag seiner Hose ein wenig hoch. Darunter lugte ein Holzbein hervor. »Weil sie nicht mit einem Krüppel wie mir zusammen sein will.«

»Stammt das aus dem Krieg?«, fragte sie, leicht schockiert über seine Offenherzigkeit.

»Na klar. Das habe ich mir nicht im Tanzlokal eingefangen.« Er grinste. »Tanzen geht leider nicht mehr.«

In diesem Moment krähte Julchen.

Verblüfft blickte Herr Glaser sie an. »Wer ist das denn?«

»Das ist mein Kind.« Die Worte kamen ihr noch etwas sperrig über die Lippen.

Er schob überrascht seinen Hut in den Nacken. »So? Da waren Sie aber auch nicht gerade untätig, seit wir uns das letzte Mal gesehen haben. Ist Ihr Mann auch im Krieg?«

Minna nickte. »Gehen Sie jetzt bitte. Ich muss mich um Julia kümmern.«

»Julia? Schöner Name.« Umständlich stützte er sich auf den Stock und wandte sich zum Gehen. Erst jetzt bemerkte Minna, dass er einen Rucksack auf dem Rücken hatte. »Haben Sie denn auch genug zu futtern für die Kleine?«, fragte er, im Davonhumpeln begriffen.

Minna, die in diesem Moment die Tür hinter ihm hatte schließen wollen, hielt inne. »Nein, wissen Sie vielleicht, wie ich an Milchpulver kommen könnte?«

Er blickte sie strahlend über die Schulter an. »Natürlich weiß ich das.«

»Und wie?«, fragte sie, während Julias Wehklagen lauter wurde.

Anstatt ihr zu antworten, stellte er ihr eine Gegenfrage. »Sie sehen so hungrig aus. Haben Sie heute überhaupt schon etwas zwischen die Kiemen gekriegt?«

»Nein, aber …«

»Darf ich Ihnen einen Vorschlag machen? Sie kümmern sich um das Kind, und ich tue das, was ich sowieso gerade vorhatte: Ich brate uns zweien ein gutes Stück Rindfleisch.«

Bei dem Wort Rindfleisch knurrte Minnas Magen. »Sie haben Rindfleisch?«, fragte sie sehnsüchtig. Sie selbst hatte schon seit dem Frühstück nichts mehr gegessen, und an den Geschmack von echtem Fleisch konnte sie sich kaum noch erinnern.

»Ja«, sagte Erich und klopfte gegen seinen Rucksack.

Unschlüssig stand Minna vor ihm. Sollte sie wirklich riskieren, den Mann in ihre Wohnung zu lassen? Wahrscheinlich war er nicht gewalttätig, denn ansonsten hätte er ihr ohne Weiteres mit dem Gehstock die Bratpfanne aus der Hand schlagen können, aber …

»Ich bin ein netter Kerl, Fräulein Minna. Ehrenwort. Außerdem kann ich Ihnen bei der Essensbeschaffung behilflich sein.«

Das gab den Ausschlag. Sie hatte keine Ahnung, wie sie in Berlin an Milchpulver kommen sollte, und wenn er ihr dabei half, wollte sie sich ihm nicht in den Weg stellen.

»Also gut«, sagte sie zögernd. »Kommen Sie rein, Herr Glaser.«

»Sie können mich ruhig Erich nennen, Fräulein Minna«, meinte er und trat schwerfällig durch die Tür.

Eine halbe Stunde später saßen sie sich am Küchentisch gegenüber und verspeisten ein ordentliches Stück Rindfleisch mit Bratkartoffeln. Minna konnte ihr Glück nicht fassen. »Woher haben Sie das alles? Ich dachte, in Berlin gibt es schon seit fast zwei Jahren Bezugsscheine.«

Sein freundliches, rotwangiges Gesicht verzog sich zu einem Lächeln. »Die amtliche Tagesration für Erwachsene beträgt inzwischen gerade mal zweihundertsiebzig Gramm Brot, fünfunddreißig Gramm Fleisch einschließlich Knochen, fünfundzwanzig Gramm Zucker und ein Viertel Ei. Dabei ist es in Wahrheit selbst mit Bezugsscheinen so gut wie unmöglich, an diese Hungerration ranzukommen.«

»Und wie schaffen Sie das?«

»Liebes Fräulein Minna, im Krieg gibt es immer Leute, die oben schwimmen, und solche, die untergehen. Ich bin eben von Hause aus ein Überlebenskünstler und finde mich in den Straßen von Berlin gut zurecht.«

»Sind Sie ein *Schieber?*«, fragte Minna. So nannte man doch die Schwarzhändler und Spekulanten, die vom Krieg profitierten? Sie hatte den Ausdruck einmal im Zusammenhang mit der Berliner Misswirtschaft gehört.

»Das ist ein hässliches Wort. Ich bin kein böser Mensch, Fräulein Minna. Ich habe einfach nur keine Lust, am Hunger zu krepieren. Besonders jetzt, wo mich der Krieg sowieso schon gezeichnet hat.«

»Und woher stammen Ihre Lebensmittel?«

»Ich tausche auf dem Schwarzmarkt, wie alle anderen auch. Vorn in den Läden hängen Krähen, Eichhörnchen und Spechte, aber in den Hinterzimmern der feinen Lokale essen die Reichen und Schlauen immer noch Gänsebraten und Erdbeeren mit Schlagsahne.«

»Nein!«, rief Minna empört.

Er nickte. »Doch.«

»Bringen Sie mir bei, wie und wo ich Sachen tauschen kann?«

Lächelnd schüttelte er den Kopf. »Man würde Sie sofort über den Tisch ziehen, Fräulein Minna. Der Schwarzmarkt ist ein hartes Pflaster und kein Ort für eine zarte, schutzlose Frau wie Sie. Aber ich mache Ihnen ein Angebot. Wenn Sie mich weiterhin in Ihrer Wohnung wohnen lassen, werde ich dafür sorgen, dass Sie und Ihre Kleine keinen Hunger leiden müssen. Was meinen Sie? Ist das ein gutes Geschäft?«

Sie überlegte. »Und Sie würden uns vollkommen kostenlos, also nur gegen Logis, verpflegen?«

Er grinste. »Nun, nicht ganz, Sie …«

»Ich lasse mich auf keinen Fall auf etwas Unanständiges mit Ihnen ein«, unterbrach sie ihn leise.

Plötzlich wurde Herr Glaser ernst. Feierlich hob er die Hand zum Schwur. »Fräulein Minna, in dieser Hinsicht haben Sie nichts von mir zu befürchten. Wirklich nicht.«

»Was wollen Sie dann von mir?«

»Nun, Sie haben gesagt, dass Sie tauschen wollen. Ergo müssen Sie auch etwas zum Tauschen haben, und ich würde mir dieses Etwas gern einmal ansehen.«

Sollte sie Herrn Glaser wirklich den Schmuck von Frau Kuhlmann zeigen? Was, wenn er ihn ihr wegnahm? Auf der anderen Seite war sie wahrscheinlich tatsächlich auf seine Hilfe angewiesen. »Warten Sie hier«, sagte sie bestimmt und ging in Julias Zimmer. Den Großteil des Schmucks hatte sie sicher im Futter des Koffers versteckt, aber einen kleinen Ring trug sie in der Manteltasche. Sie zog ihn hervor und ging zurück zu Herrn Glaser. »Könnten Sie uns damit Milchpulver und andere Nahrungsmittel besorgen?«

Er nahm eine Lupe aus seiner Jacke und klemmte sie sich fachmännisch vors Auge. Dann betrachtete er den Ring von allen Seiten. »Scheint echt zu sein«, meinte er.

»Natürlich ist der echt«, empörte sich Minna. »Der gehörte schließlich einmal einer Dame der besten Gesellschaft.«

»Und Sie haben ihn ...«, er lächelte verschmitzt, »... einfach so abgestaubt?«

Minnas Augen funkelten. »Selbstverständlich nicht. Er ist mir als Gegenleistung für meine Arbeit gegeben worden. Ich besitze ihn ganz rechtmäßig.«

Herr Glaser hob beschwichtigend die Hände. »Schon gut. Ich wollte Ihnen nicht zu nahe treten.«

»Also, können Sie ihn nun auf dem Schwarzmarkt für mich eintauschen, oder können Sie das nicht?«

Er hielt ihr seine ausgestreckte Hand hin. »Sie lassen mich hier wohnen und geben mir den Ring, und ich kümmere mich um alles Weitere. Einverstanden?«

Was blieb ihr schon anderes übrig. Minna schlug ein. »Einverstanden.«

Erschöpft ließ sich Elisabeth auf einer Parkbank nieder. Ihr Herz schlug wie wild, und der kalte Schweiß stand ihr auf der Stirn. Seit drei Tagen suchte sie in Berlin nach ihrer Tochter und Minna. Doch es war die berühmte Suche nach der Stecknadel im Heuhaufen. Als Erstes war sie voller Hoffnung zu der alten Wohnung von Minnas Eltern gefahren. Johanna hatte sich glücklicherweise an die Adresse erinnert. Doch dort fand sich leider keine Spur von den beiden. Niemand, den sie in diesem katastrophalen Wohnhaus befragte, hatte eine Idee, wo Minna jetzt stecken könnte. »Ihre Mutter ist mit den kleinen Kindern nach Bayern gezogen und Minna irgendwo an der Ostsee angestellt«, hatte eine ausgezehrte Nachbarin erklärt. Auch das Meldeamt konnte ihr nicht weiterhelfen. »Eine Frau dieses Namens ist nicht bei uns verzeichnet«, sagte das zuständige Fräulein lapidar.

»Aber sie hält sich mit hoher Wahrscheinlichkeit in Berlin auf. Wie kann ich sie finden?«

Das Fräulein zuckte ratlos mit den Schultern. »Ohne Anmeldung keine Bezugsscheine. Ich glaube nicht, dass sie hier ist. Aber wenn doch, hat sie nichts zu beißen.«

Der Gedanke, dass ihre neugeborene Tochter Hunger leiden könnte, quälte Elisabeth mehr als alles andere. Denn Minna war kein schlechter Mensch. Sie würde sich gut um die Kleine kümmern. Doch war sie auch gewieft genug, um in diesen schweren Zeiten Milchpulver und Nahrung zu beschaffen? Erst gestern hatte Elisabeth in einer Zeitung gelesen, dass in Berlin bereits einige Menschen, darunter auch Kinder, verhungert waren. Diese Sorge ließ sie weiter und weiter durch die Stadt laufen. Doch die Hoffnung, Minna zufällig auf einer Straße oder in einem Park zu treffen, sank mit jeder weiteren Stunde, die Elisabeth herumirrte. Berlin war riesig. Außerdem wusste sie gar nicht sicher, dass die beiden in der Hauptstadt waren. Vielleicht hatte sich Minna ja auch zu ihrer Mutter nach Bayern durchgeschlagen. Doch so akribisch sie Minnas ehemalige Kammer auch durchsucht hatte, sie hatte keinen Brief von deren Mutter gefunden, dem sie eine Adresse hätte entnehmen können. Minna hatte offenbar alle Andenken an ihre Familie zusammen mit ihren wenigen Habseligkeiten mitgenommen. Elisabeth musste sich die traurige Wahrheit eingestehen: Ihre kleine Tochter war und blieb verschwunden. Plötzlich konnte sie die Tränen nicht mehr zurückhalten.

Einen Tag später traf sie vollkommen niedergeschlagen wieder in Doberan ein. Mit jeder Minute vermisste sie ihr Kind mehr. Würden sie einander jemals wiedersehen? Wie erging es der Kleinen in Minnas Obhut? Hatte sie genug zu essen? War sie sicher dort? Elisabeth würde ihrer Mutter, aber auch Minna nie verzeihen, dass sie ihr nicht nur die Tochter, sondern auch jegliches zukünftige Glück geraubt hatten. Was um Himmels willen sollte sie nur Julius erzählen? Dass er einmal eine Tochter gehabt hatte, sie aber von seiner zukünftigen Schwiegermutter weggeben worden war? Wie sollte sie ihm jemals wieder unter die Augen treten, wenn sie ihr eigenes Kind nicht hatte schützen können?

Als sie die Stube betrat, traf sie ausgerechnet auf ihre Mutter, den letzten Menschen, dem sie in ihrem Kummer begegnen wollte.

»Und?«, fragte diese bei Elisabeths Anblick. »Hast du etwas herausgefunden?«

Ihre Schultern sackten nach vorn. »Leider nein.«

Ihre Mutter verzog keine Miene. »Glaub mir, es ist besser so.«

»Du bist wirklich die herzloseste Frau, die ich kenne«, sagte Elisabeth. »Ich verachte dich für das, was du mir angetan hast.«

»Blödsinn. Übrigens gibt es gute Nachrichten: Julius hat in deiner Abwesenheit angerufen und uns mitgeteilt, dass er über Weihnachten im Palais sein wird. Freust du dich?«

Schon wieder standen ihr Tränen in den Augen. Ihre Gefühle waren so durcheinander seit der Geburt und dem Verlust ihrer Tochter. Natürlich freute sie sich, Julius wohlbehalten in die Arme schließen zu können, aber wie sollte sie ihm nur die schreckliche Wahrheit beichten?

»Was ist los?«, fragte ihre Mutter misstrauisch. »Magst du ihn etwa nicht mehr? Weil er dir zu nahe gekommen ist? Du darfst ihn nicht für seine Triebe verurteilen, Kind. Alle Männer sind so. Es ist die Aufgabe der Frauen, keusch und tugendhaft zu sein. Doch in diesem Bereich scheinst du einige Mängel aufzuweisen.«

Oh Gott, sie hatte gar nicht mehr an die leidenschaftlichen Stunden mit Julius gedacht. Es war so schön gewesen, aber wie sollte sie jemals wieder die Seine werden, ohne ihm die Wahrheit über ihr gemeinsames Kind zu sagen? Wie konnte sie eine intime, ehrliche Beziehung mit ihm haben, wenn diese Ungeheuerlichkeit zwischen ihnen stand?

»Elisabeth! Was ... ist ... mit ... dir?« Ihre Mutter war aufgestanden und rüttelte fest an ihrem Arm.

»Ich weiß einfach nicht, wie ich ihm die Wahrheit sagen soll«, brach es aus ihr hervor. Sie wischte sich die Tränen von den Wangen. »Er wird mir niemals verzeihen, dass ich nicht besser auf unsere Tochter aufgepasst habe.«

Die Finger ihrer Mutter bohrten sich schmerzhaft in ihren Arm. »Du willst ihm doch nicht etwa von diesem Kind erzählen?«

»Natürlich will ich das«, schluchzte Elisabeth. »Wir können unser gemeinsames Leben doch nicht auf einer Lüge aufbauen.«

Ihre Mutter schüttelte ungläubig den Kopf. »Dann bist du wirklich dümmer, als ich gedacht habe. Elisabeth, wenn du ihm die Wahrheit sagst, wirst du ihn verlieren.«

»Ich weiß! Aber wenn ich es ihm nicht erzähle, werde ich niemals wieder in den Spiegel schauen können. Dann wird uns diese grauenvolle Geschichte auf ewig trennen.«

»Aber jetzt ist doch sowieso alles vorbei. Das Kind ist nicht mehr da. Warum willst du ihm da noch das Herz schwer machen? Wenn ihr erst einmal verheiratet seid, könnt ihr ein neues Kind bekommen.«

Durch den Schleier ihrer Tränen blickte Elisabeth ihre Mutter ungläubig an.

»Das ist nicht dein Ernst! Ein weiteres Kind könnte doch niemals unsere erstgeborene Tochter ersetzen!« Sie riss sich los und rannte aus dem Zimmer.

24. Kapitel

Winter 1916/17

Es war bitterkalt geworden in Doberan. Ein eisiger Wind wehte um das Hotel, und auch drinnen wurde es nicht mehr richtig warm. Um sich von ihrem Kummer abzulenken, stürzte sich Elisabeth in die Arbeit. Im Palais gab es jede Menge zu tun, denn inzwischen war sogar das Brennholz für die Kamine knapp geworden. Die verbliebenen Förster wachten mit Argusaugen über den kostbaren Buchenwald, aber die Doberaner Bevölkerung wollte nun mal nicht frieren. So wurde über Nacht die hölzerne Tribüne der Rennbahn zerlegt und als Brennholz abtransportiert. Elisabeth musste auf den Holzbestand im hoteleigenen Park zurückgreifen. Allerdings legte sie nicht selbst Hand an, die Axt führte glücklicherweise Josef. Ihr kam die traurige Entscheidung zu, welcher der ihr ans Herz gewachsenen Bäume gefällt werden sollte.

Auch in der Küche wurde sie dringend gebraucht, denn die Versorgungslage gestaltete sich immer schwieriger. Viele Landwirte hatten durch die verregnete Ernte selbst nichts mehr, was sie gegen Damasttischdecken, Geschirr oder Silberbesteck hätten eintauschen können. Etliche der älteren Gäste wurden von ihren Verwandten abgeholt, um die Kinder zu hüten, während die Frauen der Familien versuchten, Arbeit zu finden. Doch selbst für die Verbliebenen wurden die Lebensmittel knapp. Die Kartoffelernte war nicht nur im kleinen Garten des Palais mager ausgefallen. Überall im Reich hatte der verregnete Herbst dafür gesorgt, dass die Knollen noch in der Erde verfaulten. Die Erntezahlen erreichten kaum die Hälfte des Vorkriegsniveaus. Nur Steckrüben gab es genug, und die Not machte erfinderisch. So wurden Schnipsel von Rüben dem Brotteig zugesetzt, zu Marmelade verarbeitet oder zu Kaffeeersatz geröstet. Elisabeth, die sich anhand von Kochbüchern elementare Küchenkenntnisse angeeignet hatte, kochte mit Elsa Steckrübensuppe, Steckrübenauflauf, Steckrübenpudding und Steckrübenbrot.

Sie holte gerade ein Blech mit sechs etwas verunglückt aussehenden Broten aus dem Ofen, als sich zwei sehnige Hände um ihre Taille schlangen und eine dunkle Stimme »Hallo, kleine Köchin« in ihr Ohr flüsterte. Julius! Vor Schreck hätte sie die Brote um ein Haar fallen gelassen, in allerletzter Sekunde schaffte sie es, das heiße Blech auf der Ablage abzustellen.

»Oh Julius, wie schön, dass du endlich wieder da bist!«, rief Elisabeth und umarmte ihn, ohne sich um Elsas verdutztes Gesicht zu kümmern.

»Ja, ich konnte es auch kaum erwarten.« Julius drückte sie so fest an seine Brust, dass ihr die Luft knapp wurde. »Wie geht es dir, mein Liebling? Bist du gesund und munter? Es war so schrecklich, von deiner Mutter zu hören, dass dich eine Grippe niedergestreckt hatte.«

Seine Worte trafen sie wie ein Eimer eiskalten Wassers mitten ins Gesicht. Sie holten sie auf den Boden der Tatsachen zurück, und ihre Wiedersehensfreude erstarb. Die Trauer um ihr Kind, die immer dicht unter der Oberfläche schwelte, brannte erneut lichterloh. Außerdem fühlte sie eine nie gekannte Angst in sich aufsteigen: Wie sollte sie Julius denn nun von ihrer gemeinsamen Tochter erzählen? Die vielen Stunden, in denen sie über die richtigen Worte nachgegrübelt hatte, hatten ihr keine Erleuchtung gebracht.

»Was hast du?«, fragte er überrascht. Er kannte sie zu gut, um den Stimmungswechsel nicht mitzubekommen.

»Ach, nichts.« Sie konnte ihm unmöglich in Elsas Gegenwart von dem Kind berichten, das sie geboren hatte. Ihre Beichte würde noch ein wenig warten müssen. »Lass uns heute Abend reden, Julius.«

»Natürlich, mein Schatz. Ich habe dir einen halben Roman

zu erzählen. Und natürlich brenne ich darauf zu hören, wie es dir und dem Hotel ergangen ist. Deine Briefe sind immer viel zu kurz.«

Sie nickte. »Warst du schon oben bei Mutter, Paul und Johanna?«

Er schüttelte lächelnd den Kopf. »Eines der Zimmermädchen hat mir verraten, wo ich dich finde, und da bin ich natürlich sofort in die Küche gerannt.«

»Das ist lieb«, sagte sie, aber sie hörte selbst, dass ihre Stimme gekünstelt klang.

Julius warf ihr einen prüfenden Blick zu. »Ist wirklich alles in Ordnung mit dir?«

Elisabeth zwang sich zu einem Lächeln. »Ja, wirklich. Geh nur schon mal in die Wohnung und stell dein Gepäck ab. Ich komme gleich.«

»So ist es recht. Noch nicht einmal verheiratet, und schon kommandiert mich diese kleine Frau herum«, sagte er mit einem verschmitzten Lächeln und gab ihr einen letzten Kuss auf den Scheitel.

Elisabeth atmete auf, als er die Küche verlassen hatte.

Die nächsten Wochen gehörten zu den schönsten, aber auch zu den schwersten ihres bisherigen Lebens. Zum einen wurde ihr immer wieder von neuem bewusst, wie sehr sie Julius liebte. Jedes Mal, wenn sie seine aufrechte, schlanke Gestalt nur von weitem sah, ging ihr das Herz auf. Außerdem war er intelligent und wohltätig. Da ihre Mutter sie diesmal abends nicht eine Sekunde allein ließ und sogar darauf bestand, dass Paul Julius vor dem Schlafengehen noch »auf ein Glas« in die Bar entführte, lauschte die ganze Familie der Beschreibung seiner neuen Aufgabe im Krieg, die ihn so lange von ihr getrennt hatte.

»Ich habe mich ja schon immer für Fotografie interessiert«, begann Julius. »Aber noch faszinierender finde ich die bewegten Bilder. Bereits früher hatte ich deshalb versucht, Oskar Messter kennenzulernen, der kurz vor der Jahrtausendwende die ersten brauchbaren Filmprojektoren auf den Markt gebracht und das *Theater Unter den Linden* in ein Kino umgewandelt hatte.«

»Da war ich sogar schon einmal«, warf Johanna mit einem Lächeln ein. »Aber sprechen Sie weiter.«

Julius nickte. »In den folgenden Jahren drehte Messter seinen ersten eigenen Stummfilm, und inzwischen hat er mehr als zweihundert Filme produziert. Er ist sicherlich der wichtigste Mann in dieser Branche. Kurz nach Ausbruch des Krieges hat er aus seinen Dokumentationen die erste Wochenschau geschnitten, die im Oktober 1914 gezeigt wurde. Und ausgerechnet er hat mich letzten Januar bei der Obersten Heeresleitung angeschrieben und gebeten, für ihn und das Kaiserreich Dokumentarfilme zu drehen. Offenbar haben ihm meine Fotografien gefallen.«

»Aber mussten Sie nicht erst lernen, wie man mit einer Filmkamera umgeht?«, fragte Paul.

»Selbstverständlich. Doch das geht relativ fix, wenn man sich mit dem Fotografieren auskennt.«

»Und was filmst du da genau?«, wollte Elisabeth wissen.

»Den Alltag des Kriegs, sowohl an der Front wie daheim. Die Zensur verbietet es zwar, Tote, Schwerverletzte, Waffen, Flugzeuge oder militärische Anlagen zu zeigen, aber es gibt trotzdem genug Interessantes zu zeigen. Messter hat erkannt, dass der Film ein politisches Werbemittel sein kann, mit dem man die Zuschauer – die kämpfenden Soldaten genau wie die leidenden Zivilisten – von der moralischen Legitimität und vom glücklichen Ausgang des Krieges überzeugen kann. Die Bilder dieser Propaganda sind damit selbst zur unverzichtbaren Waffe geworden.«

»Und du fühlst dich wohl dabei, ein Teil von alldem zu sein?« Elisabeth zog überrascht eine Augenbraue nach oben. War er nicht von der ersten Stunde an gegen den Krieg gewesen?

Julius presste kurz die Lippen zusammen, so als überlege er, ob er vor ihrer Familie offen sprechen durfte. »Selbstverständlich geht mir das hochgradig gegen den Strich. Aber ich finde es wichtig, alle Geschehnisse für die Nachwelt zu dokumentieren, selbst wenn viele Sequenzen auf dem Fußboden des Schneideraums landen. Außerdem flimmern ununterbrochen kriegsverherrlichende Streifen wie ›Wie Max sich das Eiserne Kreuz erwarb‹, ›Fräulein Feldwebel‹ oder ›Durch Pulverfass und Kugelregen‹ über die Leinwände. Da ist es wichtig, etwas Wahrhaftiges dagegenzustellen, selbst wenn viele meiner Dokumentationen ebenfalls zu Propagandazwecken genutzt werden. Zudem …« Er biss sich auf die Lippen und blickte Mutter an.

»Was, Herr Falkenhayn?«

»Zudem gibt es mir die Möglichkeit, durch das ganze Reich zu reisen und den Waisenhäusern der Stiftung meines Vaters auf die Finger zu schauen, die er kurz nach meiner Geburt ins Leben gerufen hat. Wenn man die Verwaltung nicht andauernd kontrolliert, wird sie nachlässig, und ich möchte natürlich, dass das gespendete Geld auch wirklich bei den armen Kindern ankommt.«

Während Johanna Julius nach allen Regeln der Kunst über diese Stiftung löcherte, fühlte sich Elisabeth stumpf und leer. Wie hatte sie das nur vergessen können! Julius war selbst ein Waisenkind gewesen und hatte darunter gelitten, nicht bei seinen leiblichen Eltern aufgewachsen zu sein. Selbstverständlich lag ihm das Wohl von Kindern besonders am Herzen. Das machte ihr Geständnis nur noch schwerer. Julius würde – vollkommen zu Recht – auf sie und ihre Mutter sehr wütend sein. Aber selbst das musste sie durchstehen. Gleich morgen würde sie das Thema bei einem Spaziergang ansprechen.

Doch als sie am nächsten Tag Hand in Hand durch den verschneiten Park gingen und Julius sie hinter jeden zweiten Baum zog, um sie ausgiebig zu küssen, brachte sie es nicht übers Herz, den Moment zu verderben.

»Deine Mutter scheint uns diesmal nicht die Gelegenheit zu geben, in der Wohnung allein zu sein«, murmelte er in ihr Haar, während sie eng umschlungen vor dem Pavillon standen.

Sie drückte ihre Wange haltsuchend an seinen Mantelaufschlag. »Nein, ich glaube nicht.«

»Meinst du, dass sie uns verdächtigt, beim letzten Mal über die Stränge geschlagen zu haben?« Sie konnte sein Lächeln mehr spüren als sehen.

Jetzt! Jetzt musste sie es ihm sagen. Verzweifelt suchte sie nach den passenden Worten. Doch sie wollten ihr einfach nicht in den Sinn kommen. Es war eine solche Ungeheuerlichkeit, dass …

»Aber ich glaube, dass wir so oder so bald heiraten können«, meinte Julius in diesem Moment und spielte mit einer ihrer Haarsträhnen. »Der Krieg wird nicht mehr allzu lange dauern. Seit August wird die Oberste Heeresleitung de facto von General Ludendorff angeführt, und der sorgt mit seinem U-Boot-Krieg bestimmt bald dafür, dass die Vereinigten Staaten in den Krieg eintreten. Dann wird das Schicksal des deutschen Heeres leider endgültig besiegelt sein.«

»Wir werden verlieren?«, hauchte Elisabeth.

»Daran kann es meines Erachtens keinen Zweifel mehr geben. Wenn du wüsstest, wie kriegsmüde die Soldaten und die einfachen Leute in den Städten sind, wärst du derselben Meinung. Aber keine Sorge, auch das wird nicht das Ende der Welt bedeuten.«

»Musst du weiterhin an der Front filmen?«, fragte sie zaghaft. In ihrem Hinterkopf rumorte immer noch die Absicht, ihm endlich reinen Wein einzuschenken.

»Ja, aber ich verspreche dir, vorsichtig zu sein.«

»Als ob das genug wäre …«, flüsterte Elisabeth traurig.

»Im Januar werde ich allerdings erst einmal in Berlin bleiben«, versuchte Julius, sie zu beruhigen. »Die Oberste Heeresleitung will ein Bild- und Filmamt einrichten, und wahrscheinlich werden sie meine Arbeit ebenfalls dort eingliedern.«

»Ach, wenn du doch erst wieder ins Palais zurückkommen könntest! Ich vermisse dich so. Außerdem ertrage ich es einfach nicht, unser schönes Hotel derart schäbig und ungepflegt zu sehen.«

»Liebling, du tust doch alles, was menschenmöglich ist. Es

sind schwierige Zeiten, aber das wird sich ändern. Nach dem Krieg bauen wir alles noch viel schöner wieder auf.«

Es war einfach wundervoll, einen Teil der Verantwortung für das Hotel auf seine breiten Schultern abwälzen und sich mit jemandem beraten zu können, dessen Meinung sie wirklich respektierte. Gemeinsam trafen sie die Entscheidung, dass sie besser das Parkett und die Wandvertäfelung aus dem Ballsaal verfeuern sollten, als weitere Bäume abzuholzen.

»Im Übrigen würde ich dir raten, doch ein Lazarett oder Rehabilitationsheim im Palais einzurichten. Dann wirst du von der Regierung unterstützt und musst nicht mehr so hart arbeiten, damit jeder im Haus etwas zu essen bekommt.«

»Aber Julius!«, sagte sie ungläubig. »Wir können doch den Speisesaal nicht zum Krankenzimmer umfunktionieren. Wo sollen denn dann die anderen Gäste essen?«

»Liebes, du musst den Tatsachen ins Auge sehen … Bevor sich etwas bessert, wird es erst viel schlimmer werden. Und ich will mir an der Front nicht auch noch Sorgen um dich machen müssen. Da brauche ich alle meine Sinne, um für meine eigene Sicherheit zu sorgen. Die wenigen verbliebenen Gäste können schließlich auch in ihren Zimmern essen. Dann kannst du Speise- und Ballsaal problemlos in Krankensäle umwandeln. Wenn du einverstanden bist, schreibe ich gleich morgen an das Kriegsministerium.«

Plötzlich fühlte sich ihr Gesicht irgendwie taub an. Wobei das weniger an der Kälte lag als an dem, was Julius gesagt hatte. *Er brauchte an der Front alle seine Sinne, um sicher zu sein.* Wie konnte sie ihn da auch noch mit der Geschichte ihrer Tochter belasten? Nein, sie würde ihm nicht davon erzählen, nur um ihr eigenes Gewissen zu erleichtern. Das wäre hochgradig egoistisch. Unglücklich schmiegte sie sich an ihn. Vorerst würde sie schweigen, aber bevor sie seine Frau wurde, musste sie es ihm sagen. Daran führte kein Weg vorbei.

»Bist du dir wirklich sicher, Paul?«, fragte Elisabeth zaghaft.

Der Junge mit der Axt stand neben dem Klavier und sah gelangweilt aus.

Paul hob den Arm und zeigte ihr seine Prothese. »Also, ich brauche es ganz sicher nicht mehr. Einhändig kann man keine Stücke spielen. Das wäre grauenhaft.«

»Und du hängst auch nicht aus sentimentalen Gründen daran?«

»Im Krieg ist keine Zeit für Gefühlsduselei«, antwortete er grob.

»Also dann.« Seine Schwester seufzte und gab dem Jungen ein Zeichen. Der holte aus und hieb die Axt locker in den Deckel des Flügels. Und es war, als ob nicht nur das Holz, sondern auch Pauls Herz zersplitterte. Er wandte sich ab. Trotzdem war es die beste Lösung. Die Vorstellung, dass irgendein unbekannter Soldat belanglose Schlager darauf klimpern könnte, brachte ihn um. So konnten sie das Holz wenigstens verheizen.

Seit er wieder in Doberan war, hatten die Erinnerungen an Robert ihn fest im Griff. Der andächtige Gesichtsausdruck, mit dem er immer seinem Spiel gelauscht hatte, war nur eines von vielen lebhaften Bildern, die vor Pauls innerem Auge auftauchten. Immer wieder dachte er daran, eigenhändig aus dem Leben zu scheiden. Doch letztlich wusste er, dass er dazu nicht den Mut aufbringen würde. Wenigstens stellte seine Familie keine Forderungen an ihn. Sie ließen ihn gewähren, obwohl es Arbeit genug gegeben hätte – seit Ende Januar wurde das Hotel zu einem Rehabilitationsheim für Amputierte umgebaut. Ausgerechnet! Handwerker gingen ein und aus. Betten und Medikamentenschränke wurden geliefert. Doch er vegetierte einfach vor sich hin, schlief bis spät in den Morgen und tat den ganzen Tag nichts weiter, als die Zeitung zu lesen. So verging Woche um Woche, Monat um Monat. Bis schließlich eines Tages die ersten Verwundeten und mit ihnen alte Ärzte und blutjunge Schwestern eintrafen.

Seitdem verließ er die Wohnung nur noch, um spazieren zu

gehen. Oder um bei schlechtem Wetter im Pavillon die Zeitung zu lesen. Dabei verschlang er vom Leitartikel bis zum Feuilleton alles, um sich von seinen traurigen Gedanken abzulenken, selbst wenn ihn manche Artikel unberührt ließen und andere ihn wütend machten. Anfang März 1917 stand beispielsweise ein Aufruf in der Presse, der die zivile Bevölkerung aufforderte, keine sogenannten Jammerbriefe mehr an die Front zu senden, da diese die Soldaten angeblich demoralisierten. Die Verfasser bildeten sich also tatsächlich ein, dass künstlich geschönte Briefe dem Leid im Schützengraben einen Zuckerguss verpassten? Lächerlich. Mit Interesse verfolgte Paul dagegen die Entwicklungen in Russland. Dort schienen sich die Aufstände in Petrograd zu einem Generalstreik auszuweiten, der das öffentliche Leben zum Stillstand brachte und den der Zar mit allen Mitteln bekämpfen ließ. Das heizte die Stimmung im Volk allerdings derart auf, dass Zar Nikolaus II. Mitte März zugunsten seines Bruders Michail abdanken musste. Woraufhin die russische Volkskammer die Bildung einer bürgerlichen Regierung proklamierte. Nur einen Tag später verzichtete Zar Michail auf den Thron und beendete damit die über dreihundertjährige Herrschaft der Romanows. Sie lebten momentan wirklich in bewegten Zeiten.

Inzwischen war es Anfang April, und Paul hatte sich vor dem Speisesaal auf die Terrasse gesetzt, um sich beim Zeitungsstudium die ersten Sonnenstrahlen aufs Haupt scheinen zu lassen. Ein bisschen Wärme würde ihm guttun nach dem langen, kalten Winter. Verblüfft las er, dass gestern auch die Vereinigten Staaten Deutschland den Krieg erklärt hatten. Hatte sich jetzt die ganze Welt gegen die Deutschen verbündet? Wie immer, wenn er sich über etwas aufregte, juckte sein Armstumpf, und er rieb verdrossen die entsprechende Stelle.

»Herr Kuhlmann?«

Paul schaute auf. Meinte die Krankenschwester mit dem fliehenden Kinn, die gerade aus dem Speisesaal trat, etwa ihn?

»Ja?«, fragte er zögerlich.

»Mein Name ist Helene Kleinhans. Ich arbeite hier als Krankenschwester.«

Sie kam mit ausgestreckter Hand auf ihn zu, und ihm blieb gar nichts anderes übrig, als aufzustehen und sie ebenfalls zu begrüßen. »Angenehm, Paul Kuhlmann«, murmelte er.

»Ich weiß«, sagte Fräulein Kleinhans. »Ich habe bereits mit Ihrer Schwester über Sie gesprochen.«

»Mit Elisabeth?«, fragte Paul verwirrt.

Die Krankenschwester machte ein abfälliges Gesicht. »Nein, mit Ihrer Schwester Johanna, die so fleißig im Rehabilitationsheim mithilft.«

Es stimmte. Johanna ging völlig in dieser Arbeit auf. Sie fütterte die Verwundeten, wechselte unter Anleitung der Schwestern Verbände und kümmerte sich wahrscheinlich sogar um die Bettpfannen. Igitt. Elisabeth hielt sich dagegen von den Soldaten so fern wie möglich und erledigte die anfallende Büroarbeit. »Und was hat Ihnen Johanna über mich erzählt?«, fragte er höflich.

»Dass Sie immer noch Probleme mit Ihrem Arm haben. Soll ich ihn mir einmal anschauen?«

Das fehlte noch! Eine übereifrige Krankenschwester, die seinen Stumpf befummelte. Er versuchte trotzdem, seiner Stimme einen freundlichen Klang zu geben. »Nein, danke. Das wird nicht nötig sein.«

»Ich bin auf solche Verletzungen spezialisiert«, beharrte sie.

»Das ist schön, aber mir fehlt nichts. Alles bestens.«

»Wissen Sie, dass diese Prothesen immer wieder angepasst werden müssen, weil sie sonst die Haut wund scheuern?«

Offenbar verstand sie seine dezente Zurückweisung nicht, wahrscheinlich musste er direkter werden. »Ja, ich weiß das, aber mit meinem Stumpf ist, wie gesagt, alles in Ordnung«, sagte er mit fester Stimme.

»Und warum jucken Sie sich dann daran?«

Er blickte sie fassungslos an. Was für eine Nervensäge!

Sie verzog ihren schmallippigen Mund zu einem Lächeln.

»Es tut mir leid, wenn ich das Thema nicht so schnell fallen lasse. Aber ich glaube wirklich, dass ich Ihnen helfen kann.«

Paul seufzte. Offenbar kam er nicht gegen sie an. Am besten ergab er sich in sein Schicksal. »Also gut. Wann wollen Sie sich meine Prothese anschauen?«

»Am besten sofort.« Sie grinste. »Bevor Sie es sich wieder anders überlegen.«

Die Krankenschwester kannte sich tatsächlich gut aus. Sie veränderte etwas an einer der Schnallen, schmierte seinen Stumpf dick mit einer Salbe ein, und sofort fühlte es sich besser an.

»Danke«, sagte er überrascht.

»Kein Problem.« Ihr blasses Gesicht strahlte. »Vielleicht trinken wir ja einmal einen Kaffee zusammen?«

Von ihrem Vorschlag überrumpelt, schwieg er.

Zwei hektische rote Flecken erschienen auf ihren Wangen. »Ich verspreche Ihnen, auch nicht über den Krieg zu reden. Ich bin die Tochter eines ehemaligen Obersts und weiß, dass man bestimmte Dinge besser ruhen lässt.«

Paul sah ihr bemühtes Lächeln und schämte sich für sein unhöfliches Verhalten. Mit einer kleinen Verbeugung sagte er: »Mit dem allergrößten Vergnügen, Fräulein Kleinhans. Passt Ihnen morgen um fünfzehn Uhr im Foyer? Ich werde versuchen, etwas echten Kaffee und Rahm aufzutreiben.«

Die Freude über seine Einladung stand ihr unübersehbar ins Gesicht geschrieben. Trotzdem nickte sie schüchtern. »Das wäre ganz wunderbar.«

Minna hatte sich schnell an das Zusammenleben mit Erich Glaser gewöhnt, besonders, weil er Wort hielt und sie mit Respekt und Anstand behandelte. Auch mit Julia, die ihr jeden Tag mehr ans Herz wuchs und die inzwischen schon fast sieben Monate alt war, verstand er sich gut. Während sie das Essen kochte, kümmerte er sich allabendlich liebevoll um die Kleine. Er nahm das entzückende Kind, das die schönen blauen Augen der Mutter und die dunkelblonden Haare des Vaters geerbt hatte, auf den Arm, marschierte durch die Wohnung und unterhielt sich mit ihr wie mit einer Erwachsenen. »Gefallen Ihnen die Vögel, gnädige Frau? Piepsen sie auch nicht zu laut?«, sagte er. Oder: »Sie haben völlig recht, Gnädigste, es ist eine Schande, dass die Tagesration der Bevölkerung schon wieder gekürzt wurde. Gut, dass wir drei nicht darauf angewiesen sind.« Es war drollig anzusehen. Außerdem schien er ein halbwegs ehrlicher Ganove zu sein.

Am Anfang hatte sie ihm trotzdem nicht über den Weg getraut. Nachdem sie ihm den Ring gegeben hatte, war er am nächsten Tag stundenlang fortgeblieben und dann mit einem Rucksack voller ... Zigaretten wiedergekommen!

»Was soll das?«, hatte sie gefaucht. »Julia und ich können doch keinen Tabak essen.«

Erich hatte nur gelacht. »Das braucht ihr auch nicht.« In den folgenden Wochen hatte er die Zigaretten gegen Milchpulver, Brot, Butter, Kaffee, Gemüse und sogar ein bisschen Fleisch eingetauscht.

Als die Versorgung im Winter immer schwieriger geworden war und die Leute vor Hunger reihenweise auf der Straße umkippten, hatte auch Erich sehr besorgt gewirkt. »Uns gehen die Zigaretten aus, Zuckerprinzessin. Vielleicht muss ich doch bald eine Bank überfallen, damit wir über die Runden kommen. Milchpulver ist leider verdammt teuer.«

Daraufhin hatte sie mit sich gerungen. Sollte sie ihm den restlichen Schmuck von Frau Kuhlmann zeigen, oder würde er sich damit aus dem Staub machen? Doch sie hatte weder riskieren wollen, dass die Kleine Hunger leiden musste, noch dass Erich ihretwegen krimineller wurde, als er ohnehin schon war. Deshalb hatte sie ihm eine weitere Kette aus schwerem Gold gegeben. Misstrauisch hatte er sie angesehen. »Wo kommt die denn jetzt her? Sag bloß, du hast dieses Juwel die ganze Zeit über versteckt gehabt, während ich mir den Allerwertesten abgehungert habe.«

Sie hatte nur mit den Schultern gezuckt. Die Kette und ein paar weitere Ringe hatten ihre kleine Zweckgemeinschaft schließlich relativ komfortabel durch den Winter gebracht. Minna ahnte zwar, dass sich Erich einen Teil des Erlöses von dem Schmuck in die eigene Tasche steckte, aber solange weder das Baby noch sie selbst in diesem jämmerlichen Steckrübenwinter Hunger litten, war es ihr egal.

»Hast du gesehen?«, fragte Erich, der in der Zeitung blätterte, während sie neben ihm am Tisch saß und Julia mit Kartoffel-Möhren-Brei fütterte. Sie hatte sich inzwischen mit einer älteren Nachbarin im Haus angefreundet, einer Berlinerin, die selbst vier Kinder großgezogen hatte und ihr ab und zu Ratschläge in Bezug auf Julia gab.

»Nein, was?«, erkundigte Minna sich.

»In Berlin haben mehr als dreihunderttausend Arbeiter in den Munitionsbetrieben gestreikt, weil sie sich mit den gekürzten Essensrationen nicht zufriedengeben wollen.«

»Kein Wunder. Nicht mal tausend Kalorien im Magen und den ganzen Tag lang schuften«, meinte Minna empört. »Das hält doch niemand durch.«

»Ja, aber jetzt haben sie den Salat. Die Betriebe wurden unter militärische Leitung gestellt, und jede Arbeitsniederlegung wird fortan hart bestraft.«

»Und was soll das bringen? Satter werden die Leute davon auch nicht. Wenn überhaupt, sollten die Regierung oder der Kaiser mehr Essen heranschaffen. Dann streikt auch keiner.«

Erich zwinkerte ihr zu. »Stimmt.« Wie zufällig legte er seine Hand auf ihre. »Du bist also nicht nur hübsch, sondern auch noch richtig klug.«

»Lass das«, sagte sie und schüttelte seine Hand ab.

»Och, Minna, pass nur auf! Eines Tages wirst du dich doch noch ganz doll in mich verlieben«, meinte er mit einem selbstbewussten Grinsen.

»Der Mann, in den ich mich verliebe, muss erst noch geboren

werden«, sagte sie und hätte die Worte am liebsten sofort wieder zurückgenommen. Schließlich hatte sie Erich erzählt, dass ihr geliebter Ehemann, Julias Vater, gefallen war. Aber glücklicherweise schien er ihre Aussage auf neue Männerbekanntschaften zu münzen.

»Aber du kannst nicht auf ewig deinem verstorbenen Ehemann hinterhertrauern. Julia braucht einen Vater. Jetzt ist sie noch zu klein, um ihn zu vermissen. Aber wenn sie älter wird ...«

»... und das sollst ausgerechnet du sein?« Sie hatte die Worte schärfer ausgesprochen, als sie gemeint gewesen waren.

»Warum nicht?«, erwiderte er und malte mit dem Zeigefinger Muster auf den Tisch. »Dich scheint mein Holzbein jedenfalls wesentlich weniger zu stören als meine ehemalige Frau.«

»Ehemalig? Hast du die Scheidung eingereicht?«, fragte sie spitz.

»So gut wie ehemalig«, brummte er beleidigt.

Sie lächelte. »Siehst du, du bist also gar nicht frei. Und natürlich stört mich dein Holzbein nicht. Der Wert eines Menschen bemisst sich schließlich nicht nach der Vollständigkeit seiner Einzelteile.«

Ihre Worte zauberten auch ihm ein aufrichtiges Lächeln ins Gesicht. »Jedenfalls sind wir zwei ein gutes Gespann. Sogar wenn unser Julchen wieder zahnt.«

Entsetzt stöhnte sie auf. »Oh je, bitte erinnere mich nicht an diese durchwachten Nächte. Apropos ... wie viele Zähne bekommt so ein Schatz eigentlich insgesamt?«

Jetzt lachte Erich aus vollem Hals. »Zwanzig?«

25. Kapitel

Winter 1917/18

Elisabeth wusste selbst, dass sie sich verändert hatte. Sie war schroffer und kälter geworden. Nicht nur im Umgang mit ihrer Mutter, der sie so gut wie möglich aus dem Weg ging, sondern generell. Ihr Inneres barg keine hoffnungsfrohe, liebende Seele mehr, sondern einen dunklen, verbitterten Kern aus Schmerz und Kummer. Das machte sie hart und wenig mitfühlend mit den rund neunzig Amputierten, die plötzlich das Palais bevölkerten. Sie hasste das Rehabilitationsheim, das ihr wunderschönes Hotel in einen nach Karbol, Eiter und Männerschweiß stinkenden Ort verwandelte. Im leer geräumten Foyer war eine Art Sportplatz eingerichtet worden, auf dem die Beinamputierten lernten, mit ihren Prothesen und Stöcken umzugehen. Auch die Hand- und Armamputierten absolvierten dort Gymnastikstunden, um nach dem langen Liegen wieder zu Kräften zu kommen. Selbst die Treppe wurde zweckentfremdet, und Elisabeth musste sich jedes Mal an schnaufenden Soldaten vorbeidrängen, um in den ersten Stock zu gelangen. Der Ballsaal war zu einem Schlafraum umfunktioniert worden, in dem ein Feldbett neben dem anderen stand. Der in der Mitte durch Paravents unterteilte Speisesaal diente als Aufenthalts- und Speiseraum sowie als Behandlungszimmer. Auch in der Küche herrschte Chaos. Die Oberaufsicht hatte ein vom Kriegsministerium angestellter Koch übernommen, der Elisabeths Personal nach Kräften drangsalierte und dessen »Gesundheitskost« noch dazu erbärmlich schmeckte. Aber wenigstens klappte die Versorgung mit Lebensmitteln. Außerdem versicherten ihr die Ärzte und Schwestern, die in Hotelzimmern wohnten, dass sie großes Glück gehabt habe, weil im Palais ausschließlich halbwegs gesunde Amputierte betreut wurden. In anderen Lazaretten und Heimen gehe es wesentlich schlimmer zu. Dort würden unter anderem Patienten behandelt, die durch den Krieg seelisch so zugrunde gerichtet waren, dass sie mehr Tieren als menschlichen Lebewesen glichen. Aber selbst das empfand Elisabeth nur als schwachen Trost.

Ihr fehlte die Ablenkung durch Arbeit, denn es gab keine Gäste mehr im Hotel. Die Verwundeten hatten auch die letzten von ihnen vertrieben. Jetzt im Winter war im Garten nichts zu tun, und das Füttern der Hühner nahm nicht viel Zeit in Anspruch. So blieben ihr viel zu viele Stunden, um mit ihren eigenen Dämonen zu kämpfen. Nachts träumte sie von einem schreienden nackten Kind, das sie mit großen bernsteinfarbenen Augen vorwurfsvoll ansah. Wenn sie schweißgebadet und mit klopfendem Herzen aufwachte, versuchte sie sich einzureden, dass Minna bestimmt zurückkommen würde, wenn es ihrer Tochter schlecht ginge. Das ehemalige Stubenmädchen war zu verantwortungsbewusst, um nicht allen Schaden von der Kleinen abzuwenden. Irgendwie musste sie durchgekommen sein, sonst hätte sie bestimmt angerufen oder geschrieben. Doch Elisabeths Unterbewusstsein schien sich von diesen Überlegungen nicht beruhigen zu lassen, denn der Albtraum kehrte fast jede Nacht zurück.

Auch um Julius machte sie sich Sorgen. Seine Briefe klangen enttäuscht und deprimiert. Er schien am fortwährenden Grauen des Krieges zu verzweifeln. Irgendwie wollten die Kämpfe nicht enden, obwohl die Amerikaner seit April mitmischten. Auch ihr wäre jetzt eine Niederlage lieber gewesen als dieses endlose Sterben vormals fröhlicher und gesunder junger Männer. Selbst Josef, der ihr so hilfreich zur Seite gestanden hatte, war inzwischen eingezogen worden. In ihren Briefen konnte Elisabeth Julius nur mit hohl klingenden Floskeln trösten. Die unausgesprochene Wahrheit über ihre Tochter stand wie eine unsichtbare Mauer zwischen ihnen, und sie wusste nicht, ob sie über die Nachricht, dass er diesmal nicht zum Weihnachtsfest nach Doberan werde kommen können, betrübt oder erleichtert sein sollte.

Nur Johanna schien einen neuen Sinn im Leben gefunden zu haben. Sie arbeitete aufopferungsvoll mit den Amputierten und kannte den Namen jedes einzelnen Patienten. In ihrer knapp bemessenen Freizeit schrieb sie Samuel Hirsch, der inzwischen aus Frankreich abgezogen worden war, um in einem Feldlazarett an der Ostfront zu arbeiten. Außerdem zog sie den Zorn ihrer Mutter auf sich, weil sie sich immer mehr für die Anliegen der Juden starkmachte. Als Anfang November der britische Außenminister Balfour den Juden eine neue Heimat in Palästina versprach und die Presse dies als Bündnis Großbritanniens mit den Zionisten zu antisemitischer Agitation nutzte, verteidigte ihre Schwester die jüdischen Interessen vehement. »Endlich erkennt eine Weltmacht an, dass auch die Juden ein Volk sind, das ein Zuhause braucht, und nicht nur eine Religionsgemeinschaft«, erklärte sie leidenschaftlich.

»Ich denke, die Juden, die im deutschen Heer kämpfen, sind Deutsche?«, fragte Elisabeth verblüfft.

Johanna errötete. »Natürlich sind sie das, sie sind beides. Doch auch bei uns gibt es einen immer stärkeren Antisemitismus, und die armen Juden sind schon so lange auf der Flucht … Sie haben sich eine eigene Heimat mehr als verdient. Ich habe neulich das Buch ›Judenstaat‹ von Theodor Herzl gelesen und …«

»Du hast bitte was gelesen?«, fragte ihre Mutter entgeistert.

»Das Buch ›Judenstaat‹. Darin plädiert Herzl dafür, den europäischen Juden ein gemeinsames Ziel zum Auswandern zu geben und die Ansiedlung in einem eigenen Land völkerrechtlich abzusichern. Er glaubt leider, dass der Antisemitismus in Europa nie ganz aussterben wird und alle Bemühungen, sich an die jeweiligen kulturellen Sitten anzupassen, den Hass gegen sie nur verstärken.«

Die Augenbrauen ihrer Mutter wanderten in die Höhe. »Wie kommst du nur an so eine Schundliteratur?«

»Jemand hat mir das Buch empfohlen, und ich habe es mir in

der Bibliothek ausgeliehen«, erwiderte Johanna mit hocherhobenem Haupt. »Es ist ein wichtiges und legitimes Werk, Mutter.«

»Das kann durchaus sein, Johanna«, meinte Paul, der sich ansonsten wenig in die allabendliche Unterhaltung einmischte. »Trotzdem glaube ich, dass die britischen Interessen in diesem Fall eher mit dem Krieg zusammenhängen als mit einer plötzlich entdeckten Liebe zum jüdischen Volk. Die Briten versprechen sich von dieser Erklärung die Mobilisierung aller zionistischen Kreise gegen Deutschland und Österreich.«

Johanna öffnete den Mund, um ihm zu widersprechen, doch ihre Mutter unterbrach sie mit einer Handbewegung. »Bitte lass uns das Thema wechseln. Dieses unappetitliche Gespräch macht mich zornig. Paul, mein Liebling, habe ich recht gesehen? Bist du heute schon wieder mit dieser reizenden Krankenschwester spazieren gegangen?«

»Ja, Mutter.« Pauls Miene wirkte verschlossen.

»Das ist schön. Ich habe mich erst neulich mit ihr unterhalten, und sie scheint wirklich aus einem ganz exzellenten Elternhaus zu kommen. Außerdem ist Helene Kleinhans eine sehr patente junge Frau. In deinem … ähm … *Zustand* könntest du es schlechter treffen.«

Innerlich schüttelte Elisabeth über die mangelnde Feinfühligkeit ihrer Mutter im Umgang mit Pauls Behinderung den Kopf. Seit sie selbst die Wahrheit über ihren Bruder kannte, fand sie viele seiner Reaktionen verständlicher, und sie ahnte auch, dass er seit seiner Rückkehr um Robert trauerte. Doch selbst wenn sie über Pauls Neigungen im Unklaren gewesen wäre, hätte sie nicht geglaubt, dass er als kultivierter Schöngeist sich für einen so biederen Einfaltspinsel wie Fräulein Kleinhans interessieren könnte.

Wie zu erwarten, äußerte sich Paul nicht zu Mutters Worten. Elisabeth seufzte leise. Auch das Zusammenleben mit ihren engsten Familienmitgliedern glich einem Minenfeld. Hinter jedem Gesprächsthema lauerte eine andere Gefahr, und selbst über Themen, die ihnen allen am Herzen lagen – wie das immer noch ungeklärte Schicksal von Friedrich –, trauten sie sich nicht zu sprechen.

Obwohl der Krieg immer noch andauerte und ihre Nachbarin Frau Kollditz bereits zwei ihrer vier Söhne verloren hatte, freute sich Minna auf das erste Weihnachtsfest, das sie gemeinsam mit einer inzwischen fröhlich vor sich hin brabbelnden Julia erleben würde. Die Kleine war ein lebhaftes, aufgewecktes Kind, das schon so schnell durch die Wohnung flitzte, dass sie selbst kaum hinterherkam. Als Julia kurz vor ihrem ersten Geburtstag das erste Mal »Mama« zu ihr gesagt hatte, waren ihr vor Freude die Tränen gekommen. Auch »Ehlich«, wie sie Erich nannte, mochte die Kleine sehr. Gemeinsam hüpften sie durch die Wohnung und sangen Lieder. Besonders »Bin ein lust'ger Grenadier« hatte es Julchen angetan, obwohl Erich nur die erste Strophe kannte und danach immer wieder den gleichen Text wiederholte. Sie kochten auch zu dritt, wobei Minna die Kartoffeln schälte, Erich sie zerkleinerte und Julia die Schnitze ins kalte Wasser warf.

Trotzdem war das heimelige Glück nicht ungetrübt. Erich machte immer häufiger Andeutungen, dass er sich in sie verliebt hatte, und nannte Julia und Minna vor Freunden seine »kleine Familie«. Minna wusste nicht, wie sie darauf reagieren sollte. Je mehr sie ihn auf Abstand hielt, desto heftiger schien Erich sie zu umwerben. Doch wenigstens bedrängte er sie nicht körperlich, sondern schien es tatsächlich ernst mit ihr zu meinen. Immer wieder sprach er von einer Hochzeit. Manchmal fragte sie sich, ob es wirklich gerecht war, Julia eine liebevolle Vaterfigur vorzuenthalten. Doch eine Ehe ohne Liebe einzugehen, erschien ihr genauso falsch. Insgeheim machte sie sich Sorgen, ob das Weihnachtsfest harmonisch verlaufen würde, denn Erich hatte ihr eine große Überraschung angekündigt. Zudem gab er sich eine Heidenmühe mit den Vorbereitungen und hatte sogar eine kleine Tanne besorgt, die sie mit selbst gebastelten Strohsternen geschmückt hatten.

Zu dritt besuchten sie den Weihnachtsgottesdienst, anschließend verspeisten sie Würstchen mit Kartoffelsalat, und dann begann die Bescherung. Julia freute sich unbändig über die blonde Puppe, die Erich für sie auf dem Schwarzmarkt aufgetrieben hatte. Und auch Erich probierte sofort den Pullover an, den Minna ihm gestrickt hatte. Doch sein Geschenk für sie übertraf alles: Er hatte ihr tatsächlich ein Grammofon besorgt. »Nur weil ich nicht mehr tanzen kann, sollst du nicht darauf verzichten«, erklärte er stolz. »Und mir wird es Spaß machen, dir zuzusehen.« Minna war zu gleichen Teilen gerührt und besorgt über sein großzügiges Geschenk. Nachdem sie eine Stunde lang Schlagermusik gelauscht hatten, dauerte es eine halbe Ewigkeit, die aufgedrehte kleine Julia ins Bett zu bringen. Dann waren sie unter sich.

»Das Grammofon ist wirklich eine gelungene Überraschung«, sagte Minna, während sie das von Julia verstreute Lametta zusammenräumte.

Erich grinste. »Ich habe noch etwas in petto, das dich sogar noch mehr überraschen wird.«

Minnas Magen krampfte sich zusammen. »So?«

»Ich bin seit genau drei Wochen ein freier Mann und wollte dich fragen, ob du …«

Hastig unterbrach sie ihn. »Du bist geschieden? Wie hast du das denn angestellt?«

Über sein Gesicht flog ein Schatten. »Ich habe mich selbst der Untreue bezichtigt. Außerdem hat meine Exfrau erklärt, dass sie niemals mit einem Krüppel wie mir verheiratet bleiben könnte.«

»Ich verstehe«, murmelte Minna. Oh Gott, wie sollte sie ihn unter diesen Umständen ablehnen?

Erich musterte sie stumm. »Du meinst es ernst, nicht wahr?«

»Was?«

»Dass du mich nicht heiraten magst.« Seine Stimme klang plötzlich kalt und unpersönlich.

Minna nickte niedergeschlagen. »Erich, du bist ein guter Mann, und ich bin dir unendlich dankbar, aber …« Sie verstummte.

»Aber?«

»Aber ich liebe dich nicht. Man kann das Herz nicht zu etwas zwingen, was es nicht fühlt.«

Er schwieg enttäuscht.

»Bitte sei mir nicht böse«, flehte sie.

Erich ignorierte ihre Worte. »Bist du immer noch in Julias Vater verliebt?«, fragte er. »Du weißt, dass es sehr unwahrscheinlich ist, dass er wieder von den Toten aufersteht.«

»Nein, das ist es nicht«, antwortete sie wahrheitsgemäß.

»Sondern? Du willst auch keinen Krüppel zum Mann?«

»Erich! Ich …«

Mit einer Handbewegung brachte er sie zum Schweigen. »Bemüh dich nicht. Es ist vorbei. Morgen ziehe ich aus. Trotzdem glaube ich, dass du einen riesengroßen Fehler machst. Wie willst du als alleinstehende Mutter denn den Krieg überstehen?«

Minna spürte, dass sie seine Gefühle verletzt hatte, und nahm ihm die harschen Worte nicht übel. Mitfühlend fragte sie: »Aber wo wirst du dann wohnen?«

»Ich finde schon was«, meinte Erich. »Um mich brauchst du dir keine Sorgen zu machen. Spar dir die lieber für dich und Julia auf.« Schwerfällig stand er auf und humpelte in sein Schlafzimmer.

Als Minna früh am nächsten Morgen aufstand, war er bereits gegangen. Auf dem Esstisch stand ein Schmuckkästchen mit dem Ring, den sie ihm als Erstes zum Tauschen gegeben hatte. Daneben lag ein Zettel: »Behalt ihn, auch wenn er nun nicht zu deinem Ehering wird. Pass auf euch auf, Erich.« Plötzlich standen ihr die Tränen in den Augen.

»Paul?«, rief Helene und drehte sich mit wehenden Haaren zu ihm um. »Paul, schau doch nur, wie der Wind die Wellen aufbauscht. Und wie putzig die Möwen sind!«

Er zwang sich zu einem Lächeln. Seit Roberts Tod war er das erste Mal wieder in Heiligendamm am Meer. Am selben Strand, an dem Robert und er ihre Namen in den Sand geritzt und einander zum ersten Mal an der Hand gehalten hatten, ging er nun mit Helene Kleinhans spazieren. Wenn er die Augen schloss, konnte er immer noch Roberts Stimme hören, den Duft seiner Haut riechen und sein schönes Antlitz sehen. Trotzdem blieb der erwartete Schmerz aus. Es war verrückt, aber gerade die Schlichtheit von Helenes Zügen und ihr manchmal recht naives Geplapper machten die Erinnerung an seine große Liebe halbwegs erträglich. Er atmete freier in Helenes Gegenwart, denn er wusste, dass er niemals auch nur annähernd etwas Ähnliches für sie würde empfinden können. Trotzdem stand er tief in ihrer Schuld, schließlich war es nur ihrer Hartnäckigkeit zu verdanken, dass er wieder am Leben teilnahm. Jeden Tag besuchte sie ihn in der Wohnung, um ihn zu überreden, etwas mit ihr zu unternehmen. Gemeinsam schlenderten sie durch Doberan, gingen in die Kirche oder besprachen Zeitungsartikel. Helene drängte ihn sogar dazu, seine brachliegende Kreativität in die Malerei zu stecken. Und der Umgang mit Farben und Pinsel erfüllte ihn tatsächlich mit Freude. Mit Mutter und Johanna kam sie ebenfalls gut aus, nur Elisabeth begegnete ihr mit einer unerklärlichen Feindseligkeit, die allerdings auf Gegenseitigkeit zu beruhen schien. Da Helenes Eltern beide tot waren, hatte sie sogar das Weihnachtsfest im Kreis seiner Familie gefeiert, und auch das neue Jahr war in ihrer Anwesenheit eingeläutet worden. Ein weiterer Pluspunkt war, dass sie ihn vollkommen normal und nicht wie einen Invaliden behandelte. Sie nahm auf seine Behinderung schlichtweg keine Rücksicht und erwartete von ihm das Gleiche wie von einem unversehrten Mann. Im Gegenteil: Manchmal, wenn er zögerte, machte sie sich nach Kräften über ihn lustig. »Was soll das heißen, du kannst den Tannenbaum nicht allein aufstellen? Natürlich kannst du das. Du musst nur deine Prothese richtig einsetzen!« Und tatsächlich schien er wieder mehr Kraft im linken Arm zu bekommen. Trotzdem war Paul froh, dass ihre Arbeit im Rehabilitationsheim einen Großteil des Tages in Anspruch nahm. Mehr als ein paar Stunden am Stück wäre ihm Helenes Gegenwart doch zu anstrengend gewesen.

Am 23. Februar 1917 starb Großherzog Adolf Friedrich VI., der Herrscher des flächenmäßig kleineren Mecklenburg-Strelitz, das gemeinsam mit Mecklenburg-Schwerin, zu dem Doberan gehörte, den Staat Mecklenburg bildete. Adolf Friedrichs Tod löste nicht nur eine Krise um seine Nachfolge aus, sondern befeuerte zusätzlich die Gerüchteküche. Der arme Großherzog war von einem Spaziergang mit seinem Hund nicht zurückgekehrt. Nach einer groß angelegten Suchaktion fand man seine Leiche einen Tag später im Kammerkanal in Neustrelitz, mit einer Schusswunde in der Brust. Doch von der Waffe, die ihm diese Verletzung zugeführt hatte, fehlte jede Spur. Auch bei Paul zu Hause wurde das Thema angeregt diskutiert, als seine Familie und Helene nach einem bescheidenen Abendessen beisammensaßen.

»Die meisten Soldaten sind übrigens der Meinung, dass er sich selbst gerichtet hat und seine Waffe im Kammerkanal fortgespült wurde. Angeblich hat er unter Schwermut gelitten«, eröffnete Helene das Gespräch.

»Der Arme war erst seit vier Jahren unser Herrscher, und fast die ganze Zeit im Krieg. Kein Wunder, dass er darüber melancholisch geworden ist«, meinte Johanna. »Nein, er hat wohl kein einfaches Leben gehabt.«

»Mir hat er immer ein wenig leidgetan«, fügte Paul hinzu. »Der großherzogliche Hof ist berüchtigt für seine strenge Etikette, und es muss fürchterlich sein, in so etwas hineingeboren zu werden.«

»Dabei soll sein Vater kein Kind von Traurigkeit gewesen sein«, erklärte Helene mit einem süffisanten Lächeln.

Mutter räusperte sich. »Also, falls er sich tatsächlich selbst getötet hat, darf man ihn jedenfalls nicht wie anständige Leute auf einem Friedhof begraben.«

»Mach dir keine Sorgen, Mutter. Der arme Kerl wird bestimmt wie alle seine Verwandten auf der Mirower Schlossinsel begraben«, erwiderte Paul.

Helene setzte sich kampfeslustig auf. »Also, ich kann deine Worte nicht ganz nachvollziehen, Paul. Wieso soll er arm gewesen sein? Er galt doch als einer der reichsten Junggesellen überhaupt. Noch dazu sagt man ihm nach, dass er fast lieber auf der Seite der Engländer gekämpft haben soll und sich aktiv um die englischen Offiziere in deutscher Kriegsgefangenschaft gekümmert hat.«

»Mach dich doch nicht lächerlich, Helene«, sagte Elisabeth spitz. »Warum sollte er sich nicht um die englischen Kriegsgefangenen kümmern? Schließlich war seine Großmutter eine Tochter des englischen Königs und er ein gern gesehener Gast im Buckingham-Palast. Das Gleiche kann man allerdings auch über unseren lieben Kaiser sagen. Und ehrlich gesagt finde ich es verrückt, dass Paul, ohne es zu wissen, vielleicht sogar gegen einige unserer verehrten englischen Hotelgäste gekämpft hat! Der ganze Krieg erscheint mir manchmal so sinnlos, wenn man bedenkt, dass man in Friedenszeiten privat miteinander befreundet war.«

»Denkst du an Charlie?«, fragte Johanna. »Weißt du, wie es ihm ergangen ist?«

»Nein, ich habe leider keine Ahnung.«

Man sah Helene an, dass sie über Elisabeths Zurechtweisung nicht erfreut war. Offenbar suchte sie nach einer passenden Erwiderung. Plötzlich giftete sie: »Außerdem soll der von dir so hochverehrte Großherzog homosexuell gewesen sein, liebe Elisabeth!«

Paul hörte, wie Elisabeth hörbar die Luft einsog. Auch er war für einen Moment wie gelähmt.

Helene, die von der geschockten Reaktion auf ihre Bemerkung sehr angetan schien, fügte noch hinzu: »Ich meine, welcher Mann in seinem Alter ist denn nicht verheiratet?«

»Da gibt es wahrscheinlich eine ganze Reihe von Männern«, antwortete Johanna ganz unbefangen. »Schließlich herrscht gerade Krieg, da flaniert man nicht mit seiner Verlobten über den Ku'damm.«

»Mich zum Beispiel«, sagte Paul heiser. »Ich bin bereits sechsundzwanzig und auch noch nicht verheiratet.«

Er spürte Elisabeths mitleidigen Blick auf sich, und plötzlich erinnerte er sich an den Pakt, den er im Schützengraben mit sich selbst geschlossen hatte. Warum sollte er nicht heiraten, wenn es seine Familie und insbesondere seine Mutter glücklich machen würde? Sein wahres Liebesleben war sowieso gemeinsam mit Robert beerdigt worden, und kein Mensch konnte daran zweifeln, dass Helene ihm guttat. Und natürlich wusste er, dass sie sich heimlich Hoffnungen auf eine Verbindung mit ihm machte. Sie hatte mehrfach so etwas angedeutet.

Seine Schwester schien ihn verteidigen und es gleichzeitig Helene heimzahlen zu wollen, als sie sagte: »Und warum sollte man heiraten, wenn man eindeutig noch nicht die Richtige gefunden hat?«

Pauls Herz schlug schneller, als er erwiderte: »Aber vielleicht habe ich – wie du sagst – die Richtige ja doch bereits gefunden.« Er stand auf und ließ sich auf einem Knie vor Helene nieder. Als er ihre Hand nahm, sagte er: »Liebe Helene, willst du meine Frau werden?«

Elisabeth stieß einen erschreckten Schrei aus und schlug sich die Hand vor den Mund. Aber niemand schien sich daran zu stören. Seine Mutter und Johanna lächelten glücklich, als Helene – ohne sich an seinem eher trocken formulierten Antrag zu stören – laut »Ja, ich will!« rief. Paul verzichtete auf den obligatorischen Kuss, doch in Anbetracht der Anwesenheit seiner Familie war dies wahrscheinlich zu entschuldigen. Selbst Elisabeth schien sich nach einigen Minuten gefangen zu haben, denn sie rückte sogar den Schlüssel zum Weinkeller heraus, um den feierlichen Anlass mit einer Flasche Champagner gebührend zu begießen.

Der ungewohnte Alkohol stieg ihnen allen zu Kopf, und Paul ging an diesem Abend mit sich und der Welt zufrieden ins Bett.

Obwohl nach dem Hausgesetz der mecklenburgischen Dynastie der einzige mögliche Nachfolger des verstorbenen Großherzogs ein Enkel des Großherzogs Georg war, konnte Herzog Carl Michael nicht als Herrscher eingesetzt werden: Er hatte bis 1917 in der russischen Armee gedient und befand sich seit dem Ausbruch des dortigen Bürgerkriegs auf der Flucht. Stattdessen übernahm Friedrich Franz IV. zu Mecklenburg-Schwerin am 27. Februar 1918 die Amtsgeschäfte und vereinigte damit die beiden Mecklenburgs, die zuvor über zweihundert Jahre getrennt gewesen waren.

Am selben Tag feierten Paul und Helene ganz offiziell ihre Verlobung. Doch nach zwei Tagen Bedenkzeit war er sich leider nicht mehr ganz so sicher, ob es die richtige Entscheidung gewesen war, Helene einen Antrag zu machen. Sie plapperte ununterbrochen von der Familiengründung, und Paul zweifelte, ob er überhaupt jemals Vater werden wollte. Was, wenn er seine Neigungen an einen Sohn weitergeben würde und dieser dann genauso litte wie er selbst? Doch für solche Überlegungen war es nun eindeutig zu spät. Seine Mutter hatte bereits das Hochzeitsdatum auf einen Tag im Mai festgelegt.

Entgegen Erichs Prophezeiungen kamen sie gut ohne ihn zurecht. Minna gab Julia inzwischen stundenweise bei ihrer Nachbarin Frau Kollditz ab und tauschte in dieser Zeit eigenständig Waren auf dem Schwarzmarkt. Dabei wäre es beim ersten Mal um ein Haar schiefgegangen. Zwar hatte sie eine der dunklen Ecken, von denen Erich öfter gesprochen hatte, ohne Schwierigkeiten gefunden. Doch als sie eine wertvolle Kette aus der Manteltasche zog, um sie einem jungen Mann zur Prüfung zu übergeben, hatte der versucht, damit zu flüchten. Laut schreiend war sie ihm hinterhergerannt ... und hatte mehr Glück als Verstand gehabt. Eine Straßenecke weiter war der Kerl, der nicht damit gerechnet hatte, verfolgt zu werden, gestürzt und hatte dabei die Kette fallen gelassen. Keuchend und außer Atem hatte Minna sie wieder an sich genommen. Nach dieser schlechten Erfahrung achtete sie streng darauf, erst die getauschte Ware in Händen zu halten, bevor sie selbst mit etwas herausrückte. Obwohl einige ihrer männlichen Tauschpartner dagegen protestierten, bestand sie auf diesem zusätzlichen Schutz. Schließlich gehörte sie dem schwachen Geschlecht an.

Heute hatte sie Julia allerdings mit einem äußerst schlechten Gewissen bei ihrer Nachbarin abgegeben. Die Kleine kränkelte schon seit Tagen. Sie hustete und schien sogar ein wenig Fieber zu haben. Doch Frau Kollditz hatte sie beruhigt: »Machen Sie sich keine Sorgen, Minna. Ich kenne mich aus mit Kindern. Das ist nur eine kleine Erkältung, nicht der Rede wert. Bis Sie wiederkommen, geht es ihr bestimmt schon besser. Würden Sie mir diesmal wieder etwas von diesem guten Schinken mitbringen?« Minna versprach es ihr und nahm sich vor, nicht allzu lange wegzubleiben. Doch wie so oft, wenn man etwas plante, kam es anders: Diesmal dauerte es fast den ganzen Nachmittag, bis sie die Zigaretten, die sie für ein Armband bekommen hatte, in eine ausreichende Menge Lebensmittel eingetauscht hatte. Offenbar schien es inzwischen auch auf dem Schwarzmarkt Versorgungsprobleme zu geben. Mit einem schlechten Gewissen hastete sie im Dunkeln nach Hause und klingelte bei Frau Kollditz, noch bevor sie ihren Rucksack in der Wohnung geleert hatte.

»Wie geht es Julia?«, fragte sie, als die ältere Frau ihr die Tür öffnete. Sie erschrak über deren besorgtes Aussehen.

»Ich habe eine solche Verschlechterung innerhalb so kurzer Zeit noch nie gesehen«, beteuerte Frau Kollditz. »Das Fieber ist plötzlich gestiegen und ...«

Mit vor Angst nassen Händen rannte Minna ins Wohnzimmer der nachbarlichen Wohnung und fand Julia vollkommen apathisch auf dem Sofa liegend vor. Ihr Atem ging pfeifend, und von Zeit zu Zeit wurde ihr kleiner Körper von einem bellenden Husten erschüttert. Minnas Herz krampfte sich zusammen. Vorsichtig legte sie der Kleinen die Hand auf die Stirn. Julia glühte regelrecht, ihre feinen dunkelblonden Haare klebten verschwitzt an ihrem Kopf.

»Um Gottes willen. Was mache ich nur?«

Frau Kollditz schüttelte den Kopf. »Ich weiß auch nicht. Ich habe schon alles Mögliche probiert, um das Fieber zu senken. Aber selbst Wadenwickel helfen nicht.«

»Sie scheint kaum noch Luft zu bekommen«, flüsterte Minna. »Ihre Lippen sind schon ganz blau.«

»Soll ich versuchen, einen Arzt aufzutreiben?«, bot Frau Kollditz an. »Irgendwo im Viertel muss es doch einen geben.«

Minna, die plötzlich an ihre Mutter denken musste, schüttelte den Kopf. »Nein, ich muss sie in die Charité bringen. Wahrscheinlich haben sie nur dort die Medizin, die sie retten kann. Jetzt im Krieg ist doch kaum noch etwas zu bekommen.«

»Bis dorthin ist es aber ziemlich weit, und am Abend fahren keine Omnibusse mehr«, gab ihre Nachbarin zu bedenken.

»Ich weiß, aber ich habe keine andere Wahl! Ich hole schnell ihre Jacke, das Mützchen und ein paar Decken, um sie unterwegs warm zu halten.«

Keine zehn Minuten später eilte Minna mit der leise röchelnden Julia auf dem Arm durch die Wilmersdorfer Gassen. Bei jedem Geräusch drehte sie sich in der Hoffnung um, dass es eine Droschke sein könnte. Doch sie musste fast vier Kilometer zu Fuß zurücklegen, bis sie auf eine leere Kutsche traf.

»Zur Charité«, rief sie dem Fahrer zu, während sie sich mit Julia auf die Sitzbank schwang. »Bitte beeilen Sie sich.« Schützend beugte sie sich über Julias Köpfchen. Sie war immer noch so winzig. Ihr durfte nichts Schlimmes zustoßen, das würde sie sich im Leben nicht verzeihen. Kam es ihr nur so vor, oder war der Atem der Kleinen noch schwächer geworden?

Minnas Geld reichte gerade bis zum Krankenhaus. Mit letzter Kraft rannte sie über die Schwelle und war entsetzt, die vielen Menschen zu erblicken, die am Anmeldeschalter anstanden. Ihr blieb keine Zeit mehr! Julia drohte zu ersticken! Kurz entschlossen bahnte sie sich einen Weg an der Schlange vorbei und steuerte die Treppe an, die in den ersten Stock führte. Julia musste jetzt, in dieser Sekunde, einen Doktor sehen – kostete es, was es wollte. Minna hatte immer noch Schmuck in ihrer Manteltasche, vielleicht würde sie jemanden bestechen können.

»Stopp!«, rief ein uniformierter Ordner und versperrte ihr den Weg. »Wo wollen Sie denn hin?«

»Mein Kind stirbt!«, flüsterte Minna verzweifelt.

»Tja, das tut mir leid. Aber Sie müssen sich trotzdem ordnungsgemäß anstellen«, erwiderte der Ordner, ohne eine Miene zu verziehen.

»Wenn Sie mich durchlassen, gebe ich Ihnen das hier«, wisperte Minna und zog den Ring hervor, den Erich ihr überlassen hatte.

Die Augen des Ordners funkelten böse. »Lassen Sie den besser mal stecken, bevor ich die Polizei rufe. Was glauben Sie denn, wer ich bin? Ich bekomme hier jeden Tag die tollsten Angebote. Aber in der Charité geht alles streng nach Vorschrift.«

Tränen der Angst brannten in ihren Augen. Aber sie durfte jetzt nicht aufgeben. Julias Leben hing davon ab, dass sie es schaffte, rechtzeitig zu den Ärzten zu kommen. Sie nahm Julia in einen Arm und streifte sich ungeschickt den Ring über den Finger. Als im nächsten Moment ein älterer Arzt im weißen Kittel an ihr vorbei die Treppe hochging, setzte sie alles auf eine Karte. »Aber es ist eine Schande, dass Sie mir nicht helfen! Mein Mann hat hier als Arzt gearbeitet, und jetzt, wo er vermisst wird, wollen Sie mir und unserem Kind nicht helfen!«, schrie sie hysterisch.

Der Ordner blinzelte verblüfft, aber Minna hatte erreicht, was sie wollte: Der Arzt blieb stehen und drehte sich zu ihr um.

»Wie heißt denn Ihr Mann?«, erkundigte er sich und blickte sie freundlich durch seine Nickelbrille an.

»Doktor Friedrich Kuhlmann«, erwiderte Minna und hoffte, dass Gott ihr diese Lüge verzeihen möge.

»Ach, Sie sind die Frau des Kollegen Kuhlmann?«, sagte der Arzt und rückte seine Brille zurecht. Er musterte Julias leichenblasses Gesicht und ihre blauen Lippen. »Dann kommen Sie mal mit mir, junge Frau. Wollen wir doch mal schauen, wo beim Töchterlein der Schuh drückt.«

26. Kapitel

Frühjahr/Sommer 1918

Zunächst einmal änderte sich gar nichts. Paul lebte nach wie vor in der Wohnung und Helene in ihrem Hotelzimmer. Auf seinen Wunsch hin hörte seine Verlobte auch nicht mit ihrer Arbeit als Krankenschwester auf. »Du kannst doch die armen Verwundeten nicht von heute auf morgen im Stich lassen«, hatte er gemeint.

»Aber dann würde sicherlich eine neue Schwester kommen.«

»Niemals eine, die so gut ist wie du.«

Dieses Argument hatte sie gelten lassen. Dafür schmiedete sie jeden Abend Pläne mit seiner Mutter: Erst ging es um das Hochzeitskleid und die Feierlichkeiten, später um ihr zukünftiges Heim. Seine Mutter hatte ihnen angeboten, aus dem elterlichen Schlafzimmer auszuziehen und in Pauls Zimmer zu gehen. Doch ihm graute davor, jede Nacht neben Helene liegen zu müssen. Deshalb hatte er seine Mutter ins Vertrauen gezogen: »Manchmal tut mein Arm immer noch weh, und ich liege nächtelang wach. Da wäre es bestimmt rücksichtsvoller, wenn Helene und ich auch einmal getrennt schlafen könnten.« Schließlich wurde beschlossen, dass seine Mutter in Elisabeths Zimmer übersiedeln würde und Paul sein altes Zimmer zusätzlich behielte. Seine Schwester würde dagegen vorerst in eines der Hotelzimmer ziehen.

Ihm war bewusst, dass Elisabeth seiner Hochzeit skeptisch gegenüberstand. Am Tag nach seinem Antrag hatte sie ihn beiseitegenommen und gefragt: »Bist du dir sicher, dass du Helene heiraten willst?«

»Natürlich. Sie wird mir eine gute Ehefrau sein. Wie Mutter

schon sagt, sie ist äußerst patent und kommt aus einer guten Familie.« Seine Antwort hatte selbst in seinen eigenen Ohren lahm geklungen.

»Aber ... liebst du sie?«

»Durchaus.«

Seine Schwester hatte ihn eindringlich gemustert. »Wirklich? Ich dachte, dass deine Interessen ... ich meine, was ist mit Robert?«

Plötzlich hatte er einen Kloß im Hals verspürt. Nur mit Mühe hatte er antworten können: »Robert ist tot.«

»Ja, aber ... vielleicht findest du eine neue Liebe.«

Ihrem durchdringenden Blick standzuhalten war ihm schwergefallen. »Bitte Elisabeth, lass mich. Ich werde Helene heiraten und fertig.«

»Solange du dir darüber im Klaren bist, dass eine Ehe für den Rest deines Lebens währt ...«

Obwohl er ihre Frage bejaht hatte, war er sich in Wahrheit alles andere als sicher. Im Gegenteil, je mehr er darüber nachdachte, desto ängstlicher wurde er. Helene konnte manchmal recht bieder und engstirnig auftreten. Passte das wirklich zu dem weltoffenen Kulturdirektor von Heiligendamm, der er eines Tages wieder zu sein hoffte? Auf der anderen Seite war eine Heirat der ultimative Schutz gegen eventuell aufkommende Gerüchte, er könnte homosexuell sein. Trotzdem ... den Gedanken, mit Helene die Ehe vollziehen zu müssen, fand er grauenvoll. Doch wahrscheinlich würde sie darauf bestehen. Jedes Mal, wenn seine Mutter von Enkelkindern sprach, lächelte sie ihn mit diesem eigenartig neckischen Augenaufschlag an. Und so flüchtete er sich mehr denn je in seine Zeitungslektüre und in die Malerei. Inzwischen versuchte er, wie Paul Klee und Henri Matisse expressionistisch zu malen, weil ihm das Konzept gefiel, den seelischen Ausdruck einer Sache darzustellen und nicht deren realistische Form und Farbe – auch wenn die Gemälde aufgrund seiner eigenen Gefühle leider sehr dunkel und düster gerieten und deswegen von Helene kritisch beäugt wurden.

Am 3. März 1918 wurde der Friedensvertrag von Brest-Litowsk zwischen dem neuerdings von Bolschewisten regierten Russland und Deutschland samt seinen Verbündeten unterzeichnet. Damit endete der Krieg im Osten. Obwohl dieser Friedensschluss die Russen einiges an Land kostete, unterzeichneten sie, um den Erfolg ihrer Oktoberrevolution nicht zu gefährden.

»Jetzt kehrt bestimmt auch Friedrich zurück«, erklärte Paul, als er seiner Familie die gute Nachricht verkündete.

»Ich bete jeden Tag dafür«, erwiderte seine Mutter ernst.

Johanna nickte. »Genau wie ich.«

»Hoffentlich ist der Krieg bald ganz vorbei«, meinte Elisabeth. »Ich hab das alles so satt.«

Doch ihre Hoffnungen sollten enttäuscht werden. Im Westen wurde weitergekämpft, und am 21. März begann eine große deutsche Offensive, zunächst sogar mit einigem Landgewinn. Diese Vorstöße erlahmten jedoch schnell und führten zu großen Verlusten auf deutscher Seite.

Zudem hatte Johanna einen Brief mit einer offenbar traurigen Neuigkeit erhalten.

»Was hat sie?«, fragte Paul, als er im Wohnzimmer auf seine in Tränen aufgelöste älteste Schwester traf, die gerade von Elisabeth getröstet wurde.

»Ein Freund von ihr ist vor einiger Zeit in russische Gefangenschaft geraten«, erklärte Elisabeth.

»Ein Freund?«

»Doktor Samuel Hirsch, ein guter Bekannter.« Fürsorglich fügte sie, an Johanna gewandt, hinzu: »Liebes, wir werden gleich dem Roten Kreuz schreiben und versuchen herauszufinden, ob er unversehrt ist. Ja?«

Johanna schluchzte auf und nickte.

Für einen kurzen Moment überlegte Paul, warum ihm der Name so bekannt vorkam. Hatte der Arzt, der ihn im Lazarett vor dem sicheren Tod durch Erschießen gerettet hatte, nicht ebenfalls Dr. Hirsch geheißen? Aber sicher gab es mehrere Ärzte dieses Namens.

Unausweichlich rückte der Termin seiner Hochzeit näher. Einladungen wurden verschickt und Essensmarken gesammelt. Seine Mutter und Helene machten sich sogar schon über die Sitzordnung Gedanken. Und Paul träumte jeden Tag von Flucht. Doch wohin sollte er als Krüppel mitten im Krieg gehen? Er hatte weder Geld noch Fachkenntnisse, mit denen er sich allein irgendwo hätte durchschlagen können. Und konnte er Helene wirklich so etwas antun? Im Grunde wäre es auch nicht viel besser, als sie am 18. Mai, ihrem Hochzeitstag, am Altar stehen zu lassen. Zudem schien sie selbst geradezu vor Glück zu glühen und sah irgendwie hübscher aus als sonst. Jeden Abend klammerte sie sich beim gemeinsamen Spaziergang an seinen Arm und versicherte ihm, wie sehr sie ihn liebte. Dass er nie etwas auf ihre Beteuerungen erwiderte, schien sie für männliche Reserviertheit zu halten.

Schließlich war der Tag da, und selbst Julius Falkenhayn hatte es möglich gemacht, von Berlin anzureisen. Er hatte ähnlich überrascht wie Elisabeth auf seine Heiratspläne reagiert, sich aber sofort bereit erklärt, Trauzeuge zu werden. Gemeinsam warteten sie am blumengeschmückten Altar, während Sonnenstrahlen, die sich glitzernd durch die Kirchenfenster stahlen, bunte Schatten auf Wände und Fußboden malten. Plötzlich hatte Paul das Gefühl, als ob Robert ihn von oben zuschaute. Was würde er nur dazu sagen, dass Paul hier stand und auf seine Braut wartete?

Lügner würde er ihn nennen. Vielleicht auch Feigling. Und er hätte recht. Paul war beides. Wie sehr er Robert vermisste. Seine Unterstützung. Seine Liebe. In diesem Moment trat Helene am Arm von Johanna durch die Tür und schritt zum Altar. Ein weißer Schleier verbarg ihr Gesicht, doch man sah an ihren tänzelnden Bewegungen, wie glücklich sie war. Langsam kam sie auf ihn zu, und Paul verspürte erneut den Impuls wegzurennen. Doch er blieb. Deutlich sprach er alle Worte nach, die der Pfarrer ihm vorsagte, und beantwortete alle Fragen, die ihm gestellt wurden, mit einem lauten Ja.

Als es endlich überstanden war, hob er den Schleier über Helenes Kopf, beugte sich zu ihr hinab und gab ihr einen keuschen Kuss auf die Wange.

Auf dem Weg zum Ausgang des Doberaner Münsters brach er unvermittelt in Tränen aus, er konnte sie einfach nicht zurückhalten. Doch anstatt peinlich berührt zu sein, drückte Helene gerührt seinen Arm. »Genau das liebe ich an dir, Paul. Du bist so empfindsam.«

Paul war tatsächlich seit über zwei Monaten mit dieser unerträglichen Helene verheiratet und lebte mit ihr in der elterlichen Wohnung. Jeden Tag schien er ein wenig blasser und grauer zu werden. Aber er hatte es nicht anders gewollt, dachte Elisabeth, als sie die Treppe hinuntereilte. Da das Rehabilitationsheim auch ohne sie funktionierte, verbrachte sie viel Zeit im Garten. Außerdem versuchte sie, eine Bestandsaufnahme aller Schäden im Hotel zu machen und die erforderlichen Reparaturkosten zu schätzen. Jetzt, da der Krieg gegen Russland vorbei war, musste doch der gegen die anderen Mächte auch irgendwann ein Ende haben, selbst wenn der Kaiser offiziell wohl immer noch auf einen Sieg hoffte. Gestern hatte sie die traurige Nachricht erhalten, dass der ehemalige Empfangschef gefallen war. Inzwischen hatten sie so viele Tote zu beklagen: ihr Vater, Robert, Herr Peters, Herr Brandmüller und nun auch Herr Walter. Würde das Palais ohne sie jemals wieder zu seinem alten Glanz zurückkehren? Doch auch ein Teil von ihr selbst war seit dem Verlust ihrer Tochter gestorben. Selbst Julius schien das zu spüren. Bei Pauls Hochzeit hatte er sie pausenlos gefragt, ob sie krank sei, und sie mit seiner Fürsorge nur noch tiefer in die Verzweiflung getrieben. Obwohl sie sich nach seiner Zärtlichkeit sehnte, konnte sie seine Gegenwart kaum ertragen. Immer wieder hatte sie einen neuen Anlauf genommen, um ihm die Wahrheit zu sagen, aber sie brachte das Ungeheuerliche einfach nicht über die Lippen.

Inzwischen war Julius von der Obersten Heeresleitung wieder

nach Berlin abkommandiert worden und arbeitete dort für eine Firma, die sich Universum-Film Aktiengesellschaft oder kurz UFA nannte. Ein Filmkonzern, der den nationalen Interessen dienen sollte und letztes Jahr im Dezember gegründet worden war. Dort war er zuständig für die Produktion von Stummfilmen und verkehrte mit so berühmten Persönlichkeiten wie Ernst Lubitsch und Pola Negri. In seinen Briefen bestürmte er sie immer wieder, zu ihm nach Berlin zu ziehen. Aber sie schob jedes Mal eine andere Ausrede vor: Ihre Mutter brauchte sie für die Hochzeitsvorbereitungen, der Gemüsegarten musste bestellt werden, Johanna benötigte ihre starke Schulter wegen Dr. Hirsch. Sie glaubte nicht, dass Julius ihr auch nur einen dieser Vorwände abgenommen hatte. Jedenfalls hatte sie ihn mehrfach dabei ertappt, wie er sie nachdenklich musterte. Ob er an ihrer Liebe zweifelte? Und sie, wollte sie sich durch dieses Verhalten selbst bestrafen? Ihm die Chance geben, sich in eine der schönen Schauspielerinnen zu verlieben, mit denen er jetzt täglich zu tun hatte? Doch je weiter sie ihn aus Scham von sich stieß, desto mehr schien er an ihr festhalten zu wollen. Vielleicht würde sie ja nach dem Krieg, wenn sie endlich wieder richtig im Hotel arbeiten konnte, über das Geschehene hinwegkommen und seine Liebe annehmen können. Ihre Nerven waren von dem jahrelangen Krieg und den ewigen Hiobsbotschaften momentan einfach zu angegriffen.

Als sie durch die Eingangshalle ging, kam gerade ein neuer Transport mit Amputierten an. Viele Patienten blieben gerade einmal drei Wochen und mussten dann allein zurechtkommen, während ein scheinbar endloser Strom von Versehrten bereits darauf wartete, ihren Platz einzunehmen. Die verängstigten, schmerzverzerrten Gesichter der Neuankömmlinge, die von den Krankenschwestern herumkommandiert wurden, waren immer besonders traurig anzuschauen. Elisabeth wollte dem deprimierenden Schauspiel möglichst schnell entwischen, als sie auf einen hochgewachsenen blonden Mann, der mit dem Rücken zu ihr stand, aufmerksam wurde. Unsicher machte sie einen Schritt auf ihn zu. Es war doch völlig unmöglich, dass er es war? Oder?

Doch die Ähnlichkeit war zu verblüffend. Der gleiche schmale Kopf, dieselbe stolze Haltung …

»Robert?«, fragte sie zögerlich.

Als der Mann sich umdrehte, erschrak sie. Es war tatsächlich ihr alter Oberkellner.

»Gnädiges Fräulein«, sagte er und kam mit einem Lächeln auf sie zu.

Elisabeth suchte ihn nach Verletzungen ab, doch der blonde Adonis schien vollkommen unversehrt zu sein, wenn man einmal davon absah, dass er wahrscheinlich mehr als zehn Kilogramm abgenommen hatte. »Robert, wir haben gedacht, dass Sie …«

»… dass ich tot bin. Ich weiß. Es tut mir wahnsinnig leid, aber ich hatte vorher keine Möglichkeit, das Missverständnis aufzuklären. Ich bin in französische Kriegsgefangenschaft geraten und musste auf einem Bauernhof Zwangsarbeit verrichten, doch vor zwei Wochen ist mir endlich die Flucht geglückt. Es hat ein paar Tage gedauert, aber dann hatte ich mich zu meinen Kameraden durchgeschlagen. Und da wollte ich natürlich sofort nach Doberan fahren.«

»Aber wie … wie konnte es überhaupt dazu kommen, dass man dachte, sie wären gefallen?«

Robert zuckte mit den Schultern. »An der Front herrscht ein solches Chaos, dass man einen anderen Mann für mich gehalten hat. Während er auf eine Mine trat und zerfetzt wurde, lag ich bewusstlos weiter vorn und wurde nach der Schlacht gefangen genommen.«

»Das ist … wundervoll«, stammelte Elisabeth. »Ganz wundervoll. Und jetzt dürfen Sie bei uns bleiben?«

Roberts Lächeln erstarb. »Nein, leider habe ich nur wenige Tage Urlaub, und da wollte ich …« Weil die anderen Soldaten in Hörweite waren, konnte er nicht aussprechen, dass er nur wegen Paul gekommen war.

Elisabeth blieb fast das Herz stehen. Ihr Bruder war nicht mehr frei. Er hatte aus Trauer um Robert die dumme Pute Helene geheiratet. Was für ein katastrophales Durcheinander.

»Wie geht es ihm?«, fragte Robert leise.

»Hm ... es geht ihm gut«, antwortete sie. »Haben Sie gehört, dass er ...«

Robert biss sich auf die Unterlippe. »Ja, er hat seine linke Hand verloren und kann nicht mehr Klavier spielen. Ist er sehr deprimiert?«

Oh Gott, wie sollte sie ihm bloß von Pauls Hochzeit erzählen? Warum musste das Leben nur so kompliziert sein.

»Er hat sich doch nichts angetan, oder?« Roberts Stimme klang auf einmal schrill.

Elisabeth schüttelte hastig den Kopf. »Nein, nein. Paul lebt selbstverständlich. Aber ... am besten gehen wir erst einmal in mein Büro und dann ...« Entschieden fasste sie den ehemaligen Oberkellner an der Hand und zerrte ihn hinter sich her.

Die erste Stunde, nachdem Minna die Kleine in die Charité gebracht hatte, war sicherlich die schlimmste, die sie jemals hatte durchmachen müssen. Nachdem der Arzt, sein Name war Dr. Schiffmann, ihre kleine Tochter untersucht und etwas Lateinisches als Diagnose gemurmelt hatte, war alles ganz schnell gegangen. Man hatte Julia ein Nachthemd angezogen und sie in einem Behandlungszimmer auf eine Liege gelegt. Eine Krankenschwester hatte ihren Hals desinfiziert, während eine andere versucht hatte, Minna aus dem Raum zu schieben.

»Was machen Sie mit meinem Kind?«, hatte sie geschrien und sich geweigert, auch nur einen Schritt mit der Schwester mitzugehen.

Schließlich war Dr. Schiffmann zu ihr gekommen. »Frau Kuhlmann, Ihre Tochter erstickt. Sie hat eine akute stenosierende Laryngotracheitis, und wir müssen jetzt einen Luftröhrenschnitt machen, damit sie atmen kann.«

Bei dem Wort Luftröhrenschnitt war ihr schwarz vor Augen

geworden, und die Schwester hatte es geschafft, sie aus dem Behandlungszimmer zu zerren, bevor sie womöglich in Ohnmacht fiel.

Nachdem er den Schnitt durchgeführt und sichergestellt hatte, dass Julia ausreichend Luft bekam, hatte der Doktor ihr erklärt, dass Julia an einer schweren Viruserkrankung litt. Durch die Infektion war die Schleimhaut im Bereich des Kehlkopfes und unterhalb der Stimmbänder angeschwollen, so dass es zu einer Verengung der Atemwege gekommen war. »Aber machen Sie sich keine Sorgen, Frau Kuhlmann. Ihre Tochter schafft das schon. Die nächsten zwei Tage sind entscheidend, doch wenn keine zusätzlichen Komplikationen hinzukommen, ist sie in ein bis zwei Wochen wieder ganz gesund.«

Achtundvierzig Stunden lang war sie nicht aus Julias Nähe gewichen. Zwar hatte Minna das Zimmer, in dem die Kleine mit anderen Patienten lag, nicht betreten dürfen, aber Dr. Schiffmann hatte toleriert, dass sie solange vor der Tür kampierte. Irgendwann war sie kurz eingenickt, und der Doktor hatte sie durch sanftes Rütteln am Arm geweckt. »Sie können jetzt nach Hause gehen, Frau Kuhlmann, wir haben soeben die Kanüle aus Julias Hals entfernt. Es geht ihr besser, sie kann schon wieder einigermaßen atmen. Ruhen Sie sich aus, und kommen Sie morgen wieder.«

»Darf ich sie kurz sehen?«

Der Arzt hatte geschmunzelt. »Eine Minute. Nicht länger.«

Julia hatte tief und fest geschlafen. Ihr Atem war noch ein wenig angestrengt gewesen, und die Wunde in ihrem Hals hatte fürchterlich ausgesehen. Aber sie lebte!

»Was schulde ich Ihnen?«, hatte sie den Arzt gefragt.

»Das geht auf mich.«

»Nein, bitte, lassen Sie mich bezahlen. Ich kann es mir leisten.« Sie hätte wahrscheinlich erneut Schmuck eintauschen müssen, trotzdem entsprach der Satz der Wahrheit. Plötzlich hatte sie ein schlechtes Gewissen bekommen. »Ich bin gar nicht mit Doktor Kuhlmann verheiratet, wissen Sie. Aber meine Tochter ist seine ...«

Der Arzt hatte lächelnd die Hand gehoben. »Das muss ich gar nicht so genau wissen. Aber Sie kennen meinen armen Kollegen, und darum geht es doch. Oder nicht?«

Ergriffen hatte sie seine Hand geschüttelt. »Danke, Doktor Schiffmann. Ich kann Ihnen gar nicht sagen, wie dankbar ich Ihnen bin.«

Der Arzt hatte freundlich ihren Arm getätschelt. »Schon gut, meine Liebe. Wir alle brauchen manchmal einen Schutzengel, nicht wahr?«

Bereits eine Woche später hatte sie Julia wieder zu sich nach Hause holen können. Die Kleine war noch schwach gewesen und hatte fürchterlich krank ausgesehen. Aber sie hatte sich schnell erholt und war in kürzester Zeit wieder die gleiche kleine Plaudertasche wie früher. Bis auf eine kleine Narbe waren keine Schäden zurückgeblieben. Voller Erleichterung hatte Minna Gott gedankt.

Es regnete viel in diesem Sommer 1918, trotzdem verbrachten sie jede halbwegs trockene Minute in den Wilmersdorfer Grünflächen. Julia plantschte mit einem kleinen Eimer in den Pfützen herum und spielte mit den anderen Kindern, während Minna sie von einer Parkbank aus im Auge behielt. Inzwischen hielt ihre Julia leider keinen erholsamen Mittagsschlaf mehr, und es war gut, wenn sich die Kleine draußen austobte. Nur noch einmal in der Woche passte Frau Kollditz auf sie auf, damit Minna ihre Besorgungen auf dem Schwarzmarkt erledigen konnte. Erschreckt bemerkte sie, wie ihre Schmuckvorräte sich dem Ende zuneigten. Was sollte sie nur machen, wenn der Krieg noch länger andauerte? In Friedenszeiten würde sie sicherlich eine Anstellung als Köchin finden, dann könnte sie sich bestimmt auch ein Kindermädchen für Julia leisten. Aber wenn der Krieg noch sechs

Monate länger dauerte, würde sie an Frau Kuhlmann schreiben müssen. Denn eins stand fest: Julia sollte niemals Hunger leiden. Auf den Straßen sah Minna jeden Tag so viele rachitische Kinder, die viel zu dünn waren und auf krummen Beinen liefen, dass sie nichts unversucht lassen würde, um Julia dieses Schicksal zu ersparen.

27. Kapitel

Herbst 1918

Minna atmete auf. Das Glück war ihnen gnädig. Nach bewegten Tagen Ende Oktober, als die Matrosen in Wilhelmshaven
gegen eine geplante Großoffensive der Flotte gemeutert hatten,
schien der Frieden zum Greifen nah zu sein. Am 9. November wurde die Abdankung des Kaisers verkündet. Die Tages-
zeitung *B. Z. am Mittag* erschien mit einer Extraausgabe: »*Der
Kaiser hat abgedankt. Thronverzicht des Kronprinzen – Ebert
wird Reichskanzler – Einberufung einer Nationalversammlung.*«
Doch obwohl das gute Nachrichten waren, machte Minna das
nachfolgende Chaos Angst. In Berlin wurde ein Generalstreik
ausgerufen. Flugblätter mit der Botschaft »*Friede, Freiheit und
Brot! Heraus aus den Betrieben! Heraus aus den Kasernen! Es lebe
die sozialistische Republik!*« wurden verteilt, und bewaffnete De-
monstrationszüge schoben sich aus allen Richtungen ins Zentrum der Stadt. Vereinzelt fielen sogar Schüsse. Rote Fahnen
wurden geschwenkt, und ausgerechnet in dieser aufgeheizten
Atmosphäre musste sie mit Julia zur Charité. Dr. Schiffmann
hatte für den 10. November eine Nachuntersuchung angesetzt,
und Minna traute sich nicht, den Arztbesuch ausfallen zu lassen.

Erneut fuhren keine Straßenbahnen und Omnibusse. In diesem Getümmel aus aufgewühlten Menschen traf sie auch keine
Droschke an. Fast eine Dreiviertelstunde waren sie schon unterwegs, und die meiste Zeit hatte sie Julia tragen müssen. Bei
der Kaiser-Wilhelm-Gedächtniskirche hielt sie erschöpft inne
und setzte das Mädchen, das sich mit großen Augen umschaute,
für einen Moment ab. Eigentlich hätten sie jetzt quer durch

den Tiergarten gemusst, aber der war voll von Demonstranten. Konnte sie das wirklich riskieren?

Zwei junge Burschen rempelten sie an. »'tschuldigung«, sagte einer von ihnen. Minna nahm sofort den Geruch von Alkohol in seinem Atem wahr. Sie ergriff Julias Hand und wollte rasch fortgehen, als eine schwere Pranke auf ihrer Schulter sie daran hinderte. »Biste auch so sauer«, lallte der andere.

Minnas Herz klopfte. »Weshalb?«

»Weil es jetzt doch keine Neuwahlen der Räte gibt!« Er musterte sie kritisch. »Oder biste etwa von der SPD?«

Minna hatte keine Ahnung, wovon die beiden sprachen. Aber sie wusste, dass betrunkene Männer, die aus irgendeinem Grund enttäuscht und wütend waren, eine Gefahr darstellten. »Lasst uns gehen, wir haben nichts mit alldem zu tun«, sagte sie leise.

»Blödsinn. Die Revolution braucht so junge Weiber wie dich!« Er packte ihren Mantelaufschlag und zog sie näher zu sich heran. »Lass die Kleine für einen Moment warten und sei mal ein bisschen lieb zu uns. Nach der langen Nacht haben wir das verdient.«

Ohne Julias Hand loszulassen, versuchte sie, ihn wegzustoßen, als auch der zweite auf sie zugewankt kam. »Lasst mich gefälligst los, ihr Strolche!«, schrie sie, so laut sie konnte. Julia, die nicht begriff, was vor sich ging, fing an zu weinen.

»Nehmt sofort eure Finger von der jungen Dame«, hörte sie plötzlich eine ruhige Stimme hinter sich sagen, die ihr irgendwie bekannt vorkam.

»Was geht dich feinen Pinkel das denn an?«

»Lasst sie los, oder ich muss meine Waffe ziehen.« Es klang entschieden.

»Schon gut. Spiel dich nicht so auf!« Es war offensichtlich, dass sich die zwei Burschen nicht mit dem Mann anlegen wollten. Unwirsch stießen sie Minna von sich und torkelten von dannen.

Minnas Knie waren so weich, dass sie unwillkürlich in die Hocke ging und die wimmernde Julia umarmte.

Der Unbekannte räusperte sich hinter ihr. »Ist alles in Ordnung mit Ihnen?«

Sie blickte sich um und begriff, warum ihr die Stimme so bekannt vorgekommen war: Vor ihr stand Julius Falkenhayn.

»Minna!«, stieß er verblüfft aus. »Was machen *Sie* denn hier? Ich denke, Sie sind bei Ihrer Mutter in Bayern.«

Langsam, um nicht das Gleichgewicht zu verlieren, drückte sie sich hoch. Vor ihr stand nicht nur Fräulein Elisabeths große Liebe, sondern auch Julias leiblicher Vater!

»Hallo, Herr Falkenhayn«, murmelte sie und deutete einen Knicks an. »Vielen Dank für Ihre Hilfe.«

»Es sind gefährliche Zeiten, Minna«, sagte er ernst. »Sie sollten nicht ohne Schutz durch die Stadt gehen. Besonders nicht, wenn Sie in so entzückender Begleitung sind.« Sein wohlwollender Blick fiel auf Julia. »Wer bist du denn?«

Verschämt versteckte sich Julia hinter ihren Beinen.

»Das ist … meine Tochter, Herr Falkenhayn.« Minnas Herz klopfte wie wild.

»Was für ein hübsches Kind, Minna. Herzlichen Glückwunsch!«, sagte er. »Dann sind Sie also aus Doberan weggegangen, weil Sie geheiratet haben? Wir haben alle gerätselt, was Sie bei Nacht und Nebel aus dem Haus getrieben hat. Ich glaube, dass Fräulein Elisabeth noch heute ein wenig unter Ihrem abrupten Fortgang leidet.« Seine Worte klangen nicht vorwurfsvoll, trotzdem schienen seine Augen in ihren nach einer Begründung für dieses vermeintlich undankbare Verhalten zu suchen. Es war offensichtlich, dass Frau Kuhlmann ihn nicht in das Geheimnis um die Geburt eingeweiht hatte.

Was sollte sie nur darauf erwidern? Falkenhayn war nicht im Krieg gefallen, und er schien auch immer noch an dem gnädigen Fräulein interessiert zu sein, durfte sie ihm da die Wahrheit verheimlichen? Doch was würde dann mit Julia geschehen? Nach all dieser Zeit wollte auch sie nicht ohne »ihre« Tochter leben.

Auf Herrn Falkenhayns Stirn erschien eine Falte, als sie weiterhin keinen Ton herausbrachte. »Was ist, Minna?«, fragte er mitfühlend. »Ist Ihr Mann in diesem schrecklichen Krieg gefallen, wie so viele andere? Wissen Sie, jetzt, wo der Schrecken so gut wie vorbei ist, können Sie jederzeit wieder nach Doberan zurückkehren. Wir finden schon eine Lösung für Sie und Ihre kleine Tochter.«

Wenn Herr Falkenhayn nicht gar so nett zu ihr gewesen wäre, hätten die auf einmal auftretenden Gewissensbisse sie nicht ganz so schlimm gequält. »Sie heißt Julia«, sagte Minna plötzlich kurz entschlossen.

»Ein schöner Name«, meinte Herr Falkenhayn schmunzelnd und spielte mit dem mutiger werdenden kleinen Mädchen »Kuckuck« hinter Minnas Beinen.

»Nach Ihnen. Julia wie Julius.«

Er verzog ungläubig den Mund. »Nach mir? Das ist aber eine große Ehre. Hatte die Familie Ihres Mannes da nicht auch ein Wörtchen mitzureden?«

»Mein Mann ist nicht im Krieg gefallen, und ehrlich gesagt war ich auch nie verheiratet«, erwiderte Minna.

»Ich verstehe«, sagte er leise. »Dann ist Ihr wunderschönes Kind aus einer ähnlichen Situation wie heute entstanden? Einer Situation, die nicht so gut geendet hat? Das würde natürlich auch Ihr Fortgehen erklären.« Er blickte sie traurig an. »Es tut mir sehr leid, Minna, dass Sie so etwas Schlimmes durchmachen mussten. Aber wenigstens haben Sie jetzt die bezaubernde kleine Julia.«

Alles in ihr sträubte sich, ihm die Wahrheit zu sagen. Und doch ... sie konnte einfach nicht anders. »Herr Falkenhayn, Sie sind Julias leiblicher Vater.«

»Ich?«, wiederholte er, wie vor den Kopf gestoßen. »Aber, liebe Minna ... ich habe mich doch Ihnen gegenüber immer anständig verhalten. Warum behaupten Sie so etwas?«

Ihr Magen flatterte. »Weil ich nicht die leibliche Mutter von Julia bin.«

»Wie bitte? Was ...« Er sprach nicht weiter. Man sah ihm an, dass er versuchte, ihre Worte zu einer logischen Erklärung zusammenzufügen. Doch es schien ihm nicht zu gelingen.

»Fräulein Elisabeth hat Julia zur Welt gebracht.« Jetzt war die Bombe geplatzt.

»Bitte ... was?« Doch dann schien er plötzlich zu verstehen. Sein Gesicht wurde aschfahl. »Elisabeth hat unser Kind weggegeben und mir das Ganze verheimlicht?« Mehr zu sich selbst fügte er hinzu: »Jetzt ergibt natürlich auch diese merkwürdige Wesensveränderung einen Sinn.«

»Nein, nicht Fräulein Elisabeth. Es war Frau Kuhlmann, die mich mit Julia fortgeschickt hat, und ...«

»Aber Elisabeth weiß davon?« Er hieb sich selbst die Hand vor die Stirn. »Was für eine Frage. Natürlich weiß sie davon, wenn sie das Kind zur Welt gebracht hat.«

»Die Geburt war sehr schwierig«, verteidigte Minna ihre frühere Arbeitgeberin. »Fräulein Elisabeth ahnte nicht, dass ihre Mutter plante ...«

»Aber sie hat es mir trotz allem verschwiegen.«

»Bestimmt wollte sie Ihnen nicht wehtun. Ich kann mir nicht vorstellen, dass sie glücklich über die Entscheidung ihrer Mutter ist. Frau Kuhlmann wollte vor allem ihre eigene Tochter beschützen. Sie hat gedacht, dass ... wenn Sie nicht aus dem Krieg heimkommen ...«

»Bitte, Minna. Kein Wort mehr. Es gibt keine Entschuldigung für dieses Verhalten«, unterbrach er sie. »Weder für das von Frau Kuhlmann noch für Elisabeths. Niemand weiß das besser als ein Waisenkind wie ich.«

»Aber ...«

»Nein. Ein unschuldiges Kind wegzugeben ist unverzeihlich. Und dass mir Elisabeth nichts davon gesagt hat, macht sie in meinen Augen genauso zur Täterin. Sie ist ganz offensichtlich nicht die Frau, die ich in ihr gesehen habe.«

»Bitte, Herr Falkenhayn, das dürfen Sie nicht sagen. Ich hatte ein so schlechtes Gewissen wegen Fräulein Elisabeth. Bestimmt hat sie unendlich unter dem Verlust ihrer Tochter gelitten und ...

ich habe mich auch immer gut um Julia gekümmert. Sie ist für mich wirklich wie mein eigenes Kind.«

Julius warf ihr einen prüfenden Blick zu. »Aber Sie wissen schon, dass ich ab jetzt für meine Tochter sorgen werde?«

Minna schrie entsetzt auf. »Sie wollen mir das Kind wegnehmen?« Hinter ihren Beinen fing Julia erneut an zu weinen.

Julius Falkenhayn ging auf die Knie. »Schsch, kleine Julia. Nicht weinen. Natürlich werden wir dich und Min... deine Mama nicht trennen. Ihr zieht beide noch heute zu mir.«

Was für ein Tag! Zunächst erreichte sie die Nachricht, dass heute, am 11. November, die Waffen niedergelegt werden würden. Der Krieg war aus und vorbei. Obwohl Deutschland als Verlierer dastand und es offenbar im ganzen Land Unruhen gab, hätte Elisabeth nicht glücklicher sein können. Endlich konnten sie anfangen, das Palais wieder im alten Glanz auferstehen zu lassen. Der derzeitige Zustand des Hotels trieb ihr regelmäßig die Tränen in die Augen. Früher hatte sie wegen des kleinsten Makels einen Aufstand gemacht, und jetzt wirkten Speise- und Ballsaal wie eine heruntergekommene Armenunterkunft. Aber Julius und sie würden das schon wieder in den Griff bekommen. Er schien ähnlich zu fühlen wie sie, denn die zweite gute Nachricht lautete, dass er seine Ankunft für den heutigen Nachmittag angekündigt hatte. Sie freute sich wahnsinnig auf ihn. Seine Reise nach Doberan musste bedeuten, dass sie ihn durch ihr kaltes und abweisendes Verhalten in den letzten Monaten nicht in die Flucht geschlagen hatte. Er liebte sie also genauso bedingungslos wie sie ihn. Jetzt, nach dem Krieg, würde sie Julius auch die Wahrheit über seine Tochter sagen können, ohne negative Konsequenzen für ihn befürchten zu müssen, und dann würden sie gemeinsam nach ihr suchen.

Momentan hatte sie allerdings einen anderen Grund, sich ernste Sorgen zu machen: Seit kurzem ging die Spanische

Grippe in Doberan um. Diese unberechenbare Krankheit, die momentan auf der ganzen Welt grassierte, verlief offenbar rasend schnell: plötzlich einsetzendes Fieber, Schüttelfrost, starke Kopf- und Gliederschmerzen, und schon konnte es vorbei sein. Der alte Dr. Sonnenberg, der gestern auf einen Sprung vorbeigekommen war, um sich mit den Ärzten im Palais zu beraten, hatte von mehr als zwanzig Grippekranken gesprochen. Die Hälfte davon schien zwischen Leben und Tod zu schweben. Der Metzger, der erst kürzlich leicht verletzt aus dem Krieg zurückgekehrt war, war bereits daran verstorben. Wenn diese Krankheit im Palais Einzug hielt, mit den vielen vom Krieg geschwächten Patienten und den eng beieinanderstehenden Betten, würde dies katastrophale Folgen haben. Auch deshalb mussten sie versuchen, das Rehabilitationsheim so bald wie möglich zu schließen. Hoffentlich würde Julius sie dabei unterstützen, denn Paul und Johanna standen ihren Bestrebungen ablehnend gegenüber. Paul, der seit Roberts Abreise nur noch ein Schatten seiner selbst war, befürchtete, den ganzen Tag mit einer arbeitslosen Helene verbringen zu müssen. Und Johanna, die immer noch verzweifelt versuchte herauszufinden, wo Samuel Hirsch abgeblieben war, wollte weiterhin Gutes tun. Dabei hatten sie auch in der engsten Familie genug Sorgen: Friedrich galt nach wie vor als vermisst. Der Krieg hatte überall seine Spuren hinterlassen.

Unruhig ging sie im Foyer auf und ab. Julius hatte gegen sechzehn Uhr mit dem Automobil ankommen wollen, und nun war es bereits dunkel. Ob er einen Unfall erlitten hatte? War ihm das Benzin ausgegangen? In ganz Mecklenburg würde er keinen Nachschub finden.

Plötzlich hörte sie das Geräusch eines Motors und rannte trotz der Kälte vor die Tür. Tatsächlich fuhr in diesem Moment ein von einem Chauffeur gesteuertes Automobil über den knirschenden Kies und hielt vor dem Palais. Im dämmerigen Schein des Lichts, das vom Hotelinneren nach draußen fiel, konnte sie hinter dem Fahrer Julius und noch eine weitere Person ausmachen. Wen hatte er mitgebracht? Es schien sich um eine Frau zu handeln. Eine Schauspielerin? War es also doch jemandem gelungen, sie aus seinem Herzen zu verdrängen? War er gekommen, um ihr seine neue Verlobte vorzustellen? Hatte sie in der Trauer um ihre Tochter den Bogen überspannt und Julius in die Arme einer anderen Frau getrieben? Während sich eine eiskalte Faust um ihr Herz spannte, versuchte sie, die Tränen zurückzuhalten.

Der Chauffeur stieg aus und öffnete die hintere Tür. Plötzlich sah Elisabeth das Profil der Frau deutlicher und wischte sich die Tränen aus den Augen. Konnte das wahr sein? Minna? Hatte Julius tatsächlich Minna gefunden? Und war das Kind, das die Ärmchen um ihren Hals geschlungen hatte, etwa …

»Minna?«, rief Elisabeth. Während sie die trennende Distanz mit schnellen Schritten überwand, konnte sie den Blick nicht von dem kleinen Mädchen mit den dunkelblonden Haaren abwenden. »Minna!«

»Fräulein Elisabeth. Es ist wundervoll, Sie wohlbehalten wiederzusehen. Aber wollen wir nicht zuerst hineingehen? Ich habe Angst, dass Julia sich erkältet.«

»Julia«, wiederholte Elisabeth verzaubert. »Natürlich. Bitte geh sofort ins Haus, Minna. Ich kann nicht sagen, wie glücklich ich bin, euch beide zu sehen!« Im nächsten Moment flog sie Julius, der hinter Minna ausgestiegen war, um den Hals. »Mein Liebster! Wie um alles in der Welt hast du es geschafft, sie zu finden? Du bist der beste, liebste und klügste Mann der Welt, und ich …«

Julius machte sich frei. »Ich muss mich um das Gepäck kümmern, Elisabeth. Außerdem hat Minna recht: Es ist kalt. Lass uns drinnen weitersprechen.«

»Selbstverständlich.« Erfüllt von einer nie gekannten Vorfreude eilte Elisabeth ins Palais. Wie würde ihre Tochter auf sie reagieren? Ob es ein unsichtbares Band zwischen ihnen gab? Oder würde sie ihr kleines Herz erst erobern müssen? Fast andächtig blieb sie vor Minna stehen und beobachtete das kleine Mädchen, das immer noch das Köpfchen an deren Hals schmiegte und scheu sein Gesicht versteckte. »Du hast sie also Julia genannt?«, fragte sie leise.

Minna nickte. »Es schien mir ein guter Name zu sein.«

»Der beste!«, erwiderte Elisabeth mit einem glücklichen Lächeln. »Und es geht ihr gut?«

»Ja, Fräulein Elisabeth. Sie ist gesund und munter.«

Gerührt streichelte Elisabeth über Minnas Arm. »Trotz aller Angst um meine Tochter wusste ich, dass ich dir vertrauen konnte. Ich kann dir gar nicht genug danken!«

»Dann sind Sie mir nicht böse?«, erkundigte sich Minna verschüchtert.

»Wie könnte ich dir böse sein, wenn du das Liebste gerettet hast, das ich auf der Welt habe. Dich hat der liebe Gott geschickt.« Sanft berührte sie das dunkelblonde Haar ihrer Tochter. »Ob ich Julia wohl auch einmal auf den Arm nehmen kann?«

Minna schüttelte bedauernd den Kopf. »Vielleicht später. Sie müssen ihr etwas Zeit geben, sich an die vielen neuen Menschen in ihrem Leben zu gewöhnen.«

»Sicher, ich ... ich muss mich gedulden«, stammelte Elisabeth. Die Enttäuschung versetzte ihr einen Stich. »Wo willst du mit ihr schlafen? Soll ich Pauls Zimmer für euch herrichten?«

»Nein, wir wollen keine Umstände bereiten. Am besten ziehe ich mit ihr in meine alte Kammer und ...«

»Auf keinen Fall«, sagte Elisabeth bestimmt. »Das wäre viel zu weit weg. Wenn du nicht in der Wohnung leben magst, lasse ich dir das Hotelzimmer neben meinem zurechtmachen.« Sie ging zum Tresen und klingelte nach einem der zwei Mädchen, die sie immer noch beschäftigten.

In diesem Moment trat Julius an ihre Seite. »Kann ich dich bitte kurz im Büro sprechen?« Seine Stimme klang ernst.

»Ja, aber wollen wir nicht zuerst mit Minna reden?«, fragte Elisabeth erstaunt. »Ich würde zu gern wissen, wie es ihr nach Mutters Untat ergangen ist. Und ... wie und wo hast du die beiden überhaupt aufgespürt? Woher wusstest du, dass wir eine Tochter haben und ...«

Julius packte sie fest am Oberarm. »Bitte, Elisabeth, ich möchte erst mit dir allein sprechen.«

Plötzlich bekam sie es mit der Angst zu tun. »Was ist denn so wichtig, dass du es mir in der Sekunde sagen musst, in der ich Julia zum ersten Mal sehe?«

Ohne sich um ihre Worte zu kümmern, schob Julius sie harsch in Richtung Büro. Über seine Schulter hinweg sagte er zu Minna. »Wenn ihr beiden hungrig seid, geht doch bitte in die Küche und lasst euch etwas geben.«

Minnas Antwort bekam Elisabeth nicht mehr mit, weil sie bereits das Büro erreicht hatten. Julius ließ sie los und schloss hinter ihnen die Tür ab.

»Also?«, fragte sie und rieb sich die Stelle am Arm, an der er sie festgehalten hatte. »Bist du nicht genauso glücklich wie ich? Endlich kann unser gemeinsames Leben beginnen! Der Krieg ist aus, wir haben unsere kleine Tochter wieder, und das Palais können wir auch renovieren! Außerdem ...« Julius' grimmiger Gesichtsausdruck ließ sie innehalten. »Was hast du?«

»Ist das Hotel der Grund, weshalb du mir nicht erzählt hast, dass ich Vater werde? Dachtest du, ich würde darauf bestehen, dass du dich schonst, und dir die Leitung entziehen?«

»Nein! Wie kommst du darauf? Ich wollte dir damals, als du in der Obersten Heeresleitung gearbeitet hast, keinen Brief schreiben, der von irgendjemand Unbefugtem hätte geöffnet werden können.«

Erregt fuhr sich Julius durch die Haare. »Jemand Unbefugtem? Wer sollte sich denn – außer mir – für deine Schwangerschaft interessieren?«

Elisabeth wurde rot. »Wenn eine unverheiratete Dame der Gesellschaft schwanger wird, dann könnte das schon den einen oder anderen interessieren.«

»Dann hast du es mir aus Stolz verheimlicht? Wegen einer verdammten Konvention?«

»Julius, es herrschte Krieg. Außer ein paar Postkarten habe ich nichts von dir gehört und ...«

»Hast du etwa versucht, es dir wegmachen zu lassen?«, fragte er mit glühendem Blick.

»Nein! Wie kannst du so etwas von mir denken. Ich liebe unser Kind.«

Höhnisch lachte er auf. »Wirklich? Dann zeigst du deine Mutterliebe aber auf eine sehr merkwürdige Art.«

»Glaubst du, es ist mir leichtgefallen, die Schwangerschaft und die Geburt allein durchzustehen, fast daran zu sterben und hinterher zu erfahren, dass Mutter unser Kind weggegeben hat?«, fragte sie leise.

Für einen Moment schienen Julius' Züge weicher zu werden, doch dann verhärteten sie sich erneut. »Minna hat mir alles erzählt. Doch nichts von alledem wäre passiert, wenn du mir rechtzeitig geschrieben hättest, dass du schwanger bist.«

»Bist du deshalb sauer?«, fragte sie unsicher.

»Sauer?«, wiederholte er ungläubig. »Das wäre wohl die Untertreibung des Jahrhunderts. Ich bin so wütend, dass ich kaum atmen kann.«

»Aber ... aber *ich* habe Julia doch nicht weggegeben. Das war meine Mutter.«

»Ich wollte aber nicht deine Mutter heiraten, sondern dich. Und die Tatsache, dass du es weder für nötig gehalten hast, mir mitzuteilen, dass du unser Kind erwartest, noch, dass deine Mutter unsere Tochter wie ein ungewolltes Möbelstück an eine treue Dienstbotin weitergereicht hat, lässt mich an allem zweifeln, was ich je in dir gesehen habe.«

Plötzlich wurde ihr ganz kalt ums Herz. Er sprach in der Vergangenheit. Bedeutete das, dass er sie jetzt nicht mehr heiraten wollte? »Julius?«, begann sie stockend. »Ich habe bestimmt Fehler gemacht. Aber ich liebe dich und Julia. Können wir nicht einfach die Vergangenheit ruhen lassen und nach vorn schauen?«

Er biss sich auf die Unterlippe. Langsam schüttelte er den Kopf. »Ich weiß nicht, ob ich das kann, Elisabeth. Wie soll ich dir jemals wieder vertrauen, wenn du mir die Geburt unserer eigenen Tochter vorenthältst? Ich bin doch danach auch höchstpersönlich in Doberan gewesen. Warum hast du damals – anstatt mir umgehend dein Herz auszuschütten – deine Mutter gedeckt und mir nichts davon erzählt, dass sie Minna mit unserer Tochter weggeschickt hat?«

»Ich hatte Angst, dass du etwas Unüberlegtes tust.« Ihre Verteidigung klang selbst in ihren Ohren lahm.

Julius schüttelte erneut den Kopf. »Und so einfach, wie du es dir ausmalst, wird es nicht werden. Minna ist jetzt Julias Mutter. Punkt. Wir können es weder ihr noch Julia zumuten, die entstandenen Familienbande zu trennen.«

»Du willst Julia doch nicht für alle Zeiten Minna überlassen?«, fragte Elisabeth entgeistert.

»Auf absehbare Zeit wird Minna ein fester Bestandteil von Julias Familie sein. Ob es dir nun passt oder nicht.«

»Aber wie soll das funktionieren?«

»Das weiß ich auch noch nicht, Elisabeth. Aber genauso wenig weiß ich, ob ich wirklich jemanden heiraten kann, der mich derart hinters Licht geführt hat.«

Sie schwieg. So konnte es, so durfte es nicht zwischen ihnen enden. Sie liebte Julius doch.

»Solange es um das Palais ging, haben wir immer an einem Strang gezogen. Aber jetzt …«, seine dunkle Stimme war heiser, »… habe ich das Gefühl, dich gar nicht richtig zu kennen.«

»Aber natürlich kennst du mich«, sagte Elisabeth. »Wir müssen uns nach dem Krieg nur erst wieder aneinander gewöhnen.«

»Nein, du verstehst nicht. Tief in meinem Inneren steckt immer noch der einsame Waisenjunge, der von seiner Mutter und seinem Vater verlassen wurde. Und dieser Teil von mir kann dir einfach nicht verzeihen, dass du nicht alle Hebel in Bewegung gesetzt hast, um Julia zu finden.«

In ihren Augen standen Tränen. »Aber ich war doch in Berlin. Ich habe bis zur völligen Erschöpfung nach den beiden gesucht.«

»Elisabeth, ich habe seit dem Tod meines Vaters Geld wie

Heu. Ich hätte Privatdetektive engagieren, in allen Zeitungen inserieren und eine Belohnung aussetzen können. Wenn du mit mir gesprochen hättest, wie es sich für eine fühlende Mutter gehört, dann hätten wir die zwei garantiert schnell gefunden.«

Sie ließ den Kopf hängen. »Und jetzt?«

»Keine Ahnung. Ich versuche mir schon seit gestern über meine Gefühle klar zu werden, aber ich komme einfach nicht weiter. Natürlich kann ich meine Liebe für dich nicht einfach abstellen, aber gleichzeitig bin ich so wahnsinnig wütend und … enttäuscht.«

Angst schnürte ihr den Hals zu. »Dann wirst du wieder nach Berlin fahren – ohne mich und Julia?«

»Nein, ich werde ganz sicher nie mehr ohne meine Tochter sein. Und da ich dir die Möglichkeit nicht vorenthalten möchte, sie auch kennenzulernen, werden Minna, Julia und ich bis auf weiteres im Hotel bleiben.«

Innerlich dankte sie Gott. Sie würde die Chance haben, um ihn und Julia zu kämpfen. »Das ist schön.«

»Wir werden sehen, wie schön das wird. Bei der Vorstellung, mit deiner Mutter an einem Tisch sitzen zu müssen, kommt mir die Galle hoch.«

»Soll ich sie bitten, dir aus dem Weg zu gehen?«

»Ein verlockender Vorschlag, aber ich kann und werde einem ernsten Gespräch mit ihr nicht aus dem Weg gehen. Andererseits will ich Julia nicht die Chance nehmen, ihre Großmutter kennenzulernen. Selbst wenn diese mehr dem bösen Wolf aus Rotkäppchen zu gleichen scheint.« Sein Mund verzog sich zu einem halbherzigen Lächeln, und Elisabeth schöpfte zusätzlichen Mut. Bestimmt war noch nicht alles verloren.

»Paul wusste übrigens ebenfalls nicht, dass wir eine Tochter haben, und Johanna hat Mutter glauben gemacht, Julia wäre bei der Geburt gestorben.«

»Wie wundervoll«, sagte Julius sarkastisch. »Dann werden die beiden also genauso überrascht sein, wie ich es war, als ich Minna und ihr in der Nähe der Gedächtniskirche zufällig über den Weg gelaufen bin.«

»Dafür werde ich Gott ewig dankbar sein«, antwortete Elisabeth. »Auch wenn du es mir nicht glaubst, aber ich habe unendlich unter dem Verlust unserer Tochter gelitten.«

»Das ehrt dich«, meinte Julius kurz angebunden. Er schien nicht auf ihre Gefühle eingehen zu wollen und öffnete stattdessen die Tür. »Kommst du?«

28. Kapitel

Winter 1918/19

Es sind schwierige Zeiten, dachte Minna, als sie erst Julia und
dann sich selbst in das luxuriöse Hotelbett legte und das Licht
löschte. Fräulein Elisabeth tat ihr unendlich leid. Ein Blinder
konnte sehen, dass sie Herrn Falkenhayn liebte, doch er schien
sie aus seinem Leben ausschließen zu wollen. Dabei traf Fräulein Elisabeth doch keinerlei Schuld. Sie war im wahrsten Sinne
des Wortes ohnmächtig gewesen, als ihre Mutter das Kind weggegeben hatte. Doch jedes Mal, wenn Minna versuchte, das
Thema gegenüber Julias Vater erneut anzusprechen, wehrte dieser ab. Stattdessen versicherte er ihr immer wieder, dass weder
er noch Fräulein Elisabeth beabsichtigten, ihr Julia wegzuneh-
men. Man würde sie einfach gemeinsam in die Familie aufnehmen. Trotzdem hatte sie deswegen einige schlaflose Nächte gehabt, denn beide leiblichen Elternteile versuchten unabhängig
voneinander, so viel Zeit wie möglich mit ihrer Tochter zu verbringen. Herrn Falkenhayn fiel es dabei leichter, Julias Herz zu
gewinnen. Er ging ganz natürlich mit seiner Tochter um, wenn
er ihr Kinderbücher vorlas oder sie zu einem Spaziergang aufforderte. Fräulein Elisabeth strengte sich einfach zu sehr an, wenn
sie gemeinsam Kekse backten oder mit Julias Puppen spielten.
Man erkannte die Verzweiflung, mit der sie sich nach Julias Zuneigung sehnte. So kam es, dass Julia sehr vertrauensvoll mit ihrem Vater umging und sogar von selbst auf seinen Schoß kletterte, während sie bei ihrer Mutter fremdelte und von Minna
ermahnt werden musste, mit ihr zu sprechen. All das trug nicht
gerade zur Entspannung der Situation bei.

Ihr selbst machten am meisten die Mahlzeiten zu schaffen, denn gegen Frau Kuhlmanns Willen saß sie gemeinsam mit der Familie am Tisch. Als Julias Großmutter vorgeschlagen hatte, dass Minna bestimmt lieber mit dem Personal essen würde, hatte Herr Falkenhayn ihr einen mörderischen Blick zugeworfen und gesagt, dass Julia und er dann ebenfalls mit dem Personal speisen müssten. Daraufhin hatte Frau Kuhlmann ihren Widerstand aufgegeben, denn selbst sie war von Julias Kindercharme völlig verzaubert. Die alte Dame schien ihre Enkeltochter aufrichtig zu lieben. Auch Fräulein Johanna und Herrn Kuhlmanns frisch angetraute Ehefrau schienen Julia ins Herz geschlossen zu haben. Nur Paul Kuhlmann selbst, der mit seinem amputierten Arm irgendwie schwermütig wirkte, machte einen verschlossenen, wenn auch keineswegs unfreundlichen Eindruck. Wahrscheinlich war er lediglich mit seinen eigenen Dämonen beschäftigt. Deshalb versuchte Minna, so gut es ging, die Tischmanieren der Familie zu kopieren, selbst wenn sie sich dabei alles andere als wohlfühlte.

Da sie offiziell nicht wieder im Hotel arbeitete, blieb ihr viel freie Zeit, denn bereits nach wenigen Wochen wollte sie nicht mehr wie eine Gefängnisaufseherin bei den Treffen von Julia mit ihren Eltern dabei sein. Sie vertraute den beiden, dass sie gut auf die Kleine aufpassten. Doch mehr als eine Stunde mochte sie nicht in der kalten Luft spazieren gehen, schließlich war die Gefahr durch die Spanische Grippe immer noch nicht gebannt. Erst gestern hatte Frau Kuhlmann berichtet, der Pfarrer komme kaum mit den Beerdigungen hinterher. Merkwürdigerweise seien es diesmal nicht kleine Kinder und alte Menschen, die von der Grippe dahingerafft würden, sondern junge Erwachsene zwischen zwanzig und vierzig Jahren. Obwohl sie damit selbst zur Gruppe der Gefährdeten gehörte, war sie sehr erleichtert gewesen, dass Julia davon ausgenommen war. Denn leider hatte die tückische Krankheit auch im Palais Einzug gehalten. Allerdings hatte man die erkrankten fünf Soldaten und drei Angestellten hinter einem Paravent im Ballsaal isoliert. Es schien sie auch nicht besonders schwer erwischt zu haben. Das versicherte zumindest Dr. Sonnenberg, der jeden Tag vorbeikam, um nach ihnen zu sehen, seit die anderen Ärzte vor einigen Tagen das Hotel verlassen hatten.

Jetzt, kurz vor Weihnachten, leerte sich das Palais zusehends. Herr Falkenhayn hatte gemeinsam mit Fräulein Elisabeth entschieden, dass zwar keiner der Patienten gegen seinen Willen aus dem Rehabilitationsheim entlassen werden sollte, allerdings wurden auch keine neuen Amputierten mehr aufgenommen, und die Anzahl der Schwestern wurde entsprechend verringert.

Da Minna der aktuellen Köchin Elsa nicht das Gefühl geben wollte, ihr auf die Finger zu schauen, verbrachte sie ihre meiste freie Zeit mit einem Buch im Personalraum. Doch leider hatte sie ihren aktuellen Roman gerade ausgelesen. Sie blickte auf die Uhr. Ihr blieben noch knapp fünfzehn Minuten, dann würde sie Julia wieder von Fräulein Elisabeth übernehmen. Da lohnte es sich nicht mehr, ein neues Buch anzufangen. Aber vielleicht konnte sie sich ein wenig im Hotel umschauen, es hatte sich ja so viel verändert, seit sie Doberan überstürzt hatte verlassen müssen.

Kurz darauf warf sie einen Blick in die Reinigung, in der inzwischen neue Frauen die anfallende Wäsche wuschen und bügelten. Die auf Platt miteinander schwätzenden Wäscherinnen beachteten Minna nicht. Nachdenklich lugte sie in die Küche, die Vorratskammer und, leider vergeblich, in die Patisserie. Was für ein Trauerspiel! Hier, wo es früher vor Küchenjungen, Hilfsköchen und Spülfrauen nur so gewimmelt hatte, wirkte alles ausgestorben und leer. Elsa hatte lediglich zwei Gehilfinnen. Zu dritt versuchten sie, aus dem Wenigen, das es zu kaufen gab, etwas halbwegs Essbares zu zaubern. Was hätte nur ihr geliebter Herr Brandmüller in seiner blütenweißen Kochjacke dazu gesagt? Er war es noch gewohnt gewesen, die besten Lebensmittel des deutschen Reichs in schier unglaublichen Mengen zu verarbeiten. Gemüse, Gewürze, Mehl und Zucker waren säckeweise im Palais angeliefert worden. Im Kühlraum hatten Austern, Trüffel und alle Arten von Fleisch und Fisch gelagert, von den exotischeren Zutaten ganz zu schweigen. Allein bei dem

Gedanken an die vielen köstlichen Gerüche, die schon morgens durch die dunklen Gänge geweht waren, lief ihr das Wasser im Munde zusammen. Hinter der nun verrammelten Tür der Patisserie hatte man damals kleine Kunstwerke aus Zucker, Schokolade und Marzipan hergestellt. Heute schob man die wenigen Kuchen, die im Hotel noch gebacken wurden, in einen der Küchenöfen. Würde das Palais jemals wieder sein, was es vor dem Krieg gewesen war? Minna bezweifelte es. Diese herrlichen Zeiten schienen endgültig vorbei zu sein.

Auch der Speisesaal sah erbarmungswürdig aus. Hier hatte früher ein ganzes Heer von elegant gekleideten Kellnern mit Silberbesteck und Meissner Porzellan hantiert und die Gäste mit Champagner, Wein und Speisen versorgt. Nun hockten rund fünfzehn schmuddelig aussehende Männer an blanken Tischen und spielten Karten. Weiter hinten hatte man Matratzen ausgelegt, damit die gesunden Patienten nicht mit den Grippeinfizierten zusammenwohnen mussten. Die vormals blitzenden Sprossenfenster waren matt, die Kronleuchter abgehängt und durch einfache Lampen ersetzt worden. Und dort, wo früher feinstes Parkett geglänzt hatte, blickte man auf mattgrünes Linoleum.

Unglücklich ging Minna weiter. Sie durchquerte den Gang und stieß die Tür zum Foyer auf. Von der einst lichtdurchfluteten Eingangshalle, die früher so aufregend und kostbar gewirkt hatte, war nichts mehr zu sehen. Die samtigen Sofas und kostbaren Möbel waren eingelagert worden. Statt nach Parfüm und Bohnerwachs roch es nach Desinfektionsmittel und Männerschweiß. Und natürlich waren auch die meisten livrierten Pagen, die mit ihren weißen Handschuhen das Gepäck befördert und Botengänge für die Gäste gemacht hatten, in den letzten Jahren auf dem »Feld der Ehre« gestorben. Wahrscheinlich sogar Konrad, der sie damals angegriffen hatte. Himmel, selbst diese unerfreuliche Episode schien Ewigkeiten her zu sein. Und dort, wo früher die englische Sprache genauso selbstverständlich gesprochen worden war wie die deutsche, französische, russische und spanische, herrschte heute bedrückende Stille.

Minna hatte diesen Gedanken kaum zu Ende gedacht, als plötzlich eine der wenigen noch verbliebenen Krankenschwestern angerannt kam. Ihre Schritte hallten auf dem teppichlosen Parkett.

»Was ist passiert?«, fragte Minna.

»Schnell, Sie müssen Doktor Sonnenberg verständigen. Drei unserer Grippepatienten liegen im Sterben. Heute früh waren sie noch auf dem Weg der Besserung, und dann ist urplötzlich das Fieber wieder angestiegen und ...« Sie holte tief Luft. »Die Männer sind schon ganz blau vor Atemnot.«

»Ich kümmere mich darum«, sagte Minna und eilte ins Büro zu Herrn Falkenhayn, der mit besorgtem Gesichtsausdruck nach dem Arzt telefonierte.

»Doktor Sonnenberg kommt gleich. Gehen Sie besser nach oben und halten sich für ein paar Tage von den öffentlichen Hotelräumen fern, Minna«, meinte er.

Sie nickte. »Ich wollte sowieso gerade Fräulein Elisabeth ablösen. Julia und sie spielen auf dem Zimmer des gnädigen Fräuleins.«

»Sehr gut. Bitte richten Sie auch Fräulein Elisabeth aus, dass sie besser in der Wohnung oder ihrem Zimmer bleibt. Ich selbst werde auf den Doktor warten und schauen, ob wir tatsächlich den Bestatter anrufen müssen.« Traurig schüttelte er den Kopf. »Diese armen Buschen. Da haben sie den Krieg überlebt, nur um an der nächsten Seuche zu sterben.«

Auch Minna tat das Herz weh, als sie die Treppe hinaufstieg. Gab es überhaupt noch gesunde, unversehrte Männer? Es war eine Schande, dass eine ganze Generation von Frauen ohne Ehemann würde auskommen müssen. Leise klopfte sie an die Zimmertür. Doch niemand antwortete. »Fräulein Elisabeth? Julia?«, rief sie und klopfte lauter.

Alles blieb still. Ängstlich riss sie die Tür auf und betrat das Zimmer.

»Mama?«, hörte sie Julias zartes Stimmchen auf der anderen Seite des Bettes sagen. »Ela ist müde. Aber ich will keinen Mittagsschlaf machen.«

»Müde?«, murmelte Minna ungläubig und ging um das Bett herum.

Fräulein Elisabeth lag mit dem Gesicht nach unten auf dem Bettvorleger. Julia hockte mit ihrer Puppe daneben.

»Um Gottes willen«, rief Minna und hob Julia aufs Bett. Dann kniete sie sich auf den Boden, um Fräulein Elisabeths Puls zu fühlen. Ihre Haut glühte, ihr Atem ging schwer.

»Komm, Schatz«, sagte Minna so ruhig wie möglich, um die Kleine nicht zu erschrecken. »Wir bringen dich jetzt zu deiner Oma, und dann holen wir ganz schnell einen Arzt.« Wie gut, dass Dr. Sonnenberg sowieso schon auf dem Weg hierher war.

»Muss Ela auch ins Krakenhaus?«, fragte Julia zaghaft und berührte die Narbe an ihrem Hals.

»Das weiß ich nicht«, antwortete Minna, während sie mit dem Kind auf dem Arm aus dem Zimmer stürmte. »Aber sie braucht auf jeden Fall dringend einen Doktor.«

»Robert! Bitte! Ich liebe dich! Ich kann nicht ohne dich leben!« Paul fiel vor seinem Geliebten auf die Knie, umschlang ihn mit beiden Armen und presste sein tränennasses Gesicht gegen dessen Oberschenkel. Doch er hätte genauso gut eine Statue aus Marmor umarmen können. Robert ließ sich nicht erweichen. Seine Arme waren vor der Brust verschränkt, sein Gesicht eine eisige Maske.

»Du hast deine Wahl getroffen«, erwiderte er, und seine Stimme klirrte vor Kälte. »Ich wünsche dir und deiner Frau viel Glück.«

»Bitte, Robert. Du darfst mich nicht verlassen. Ich mag Helene noch nicht einmal besonders. Sie wird in die Scheidung einwilligen und ...«

»Nein, für uns ist es zu spät, Paul. Ich weiß, dass du geglaubt hast, ich wäre gefallen ... aber eine Frau zu heiraten ... damit hast du unsere Liebe verraten. Ich werde nie mehr nach Doberan zurückkommen. Leb wohl!« Obwohl Paul sich verzweifelt an ihn klammerte, machte Robert sich frei. Als die Tür hinter ihm ins Schloss fiel, hörte es sich an wie ein Schuss. Paul begann zu schreien.

Jemand rüttelte an seiner Schulter, und er wachte schweißgebadet aus dem ewig gleichen Albtraum auf.

»Mein Gott, Paul«, flüsterte Helene. »Musst du immer so losbrüllen? Ich weiß, du warst im Krieg und alles, aber irgendwann muss doch mal Schluss sein. Es ist hochgradig peinlich, wenn du jedes Mal das ganze Haus aufweckst. Denk doch nur an deine arme Schwester! Am besten schläfst du gleich wieder ein.«

Sein Herz raste, und an Schlaf war für den Rest der Nacht nicht zu denken. Die schwarzen Gedanken fielen ihn an wie ein wildes Tier, während er ruhelos Helenes Atemzügen lauschte.

Wann würde er endlich wieder einen Rückzugsort haben? Doch auf einmal schämte er sich für seinen Egoismus. Nur eine Tür weiter, in seinem alten Zimmer, kämpfte Elisabeth gerade um ihr Leben. Und anstatt für sie zu beten, kreisten seine Gedanken unentwegt um Robert. Er war ein fürchterlicher Bruder, da gab es nichts zu entschuldigen. Auch wenn er selbst wie ein Hund litt.

Er hatte seinen Augen nicht getraut, als er Elisabeth in das Büro gefolgt war und Robert dort erblickt hatte. Kurz nachdem seine Schwester taktvoll den Rückzug angetreten hatte, waren sie einander in die Arme gefallen und hatten sich leidenschaftlich geküsst.

»Du lebst«, hatte Paul immer und immer wieder geflüstert und versucht, seine Prothese unter dem Anzugärmel zu verstecken. Doch Robert hatte ihm das nicht durchgehen lassen. Er hatte nach dem Kunstarm gegriffen und das kalte Holz an sein Gesicht geschmiegt.

»Ich liebe dich, Paul. So wie du bist.«

Immer wieder hatten sie sich gestreichelt und geküsst. Bis Robert angefangen hatte, Pläne zu schmieden, und auf einmal an der Tür ein Klopfen zu hören gewesen war.

»Kommst du, Liebling? Es ist Zeit fürs Abendessen«, hatte Helene gerufen.

Paul war bei ihren Worten übel geworden. Wie würde Robert auf die Eröffnung reagieren, dass er geheiratet hatte? »Ich bin noch beschäftigt, Helene. Bitte geh schon vor.«

»Wer war das? Eine deiner Cousinen?«, hatte Robert lächelnd gefragt.

Plötzlich Paul hatte die nackte Angst gepackt. Was, wenn Robert nicht akzeptierte, dass sie sich wieder nur heimlich würden treffen können? Doch mit der kalten Entschlossenheit von dessen tatsächlicher Reaktion hatte er niemals gerechnet: Robert hatte ihn verlassen. Für immer. Ihn seinem Schicksal und einer lieblosen Ehe überlassen. Er würde ihn nie wiedersehen, wusste nicht einmal, wo er wohnte. Es war, als wäre sein Geliebter ein zweites Mal gestorben, nur dass diesmal Paul schuld an seinem Tod war. Er hatte mit seiner Heirat ihre Liebe getötet. Und diese Erkenntnis fraß sich durch seine Seele wie ätzende Säure. In der Nacht darauf hatte er den Albtraum zum ersten Mal gehabt.

Doch auch tagsüber litt er Höllenqualen. Seit Helene nicht mehr arbeitete, trieb sie ihn mit ihrer hektischen Betriebsamkeit fast in den Wahnsinn. »Paul, du musst …«, so fingen alle ihre Sätze an. Ihrer Meinung nach sollte er sich eine Arbeit suchen, aufhören zu rauchen und mit ihr die Ehe vollziehen. Letzteres war eine regelrechte Strafe. Mit Helene im Bett zu liegen, war in etwa so leidenschaftlich wie ein Termin beim Notar. Sie lag steif wie ein Stück Holz unter ihm und sagte kein Wort. Wahrscheinlich hielt sie den Akt an sich für ein notwendiges Übel, das eine Frau mit dem gebotenen Anstand erdulden musste. Wenn er diese schrecklichen Nächte mit denen verglich, die er mit Robert verbracht hatte, kamen ihm die Tränen. Wie zärtlich, kreativ und liebevoll war sein Geliebter gewesen. Manchmal kam ihm der in Frankreich geschlossene Pakt wieder in den Sinn. Das Schicksal und er hatten ihre jeweilige Abmachung eingehalten: Er hatte den Krieg tatsächlich überlebt, dafür hatte er seinen Neigungen abgeschworen und eine Frau geheiratet. Doch sein Dasein als anständig verheirateter Mann schien ihm nicht mehr lebenswert zu sein. Im neuen Jahr würde er nach Berlin fahren und Robert suchen. Und wenn es das Letzte war, was er in dieser grausamen Welt tat.

Nach einer weiteren schlaflosen Nacht saß Paul müde und zerschlagen am Frühstückstisch.

»Wie geht es Elisabeth?«, fragte seine Mutter besorgt.

Johanna seufzte. »Als ich heute früh bei ihr hereingeschaut habe, hat sie gerade geschlafen, und Julius hat mich ohne ein Wort aus dem Zimmer gescheucht. Aber ich werde versuchen, ihn zu überreden, dass er sich heute Nachmittag mal hinlegt. Er ist vollkommen übernächtigt. Seit sieben Tagen wacht er ununterbrochen an ihrem Bett. Nur wenn ich sie wasche, geht er kurz vor die Tür. Jede Krankenschwester wäre längst zusammengebrochen. Aber er will sie einfach nicht allein lassen.«

»Wer hätte gedacht, dass ausgerechnet er nicht von ihrer Seite weicht«, meinte Helene gehässig. »Ich dachte, er wollte sich von ihr trennen.«

»Bitte halte dich vor dem K-I-N-D zurück«, mahnte Paul, der es zutiefst bereute, seiner Frau von Elisabeths Sorgen erzählt zu haben. Bedeutungsvoll blickte er zu Julia, die mit großen Augen lauschte, obwohl Minna versuchte, sie abzulenken.

»Ich kann nicht glauben, dass in zwei Tagen Weihnachten ist. Habt ihr schon alle Geschenke?«, fragte Helene ungerührt.

»Ich glaube kaum, dass wir in Anbetracht von Elisabeths schwerer Krankheit und dem Tod von vier Patienten ein traditionelles Weihnachtsfest feiern werden«, sagte seine Mutter spitz. Ihr schien die »patente« Helene inzwischen ebenfalls gehörig auf die Nerven zu gehen. Plötzlich horchte sie auf. »Großer Gott, kommt dieses Bellen etwa aus Elisabeths Zimmer?«

»Sie hustet. Das ist ein völlig normales Symptom der Grippe«, meinte Helene. »Sie wird sich schon wieder erholen.«

Johanna schüttelte den Kopf. »Das ist keine normale Grippe. Doktor Sonnenberg hat mir erzählt, dass es bei dieser Krankheit ungewöhnlich schwere Rückfälle geben kann. Plötzlich einsetzendes hohes Fieber, starker Husten sowie schwere Kopf- und Gliederschmerzen. In manchen Fällen werden die Nasenschleimhäute so stark angegriffen, dass sie bluten. Und während sich einige Patienten ohne Komplikationen wieder erholen, sind andere binnen Stunden oder Tagen tot. Uns bleibt deshalb nichts anderes übrig, als für Elisabeth zu beten.«

»Gibt es denn gar keine Medizin, die ihr helfen könnte?«, fragte Minna leise.

»Keine wirklichen Heilmittel. Die Einnahme von Aspirin lindert lediglich die Symptome«, antwortete Johanna.

In diesem Moment ging die Tür auf und ein zerlumpt aussehender, ausgemergelter Mann mit Vollbart trat ein. Paul starrte ihn an. Was hatte der Kerl in ihrer Privatwohnung zu suchen? Wer hatte ihn eingelassen?

Plötzlich sprang Minna auf. »Doktor Kuhlmann!«

Seine Mutter und Johanna stießen zeitgleich einen Schrei aus. »Friedrich!«

»Mein Junge, bist du es wirklich?«

Jetzt erkannte auch Paul seinen Bruder. »Friedrich! Um Himmels willen! Wo hast du denn so lange gesteckt? Wir hatten schon fast die Hoffnung aufgegeben.«

»In Gefangenschaft.« Friedrichs Stimme klang ungewohnt heiser. Doch als er den Mund zu einem Lächeln verzog, sah er seinem alten Selbst wieder ähnlicher. »Im Übrigen bin ich nicht allein hergekommen«, fügte er geheimnisvoll hinzu.

»Sag bloß, du hast eine Russin geheiratet?«, fragte seine Mutter und stand auf, um ihren verloren geglaubten Sohn in die Arme zu schließen. Friedrich war immer ihr ganzer Stolz gewesen.

Der älteste Kuhlmann-Sohn umarmte seine Mutter, hielt sie dann ein Stück von sich entfernt und schüttelte angewidert den Kopf. »Nein danke, Mutter. Die Wärterinnen bei uns im Lager waren nicht gerade eine Augenweide.« Plötzlich entdeckte er Julia. »Ja, wer bist du denn, kleines Fräulein?«

»Das ist unsere Julia«, antwortete Johanna liebevoll, als Friedrich sie ebenfalls in den Arm nahm. »Elisabeths Tochter. Leider geht es unserer Schwester momentan überhaupt nicht gut. Sie ist an der Spanischen Grippe erkrankt und …« Sie stockte, wahrscheinlich war sie unsicher, ob sie Friedrich so kurz nach seiner Ankunft mit dem ganzen Elend belasten sollte.

Auf dem Gesicht ihres Bruders machte sich ein ungläubiges Staunen breit. »Elisabeth hat eine Tochter?«

Seine Mutter winkte ab. »Wir erzählen dir später alles. Bitte sag erst, wen du noch mit nach Hause gebracht hast.«

Friedrich lächelte verschmitzt und ging zur offenen Tür zurück. »Du kannst kommen. Es wird schon keiner in Ohnmacht fallen.«

Eine weitere verdreckte Gestalt betrat das Zimmer, und diesmal reagierte niemand außer Johanna. »Samuel!«, rief sie wie von Sinnen, rannte auf den Lumpenmann zu und umarmte ihn stürmisch.

»Wer ist das?«, fragte Mutter verwirrt.

»Wenn ich ihn recht verstanden habe, ist Doktor Hirsch dein zukünftiger Schwiegersohn«, meinte Friedrich amüsiert.

»Würdest du vielleicht die Güte haben, mich erst den Antrag machen zu lassen? Was, wenn sie Nein sagt!«, brummte sein Freund. Aber es klang eher belustigt als ernsthaft böse. Plötzlich ging er vor der vor Freude weinenden Johanna in die Knie. »Liebste, treueste Johanna. Mir ist erst im Krieg und in der anschließenden Gefangenschaft klar geworden, wie schnell alles vorbei sein kann und wie wichtig es ist, sich mit den Menschen zu umgeben, die man liebt und schätzt. Du bist mein Herzensmensch, von innen genauso vollendet schön wie von außen. Und egal, was meine Eltern von mir erwarten ... ich will mein Leben mit niemand anderem als mit dir verbringen. Bitte werde meine Frau!«

Vor lauter Tränen konnte Johanna zunächst nichts sagen. Sie schluchzte nur unentwegt. Auch Mutter schien es die Sprache verschlagen zu haben.

»Bitte, Johanna, lass mich nicht leiden«, murmelte Dr. Hirsch. »Willst du meine Frau werden?«

Johanna nickte heftig, während sie gleichzeitig um Fassung rang. Schließlich flüsterte sie: »Ja! Es ist mein größter Wunsch, deine Frau zu werden. Ich liebe dich, Samuel.«

Schlagartig realisierte Paul, dass dieser Mann tatsächlich derselbe Arzt war, der ihm im Lazarett das Leben gerettet hatte. Er wollte gerade den Mund öffnen, um ihn daran zu erinnern, als die laute Stimme seiner Mutter ihm das Wort abschnitt.

»Und mein Einverständnis wird gar nicht mehr verlangt?«, sagte sie entrüstet. »Ich kenne diesen Herrn doch gar nicht.«

»Ich bürge schon für ihn, Mutter«, meinte Friedrich und klopfte seinem Freund auf die Schulter. »Herzlichsten Glückwunsch, alter Kumpan!«

»Was für eine Überraschung! Herzlichen Glückwunsch auch von Paul und mir«, säuselte Helene, so als hätte er keine eigene Meinung mehr und sie würde inzwischen für ihn mit sprechen.

Friedrich musterte sie irritiert. »Und Sie sind bitte?«

In diesem Moment stürmte Julius zur offenen Tür herein. Er sah zum Fürchten aus. Übernächtigt, unrasiert und halb wahnsinnig vor Angst. »Bitte ruft sofort Doktor Sonnenberg. Wir brauchen unbedingt einen Arzt. Elisabeth geht es wieder schlechter!«

»Wo liegt sie?« Ohne ein weiteres Wort machten sich Friedrich und sein Freund auf den Weg.

***

Endlich ging es ihr besser. Die Grippe schien überwunden zu sein. Jetzt musste sie nur wieder zu Kräften kommen, denn sie fühlte sich schlapp und erschöpft nach dem wochenlangen Fieber. Sämtliche Ärzte, von Friedrich über Samuel bis zu Dr. Sonnenberg, betonten, wie wichtig es sei, dass sie sich schonte. Doch sie hätte sowieso nicht heimlich aufstehen können, da Julius mit Argusaugen über ihre Gesundheit wachte. Er war ihr die ganze Zeit nicht von der Seite gewichen und hatte anderen Besuch, selbst wenn es sich um Julia und Minna handelte, immer nur für wenige Minuten zugelassen. Ob das bedeutete, dass er ihr vergeben hatte? Elisabeth wusste es nicht. Und in ihrem erbarmungswürdigen Zustand traute sie sich auch nicht nachzufragen. Tatsache war, dass er erneut gezeigt hatte, was für ein außergewöhnlicher Mann er war. Falls das überhaupt möglich war, liebte sie ihn noch mehr als vor ihrer Krankheit.

Heute Morgen hatte er offensichtlich entschieden, dass sie gesund genug war, um über die Neuigkeiten in der Familie informiert zu werden, und als Erstes erzählte er ihr von Johannas Verlobung.

Elisabeth lächelte. »Wie wundervoll! Ich freue mich so für Johanna, dass sich das lange Warten ausgezahlt und Samuel ihr einen Heiratsantrag gemacht hat.« Doch Julius schien die Anspielung auf seinen eigenen Antrag nicht zu verstehen.

»Ja, die zwei scheinen gut zueinander zu passen. Und nach einem Bad und einem Besuch beim Friseur sah Johannas Bräutigam auch nicht mehr wie ein Waldschrat aus.«

»Haben die beiden schon einen Hochzeitstermin festgesetzt?«

»Nein, sie müssen ihre Verlobung erst noch seinen Eltern so schonend wie möglich beibringen«, meinte Julius. »Obwohl es kaum zu fassen ist, dass nach einem derart schrecklichen Krieg ausgerechnet ihre unterschiedlichen Religionen die Hochzeit verhindern könnten. In meinen Augen sollten Religionen die Menschen verbinden und nicht voneinander trennen.«

Elisabeth nickte. »Da bin ich ganz deiner Meinung. Gibt es sonst noch etwas Neues?«

Julius nickte. »Allerdings. Möchtest du zuerst die gute oder die – in den Augen deiner Mutter – schockierende Nachricht hören?«

»Wie bitte?«, fragte Elisabeth und unterdrückte ein Gähnen.

»Wird es dir zu viel?«, fragte er besorgt. »Wir können auch später weiterreden.«

Elisabeth verdrehte die Augen. »Julius, ich liege doch bereits im Bett. Entspannter wird es nicht mehr. Bitte fang mit der schockierenden Nachricht an.«

Prüfend blickte er sie an. »Also gut«, sagte er und räusperte sich. »Luise hat aus Amerika geschrieben ...«

»Ach, wie schön, kommen sie und Joe zu Johannas Hochzeit?«

Er schüttelte den Kopf. »Damit ist wohl nicht zu rechnen. Deine Schwester will sich scheiden lassen. Angeblich hat Joe eine außereheliche Beziehung zu einer Varietétänzerin.«

»Oh je, die Arme. Bedeutet das, sie kommt wieder nach Doberan zurück?«

»Vermutlich. Trotzdem ist deine Mutter völlig außer sich und hat umgehend einen Migräneanfall erlitten. Das Einzige, was sie trotz der gesellschaftlichen Schmach, die eine geschiedene Tochter ihrer Ansicht nach bedeutet, wieder hinter dem Ofen hervorlocken konnte, wurde gestern anlässlich des Jahreswechsels von Helene verkündet.«

»Und was soll das sein?«

»Paul und sie erwarten ein Kind. Das ist die gute Nachricht, die ich meinte.«

»Nein!«, sagte Elisabeth überrascht. »Freut er sich denn, Vater zu werden?«

»Ich glaube, er war vollkommen überwältigt. Das habe ich jedenfalls Helene versichert, als dein Bruder aus dem Zimmer gestürmt ist und sie die Glückwünsche alleine hat entgegennehmen lassen.«

Sie tauschten einen vielsagenden Blick. »Und wann ist er dann wieder aufgetaucht?«

»Erst heute früh«, antwortete Julius. »Am Frühstückstisch hat er verkündet, dass das Kind, wenn es ein Junge wird, Robert heißen soll.«

»Soso. Haben Mutter oder Johanna etwas dazu gesagt?«

»Kein Wort. Aber ich habe schon lange vermutet, dass die beiden über seine Orientierung Bescheid wissen.«

»Der Arme. Hoffentlich wird er doch noch irgendwie glücklich mit seiner Helene. Aber ich habe mir zumindest in dieser Hinsicht nichts vorzuwerfen. Ich habe ihn vor der Eheschließung gewarnt.«

Julius musterte sie nachdenklich, aber sie hätte nicht sagen können, was in seinem Kopf vorging.

»Wie geht es unserem Julchen?«, fragte sie, um ihn abzulenken.

Sein Gesicht fing an zu strahlen. »Sie ist einfach wundervoll. So aufgeweckt und kess. Ich liebe sie.«

»Siehst du, das ist doch etwas, das wir gemeinsam haben«, sagte Elisabeth lächelnd und versuchte, ihre Hand auf die von Julius zu legen. Doch er zog sie rechtzeitig von der Bettdecke, und ihr plötzlich aufgeflammtes Glücksgefühl erlosch. Traurig blickte sie ihn an. »Und wie soll es jetzt mit dem Palais weitergehen? Stimmt es, dass inzwischen alle Patienten fort sind?«

»Ja, das ist richtig. Aber ich bin momentan nicht in der Stimmung, über das Palais zu sprechen. Entschuldige bitte.« Unvermittelt stand er auf und ging zum Fenster. »Du bist sicherlich müde. Ich lasse dich besser schlafen.«

Der Januar verging wie im Flug, obwohl sie sich beide Sorgen wegen der politischen Unruhen in Berlin machten. Jeden Morgen las Julius ihr aus der Zeitung vor. So erfuhr Elisabeth zur selben Zeit wie er von der Entlassung des Berliner Polizeipräsidenten Eichhorn, der angeblich die linken Spartakisten begünstigt hatte, und von den aufgewühlten Massen, die gegen seine Entlassung protestierten. Kurz darauf besetzten bewaffnete Gruppen das Verlagsgebäude der SPD-Parteizeitung *Vorwärts*. Das Ganze weitete sich zu einem regelrechten Aufstand mit wüsten Straßenkämpfen aus und wurde erst am 13. Januar von dem zu Hilfe gerufenen Freikorps niedergeschlagen. Nur zwei Tage später wurden die Anführer der Spartakisten, Karl Liebknecht und Rosa Luxemburg, ermordet.

»Hoffentlich führt das alles nicht zu einem Bürgerkrieg«, meinte Julius besorgt. Doch die Ereignisse überschlugen sich weiter, so vieles schien gleichzeitig vorzugehen: Am 18. Januar begann die Pariser Friedenskonferenz, an der weder Deutschland noch Österreich teilnehmen durften. Und zu guter Letzt fanden auch noch Wahlen zur verfassungsgebenden Nationalversammlung statt.

Elisabeth fühlte sich noch zu schwach, aber Johanna und ihre Mutter gingen zum ersten Mal in ihrem Leben wählen.

Die Zeitungen sprachen von einer Schicksalswahl. Doch ihr eigenes Schicksal war immer noch nicht entschieden. Wollte Julius mit Julia und ihr nun eine Familie sein, oder nicht?

Ende Januar stand Elisabeth zum ersten Mal wieder auf und versuchte, sich schön zu machen, um mit ihm darüber zu sprechen. Erschrocken betrachtete sie ihre hohlen Wangen im Spiegel. Sie sah älter aus, aber auch irgendwie erwachsener. Wie eine Frau, die wusste, was sie wollte. Trotzdem versuchte Johanna, die ihr beim Ankleiden half, sie von ihren Plänen abzubringen. »Gib ihm Zeit«, mahnte sie.

»Aber er hat jetzt genug Zeit gehabt. Irgendwann muss er eine Entscheidung fällen.«

Johanna schüttelte den Kopf. »Nein, er ist nach den ganzen Sorgen um dich selber am Ende seiner Kräfte. Die Tatsache, dass er für dich alles in Berlin stehen und liegen gelassen hat und hiergeblieben ist, spricht doch Bände. Warum willst du ihm da die Pistole auf die Brust setzen?«

»Weil ich Klarheit brauche, Johanna«, erwiderte Elisabeth ernst. »Klarheit über uns, Julia und das Hotel.«

»Ich glaube nicht, dass er dazu bereit ist. Er ist immer noch verletzt und verwirrt, weil du ihm nicht von Julia erzählt hast.«

Elisabeth atmete tief ein. »Wenn er mich wirklich liebt, muss er darüber hinwegkommen. Mehr als mich immer wieder dafür zu entschuldigen, kann ich nicht tun.«

»Ich weiß, dass er dich liebt, aber Julius ist auch ein feinfühliger Mann, dem in seiner Kindheit sehr wehgetan wurde«, warnte ihre Schwester.

Elisabeth wollte nicht mehr warten. Als sie nach dem Essen gemeinsam mit Julius in den Ballsaal ging, um die dortigen Schäden mit einem Kostenvoranschlag abzugleichen, den er von einem Berliner Schreinerbetrieb eingeholt hatte, stellte sie ihn zur Rede.

»Julius, hier in diesem Raum hat alles für uns begonnen. Hier hast du mir das erste Mal deine Liebe gestanden ...«

»… und du hast mir versichert, dass ich der letzte Mann sei, den du jemals lieben würdest«, erinnerte er sie schmunzelnd.

»Aber meine Einstellung hat sich, wie du weißt, seitdem grundlegend geändert. Inzwischen glaube ich, dass du der einzige Mann bist, der mich glücklich machen kann.« Sie blickte ihm fest in die Augen. Jetzt lag der Ball bei ihm.

»Bitte, Elisabeth, lass uns nicht davon sprechen«, wich er aus.

»Doch, Julius, ich muss wissen, woran ich bin. Ich kann das Palais nicht gemeinsam mit dir aufbauen und dabei jeden Tag vergeblich um deine Liebe buhlen.«

Er stöhnte leise und schloss für einen Moment die Augen. »Du brauchst auch nicht um meine Liebe zu buhlen, Elisabeth. Bist du blind? Natürlich liebe ich dich nach wie vor von ganzem Herzen.«

»Was machen wir dann immer noch in diesem Niemandsland, wo wir kein Paar mehr sind, aber auch nicht getrennt?«, fragte sie verzweifelt. »Warum heiraten wir nicht einfach und sind glücklich?«

Plötzlich wurden Julius' Augen feucht. »Weil ich nach wie vor nicht weiß, ob ich dir vertrauen kann, Elisabeth. Was ist, wenn das nächste Mal ›außergewöhnliche‹ Umstände eintreten? Was, wenn ich dann wieder gerade nicht vor Ort bin? Was verheimlichst du mir dann?«

Elisabeth sah seinen gequälten Gesichtsausdruck und wusste, er spielte ihr nichts vor. Julius litt auf seine Weise genauso wie sie. Plötzlich schien ihr Magen aus einem pulsierenden Nervenknäuel zu bestehen. »Was willst du dann? Wie stellst du dir die Zukunft vor?«

Julius schüttelte ernst den Kopf. »Du wirst nicht hören wollen, was ich dir zu sagen habe.«

»Sag es trotzdem. Ich kann mit dieser Ungewissheit nicht länger leben.«

»Elisabeth, ich brauche Zeit …«, begann er stockend, »… und Abstand. Wenn ich dich jeden Tag sehe, kann ich nicht klar denken.«

»Und was bedeutet das?«

»Das bedeutet, dass ich morgen mit Minna und Julia nach Berlin fahren werde.«

Sie blickte ihn mit großen Augen an. »Du nimmst mir meine Tochter zum zweiten Mal weg?«

»Sie wird dich oft mit Minna besuchen kommen, und außerdem wirst du sehr beschäftigt sein, denn ich beabsichtige, dir das Palais allein anzuvertrauen und genügend Geld bereitzustellen, damit du es in seiner alten Pracht wiederauferstehen lassen kannst.«

Elisabeth verstand seine Worte, und irgendwie freute sie sich, dass er sie das Palais renovieren lassen wollte. Trotzdem konnte sie nur an eines denken: »Und was wird dann aus uns?«

Er schüttelte traurig den Kopf. »Ich werde dich vorerst nicht heiraten können, Elisabeth. Ich möchte weder dich noch mich an diese Ehe binden, wenn ich momentan nicht sicher bin, was ich fühle. Ich hoffe so sehr, dass es eines Tages so wie früher wird, aber … ich kann es dir nicht versprechen.«

Ohne ein Wort drehte Elisabeth sich um und rannte über den Gang davon. Er sollte ihre Tränen nicht sehen. Wie konnte es jemals so wie früher werden, wenn er sie jetzt verließ?

Als Julius später am Abend an ihre Tür klopfte und um Einlass bat, öffnete sie ihm nicht. Sie wollte sich nicht von ihm verabschieden. Nur Minna und Julia sagte sie am nächsten Morgen in aller Frühe auf Wiedersehen. »Pass gut auf dich auf, mein Kind. Ela hat dich sehr, sehr lieb, und ich werde dich ganz bald besuchen kommen.« Als sie ihre Tochter umarmte, kamen ihr erneut die Tränen.

Minna stand wie ein Häufchen Elend daneben. »Fräulein Elisabeth … es tut mir so leid. Ich …«

»Minna, du kannst nichts dafür. Das Leben ist kompliziert.«

»Ich weiß nicht …«, stotterte Minna, »… ob ich mir dazu ein Urteil anmaßen darf, aber Herr Falkenhayn liebt Sie. Da bin ich mir ganz sicher.«

Elisabeth richtete sich auf. »Vielleicht.« Sie versuchte, trotz der Tränen zu lächeln. »Kommt Zeit, kommt Rat, sagt der Volksmund.«

»Bitte geben Sie auf sich acht, Fräulein Elisabeth.« Auch Minna standen Tränen in den Augen.

»Keine Sorge. Das Palais braucht mich jetzt, um wieder schön zu werden, und ... alles andere muss warten.« Sie umarmte Minna, dann noch einmal Julia. »Geht jetzt, bestimmt wartet Julius schon auf euch.«

Schluchzend griff Minna nach ihrer Tasche, nahm die verwirrte Julia an die Hand und trat auf den Korridor.

Als Elisabeth kurz darauf das Automobil wegfahren sah, in dem die Liebe ihres Lebens und ihr einziges Kind saßen, kam es ihr so vor, als würde ihr der Boden unter den Füßen weggezogen. Das Gefühl von Verlust und Trauer lastete zentnerschwer auf ihren schmalen Schultern.

Doch mit einem Mal reckte sie das Kinn in die Luft und trocknete sich mit ihrem Ärmel die nassen Wangen. Laut sagte sie zu sich selbst: »Mir bleibt das Palais. Das Hotel hat er mir nicht genommen. Und wenn ich erst wieder obenauf und gesund bin, werden wir schon sehen, ob er mir widerstehen kann. Ich werde es ihm jedenfalls so schwer wie möglich machen.« Sie hob die Faust wie zum Schwur. »So wahr mir Gott helfe.« Aufrecht und mit brennendem Herzen machte sie sich auf den Weg zu ihrem Büro.

Eine Frau und ihr Traum vom Glück in einer zerrissenen Zeit

Eva Völler
EIN TRAUM VOM GLÜCK
Roman
DEU
464 Seiten
ISBN 978-3-7857-2670-9

Essen 1951: Nach der Flucht aus der Kriegshölle Berlin hat die junge Katharina Unterschlupf bei der Familie ihres verschollenen Mannes gefunden. Aber das Zusammenleben mit der barschen, zupackenden Schwiegermutter auf engem Raum fällt der lebenshungrigen Frau schwer. Sie will ein besseres Leben für sich und ihre beiden Töchter. Mit trotziger Entschlossenheit versucht sie, ihrem ärmlichen Umfeld zu entfliehen. Doch dann begegnet sie dem traumatisierten Kriegsheimkehrer Johannes ...

Auftakt der großen Saga aus dem Ruhrpott, dem Ort, wo es immer ein neues Morgen gibt

Lübbe

Die Community für alle, die Bücher lieben

In der Lesejury kannst du
- ★ Bücher lesen und rezensieren, die noch nicht erschienen sind
- ★ Gemeinsam mit anderen buchbegeisterten Menschen in Leserunden diskutieren
- ★ Autoren persönlich kennenlernen
- ★ An exklusiven Gewinnspielen und Aktionen teilnehmen
- ★ Bonuspunkte sammeln und diese gegen tolle Prämien eintauschen

Jetzt kostenlos registrieren: www.lesejury.de

Folge uns auf Instagram & Facebook:
www.instagram.com/lesejury
www.facebook.com/lesejury